TRIPTYQUE

DU MÊME AUTEUR

MORT AVEUGLE, Grasset, 2002.
AU FIL DU RASOIR, Grasset, 2004.
À FROID, Grasset, 2005.
INDÉLÉBILE, Grasset, 2006.
SANS FOI NI LOI, Grasset, 2007.

KARIN SLAUGHTER

TRIPTYQUE

roman

Traduit de l'américain
par
PAUL THOREAU

BERNARD GRASSET
PARIS

L'édition originale de cet ouvrage a été publiée par Bantam Dell,
a division of Random House Inc., en 2006, sous le titre :

TripTych

ISBN 978-2-246-72501-5
ISSN 1263-9559

Pour Kate et Kate

Première partie

DECATUR CITY OBSERVER

17 JUIN 1985

MEURTRE D'UNE ADOLESCENTE DE DECATUR

Hier matin, les parents de Mary Alice Finney, quinze ans, ont retrouvé leur fille morte à leur domicile d'Adams Street. La police n'a communiqué aucune information sur ce crime, indiquant simplement qu'elle traitait l'affaire comme un homicide et qu'elle interrogeait les dernières personnes à avoir vu Mary Alice Finney vivante. Paul Finney, son père, procureur de district adjoint du comté de DeKalb, a déclaré dans un communiqué diffusé hier soir sa conviction que la police livrerait l'assassin de sa fille à la justice. Elève régulièrement inscrite au tableau d'honneur du lycée de Decatur, Mary Alice était un membre très actif de la brigade des pom-pom girls de l'équipe sportive de son lycée, et elle avait été récemment élue déléguée de sa classe de seconde. Des sources proches de l'enquête ont confirmé que le corps avait été mutilé.

Chapitre un

5 février 2006

L'INSPECTEUR MICHAEL ORMEWOOD roulait sur DeKalb Avenue, direction le Grady Homes, en suivant le match de football à la radio. Plus il se rapprochait de ces cités, plus il sentait monter la pression et, quand il prit à droite pour pénétrer dans ce que plus d'un flic considérait comme une zone de guerre, son corps en tremblait presque, sous le coup de la tension nerveuse. A mesure que l'Office du logement d'Atlanta se résorbait dans une lente autodissolution, les cités subventionnées comme le Grady se transformaient peu à peu en résurgences du passé. L'immobilier de centre-ville prenait trop de valeur, les pots-de-vin potentiels étaient trop élevés. Au bout de cette avenue, c'était la banlieue chic de Decatur, avec ses restaurants à la mode et ses maisons à plusieurs millions de dollars. Et, à moins d'un kilomètre et demi de là, dans la direction opposée, on avait la coupole dorée à la feuille du capitole de l'Etat de Géorgie. Le Grady, qui trônait entre les deux, c'était un peu le fruit de la politique du pire, le vivant rappel que cette capitale, qui se prétendait depuis si longtemps « trop vivante pour céder à la haine raciale », était aussi trop occupée pour veiller sur les siens.

Avec le match qui battait son plein, les rues étaient presque désertes. Les dealers de drogue et les maquereaux avaient pris leur soirée pour voir se réaliser un miracle : les Atlanta Falcons en lice pour le Super Bowl. Comme on était dimanche, les prostituées étaient encore de sortie, à gagner leur vie, tâchant de fournir aux fidèles de l'église matière à confessions pour la semaine prochaine. Michael passa devant quelques-unes de ces filles, qui le saluèrent d'un geste de la main, et il leur rendit leur salut, en se demandant combien de véhicules banalisés s'arrêtaient par ici au milieu de la nuit, les flics de patrouille racontant au Central qu'ils s'accordaient une pause de dix minutes, avant de faire signe à une fille de s'approcher, histoire de s'offrir un petit défoulement.

Le bâtiment numéro neuf, une construction en brique rouge à moitié en ruine et taguée par le Ratz, l'un des nouveaux gangs venus investir le Grady Homes, se situait vers le fond de l'ensemble. Quatre voitures de patrouille et une autre, banalisée, étaient stationnées au pied de l'immeuble, gyrophares allumés, émetteurs radio à fond. Une BMW noire et une Lincoln Navigator customisée, avec ses jantes or à dix mille dollars, aussi affûtées que des lames de rasoir, étincelantes sous les réverbères, étaient garées dans les places de parking réservées aux résidents. Michael réprima une forte envie de donner un coup de volant, pour érafler un peu la peinture du 4 × 4 à soixante-dix mille dollars. De voir dans quelles caisses hors de prix roulaient les membres de ces gangs, ça le foutait en rogne. Le gosse de Michael avait poussé d'une quinzaine de centimètres ou presque, tous ses jeans étaient trop courts, mais pour des vêtements neufs, il allait falloir patienter, le temps que tombe son prochain salaire. Et pendant que les impôts de papa aidaient ces voyous à payer leur loyer, Tim, lui, avait l'air d'attendre la marée haute avec ses vieux pantalons.

Au lieu de descendre de sa voiture, Michael attendit, il écouta encore quelques secondes du match, profitant d'un moment de paix, avant que le ciel ne lui tombe sur la tête. Il était dans la police depuis presque quinze ans, maintenant, après être passé directement de l'armée aux forces de l'ordre, comprenant un peu trop tard qu'à part la coupe de cheveux, il n'y avait pas grande différence entre les deux. Dès qu'il serait sorti de son véhicule, il le savait, tout se mettrait en branle, comme une pendule remontée trop à bloc. Les nuits sans sommeil, les pistes qui n'en finissaient pas, sans jamais déboucher nulle part, les chefs qui le marquaient à la culotte. Et puis la presse allait sûrement prendre le train en marche. A partir de là, chaque fois qu'il mettrait le nez hors du bâtiment de la brigade, il aurait les caméras braquées en pleine figure, des gens qui lui demanderaient pourquoi l'affaire n'était pas résolue, et son fils le verrait aux infos, et il demanderait à son papa pourquoi les gens étaient si fâchés contre lui.

Collier, un jeune flic de secteur aux biceps tellement épais qu'il n'arrivait pas à garder les bras parallèles le long du corps, tapota au carreau, faisant signe à Michael de baisser sa vitre. De sa grosse main charnue, Collier avait mimé un mouvement de manivelle, alors que ce gamin n'était sans doute jamais monté de sa vie dans une voiture avec des fenêtres autres qu'électriques.

Il appuya sur le bouton de la console de bord.

« Ouais ? fit-il, alors que la vitre coulissait.

— Qui est-ce qui gagne ?

— C'est pas Atlanta. » L'autre acquiesça, comme s'il s'attendait à cette nouvelle. Le précédent parcours d'Atlanta jusqu'à cette finale du Super Bowl remontait à plusieurs années. Denver les avait écrasés 34 à 19.

« Et Ken, comment ça va ? lui demanda Collier.

— Il nous fait du Ken, lui répondit-il, sans lui proposer davantage de détails sur la santé de son équipier.

— Il ne serait pas de trop, ici. » L'agent de patrouille redressa brusquement la tête vers l'immeuble. « C'est pas joli-joli. »

Michael garda ses réflexions pour lui. Le gamin avait à peine vingt ans, il vivait sans doute avec sa mère dans un entresol, et il se prenait pour un homme parce que tous les matins il bouclait le ceinturon de son arme. Michael en avait rencontré plusieurs, des Collier, dans le désert irakien, quand le premier des Bush avait décidé de partir à l'assaut. C'étaient tous des freluquets, des impatients, avec cette lueur dans le regard laissant entendre qu'ils ne s'étaient pas juste enrôlés pour avoir droit à trois repas chauds par jour et à une formation professionnelle gratuite.

C'étaient des obsédés du devoir et de l'honneur, de tout ce merdier qu'ils avaient vu à la télé et que leur avaient fait ingurgiter les officiers recruteurs venus les cueillir dès le lycée comme des cerises bien mûres. On leur avait promis une formation purement technique et une affectation sur une base proche du domicile, toutes choses qui les convaincraient de signer sur la ligne pointillée. La quasi-totalité d'entre eux avait fini par se retrouver embarqués à bord du premier avion de transport en direction du désert, pour se faire abattre avant d'avoir pu mettre leur casque.

Ted Greer sortit du bâtiment, en tirant un petit coup sur sa cravate, comme s'il lui fallait de l'air. Pour un Noir, l'inspecteur-chef Greer avait le teint terreux. C'était parce qu'il passait l'essentiel de son temps derrière un bureau, à se prélasser sous les néons en attendant qu'on lui crache sa pension de retraite.

Il aperçut Michael encore assis dans sa voiture, et se rembrunit.

« Tu travailles, ce soir, ou tu te paies juste un petit tour en bagnole ? »

Avant de sortir, Michael prit son temps, extrayant la clef du démarreur juste au moment où débutait le commentaire de la mi-temps, à la radio. C'était une chaude soirée, pour un mois de février, et les climatiseurs encastrés dans leurs fenêtres, installés par les habitants des lieux, bourdonnaient comme un essaim de guêpes autour d'une ruche.

Greer aboya sur Collier.

« T'as pas de quoi t'occuper ? »

Collier eut le bon sens de s'éloigner, le menton rentré dans la poitrine, comme si on venait de lui flanquer une tape sur le museau.

« Vache, quel gâchis », fit Greer à Michael. Il sortit son mouchoir et essuya son front luisant de sueur. « Une espèce de pervers, un vrai malade, qui lui est tombé dessus, à celle-là. »

Michael en avait entendu à peu près autant lorsqu'il avait reçu l'appel qui l'avait tiré du canapé de son salon.

« Où est-elle ?

— Au sixième étage. » Greer replia son mouchoir en carré bien net et le fourra dans sa poche. « On a remonté la trace de l'appel qu'ils ont reçu au 911, et ça nous a conduits à ce taxiphone. » Il désigna l'autre côté de la rue.

Michael fixa la cabine du regard, une relique du passé. Tout le monde avait un portable, maintenant, surtout les dealers et les voyous des gangs.

« Une voix de femme, poursuivit Greer. On aura l'enregistrement de la conversation dans la journée de demain.

— Il a fallu combien de temps pour envoyer quelqu'un sur place ?

— Trente-deux minutes », lui répondit l'inspecteur-chef, et la seule surprise de Michael, c'était que cela n'ait pas pris plus de temps. D'après une enquête d'une équipe de journalistes locaux, les délais de réaction aux appels d'urgence en provenance du Grady tournaient autour de trois quarts d'heure. Et pour une ambulance, ça prenait encore plus de temps.

Greer se retourna vers l'immeuble, comme si cela devait suffire à l'absoudre.

« Sur ce coup-là, il va falloir qu'on demande de l'aide. »

Cette suggestion eut le don d'irriter Michael. Au vu des statistiques, Atlanta était l'une des villes les plus violentes d'Amérique. La mort d'une putain n'avait rien d'un événement sensationnel, surtout si l'on tenait compte de l'endroit où on l'avait retrouvée.

« Il manquerait plus que d'autres enfoirés viennent m'expliquer comment je dois bosser.

— Eh bien, tu as devant toi un enfoiré qui pense que c'est pile ce qu'il te faut », riposta l'inspecteur-chef. Michael se garda bien de discuter – non parce que Greer ne tolérait pas l'insubordination, mais parce qu'il tomberait d'accord avec Michael, juste pour qu'il la ferme, puis il tournerait les talons, et ensuite, de toute manière, il n'en ferait qu'à sa tête.

« Cette fois-ci, c'est dur insista Greer.

— C'est toujours dur, lui rappela Michael, en ouvrant l'une des portières arrière de sa voiture, pour en sortir sa veste de costume.

— La fille, il lui a pas laissé la moindre chance, continua Greer. Il l'a butée, découpée, tronchée de partout. On a affaire à un taré, un véritable taré. »

Michael enfila sa veste, songeant que Greer s'exprimait comme s'il auditionnait pour une série télé sur une chaîne du câble.

« Ken est sorti de l'hôpital. Il a demandé que tu viennes le voir, quand tu veux. »

L'inspecteur-chef laissa entendre qu'il était vraiment trop pris, ces derniers temps, avant de filer vers sa voiture, non sans un bref regard par-dessus son épaule, comme s'il craignait que Michael ne le suive. Ce dernier attendit que son chef sorte du parking, avant de se diriger vers l'immeuble.

Collier était posté à l'entrée, la main posée sur la crosse de son arme. Il devait se figurer qu'il montait la garde, mais l'individu qui avait commis ce crime ne risquait pas de revenir demander son reste, Michael le savait. Avec cette femme, il en avait terminé. Il n'avait envie de rien d'autre.

« Le patron est parti vite, remarqua Collier.

— Merci pour le flash d'information. »

Au moment d'ouvrir la porte, il s'arma de courage, avant de se laisser lentement happer par le bâtiment sombre, humide et froid. Ceux qui avaient conçu le Grady Homes n'avaient pas eu du tout à l'esprit des gamins heureux de trouver des petits gâteaux tout chauds et un verre de lait en rentrant de l'école. Ils s'étaient concentrés sur la sécurité, en réduisant les espaces collectifs au minimum, en n'oubliant pas de recouvrir les sources d'éclairage d'une grille en acier, afin de protéger les ampoules. Les murs étaient en béton nu, percés d'étroites meurtrières placées dans des recoins exigus, aux vitres quadrillées d'un treillis de fil de fer, coulé dans le verre armé, comme autant de toiles d'araignées au dessin géométrique. Des graffitis maculaient toutes les surfaces jadis peintes en blanc, désormais criblées de tags de gangs, d'avertissements et de bribes d'informations diverses. A droite de la porte d'entrée, quelqu'un avait gribouillé *Kim est une put' ! Kim est une put' ! Kim est une put' !*

Il leva les yeux vers l'escalier en colimaçon, et il comptait les six volées de marches quand une porte s'ouvrit en grinçant. Il se retourna, et découvrit une femme noire qui le dévisageait de ses yeux d'un noir de charbon, le visage à peine décollé du montant de sa porte en acier.

« Police, dit-il, en levant son insigne. N'ayez pas peur. »

La porte s'ouvrit davantage. La femme portait un tablier à fleurs sur un tee-shirt blanc taché et un jean.

« J'ai pas peur de toi, peau de vache. »

Il y avait quatre autres femmes agglutinées derrière elle, toutes des Afro-Américaines, sauf une. Michael savait qu'elles n'étaient pas ici pour rendre service. Comme toutes les collectivités en vase clos, le Grady se repaissait des ragots, et voilà les bouches qui allaient alimenter le circuit.

Et pourtant, il fallait quand même qu'il leur pose la question.

« Est-ce que l'une de vous a vu quelque chose ? »

Elles secouèrent la tête. Une rangée de têtes articulées, aux premières loges du Grady.

« C'est super, ironisa-t-il en rangeant son insigne dans sa poche, et il s'approcha de l'escalier. Mille mercis, mesdames, vous contribuez à maintenir la sécurité de votre cadre de vie.

— Ça, c'est ton boulot, enculé », rétorqua sèchement la Noire au tablier à fleurs.

Il s'arrêta, se tourna de nouveau vers elle, le pied encore posé sur la première marche, et il planta ses yeux droit dans les siens. Elle soutint son regard furieux, avec un va-et-vient de son œil chassieux, comme si elle lisait à l'intérieur de lui-même. Cette femme était moins âgée que les autres, elle devait avoir dans les soixante-dix ans, mais curieusement, elle avait le cheveu plus gris et était plus petite que le reste de la compagnie. Des lignes arachnéennes chiffonnaient la peau, autour des lèvres, des rides creusées par des années passées à tirer sur des cigarettes. Sur le dessus de la tête, la tignasse était zébrée d'un paquet de mèches aussi grisonnantes que les poils tire-bouchonnés qui lui sortaient du menton comme des dreadlocks. Et il n'avait jamais vu chez une femme de rouge à lèvres d'une couleur orange aussi invraisemblable.

« Quel est votre nom ? » lui demanda-t-il.

Elle releva le menton, en signe de bravade, mais elle lui répondit quand même.

« Nora.

— Quelqu'un a appelé le 911 depuis cette cabine, dehors.

— J'espère que le quelqu'un en question s'est lavé les mains, après. »

Il consentit à sourire.

« Vous la connaissiez ?

— Nous la connaissions toutes. » Au ton de sa voix, il comprit qu'il y aurait eu bien davantage à en dire, mais ce n'était pas elle qui allait le raconter à un connard de flic, un Blanc qui plus est. A l'évidence, Nora n'était pas précisément du genre diplômée universitaire, mais il n'avait lui-même jamais fait grand cas non plus de ce genre de subtilités. Il voyait bien, à ses yeux, que cette femme était intelligente. Elle avait la jugeote du monde de la rue. Dans un endroit comme le Grady Homes, si on était stupide, on ne vivait pas aussi vieille qu'elle.

Il revint vers le petit groupe.

« Elle tapinait ? »

Nora ne le quittait pas de l'œil, elle restait sur ses gardes.

« Presque tous les soirs.

— Une fille honnête », glissa la femme blanche, derrière elle.

Nora ponctua d'un petit claquement de langue.

« Tss. Une petite créature si jeune. Pas un genre de vie pour elle, ça, mais qu'est-ce qu'elle aurait pu se trouver d'autre ? » Il y avait une pointe de défi, dans cette dernière remarque.

Il opina, comme s'il comprenait.

« Est-ce qu'elle avait des habitués ? »

De nouveau, elles secouèrent toutes la tête, et ce fut Nora qui lui répondit.

« Elle ne ramenait jamais de boulot avec elle à la maison. »

Il attendit, se demandant si elles ne lui fourniraient pas quelques précisions supplémentaires. Il décompta mentalement les secondes, en se disant qu'il allait s'accorder jusqu'à vingt. Un hélicoptère survola le bâtiment et des pneus de voiture crissèrent sur l'asphalte, deux rues plus loin, mais personne n'y prêta attention. C'était le style de quartier où les gens avaient les nerfs en pelote s'ils n'entendaient pas des coups de feu au moins deux fois dans la semaine. Leurs existences obéissaient à un certain ordre naturel, et la violence – ou la menace de violence – en faisaient autant partie que le fast-food et l'alcool bon marché.

« Très bien », conclut-il, après avoir compté jusqu'à vingt-cinq secondes. Il sortit sa carte de visite. « De quoi vous torcher le cul », lâcha-t-il en la tendant à la vieille femme.

Elle grommela de dégoût, en tenant la carte entre le pouce et l'index.

« J'ai le derrière plus large que ça. »

Il lui adressa un clin d'œil suggestif, et prit sa grosse voix.

« T'imagine pas que ça m'avait échappé, chérie. »

Elle éclata d'un rire tapageur, en lui claquant la porte au nez. Enfin, elle avait gardé la carte. Il ne lui restait qu'à prendre ça pour un signe positif.

Il repartit vers l'escalier, gagna le premier étage, en montant deux marches à la fois. Tous les immeubles du Grady Homes avaient des ascenseurs, tous dangereux, même ceux qui étaient en état de marche. Dès sa première année de patrouille, on l'avait appelé dans la cité pour violences conjugales, et il s'était retrouvé coincé dans une de ces cabines grinçantes, avec son talkie-walkie en rade. Il avait passé à peu près deux heures à prendre sur lui, pour éviter d'ajouter sa contribution à l'odeur écrasante de pisse et de vomi, avant que son brigadier ne s'aperçoive qu'il n'était toujours pas venu au rapport et n'envoie quelqu'un pour l'aider à se sortir de là.

Bienvenue dans la confrérie.

Il s'engageait dans la deuxième partie de l'escalier, quand il sentit du changement dans l'air. Ce fut l'odeur qui le frappa en premier : ces relents de friture mêlés de bière et de sueur, et soudain, une coupure nette, la puanteur subite, mais inimitable, de la mort violente.

Le bâtiment avait réagi à ce macabre incident de la manière habituelle. Au lieu du martèlement permanent du rap pulsé par une ribambelle de haut-parleurs, il n'entendait que le murmure des voix derrière les portes closes. Le son des télévisions était réglé tout bas, les émissions de la mi-temps du match servant de bruit de fond, pendant que les gens parlaient de la fille du sixième et remerciaient le Seigneur que ce soit elle cette fois et pas leurs enfants, leurs filles, ou eux-mêmes.

Dans ce silence relatif, l'écho de certains bruits finit par se répercuter dans la cage d'escalier : l'enchaînement des gestes ordinaires, sur la scène du crime, la collecte des pièces à conviction, la prise des clichés. Il s'arrêta sur le palier du quatrième étage, pour reprendre son souffle. Il avait cessé de fumer depuis deux mois, mais ses poumons ne l'avaient pas vraiment pris au sérieux. Quand il se lança dans l'ascension de la volée de marches suivante, il se sentit comme un asthmatique. Au-dessus de lui, quelqu'un rigola, et il entendit les autres flics rire à leur tour, prendre part à la déconnade habituelle, à ces rodomontades rituelles qui leur rendaient la tâche supportable.

Au rez-de-chaussée, une porte s'ouvrit en heurtant le mur, il se pencha et vit deux femmes qui se démenaient avec une civière pour la faire entrer dans le hall. Elles portaient des vestes de pluie bleu foncé, avec des lettres jaune vif dans le dos, annonçant la « MORGUE ».

« Par ici, en haut, leur lança-t-il.

— En haut jusqu'où ? demanda l'une des deux femmes.

— Au sixième.

— Putain de merde », siffla-t-elle.

Michael s'aida de la rampe sur les derniers étages. Il entendait les deux femmes qui débitaient d'autres jurons en entamant la montée, et la civière qui cognait contre les barreaux comme une cloche fendue. Il n'était plus qu'à un étage du sommet quand il sentit se dresser les poils de sa nuque. Il avait la chemise collée dans le dos par la transpiration, mais une sorte de sixième sens lui expédia un frisson dans tout le corps.

Un flash se déclencha avec un petit bruit sec, et il y eut le grésillement électrique d'un moteur d'appareil photo. Il contourna avec précaution un escarpin à talon aiguille, couché de flanc sur une marche, comme si la personne s'était assise là pour le retirer. La marche située juste au-dessus présentait le contour parfait d'une main ensanglantée, qui se serait agrippée à la semelle de l'escarpin. Sur la marche suivante, il y avait une deuxième empreinte de main, et une autre encore. Quelqu'un avait rampé vers l'étage supérieur.

Sur le palier du cinquième, il retrouva Bill Burgess, un flic de secteur qui avait vu à peu près toutes les variétés de crimes qu'Atlanta pouvait avoir en magasin. A côté de lui, une mare de sang foncé était déjà en train de coaguler, s'écoulant en petits ruisseaux, de marche en marche, telle une rangée de dominos qui basculent, l'un après l'autre. Michael se fit sa lecture de la scène. Ici, quelqu'un avait trébuché, s'était relevé tant bien que mal, en étalant tout ce sang dans sa tentative de fuite.

Bill avait le regard tourné vers le bas de l'escalier, à l'opposé de la flaque. Il avait la peau blême, les lèvres minces et roses, réduites à une entaille. Michael s'arrêta net, songeant qu'il n'avait encore jamais vu Bill dans tous ses états. Le type qui était allé se chercher six ailes de poulet, une heure après avoir découvert six doigts sectionnés dans une benne à ordures, derrière un restaurant chinois, c'était quand même lui.

Les deux hommes ne prononcèrent pas un mot, et Michael enjamba prudemment la flaque de sang. Il garda une main sur la rampe, négocia le tournant pour accéder à la volée de marches suivante et, quand il eut la scène devant les yeux, il fut content d'avoir quelque chose à quoi se retenir.

La femme était partiellement vêtue, sa robe rouge et moulante fendue sur le devant, comme un peignoir, dévoilant une peau couleur cacao foncé et une touffe de poils pubiens noirs, épilés suivant une fine ligne qui descendait dans le creux des cuisses. Les seins étaient artificiellement hauts sur la poitrine, maintenus à la perfection par des implants. Un bras était déployé sur le côté, l'autre reposait au-dessus de la tête, les doigts tendus vers la rampe d'escalier, comme si sa dernière pensée avait été de s'y raccrocher pour se lever. Sa jambe droite était repliée à hauteur du genou, écartée du corps, et la gauche formait un angle, si bien qu'il pouvait voir directement jusqu'à la fente du sexe.

Il s'avança encore d'un pas, en faisant abstraction de toute cette activité autour de lui, tâchant de voir cette femme comme le tueur avait dû la voir. Elle avait le visage barbouillé de maquillage, un rouge à lèvres chargé, les joues fardées de bandes sombres, pour accentuer les traits. Ses cheveux noirs et frisés étaient zébrés de mèches orange, crêpés dans tous les sens. Elle avait un joli corps, ou plus joli du moins qu'on ne s'y serait attendu, au vu des marques d'aiguilles qui signalaient qui elle était : une femme qui se payait sa drogue en écartant les jambes. Les hématomes, sur les cuisses, pouvaient venir du tueur ou d'un client qui aimait brutaliser. Si c'était la dernière hypothèse, elle avait sans doute subi ce traitement-là de son plein gré, sachant que la douleur lui rapporterait plus d'argent, sachant que davantage d'argent signifierait aussi plus de plaisir, par la suite, quand l'aiguille s'enfoncerait, et que cette sensation brûlante se répandrait dans ses veines.

Elle avait les yeux grands ouverts, vides, fixant le mur. Un faux cil s'était décollé, lui créant une troisième rangée de cils sous l'œil gauche. Le nez était fracturé, la joue décentrée, là où les os, au-dessous de l'orbite, avaient été réduits en miettes. La lumière de l'escalier se reflétait sur quelque chose, dans la bouche ouverte. Michael se rapprocha encore d'un pas, il vit qu'elle était pleine à ras bord d'un liquide, et que ce liquide, c'était du sang. Le plafonnier miroitait sur ce lac rouge comme une pleine lune d'automne.

Pete Hanson, le médecin légiste de garde, discutait en haut des marches avec Leo Donnelly. Leo était un trou-du-cul, toujours prêt à jouer les flics coriaces, à plaisanter de tout, à rire trop et trop fort, mais il l'avait aussi vu plus d'une fois au bar, la main en va-et-vient flou du zinc à ses lèvres, à s'enfiler des scotches l'un après l'autre, pour essayer de s'effacer le goût de la mort de la bouche.

Leo remarqua Michael et se fendit d'un sourire, comme s'ils étaient deux vieux potes qui se retrouvent pour passer un moment sympa ensemble. Il tenait un sachet spécial pour pièce à conviction en plastique scellé, et il le faisait sauter dans sa main, il le lançait en l'air, juste de quelques centimètres, et il le rattrapait, quelques gestes d'échauffement avant un match de baseball.

« Une foutue nuit pour être de permanence », fit Leo Donnelly.

Michael s'abstint de tout commentaire en ce sens.

« Que s'est-il passé ? »

Et Donnelly continuait, il lançait le sachet en l'air, et puis il le rattrapait, et il le soupesait dans sa main.

« D'après le toubib, elle a saigné à mort.

— C'est une hypothèse », rectifia Pete Hanson. Michael savait que le médecin légiste appréciait Leo à peu près autant que tout le monde au sein du département, ce qui revenait à dire qu'il ne pouvait pas encadrer cet enfoiré. « J'en saurai davantage quand je l'aurai allongée sur la table.

— Attrape », fit Leo, en jetant le sachet dans sa direction en contrebas.

Il vit arriver le projectile au ralenti, il le vit tournoyer en l'air comme un ballon de foot mal équilibré. Il s'en saisit avant qu'il ne touche le sol, et ses doigts se refermèrent sur un objet épais et manifestement humide.

« Ce sera pour ton chat, plaisanta Leo.

— Qu'est-ce que... » Michael s'interrompit. Il avait compris ce que c'était.

« Mate un peu sa tronche ! » Le rire de Donnelly se répercuta sur les murs comme un coup de feu.

Michael ne put que garder les yeux rivés sur le sac. Il sentit le sang dans le fond de sa gorge, ce goût métallique et cinglant de la peur qui vous prend par surprise. La voix qui sortit de sa bouche n'avait plus sa sonorité propre – un peu comme s'il était sous l'eau, en train de se noyer, qui sait.

« Qu'est-ce qui s'est passé ? »

Leo rigolait encore, ce fut donc Pete qui lui répondit.

« Il lui a arraché la langue. Avec les dents. »

Chapitre deux

6 février 2006

À SON RETOUR de la guerre du Golfe, Michael était hanté par ses rêves. Dès qu'il fermait les yeux, il voyait les balles fondre sur lui, les bombes lui emporter les bras et les jambes, des enfants qui couraient sur la route en criant après leur maman. Il savait où étaient leurs mères. Il était resté planté, impuissant, devant les fenêtres closes de l'école, face à ces femmes qui tapaient aux carreaux pour tenter d'échapper à l'incendie allumé par l'explosion d'une grenade, à ces flammes qui les brûlaient vives.

Et maintenant, c'était Aleesha Monroe qui revenait le hanter. Cette femme sans langue, dans l'escalier, l'avait suivi jusque chez lui, elle s'était introduite dans ses rêves, par une sorte de tour de passe-passe, et il la pourchassait dans l'escalier, il la couchait de force sur le palier et il la fendait en deux. Il sentait ses longs ongles rouges lui pénétrer dans la peau, elle tentait de le repousser, de l'étouffer. Il n'arrivait plus à respirer. Il se labourait la nuque, il lui griffait les mains, pour desserrer l'étreinte, qu'elle cesse, enfin. Il se réveilla en hurlant si fort que Gina se redressa dans le lit, à côté de lui, le drap serré contre elle, remonté sur sa poitrine, comme si elle s'attendait à voir un fou furieux dans leur chambre.

« Seigneur, Michael, souffla-t-elle, la main sur le cœur. Tu m'as fichu une de ces frousses ! »

Il attrapa le verre d'eau sur la table de nuit, il but à grandes gorgées, pour éteindre ce feu dans sa gorge, et s'en renversa sur le torse.

« Mon chou, murmura-t-elle, en lui effleurant la plaie, là, dans le haut du dos, du bout des doigts. Que s'est-il passé ? »

Il sentit cette brûlure dans sa nuque, et ses doigts vinrent se poser là où les siens venaient de le toucher. La peau était écorchée et, quand il se leva pour aller voir dans le miroir, au-dessus de la coiffeuse, il entrevit un mince filet de sang suintant de la coupure toute fraîche.

Elle le rejoignit.

« Tu t'es griffé dans ton sommeil ?

— Je n'en sais rien. » Et pourtant, il savait. Il n'avait pas encore repris son souffle, après ce rêve.

Gina lui prit la main, la porta à ses lèvres, en fronçant le nez. L'espace d'une seconde, il crut qu'elle allait l'embrasser. A la place, elle lui posa une question.

« Pourquoi est-ce que tu sens l'eau de Javel ? »

Il avait dû se nettoyer de tout cela – cette odeur, cette moiteur poisseuse qui venait de la proximité avec les morts. Ce n'est pas ce qu'il lui répondit, il n'avait pas envie d'entrer dans cette conversation, donc il préféra lorgner vers le réveil.

« Quelle heure est-il ? lui demanda-t-il.

— Merde, grogna-t-elle, en laissant retomber sa main. Je peux aussi bien m'habiller. Mon service commence dans deux heures. »

Il attrapa le réveil, pour vérifier par lui-même. Six heures et demie. Après avoir traité la scène du crime, retourné tout l'appartement de la jeune femme et rempli la paperasse, il avait dû lui rester quatre heures de sommeil.

La douche coula, le chauffe-eau s'enclencha, il y eut le grondement de la tuyauterie dans l'épaisseur du mur. Il entra dans la salle de bains, il regarda Gina retirer la chemise dans laquelle elle avait dormi.

« Tim est déjà levé, lui signala-t-elle, en baissant sa culotte. Il faut que tu ailles voir ce qu'il fabrique, qu'il ne fasse pas de bêtise. »

Il s'appuya contre le mur, admira son ventre plat, la fermeté des muscles de ses bras, quand elle retira l'élastique de ses cheveux.

« Il se débrouille très bien. »

Elle lui lâcha un regard entendu, elle avait repéré ce qu'il avait repéré.

« Va voir. »

Michael se sentit sourire. Après Tim, ses seins avaient conservé leur plénitude, et rien qu'à les voir, cela lui mettait presque l'eau à la bouche.

« Tu n'as qu'à appeler, et tu leur dis que tu es malade, proposa-t-il.

— C'est ça.

— On se regarde un film, et on baise sur le canapé. » Il se tut une seconde. Il essaya autre chose. « Tu te souviens, quand on s'embrassait pendant des heures ? » Nom de Dieu, depuis des mois, il n'avait eu droit qu'à une bise sur la joue, et ça s'arrêtait là. « Embrassons-nous, Gina, comme avant. Rien de plus. Juste s'embrasser.

— Michael », s'agaça-t-elle, en se penchant pour vérifier la température de l'eau. Elle monta dans la douche. « Arrête de me reluquer comme si j'étais une pute et va voir ce que fabrique ton fils. »

Elle referma la porte de la douche et, avant de sortir, il attendit une bonne minute, observa sa silhouette derrière le verre dépoli, en se demandant quand les choses avaient commencé de dérailler, entre eux.

Il avait rencontré Gina avant que son unité ne parte pour le Golfe. Personne ne s'attendait à prendre un mauvais coup, là-bas, mais avant d'être largués dans le désert, Michael et ses camarades s'étaient déchaînés, ils avaient tenu à s'en payer une tranche. Ellen McCallum était une blonde décolorée toute menue, pas vraiment futée – pile le genre de fille dont vous seriez trop content de vous souvenir, une fois que vous vous retrouveriez coincé dans une tente infecte, sous une croûte de sable, à un million de kilomètres de la maison, histoire de pouvoir parler aux copains d'une greluche, dans votre coin, qui taillait si bien les pipes qu'elle aurait même été capable de sucer le cuir du canapé.

Michael avait consacré le plus clair de sa semaine à essayer de se taper Ellen quand Gina, sa cousine, avait débarqué. Elle lui avait quasiment démonté la tête pour s'être amusé à tripoter sa petite cousine, mais quand il s'était embarqué, deux jours plus tard, c'était à Gina qu'il pensait. Ses cheveux châtains et bouclés, ses traits délicats, le galbe de ses fesses. Il s'était mis à lui écrire et, à sa grande surprise, elle lui avait répondu – elle l'avait vraiment mauvaise, au début, mais après, elle s'était un peu calmée, et pour finir, elle s'était presque entichée de lui. Il était au Koweït, censément occupé à maintenir la paix, quand un jeune con d'ado qui tripatouillait un pistolet lui avait accidentellement tiré une balle dans la jambe. Le gosse était un tireur merdique, mais la blessure refusait de guérir. Quand on avait renvoyé Michael en Allemagne, se faire opérer sur une base militaire, c'était Gina qu'il avait appelée en premier.

Il avait obtenu d'être réformé de l'armée, ils s'étaient mariés une semaine après et, deux semaines plus tard, il s'engageait dans les services de la police d'Atlanta. Gina était sortie diplômée de l'école d'infirmières Georgia Baptist et elle avait trouvé un bon emploi au Crawford Long Hospital. Deux ans après, elle avait changé pour le Piedmont Hospital, qui la payait davantage. Michael avait reçu son insigne de police en plaqué or, et on l'avait transféré de sa patrouille de secteur au Grady Homes à la brigade des Mœurs, avec une augmentation de salaire à la clef. Assez vite, leur existence s'était gentiment organisée, et même au-delà de toutes les espérances de Michael. Ils s'étaient acheté une maison juste au nord d'Atlanta, ils avaient commencé de mettre de l'argent de côté, histoire de garder une poire pour la soif, ils avaient envisagé de faire un enfant ou deux, et de fonder une vraie famille. Et ensuite, Tim était arrivé.

C'était un bébé silencieux, mais Michael avait vu l'étincelle de la vie dans ses grands yeux bleus. La première fois qu'il l'avait pris dans ses bras, il avait eu la sensation de tenir son propre cœur dans ses mains. C'était Barbara, la mère de Gina, qui avait décelé le problème la première. Il ne pleure jamais, cet enfant. Il ne se manifeste pas. Il regarde fixement le mur pendant des heures. Michael n'avait rien voulu entendre, mais le médecin avait confirmé les soupçons de Barbara. A un certain stade de la grossesse de Gina, Tim avait été privé d'oxygène. Le développement de son cerveau ne dépasserait pas celui d'un enfant de six ans. Ils ignoraient le comment et le pourquoi, mais c'était ainsi.

Michael n'avait jamais apprécié Barbara, mais son diagnostic concernant Tim avait suscité de la haine en lui. Mépriser votre belle-mère, cela relevait du cliché, mais Barbara avait toujours estimé qu'avec ce mariage, sa fille avait perdu au change, et maintenant, elle attribuait le problème de Tim à une défaillance de Michael. En plus, c'était une espèce de toquée de la religion, prompte à trouver toutes sortes de défauts aux autres, mais pas aussi prompte à voir les siens. Elle n'était pas seulement du genre à juger le verre à moitié vide : elle le jugeait à moitié vide, et cela leur vaudrait de tous finir en enfer.

« Tim ? » Il appela son fils, enfila son tee-shirt tout en traversant la maison. « Où es-tu, mon pote ? »

Il entendit un petit rire, derrière le canapé, mais continua vers la cuisine.

« Mais où est-ce qu'il est passé, ce Tim ? » s'écria-t-il, en remarquant que son fils avait vidé tout un paquet de Cherrios sur la table de la cuisine. Son bol bleu était rempli de lait à ras bord et, l'espace d'une seconde, il revit la bouche rouge, si rouge d'Aleesha Monroe, remplie de son propre sang.

« Bouh ! » cria le petit bonhomme, en sautant sur son père.

Michael sursauta, même si son fils répétait ce rituel pratiquement tous les matins. Quand il le souleva, il sentit son cœur cogner dans sa poitrine. Le gamin avait huit ans maintenant, bien trop grand pour qu'on le prenne ainsi dans ses bras, mais Michael ne pouvait s'en empêcher. D'une caresse, il lui recoiffa son épi.

« T'as bien dormi, fiston ? »

Tim hocha la tête, en échappant à la main de son père, et il lui repoussa l'épaule, afin de pouvoir redescendre.

« On va ranger tout ce désordre avant que Ba-Ba n'arrive », proposa-t-il, en ramassant déjà quelques céréales dans le creux de la main pour les verser dans le paquet. En semaine, Barbara venait s'occuper de Tim. Elle le conduisait à l'école, elle allait le chercher, elle s'assurait qu'il prenne bien son goûter et qu'il fasse ses devoirs. Tous les jours ou presque, elle lui consacrait plus de temps que Michael ou Gina, mais ils n'avaient guère le choix, ni l'un, ni l'autre.

« Ce bazar, ça ne va pas lui plaire, à Ba-Ba, reprit-il.

— Nan », admit Tim. Il était assis à table, les jambes remontées sous ses fesses. La braguette ouverte de son pyjama Spiderman bâillait.

« Il faudrait me ranger ton équipement, mon pote », lui conseilla-t-il et, quand il vit Tim manipuler ses boutons avec maladresse, il tâcha de refouler la vague de tristesse qui le submergeait.

Michael avait été fils unique, un enfant sans doute trop gâté, et même un peu plus que cela. A l'arrivée de Tim, il ne savait absolument pas s'occuper d'un bébé. Changer ses couches le mettait mal à l'aise, c'était pour lui le genre d'exercice dont il fallait se débarrasser le plus vite possible, et avec un minimum de contact physique. Et maintenant, la seule pensée qu'il avait en tête, c'était que, d'ici quelques années, son fils atteindrait la puberté. Son corps allait grandir et se transformer pour devenir un corps d'homme, mais son mental, lui, ne comblerait jamais le retard. Il ne saurait jamais ce que c'était que de faire l'amour avec une femme et se servir de ce que Dieu lui avait donné pour apporter du plaisir à un autre être humain. Il n'aurait jamais d'enfant à lui. Tim ne connaîtrait jamais la joie et la peine d'être un père.

« Qui a fait toutes ces saletés ? » demanda Gina. Elle s'était enveloppée dans le peignoir de soie bleue qu'il lui avait offert pour Noël, deux ans plus tôt, et elle s'était relevé les cheveux, entortillés dans une serviette. « C'est toi qui as fait toutes ces saletés ? » lança-t-elle à Tim sur un ton taquin, en lui prenant le menton, et elle déposa un baiser sur ses lèvres. « Ba-Ba ne va pas apprécier », le prévint-elle.

Michael prenait secrètement un malin plaisir à ce que le gamin n'ait jamais été capable d'appeler Barbara mamie, comme elle le souhaitait.

Tim voulut nettoyer, mais il ne fit que créer encore plus de gâchis.

« Houlala », s'exclama-t-il, en se laissant tomber à genoux, et il ramassa les pépites Cheerio, une seule à la fois, en les comptant à voix haute, au fur et à mesure qu'il les tendait à sa mère.

« Tu rentres à une heure convenable, ce soir ? demanda-t-elle à Michael.

— Je t'ai prévenue que j'avais une enquête.

— Une enquête dans un bar ? » rétorqua-t-elle, et il lui tourna le dos, pour sortir deux mugs du placard. La nuit dernière, il était trop à cran pour rentrer directement chez lui. Leo avait suggéré d'aller prendre un verre, de discuter de l'affaire, et il l'avait pris au mot, se servant de cette excuse pour s'envoyer deux bourbons et se calmer les nerfs après ce qu'il avait vu.

« Onze... » C'était Tim qui comptait. « Douze...

— Tu empestes, un vrai cendrier, lui reprocha Gina.

— Je n'ai pas fumé.

— Je n'ai pas dit que tu avais fumé. » Elle lâcha une poignée de Cheerios dans la boîte et tendit la main pour en réclamer d'autres.

« Quatorze. » C'était Tim qui continuait.

« Il me fallait juste un petit peu de temps. » Il versa du café dans les mugs. « Leo avait envie de discuter de l'enquête.

— Leo avait envie d'une excuse pour se torcher.

— Hé-ho. » C'était Tim qui chantonnait.

« Désolée, mon bébé », s'excusa Gina, en s'adressant à leur fils. Son ton se radoucit. « Tu as sauté un chiffre. Et treize, qu'est-ce qu'il est devenu ? »

Tim haussa les épaules. Pour l'instant, il ne savait compter que jusqu'à vingt-huit, mais Gina veillait au moins à ce qu'il ne loupe aucun chiffre en route.

« Va t'habiller. Pour Ba-Ba. Elle va bientôt être là. »

Le petit garçon se leva et sortit de la pièce en quelques bonds, et en sautillant d'un pied sur l'autre.

Gina remit les dernières pépites dans la boîte et s'assit en laissant échapper un gémissement. Ce week-end, elle avait enchaîné deux services de suite, pour récolter un peu plus d'argent. La journée n'avait même pas encore débuté et elle avait déjà l'air épuisé.

« Une nuit chargée ? » lui demanda Michael.

Elle but une gorgée de café, et le regarda par-dessus le méandre de vapeur qui s'élevait du mug.

« J'ai besoin d'argent, pour le nouveau thérapeute. »

Il soupira, s'adossa contre le plan de travail. L'ancienne orthophoniste de Tim était allée aussi loin qu'elle avait pu, avec lui. Le gosse avait besoin d'un spécialiste, et les bons spécialistes n'étaient pas pris en charge par le régime de l'assurance-maladie.

« Cinq cents dollars, précisa-t-elle. Ça lui permettra au moins d'attendre la fin du mois.

— Bon Dieu. » Il se frotta les yeux, il sentait la migraine venir. Il repensa à la BMW et à la Lincoln qu'il avait vues au Grady Homes, hier soir. Avec ce genre d'argent-là, Tim aurait pu en consulter cinquante, des spécialistes.

« Prends-le sur les économies », suggéra-t-il.

Elle s'étrangla de rire.

« Quelles économies ? »

Noël. Ils avaient siphonné leurs économies pour Noël.

« Je vais redemander un tour de garde à l'hôpital. » Elle leva la main, pour l'empêcher de protester. « Il lui faut le meilleur docteur.

— Il lui faut sa mère.

— Et la tienne, alors ? » riposta-t-elle.

La mâchoire de Michael se contracta.

« Je ne veux plus lui demander un sou. »

Elle reposa le mug sur la table, si brutalement qu'elle se renversa du café sur le dos de la main. Il n'avait aucun moyen de sortir vainqueur de cette dispute – il aurait dû le savoir, ils avaient eu la même à peu près toutes les semaines depuis ces cinq dernières années. Il accumulait déjà les heures supplémentaires, pour rapporter plus d'argent, pour que Tim ne manque de rien. Gina assurait un week-end de garde deux fois par mois, mais il s'était refusé à ce qu'elle travaille pendant les vacances. Tel que ça se passait, il la voyait déjà à peine. Il lui arrivait de penser qu'elle s'organisait exprès pour. Ils n'étaient plus un couple marié, ils formaient une association, une entité à but non lucratif qui œuvrait pour l'amélioration de l'état de Tim. Michael était même incapable de se souvenir de la dernière fois qu'ils avaient fait l'amour.

« Cynthia a téléphoné hier soir », lui annonça-t-elle. Leur voisine trop gâtée. « Elle a une planche branlante ou je ne sais quoi.

— Une planche branlante? répéta-t-il. Où est Phil? »

Elle plaqua les deux paumes sur la table et se leva.

« Au Botswana. Oh, la barbe, Michael, j'en sais rien, moi. Tout ce que je sais, c'est qu'elle a demandé si tu pouvais la lui réparer, et j'ai répondu oui.

— Tu ne pouvais pas me demander, d'abord?

— Tu t'en occupes ou tu t'en occupes pas, c'est tout », lui rétorqua-t-elle avec brusquerie, en jetant le reste de son café dans l'évier. « Moi, il faut que je m'habille pour aller au travail. »

Elle s'éloigna vers le fond du couloir, et il la suivit du regard. Tous les matins, c'était pareil : Tim fichait la pagaille, eux nettoyaient, et puis une banale dispute éclatait à cause d'une bêtise. Et pour couronner le tout, Barbara allait bientôt arriver, et il était persuadé que sa belle-mère trouverait une bonne raison de se plaindre, que ce soit son mal de dos, son chèque misérable de l'aide sociale ou le fait qu'il lui avait donné un petit-fils attardé mental. Récemment, sa dernière marotte consistait à lui laisser des articles sur le Syndrome de la guerre du Golfe scotchés à la porte du frigo, l'insinuation transparente étant qu'il aurait commis des atrocités en Irak qui avaient attiré ce fléau sur sa famille.

Il passa dans la chambre et s'habilla en vitesse, en faisant l'impasse sur la douche pour s'éviter d'entrer dans la salle de bains et devoir encore affronter Gina. Il vit la Toyota de Barbara s'arrêter dans l'allée, sortit son marteau de sa boîte à outils, et se faufila en douce par la porte de derrière pendant qu'elle entrait par-devant.

Une partie du grillage de la clôture qui fermait le jardin sur l'arrière de la maison avait été emportée par un arbre, à cause de la dernière tempête de grésil, et ils n'avaient pas d'argent pour la réparer. Il enjamba la section arrachée en sautant par-dessus, faisant attention de ne pas accrocher le revers de son pantalon sur le métal tordu et de s'étaler à plat ventre. Une fois de plus.

Il frappa à la porte de derrière et jeta un coup d'œil à travers la fenêtre, en attendant que Cynthia vienne lui ouvrir. Elle prit tout son temps, et il la vit s'approcher dans le couloir d'un pas léger, en nuisette babydoll courte et ouverte, qui révélait le caraco et le string qu'elle portait dessous. L'ensemble était blanc, quasi transparent. Il se demanda où était Phil. Si Gina ouvrait la porte à Phil habillée comme ça, il l'aurait tuée, bordel.

Cynthia manipula les différents verrous, sans se presser, un peu penchée en avant, en lui exhibant un bout de sein au passage. Ses longs cheveux blonds lui masquaient le visage. Le caraco était si décolleté qu'il put entrevoir le rose des mamelons.

Le crâne bourdonnant d'électricité, Michael soupesa le marteau dans sa main. Il aurait intérêt à tourner tout de suite les talons, à la laisser se débrouiller seule, pour réparer sa planche. Merde, Phil allait bien rentrer chez lui, à un moment ou un autre. Qu'il la répare, lui.

En ouvrant la porte, Cynthia l'accueillit avec un sourire lumineux.

« Salut, voisin.

— Où est Phil ?

— A Indianapolis, lui répondit-elle, les deux mains sur la bouche, pour dissimuler un bâillement. Parti vendre des bas de contention aux masses laborieuses, rien que pour me permettre de rester dans le style auquel je me suis habituée.

— D'accord. » Il jeta un œil par-dessus son épaule. La cuisine était une porcherie. Des assiettes incrustées de nourriture étaient empilées dans l'évier, il y avait des emballages de pizzas partout, et les cendriers débordaient de mégots. Il vit de la moisissure qui proliférait sur un fond de boisson ressemblant à du jus d'orange.

« Gina m'a raconté que tu avais une planche branlante. »

Elle eut un sourire de chatte.

« Qui a besoin d'être ajustée. »

Michael posa son marteau.

« Pourquoi tu l'as appelée ?

— Entre voisins, on s'entraide, remarqua-t-elle, comme si c'était si simple. Tu as promis à Phil que tu t'occuperais de moi en son absence. »

Phil ne l'avait pas entendu en ce sens.

Elle le tira à l'intérieur de la maison par le col de sa chemise.

« Tu m'as l'air tellement tendu.

— Je ne peux pas continuer comme ça.

— Continuer quoi ? » lui demanda-t-elle, en l'attirant plus près.

Il songea à Gina, à cette manière qu'elle avait de ne même plus le regarder, à ce qu'il ressentait quand elle le repoussait.

« Je ne peux plus, c'est tout. »

Elle plaqua la main contre son pantalon.

« Moi, j'ai l'impression que tu peux encore. »

Il retint son souffle, ses yeux suivirent la courbe de ses petits seins, jusqu'à ses mamelons dressés. Il sentit sa langue sortir d'entre ses lèvres, il sentait presque déjà l'effet que ça lui ferait de la prendre dans sa bouche.

Elle baissa la fermeture Eclair de son pantalon et y plongea la main.

« Ça te plaît ? » lui demanda-t-elle, et son pouce entama un petit massage circulaire.

« Dieu de Dieu, siffla-t-il entre ses dents. Oui. »

DECATUR CITY OBSERVER

19 JUIN 1985

RECHERCHE DES TÉMOINS DANS LE MEURTRE FINNEY

Dans le cadre de l'enquête concernant Mary Alice Finney, la police demande aux témoins de se faire connaître. La jeune fille a été retrouvée assassinée au domicile familial, à Decatur, dimanche dernier. Lors d'une conférence de presse, le chef de la police, Harold Waller, a révélé que Mary Alice était allée au centre commercial de Lenox Square Mall plus tôt dans la soirée, avant de se rendre à une petite réception organisée par des jeunes dans son quartier de Decatur. La jeune lycéenne de quinze ans a été aperçue pour la dernière fois quittant cette fête avec un inconnu. Toute personne ayant vu cette jeune fille ou détenant des informations sur cet inconnu est vivement encouragée à contacter les services de police du comté de DeKalb. La famille a refusé toute interview, mais dans un communiqué officiel, Paul Finney, procureur de district adjoint du comté de DeKalb et père de la jeune fille assassinée, en a appelé au respect de sa vie privée. Selon des sources proches de l'enquête, c'est Sally Finney, la mère de la jeune Mary Alice, qui a retrouvé sa fille en allant la réveiller pour l'emmener à l'église.

Chapitre trois

MICHAEL SE SENTAIT franchement merdeux. Il n'était bel et bien qu'une merde.

Avec Cynthia, la première fois, c'était par accident. Il savait que c'était une excuse pitoyable, car on ne se retrouvait pas au fond du vagin d'une femme, tout d'un coup, par hasard, et pourtant, c'était vraiment ainsi qu'il le percevait. Un soir, Phil avait appelé de Californie, fou d'inquiétude parce qu'il n'arrivait pas à joindre Cynthia. Ce type était sans arrêt en déplacement, il vendait de la bonneterie aux grands magasins, et il en profitait sans doute pour tremper son biscuit sur le trajet. Michael n'en avait pas la preuve, mais il avait travaillé aux Mœurs pendant trois ans et il connaissait ce style de représentants de commerce qui savaient profiter des talents locaux chaque fois qu'ils se retrouvaient sur la route. Ces coups de téléphone à répétition, pour s'enquérir de Cynthia, c'étaient plus des appels inspirés par la culpabilité, une manière pour Phil de la tenir à l'œil, quand il était incapable de se tenir lui-même à l'œil.

A cette période, Gina travaillait de nuit, et s'écartait déjà de Michael quand il lui tendait la main. Les difficultés de Tim devenaient de plus en plus manifestes et, en réaction, elle s'était jetée à corps perdu dans le travail, acceptant d'enchaîner deux services de suite parce qu'elle ne pouvait supporter l'idée de devoir rentrer chez elle se confronter au spectacle de son fils déficient. Michael, lui, était malade de chagrin, épuisé à force de pleurer, jusqu'à tomber de sommeil, le soir. Et tout simplement dans une solitude à crever.

Cynthia était disponible, plus que disposée à lui alléger l'esprit de toutes ces pesanteurs. Après la première fois, il s'était juré que cela ne se reproduirait plus, et il s'y était tenu, du moins pendant un an. Il avait du travail, il avait Tim, et il ne pensait qu'à cela et à rien d'autre, jusqu'à ce qu'un jour, au printemps dernier, Cynthia touche un mot à Gina de son évier qui fuyait.

« Va le lui réparer, avait-elle suggéré à Michael. Phil est tout le temps parti. La pauvre, elle n'a personne pour s'occuper d'elle. »

Il n'était pas amoureux de Cynthia, et il n'avait pas la stupidité de croire qu'elle éprouvait ce genre de sentiments à son égard. A son âge respectable, la quarantaine, il avait appris qu'une femme qui n'avait qu'une envie, vous tomber dessus chaque fois qu'elle vous croisait, n'était pas amoureuse – elle était à la recherche d'autre chose. Peut-être Cynthia aimait-elle baiser avec Michael dans le lit de Phil rien que pour le frisson. Peut-être aimait-elle l'idée de voir Gina par la fenêtre de la cuisine, en sachant qu'elle s'appropriait ce qui appartenait à une autre. Il ne pouvait se permettre le luxe de prendre en compte ses motivations. Quant aux siennes, il ne les connaissait que trop bien. Pendant ces quinze ou vingt minutes qu'il passait dans la maison d'à côté, son esprit se vidait et il ne pensait plus aux spécialistes qu'il fallait payer, au crédit immobilier ou au coup de fil de la société de la carte de crédit lui demandant quand ils pouvaient espérer encaisser un peu d'argent. Il ne songeait plus qu'à la petite bouche parfaite de Cynthia, et à son propre plaisir.

Enfin, un jour, elle lui réclamerait quelque chose. Il n'était pas assez bête pour ne pas comprendre au moins cela.

« Salut, Mike, s'écria Leo, en frappant de ses doigts repliés sur le bureau de Michael. Sors-toi la tête de la mélasse, tu veux.

— Qu'est-ce qui se passe ? » s'enquit-il, en se redressant contre le dossier de son siège. Eux deux mis à part, et Greer enfermé à clef derrière la porte de son bureau, avec ses stores baissés, le poste de police était désert.

Michael désigna la porte close.

« Il est encore en train de se branler, là-dedans, ou quoi?

— Il a un type du GBI avec lui. Un grand gabarit, du genre Lurch dans la famille Addams.

— Pourquoi ça? » demanda-t-il, mais il savait pourquoi. Hier soir, Ted Greer l'avait prévenu qu'il allait réclamer de l'aide sur ce coup-là, et l'échelon supérieur, dans la hiérarchie, c'était le Georgia Bureau of Investigation, le Bureau fédéral d'investigation de l'Etat.

« Moi, il ne me consulte pas », précisa Leo, et il s'assit sur le bord du bureau, en dispersant du même coup toutes sortes de papiers. Il recommençait chaque fois, malgré toutes les mises en garde de Michael.

« Tu as eu un souci avec madame, hier soir?

— Non », mentit Michael, en laissant son regard errer dans la salle de la brigade. L'endroit était sombre et déprimant, avec ses baies vitrées, donnant sur le Home Depot, la grande surface de bricolage de l'autre côté de la rue, maculées d'une couche de crasse qui empêchait la lumière du soleil matinal de passer. Le City Hall East était un bâtiment de douze étages, un ancien grand magasin de la chaîne Sears, posé dans le bas d'une courbe, sur Ponce de Leon Road, et qui occupait tout un bloc d'immeubles. Une voie ferrée séparait l'édifice d'une ancienne usine Ford, transformée en lofts chic et chers. L'Etat avait racheté l'immeuble Sears laissé à l'abandon, il y avait de cela des années, pour le reconvertir et y abriter divers services gouvernementaux. Il y avait là au moins trente départements différents et plus de cinq cents employés de la ville. Il travaillait ici depuis dix ans, mais à part le parking bondé, il n'avait jamais vu que les trois étages utilisés par la police d'Atlanta et la morgue.

« Salut », répéta Leo, en cognant de nouveau sur le bureau.

Michael recula sa chaise, mit un peu de distance entre son collègue et lui. Entre les cigarettes qu'il allumait l'une derrière l'autre et sa manie d'aller en permanence boire une goutte à la bouteille qu'il gardait dans son casier, ce type avait une haleine de chacal.

« Tu rêvasses à une chatte bien mouillée?

— La ferme », répliqua-t-il brusquement, trouvant qu'il visait un peu trop juste. Leo visait toujours juste – pas parce que c'était un bon inspecteur, mais parce qu'il était incapable de la boucler.

« Je pensais aller rendre visite à Ken, plus tard. » Il sortit une mandarine de sa poche de costume et se mit à l'éplucher. « Comment il va ?

— Ça va », lui répondit Michael, mais la vérité, c'était qu'il n'avait plus parlé à Ken Wozniak depuis une semaine. Ils avaient été équipiers pendant un temps, aussi proches que des frères jusqu'à ce jour où son copain s'était agrippé le bras, avant de s'écrouler par terre. Wozniak lui parlait d'une femme superbe qu'il avait rencontrée la veille au soir et, l'espace d'une fraction de seconde, Michael avait pris cette chute pour un genre de bonne blague. Ensuite, son équipier avait été saisi de mouvements convulsifs. La bouche ouverte, il s'était pissé dessus, ici même, sur le sol de cette salle. Cinquante-trois ans et il avait fait une attaque, comme un vieillard. Et maintenant, tout le côté droit du corps demeurait inerte, un bras et une jambe devenus aussi inutiles qu'un journal détrempé par la pluie. La bouche resterait définitivement tordue, et un filet de salive lui dégoulinait sur le menton, comme si c'était un bébé.

Au sein de la brigade, personne n'avait envie d'aller le voir, d'aller l'entendre essayer de parler. Ken Wozniak était le vivant rappel de ce qui les attendait presque tous au tournant. Trop de tabac, trop d'alcool, deux ou trois mariages ratés, et tout ça se terminait par vivre ses derniers jours en solitaire, dans la catatonie, devant la télé, planté dans une maison de santé cradingue, propriété de l'Etat.

La porte de Greer s'ouvrit, et un personnage dégingandé en costume trois-pièces sortit. Il trimbalait une serviette en cuir qui, dans sa grande main, paraissait au format timbre-poste. Il comprit pourquoi Leo avait évoqué Lurch. Il était grand, peut-être un mètre quatre-vingt-dix ou quatre-vingt-quinze, et aussi longiligne qu'un lévrier. Ses cheveux d'un blond sale étaient coupés près du crâne, avec la raie sur le côté. La lèvre supérieure était curieuse, elle aussi, comme si quelqu'un la lui avait fendue en deux avant de la reconstituer de travers. En réalité, Leo Donnelly s'était trompé de série. Comme toujours. Si vous lui ajoutiez deux boutons de porte de part et d'autre du cou, le type aurait pu tourner dans *Les Monstres*.

« Ormewood, s'écria Greer, en l'invitant d'un geste à s'approcher. Voici l'agent spécial Will Trent, du CAT. »

Leo fit preuve de son élégance habituelle.

« Le CAT, qu'est-ce que c'est que ça, bordel?

— Le Special Criminal Apprehension Team, l'unité spéciale d'intervention criminelle », lui répondit Greer, afin de l'éclairer.

Michael sentit presque l'effort palpable fourni par Leo pour ne pas relever que le nom de cette unité aurait dû se décliner sous le sigle SCAT, et pas juste CAT. Peu de choses étaient capables de clouer le bec de son collègue, mais en l'occurrence Will Trent se tenait tout près de Donnelly, et il le dominait de presque trente centimètres. L'émissaire de cet organisme étatique avait des mains immenses, sans doute assez grandes pour envelopper la tête de l'inspecteur et lui broyer le crâne comme une vulgaire noix de coco.

Leo Donnelly était idiot, mais pas abruti.

« Je suis rattaché à la division spéciale du Bureau Fédéral d'Investigation de Géorgie, créée pour aider les forces de police locales, un peu partout sur le territoire de l'Etat, à appréhender les criminels violents. En l'occurrence, mon rôle est purement consultatif. »

Il s'exprimait comme s'il lisait son texte dans un manuel, en articulant chaque mot avec soin. Entre ça et le costume trois-pièces, le type aurait pu être professeur d'université.

« Michael Ormewood. » Il décida d'arrondir les angles, et lui tendit la main. Trent la lui serra, pas trop fermement, mais pas aussi mollement que s'il tenait un poisson. « Voici Leo Donnelly. » Il se chargea des présentations, car son collègue était occupé à se fourrer une moitié de mandarine dans la bouche, et du jus lui gouttait sur le dos de la main.

« Inspecteur. » Pour Donnelly, Trent se contenta d'un signe de tête un peu dédaigneux. Il consulta sa montre d'un bref coup d'œil. « Les résultats de l'autopsie ne seront pas prêts avant une heure, précisa-t-il à Ormewood. J'aimerais échanger quelques impressions, si vous avez une minute. »

Michael lança un regard à Greer, se demandant au juste ce qui venait de bouger dans l'échelle hiérarchique, au cours des deux dernières minutes. Il avait l'impression d'avoir été relégué tout en bas et il n'appréciait guère.

Ted Greer leur tourna le dos, et repartit vers son bureau en se dandinant. Il lâcha encore un mot, par-dessus son épaule.

« Vous me tiendrez au courant. » Et il ferma sa porte.

Michael dévisagea Trent, l'espace d'une seconde. Le type de l'Etat ne ressemblait pas à un flic. Malgré sa haute taille, il ne remplissait pas la pièce. Il se tenait là, une main dans la poche, le genou gauche fléchi, presque décontracté. Il aurait eu les épaules assez larges, s'il se tenait droit, mais il n'avait pas l'air enclin à tirer avantage de sa stature. Il lui manquait cette présence physique de celui qui est dans l'action, le côté « je t'emmerde », que l'on finit par acquérir à force d'arrêter tous les spécimens de racaille que la Terre pouvait porter.

Ormewood dévisageait cet homme, en s'interrogeant sur ce qui arriverait s'il disait juste à cet enfoiré de foutre le camp. Mais après l'engueulade de ce matin avec Gina et sa petite gâterie avec Cynthia, il ne pouvait quand même pas tomber sur le râble de tout le monde. D'un geste de la main, il désigna la porte.

« La salle de réunion est par là. »

Trent se dirigea vers le couloir. Il lui emboîta le pas, sans quitter des yeux les épaules du personnage, en se demandant comment il avait échoué au GBI. En général, les types du Bureau étaient des camés à l'adrénaline, l'organisme tellement gorgé de testostérone qu'ils avaient en permanence le front luisant de transpiration.

« Vous êtes dans le métier depuis combien de temps ? le questionna-t-il.

— Douze ans. »

Il calcula que l'autre devait avoir dix ans de moins que lui, mais cela ne lui disait pas pour autant ce qu'il avait envie de savoir.

« Ancien militaire ? insista-t-il.

— Non », répondit Trent, en ouvrant la porte de la salle de

réunion. Dans cette pièce, les fenêtres étaient vraiment propres et, à la lumière du soleil, il découvrit une deuxième cicatrice qui courait sur le côté du visage de l'agent du GBI. La peau rose et dentelée virait presque au blanc, en partant de l'oreille vers le cou, pour suivre la veine jugulaire et disparaître dans son col de chemise.

Quelqu'un l'avait entaillé assez profond.

« La guerre du Golfe », fit-il, en posant la main sur sa poitrine, songeant que cela pourrait sortir l'homme de sa coquille. « Vous êtes certain qu'on vous a pas recruté ?

— Catégorique », répliqua l'autre, en s'asseyant à la table. Il ouvrit sa serviette et en tira une pile de chemises de couleurs vives. Vu de profil, Michael constata qu'on lui avait éclaté le nez au moins à deux reprises, et se demanda si le type n'avait pas été boxeur. Pourtant, il était trop mince, avec ce corps élancé, ce visage anguleux. Peu importait son passé, il y avait quelque chose dans le personnage qui le mettait à cran.

Trent compulsait les fichiers, en plaçant les chemises dans un certain ordre, quand il remarqua que Michael était resté debout.

« Inspecteur Ormewood, je fais partie de votre équipe.

— Ah oui, vraiment ?

— Je ne revendique aucun titre de gloire », lui assura-t-il, même si, de sa propre expérience, c'était bien à cela que renvoyait le « G » du sigle GBI. Les gaillards de la fédérale avaient la réputation de débarquer, d'accomplir la moitié du travail et de s'en attribuer tout le mérite.

Will Trent poursuivit.

« Je ne veux pas vous voler la vedette, et ça ne m'intéresse pas de me montrer aux infos quand on chopera le méchant. Je souhaite juste vous seconder dans votre mission, et ensuite je passe à autre chose.

— Qu'est-ce qui vous fait croire qu'on a besoin d'être secondés ? »

Trent releva le nez de ses dossiers, prit le temps d'examiner son interlocuteur, quelques secondes. Il ouvrit une chemise rose fluo bien à plat sur la table et la fit glisser vers lui. « Julie Cooper, de Tucker, lui dit-il, en évoquant le nom d'une bourgade située à une trentaine de kilomètres d'Atlanta. Quinze ans. Elle a été violée et frappée... presque à mort... il y a quatre mois. »

Ormewood hocha la tête, parcourut la fiche, sans prendre la peine de s'attarder sur les détails. Il arriva à la photographie de la victime, et son regard s'arrêta. De longs cheveux blonds, un eye-liner chargé, trop de rouge à lèvres pour une fille de cet âge.

Trent ouvrit une autre chemise, vert néon, celle-ci.

« Anna Linder, quatorze ans, de Snellville. »

Juste au nord de Tucker.

« Le 3 décembre de l'année dernière, la jeune Linder était enlevée alors qu'elle se rendait à pied chez sa tante, dans la même rue que la maison de ses parents, à l'autre bout. » Il passa le dossier à Ormewood. « Violée, frappée. Même modus operandi. »

Michael passa le dossier en revue, il cherchait la photo. Anna Linder était brune, et les hématomes autour des yeux l'étaient encore plus. Il prit le cliché, l'étudia de plus près. La bouche avait été salement amochée, la lèvre entaillée, du sang lui coulait sur le menton. Le visage possédait un certain éclat, qui ressortait sous le flash de l'appareil.

« On l'a trouvée le lendemain, cachée dans un fossé de Stone Mountain Park.

— D'accord, fit Michael, attendant de connaître le lien entre les deux.

— Les deux filles ont signalé avoir été agressées par un homme masqué d'une cagoule noire. » Il étala un dossier orange, une photographie attachée par un trombone au premier feuillet. « Dawn Simmons, de Buford. »

Michael dut y regarder à deux fois, songeant que cette fille ne devait pas avoir plus de dix ans.

« Elle est plus jeune que les autres », dit-il, dégoûté à la seule pensée qu'une ordure d'obsédé puisse toucher à cette enfant. Elle n'était pas plus âgée que Tim.

« Elle a été agressée il y a six mois, lui expliqua l'autre. Et elle a signalé que son agresseur portait une cagoule noire. »

Il secoua la tête. Buford était à une heure, et la fille était trop jeune.

« Coïncidence.

— Je suis de cet avis, moi aussi, acquiesça l'agent du GBI. Les types comme lui ne chassent pas en dehors de leur zone de confort. »

Sans s'en apercevoir, Michael avait pris un siège devant la table. Il reposa la photo de la fillette de dix ans et la refit glisser vers Trent, se disant que s'il la regardait encore une minute de plus, il en aurait la nausée. Nom de Dieu, les pauvres parents. Mais bon sang, comment ces gens supportaient-ils une chose pareille ?

« Qu'est-ce que ça veut dire, zone de confort? » s'enquit-il.

Trent reprit son ton professoral.

« Les prédateurs sexuels visent des enfants d'un groupe d'âge spécifique. Un homme qui est attiré sexuellement par des jeunes de dix ans peut considérer que quinze, seize ans, c'est déjà trop vieux. Le même principe s'applique à un adulte de sexe masculin qui s'intéresse aux adolescents. Il ne serait probablement pas moins dégoûté par l'idée de s'attaquer à une fille aussi jeune. »

Ormewood sentit son ventre se nouer. Trent abordait le sujet de façon tellement terre à terre, comme s'il discutait de la météo. Il se sentit obligé de lui poser une question.

« Vous avez des gosses ?

— Non », admit l'agent du Bureau fédéral, sans lui retourner la question. Peut-être connaissait-il déjà la réponse, sans doute par l'intermédiaire de Greer. Michael se demandait ce que cet enfoiré était allé lui raconter, à propos de Tim.

L'autre continua.

« Dans chacune de ces affaires, j'ai passé un coup de fil aux parents pour voir s'il n'y aurait pas moyen de parler à leur fille, le cas échéant recueillir de nouvelles informations, maintenant qu'il s'est écoulé un peu de temps depuis ces agressions. D'après ce que j'ai pu constater, les victimes de cette sorte de crimes se remémorent davantage d'éléments quand elles ont déjà pris un peu de recul par rapport à l'événement. Ce peut être une perte de temps, reconnut-il, mais enfin, c'est aussi parfois le moyen de recueillir des éléments nouveaux dont elles ont été incapables de se souvenir lors des dépositions initiales.

— Exact », confirma Ormewood, en tâchant de ne pas avoir l'air trop agacé. Il avait travaillé sur quantité de viols tout seul comme un grand et n'avait pas besoin de leçons.

« A mon avis, l'auteur de ces agressions est probablement un individu instruit, poursuivit Trent. Sans doute le milieu ou la fin de la trentaine. Mécontent dans son travail, mécontent de sa situation familiale. »

Michael tint sa langue. A son avis, le profilage criminel, ce n'était qu'un tas de conneries. Mis à part l'aspect individu instruit, ce style de profil s'appliquerait aussi bien à tous les hommes de la brigade ou presque. Qu'il y ajoute la baise avec la voisine, et c'est lui-même, Michael, qu'il décrirait.

« Ces fiches attestent un schéma évident d'escalade, continua-il. Cooper, la première de ces jeunes filles, a été agressée devant une salle de cinéma. Rapide, efficace. L'ensemble de l'affaire n'a peut-être duré que dix minutes, et le tout hors de portée des caméras de surveillance du cinéma. La deuxième, Anna Linder, a été enlevée en pleine rue. Il l'a emmenée quelque part... elle ne sait pas trop où... en voiture. Et il l'a laissée devant le portail du Stone Mountain Park. La police du parc l'a retrouvée là-bas, le lendemain matin.

— Des traces de pneus ?

— Oui, à peu près mille deux cents, lui répliqua-t-il. Le parc venait à peine de commencer ses spectacles annuels de son et lumière pour Noël. »

Michael avait emmené Gina et Tim voir ces son et lumière. Ils y allaient tous les ans.

« Côté ADN ? s'enquit-il.

— Il portait un préservatif.

— D'accord », acquiesça Ormewood. Ils n'avaient donc pas affaire à un crétin. « Quel rapport avec ma fille à moi, celle de la nuit dernière ? »

Trent plissa les yeux, l'air de se demander si son interlocuteur avait écouté un traître mot de ce qu'il venait de lui raconter.

« Leurs langues, inspecteur. » Il refit pivoter les chemises vers lui. « Elles ont toutes eu la langue arrachée. A coups de dents. »

Chapitre quatre

« EN SOMME, la langue, c'est un morceau de viande plutôt ferme, expliqua Pete Hanson, en enfilant ses gants en latex. Il s'interrompit, regarda Trent. A vous voir, cher monsieur, je dirais que vous êtes coureur. Est-ce exact ? »

Will Trent ne parut pas surpris de la question. Si le bonhomme était dans la profession depuis douze ans, Ormewood se figurait qu'il avait déjà dû croiser un bon paquet de coroners excentriques.

« Oui, monsieur, répondit-il.

— Sur longue distance ?

— Oui.

— Marathons ?

— Oui.

— C'est ce que je pensais. » Pete opina, pour lui-même, comme s'il venait de marquer un point, et pourtant, Michael l'avait bien remarqué, Will Trent ne lui avait pas livré la moindre information personnelle.

Pete retourna au cadavre étendu sur la table, au centre de la pièce. Le corps d'Aleesha Monroe était voilé d'un drap blanc, la tête nue. La troisième rangée de cils avait disparu, le maquillage avait été supprimé. D'épais points de suture couturaient le front, là où l'on avait décollé le cuir chevelu et la peau du visage, afin d'examiner le crâne et d'en extraire le cerveau.

« Vous vous êtes déjà mordu la langue ? » demanda Hanson.

Faute d'une réaction de l'agent du GBI, Michael répondit à sa place.

« Bien sûr, fit-il.

— Ça guérit assez vite. La langue est un organe incroyable... c'est-à-dire, à moins qu'elle ne soit sectionnée. En tout cas, se mordre la langue n'a rien de compliqué. » Il rabattit le drap, découvrant l'incision en Y, mais en s'arrêtant à la naissance des seins de la morte. Michael vit bien les hématomes noirs et profonds, à l'épaule gauche de la jeune femme. « La répartition des lividités cadavériques nous indique qu'elle est morte à l'endroit où vous l'avez trouvée. Sur le dos, et sur les marches. Ma déduction, c'est qu'elle a été frappée, puis violée, et qu'à un moment donné, il a profité de ce viol pour lui arracher la langue avec les dents. »

Ormewood songea à la scène, se représenta Aleesha Monroe dans l'escalier, le corps relâché, subissant le viol, et qui ensuite se raidit, se convulse sous le coup de la peur, quand elle comprend ce qui va lui arriver.

Ce fut finalement Trent qui prit la parole.

« Vous pourriez effectuer un prélèvement d'ADN sur la langue ?

— J'imagine qu'au vu de sa profession, je récolterais une quantité significative d'ADN. » Il haussa les épaules. « Et je suis convaincu que les prélèvements de son vagin vous révéleront une abondance de suspects, mais d'après moi, votre criminel utilisait un préservatif.

— Pourquoi cela ? s'enquit Ormewood.

— Du talc, lui répondit-il. Il y avait une trace de poudre farineuse sur sa cuisse droite. »

Michael savait que les capotes étaient souvent conditionnées dans du talc, afin d'en faciliter le maniement. Tous les fabricants de préservatifs utilisent les mêmes composants, de sorte qu'il n'y avait aucun moyen de remonter la piste vers l'un ou l'autre en particulier. Et d'ailleurs, ce n'était pas le fait de savoir s'il enfilait du Trojan ou du Ramses qui restreindrait le champ des recherches.

« Je suppose que ce préservatif était lubrifié, reprit le médecin légiste. J'ai aussi relevé des traces d'un composé qui n'est pas contradictoire avec le nonoxynol-9. »

Trent eut l'air de juger cela intéressant.

« Y avait-il aussi des traces sur les marches ?

— Je n'en ai pas trouvé. »

L'agent formula une hypothèse.

« Donc, il a déjà dû avoir un rapport sexuel avec elle autre part, probablement dans l'appartement, avant cette lutte dans l'escalier. »

Ormewood cessa de leur prêter attention, à tous les deux. Une putain comme Aleesha Monroe n'allait pas dilapider son argent chèrement gagné en dépenses extravagantes, comme du lubrifiant ou du spermicide. Mieux valait serrer les dents et garder son fric. Quitte à affronter les conséquences plus tard.

« Le préservatif devait appartenir au tueur », remarqua-t-il.

Trent eut l'air surpris, comme s'il venait de se souvenir de sa présence dans la pièce.

« C'est possible. »

Michael lui exposa son raisonnement.

« L'auteur du crime n'avait pas l'intention de la tuer. Sinon, pourquoi prendre la peine d'acheter un préservatif qui lui coûte cher. Exact ? »

L'autre acquiesça, mais sans rien ajouter. Pete rompit le silence.

« Bien. Comme je le disais... » Il revint à son cours magistral, ouvrit la bouche de la jeune femme, et leur montra le moignon de chair auquel avait été rattachée la langue. « Cet organe ne comporte pas de vaisseaux importants, sauf l'artère linguale, qui se ramifie comme les racines d'un arbre, en s'effilant aux extrémités. Pour l'atteindre, il faudrait pénétrer dans la bouche de plusieurs centimètres, auquel cas vous ne pourriez plus vous servir de vos dents. » Il fronça le sourcil, réfléchit un instant. « Représentez-vous un teckel essayant d'introduire le museau dans le terrier d'un blaireau. »

Michael n'en avait aucune envie, mais il s'aperçut que cette image défilait dans sa tête, avec dans l'oreille l'écho d'un joyeux aboiement.

« Dans ce cas-ci, continua le médecin légiste, l'incision a permis de séparer le frein de la langue de l'organe proprement dit, par une découpe du conduit submandibulaire. » Il ouvrit la bouche et releva la langue, en pointant du doigt le mince filet de peau visible au-dessous. « La suppression de la langue ne constitue pas en soi une blessure à caractère vital. Le problème, c'est que cette jeune femme est tombée sur le dos. Peut-être l'état de choc provoqué par cette situation ou les substances chimiques diverses présentes dans son organisme ont-ils eu un effet sur elle. Ensuite de quoi, elle a perdu connaissance. En l'espace de quelques minutes, le sang de la langue sectionnée lui a rempli la gorge. Pour moi, la cause officielle du décès sera l'asphyxie due à l'obstruction de la trachée par l'afflux sanguin, entraînant un arrêt respiratoire relatif à l'exsanguination consécutive à l'amputation traumatique de la langue.

— Mais son intention n'était pas qu'elle meure, rappela Ormewood.

— Il n'est pas dans mes compétences d'imaginer ce qui traverse la tête d'un homme quand il arrache la langue d'une femme d'un coup de mâchoire, mais si j'étais joueur, et mes ex-épouses vous confirmeraient que je le suis, alors oui, je parierais que l'agresseur n'avait pas l'intention qu'elle meure.

— Tout comme avec les autres, releva Trent.

— Parce que nous en avons d'autres ? s'étonna le médecin légiste, subitement intéressé. Je n'ai entendu parler d'aucun cas similaire à celui-ci.

— Deux autres jeunes filles, à notre connaissance. La première a eu la langue mordue, mais pas complètement arrachée. On la lui a recousue et cela s'est bien terminé... enfin, tout est relatif. La deuxième a perdu la langue. Il s'était écoulé trop de temps pour que l'on puisse la lui greffer sans risque. »

Pete secoua la tête.

« La pauvre. Est-ce récent ? Je n'ai rien lu à ce propos.

— La première agression ayant eu lieu sur un site appartenant à l'Etat de Géorgie, nous avons été en mesure d'imposer le silence. Les parents de la deuxième jeune fille ont maintenu la presse en dehors de l'affaire, et les flics locaux n'ont pas divulgué les détails. Si personne n'accepte de parler, il n'y a pas d'article.

— Et la troisième ? voulut savoir Michael. La fillette ? »

Trent informa Hanson de l'affaire.

« Mon opinion, c'est qu'elle s'est mordue toute seule, conclut-il. Elle est jeune, elle a dix ans. Elle devait être terrorisée. La police locale est très bien, mais ils n'ont pas beaucoup l'expérience de ce genre de crime violent. A mon avis, il a dû leur être très difficile d'obtenir une déposition de sa part.

— Sans aucun doute », acquiesça Pete, mais Michael s'étonna que Trent ne lui ait rien dit de tout cela auparavant. Peut-être avait-il voulu d'abord le sonder, voir s'il était capable de passer le test.

Merde, se dit-il. Il était fatigué d'avoir à jouer au plus fin.

« Selon vous, celle-ci, quel âge a-t-elle ? demanda-t-il au médecin, en inclinant la tête vers Aleesha Monroe.

— C'est difficile à dire. » Le légiste étudia le visage de la femme. « Ses dents sont un véritable désastre, à cause de la drogue. Vu l'existence pénible qu'elle a dû mener et sa narcodépendance prolongée, je la situerais à la fin de la trentaine. Peut-être plus âgée, peut-être plus jeune. »

Michael regarda Trent.

« Mais ce n'est pas une adolescente.

— Absolument pas, confirma Pete Hanson.

— Donc, nous avons deux adolescentes, à quarante-cinq kilomètres de distance l'une de l'autre, et une vieille junkie d'Atlanta, et le seul lien entre elles, c'est cette histoire de langue à la con. Il dévisagea Trent, dans l'espoir qu'il saisisse bien le fond de sa pensée. Exact ? »

Le téléphone portable de l'agent sonna. Il jeta un œil à l'écran, puis il s'excusa et sortit de la pièce.

Hanson lâcha un profond soupir, en recouvrant le corps, et tira un peu sur le drap, pour bien le tendre au-dessus de sa tête.

« Sale truc.

— Ouais », admit Michael. Il observait Trent à travers les portes vitrées, en se demandant ce que mijotait ce type.

« Il m'a l'air d'ouvrir l'œil, et le bon, remarqua le légiste, en parlant de l'agent du GBI. Je dois dire que ça me change agréablement de voir un de vos collègues habillé avec tant d'élégance.

— Quoi ? » s'écria Ormewood. Il surveillait l'autre, tâchant de capter la conversation.

« Le costume, précisa-t-il. Il fait de l'effet.

— Il a une dégaine de fossoyeur, oui », lui rétorqua Michael, songeant que Pete Hanson n'avait pas non plus la tenue qu'il fallait pour avoir les honneurs d'une double page dans un magazine masculin comme *GQ*. Sa blouse blanche de laboratoire était toujours propre et amidonnée, mais uniquement parce que l'administration réglait la facture de blanchisserie. Dessous, en règle générale, il portait un jean et une chemise à col boutonné pleine de faux plis, et ce col grand ouvert révélait une touffe de poils gris et un médaillon en or que même un des quatre Bee Gees n'aurait pas osé porter.

« Le lien est ténu, observa Hanson. Entre les trois affaires.

— M'en parle pas.

— Mais qu'on leur ait arraché la langue à toutes, ça donne à réfléchir. Comme développement, ce n'est pas courant. » Il attrapa le sachet qui contenait la langue et le leva en l'air, comme si Michael ne l'avait pas assez vu, la veille au soir. « Je dois dire, depuis toutes ces années que j'exerce ce métier, je ne suis jamais tombé sur rien de pareil. Des marques de dents, ça, oui. Comme je dis toujours, si vous voulez la preuve scientifique que nous descendons bien des animaux, il suffit de se pencher sur n'importe quelle victime de viol. » Pete plaça la langue à côté du bras d'Aleesha Monroe. « Elle en avait partout, de ces marques de dents, sur les seins et les épaules. J'en ai compté au moins vingt-deux. C'est une réaction instinctive primaire, j'imagine, de mordre, lors d'une agression brutale. On voit les chiens et les chats en faire autant, dans la nature. » Il eut un petit rire. « Je suis incapable de te dire combien j'en ai vu, de bouts de seins arrachés de la sorte, à coups de dents. Sans compter cinq ou six cas de clitoris sectionnés. Et un doigt... » Il sourit à Michael. « Si seulement ces monstres avaient des cornes. Ce serait tellement plus commode, pour les repérer. »

Il n'aimait pas la façon qu'avait ce médecin de le regarder, et il n'avait franchement aucune envie d'entendre ses réflexions sur les prédateurs sexuels.

« Quand Trent aura fini de jacasser au téléphone, dis-lui que je suis en bas. »

Il s'éclipsa par la sortie de secours, descendit les marches au pas de course. D'instinct, il avait envie d'aller s'asseoir dans sa voiture et de laisser Trent macérer dans sa merde tout seul, mais il n'avait pas non plus l'intention de jouer au con avec ce type. Même si Greer ne l'avait pas formellement mis en garde, il valait mieux éviter de se faire un ennemi de ce trou-du-cul trop bien habillé du GBI.

« Quoi, il y a le feu ? Où ça ? » ironisa Leo. Il se tenait debout au pied de l'escalier, en train de fumer une cigarette.

« File-m'en une, fit Ormewood.

— Je croyais que t'avais arrêté.

— T'es ma mère ? » Michael plongea la main dans la poche de chemise de Donnelly et en ressortit le paquet.

L'autre fit cliqueter son briquet et Michael tira une longue bouffée. Ils se trouvaient au niveau du parking de l'immeuble. L'odeur de gaz d'échappement et de caoutchouc était accablante, mais la fumée brûlante de la cigarette lui noya les narines et suffit à masquer la puanteur.

« Alors, commença Leo. Où il est, le naze ? »

Il relâcha un flot de fumée, la nicotine le calmait déjà, il le sentait.

« Là-haut, avec Pete. »

Leo se rembrunit. Hanson l'avait banni de la morgue – après une plaisanterie déplacée, comme il fallait s'y attendre.

« Je suis descendu aux Archives. »

Ormewood le scruta du coin de l'œil, derrière son rideau de fumée.

« Ouais ?

— Le dossier de Trent est interdit.

— Interdit ? »

Leo opina.

« Comment peux-tu interdire l'accès à ton dossier ?

— Tu m'as compris. »

Ils fumèrent tous deux leur cigarette une minute, en silence, perdus dans leurs pensées. Ormewood regardait le sol couvert de mégots. Le bâtiment était strictement non fumeur, mais allez interdire quoi que ce soit à une bande de flics. Autant prier un singe de ne plus pisser dans un violon.

« Pourquoi Greer irait faire appel à ce type ? » demanda-t-il. A ce type, en particulier, je veux dire. A cette équipe du SCAT, ou je ne sais trop quel merdier, là.

« Greer ne l'a pas appelé. » Leo haussa les sourcils, comme si tout ce mystère l'amusait. « Ce matin, en arrivant, il a trouvé Trent assis dans son bureau. »

Michael sentit son cœur redoubler la cadence. La nicotine lui montait à la tête, il était comme pris de vertige.

« Ça ne marche pas comme ça. Les gars de l'Etat ne peuvent pas débarquer et reprendre la main sur une enquête. Ils doivent recevoir une demande.

— Hier soir, de toute manière, j'ai eu l'impression que Greer allait lui demander, non ? Qu'est-ce que ça peut faire, de savoir comment ça s'est organisé ?

— Laisse tomber. » En dépit de son sens exécrable des relations, Donnelly connaissait un tas de monde dans les services. Il s'était fait un art de se créer des contacts et, de manière générale, il connaissait les sales petits secrets d'à peu près tout le monde. « Tu saurais me dégoter quelque chose à son sujet, n'importe quoi ? »

Leo haussa les épaules, cligna de l'œil, à cause de la fumée de sa cigarette.

« Sharon, au service des répartitions, en bas, au central, elle connaît un type qui est sorti avec une fille avec qui il a travaillé.

— Nom de Dieu, siffla-t-il. Et ensuite, tu vas me raconter que t'as un ami qui connaît quelqu'un qui a un ami qui...

— Tu veux m'écouter ou pas ? »

Ce qu'il avait envie de lui répondre, Michael le garda pour lui.

« Vas-y. »

Son collègue prit son temps, il astiqua sa cigarette entre le pouce et l'index, tira une bouffée, avant de la recracher lentement. Encore deux secondes de ce cirque, et il allait l'étrangler, quand l'autre finit par lui raconter.

« L'info, c'est que c'est un bon flic. Il ne se crée pas beaucoup d'amis...

— Non, sans blague.

— Eh ouais. » Leo gloussa un petit coup, puis il toussa, se passa la langue sur les lèvres, comme s'il voulait ravaler le tout.

Michael regardait sa cigarette, là, dans sa main, le ventre noué.

L'autre observa un temps de silence, s'assura qu'il avait toute l'attention de son collègue.

« Il a un taux d'élucidation de quatre-vingt-neuf pour cent. »

Michael était écœuré, et pas à cause de la fumée. Dans son infinie sagesse, le gouvernement fédéral avait exigé que l'on mesure le taux d'affaires élucidées au sein de chacune des directions de la police, pour qu'un gratte-papier de Washington puisse suivre les progrès sur ses petits graphiques. Ils appelaient ça de la responsabilisation, mais pour la quasi-totalité des flics, cela représentait surtout une charretée de paperasse supplémentaire. Et le premier imbécile venu aurait pu prédire que cela provoquerait parmi les inspecteurs une énorme rivalité, que Greer avait pris soin d'alimenter en rendant publics les chiffres mensuels de tout le monde.

En l'occurrence, Trent les battait tous de vingt points.

« Bon, dit-il, avec un rire forcé. C'est facile de résoudre une affaire, quand tu la reprends à un flic qui a déjà accompli tout le boulot.

— Ce truc, là, le SKIT, pour lui, c'est tout neuf.

— Le SCAT, rectifia-t-il, sachant très bien que son collègue cherchait à l'appâter, mais il était incapable de se retenir.

— Peu importe, marmonna son collègue. Ce que je te dis, c'est que Trent travaillait sur des enquêtes criminelles majeures, avant qu'ils aillent le débaucher.

— Tant mieux pour lui.

— Il a traité une affaire énorme, il y a quelques années, en tandem avec une nana, des crimes sexuels sur des gamins.

— Elle porte un nom, la nana ? »

Leo haussa de nouveau les épaules.

« Deux types qui enlevaient des gosses, en Floride, et ils se les échangeaient avec leurs potes dans le Montana. Tout ça partait de Heartsfield. Ils les convoyaient, comme du bétail. L'équipe de ton copain a percé la combine en un mois. Là-dessus, la nana, elle reçoit une grosse promotion. Et Trent, il reste là où il est.

— Il dirigeait l'équipe ?

— Ouaip.

— Pourquoi il n'a pas reçu de promotion ?

— Faudra que tu lui poses la question.

— Si je pouvais la lui poser, je ne serais pas ici à te causer. »

Les yeux de Leo lui lancèrent des éclairs, comme s'il se sentait blessé.

« C'est tout ce que j'ai, mec. Trent est droit comme une flèche, il connaît son boulot. Si tu en veux davantage, tu vas devoir faire appel à quelqu'un dans la maison et te débrouiller tout seul. »

Michael se concentra sur sa cigarette, la regarda brûler. Si Gina le voyait fumer, elle le tuerait. Elle sentirait l'odeur sur ses doigts, dès son retour chez lui.

Il laissa tomber le mégot par terre, l'écrasa sous son talon.

« Angie travaille toujours aux Mœurs ?

— Polaski ? s'écria Leo, comme s'il avait du mal à en croire ses oreilles. Qu'est-ce que tu vas fricoter avec cette polaque !

— Réponds à la question, bordel. »

Leo sortit une autre cigarette et l'alluma avec la première.

« Ouais. Aux dernières nouvelles.

— Si Trent me cherche, tu lui dis que je le rejoins en bas dans quelques minutes. »

Il ne laissa pas à l'autre le temps de lui répondre. Il fila dans l'escalier jusqu'au troisième étage et, quand il ouvrit la porte, il avait les poumons en feu. Dans la pratique, les Mœurs étaient une activité nocturne, donc la moitié de la brigade se trouvait dans la pièce à remplir des papiers, suite au coup de filet de la nuit précédente. Angie avait visiblement opéré « en civil ». Elle portait un haut dos nu qui s'arrêtait cinq bons centimètres au-dessus de son nombril et une perruque blonde était étalée sur son bureau comme un loulou de Poméranie crevé.

Il attendit qu'elle lève les yeux. Elle n'avait pas l'air précisément contente de le voir. Lorsqu'il s'approcha, elle se renfonça contre le dossier de son fauteuil, en croisant les jambes sous une jupe si courte qu'il détourna le regard, par simple souci de décence.

« Qu'est-ce que tu fabriques ici ? demanda-t-elle. Bon Dieu, tu en as une tête. »

Il se passa les doigts dans les cheveux. Il était en nage, après son sprint dans l'escalier. Il avait encore de la fumée dans les poumons et toussa, une toux semblable à un râle mortel. S'il continuait comme ça, il irait rejoindre Ken dans un fauteuil roulant.

« Il faut que je te parle une minute », lui dit-il.

Elle eut un air las.

« De quoi ? »

Michael se pencha au-dessus de son bureau, tâchant de faire en sorte que cette conversation reste entre eux deux.

« Ouais, bon, fit-elle, et elle se leva, en le repoussant. Sortons dans le couloir. »

Il la suivit, bien conscient que le reste de la brigade les observait. La vérité, c'était que Michael avait aimé travailler aux Mœurs. On surveillait les filles, on alpaguait les clients, il était rare de se faire tirer dessus ou de devoir annoncer à un parent que son fils ou sa fille avait été retrouvé flottant dans le Chattahoochee. Il n'était pas parti de son plein gré. Angie lui avait créé un problème. Ils ne s'étaient pas exactement entendus, et le fait, là, maintenant, qu'elle accepte de lui parler, constituait en soi l'une des plus grosses surprises du monde moderne.

Elle se rendit dans un recoin, en face des ascenseurs, en tirant un petit coup sur sa jupe. A côté d'elle, un vieux distributeur automatique ronronnait, avec ses témoins lumineux tremblotants.

« Tu es venu ici pour me parler d'Aleesha Monroe ?

— La tapineuse ? » Il n'avait même pas pensé à sortir son dossier.

« Tu ne te souviens pas d'elle ? s'étonna Angie. On l'avait coffrée deux fois, avant qu'elle se colle avec Baby G.

— Ouais », acquiesça-t-il, même si Angie ne pouvait pas attendre de lui qu'il se souvienne d'une quelconque raccrocheuse sur les milliers qu'ils avaient arrêtés lors de leurs descentes, les week-ends. Certains samedis soir, ils réclamaient un panier à salade, rien que pour transporter toutes les filles jusqu'au poste. Ensuite, deux heures plus tard, les taxis faisaient la queue devant le commissariat du quartier pour les reconduire direct dans la rue.

« Je voulais juste... », commença-t-il.

La porte de l'ascenseur carillonna derrière lui. Un rapide coup d'œil par-dessus son épaule. C'était Trent.

« Merde, marmonna-t-il.

— Kit Kat », fit l'agent, et le cerveau de Michael fut un peu lent à saisir de quoi il voulait parler. L'autre se posta devant le distributeur, il fouilla dans sa poche, il cherchait de la monnaie.

Michael décida de faire ami-ami.

« Voici Angie Polaski. Brigade des Mœurs », ajouta-t-il aussitôt, comme si ce n'était pas évident, vu la tenue.

Trent insérait des pièces dans l'appareil. Il eut un signe de tête vers Angie, sans que ses yeux croisent tout à fait les siens.

« Bonjour, inspecteur Polaski.

— Trent fait partie du GBI, expliqua Ormewood. Greer l'a invité à nous donner un coup de main dans l'affaire Monroe. »

Il observait l'agent, il s'attendait à ce que l'autre relève que Greer ne l'avait pas réellement invité, qu'il s'était pointé devant la porte de l'inspecteur-chef de sa propre initiative. Mais il était occupé à passer le doigt sur la façade vitrée de la machine, il tâchait de déchiffrer le code, sous les barres du Kit Kat, pour le taper sur le clavier de commande. Il plissa les paupières. Michael en déduisit qu'il avait besoin de lunettes.

« Oh, la barbe, marmonna Angie. C'est E-6. » Elle tapa le code elle-même. Ses ongles longs au vernis tapageur crépitèrent sur les touches en plastique. « Je vais ressortir le dossier Monroe », annonça-t-elle à Ormewood.

Et elle repartait déjà vers la salle de sa brigade avant qu'il ait trouvé quoi que ce soit d'autre à lui dire. Il vit Trent la suivre du regard, suivre le balancement de son derrière sur ses hauts talons.

« J'ai travaillé avec elle, il y a un certain temps, lui expliqua-t-il. Elle est bien. »

Trent ouvrit l'emballage de sa barre au chocolat et en croqua un morceau.

Michael éprouva le besoin de s'expliquer.

« Elle est un peu caractérielle.

— Si j'étais obligé de m'habiller comme ça tous les jours pour aller bosser, je ne pense pas que ça me réjouirait beaucoup. »

Il regarda Trent mastiquer, le travail de la mâchoire. La balafre, sur la joue, lui parut plus prononcée.

« Comment vous vous êtes fait cette cicatrice ? »

Trent considéra sa main.

« Pistolet à clou », répondit-il, et Michael vit une autre cicatrice rose, qui sillonnait la peau de la palmature, entre le pouce et l'index.

Ce n'était pas à celle-là qu'il faisait allusion, mais il laissa courir.

« Vous faites dans le bricolage, ou quoi ?

— Habitat pour l'Humanité. » Il s'enfourna le reste du Kit Kat dans la bouche et jeta l'emballage dans la poubelle. « L'un de mes collègues bénévoles m'a tiré dessus avec un clou en acier galvanisé. »

Ormewood sentait une autre pièce du puzzle se mettre en place. Habitat pour l'Humanité. C'était ce groupe de bénévoles qui construisaient des maisons destinées à des familles à faibles revenus. La majorité des flics finissaient un jour dans le bénévolat, quelque part. A force de travailler dans la rue, vous aviez tendance à oublier qu'il existait encore des gens bien, ici ou là. Et vous tentiez de soulager cette blessure psychique en venant en aide à des gens qui avaient vraiment envie d'aider les autres. Avant la naissance de Tim, il avait travaillé dans un foyer pour enfants. Même Leo Donnelly s'était lancé dans le bénévolat avec l'équipe locale junior de base-ball, jusqu'à ce qu'on lui rappelle qu'il n'avait pas le droit de fumer sur le terrain.

« J'aimerais voir la scène du crime, fit l'agent Trent.

— Chez elle, on a déjà tout retourné, hier soir, lui répondit-il. Vous croyez qu'on a raté quelque chose ?

— Pas du tout », répliqua l'autre. Michael tâcha de repérer une éventuelle nuance de duplicité dans sa réponse, mais il en fut pour ses frais. « J'aimerais juste sentir un peu l'atmosphère de l'endroit.

— Vous en faites autant, dans vos autres enquêtes?

— Oui. Toujours. »

Angie était de retour, ses hauts talons claquaient sur le dallage. Elle tendit à Trent une chemise cartonnée jaune.

« C'est ce dont nous disposons sur Monroe. »

Trent ne bougea pas, et ce fut Michael qui prit le dossier. D'un geste vif, il ouvrit la chemise, et tomba sur le cliché anthropométrique d'Aleesha Monroe. Elle était séduisante, dans un certain genre. La dureté de ses yeux était un défi lancé à l'objectif, qu'elle regardait bien en face. Elle avait l'air exaspéré, probablement occupée à compter, à calculer combien d'argent elle allait perdre avant d'obtenir sa mise en liberté sous caution.

« Son mac, c'est Baby G, leur indiqua-t-elle. Un sale enculé. Il s'est déjà fait coffrer pour agression, viol, tentative de meurtre... Il a probablement commandité un contrat sur la tête de deux types, mais il n'y a jamais eu moyen de les lui coller sur le dos. » Angie désigna sa bouche, ses dents de devant. « Là, il a une espèce de calandre en or avec des croix gravées, genre disciple de Jésus.

— Où est-ce qu'il traîne? s'enquit Michael.

— Au Grady Homes, répondit-elle. Sa grand-mère habite dans le même immeuble qu'Aleesha. »

Trent avait de nouveau fourré ses mains dans ses poches, et il dévisageait Polaski comme si c'était une Martienne tout juste débarquée de l'espace. Son silence était agaçant, et il se dégageait de lui un air de supériorité, comme s'il en savait plus qu'il n'en disait et trouvait très drôle qu'ils soient incapables de saisir de quoi il retournait.

« Vous avez quelque chose à ajouter à ça? lui lança-t-il.

— C'est votre enquête, inspecteur », lui répondit l'agent. Et il s'adressa à Angie. « Merci de votre aide, madame », et son visage s'éclaira de ce que l'on aurait pu prendre, chez quelqu'un de moins condescendant, pour un sourire fugace.

Angie considéra Michael, puis Will Trent, avant de revenir à Ormewood. Elle eut un haussement de sourcil, comme si elle lui posait une question à laquelle il n'avait pas de réponse.

« Peu importe », marmonna-t-elle, en levant la main, manière de prendre congé de tout ce petit monde. Elle leur tourna le dos à tous les deux, et cette fois Michael était trop en rogne pour admirer la vue sur son arrière-train.

« Vous avez un problème ou quoi ? » lança-t-il à Trent.

L'autre parut surpris par le ton employé.

« Je vous demande pardon ?

— Vous allez rester piqué là toute la journée, ou vous êtes ici pour mettre les mains dans le cambouis ?

— Je vous l'ai dit... je suis juste ici à titre de conseil.

— Eh bien, moi, j'en ai un de conseil, pour vous, Monsieur A-Titre-de-Conseil, lui rétorqua-t-il, en serrant les poings si fort qu'il sentit ses ongles se planter dans ses paumes. Ne jouez pas au con avec moi. »

L'agent Trent n'eut pas du tout l'air de se sentir menacé, mais étant donné que Michael avait dû tendre très haut le cou pour lui délivrer cet avertissement, cela n'avait rien de très surprenant.

« Très bien », fit Trent. Et ensuite, comme si l'incident était clos : « Ça vous ennuierait de retourner au Homes ? J'aimerais vraiment voir la scène du crime. »

Chapitre cinq

TOUT CE QUE pouvait sortir Will Trent tapait sur les nerfs de Michael, depuis ses « bien entendu », quand il l'avait prévenu que c'était lui qui conduirait, jusqu'à sa façon de regarder fixement au-dehors, l'œil vide, durant tout le trajet de North Avenue en direction du Homes. L'agent du GBI lui rappelait ces têtes d'œuf, au lycée, qui se baladaient tout le temps avec une règle à calcul dans leur poche-poitrine et citaient d'obscures répliques des Monty Python. Il avait eu beau les revoir à maintes reprises, les Monty Python, il n'y pigeait toujours rien, et une chose était sûre, il ne pigeait rien non plus aux têtes d'œuf comme ce Will Trent. Si ces types-là se faisaient régulièrement démonter la tête, au lycée, il y avait une raison. Et si c'était des types comme Michael qui la leur démontaient, il y avait aussi une raison.

Il inspira à fond, et puis il toussa, les poumons encore fumasses à cause de la clope. Il pensa à Tim, au fait que son fils n'était pas normal, ce qui lui attirait les insultes des autres gosses. Il y avait déjà un groupe de petits durs, à l'école de Tim, qui lui avaient causé des embêtements – à lui voler sa casquette, ou à lui aplatir son sandwich sur la table de la cantine. Les enseignants avaient essayé d'y mettre un terme, mais ils ne pouvaient pas être partout à la fois, et certains d'entre eux n'étaient déjà pas franchement ravis qu'on intègre Tim dans une scolarité normale, et dans leurs classes, en plus. Will Trent, c'était peut-être l'incarnation du karma de Michael. On le mettait à l'épreuve.

Sois sympathique avec ce flippé, et peut-être que Tim obtiendrait le même genre de sauf-conduit.

« Oh, s'écria l'agent, en tirant un petit dictaphone de la poche de sa veste. J'ai l'enregistrement de l'appel au 911. » Il appuya sur le bouton LECTURE avant que Michael ait pu commenter. Une voix métallique et haut perchée bêla dans le petit haut-parleur. *Il faut que vous veniez au Grady Homes, bâtiment numéro neuf. Il y a une femme qui est en train de se faire violer plutôt méchamment.*

Michael tambourina du bout des doigts sur le volant, en attendant qu'un feu passe au vert.

« Encore une fois. »

L'autre s'exécuta, et Michael tendit l'oreille, tâchant de distinguer des bruits de fond, de saisir le ton et le timbre de la voix. Il y avait quelque chose qui ne cadrait pas, mais il était incapable de mettre le doigt dessus.

« "De se faire violer", répéta-t-il en écho. Pas "de se faire tuer".

— L'auteur du coup de fil n'a pas l'air effrayé, renchérit Trent.

— Non, acquiesça Michael, en accélérant au changement de feu.

— Je me dis, reprit l'autre, que si j'étais une femme, et si je voyais ou si j'entendais une autre femme se faire agresser, j'aurais peur.

— Pas forcément, objecta-t-il. Si vous habitiez au Grady Homes, vous en auriez sans doute déjà vu votre dose, de ce genre de violence.

— Si tel était le cas, insista Trent, alors pourquoi le signalerais-je ? » Il essaya de répondre à sa propre question. « Et si je la connaissais, cette femme ?

— Si vous la connaissiez, alors vous auriez l'air plus bouleversé que ça. » Il désigna le dictaphone. « L'auteur de l'appel paraissait calme, comme si elle présentait la météo, ou si elle communiquait le score d'un match particulièrement ennuyeux.

— Il a fallu plus d'une trentaine de minutes à la patrouille pour arriver. Le Grady a le temps de réaction le plus lent de toute la ville, souligna Trent, sans du tout paraître formuler de condamnation.

— N'importe qui peut s'en rendre compte, rien qu'en regardant les infos.

— Ou en habitant dans cette cité.

— Nous avons contrôlé tous les occupants de l'immeuble, on a procédé au porte-à-porte, le soir même. Personne ne s'est pointé avec une grande pancarte accrochée autour du cou en signe de protestation.

— Pas de délinquant sexuel, dans l'immeuble ?

— Un seul, mais il a passé la journée au poste, on l'avait bouclé pour l'interroger dans une autre affaire. »

Trent rembobina la cassette et la repassa encore une fois, en la laissant tourner jusqu'à la question du répartiteur, au standard des urgences. *Madame ? Madame ? Vous êtes là ?*

Et il rangea le magnéto dans sa poche.

« La victime est un peu âgée, en plus.

— Monroe ? » fit Michael, en changeant de vitesse. Trent lui parlait enfin comme à un flic. « Ouais, si Pete Hanson a raison, elle doit avoir à peu près mon âge. Vos filles, là, elles avaient... quoi ?... quatorze ? Quinze ans ?

— Et que des Blanches, en plus.

— Monroe était noire, elle habitait dans une cité, elle travaillait dans la rue.

— Les autres étaient blanches, classes moyenne et supérieure, elles venaient de familles stables, elles réussissaient bien à l'école.

— Peut-être qu'il n'a pas eu le temps d'en chasser une nouvelle », suggéra Ormewood, vraiment avec l'impression de marcher sur un fil, et encore, un fil très fin. Il avait de nouveau ce bourdonnement dans les oreilles, ce quelque chose dans le crâne qui lui répétait de se taire, de ne pas se fier à ce nouveau venu, de ne pas se laisser enfumer.

« Possible », admit l'autre, mais au ton de sa voix, on comprenait qu'il ne jugeait guère cela très vraisemblable.

Michael n'ouvrit plus la bouche, prit à droite, pour entrer dans le Grady Homes. La cité avait sacrément plus belle allure de nuit, quand l'obscurité en masquait les pires défauts. Il était presque dix heures, en ce lundi matin, mais il y avait déjà des gamins qui tournaient à moto, comme si on venait de les libérer pour les vacances d'été. Il avait fait pareil quand il était gosse, à enfourcher sa Schwinn quand il jouait au con avec les autres gars de son pâté de maisons. Sauf que lui, il ne faisait pas circuler des sachets de défonce à dix dollars en plein air comme ces mômes à l'instant même, et il n'aurait carrément pas eu les couilles de balancer un petit signe de la main à deux flics en patrouille dans leur quartier.

La BMW était toujours garée devant le bâtiment numéro neuf, deux adolescents assis sur le capot, les bras croisés. Ils devaient avoir quinze ou seize ans, et le regard inexpressif qu'il lut dans leurs yeux quand il arrêta sa voiture sur le parking lui fit froid dans le dos. En tant que flic, c'était leur âge qui lui flanquait le plus la frousse. Ils avaient quelque chose à prouver, une quête à assouvir, histoire de grandir, de l'âge adolescent à l'âge d'homme. Le moyen le plus rapide de franchir ce seuil, c'était de verser le sang.

Trent observait les gosses, lui aussi. « Merveilleux », lâcha-t-il, résigné, et Ormewood fut soulagé de constater qu'il lui arrivait encore de réfléchir comme un vrai flic.

La porte d'entrée de l'immeuble s'ouvrit en claquant et ils portèrent la main à leur arme, tous les deux en même temps. Ni l'un ni l'autre ne dégainèrent quand un homme petit, taillé en bouche d'incendie, se dirigea d'un air digne vers le trottoir défoncé, et s'avança d'un pas lourd, en frôlant leur carrosserie, du côté de Trent, mais sans s'intéresser à eux plus que ça.

L'homme ne portait pas de chemise et on voyait affleurer une vague épaisseur de muscles sous les tremblements de graisse de son large torse et les soubresauts des pectoraux, qui tressautaient à chaque pas comme une paire de nichons. Il tenait à la main une batte en aluminium et, quand il s'approcha des gamins assis sur la BMW, il enroula le manche de son autre paluche, prêt à en briser menu deux ou trois.

Ormewood regarda Trent.

« A vous le tour, lui dit-il, alors qu'il descendait déjà de voiture.

— Merde », siffla Michael, en ouvrant sa portière, et il posait le pied par terre juste au moment où la bouche d'incendie sur pattes arrivait devant les gamins.

« Vous allez dégager de ma bagnole, bordel de merde ! » hurla le bonhomme, en agitant sa batte dans les airs. Les deux ados se redressèrent, bien droits, les bras le long du corps, la bouche pendante. Dégagez, avant que je vous botte le cul, bande de merdeux, sales petits cossards ! »

Sagement, les gamins déguerpirent.

« Bon, fit Trent, en laissant échapper un soupir.

— Enculés », répéta le bonhomme. Il regardait en direction de Will Trent et Michael, et ce dernier était à peu près certain que l'autre ne parlait plus des deux gamins. « Et vous, les deux poulets, qu'est-ce que vous voulez ?

— Baby G ? » s'enquit Trent.

Le type garda la batte levée, prêt à la frappe.

« Qui c'est qui le demande, bordel ? »

L'agent du GBI s'avança d'un pas, comme s'il ne craignait pas de prendre un coup de batte et que sa tête gicle d'une seconde à l'autre.

Agression. Michael se remémorait ce qu'Angie leur avait dit de Baby G. *Viol, tentative de meurtre.*

« Je suis l'agent spécial Will Trent, voici l'inspecteur Ormewood. » Michael eut un geste de la main, pas mécontent d'avoir une voiture entre lui et ce mac en pétard. S'il s'imaginait soutirer quoi que ce soit d'utile à ce voyou, Trent était un abruti. « Nous enquêtons sur le meurtre d'Aleesha Monroe.

— Et merde, pourquoi il faudrait que je vous cause, à vous ? » Baby tenait toujours sa batte levée en l'air. Ses muscles se contractèrent.

Trent se retourna vers Michael.

« Vous avez une idée sur la question ? »

Ormewood haussa les épaules, en se demandant comment il allait consigner ça dans son rapport, une fois qu'il aurait déposé Will Trent à l'hôpital. *L'officier Trent s'est mis le suspect à dos...* telle fut la formule qui lui vint à l'esprit.

Ce dernier refit face au souteneur, les mains grandes ouvertes, avec un haussement d'épaules, l'air dégagé.

« Franchement, je suis choqué que ma belle allure et mon charme ne vous suffisent pas. »

Michael en resta bouche bée, de surprise. Il la referma aussitôt, sa main se rapprocha de nouveau de son arme, qu'il soit prêt à réagir quand le maquereau finirait par comprendre qu'on lui manquait de respect.

Il s'écoula deux ou trois secondes, et puis deux ou trois de plus. Enfin, Baby G opina. « Très bien. » Il sourit, dévoilant ses couronnes en or, sur chaque dent, avec en leur centre une croix incisée qui laissait apparaître le blanc de l'émail, le tout exactement conforme à la description d'Angie. Je vous accorde dix minutes. Avant mon émission. Le Montel Show.

Trent lui tendit la main, comme s'ils venaient de conclure un marché.

« Merci. »

Le mac serra la main qu'on lui tendait, et toisa Trent de la tête aux pieds.

« Vous êtes sûr que vous êtes flic ? »

Trent plongea la main dans sa poche et en sortit son insigne.

Baby G y jeta un rapide coup d'œil, et ses yeux le jaugèrent de nouveau en vitesse.

« Vous êtes un drôle d'enfoiré, vous. »

L'agent du GBI glissa son insigne dans sa poche, en ignorant cette dernière observation.

« Vous voulez qu'on se parle ici, dehors ? »

Baby G laissa retomber sa batte, s'appuya dessus comme si c'était une canne.

« Ceux-là, c'est mes cousins », expliqua-t-il, en désignant la voiture, et il faisait manifestement allusion aux gamins qu'il venait de chasser. « Des bons à rien. Leur cul, c'est à l'école qu'ils devraient le poser.

— C'est gentil à vous de vous préoccuper de leur existence », concéda Trent. Il avait de nouveau fourré ses deux mains dans ses poches, et il s'était adossé d'un air nonchalant contre l'arrière de la voiture, comme s'il s'agissait d'une conversation amicale. « Quand avez-vous vu Aleesha pour la dernière fois ? »

Baby G prit son temps.

« Vers six heures, hier soir, répondit-il enfin. Elle partait travailler. Elle avait envie d'un petit quelque chose, avant de sortir. » Il redressa le menton, s'attendant à ce que l'autre lui demande de quoi il s'agissait.

A l'évidence, l'agent spécial avait compris. Il avait vu les marques de piqûres sur les bras de la prostituée, tout comme Michael.

« Vous lui en avez fourni ? »

Baby G haussa les épaules, ce que ce dernier prit pour un oui.

« Est-ce qu'elle avait d'autres fournisseurs ? »

Le souteneur regarda autour de lui, comme s'il sondait son auditoire. Il cracha par terre, gonfla la poitrine, par pure bravade, mais répondit quand même à la question.

« Bon sang, non. Elle n'avait pas d'argent. Personne allait renflouer c'te pute d'un centime.

— Je pourrais toujours courir au bout de la rue et tailler une pipe au premier venu contre un sachet de poudre, releva Trent. Pas besoin de cash. »

A cette idée, Baby G rigola un coup.

« Hé, pétasse, pas de ça sur mon territoire !

— Je suis convaincu qu'Aleesha déclarait tous ses revenus », fit Trent, mais cela tenait plus de la question.

« Merde, grogna Baby G, comme si cette simple supposition était déjà assez stupide en soi.

— Elle rapporte bien ? insista Trent.

— Ça lui plaisait d'avoir une aiguille dans le bras. Pour se la mériter, elle acceptait tout ce que vous lui demandiez.

— Elle avait des habitués ? Des hommes qu'on devrait rechercher ?

— Jamais des malades comme celui qui a fait ça, jamais de la vie. » Il leva sa batte pour désigner l'étage de l'immeuble où l'on avait retrouvé Aleesha Monroe. « Mes filles, j'en prends soin, moi. » Il garda la batte pointée en l'air, il s'en servait en quelque sorte pour enfoncer le clou. « Si je l'avais vu, cet enculé de sa mère, c'est lui qu'on foutrait en terre, à l'heure qu'il est, et pas ma Leesha, ça, vous pouvez en être sûr. »

D'un signe de tête, Trent désigna le bâtiment numéro neuf.

« C'est ici que vous habitez ? »

Baby G se radoucit un peu.

« Avec ma mamie. Elle se fait un peu vieille. Il faut que je veille sur elle.

— Où étiez-vous, hier soir ?

— Mes garçons et moi, on était au Cheetah, on regardait le match.

— Cela vous ennuie, si nous parlons à votre grand-mère ?

— Bon sang oui, ça m'ennuie. N'allez pas mêler ma mamie à ce merdier. Elle n'a rien vu, rien, vous entendez ? C'est juste une vieille dame.

— Très bien », acquiesça l'agent. Il consulta Michael du regard, derrière lui, comme pour lui demander s'il avait d'autres questions. L'inspecteur secoua la tête. « J'ai compris que vous vouliez monter regarder votre émission. Merci de nous avoir consacré un peu de votre temps. »

Baby G resta là, l'air hésitant. Il finit par les congédier avec une expression de dédain, en répétant : « Vous êtes rien qu'un drôle d'enfoiré », avant de rentrer dans l'immeuble.

Quand la porte se fut refermée en claquant, Trent se tourna vers Michael.

« Qu'en pensez-vous ?

— Je pense qu'il a raison, lâcha Ormewood, en s'écartant pesamment de la voiture. Vous êtes assez étrange. »

Le portable de l'agent pépia, il s'éloigna de quelques pas pour prendre l'appel et Michael sentit se réveiller son irritation de tout à l'heure.

« Oui, monsieur, fit l'autre. Oui, monsieur. »

Michael leva les yeux vers le ciel, vers les nuages sombres qui commençaient de déferler. Vu le tour que prenait la journée, un orage éclaterait juste à l'instant où ils quitteraient les lieux, il finirait par traverser le parking en pataugeant, et il allait abîmer ses chaussures neuves.

Trent referma son téléphone d'un coup sec, et le rangea dans la poche de son gilet.

« Il faut que vous rentriez chez vous, Michael. »

Il sentit son cœur s'arrêter de battre.

« Quoi ?

— Il faut que vous rentriez chez vous, répéta l'autre. Il y a eu un accident. »

Decatur City Observer

22 juin 1985

Une arrestation dans le meurtre Finney

La police a annoncé ce matin qu'une arrestation est intervenue dans le meurtre de la jeune Mary Alice Finney, quinze ans. L'identité du suspect n'a pas été révélée, car il s'agit d'un mineur, mais le chef de la police, Harold Waller, a pu indiquer que le nom de ce garçon de quinze ans était bien connu des services de police de la ville de Decatur. L'arrestation a eu lieu après que plusieurs voisins ont identifié le suspect comme étant l'inconnu qui a raccompagné Mary Alice Finney chez elle, après la soirée où elle a été vue en vie pour la dernière fois. M. Waller précise que l'on s'attend à des aveux complets, dans ce qu'il a appelé « le viol le plus atroce » qu'il ait vu de toute sa carrière au sein des forces de l'ordre.

Le père de la jeune fille, Paul Finney, est un membre respecté du barreau, procureur de district adjoint du comté de DeKalb. La mère, Sally Finney, est auxiliaire familiale, elle a été longtemps active au sein de la Ligue des Femmes et collectrice de fonds pour Agnes Scott College. Le couple n'a pas d'autre enfant. Une veillée aux chandelles pour Mary Alice Finney se tiendra sur le Square ce soir à 20 heures 30, et des services religieux privés auront lieu au Cable Funeral Home, demain après-midi. Au lieu de fleurs, la famille demande que l'on fasse des donations pour la Bibliothèque municipale de Decatur, l'un des endroits préférés de Mary Alice.

Chapitre six

MICHAEL ROULAIT comme un dément, les mains agrippées au volant. Il brûlait les feux, ne respectait aucun stop. Assis à côté de lui, Trent restait d'un silence de pierre. La maison était à moins de vingt minutes du Grady Homes, mais il avait l'impression que ça prenait des heures, d'arriver là-bas. Il avait le cœur dans la gorge, et qui cognait comme un train de marchandises. Il n'arrivait pas à se sortir de la tête toutes les horreurs qu'il avait infligées à sa famille, et qu'il ne méritait pas leur amour, et qu'il allait s'amender, changer de vie, pourvu que Tim aille bien.

« Merde ! » Il donna un grand coup de volant à gauche, évitant de peu une Chevy Blazer qui avait la priorité à droite.

Trent s'était rattrapé à la poignée de la portière, mais il n'avait pas eu la stupidité de le prier de ralentir.

Michael redressa le volant, dégagea de nouveau brutalement sur la gauche pour emprunter une rue de traverse qui les sortirait de cette circulation chargée et, avec un peu d'espoir, leur permettrait d'arriver plus vite. L'embrayage patina, mais se remit vite en prise dès qu'il accéléra. Un voyant clignotait au tableau de bord, le voyant de température du moteur s'inscrivait nettement dans le rouge. Tout ce qu'il fallait, c'était que ce tas de boue le conduise jusqu'à la maison. C'était tout ce qu'il lui fallait.

Il enfonça de nouveau la touche de rappel de son téléphone

portable, écouta la ligne sonner chez lui, pour la quinzième fois. Le portable de Barbara ne décrochait pas et il avait été incapable de trouver Gina, à l'hôpital.

« Nom de Dieu ! », hurla-t-il, en fracassant l'appareil contre le tableau de bord, le brisant en morceaux.

Greer avait contacté Will Trent pour lui signaler qu'il y avait un problème, comme si Ormewood était une tapette de simple civil, et non un flic chevronné. Tout ce que l'inspecteur-chef avait indiqué, c'était qu'il y avait eu une sorte d'accident impliquant un jeune, au domicile de Michael. Procédure standard à la con – ne rien leur dire au téléphone, ne pas les faire flipper, qu'ils n'aillent pas foncer sur les lieux pour finir par se jeter du haut d'un pont avec leur bagnole. Et quand il avait essayé de rappeler Greer pour obtenir plus de détails, ce connard lui avait causé comme s'il avait douze ans. « Rentrez chez vous, Michael, c'est tout, lui avait-il conseillé. Tout va bien se passer. »

« Un vélo », fit Trent. Il vit le cycliste à la dernière seconde, déboîta dans la voie de gauche et faillit l'accrocher. Un camion arrivait en face. Il ramena le volant dans l'autre sens, juste à temps pour éviter la collision de plein fouet.

« Nous sommes presque arrivés, annonça-t-il, comme si Trent lui avait posé la question. Et merde ! » siffla-t-il, en flanquant un coup sur le volant. Tim se fourrait toujours là où il ne fallait pas. Par ignorance. Et Barbara se faisait vieille. Elle était presque tous les jours fatiguée, elle n'avait pas l'énergie de suivre.

Il tourna dans sa rue, la voiture chassa. Il y avait deux véhicules de patrouille devant sa maison, l'un des deux stationné dans l'allée, derrière la chignole de Barbara. Des flics en uniforme s'affairaient en tous sens sur le trottoir, devant la maison de Cynthia et Phil. Quand il vit Barbara assise sous la véranda, la tête dans les mains, son cœur cessa de battre.

Il descendit, il ne comprit même pas comment. Il courut vers elle. Il se retenait de vomir. De la bile lui remontait dans la gorge.

« Où est Tim ? » lui demanda-t-il. Elle ne lui répondait pas assez vite. Alors il répéta, en beuglant : « Où est mon fils !

— A l'école ! » lui cria-t-elle à son tour, comme s'il avait perdu la raison. Il l'avait saisie par les poignets, il l'avait tirée, pour qu'elle se lève. Elle avait les larmes aux yeux.

« Hé », fit Trent. Juste un mot, très calme, mais avec une note de mise en garde.

Michael regarda ses mains, sans comprendre comment elles s'étaient refermées autour des poignets de Barbara. Elle avait des marques rouges, là où il l'avait serrée. Il s'obligea à la relâcher.

Derrière lui, le fourgon du coroner arriva à sa hauteur, s'immobilisa dans un grincement de freins, moteur au ralenti, devant la boîte aux lettres.

Il posa les mains sur les épaules de Barbara, cette fois pour se soutenir. Ils avaient parlé d'un jeune. Ils avaient pu se tromper. Greer avait pu mentir. Il la questionna.

« Gina ? Est-ce qu'il est arrivé quelque chose à Gina ? »

L'un des flics se tenait à côté du camion à viande du coroner. Il fit signe au chauffeur de s'approcher de la maison voisine.

« Dans le jardin, sur l'arrière. »

Ses pieds se mirent en mouvement, sans qu'il s'en rende compte. Il ouvrit la porte de chez lui, qui alla taper contre le mur, et se précipita au fond du couloir. Il entendit un martèlement de pas, derrière lui, et il comprit que c'était cet enfoiré de Trent. Il s'en moquait. Il poussa la porte de derrière à la volée, il sortit dans le jardin, en courant, mais s'arrêta aussitôt, si brusquement que l'autre lui rentra dedans.

D'abord, il vit toute cette blancheur, le peignoir minuscule, le caraco transparent. Elle gisait sur le ventre, les pieds empêtrés dans le grillage à moitié arraché. Six ou sept hommes se tenaient debout autour d'elle.

Il réussit à marcher vers elle et, quand il atteignit le corps, ses genoux se dérobèrent sous lui. Le grain de beauté à l'épaule, la tache de naissance au dos du bras. Du bout des doigts, il tâta la paume de sa petite main.

Quelqu'un intervint.

« Inspecteur. Ne la touchez pas. »

Cela lui était égal. Il caressa sa paume, si douce. Et il chuchota, le visage dégoulinant de larmes :

« Dieu de Dieu. Oh, Dieu de Dieu. »

Trent s'adressa au groupe de flics. Du bruit, des mots qu'il était incapable de comprendre. Cynthia. Il ne pouvait plus détacher son regard de l'arrière de sa tête, il ne voyait plus rien d'autre que le drapé de ses longues mèches de cheveux, soyeux et blonds. Comme un foulard jeté sur ses épaules. Il baissa le peignoir, pour couvrir son derrière nu, tâcher de lui rendre un peu de dignité.

« Inspecteur », fit Trent. Il venait de faufiler sa main sous le bras d'Ormewood. Il le releva, le remit sur ses pieds, en douceur. « Vous ne devriez pas la toucher.

— Ce n'est pas elle », insista-t-il, en essayant de se remettre à genoux. Il voulait voir son visage. C'était une espèce de supercherie. Ce ne pouvait pas être Cynthia. Elle était à la galerie marchande, en train de dépenser l'argent de Phil, elle traînait là-bas, avec ses amis. « Je veux la voir », répéta-t-il. Son corps tremblait, comme s'il avait froid. Cette fois, ses genoux refusèrent de lui obéir, mais Trent le soutenait, il le maintenait en position debout, qu'il ne puisse plus retomber. « Je veux juste voir son visage. »

Il entendit l'un des hommes, manifestement le médecin légiste, prononcer une phrase.

« De toute manière, j'étais sur le point de la retourner sur le dos. »

Avec l'aide d'un autre flic, le légiste l'attrapa par les épaules et fit rouler le corps, le visage vers le haut.

Cynthia avait la bouche béante, du sang s'en déversa, dégoulina dans le cou. Une lente fuite de robinet. Son beau visage était marqué d'une profonde coupure qui lui entaillait la tempe. Les yeux verts, absents, plongeaient leur regard fixe vers le ciel infini. Des mèches de cheveux restaient collées à la figure. Il voulut se pencher pour lui dégager le visage, mais Trent l'en empêcha.

Il sentit des larmes brûlantes lui picoter les yeux. Il faudrait que quelqu'un la recouvre. Il ne faudrait pas qu'elle reste exposée comme cela, aux regards de tout le monde.

Le médecin légiste se baissa, ouvrit la mâchoire, d'une pression sur le maxillaire, scruta la bouche vide.

« Sa langue. Elle a disparu, observa-t-il.

— Bon Dieu, chuchota l'un des flics. Ce n'est qu'une gamine. »

Michael déglutit, avec la sensation d'étouffer de chagrin.

« Quinze ans », souffla-t-il. Elle venait de fêter son anniversaire, la semaine dernière. Il lui avait acheté une girafe en peluche. « Elle a quinze ans. »

Deuxième partie

Chapitre sept

2 octobre 2005

JOHN SHELLEY voulait une télévision. Depuis ces deux derniers mois, il avait conservé le même boulot merdique, en arrivant tous les jours à l'heure, en s'assurant d'être le dernier à partir, en se chargeant de toutes les tâches ingrates que lui confiait son coupeur de cheveux en quatre de patron, et pour lui, ce n'était pas seulement qu'il la voulait, cette télévision, c'était qu'il la méritait. Rien de très luxueux, juste la couleur, une télécommande, et ce qu'il fallait pour capter les championnats de foot universitaires.

Il avait envie de voir ses équipes jouer. Il avait envie de tenir la télécommande dans sa main et, si la Géorgie jouait mal, ce qui était hautement probable, il voulait avoir la possibilité de changer de chaîne et de regarder la Floride se faire botter le cul. Il avait envie de suivre toutes les émissions ringardes de la mi-temps, d'entendre ces abrutis de commentateurs, de voir Tulane (visiteurs) jouer Southern Mississipi, Texas A & M (visiteurs) jouer Lousiana State University, et le summum, l'US-Army-contre-la-Navy. Et pour Thanksgiving, il avait envie d'une orgie de matchs de coupe. Et ensuite, il embrayerait sur les grosses équipes : les Patriots, les Raiders et les Eagles, et le tout mènerait John Shelley à ce moment magique, en février prochain, quand il s'assiérait dans sa chambre miteuse de son asile de nuit miteux, et il se regarderait un Super Bowl d'exception, à lui tout seul, pour la première fois de sa vie.

Six jours par semaine, ces deux derniers mois, il avait fixé la vitrine, par la fenêtre du bus, convoité du regard l'Atlanta City Rent-All, le loueur de télés. « Votre crédit, c'est votre emploi ». C'était la promesse, sur le panneau, dans cette vitrine. Mais il y avait l'astérisque, juste à côté, si minuscule qu'on aurait cru un insecte écrasé, et qui chantait déjà une autre chanson. Dieu merci, jusque-là, il avait toujours été trop sur les nerfs pour entrer direct dans la boutique et se rendre ridicule. John était resté, devant la porte, le cœur agité de tremblements, prêt à chier dans son froc. Et il avait remarqué la mention en petits caractères, sur le panneau. *Deux mois*, indiquaient les petits caractères. Il fallait conserver un boulot régulier pendant au moins deux mois, avant qu'on ne vous accorde l'honneur de régler cinquante-deux mensualités de vingt dollars, pour une télévision qui se vendrait environ trois cents dans un magasin normal.

Mais John n'était pas un individu normal. En dépit de sa nouvelle coupe de cheveux, de sa barbe rasée de près ou de son pantalon chinos repassé, les gens ressentaient encore ce qui faisait de lui un être radicalement différent. Même au travail, une station de lavage de véhicules où un personnel presque toujours temporaire se pointait pour laver des bagnoles et aspirer des pépites de Cheerios à l'arrière des 4 × 4, ils gardaient leurs distances.

Et voilà, on était deux mois plus tard, et John était assis au bord de sa chaise. Il essayait d'empêcher sa jambe de trembler. Et il l'attendait, sa télé. Le gamin au visage boutonneux qui l'avait accueilli à l'entrée prenait son temps. Il avait rempli le formulaire de candidature de John, et puis il s'était précipité dans le fond, ça devait faire vingt minutes. Formulaire de candidature. C'était encore un truc qu'ils n'avaient pas indiqué, sur le panneau de la vitrine. Adresse, date de naissance, numéro de sécurité sociale, adresse de l'employeur, la totale. Manquait que sa taille de slip.

L'Atlanta City Rent-All était bien bruyant, pour un dimanche après-midi. Toutes les télévisions étaient allumées, un scintillement d'images éclatantes, sur un mur d'écrans, des voix chuchotées, des séries sur la nature, des chaînes d'infos et des émissions de bricolage, le tout qui lui bourdonnait dans les oreilles. Le bruit lui tapait sur le système. Trop de lumière se déversait des baies vitrées, qui occupaient toute la façade, du sol au plafond. Et les télés étaient trop lumineuses.

Il changea de position, sur sa chaise, il sentit une goutte de sueur lui dégouliner dans le dos. John ne portait pas de montre, mais il y avait une grande pendule murale. Mauvais calcul, de la part de l'aménageur du magasin. Ça ne servait qu'à une chose, rappeler au client qu'il était coincé ici, à poireauter, le temps qu'un gamin à peine sorti du lycée vienne annoncer à l'heureux candidat qu'il avait droit à l'honneur extrême de payer cinq cents dollars un lecteur de DVD Simzitzu.

« Juste une télé, chuchota John, en parlant tout seul. Juste une petite télé. » Sa jambe se remit à gigoter, et il ne prit pas la peine de se retenir. Il serrait les poings, il desserrait les poings, et ça, ce n'était pas bien. Il fallait qu'il cesse. Les gens le dévisageaient. Il avait repéré des parents qui préféraient garder leurs enfants près d'eux.

« Monsieur ? » Randall, le vendeur qui s'occupait tout personnellement de John, se tenait devant lui. Il s'était plaqué sur la figure un sourire qui aurait eu de quoi laisser perplexe un labrador. « Désolé de vous avoir fait attendre. » Randall lui offrit sa main, comme si John avait besoin d'aide pour se lever.

« C'est bon, fit ce dernier », et il se leva, en évitant de marmonner autre chose entre ses dents. Il regarda autour de lui, il se demandait ce qui se tramait. Le gamin se montrait trop gentil. Se serait-il passé quelque chose ? Quelqu'un avait-il appelé la police ?

« Nous pouvons vous montrer les appareils qui sont présentés par là », lui proposa Randall, en le conduisant vers le fond du magasin, là où étaient exposés les grands écrans.

John s'arrêta devant un téléviseur qui avait l'air d'un écran de cinéma. Le poste était presque aussi haut que lui, et deux fois plus large.

Randall attrapa une télécommande de la taille d'un bouquin.

« Le Panasonic possède une technologie très avancée en matière de reproduction des vrais noirs, ce qui vous donne...

— Attendez une minute. » John contourna le poste. Il ne mesurait que quelques centimètres d'épaisseur. Il vit le cartel, avec le prix, et il éclata de rire. « Je vous ai expliqué ce que je gagnais, mon grand. »

Randall le gratifia d'un sourire éclatant, et s'avança d'un pas qui donna envie à John de reculer d'autant. Et pourtant, il lui tint tête, et le jeune homme dut s'expliquer, en baissant la voix.

« Nous comprenons bien que certains de nos clients disposent de sources de revenus extérieures, qu'ils ne peuvent pas mentionner dans leur dossier de crédit.

— Ah, vraiment ? s'étonna-t-il, flairant une irrégularité quelque part, sans trop saisir.

— Votre rapport de solvabilité... » Randall paraissait presque gêné. « Toutes vos cartes de crédit sont ressorties.

— Quelles cartes de crédit ? demanda-t-il. Il ne possédait même pas de compte-chèques.

— Ne vous inquiétez pas pour ça. » Il lui tapota l'épaule, comme s'ils étaient deux vieux copains.

« Quelles cartes de crédit ? » répéta-t-il. Les muscles de son bras mouraient d'envie d'envoyer balader la main du gamin, à tel point que c'en était douloureux. Quelque chose lui échappait, et il détestait devoir l'admettre. Rester dans l'ignorance, cela vous rendait vulnérable.

Randall finit par laisser retomber sa main.

« Ecoutez, mon vieux, commença-t-il. Pas de quoi en faire un plat, hein ? Vous honorez vos versements et nous, le reste nous est égal. Nous ne signalons rien à personne, sauf si vous arrêtez de payer. »

John croisa les bras. Il savait que cela le faisait paraître plus fort, plus menaçant aux yeux des autres. Mais tant pis.

« Ecoutez voir, dit-il. Je veux cette télé merdique, là-bas, devant, l'écran de cinquante centimètres avec sa télécommande. C'est tout ce que je veux.

— Bien sûr, cow-boy, fit le vendeur, les mains levées. Sans problème. J'avais juste calculé qu'avec votre indice de solvabilité... »

John se sentit obligé de lui reposer la question.

« Quel indice ?

— Votre indice de solvabilité, reprit le gamin, sur un ton qui passait déjà de l'incrédulité arrangeante à la franche sidération. Votre indice est le meilleur que j'aie jamais vu ici. Nous avons des gens qui se présentent, ils n'atteignent même pas le plancher des trois cents.

— Et le mien, il est de combien ? »

La question eut l'air de désarçonner le vendeur.

« Nous ne sommes pas autorisés à vous le communiquer. »

John prit une voix ferme, en forçant un peu sur son timbre râpeux.

« Le mien était de combien ? »

Les boutons d'acné de Randall virèrent au blanc, sa peau au rouge vif. Il murmura.

« Sept cent dix. » Aussitôt, il lança un regard par-dessus son épaule, pour voir si son patron ne le surveillait pas. « Vous pourriez vous rendre dans un vrai magasin, monsieur Shelley. Vous pourriez aller chez Circuit City ou dans un Best Buy...

— Montrez un peu, pour voir...

— Votre rapport de solvabilité ? »

John resserra un peu la distance entre eux deux.

« Vous disiez qu'il y avait des cartes de crédit reprises dedans. Je veux savoir lesquelles. »

De nouveau, Randall regarda par-dessus son épaule. Pourtant, il aurait mieux fait de se préoccuper davantage de ce qu'il avait devant lui.

« Arrête de regarder derrière toi, gamin. Regarde-moi. Réponds à ma question. »

Randall déglutit, et sa pomme d'Adam se mit à danser.

« J'ai peut-être mal saisi votre numéro de Sécurité sociale. L'adresse actuelle était différente...

— Mais le nom ?

— Même nom.

— Et avant, la même ancienne adresse, à Garden City ?

— Oui, monsieur. »

Il résuma la situation au jeune.

« Tu penses qu'il existe un autre Jonathan Winston Shelley, qui se promène avec ma date de naissance et mon ancienne adresse, qui habite à Atlanta et possède un numéro de Sécurité sociale voisin du mien ?

— Non... je veux dire, si. » De la sueur perlait sur la lèvre supérieure du garçon, et sa voix se mit à trembler. « Je suis désolé, monsieur. Si je vous montrais ce document, je pourrais perdre mon emploi. Rien ne vous empêche de vous procurer une copie, c'est gratuit. Je peux vous communiquer le num...

— Laisse tomber », s'impatienta John, et il se sentait un vrai monstre, d'avoir bousculé le gamin. La peur, dans ses yeux, avait le tranchant d'un éclat de verre.

Il retraversa le magasin, passa devant la télévision qu'il aurait voulu emporter, et sortit avant de prononcer des mots qu'il regretterait.

Au lieu de rentrer chez lui, il traversa la rue, et s'assit sur le banc à côté de l'arrêt de bus. Il prit l'un des journaux gratuits, sur le présentoir, et le feuilleta. La rue comptait quatre voies, mais elle était assez chargée. En se servant du journal comme d'un bouclier, il observa la boutique, suivit Randall et ses collègues, occupés à discuter avec des clients. Des gens qui feraient mieux de réfléchir, avant d'hypothéquer leur existence.

Rapports de solvabilité, cartes de crédit, indices. Merde, il ne comprenait rien à tout ça.

Un bus arriva, le chauffeur lui lança un coup d'œil, par la portière ouverte.

« Vous montez ?

— Je prends le suivant. Merci, mon vieux », ajouta-t-il.

Il appréciait assez les chauffeurs des bus MARTA. A ce qu'il lui semblait, eux, ils savaient éviter les jugements à l'emporte-pièce. Tant que vous acquittiez votre billet et que vous ne provoquiez pas d'embêtements, ils vous considéraient comme quelqu'un de bien.

Le bus démarra, en lâchant un sifflement d'air chaud dans son sillage. Il tourna la page de son gratuit, puis revint à la Une, s'apercevant qu'il ne l'avait pas lue. Il resta assis à cet arrêt de bus, deux heures. Et puis trois heures. Il ne le quitta qu'une fois, pour aller pisser derrière un immeuble abandonné.

A huit heures, Randall, le vendeur, sortit du magasin de location. Il monta dans une Toyota rouillée, tourna la clef et déversa dans la nuit silencieuse la musique la plus détestable qu'il ait jamais entendue. Il faisait noir depuis au moins une heure, mais Randall n'aurait pas remarqué John, même s'il avait fait aussi clair qu'en plein jour. Le gamin devait avoir dix-sept ou dix-huit ans. Il possédait sa voiture à lui, il avait un boulot qui payait pas mal, et il n'avait pas le moindre souci, mis à part ce trou-du-cul trop solvable qui avait un peu tenté de lui forcer la main, cet après-midi.

Le gérant sortit à son tour. Du moins supposait-il qu'il s'agissait du gérant : un type plus âgé, une mèche de cheveux rabattue sur un crâne dégarni, une peau jaunâtre et un postérieur tout rond, à force de rester assis toute la journée à dire non aux gens.

Le gémissement du type, quand il tendit le bras en l'air et tira sur le rideau de fer grillagé qui protégeait toutes les vitrines du magasin, s'entendait depuis l'autre côté de la rue. Il gémit encore, en se baissant pour verrouiller le loquet, et puis il gémit une troisième fois en se redressant. Après s'être étiré le dos, il se dirigea vers une Ford Taurus, et s'installa au volant.

John attendit que le type ait enfilé sa ceinture de sécurité, réglé le rétroviseur et enclenché la marche arrière. La Taurus recula, ses feux blancs s'allumèrent, au-dessus des feux rouges, puis elle repartit en marche avant, et quitta le parking. Le moteur hoquetait comme celui d'une voiturette de golf.

Dix minutes, quinze. Trente minutes. John se leva, et ce fut son tour de gémir sous l'effort. Ses genoux avaient rendu un petit craquement sec, et il avait le derrière douloureux, à cause du banc de béton froid.

Avant de traverser la rue, il regarda des deux côtés, et il passa devant le magasin. Les rideaux de fer qui barraient les portes d'entrée et les vitrines étaient solides, mais l'effraction, le chapardage, ne figuraient pas dans ses projets. A la place, il se rendit sur l'arrière du bâtiment, jusqu'à la benne à ordures.

La caméra de surveillance derrière le magasin de location était braquée sur la porte de secours, et la benne était libre d'accès. Il fit coulisser la trappe en acier, le cri perçant du métal jaillit dans la nuit. L'odeur qui monta du conteneur était déplaisante, mais John en avait déjà senti de pires. Il commença par en sortir les petits sacs noirs d'ordures ménagères, semblables à ceux qu'il avait vus tapisser l'intérieur des corbeilles de la boutique de location. Il procéda avec minutie, dénouait les nœuds au lieu de déchirer les sacs, fouillait leur contenu, puis refaisait le même nœud, avant de passer au sac suivant. Au bout d'une demi-heure à remuer les détritus de l'Atlanta City Rent-All, il finit par trouver la situation cocasse. Ces sacs contenaient assez d'informations – numéros de Sécurité sociale, adresses, historiques des employeurs – pour monter une vaste escroquerie. Pourtant, ce n'était pas ce qu'il cherchait. Il n'était ni un escroc, ni un voleur. Ce qu'il voulait, c'était des informations, mais uniquement les siennes, et il les trouva. Dans le tout dernier sac, comme de juste.

Il orienta le rapport de solvabilité vers l'éclairage de sécurité, pour faciliter sa lecture.

Le même numéro de Sécurité sociale. La même date de naissance. La même ancienne adresse.

Jonathan Winston Shelley, âgé de trente-cinq ans, était titulaire de deux MasterCard, trois Visa et une carte de paiement du réseau Shell. Son adresse se limitait à une boîte postale, associée au code postal 30316, ce qui signifiait qu'il habitait quelque part dans le sud-est d'Atlanta – à plusieurs kilomètres de la chambre qu'il occupait en ce moment chez Flop House, dans cet asile de nuit sur Ashby Street, un peu plus bas par rapport au capitole de l'Etat de Géorgie.

Il jouissait d'une excellente solvabilité, la position de son compte-chèques, dans une agence bancaire du coin, était bonne. A l'évidence, il était un client assez digne de confiance. Et depuis à peu près six ans. Mis à part un « versement tardif » notifié sur la carte Shell, tous ses créanciers étaient satisfaits de ses paiements rapides, ce qui était assez curieux, quand on y pensait, car ces vingt dernières années, Jonathan Winston Shelley n’était pas beaucoup sorti. Les gardiens de la prison avaient tendance à vous surveiller de près, quand vous purgiez une peine de réclusion à perpétuité, assortie d’une peine de sûreté de vingt-deux ans, pour le viol et le meurtre d’une jeune fille de quinze ans.

Chapitre huit

JOHN CONNAISSAIT Mary Alice Finney depuis toujours. Elle était la gentille fille, la jolie pom-pom girl, l'élève notée « A » dans toutes les matières, appréciée de tout le monde ou presque, au lycée, tellement elle était sympathique. Bien sûr, il y avait quelques filles qui la détestaient, mais c'était ça, les filles, dès qu'elles se sentaient menacées : elles se détestaient. Elles répandaient de vilaines rumeurs. Devant vous, elles jouaient les mignonnes, mais aussitôt que vous aviez le dos tourné, elles vous enfonçaient un couteau entre les omoplates, aussi profond que possible, et elles faisaient bien tourner la lame dans la plaie, par-dessus le marché. Même dans le monde réel, si vous tombez sur une femme qui se débrouille bien, qui réussit, il y aura toujours une poignée d'autres femmes prêtes à tourner autour, à raconter que c'est une garce ou qu'elle a couché pour arriver au sommet. C'était comme ça que fonctionnait le monde, et, dans le microcosme du lycée de Decatur, il n'en allait pas autrement.

En fait, beaucoup plus tard, John s'aperçut que le lycée, ça ressemblait fort à la prison.

Les Shelley habitaient à deux rues des Finney, dans l'un des plus jolis quartiers qui longeaient la faculté Agnes Scott. Leurs mères se connaissaient, dans ce petit monde en vase clos de la bourgeoisie. Elles s'étaient rencontrées comme les épouses de médecins et d'avocats s'étaient toujours rencontrées, lors d'un dîner de collecte de fonds ou d'une vente de charité pour le lycée, l'hôpital ou la faculté du coin – l'une ou l'autre institution leur servant d'excuse pour organiser une fête élégante et inviter de nouvelles têtes dans leurs demeures superbement décorées.

Richard Shelley était oncologue, chef du département de cancérologie du Decatur Hospital. A une certaine période, son épouse, Emily, avait été agent immobilier, mais elle avait abandonné la profession à la naissance de Joyce, leur premier enfant. Trois ans plus tard, c'était l'arrivée de John, et les Shelley avaient cru s'être construit un univers de plénitude.

Emily était de ces mères qui se jetaient à corps perdu dans l'éducation de leurs enfants. Elle était très active au sein de l'association des parents d'élèves, c'était elle qui vendait le plus de cookies au bénéfice des Girl Scouts du quartier, et qui consacrait l'essentiel de la fin de l'année scolaire à coudre des costumes pour le gala de remise des diplômes de fin d'études de la Quaker Friends School. Et puis leurs deux enfants avaient grandi, ils n'avaient plus eu besoin d'elle – en tout cas, ils ne la réclamaient plus –, et elle s'était retrouvée avec beaucoup de temps devant elle. A l'époque où John était au collège, où Joyce était à deux ans de son entrée à l'université, elle avait repris son emploi à l'agence immobilière, à mi-temps, juste pour avoir de quoi s'occuper.

Leurs quatre vies auraient été parfaites, s'il n'y avait eu John.

Les mensonges avaient débuté tôt, et sans raison apparente. Quand John prétendait se trouver à son entraînement de football, il était à la maison. Et quand il était à son entraînement de football, il avait raconté qu'il serait à la maison. Ses notes s'étaient mises à baisser. Il s'était laissé pousser les cheveux. Ensuite, il y avait eu cette odeur. On eût dit qu'il ne prenait même plus de bain, et ses vêtements, quand Emily les ramassait par terre dans sa chambre où il faisait froid et humide pour les fourrer dans le lave-linge, donnaient presque une sensation de produit chimique, au toucher, comme s'ils avaient été vaporisés au Teflon.

Richard avait de très longues journées. Son métier était exigeant, tant sur le plan émotionnel que physique. Il n'avait guère le temps ou l'envie de se soucier de son fils. A l'âge de John, Richard avait un caractère maussade. Adolescent, il avait eu des secrets. Il s'était fourré dans de sales draps, mais il s'était remis dans la bonne voie, non ? Il était temps de le sevrer du sein de sa mère. De lui donner un peu d'espace.

Ce qu'Emily redoutait, surtout, c'était la marijuana, et donc, quand elle tomba sur ce résidu de poudre dans la poche du jean de son fils, elle ne perçut pas le danger.

« De l'aspirine, lui avait-il répondu.

— Pourquoi gardes-tu de l'aspirine dans ta poche ?

— J'avais des maux de tête. »

Enfant, John avait déjà collectionné des choses plus curieuses, dans ses poches : des cailloux, des trombones, une grenouille. Elle s'était inquiétée pour sa santé.

« Faut-il qu'on t'emmène chez le docteur ?

— Maman... »

Et il l'avait plantée là, dans la buanderie, le pantalon entre les mains.

Comme tous les couples aisés, les Shelley étaient partis du principe que leur argent et leurs privilèges protégeraient leurs enfants de la drogue. Ce qu'ils n'avaient pas compris, c'était que ces deux atouts aideraient aussi leurs enfants à se procurer des drogues « meilleures ». Et, indépendamment de cela, Emily Shelley voulait croire que son fils était un bon garçon, ce qu'elle crut, jusqu'au bout. Elle ne remarquait pas le regard vitreux qu'il avait le matin, les collyres qu'il était forcé d'utiliser sans arrêt, et l'odeur écœurante et sucrée qui montait de la resserre, derrière la maison. Pour sa part, à la table du petit déjeuner, le Dr Richard ne levait pas le nez de son journal, ne voyait pas que son fils, en face de lui, avait des pupilles de la taille d'une pièce de cinquante cents, ou qu'il saignait du nez encore plus souvent que certains cancéreux de son service.

Leur vie se désagrégeait.

Une fouille improvisée, au collège, permit de récolter un sachet de haschisch dans une paire de baskets, au fond du casier de John.

« Pas les miennes », avait-il prétendu, et sa mère avait reconnu que ces chaussures ne ressemblaient à aucune de celles qu'elle l'avait vu porter.

Un vigile de la galerie marchande du quartier leur téléphona pour leur signaler que leur fils s'était fait surprendre en train de voler une cassette audio.

« J'ai oublié de la payer ». John avait eu un haussement d'épaules, et sa mère avait fait observer qu'il avait bien vingt dollars en poche. Au nom de quoi irait-il voler quelque chose qu'il avait de quoi payer ?

Le dernier pan de leur existence se désagrégea un vendredi, dans la nuit. Un interne de l'hôpital avait appelé au domicile des Shelley, en réveillant Richard, pour lui annoncer que son fils avait été admis aux urgences, après une overdose de cocaïne.

Sacrée façon d'avoir les écailles qui vous tombent des yeux. Une confirmation médicale – une réalité que son père pouvait agiter sous le nez de sa mère comme la preuve matérielle que leur fils était un vaurien.

Le soir, John restait dans sa piaule, et il écoutait ses parents se disputer à son propos, jusqu'à ce que son père crie quelque chose, une formule définitive du style « un point c'est tout ! », et sa mère se précipitait dans sa chambre, en claquant violemment la porte derrière elle. Ensuite, c'étaient des sanglots étouffés, et il montait le son de sa stéréo. Def Leppart hurlait dans les haut-parleurs, jusqu'à ce que Joyce (occupée à étudier, comme de juste) tape contre la cloison séparant leurs deux chambres, en criant « Baisse un peu, espèce de paumé ! ».

John cognait à son tour, il la traitait de salope, et il faisait assez de raffut pour que son père entre dans sa chambre, le lève, en le tirant par le bras, et lui demande ce qui lui prenait.

« Contre quoi te rebelles-tu ? lui demandait Richard. Tu as tout ! Tout ce qui peut te faire envie ! »

« Pourquoi ? » C'était la mère, qui questionnait son garçon, le visage dégoulinant de larmes. « Qu'est-ce que j'ai fait de mal ? »

John haussait les épaules. Chaque fois qu'ils essayaient de le prendre de front, il se contentait de ce geste – un haussement d'épaules. Cela lui arrivait tellement souvent que son père finit par considérer qu'il devait souffrir d'un trouble neurologique. Il faudrait peut-être qu'il le mette sous lithium. Il serait peut-être bien inspiré de le placer dans une clinique psychiatrique.

« Comment est-ce que cela a débuté ? » voulait savoir sa mère. Il y avait forcément un moyen pour elle d'arranger les choses, d'améliorer la situation, mais uniquement si elle savait par où tout cela avait commencé. « Qui t'a embringué là-dedans ? Dis-moi qui t'a poussé à ça ? »

Un haussement d'épaules de John. Un commentaire sarcastique de son père. « Tu es devenu attardé mental, maintenant ? Autiste ? C'est ça qui ne va pas, chez toi ? »

Tout avait commencé par un peu d'herbe. En fin de compte, si Nancy Reagan s'engageait tant pour conjurer les gosses de dire non, c'était qu'il y avait une bonne raison. La première fois que John s'était défoncé, c'était, ô coïncidence, après un enterrement.

Le frère d'Emily, Barry, s'était tué dans un accident de voiture, sur la voie expresse. Mort soudaine. Une vie qui bascule. Barry était un grand gaillard, il mangeait tout ce qui lui faisait envie, fumait le cigare à la cadence d'un Fidel Castro. Il prenait des comprimés contre l'hypertension artérielle, il avait sa piqûre quotidienne, pour son diabète et, de manière générale, s'acheminait vers la tombe d'un train de sénateur. Qu'il ait trouvé la mort à cause d'un chauffeur de poids lourd qui s'était endormi au volant, cela tenait donc presque de la blague.

La cérémonie s'était déroulée par une chaude matinée de printemps. A l'église, John s'était avancé derrière le cercueil, son cousin Woody à ses côtés. Il n'avait encore jamais vu un autre garçon pleurer et, de regarder son cousin, un dur, de quatre ans son aîné, un garçon plus cool qu'il ne le serait jamais lui-même, craquer devant lui, il s'était senti bizarre. Barry n'était même pas le vrai père du jeune homme. La mère de Woody avait divorcé – un événement scandaleux, à cette époque. Elle ne s'était remariée avec Barry que depuis deux ans. John n'était même pas trop sûr que ce gars-là soit encore son cousin.

« Viens par ici », lui avait dit Woody. Ils se trouvaient sur l'arrière de la maison, tellement vide, maintenant, sans l'oncle Barry. Cet oncle était un homme sociable, toujours avec une plaisanterie ou un petit rire à la bouche, qui tombaient à point nommé pour relâcher la tension qui régnait dans la pièce. Le père de John ne l'appréciait guère, et John estimait que c'était plus par snobisme qu'autre chose. Barry vendait des remorques pour tracteurs. Il gagnait bien sa vie, mais Richard situait ce boulot au même niveau que la revente de voitures d'occasion.

« Viens », lui avait répété Woody, en montant l'escalier qui menait aux chambres.

John avait regardé autour de lui. Il cherchait ses parents. Rien qu'au ton de la voix de Woody, il avait compris qu'il allait se passer quelque chose de mal. Et pourtant, il l'avait suivi dans sa chambre, il avait fermé la porte et poussé le loquet, comme on le lui demandait.

« Merde. » Woody lâcha un soupir, se laissa choir dans le fauteuil sacco posé à même le sol. Il sortit une petite boîte plastique enveloppée dans du film étirable, nichée derrière deux livres empilés sur le rayonnage dans son dos, puis il tira du papier à cigarettes de sous son matelas. John le regarda rouler un joint, avec dextérité.

Woody s'aperçut qu'il l'observait.

« Un pétard, moi, je ne dirais pas non, mec. Et toi ? »

John n'avait encore jamais fumé de cigarette, jamais rien pris de plus fort que du sirop pour la toux – que sa mère tenait caché dans sa salle de bains comme si le flacon était radioactif –, mais quand Woody lui avait proposé ce joint, il avait dit « super ».

Dans l'espoir de l'imiter, il avait regardé son cousin aspirer et garder la fumée tout au fond de ses poumons. Quand il lui avait tendu le joint, de la sueur perlait sur la lèvre supérieure de John. Plus encore que de commettre un acte illégal, il avait surtout peur d'avoir l'air idiot en face de son cousin.

John avait adoré le soulagement que lui procurait ce joint, ce pouvoir d'émousser toutes les aspérités. Cela lui devenait égal que son père le considère comme un merdeux total ou que sa mère soit constamment déçue par lui. Après un pétard, le côté parfait de Joyce, sa sœur, qui marchait sur les traces de leur père, lui tapait beaucoup moins sur le système et, quand il était pété, il finissait carrément par avoir du plaisir à se retrouver en famille.

Quand ses parents finirent par se rendre compte de ce qu'il se passait, ils incriminèrent le sempiternel coupable : ses mauvaises fréquentations. Ce qu'ils n'avaient pas saisi, c'était que John Shelley faisait lui-même partie des mauvaises fréquentations. En l'espace de quelques semaines, il avait petit à petit fait sa mue, du pauvre empoté qu'il était jusqu'au fumeur de marijuana, et il se délectait de toute l'attention que lui valait cette transformation de fraîche date. Grâce à Woody, il était devenu le mec aux bons plans. Il était celui qui savait où s'organisaient les fêtes branchées, où les lycéens mineurs étaient les bienvenus, pourvu qu'ils amènent quelques jolies filles avec eux. A quinze ans, il dealait déjà des sachets à dix dollars à ses nouveaux copains. Lors d'une réunion de famille, Woody lui avait fait goûter sa première ligne de coke, et après ça, il n'était plus question de revenir en arrière.

Et à dix-sept ans, il était jugé coupable de meurtre.

Aussi loin que remontent ses souvenirs, Mary Alice Finney était la première de ses amies qui n'ait pas été un membre de sa proche famille. Leurs mères avaient fait du covoiturage ensemble, en assurant la navette pour conduire les enfants à l'école, chacune leur tour, une semaine sur deux. Les gosses prenaient place sur la banquette arrière, et ils gloussaient pour des bêtises, et ils jouaient à ces jeux idiots auxquels on jouait pour que le temps passe plus vite. Tout au long de l'école élémentaire, ils avaient plus ou moins suivi la même trajectoire. Jusque-là, ils étaient les gamins intelligents, ceux qui détenaient tous les avantages. Dès le collège, c'était déjà différent. L'oncle Barry était mort. Et John avait pris la tête du mauvais groupe.

« Tu as changé », lui avait lâché Mary Alice, le jour où il l'avait coincée à la sortie du vestiaire des filles. Elle tenait ses manuels scolaires serrés contre sa poitrine, en masquant son tee-shirt d'un concert de Police, comme si elle éprouvait le besoin de se protéger. « Je ne crois pas que j'apprécie trop le personnage que tu as choisi de devenir. »

Choisi de devenir. Comme s'il avait le choix. Il n'avait pas choisi son vachard de père, et son évaporée de mère, qui avait quasi inventé les lunettes à voir la vie en rose. Il n'avait pas choisi Joyce, cette salope qui plaçait la barre si haut que John ne pouvait rien espérer de mieux que de sautiller sur la pointe des pieds, pour essayer de la toucher, mais sans jamais réussir à monter assez haut pour passer au-dessus.

Tout ça, il l'avait choisi ? Il n'avait jamais eu cette chance.

« Va te faire mettre, avait-il lancé à Mary.

— Ça te plairait », lui avait-elle rétorqué, et elle avait tourné les talons, en rejetant ses cheveux de côté, le plantant là comme un idiot.

Ce soir-là, il s'était regardé dans le miroir, il s'était imprégné de cette vision, ses longs cheveux gras, ses cernes sous les yeux, l'acné qui lui constellait les joues et le front. Son corps n'avait pas encore rattrapé la croissance de ses mains et ses pieds, qu'il avait déjà immenses. Même endimanché pour se rendre à l'église, il avait l'air d'un haricot piqué sur deux boîtes en carton. A l'école, il était un paria, il ne lui restait plus vraiment d'amis et, à quinze ans, âge canonique s'il en est, toute son expérience sexuelle se résumait à un peu de lotion Jergens pour les mains, celle de sa sœur, plus un peu d'imagination active. En se regardant dans le miroir, il s'était imprégné de tout cela, et puis il était sorti derrière la maison pour se faufiler en catimini dans la resserre, et là, il avait sniffé tellement de coke qu'il s'était rendu malade.

A compter de ce jour-là, John s'était pris de haine pour Mary Alice. Tout ce qui lui arrivait de mal dans la vie était sa faute. Il répandait des rumeurs sur son compte. Il plaisantait à ses dépens, et en sa présence, qu'elle sache à quel point il la méprisait. A l'occasion des rassemblements des élèves, pour encourager leur équipe avant les matchs entre établissements, il la houspillait quand c'était elle qui menait le défilé sur le parquet du gymnase. Certaines nuits, il restait couché les yeux ouverts à penser à elle, à la détester, et ensuite il s'apercevait que sa main avait quitté sa position au repos, à plat sur son ventre, pour plonger dans son caleçon. Ensuite, il lui suffisait de se la représenter au collège, ce jour-là, avec sa façon de sourire à tout le monde quand elle enfilait le couloir, avec le pull moulant qu'elle portait, et c'était parti.

« John ? » Sa mère possédait une espèce de sixième sens. A ce qu'il lui semblait, il fallait toujours qu'elle frappe à la porte de sa chambre au moment où il se branlait. « Nous devons nous parler, toi et moi. »

Emily voulait lui parler, en effet. De sa moyenne qui chutait, de sa dernière heure de colle, de ce qu'elle avait retrouvé dans la poche de son jean. Elle voulait parler à l'inconnu qui avait kidnappé son fils, le supplier de lui rendre son Johnny. Elle savait que son bébé était là, à l'intérieur, quelque part, et elle n'abandonnerait pas. Même au procès, assis à la table, à écouter les avocats le traiter d'ordure, en face d'un jury qui refusait même de le regarder dans les yeux, John avait senti son soutien silencieux.

La seule personne dans cette salle d'audience qui avait encore cru en John Shelley, c'était sa mère. Elle ne laisserait pas échapper ce garçon, son Louveteau, son constructeur de maquettes d'avion, cet enfant si précieux. Elle avait envie de le serrer dans ses bras et que tout aille mieux, d'enfouir le visage dans sa nuque et de respirer cette odeur curieuse, mélange de pâte à cookie et d'argile humide, qu'il conservait après avoir joué dans le jardin derrière la maison avec ses petits copains. Elle avait envie de l'écouter raconter sa journée, son match de base-ball, le nouvel ami qu'il s'était fait. Elle avait envie de garder son fils. Elle en mourait d'envie, de garder son fils.

Mais il était déjà loin.

DECATUR CITY OBSERVER

15 JUILLET 1985

PROCÈS FINNEY : SHELLEY SERA JUGÉ COMME UN ADULTE

La juge de district Billie Bennett a décidé hier que Jonathan Winston Shelley, originaire de Decatur, quinze ans, serait jugé selon la même procédure qu'un adulte, dans le procès pour le meurtre de Mary Alice Finney, également originaire de Decatur. Les avocats de l'accusé ont invoqué des circonstances atténuantes, mais la juge Bennett a stipulé, en exprimant le point de vue de la cour, qu'au vu des précédentes arrestations du prévenu et d'autres facteurs aggravants, elle ne voyait aucun motif empêchant le jeune Shelley de subir la même procédure qu'un adulte. Quant au procureur Lyle Anders, il a d'emblée annoncé que le ministère public réclamerait la peine de mort.

Paul Finney, le père de la jeune fille assassinée, a déclaré aux journalistes qui l'attendaient devant le tribunal qu'il était « satisfait » de la décision du juge. Shelley, accusé de « meurtre ou de participation à un acte criminel ayant entraîné la mort », sera le premier adolescent du comté de DeKalb à être jugé comme un adulte. Par une décision distincte de la première, la juge Bennett a refusé un changement de juridiction réclamé par l'avocat de Shelley.

Depuis que la Cour suprême des Etats-Unis a confirmé la constitutionnalité de la peine capitale avec l'arrêt *Gregg v. Georgia* (1976), six meurtriers ayant fait l'objet d'une condamnation ont été exécutés par l'Etat de Géorgie. Le plus jeune délinquant jamais exécuté de toute l'histoire de l'Etat, Eddie Marsh, âgé de seize ans, a été mis à mort le 9 février 1932, pour le meurtre d'un fermier, un exploitant d'une plantation de pacaniers du comté de Dougherty. Et quant à John

Young, vingt-trois ans qui, à dix-huit ans, au cours d'un cambriolage, avait assassiné trois personnes âgées à leur domicile du comté de Bibb, il a été mis à mort par électrocution, en mars de cette année, à la Prison de Diagnostic et de Classification de Géorgie, située à Jackson.

Chapitre neuf

2 octobre 2005

JOHN N'AVAIT PAS bien dormi, ce qui, chez lui, n'était pas une nouveauté. En prison, les heures nocturnes étaient toujours les pires. Ce qu'on entendait, surtout, c'était des cris. Des pleurs. Le reste, il n'aimait pas trop y repenser. Il avait quinze ans quand on l'avait arrêté, seize lors de son incarcération. A trente-cinq ans, il avait vécu davantage d'années en prison que dans la maison de ses parents.

Si bruyante que soit la maison d'arrêt, on finissait par s'y habituer. Etre dehors, c'était ça le plus dur. Les klaxons de voitures, les sirènes des pompiers, les radios hurlant de partout. Le soleil était plus lumineux, les odeurs plus intenses. Des fleurs suffisaient à vous faire monter les larmes aux yeux, et la nourriture était presque immangeable. Il y avait trop de saveurs, trop de choix pour qu'il se sente à l'aise à l'idée d'entrer dans un restaurant et de commander un repas.

Avant que John n'ait été mis sous les verrous, on ne voyait pas les gens jogger dans la rue, un casque sur les oreilles, les fesses moulées dans un short en stretch. Les téléphones portables étaient dans des sacoches aussi grosses que des sacs à main, que l'on portait à l'épaule et que seuls les gens vraiment riches pouvaient se permettre de posséder. Le rap était inconnu du grand public et il suffisait d'écouter Mötley Crüe et Poison pour se donner des airs branchés. Les lecteurs de CD semblaient tout droit sortis de *Star Trek* et encore, contrairement à aujourd'hui, le fait même de savoir ce qu'était *Star Trek* suffisait à vous transformer en ringard.

Il ne savait pas quoi en faire, de ce nouveau monde. Pour lui, rien n'avait de sens. Tous les objets qui lui étaient familiers avaient disparu. Le jour de sa sortie, il était entré dans un placard, au domicile de sa mère, il avait refermé la porte et pleuré comme un bébé.

« Shelley ? beugla Art. Tu veux bosser un peu, oui ? »

John répondit à son chef d'un signe de la main. Il sentit sa bouche faire un effort pour se fendre d'un sourire.

« Désolé, patron. »

Il s'approcha d'un 4 × 4 vert et commença par essuyer l'eau sur le flanc de la carrosserie. C'était une autre chose qui l'avait choqué. Les voitures étaient devenues énormes. En prison, il y avait une télévision qui captait deux chaînes, et le choix de ce qu'on regardait revenait aux détenus les plus âgés. Bien avant que John ne débarque dans les lieux, quelqu'un avait arraché l'antenne et s'en était servi pour énucléer quelqu'un, et du coup la réception était foireuse. Même quand la neige se dissipait, si vous réussissiez à voir l'image à moitié, pour les voitures à l'écran, vous perdiez toute notion d'échelle. Ensuite, vous vous demandiez si ce que vous aviez devant les yeux était réel, ou si ce n'était pas un truc inventé pour une émission en particulier. Peut-être que cette série mettait vraiment en scène un monde autre, où les femmes portaient des jupes qui remontaient jusqu'au minou, et où les hommes condescendaient à s'exhiber en pantalon de cuir moulant et à prononcer des répliques du genre : « Mon père ne m'a jamais compris. »

Les gars, ça leur tirait toujours un rire, ils gueulaient « lavette » et « pédale », si bien que ça noyait la réplique suivante de l'acteur.

John ne regardait pas beaucoup la télévision.

« Salut-salut », fit Ray-Ray, en se penchant pour étaler du vernis silicone sur les pneus du 4 × 4. John leva le nez et vit une voiture de police s'arrêter dans la rampe de la station de lavage.

Ray-Ray répétait toujours deux fois les choses, d'où son surnom et, dès qu'un flic arrivait dans les parages, il alertait toujours John. Et ce dernier lui rendait la pareille. Les deux hommes ne s'étaient jamais vraiment parlé et, à plus forte raison, n'avaient jamais échangé leurs histoires familiales, mais ils avaient tous deux saisi au premier coup d'œil ce qu'ils étaient l'un et l'autre : d'anciens taulards.

John entamait la vitre de la portière côté conducteur, en prenant son temps, histoire de surveiller le flic dans le reflet. Il entendit d'abord la radio du type, ce crachotement permanent des répartiteurs qui s'exprimaient dans leur langage codé bien particulier. Le policier lança un regard autour de lui, mit à peu près deux secondes chrono pour repérer John et Ray-Ray, avant de remonter son ceinturon et d'entrer régler le lavage de sa voiture. On ne risquait pas de lui facturer, mais c'était toujours bien de faire semblant.

La propriétaire du 4 × 4 était tout près de là, elle discutait dans son portable et, sans cesser de lui laver sa vitre, John ferma les yeux, écouta sa voix, en savoura les tonalités, aussi précieuses que celles d'un morceau de musique rare. Au trou, il avait oublié à quoi ça ressemblait d'entendre la voix d'une femme, d'écouter les récriminations qui ne pouvaient sortir que de la bouche d'une femme. Coiffure ratée. Vendeuses mal polies. Ongles cassés. Les hommes, eux, ils avaient plutôt envie de discuter d'objets : de voitures, de pistolets, et de chattes. Ils ne causaient pas de leurs sentiments, sauf si c'était de la colère, et même dans ce cas, ça ne durait pas longtemps, parce qu'en général ils passaient vite à l'action.

Toutes les deux semaines, la mère de John s'était imposé le trajet de Decatur jusqu'à Garden City, pour venir lui rendre visite, mais il avait beau être content de la voir, ce n'était pas le genre de voix féminine qu'il avait envie d'entendre. Emily était toujours positive, heureuse de revoir son fils, même s'il sentait bien, rien qu'à regarder ses yeux, qu'elle était fatiguée de cette longue route, ou triste de constater qu'il avait encore un nouveau tatouage, et les cheveux noués en catogan. Tante Lydia était venue, elle aussi, mais parce qu'elle était son avocate. Joyce, sa sœur, lui rendait visite deux fois par an, avec leur mère, une fois à Noël, une autre à son anniversaire. Elle avait horreur de se retrouver là-bas. Rien que sur elle, ça se sentait. Joyce n'avait qu'une envie, ressortir de cet endroit, plus encore que John et, chaque fois qu'elle lui adressait la parole, cela lui rappelait la manière de se parler des Blacks et des Aryens. *Espèce de sale nègre. Espèce d'enculé de blanc avec tes yeux en trous de pine. A la première occasion je te crève.*

Pendant tout le temps où il était resté en détention, son père était venu le voir deux fois, mais John n'aimait pas trop y penser.

« Excusez-moi ? » La femme au téléphone portable était arrivée à sa hauteur. Il pouvait humer son parfum. Sa lèvre supérieure dessinait un petit nœud papillon, le gloss donnait à sa bouche un aspect humide.

« Ohé... insista-t-elle, avec un demi-rire.

— Désolé, réussit-il enfin à lui répondre, stupéfait qu'elle se soit retrouvée si près sans même qu'il s'en soit aperçu. En prison, à l'heure qu'il est, il serait mort.

— Je vous disais “merci” », lui signala-t-elle. Elle tenait un dollar dans sa main et il le prit. Il se sentait à la fois sale et minable.

Il se fit un devoir de glisser le billet dans la boîte à pourboire commune, sachant que tous les regards étaient fixés sur lui. Il avait la même réaction quand un client tendait un pourboire à un collègue. Personne ne se fiait à personne, ici, et non sans raison. Il ne fallait pas être diplômé pour comprendre pourquoi une bande de types entre deux âges travaillaient au salaire minimum plus pourboires au Gorilla Car Wash.

Art sortit du bureau, en beuglant « Première équipe, déjeuner », et il rejoignit le flic qui se trouvait devant le distributeur automatique. Merde, John n'avait pas remarqué ça non plus. Le flic était ressorti du bureau, il l'avait surveillé du regard, et il n'avait rien vu venir.

En se rendant vers le fond de la station, pour pointer à la sortie et attraper son repas sur l'étagère, il baissa la tête. Il avait un soda au réfrigérateur, mais il n'était pas question qu'il réapparaisse tant que le flic ne serait pas reparti, et Art était retourné à son bureau compter son argent.

Chico, l'un des autres employés, était assis sur le mur en ciment, derrière la station, à l'ombre d'un grand magnolia qui poussait au milieu de la bande gazonnée. John aimait assez s'asseoir sous cet arbre, profiter de l'ombre et de la solitude, mais aujourd'hui, Chico avait été le plus rapide. En taule, ce genre de truc ne se serait jamais produit. Occuper la place d'un mec, c'était comme d'enculer sa sœur. Là-bas, rien ne se passait sans qu'on y attache un certain prix.

« Alors, ça roule ? », lui fit John, avec un salut de la tête au passage, en direction de l'auvent qui tenait lieu de boutique d'accessoires auto. Les gars des accessoires, eux, sortaient déjeuner dehors. Ils gagnaient assez d'argent pour se permettre ce luxe.

Il s'assit par terre, sous l'auvent. Il retira sa casquette de baseball et s'essuya le front du dos de la main. Novembre avait longtemps été synonyme d'hiver, mais maintenant si la veste que vous aviez enfilée le matin ne vous mettait pas en nage à midi, vous aviez de la chance.

Seigneur, même le temps avait changé, en son absence.

Il jeta un coup d'œil autour de lui, avant de sortir un bout de papier de sa poche arrière. Le rapport de solvabilité. Hier soir, il avait presque eu envie de le remettre dans le sac-poubelle, de laisser tomber. Alors comme ça, un enfoiré se faisait passer pour lui. Pour lui, John Shelley, ça voulait dire quoi ? A l'évidence, cet imposteur n'était pas en train de monter une escroquerie. Pourquoi rembourser l'encours de ses cartes de crédit, tous les mois, pendant six ans ? John avait entendu parler de toutes sortes d'arnaques, en prison, et même s'il n'avait pas vraiment eu accès à un ordinateur, il savait qu'Internet était le meilleur moyen de monter une arnaque à l'usurpation d'identité. Mais bon, là, ce n'était rien de ce genre. Le fric, tu le ramasses et tu dégages. Tu ne restes pas à traîner dans les parages, en réglant tes factures mensuelles pile à l'heure. Ça ressemblait à cette vieille blague, tu commandes cinquante pizzas, tu les fais livrer chez quelqu'un, sauf qu'après, c'est sur ta carte de crédit qu'on va les débiter.

Il replia le rapport et le rangea dans sa poche. Il ferait mieux de laisser courir. Il ne sortirait rien de bon de tout ça. Il aurait plutôt intérêt à s'en tenir aux conseils de sa contrôleuse judiciaire : concentre-toi sur la reconstruction de ton existence, John. Trouve-toi un travail régulier. Montre aux gens que tu as changé.

Quand même, ça le tracassait. Comme une écharde qui refuse de ressortir, il avait trituré la chose toute la nuit, juste pour essayer de comprendre l'astuce. Il devait y avoir une astuce. Sinon, pourquoi s'amuser à ça ? Peut-être qu'un type avec un passé chargé se servait de ces données essentielles de son existence comme d'une couverture. Ce pouvait être un évadé, un de ces assassins qui tuaient leurs victimes à la hache, ou un col bleu en cavale, et John Shelley lui avait semblé une bonne couverture.

Cette idée le fit rire, il croqua une bouchée de son sandwich banane-beurre de cacahuètes. Il fallait être soi-même assez désespéré pour prendre l'identité d'un ancien détenu condamné pour meurtre, et inscrit au registre des délinquants sexuels.

Le beurre de cacahuètes resta coincé dans sa gorge et il toussa, deux fois, avant de se lever et d'aller au tuyau d'arrosage enroulé sur le sol. Il tourna le robinet et but un coup, en regardant Ray-Ray causer avec une femme, là-bas, vers les aspirateurs. Il voyait bien que l'autre lui débitait son baratin habituel, qu'il cherchait à l'enjôler, cette femme. A en juger par la tenue qu'elle portait, Ray-Ray aurait pu économiser son temps et lui filer direct un peu d'argent, à cette fille. La plupart des types qui passaient par le Gorilla avaient recours aux talents du coin. En remontant sur Cheshire Bridge Road, vous tombiez sur le Colonial Restaurant, un genre de rade rudimentaire avec des putes en abondance qui se trimbalaient dans les piaules, sur l'arrière. John avait souvent entendu les gars débattre le lundi matin de ce qui valait mieux : les prendre tôt, quand elles étaient encore fraîches, mais payer plus cher, ou y aller plus tard, quand elles étaient amorties, mais débourser moins.

L'économie de la rue.

« Va te faire foutre, trou-du-cul ! », cria la pute, en plaquant brutalement les deux mains sur la poitrine de Ray-Ray.

L'autre grogna quelque chose et la repoussa, si bien qu'elle se retrouva sur les fesses.

La première impulsion de John fut de rester exactement là où il était. On ne se mêlait pas de la merde des gens. C'était le meilleur moyen de se faire tuer. C'était une femme, certes, mais elle faisait le trottoir. Elle savait se débrouiller toute seule. Du moins, à ce qu'il semblait, jusqu'à ce que Ray-Ray lui balance son poing en pleine figure.

« Merde, marmonna Chico, soudain aux premières loges d'un combat de catch. Il lui a même pas laissé le temps de se relever. »

John baissa les yeux. Il examina ses chaussures, qui étaient imbibées d'eau. Le tuyau coulait toujours. Rien que pour ça, déjà, il risquait des ennuis. Il retourna au robinet, le ferma, se trompa, oubliant l'espace d'une seconde que c'était je-ferme-à-droite, et j'ouvre-à-gauche. Il enroula le tuyau en place. Quand il releva le nez, Ray-Ray avait le pied en l'air, et il l'expédiait droit dans la figure de la pute.

« Hé ! s'écria John. Hé ! » répéta-t-il, quand le pied de Ray-Ray atteignit sa cible.

Il s'était précipité, et il avait dû dire autre chose. Il avait dû dire encore autre chose, le temps d'arriver jusqu'à eux. Et crier fort. Encore plus attirer l'attention sur la scène. Le temps que son cerveau comble son retard sur ses gestes, son poing lui faisait un mal de chien. Comme une piqûre de frelon. Et Ray-Ray était étalé sur le sol, les bras en croix.

« Mais bon Dieu de merde ! » beugla Art. Il mesurait à peine un mètre cinquante, et encore, les bons jours, mais il s'immobilisa à cinq centimètres de la poitrine de John, et il lui hurlait sous le nez de sa voix perçante. « Espèce de taré ! »

Tous deux baissèrent les yeux. L'une des dents de Ray-Ray était restée sur le trottoir. Elle nageait dans une mare de sang. Le type avait l'air mort, mais personne ne s'empressait de lui prendre le pouls.

Le flic se tenait sur le pas de la porte. Lentement, John laissa ses yeux remonter, en partant des lourds souliers noirs, avant de suivre le pli tranchant du pantalon, de passer sur le ceinturon, où une grande main reposait sur la crosse du pistolet, et de s'obliger à regarder le type en face. Les yeux fixés sur lui, c'était un maton qui baissait le son de sa radio de bord, et les appels du répartiteur se réduisirent à un simple chuchotis.

« Qu'est-ce qui se passe, ici ? »

John dut puiser jusqu'au tréfonds de lui-même pour ne pas se pencher en avant, là, devant l'autre, se soumettre à l'humiliante fouille au corps du taulard.

« Je l'ai frappé.

— Merde, non, sans déconner ? Espèce de trou-du-cul ! aboya Art. Tu es viré, bordel. Il tâta Ray-Ray du bout du pied. Nom de Dieu, Shelley. Avec quoi tu l'as cogné, avec un marteau ou quoi ? »

John laissa retomber la tête, et il regarda par terre. Oh, bon Dieu. Il ne pouvait pas retourner en prison, pas maintenant. Pas après tout ça. Pas après tout ce qu'il avait enduré.

« Je suis désolé, dit-il. Cela ne se reproduira plus.

— Ça, c'est sûr, ça risque pas », rétorqua brutalement Art. Bon sang. Il se tourna vers le flic. « Et voilà, j'accorde une deuxième chance à ces types, et c'est comme ça qu'on me remercie.

— Je m'excuse, ajouta John.

— Hé ! brailla la pute. Y aurait pas quelqu'un qui voudrait m'aider ? »

Stupéfaits, comme s'ils avaient oublié son existence, tous ces messieurs regardèrent par terre. La putain avait un visage dur, le genre qui racontait l'histoire de sa vie, inscrite dans les millions de rides de la peau. Le sang coulait à flots, du nez et de la bouche, là où Ray-Ray avait provoqué du dégât. Appuyée sur les coudes, elle était vêtue d'un boa en plumes blanc et crasseux enroulé autour de son cou maigre, d'une minijupe violette qui avait l'air d'être en plastique, et d'un haut sans manches qui révélait le bas de ses seins tombants et couvrait à peine son corps décharné.

Personne n'avait envie de la toucher.

« Hé, toi, mon prince charmant, mon redresseur de torts, lança-t-elle, en agitant la main vers John. Viens par ici, mon étalon. Aide-moi à me lever, bordel. »

John hésita, mais il finit par lui tendre la main, et il tira, pour la relever. Elle sentait la cigarette et le bourbon, et elle avait du mal à se tenir debout sur ses talons hauts. Pour garder l'équilibre, elle lui planta les doigts dans l'épaule. Rien que de penser aux endroits où cette main avait traîné, il réprima un frisson de répulsion. Sous le soleil, elle avait une peau cireuse, et il en déduisit qu'elle avait le foie dans un état si épouvantable qu'il aurait pu lui couler par le nombril comme une diarrhée, si on lui en avait fourni l'opportunité. Elle devait avoir trente ans, elle aurait pu en avoir quatre-vingts.

Le flic prit le taureau par les cornes.

« Vous voulez m'expliquer de quoi il s'agit ?

— Il voulait pas me payer », lui répondit-elle, en inclinant le menton vers Ray-Ray, resté face contre terre. Elle avait la voix rocailleuse, de la caillasse qu'on secouerait dans un bol rempli de glaires. Et les mots qu'elle n'avalait pas ne valaient sans doute pas la peine qu'on les entende.

« Vous lui en avez taillé une à crédit ? » Le flic voulait comprendre, et il ne cachait pas son incrédulité. Il y avait de quoi. Pour ce qui était de Ray-Ray, John n'aurait pas été lui vendre à crédit un étron pétrifié.

« On s'était enfermés là-dedans, poursuivit-elle, en désignant les toilettes portatives, derrière le bâtiment. Il a voulu faire le joli cœur, ce dégueulasse. Il m'a promis qu'il touchait sa paie demain. »

Le sourcil du flic partit en accent circonflexe.

« Non, pas possible, vous me racontez des conneries, là.

— Il m'a suivie jusqu'ici, il voulait qu'on s'arrange », continua-t-elle, en s'agrippant de nouveau au bras de John, parce que ça tanguait un peu. « Comme si c'était la journée du double coupon de réduction chez Kmart, flûte, quoi. L'enculé, mais quel connard, celui-là. » Elle leva un talon en cuir verni, et en flanqua un coup à Ray-Ray, dans le bras.

« Hé, hé, du calme », gémit ce dernier, en se tournant sur le dos. John en conclut que ce trou-du-cul avait fait le mort, et l'envie lui revint de le buter, rien que pour avoir créé toute cette salade.

Le flic le sollicita du bout du pied.

« T'as essayé de t'offrir une gâterie gratos, pauvre abruti. »

Ray-Ray se plaça une main en visière, pour se protéger du soleil et lever les yeux vers le flic sans s'aveugler.

« Non, non, mon gars. C'est pas ça, C'est pas ça du tout.

— Lève-toi, espèce d'idiot, lui ordonna le flic. Toi. Il pointa le doigt sur la prostituée. Où est garée ta caisse ? »

Elle était occupée à enlever la poussière de béton qu'elle avait ramassée autour des coudes.

« Plus haut, devant le marchand de spiritueux. »

Il y eut un crachotement de parasites dans la radio.

« Unité 51, 51 ? »

Le flic appuya sur le bouton de son micro, fit « Bien reçu », et s'adressa à John, en couvrant plus ou moins les informations que lui communiquait le répartiteur, mais manifestement sans cesser d'écouter. « Toi, le prince charmant. Tu t'assures qu'elle rentre chez elle sans accroc. Toi. » Il pointa le doigt sur Ray-Ray. « Ne m'oblige pas à te répéter une deuxième fois de te lever, sinon je t'emmène au poste par la peau des fesses, tellement vite que ton contrôleur judiciaire n'aura même pas le temps de t'appeler un taxi pour te reconduire en taule. » Ray-Ray se leva d'un bond, et le flic réenclencha le bouton de son micro. « Bien reçu, j'y suis dans dix minutes. » Comme si un doute lui venait après coup, il s'adressa à Art. « Ça vous va, comme ça ? »

Art se rembrunit, son front se creusa pour dessiner un V.

« Ouais, ça ou autre chose, acquiesça-t-il enfin. Shelley, prends-toi ta journée. Tu reviendras demain, quand t'auras les idées en place.

— Merci, fit John, si soulagé qu'il aurait pu en pleurer. Merci, monsieur. Je ne vous décevrai pas. »

Cette marque de respect lui en valut un peu en retour.

« Tu veux que je me débarrasse de ce dingo, là, cette espèce de bègue ? » lui proposa son patron, en pointant le pouce vers Ray-Ray.

John y réfléchit une bonne seconde, mais il n'allait pas consacrer le reste de sa vie à surveiller ce que cet enfoiré fabriquait dans son dos.

« On s'entend bien, fit-il. Hein, Ray?

— Ouais, ouais, acquiesça l'autre. On reste cool. On reste cool.

— La ferme, glapit Art. Je ne veux plus te revoir par ici, pas avant mercredi matin, t'as pigé? »

Ray-Ray opina. Deux fois.

Art lâcha un regard cinglant à la prostituée, avant d'ajouter un mot à John.

« Emmène-la d'ici avant qu'on ne commence à perdre de la clientèle. »

John comprit qu'il n'avait pas le choix. La tapineuse l'avait de nouveau harponné, ses doigts osseux lui rentraient dans le bras, juste au-dessus du coude. Il s'éloigna du même pas qu'elle, car quelque chose lui disait que, sans lui, elle s'étalerait dans la rue la tête la première.

Ils remontèrent Piedmont Avenue en marchant, avec le trafic qui filait à toute allure. John voyait environ un trillion de 4 × 4 et de voitures de sport aller et venir sur cette artère, tous les jours. Avec Buckhead à une extrémité et Ansel Park à l'autre, les seules bagnoles miteuses qu'il voyait passer par là appartenaient à des bonnes, des jardiniers, des garçons de piscine et à tous les autres infortunés qui gagnaient leur vie en écopant de tous les boulots de merde dont les riches n'avaient pas à se charger.

« Quel enculé », marmonna la raccrocheuse tandis qu'ils attendaient que le feu passe au rouge. Elle ne voulait pas perdre l'équilibre sur ses talons d'une hauteur grotesque, et elle enfonça ses doigts crochus encore plus profondément dans sa chair. Elle finit par changer d'avis. « Attends une minute », lui dit-elle. Sans relâcher son emprise, elle retira un escarpin, puis l'autre.

« Ouais, acquiesça-t-il, parce qu'à l'évidence, elle attendait une réaction de sa part.

— C'est rouge », l'avertit-elle. La circulation s'arrêta au feu et, d'un geste brusque, elle l'entraîna sur la chaussée. « Seigneur, mes pieds me font un mal. » Ils atteignirent l'autre côté du carrefour, et elle leva les yeux vers lui. « A tous les coups je vais perdre une dent, tu sais? Là où il m'a fichu un coup de pied.

— Oh, fit John, songeant qu'elle était soit stupide, soit folle, si elle se figurait qu'il avait assez d'argent de côté pour l'envoyer chez le dentiste. OK. Ouais. Désolé.

— Mais non, espèce de pauvre con. Ce que je veux te dire, c'est que je peux toujours me servir de mes mains, mais faudra pas me la foutre dans la bouche. »

Il serra les dents, mais ne s'en aperçut que lorsque sa mâchoire devint douloureuse.

« Non, lui répondit-il. C'est bon.

— Ecoute voir. » Elle s'arrêta, lui lâcha l'épaule, et se mit à tanguer comme un radeau au milieu d'un tsunami. « Tu peux repartir dans l'autre sens, Romeo. Pour le reste du trajet, je vais savoir me débrouiller toute seule.

— Non », répéta-t-il, cette fois en la prenant par le bras. Avec la chance qu'il avait, elle allait s'étaler en pleine rue et le flic lui collerait une accusation d'homicide par imprudence sur le dos. « On y va.

— Oups. » Son genou se déroba sous elle, car elle venait de trébucher sur une portion de trottoir ébréchée.

« Doucement », lui conseilla-t-il. Elle était si mince qu'il pouvait sentir l'os de son bras rouler sous la chair.

Elle lui glissa une confidence, à brûle-pourpoint.

« Je refuse de la prendre dans le cul. »

Des deux – l'idée de sa bouche ou l'idée de son trou de balle –, John était incapable de décider lequel serait le pire. Un rapide coup d'œil sur les bleus qu'elle avait aux bras et aux jambes suffit à lui provoquer un renvoi de la banane et du beurre de cacahuètes de son déjeuner.

« OK », répondit-il, sans comprendre pourquoi elle éprouvait le besoin de lui en faire part, et souhaitant de toutes ses forces qu'elle se taise.

« Après, je chie bizarre, lui avoua-t-elle, en le regardant de travers. J'ai pensé qu'il fallait que je te le dise, si c'était dans tes projets.

— Je veux juste être sûr que vous soyez bien rentrée, lui assura-t-il. Ne vous inquiétez pas du reste.

— Rien n'est gratuit, insista-t-elle, et elle rigola. Sauf p'têt pour cette fois-ci. Bien sûr, la balade... là, si tu considères que c'est ça ton paiement, ça fait que c'est pas exactement du gratuit.

— De toute manière, c'était par là que j'allais, prétendit-il. J'habite par ici.

— Vers Morningside? s'étonna-t-elle, en se référant aux quartiers plus cossus qui s'étendaient à partir de Cheshire Bridge Road.

— Ouais. Une maison de trois étages avec garage. » Elle trébucha encore et il l'empêcha de s'étaler sur le ventre. « Allons...

— Avec moi, c'est pas la peine d'être brutal, tu sais. »

Il considéra sa main, refermée autour du bras de la prostituée, et s'aperçut qu'il la serrait trop fort. Quand il la relâcha, des marques étaient visibles à l'emplacement de ses doigts.

« Là, je suis désolé », lui dit-il, et il le pensait vraiment. Nom de nom, lui qui n'arrêtait pas de penser aux femmes, il n'était même pas capable d'en toucher une sans lui faire du mal. « Je vais juste vous raccompagner, d'accord?

— On y est presque », lui annonça-t-elle, avant de se taire pour se concentrer sur ses pieds, et négocier au mieux l'entrée dans un chemin cahoteux, là où s'achevait le dallage du trottoir, qui laissait la place à de la terre.

Il la laissa le précéder, en restant deux pas derrière elle, pour le cas où elle basculerait vers la chaussée. Tout à coup, il se sentit submergé par l'énormité de ce qui venait de se produire. Qu'est-ce qui lui était passé par la tête? Il n'avait aucune raison de se mêler des emmerdes de Ray-Ray, et maintenant, il allait perdre une journée de paie rien que pour raccompagner cette tapineuse à son trottoir, où elle se gagnerait sans doute plus de fric en une heure que lui en trois. Bon Dieu. Il aurait pu perdre son emploi. Et il aurait pu se faire à nouveau jeter en prison.

Pour l'embauche d'un détenu en liberté conditionnelle, Art recevait une jolie prime de la part de l'Etat, plus quelques allégements fiscaux supplémentaires au niveau fédéral. Et malgré tout ça – l'ensemble de ces soi-disant incitations qui avaient le mérite d'exister –, à sa sortie de prison, il avait été quasi impossible à John de trouver un endroit où bosser. A cause de son statut, il ne pouvait pas travailler avec des gosses, et il n'avait pas le droit d'habiter à moins de cent mètres d'une école ou d'une halte-garderie. Au plan légal, les employeurs ne pouvaient exercer aucune discrimination vis-à-vis d'un criminel, mais ils trouvaient toujours un moyen de contourner la loi. Avant de dégoter la station de lavage, il s'était rendu à dix-neuf entretiens d'embauche. Ils commençaient tous pareil. « Comment ça va/on serait ravi de vous avoir ici avec nous/remplissez ceci et on vous contactera. » Ensuite, quand il téléphonait, la semaine suivante, parce qu'il n'avait pas reçu de nouvelles, c'était toujours la même réponse : « Le poste est pourvu/nous avons trouvé un candidat plus qualifié/désolé, on diminue la production. »

« Plus qualifié pour emballer des cartons ? », avait-il rétorqué à l'un de ses interlocuteurs, le responsable des expéditions d'une fabrique de gâteaux. « Ecoute, mon pote, lui avait répondu le type. J'ai une fille, c'est une ado, d'accord ? Alors, comme ça, tu sais pourquoi tu l'as pas eu, ce boulot. »

Au moins, celui-là était honnête.

La question était courante, à chaque dépôt de candidature. « *Hormis des infractions au code de la route, avez-vous déjà fait l'objet d'une condamnation pénale ?* »

John était forcé de cocher « oui ». De toute manière, ils procédaient toujours à une vérification de vos antécédents, et ils finissaient par savoir.

« *Veuillez détailler les motifs de votre condamnation dans l'espace réservé à cet effet.* »

Il était contraint de s'expliquer. Rien ne les empêchait d'interroger son contrôleur judiciaire. Rien ne les empêchait d'obtenir d'un flic qu'il consulte son casier. Rien ne leur interdisait de se rendre sur Internet et de le rechercher sur le site du GBI sous la rubrique « délinquants sexuels ayant fait l'objet de condamnation dans la région d'Atlanta ». Sous Shelley, Jonathan Wilson, ils liraient qu'il avait violé et tué une jeune mineure. L'Etat ne différenciait pas les délinquants mineurs et adultes, donc il ne ressortait pas comme ayant commis ce crime quand il était lui-même mineur, mais comme un adulte pédophile.

« Hé-ho ? s'écria la pute. Tu es là, beau gosse ? »

John hocha la tête. Il était un peu déphasé, il l'avait suivie comme un toutou. Ils étaient arrivés devant le magasin de spiritueux. Certaines des filles étaient déjà au travail, dans l'espoir de capter la clientèle sortie déjeuner.

« Hé, Robin, brailla la dame. Viens un peu par ici. »

La jeune femme qui devait s'appeler Robin s'approcha, plus experte dans le maniement du talon aiguille que ne l'était la compagne de John.

Robin s'arrêta à trois mètres d'eux.

« Qu'est-ce qui t'est arrivé, bon sang ? » Elle toisa John. « Tu l'as maltraitée, espèce d'enfoiré ?

— Non, se défendit-il. Je vous en prie. Je ne lui ai causé aucun mal », ajouta-t-il, car elle fouillait déjà dans son sac à main, sûrement avec l'intention d'en sortir de quoi le faire bien souffrir.

« Ho ! il m'a rien fait, bébé, renchérit la tapineuse, pour tranquilliser sa copine. Il m'a sauvée de ce crétin, à la station de lavage.

— Lequel ? répliqua Robin, très en colère, déjà largement au-delà de la crise de nerfs. A sa façon de regarder John, il était clair qu'elle n'avait pas encore tranché sur son cas, et elle gardait la main dans son sac, sans doute refermée autour d'une bombe de gaz poivre ou d'un marteau.

— Lequel ? Lequel ? » répéta la pute, dans une bonne imitation de Ray-Ray. « Le négro maigrichon qui rabâche tout deux fois. » Elle leva les yeux vers John, en battant des cils. « Toi, tu les préfères un peu plus jeunes, hein, mon chou ? »

John sentit son corps se raidir.

« Mais non, c'est pas du négro maigrichon que je voulais parler », se reprit-elle, et elle lui passa la main dans le dos, comme si elle voulait rassurer un enfant. Maintenant qu'elle était de retour dans sa tribu, elle avait un côté presque maternel. « Ecoute voir, Robin, rends-moi service et accorde-lui moitié prix. Il m'a vraiment tirée de la merde. »

Robin allait ouvrir la bouche pour lui répondre, mais John l'interrompit. Il leva les mains.

« Non, vraiment. C'est bon.

— Je paie toujours mes dettes, insista la vieille raccrocheuse.

Les gentillesses des inconnus, et tout le tremblement, quoi. » Elle suivit du regard une voiture qui entrait sur le parking. « Merde. C'est mon régulier », s'écria-t-elle, en s'essuyant le sang qu'elle avait sous le nez du dos de la main. Elle fit un petit signe à John et sauta dans la voiture de l'homme, en gueulant encore quelque chose qu'il ne parvint pas à entendre.

Il regarda la voiture repartir, sans cesser de sentir les yeux de Robin posés sur lui. Elle avait le même regard d'acier qu'un flic : *qu'est-ce que tu fricotes, toi, et il faut que je te cogne où, pour te mettre à genoux ?*

« Je suis pas sa doublure, bordel, lâcha-t-elle.

— Ne vous inquiétez pas pour ça, fit-il, en levant une fois de plus les mains en l'air. Vraiment.

— Quoi ? lui lança-t-elle. Tu es trop bien pour payer?

— Je n'ai pas dit ça », se récria-t-il, et il se sentit devenir pivoine. Il y avait là cinq ou six tapineuses qui écoutaient leur conversation sans se cacher et, à leurs expressions amusées, il eut la sensation, avec chaque seconde qui s'égrenait, que sa queue rapetissait de plus en plus. « De toute manière, votre collègue, elle n'a pas parlé de payer », ajouta-t-il. Comme Robin ne sautait pas sur l'occasion pour lui répliquer, il s'enhardit. « Je lui ai juste rendu un service.

— Tu ne m'en as rendu aucun, à moi.

— Alors ne m'en rendez pas non plus, lança-t-il, et il tourna les talons pour s'en aller.

— Hé ! cria-t-elle. Tu ne vas pas me planter là comme ça. »

Sans réfléchir, dès qu'elle s'était mise à lui brailler dessus, il s'était retourné. Manifestement, elle jouait la comédie, pour le petit groupe, là-bas. Il se sentit ratatiner de quelques centimètres supplémentaires.

Il tâcha de baisser d'un ton, de se montrer plus mesuré.

« Quoi ?

— J'ai dit tu ne vas pas me planter là, espèce de con. »

Il secoua la tête, songeant que sa journée ne pouvait guère être pire.

« Vous voulez ? » demanda-t-il, en plongeant la main dans sa poche. Ces trois dernières semaines, il avait épargné ses vingt dollars hebdomadaires, rien que pour être sûr d'avoir de quoi casquer les paiements pour sa télé. Il en avait cinquante dans la poche et soixante-dix autres fourrés dans la semelle de sa chaussure. Il doutait que la fille en gagne même la moitié sur l'heure d'affluence du déjeuner. Bon sang, lui, il les gagnait à peine en une journée.

Elle releva le menton, en signe de défi. Pas possible, ce geste, elles avaient dû toutes l'apprendre à l'école des putains, ou un truc dans ce goût-là.

« Combien tu as, sur toi ? lui demanda-t-elle.

— Assez », dit-il. Qu'est-ce qu'il fabriquait, zut ? Il sentait sa langue épaissir dans sa bouche, et il se sentait tellement saliver, ça le dépassait. Enfin, de lui étaler ce fric, ça avait marché. Le poulailler, là-bas, l'avait bouclée.

Robin le dévisagea encore une seconde, et puis elle eut un signe de tête.

« Très bien, dit-elle. Tu veux que je te fasse quoi, à boire et à manger ? »

Il se mordilla la lèvre, tâchant de calculer combien ça lui coûterait.

« Je viens de déjeuner, lui répondit-il. Mais si tu veux quelque chose à boire...

— Oh nom de Dieu, gémit-elle, en levant les yeux au ciel. Tu es flic ?

— Non, dit-il, ne saisissant toujours pas.

— Moit' – moit', reprit-elle. A boire. Et à manger. »

Il jeta un regard aux autres femmes. De nouveau, leurs rires. Elles se moquaient de lui.

« La ferme, aboya Robin et, l'espace d'une seconde, il crut que c'était à lui qu'elle s'adressait. Amène-toi », dit-elle, en le prenant par le bras.

Pour la deuxième fois de la journée, il se faisait embarquer dans la rue par une tapineuse. Enfin, celle-ci était carrément beaucoup mieux que l'autre, quand même. Elle avait l'air plus propre, et d'une. Elle avait la peau douce, probable. Même ses cheveux avaient l'air bien – épais et éclatants de santé, pas du tout filasse à cause de l'excès de drogues, et pas recouverts non plus d'une perruque à deux sous. Et puis elle n'était pas empuantie comme une fumeuse, non plus. Le compagnon de cellule de John fumait comme un pompier, il allumait chaque clope sur le mégot de la précédente. Ce type était même incapable de dormir plus d'une heure sans se réveiller pour allumer une cibiche, et il y avait des jours où il empestait encore plus qu'un cendrier mouillé.

Robin l'attira dans le petit bois, derrière le Colonial Restaurant, en lui lançant, par-dessus l'épaule : « T'as assez pour une chambre ? »

Il ne répondit pas, il n'arrivait pas à croire que ce soit réel. Elle le tenait par la main, elle le menait à travers bois, comme s'ils sortaient ensemble. Il avait encore envie d'entendre sa voix. Le ton de sa voix était apaisant, même si elle était visiblement pressée d'en finir.

Elle s'arrêta, sans lui lâcher la main.

« Hé, je t'ai demandé si t'avais assez pour une chambre. » Elle lui désigna le sous-bois. Je pratique pas ça dehors, comme un animal.

Il dut s'éclaircir la gorge, avant de réussir à parler. Son cœur cognait si fort dans sa poitrine qu'il sentait sa chemise flotter.

« Ouais. »

Elle ne bougea pas.

« Tu transpires.

— Désolé », dit-il. Et il reprit sa main, s'essuya la paume sur son jean. Il sentait bien qu'il avait le sourire aux lèvres, un sourire stupide, gêné. « Je suis désolé », répéta-t-il.

Elle lui décocha de nouveau ce regard dur. Elle tâchait de comprendre ce qu'il avait en tête. Sa main s'était glissée dans son sac.

« Ça va ? »

Il regarda autour de lui. Il songea qu'elle avait beau emporter tout un attirail avec elle, dans son sac, c'était vraiment une bêtise de sa part d'emmener des types bizarres dans les sous-bois.

« Ce n'est pas sûr, ici, remarqua-t-il. Je pourrais être n'importe qui.

— Tu n'avais encore jamais fait ça. » Elle ne lui posait pas la question, elle formulait juste une évidence.

Il pensa à Randall, ce gamin, au magasin de location de télés, à sa pomme d'Adam qui dansait dans sa gorge quand John lui était tombé sur le râble. Et là, c'était sa gorge à lui qu'il sentait se serrer, au point qu'il avait du mal à parler.

« Hé, fit-elle, en lui passant la main sur le bras. Allez, mon grand. C'est bon. »

Il remarqua que sa voix avait changé. Il ne savait pas pourquoi, mais subitement, elle lui parlait comme s'il était un être humain, et non pas une saleté qu'elle aurait éprouvé le besoin de gratter sous sa semelle.

« Je ne voulais pas faire ça », lui avoua-t-il, et il se rendit compte qu'il avait changé de ton, lui aussi. Doux. Vraiment plus doux, comme s'il se fiait à elle, comme s'il partageait quelque chose avec elle. Sans avertissement, sa bouche s'ouvrit, et il s'en échappa ces mots : « Oh bon Dieu, vous êtes si jolie », comme s'il n'était qu'un pauvre allumé un peu pathétique. « Je sais que ça peut paraître stupide, ajouta-t-il, essayant de faire meilleure figure, mais c'est vrai. » Il scruta son visage. Il cherchait ce qu'il pourrait lui raconter d'autre, histoire de lui démontrer qu'il n'était pas une espèce de givré qu'elle aurait déjà mieux fait d'arroser au gaz poivre.

Sa bouche avait l'air douce, le genre de bouche qu'on pourrait embrasser pour l'éternité.

Non, il ne pouvait pas lui parler de sa bouche. C'était trop sexuel.

Son nez ?

Non, c'était stupide. Personne ne parle d'un joli nez. Un nez, ça respire, ça coule quelquefois, et ça se mouche. Il est planté là, le nez, au milieu de la figure. Point.

« Est-ce que ça va ? demanda-t-elle.

— Vos yeux. » Ça lui avait échappé, et il se sentait encore plus crétin qu'avant. Ces deux mots-là, il venait de les prononcer si fort qu'elle tressaillit. « Je veux dire... reprit-il, en baissant de nouveau la voix. Je suis désolé. Je me disais juste que vos yeux... » Bon sang, ils étaient tellement maquillés que c'était difficile à dire. « Je trouve que vous avez des jolis yeux. »

Elle le dévisagea, se demandant sans doute à quelle vitesse

elle réussirait à sortir sa bombe de son sac pour lui en mettre une giclée, se demandant peut-être même si elle ne pourrait pas lui arracher son fric, quand il s'effondrerait par terre.

« Tu sais, finit-elle par répondre, tu n'as pas besoin de me faire la cour. Tu me paies, c'est tout. »

Il plongea la main dans sa poche.

« Pas tout de suite, bébé », dit-elle, soudain plus nerveuse. Il s'y prenait mal. Il y avait une manière de procéder, et il n'en savait rien.

« Je suis désolé... s'excusa-t-il.

— Tu me paieras dans la chambre, lui expliqua-t-elle, en lui faisant signe de la suivre. C'est juste là. »

Il resta en place, ses pieds refusaient de bouger. Bon sang, il avait l'impression d'être redevenu un gamin boutonneux, un débutant au base-ball, qui essaierait de cavaler en deuxième base.

Elle finit par avoir l'air agacé.

« En route, mon grand. Le temps, c'est de l'argent.

— On reste ici », dit-il et, comme elle allait protester, il lui coupa la parole. « Non, pas comme ça. On n'a qu'à rester ici, et on se parle.

— Tu veux causer ? Trouve-toi un psy.

— Je vous paierai.

— C'est ça qui te branche ? Je commence par causer et toi tu te branles ? Pas question. »

Elle repartait vers la route, et il trifouilla maladroitement dans sa poche pour en sortir l'argent. Quelques billets lui échappèrent et voletèrent jusqu'au sol, il se baissa tout de suite pour les ramasser. Quand il releva les yeux, elle continuait de s'éloigner.

« Cinquante dollars ! » s'exclama-t-il, et elle se figea.

Elle se retourna lentement, et il était incapable de dire si cette offre l'agaçait encore plus, ou si ça l'avait carrément mise en colère.

« Tenez », dit-il, en se redressant, et il s'avança jusqu'à elle, lui mit l'argent dans la main. Il y avait beaucoup de billets d'un dollar, deux billets de cinq – tout cela provenait de sa part dans la boîte aux pourboires de la station de lavage. « Et je vais garder mon pantalon, d'accord? Pas de trucs tordus. »

Elle voulut lui rendre l'argent.

« Te fous pas de ma gueule, tu veux?

— Mais non », lui promit-il, et il perçut une nuance de désespoir dans sa propre voix. Il allait encore l'effaroucher et cette fois, aucune somme d'argent ne la lui ramènerait. « Vous parlez, c'est tout, promit-il, en insistant pour qu'elle reprenne l'argent. Vous me raconterez juste quelque chose. »

Elle leva les yeux au ciel, mais elle garda l'argent.

« Te raconter quoi?

— N'importe quoi. Vous me raconterez... » Bon Dieu, rien ne lui venait, que dalle. « Vous me raconterez... » Il la dévisagea, il aurait voulu que son visage lui souffle une idée – n'importe quoi, qui soit de nature à la retenir encore un peu. Il regarda sa belle bouche, avec ce petit rictus d'irritation, et puis peut-être aussi quelque chose qui ressemblait à de la surprise. Il se décida, enfin. « Votre premier baiser. Racontez-moi votre premier baiser.

— Là, tu te moques de moi.

— Non, jura-t-il. Pas du tout. » Il s'éloigna de deux pas, écarta les mains du corps, qu'elle puisse constater, il n'allait pas se toucher. « Vous me racontez juste votre premier baiser.

— Tu veux que je te raconte quoi? Que c'était avec ma sœur? Avec mon père?

— Non, se défendit-il, en secouant la tête. Je vous en prie, pas la peine de mentir. »

Elle croisa les bras, le toisa du regard.

« Tu me files cinquante dollars pour que je te raconte mon premier baiser? »

Il acquiesça, sans un mot.

Elle regarda derrière elle, puis revint sur lui. Elle compta l'argent. Des billets tout craquants, qui passèrent d'une main à l'autre, et ses lèvres, qui remuaient en silence.

« Très bien, dit-elle enfin, en glissant la liasse de cash dans sa chemise. Stewie Campano. »

Le nom le fit rire.

« Ouais », s'amusa-t-elle. Elle lui souriait, pour la première fois. Elle avait des dents parfaites, et bien alignées. « Un vrai Romeo, notre Stewie.

— Vous êtes sortie avec lui ?

— Bon Dieu non, s'écria-t-elle, comme si l'idée était insultante. Il avait deux ans de moins que moi, c'était un copain de mon petit frère. Un jour, on a eu envie de s'amuser un peu.

— Amusé à quoi ? » Robin fronça les sourcils. « Non, ce n'est pas ça que je cherche, s'empressa-t-il aussitôt d'ajouter. Je veux juste savoir ce que vous faisiez, quand cette envie vous est venue.

— On nageait dans sa piscine, lui répondit-elle, hésitante, tâchant à l'évidence de comprendre ce qu'il avait derrière la tête. C'était la seule raison que j'avais d'aller là-bas, avec mon frère. Parce que Stewie avait une piscine. »

John se sentit de nouveau sourire.

Elle s'était décidée à continuer son récit.

« Donc, comme je disais, un soir, il était tard, la pleine lune et tout, et on s'amusait dans la piscine, on chahutait, et puis il m'a regardée, et je l'ai regardé, et ensuite il s'est penché vers moi, et il m'a embrassée.

— Un vrai baiser ou juste un baiser de gamins ?

— Un baiser de gamins », avoua-t-elle, un sourire enchanteur lui éclaira le visage, et la magie opéra. Elle était vraiment belle, le genre de femmes aux cheveux noirs, à la peau mate sur lesquelles ont écrit les poètes.

Le sourire de Robin se fit malicieux.

« Et ensuite un vrai baiser.

— Vas-y, Stewie », souffla-t-il. Et il se recréa la scène dans sa tête – le jardin, la lune, les accessoires, tout ce qui pouvait flotter dans une piscine familiale. « Vous aviez quel âge ?

— Treize ans, avoua-t-elle.

— Alors Stewie, il avait...

— Dix ans. Je sais. » Elle leva les mains, les poignets joints. « Elle les prend au berceau. Coupable. »

John était sidéré de l'aplomb du gamin.

« Bon Dieu, moi, quand j'avais dix ans, je crois que je ne savais même pas ce que c'était, un baiser avec la langue.

— Ouais, bon, moi, j'en avais treize et je savais pas non plus », lui avoua-t-elle. Et là-dessus, elle éclata de rire, à ce souvenir, peut-être, ou à cause de l'absurdité de la situation. John rit à son tour, et c'était une si douce délivrance que, pour la première fois en vingt-cinq ans, parole d'honneur, il se sentait bien.

« Mon Dieu, soupira Robin. Je n'avais plus repensé à ce gamin depuis des années.

— Qu'est-ce qu'il fait, maintenant, à votre avis ?

— Docteur, sûrement. » Elle rit encore. Une brève et vive exclamation de plaisir. « Gynécologue. »

Il avait encore le sourire.

« Merci, dit-il.

— Ouais. » Elle serra les lèvres. « Hé, comment tu t'appelles ?

— John. »

Et cela aussi la fit rire, comme s'il blaguait.

« Non, vraiment. John Shelley. » Il ébaucha le geste de lui tendre la main, et elle recula d'un pas. « Désolé », dit-il, en laissant retomber sa main. Qu'avait-il fait ? Comment avait-il pu gâcher tout ceci ?

« C'est bon. Il faut juste que j'y retourne. » Elle vérifia par-dessus son épaule. « Mon ange gardien ne va pas tarder à me chercher et je...

— Ça va, lui dit-il. » Il avait mis les mains dans ses poches, parce qu'il ne savait pas quoi en faire d'autre. « Je suis désolé si...

— Pas de souci, l'interrompit-elle.

— Je peux vous raccompagner.

— Je connais le chemin. » Et elle se sauva presque en direction du boulevard.

Il ne put que la regarder partir, en se demandant ce qu'il avait dit de mal, pour qu'elle s'enfuie comme ça. Cinquante dollars. Il pouvait se payer un tas de choses, avec cinquante dollars. A manger. Le loyer. Des vêtements. Un rire. Ce que ces yeux pétillaient, quand elle souriait vraiment. Ça, ce n'était pas quelque chose qui s'achetait. Ouais, elle avait accepté l'argent, mais ce rire – là, entre eux, c'était un vrai petit moment. Elle lui avait parlé, elle lui avait réellement parlé, parce qu'elle en avait envie, et pas à cause des cinquante dollars.

Il resta là, dans ce bois. Il prenait racine. Les yeux fermés. Il se remémora sa voix, son rire. Elle avait un frère, quelque part. Elle avait grandi dans un quartier où il y avait une piscine. Ses parents en avaient dépensé, de l'argent, en orthodontie. Ils l'avaient peut-être emmenée à des cours de danse, pour qu'elle ait ce corps svelte de danseuse. Ou alors elle était pareille que Joyce, le genre de fille qui métabolisait les aliments si vite qu'il lui suffisait de faire le tour du pâté de maisons à pied pour garder la ligne.

Depuis le boulevard, une voiture klaxonna. Il rouvrit les yeux.

Pourquoi n'était-il pas entré dans cette chambre d'hôtel avec elle ? Cinquante dollars. Pour lui, déjà l'équivalent d'une bonne journée de travail. Toute une journée à laver des voitures, à nettoyer la merde des autres. A attendre qu'Art sorte inspecter son travail, pointe du doigt une traînée inexistante sur un pare-brise, que le client estime en avoir pour son argent.

Cinquante dollars, et pour quoi ? Le souvenir du baiser d'un autre ?

D'un geste sec, John cassa une brindille au-dessus de lui, et il repartit vers le boulevard, en veillant à prendre en diagonale, qu'il ne débouche pas à la hauteur du marchand de vins et spiritueux. Là, en cet instant, il pourrait la tenir dans ses bras, lui faire l'amour. Il s'arrêta, s'appuya d'une main contre un arbre, les poumons bloqués, comme s'il venait de recevoir un coup à lui couper le souffle.

Non, se dit-il. Dans cette chambre, il lui arriverait ce qui lui arrivait ici, en cet instant : il se rendrait ridicule. La vérité, c'était que John n'avait jamais réellement fait l'amour avec une femme. Il n'avait jamais vécu cette intimité qu'on lisait dans les livres, jamais eu une amoureuse qui lui prenait la main dans la sienne, lui caressait la nuque, et qui attirait son corps plus près du sien. En réalité, la dernière femme qu'il avait embrassée était la seule femme qu'il ait jamais embrassée. Et encore, à l'époque, ce n'était pas une femme, mais une jeune fille. John se souvenait de la date, comme si elle était marquée dans sa cervelle au fer rouge : 15 juin 1985.

Il avait embrassé Mary Alice Finney. Le lendemain matin, elle était morte.

Chapitre dix

10 juin 1985

QUAND JOHN ÉTAIT PETIT, il adorait jouer dans la gadoue, construire des choses de ses mains, et ensuite les déchiqueter, morceau par morceau. Sa mère le voyait arriver dans la rue, de la boue plein son pantalon, des brindilles piquées dans les cheveux, et elle riait, elle attrapait le tuyau d'arrosage, elle lui demandait de retirer ses vêtements. Là, dans le jardin, qu'elle puisse le rincer au jet, des pieds à la tête, avant de le laisser entrer dans la maison.

La nuit, après ses journées bien remplies, il avait le sommeil profond. John n'était pas le genre de gosse à faire les choses à moitié. Il était maigre, pour son âge, la poitrine presque creuse, mais il compensait. Avec sa seule force de caractère. S'il y avait la moindre partie de quoi que ce soit, dans la rue, il en était et, malgré sa taille, il n'était jamais le dernier retenu pour former une équipe. Stickball, base-ball, dodgeball – il adorait bouger. Il n'était pas vraiment taillé pour le football, vu sa petite carrure, mais dès qu'il avait été en âge, il avait intégré tous les championnats. A son entrée au collège, il avait déjà grandi, mais son corps avait plus les proportions d'un élastique que la charpente athlétique d'un sportif. Pourtant, son énergie avait impressionné l'entraîneur de l'équipe de foot et, dès sa première semaine au collège, il s'était retrouvé sur le terrain à suer comme un bœuf, tous les muscles de son corps hurlant leur bonheur à la perspective de jouer avec les grosses pointures.

Au lycée, il avait découvert que vous n'étiez pas autorisé à jouer au football si vos notes craignaient. Quand on l'avait éjecté de l'équipe, ça l'avait plus affecté qu'il n'aurait cru. Dans un accès de colère subite, il avait lancé son casque contre le mur, perçant un grand trou dans le Placoplâtre. Il s'était mis à déambuler dans le quartier, après les cours, parce qu'il savait que s'il rentrait à la maison, sa mère lui demanderait pourquoi il n'était pas à l'entraînement. Il avait jeté le mot que l'entraîneur avait envoyé à la maison, et remboursé le mur endommagé avec l'argent de ses ventes clandestines de drogue. Il avait prévu que ses parents ne tarderaient pas à apprendre ce qu'il s'était passé, dès que son bulletin arriverait, et il avait envie de profiter autant que possible de sa liberté, avant que Richard, dans une colère de tous les diables, ne lui tombe dessus.

Pourtant, alors que le reste de son existence commençait à se démantibuler, John appréciait encore la marche. La première fois qu'il avait été exclu du lycée, à cause de l'herbe planquée dans son casier, il avait consacré l'essentiel de ses journées à flâner dans le quartier. Après le vol du magnétophone à cassettes, son père l'avait privé de sortie pendant six mois et, s'il n'y avait eu la bonté de cœur de sa mère (« Sois de retour dans une heure et ne dis rien à ton père »), il se serait sans doute atrophié, à force de rester enfermé dans sa chambre. Parfois, il songeait que c'était exactement ce que voulait son père. Que son mauvais fils dépérisse, tout seul. Loin des yeux. Loin du cœur. Le Dr Richard avait encore Joyce, après tout. Il lui restait un enfant de bien.

John aimait être dehors, voir les arbres se balancer dans la brise, regarder les feuilles voleter jusqu'à terre. Lors de ses virées, il ne se défonçait jamais. Il n'avait pas envie de gâcher les choses. En plus, l'attrait de la coke s'estompait assez vite. Sa visite aux urgences, son réveil, la tête en feu, un flot de sang lui coulant du nez quand il avait dégobillé le charbon actif qu'ils lui avaient introduit de force dans l'estomac, tout cela lui avait quelque peu ouvert les yeux. A partir de là, il avait décidé de se limiter à l'herbe. Rien ne méritait qu'on en meure. Woody allait lui casser les couilles pour ça, mais John n'allait pas se tuer sous prétexte qu'il n'arrivait pas à tenir tête à son cousin.

La nuit de son overdose, le père de John était venu à l'hôpital, il avait enfilé une chemise en vitesse, il s'était boutonné de travers. L'infirmière l'avait laissé seul avec son papa, s'imaginant qu'ils allaient avoir un moment d'affection, un truc dans ce genre.

« Qu'est-ce qui te prend, bordel de merde ? » s'était emporté Richard. Il était au-delà de la colère. Il avait la voix cassée, comme filtrée par un tamis, et les oreilles de John, déjà toutes bourdonnantes, tellement il était malade, captaient à peine ce qu'il racontait.

Richard avait un faible pour les citations. Il en retenait certaines qu'il scotchait au mur de son bureau, et parfois, quand il attrapait John pour lui toucher deux mots de sa toute dernière foirade, il lui en désignait une du doigt. « La stupidité est un comportement acquis » était l'une de ses préférées, mais ce soir-là, à l'hôpital, John savait que le temps où son père lui pointait du doigt des bouts de papier aux couleurs passées dans l'espoir de le guider était révolu.

« Tu n'es pas mon fils, lui avait annoncé Richard. S'il n'y avait pas ta mère, je te botterais le cul, pauvre nul, tu t'envolerais dans la rue, à t'en dévisser la tête. » A titre d'illustration, il lui flanqua une claque à la tempe. Il n'avait pas tapé fort, mais la dernière fois qu'il avait levé la main sur lui, John devait avoir six ou sept ans, et il ne l'avait jamais, absolument jamais frappé ailleurs que sur le derrière.

« Papa... essaya-t-il.

— Ne m'appelle plus jamais comme ça, lui ordonna Richard. Je travaille, ici. J'ai des collègues... J'ai des amis, ici. Tu sais à quel point c'est gênant de recevoir un appel en plein milieu de la nuit qui vous annonce que votre bon à rien de fils est aux urgences ? » Le visage écarlate, il s'était penché sur le lit, à quelques centimètres de celui de John. Son haleine sentait la menthe, et il lui vint à l'esprit que son père avait pris le temps de se brosser les dents, avant de venir à l'hôpital. « Tu sais qui se livre à ce genre de conneries ? lui demanda-t-il, avant de se redresser, de s'écarter du lit. Des camés bons à rien, voilà qui ! » Il allait et venait dans la petite chambre, il serrait les poings, les desserrait. Il se retourna, il hocha la tête, c'est tout, comme s'il venait de décider quelque chose, et ce serait sans appel.

John essaya encore.

« Papa...

— Tu n'es pas mon fils », lui répéta Richard. Et la porte se referma derrière lui.

« Ça lui passera », lui avait assuré sa mère, mais John était convaincu du contraire. Jamais il n'avait vu ce regard, dans les yeux de son père. De la déception, oui. De la haine... c'était nouveau.

Le lendemain de cette confrontation avec son père, dans cette chambre, aux urgences, c'était à ce regard que John repensait, en marchant dans le quartier.

« Juste une heure », lui avait fait promettre sa mère, mais sans ajouter « ne dis rien à ton père », car ils savaient tous deux qu'il s'en moquait. Comme si la scène de l'hôpital ne suffisait pas, Richard était entré dans la chambre de John, ce matin-là, et lui avait annoncé tout net qu'il le nourrirait et l'habillerait jusqu'à ses dix-huit ans, et ensuite, il entendait que John disparaisse de la maison, de son existence. Pour illustrer son propos, il s'était frotté les mains, avant de les écarter, paumes vers le ciel. « Pour ce qui est de toi, je m'en lave les mains. »

La brise se leva et John s'emmitoufla dans son blouson. La nuit dernière, il avait failli mourir, mais il n'empêche, il avait envie d'une ligne de coke, quelque chose qui le soulage de cette tension. Pourtant, il allait se retenir. Pas pour son père ou sa mère, mais parce qu'il avait peur. Il n'avait pas envie de mourir, la coke le tuerait, il le savait. Et sûrement plus tôt que plus tard. De toute manière, il n'en snifferait pas souvent, hein ? Ça ne devrait pas être dur d'arrêter. Quand même, il avait beau fumer de l'herbe, ce besoin restait présent, il en avait le corps endolori, comme s'il avait avalé un rasoir. Foutu Woody et ses soirées idiotes.

« Salut. »

Tiré de ses pensées en sursaut, John leva les yeux. Mary Alice Finney était assise sur l'une des balançoires de l'aire de jeux.

Sa haine envers elle alluma en lui un incendie éclair.

« Qu'est-ce que tu fous ici ?

— Je ne savais pas que tu étais propriétaire de l'aire de jeux, ironisa-t-elle.

— Tu ne devrais pas être en cours ?

— J'ai séché.

— Ouais, d'accord », dit-il, et il s'étrangla d'un rire qui lui fit remonter le goût du sang dans le fond de la gorge. « Merde. » Et il porta la main à son nez. Le sang coulait, comme si on avait ouvert un robinet.

Mary Alice était près de lui. Elle avait un mouchoir en papier dans la main – pourquoi les filles ont-elles toujours ces trucs-là sur elles ? – et le lui appuya sous le nez.

Elle le conduisit vers la cage à poules.

« Assieds-toi », lui dit-elle. Il se laissa tomber sur la barre du bas, il sentit le froid contre son derrière osseux, à travers le jean. « Penche la tête en avant. »

Il avait les yeux fermés, mais il sentait ses mains sur lui : l'une contre la nuque, l'autre qui maintenait le mouchoir sous son nez. Quand on saignait du nez, on était censé renverser la tête en arrière, mais cela lui était égal, tant qu'elle le touchait.

« John, soupira-t-elle. Pourquoi tu t'infliges tout ça ? »

Il rouvrit les yeux, regarda le sang couler sur le sable, entre ses pieds.

« Tu as vraiment séché les cours ?

— Normalement, j'avais rendez-vous chez le docteur, mais ma mère a oublié de passer me prendre. »

Il essaya de tourner la tête, mais elle l'en empêcha. Les mères ne manquaient pas les rendez-vous chez le docteur. Ça n'arrivait jamais. Jamais.

« Ouais, avoua-t-elle, comme si elle pouvait lire dans ses pensées. Mes parents vont divorcer. »

Il se redressa d'un coup, il vit trente-six chandelles, le temps d'un instant.

Elle était gênée. Elle referma les mains sur le mouchoir ensanglanté, les doigts entrecroisés.

« Mon père, il fréquente cette femme, à son bureau. »

Il vit son petit sourire pincé. Les parents de Mary Alice, la fille parfaite, se séparaient.

« Elle s'appelle Mindy. Papa veut que je la rencontre. Il pense qu'on sera très amies. »

John entendait d'ici Paul Finney tenir ce propos à sa fille. Ce type était avocat, et il avait l'arrogance de la quasi-totalité des avocats, de se figurer que tout ce qui sortait de sa bouche serait la vérité révélée.

Il creusa le sable, du bout de son pied.

« Je suis désolé, Mary Alice. »

Elle pleurait. Il vit qu'elle regardait ses larmes percuter le sable, tout comme il avait regardé son sang, quelques instants auparavant.

Il la détestait, non? Sauf qu'il avait envie de la prendre par l'épaule, de lui dire que tout irait bien.

Il fallait qu'il trouve quelque chose à lui dire, un mot, pour l'aider à se sentir mieux. Ça lui échappa.

« Tu veux aller à une fête?

— Une fête? fit-elle, étonnée, fronçant le nez à cette idée. Quoi, avec tous tes copains défoncés?

— Non », dit-il. Et pourtant, elle avait raison. « Mon cousin Woody donne une fête, samedi. Sa mère est en déplacement.

— Où est son père?

— Je ne sais pas », reconnut-il. Il n'y avait jamais vraiment réfléchi, mais la mère de Woody était si souvent partie que ce gars-là vivait pratiquement seul. « Tu pourrais faire un saut.

— J'avais prévu de faire un tour à la galerie marchande, avec Susan et Faye.

— Viens après.

— Je n'ai pas vraiment ma place, avec ces gens. En plus, je croyais que tu étais privé de sortie, après ce qui est arrivé. »

Donc, tout le lycée était au courant de sa visite aux urgences. John aurait cru disposer d'au moins deux jours, avant que l'histoire ne transpire.

« Non », dit-il, pensant à son père, à la façon qu'il avait eu de le regarder, ce matin. C'était le même regard qu'il avait eu sur oncle Barry, mort, dans son cercueil. Ces lèvres pincées. Ce rictus de dégoût. Bâfreur. Cavaleur. Et vendeur de voitures d'occasion.

« Où est-ce qu'il habite, ton cousin ? » lui demanda Mary Alice.

Il lui donna l'adresse, juste à trois rues de là.

« Allez, insista-t-il. Dis-moi que tu viens. »

Elle fronça de nouveau le nez, mais cette fois elle le taquinait.

« OK », fit-elle. Mais elle ajouta un mot, pour se garder une porte de sortie. « Je vais y réfléchir. »

Chapitre onze

11 octobre 2005

JOHN ÉTAIT ALLONGÉ sur son lit, à l'asile de nuit, à moitié endormi, quand on frappa à sa porte. Il se retourna et regarda son réveil, plissa les yeux pour lire les chiffres minuscules. Six heures et demie. Il avait encore une heure de sommeil devant lui, avant de devoir se lever.

« Tot-toc, fit une femme, et il se rallongea avec un grognement. Debout, là-dedans, l'enfant de chœur ! » s'exclama Martha Lam d'une voix chantante. La première chose qu'il avait comprise chez sa contrôleuse judiciaire, c'était qu'elle adorait les inspections-surprise.

« Juste une minute, s'écria-t-il, et il s'assit dans son lit, se frotta les yeux.

— Non, pas une minute, cow-boy, insista Mme Lam, d'une voix polie, mais ferme. Ouvre-moi cette porte, tout de suite, tu m'entends. »

Il s'exécuta – en vitesse –, car il savait que si elle se fourrait dans le crâne l'idée de le recoller au trou avant la fin de la journée, elle en avait le droit.

Elle se tenait devant sa porte, une main sur le montant, le visage jovial, fendu d'un sourire, comme si elle était contente de le revoir. Elle était vêtue de sa tenue habituelle : chemise noire repassée, veste en lamé or et pantalon en cuir étroit. Entre ses chaussures de poule aguicheuse et le Glock qu'elle portait sanglé au côté, elle aurait pu être la fille du mois d'un magazine fétichiste.

Elle baissa les yeux, pour un rapide coup d'œil sur le caleçon de John, qui formait un chapiteau en façade. D'un geste, elle lui désigna le bout du couloir et les lavabos.

« Va donc saluer ton petit général, pendant que je farfouille toute seule comme une grande. »

Il posa les deux mains sur son entrejambe, l'impression d'avoir quinze ans.

« Il faut juste que j'aille aux toilettes », expliqua-t-il.

Elle le gratifia encore de ce sourire jovial.

« Remplis-moi donc un de ces gobelets de la fontaine du couloir, veux-tu ? » Son accent traînant du Sud rendait le propos presque poli.

Il se dirigea vers les lavabos collectifs, d'un pas aussi rapide que possible, pissa aussi vite qu'il put, remplit le gobelet, suffisamment pour l'échantillon nécessaire à un dépistage antidrogue aléatoire, puis se dépêcha de regagner sa chambre. Mme Lam devait être en train d'inspecter ses affaires, et il avait beau savoir qu'il n'y avait rien à trouver, il se sentait coupable, terrorisé qu'elle le réexpédie en prison. Les gars, en taule, ils causaient des contrôleurs judiciaires qui vous planquaient de la came chez vous s'ils ne vous appréciaient pas, des contrôleurs spécialement durs avec les délinquants sexuels, et qui cherchaient n'importe quelle excuse pour vous remettre au trou.

A son retour, elle tenait en main une photo de sa mère.

« Elle a été prise l'année dernière », lui précisa-t-il. Il se sentait une boule dans la gorge. Emily se trouvait dans le hall des visiteurs, à la prison. John avait un bras autour de l'épaule de sa mère, le mur en parpaing blanc et sale, derrière, tenant lieu de décor. C'était l'anniversaire de John. Joyce avait pris le cliché. Sa mère avait insisté.

« Sympa », fit Lam. John l'appelait Mme Lam, jamais Martha, car elle lui faisait peur, et il voulait lui montrer qu'il était capable de respect.

Elle ouvrit le fond du cadre et vérifia – quoi ? Il n'en savait rien, mais il se sentit transpirer, jusqu'à ce qu'elle repose la photo à sa place, sur le carton qui lui servait de table de nuit.

Ensuite, elle passa en revue les livres de poche qu'il avait empruntés à la bibliothèque, feuilleta les pages du pouce, commenta les titres. « *Tess d'Urberville ?* », s'étonna-t-elle, en s'arrêtant sur le dernier ouvrage.

Il haussa les épaules.

« Je ne l'avais jamais lu. » Il avait été arrêté le jour où Mme Rebuck, son professeur d'anglais, avait annoncé en classe que *Tess* constituerait le sujet de leur prochain grand devoir sur table.

« Mmh », fit-elle, en examinant le livre une deuxième fois, plus attentivement.

Elle finit par le remettre en place et, les mains sur les hanches, embrassa la chambre du regard. John n'avait pas de commode, donc ses vêtements étaient pliés et rangés en piles bien nettes, sur la glacière rouge où il stockait sa nourriture. Il voyait bien qu'elle avait déjà passé les vêtements en revue, parce que la chemise du dessus était pliée différemment, et il supposa qu'elle avait vérifié les bananes, le pain et le pot de beurre de cacahuètes, dans la glacière. La chambre comportait une fenêtre, mais il avait scotché du papier goudronné dessus, pour empêcher le soleil du matin d'entrer. Mme Lam avait décollé les bords, pour s'assurer qu'il n'y ait pas de contrebande cachée derrière. Une ampoule nue, au-dessus de leurs têtes, éclairait la pièce. Il remarqua qu'elle avait allumé la lampe de chevet, à côté du lit. L'abat-jour était de guingois. Elle avait aussi vérifié de ce côté-là.

« Soulève-moi le matelas, je te prie, lui dit-elle. On vient de me faire un soin des ongles », lui confia-t-elle, comme s'ils étaient de vieux copains.

Dans la pièce minuscule, en s'avançant de deux pas, il arriva au matelas. Il l'empoigna et le plaqua contre le mur, pour qu'elle puisse voir le sommier à ressorts, bien sale, au-dessous. Ils découvrirent en même temps les taches de sang et une espèce de rond gris de saleté, au milieu, et elle fronça les sourcils de dégoût.

« Ça aussi », exigea-t-elle, en désignant le sommier, qui reposait à même le sol.

Il l'attrapa, et ils reculèrent tous les deux d'un bond, comme deux fillettes effarouchées : un cafard se carapata en travers du tapis humide et marron.

« Beuh, lâcha-t-elle. T'as pas pu te trouver une autre piaule? »

Il secoua la tête, laissa retomber le sommier en place, puis le matelas. Il avait déjà eu de la chance de trouver celle-ci. Tout comme les prisons, les asiles de nuit appliquaient des critères, eux aussi, et ils étaient nombreux à ne pas accepter les délinquants sexuels, surtout quand leurs victimes étaient de jeunes personnes. John était coincé ici, avec six autres hommes, tous fichés dans les registres étatiques. L'un d'eux avait un casier pour s'être attaqué à une fillette de huit ans. Un autre aimait assez violer les vieilles.

« Bon. » Mme Lam était tout sourire, de nouveau joviale. Je suppose que l'Auberge des Pédos pourra toujours convenir, au moins pour un temps. Elle indiqua la caisse en carton, près de son lit. « Ouvre-moi ça, je te prie.

— Il n'y a rien... » Il renonça, sachant que c'était inutile. Il retira la pile de bouquins, les déposa sur le lit, avant de placer la photo de sa mère dessus, ne souhaitant pas que le cadre touche les draps sales.

Il ouvrit la caisse, lui montra qu'elle était vide.

Mme Lam passa en revue sa petite liste des interdits.

« Donc, tu ne me caches pas de Viagra, ici, non? Il secoua la tête. Pas de substances illégales? Pas de porno? Pas d'armes, d'aucune sorte?

— Non, madame, lui assura-t-il.

— Tu travailles toujours au Gorilla?

— Oui, madame.

— Au moindre changement, tu commences par me prévenir, d'accord?

— Oui, madame.

— Bon. » Elle avait de nouveau les mains sur les hanches. « Bilan positif pour aujourd'hui.

— Merci », dit-il.

Elle agita vers lui un doigt manucuré.

« Je te surveille, John. Ne l'oublie pas.

— Non, madame Lam. Je n'oublierai pas. »

Elle l'observa un long moment, puis secoua la tête, comme si elle était incapable de rien comprendre à ce personnage.

« Tu te tiens à l'écart des embêtements et il n'y aura pas de tracas, d'accord ?

— D'accord, acquiesça-t-il. Merci, ajouta-t-il stupidement.

— Je repasserai, le prévint-elle, en se dirigeant vers la porte. Et toi, tiens-toi à carreau.

— Oui, madame », promit-il. Il referma la porte derrière elle, laissa sa paume à plat sur le panneau en bois. La tête posée contre le dos de sa main, il essaya juste de respirer.

« Toc-toc », entendit-il, un étage au-dessus de lui. Mme Lam était aussi responsable du violeur de vieilles dames. Il ne connaissait pas le nom du type, car chaque fois qu'il le voyait dans le corridor, il lui fallait tout ce qu'il avait de volonté pour ne pas lui casser la gueule.

Il se retourna vers l'intérieur de sa chambre, en faisant abstraction de la voix de Mme Lam, qui effectuait sa joyeuse petite tournée à l'étage supérieur. John détestait que les gens fouillent dans son merdier. La chose la plus importante qu'il avait apprise, en prison, c'était de ne jamais toucher aux biens des autres, à moins d'être prêt à mourir.

Il attrapa son tee-shirt, l'un des six qu'il possédait, et le replia. Il avait un pantalon chinos, deux jeans, trois paires de chaussettes et huit caleçons. En effet, pour une raison qui lui échappait un peu, sa mère, en prison, lui avait toujours apporté des sous-vêtements.

Du bout du pied, il remit l'une de ses baskets à l'endroit. Mme Lam les avait inspectées aussi. Les languettes étaient sorties, les semelles intérieures étaient de traviole. Trente dollars pour une paire de pompes, se dit-il. Il n'arrivait pas à croire que les vêtements et les chaussures aient pu augmenter à ce point, pendant qu'il était en taule.

En haut, il entendit Mme Lam s'exclamer « Ho-ho ! ». Il se figea, comprenant qu'elle avait dégoté quelque chose. Il entendit le violeur marmonner une réponse, et puis la voix de Mme Lam, fort et clair : « Tu expliqueras ça au juge. »

Il n'y eut pas vraiment d'échauffourée. Après tout, elle était armée d'un Glock, et il n'y avait pas trop d'endroits où filer, dans cette baraque à moitié délabrée qu'ils appelaient tous leur foyer. Il ne put résister à son envie de glisser la tête par la porte, car il les entendit descendre l'escalier. Mme Lam avait une main sur l'épaule du violeur, l'autre sur les menottes qui lui retenaient les mains dans le dos. Le type était encore en caleçon, sans chemise, sans chaussettes, sans souliers aux pieds. Ils allaient s'en payer une sacrée tranche, avec lui, en cellule de détention provisoire, et Mme Lam le savait fort bien.

Elle s'aperçut qu'il pointait le nez à sa porte entrebâillée.

« Il a foiré, John, lui annonça-t-elle, comme si ce n'était pas évident. Prends ça comme une leçon. »

Il resta sans réponse. Il referma sa porte, attendit d'entendre une portière claquer dans la rue, un moteur tourner au ralenti, le véhicule démarrer, s'éloigner.

Quand même, il vérifia par la fenêtre, en écartant le papier goudronné, à temps pour voir le 4 × 4 rouge de Mme Lam s'arrêter au feu, au bout de la rue.

Il tomba à genoux et prit entre ses doigts la bordure du tapis marron crasseux. Il s'efforça de ne pas penser au cafard qu'ils avaient vu se carapater, ou aux crottes de souris, entre le tapis et le sous-tapis. Il trouva le rapport de solvabilité là où il l'avait laissé. Pas de la contrebande, mais qu'aurait dit Mme Lam si elle l'avait déniché ? « Ho-ho ! » Et ensuite, en voiture.

Il sauta dans son jean et glissa les pieds dans ses baskets. Il descendit l'escalier deux à deux. Il y avait un téléphone dans le hall d'entrée qu'ils avaient le droit d'utiliser pour des appels locaux. Il décrocha le combiné, composa le numéro, qu'il connaissait par cœur.

« Keener, Rose et Shelley, fit la réceptionniste, à l'autre bout du fil. Quel poste demandez-vous ? »

John parla à voix basse.

« Joyce Shelley, je vous prie.

— Qui puis-je annoncer ? »

Il faillit lui donner un autre nom que le sien, mais il se ravisa.

« John Shelley. »

Il y eut un silence, une hésitation qui suffit à le remettre à sa place.

« Juste un instant. »

L'instant se transforma en deux bonnes minutes, et il se représentait d'ici sa sœur, fronçant le sourcil devant sa secrétaire venue lui annoncer qui était en ligne. Joyce menait une vie assez installée, et elle avait l'air de bien réussir. Elle s'était rebellée contre son père, à sa manière à elle : au lieu de devenir médecin, elle avait laissé tomber la fac de médecine dès la deuxième année à Emory University, et elle avait opté pour le droit. Maintenant, elle consacrait ses journées à établir des actes de cessions immobilières, et elle facturait des honoraires forfaitaires pour amener les gens à signer le long de la ligne pointillée. Il ne parvenait pas à se l'imaginer exerçant un métier aussi ennuyeux, mais enfin, Joyce se marrait sans doute pas mal de le savoir occupé toute la journée à laver des voitures à l'eau savonneuse.

« Qu'y a-t-il ? lui chuchota sa sœur, sans même prendre la peine de dire bonjour.

— J'ai besoin de te demander quelque chose.

— Je suis en plein dans une signature.

— Ça ne prendra pas longtemps », lui promit-il, et puis il ne s'arrêta surtout pas de parler, car il savait que sinon, elle lui raccrocherait au nez. « C'est quoi, un indice de solvabilité ? »

Là, elle reprit sa voix normale.

« Tu es idiot ou quoi ?

— Ouais, Joyce. Tu le sais bien, que je suis un idiot. »

Elle lâcha un gros soupir, qui lui parut plus laborieux que d'habitude. Il se demanda si elle n'avait pas pris froid, ou alors elle s'était peut-être remise à fumer.

« Toutes les sociétés de cartes de paiement, les banques, tous les organismes qui te permettent d'acheter à tempérament, signalent aux établissements de crédit si tu t'acquittes bien de tes factures, si tu es ponctuel, si tu es lent, si tu effectues le versement minimum ou si tu règles tous les mois le solde, tout ça. Ces établissements compilent tes historiques de règlement, et ils émettent un indice qui indique à d'autres sociétés dans quelle mesure tu constitues ou non un bon risque de crédit.

— Sept cent dix, c'est un bon indice ?

— John, fit-elle, je n'ai vraiment pas de temps pour ça. Dans quel genre d'arnaque tu te lances ?

— Aucune, répliqua-t-il. Je ne me lance dans aucune arnaque, Joyce. Ce n'est pas à cause de ça qu'on m'a envoyé en prison. »

Elle garda le silence. Il comprit qu'il était allé un peu trop loin.

« Je n'ai pas oublié pourquoi on t'a envoyé en prison, lui lâcha-t-elle, avec dans la voix une tension telle, il le sentait, qu'elle avait du mal à conserver la maîtrise d'elle-même.

— Et si quelqu'un avait récupéré ces informations à mon sujet, et s'en servait pour se procurer des cartes de crédit et compagnie ?

— Eh bien, ça démolirait ton indice.

— Non. » Il clarifia son propos. « Et si ce quelqu'un remboursait les montants sur ces cartes, et le reste, tous les mois ? »

Elle hésita un moment.

« Pourquoi ferait-on ça ?

— Je n'en sais rien, Joyce. C'est pour cela que je te pose la question.

— Tu me la poses vraiment ? insista-t-elle. C'est quoi, ça, John ? Contente-toi de me demander ce que tu veux savoir. J'ai du travail.

— Je te le demande, souligna-t-il. C'est simplement que quelqu'un... » Il laissa sa voix en suspens. Joyce allait-elle se retrouver impliquée dans cette histoire, quelle que soit l'histoire ? Risquait-elle, rien qu'en ayant connaissance de tout ceci, d'une manière ou d'une autre, de s'exposer à des ennuis ? Il ignorait comment s'appliquaient les lois. Bon sang, jusqu'à la semaine dernière, il ne savait même pas qu'il existait ce qu'on appelait un indice de solvabilité.

Il ne savait pas non plus si Mme Lam ne plaçait pas ce téléphone sur écoute.

« C'est cette arnaque-là qu'organisaient certains types, depuis la prison.

— Mon Dieu. Elle se remit à chuchoter. Tu aurais intérêt à ne pas t'en mêler.

— Non, fit-il. Moi, je me tiens à carreau.

— Tu as intérêt, John. Sinon, ils te remettront en prison, si vite que tu n'auras même pas le temps de t'en rendre compte.

— Tu parles comme papa.

— C'est ta manière à toi de me demander comment il va? »

Il retenait son souffle. Il s'en aperçut.

« Non.

— Bon, parce que de toute façon il ne voudrait pas que je te le dise.

— Je sais.

— Nom de nom, John. » Elle soupira de nouveau. Il la contrariait. Pourquoi l'avait-il appelée? Pourquoi fallait-il qu'il vienne l'embêter avec ça?

Il sentait monter ses larmes. Il tâcha de les empêcher de couler. Il appuya au coin de son œil, de ses doigts repliés. Il se souvenait, quand ils étaient petits. Elle jouait tout le temps avec lui, elle l'habillait dans les vêtements de Richard, elle faisait semblant d'être sa mère. Ils s'invitaient pour des thés imaginaires, et cuisaient des petits gâteaux dans son Four Cuisine Facile.

« Tu te souviens de la fois où on a fait fondre le cadeau de maman? » lui demanda-t-il. John avait six ans, Joyce en avait neuf. Ils avaient économisé sur leur argent de poche, et ils avaient acheté un bracelet, pour l'anniversaire de leur mère. Joyce avait suggéré de le mettre dans un gâteau, pour lui faire la surprise, elle avait lu l'astuce dans un livre. Ils ne s'étaient pas rendu compte que le bracelet était un bijou fantaisie. Ils l'avaient mis dans le Four Cuisine Facile et, quand ils avaient allumé la lampe de cent watts pour cuire le gâteau, le bracelet avait fondu dans le moule. La fumée avait déclenché l'alarme incendie.

« Tu te souviens? »

Elle renifla, sans répondre.

« Ça va? » fit-il. Il avait envie de connaître sa vie. Est-ce qu'elle fréquentait quelqu'un? Elle ne s'était jamais mariée, mais elle était si jolie, si intelligente. Il devait y avoir quelqu'un dans sa vie, quelqu'un qui avait envie de prendre soin d'elle.

« Je suis en train de m'enrhumer, lui répondit-elle.

— Ça m'en a l'air.

— Faut que j'y aille. »

Il entendit le déclic feutré du téléphone, lorsqu'elle raccrocha.

Les trois journées suivantes furent criblées d'orages – les nuages crachaient de la pluie avant de s'écarter pour laisser passer le soleil la minute suivante –, et tant que le ciel ne se dégagea pas, John n'eut pratiquement pas de travail. Il finit par regretter d'avoir claqué cinquante dollars sur cette pute. Mais il regrettait parfois de ne pas en avoir cinquante de plus à lui donner. Quelle question lui poserait-il, cette fois ? Peut-être l'effet que ça faisait d'être amoureuse ? Qu'est-ce qu'on ressentait, quand on tenait dans ses bras quelqu'un qui avait envie de vous tenir dans les siens ? Il avait envie de lui reparler. Il avait envie de connaître sa vie.

Malheureusement, il n'avait pas les moyens.

En grandissant, il n'avait jamais eu à se soucier de savoir comment il aurait de quoi se nourrir sur la table ou de quoi se vêtir. Ses parents pourvoyaient à tout. Il y avait toujours des draps frais dans son lit, les toilettes étaient propres, comme par magie, et chaque fois qu'il ouvrait le réfrigérateur, il était rempli de tout ce qu'il aimait. Même en prison, tout lui était fourni. On leur imposait un programme strict et des règles fermes, mais tant que vous obéissiez, vous n'aviez à vous inquiéter de rien.

Les bons mois, à la station de lavage, John gagnait à peu près un millier de dollars, après impôts. Le loyer, pour sa chambre de trois mètres sur trois infestée de cafards s'élevait à quatre cent cinquante dollars – c'était le prix fort, certes, mais personne d'autre n'accepterait de le loger, donc le propriétaire estimait être dans son bon droit. Louer un appartement lui serait revenu moins cher, mais il n'avait pas de quoi verser le dépôt de garantie, très élevé, et encore moins les frais de branchements divers et les acomptes exigés par les compagnies de services publics. Et puis le MARTA n'était pas donné non plus. La ville proposait une TransCarte Mensuelle pour des trajets illimités en bus et en métro, mais cet abonnement coûtait autour de cinquante-deux dollars par mois. Parfois, John n'avait pas les moyens de se payer le total d'un coup, et donc il finissait pas casquer un dollar soixante-quinze par trajet, pour se rendre au travail et en revenir.

Sa nourriture, composée surtout de céréales, de sandwiches à la banane et au beurre de cacahuètes, avec un fruit à l'occasion, lui revenait à peu près à cent vingt dollars par mois. Il était contraint d'acheter son lait en petites briques, qu'il pouvait boire tout de suite et ranger avec les denrées non périssables. La glacière, dans sa chambre, lui servait surtout à tenir les cafards à distance. Il ne pouvait pas s'acheter un sac de glace tous les jours, surtout l'été, quand la chaleur le transformerait en eau avant même qu'il ne l'ait rapporté chez lui.

Pour jouir du privilège de cette liberté conditionnelle, il versait à l'Etat deux cent trente dollars par mois. Le viol et le meurtre, ce n'était pas donné, et s'il manquait un versement, on l'attraperait par la peau des fesses, et il se retrouverait en prison direct. Le premier mandat postal qu'il réglait chaque mois était à l'ordre de l'Etat.

En règle générale, cela lui laissait moins de soixante-quinze dollars par semaine pour satisfaire à ses besoins. Enfin, ce montant-là, c'était sur la base d'une bonne semaine. Certaines autres, il gagnait considérablement moins. Il s'obligeait à économiser, en sautant quelquefois des repas, et il était pris de tels vertiges, à cause du manque de nourriture, que le soir, il s'écroulait quasiment dans son lit. Un jour, de désespoir, il était entré dans une de ces boutiques de prêt sur salaire comme il y en avait des millions, disséminées un peu partout dans les quartiers les plus pauvres de la ville, mais n'avait pu se résoudre à verser 480 % d'intérêt pour un prêt d'une semaine. Même s'il avait pu, cela vous imposait d'avoir un compte-chèques, pour que la somme soit virée directement à votre banque. Aucune banque au monde n'ouvrirait de compte-chèques à John Shelley.

Et l'assurance santé était un rêve relevant du fantastique. Il vivait donc dans la terreur de tomber malade.

Après ce coup de téléphone malheureux à Joyce, il marcha sous la pluie, flanquant des coups de pied dans les flaques, regrettant de ne pouvoir se botter le train, pour avoir appelé sa sœur. Elle avait assez d'ennuis sans qu'il lui en fasse encore peser davantage. La vérité, c'était qu'il voulait juste lui parler, il voulait voir comment elle s'en sortait. Il l'appelait peut-être une fois par mois, et elle était toujours à peu près aussi ravie de l'entendre qu'elle l'avait été ce matin.

Un bus MARTA s'immobilisa à sa hauteur dans un crissement et il vérifia le numéro, avant de monter dedans. Ce mois-ci avait été plutôt bon, donc il agita sa TransCarte devant le lecteur optique, avec un signe de tête entendu au chauffeur.

« Ça se refroidit, remarqua ce dernier.

— Et comment », acquiesça John. Ce simple badinage lui plut bien, et puis il se rendit compte qu'il allait devoir s'acheter un blouson d'hiver. Nom de Dieu, qu'est-ce que ça lui coûterait?

Le bus accéléra, il y eut un soubresaut, et John s'agrippa au dossier d'un siège pour garder son équilibre et remonter vers l'autre extrémité de l'allée centrale. Le bus était bondé, et il trouva un siège à côté d'une vieille femme noire qui lisait une bible posée sur ses genoux. Malgré le temps, elle portait une grande paire de lunettes de soleil, au-dessus de ses lunettes de vue. Quand il s'assit, elle ne leva pas les yeux, mais il savait qu'elle l'avait repéré, du coin de l'œil.

Il en existait, des arnaques, pour se faire du fric. Il y avait toujours une arnaque, toujours une astuce. La prison était pleine d'hommes qui s'imaginaient avoir découvert le plan idéal. John savait que certains des gars du Gorilla volaient des tickets de caisse dans les voitures et les échangeaient contre du liquide. Les grandes chaînes de magasins, c'était ça le meilleur. Il suffisait d'entrer, de repérer le même article que celui qui était imprimé sur le ticket de caisse, puis de le tendre à la fille derrière le bureau et de récupérer le cash. De l'argent facile, ils le disaient tous. Ray-Ray, lui, le répétait deux fois.

Il changea de bus à la station Lindbergh et, sur son chemin, passa devant le Gorilla Car Wash, fermé. En se figurant bien que ce serait en pure perte, il fit un détour en prenant par Cheshire Bridge Road, sachant qu'il allait se retrouver devant le marchand de vins et spiritueux où il avait rencontré Robin. Toute cette semaine, il avait pensé à elle, se demandant ce qu'elle fabriquait.

Sans trop saisir pourquoi, il lui avait imaginé un style

d'existence qui serait le reflet de la sienne. Il se pouvait qu'elle ait été un peu gâtée, comme Joyce, une fille à son papa. Il s'interrogeait sur son jeune frère, le copain de Stewie, celui qui embrassait. A quoi ressemblait-il ? Est-ce qu'elle l'appelait, certains jours, quand elle traversait une véritable sale période ? Etait-il aussi contrarié d'entendre de ses nouvelles que Joyce, quand John l'appelait ? Il était incapable de s'imaginer ce que c'était, d'avoir une sœur prostituée. Il avait envie de tuer tous les types bizarres qui oseraient ne serait-ce que poser les yeux sur elle.

Le bus dépassa le magasin de vins et spiritueux, et il put apercevoir les trois professionnelles, debout sous le couvert de l'auvent. L'une d'elles était la gueularde qui s'était battue avec Ray-Ray. Aucune des trois n'était Robin.

John se renfonça contre le dossier de son siège. Il regarda défiler les restaurants chic. Le bus s'arrêta à l'angle où se trouvait le cinéma, et il se leva, pour que la vieille Noire puisse descendre. Il lut les titres sur le fronton de la salle, ne reconnut aucun de ces films. Avec sa première paye, il était allé au cinéma. Il était arrivé devant la caisse, il avait vu les prix des billets, et il avait eu un choc. Dix dollars ! Il n'arrivait pas à y croire, ce que ça coûtait, un film. Même au tarif des matinées, ça faisait cher.

Le bus prit à droite au carrefour et le paysage changea, pour devenir plus résidentiel. Par la fenêtre, il observait fixement les maisons, plus grandes, les jardins, plus jolis. Morningside, Virginia Highland, Poncey-Highland. Il traversa Little Five Points, il dépassa la nouvelle librairie Barnes and Nobles, le nouveau Target, le nouveau Best Buy. Ça ne recommença de se dégrader que beaucoup plus loin dans Moreland Avenue. Les boutiques de vins et spiritueux, les épiceries du coin et les petites surfaces de pièces détachées automobiles jalonnaient la chaussée crasseuse. Des écriteaux vantaient les faibles commissions prélevées sur l'encaissement des chèques, des contrats d'assurance à bas prix. L'un d'eux proclamait fièrement : « L'UNIQUE MAGASIN DE LA VILLE QUI VOUS VEND LES VÊTEMENTS AU KILO. »

Des hommes attendaient à l'arrêt de bus, debout, leur tee-shirt sale entortillé autour de leurs épaules nues, et ils l'enfilaient à la dernière minute, juste avant de monter. Le bus se chargea d'une nouvelle odeur à mesure que des ouvriers du bâtiment entraient à la file. Des Mexicains, des Asiatiques, des Noirs. Assez vite, John fut le seul individu blanc du bus.

Il descendit quand la rue redevint presque jolie. Cette partie de Moreland était bordée par Brownwood et Grant Park. Petit à petit, des familles étaient venues s'installer par ici, elles avaient réinvesti ces quartiers du centre-ville, se les étaient appropriés. Plus que les habitants précédents, ces gens-là entretenaient leur maison, ils soignaient leur jardin et réclamaient de meilleurs soins médicaux, des restaurants plus agréables, des rues plus sûres. John l'avait appris depuis longtemps déjà, la raison pour laquelle les classes moyennes vivaient si bien, c'était justement cet espoir d'une vie meilleure. Elles ne se satisferaient pas à moins, car elles considéraient qu'elles le valaient bien. Les classes moyennes grimpaient dans leurs voitures rutilantes, les classes moyennes allaient là où cela leur plaisait. En revanche, les pauvres, eux, étaient habitués à se contenter de ce qu'on leur donnait, rien d'autre, et à s'estimer heureux.

Pour le moment, la pluie s'était calmée, le soleil pointait derrière des nuages sombres. Il n'avait pas envie de retourner à Moreland, donc il descendit du bus et marcha dans Brownwood Park, en coupant à travers bois. Il avait cherché ce quartier dans l'annuaire des rues qu'il avait consulté à la bibliothèque, et il était content de voir que leur tracé correspondait exactement à ses attentes. Tout autour de lui se dressaient de nouvelles constructions, des demeures de trois étages surplombant des maisons dans le style ranch, datant des années 1950. Combien coûtait un logement de ce genre, il se le demandait. Quel style de métier il fallait pour être en mesure de s'acheter sa maison, d'élever ses enfants et, pourquoi pas, de conduire une jolie voiture d'occasion? Il était incapable de se représenter la quantité de fric que cela nécessitait.

Il prit Taublib Street, dans East Atlanta Village, surpris de trouver là deux jolis restaurants et un café-bar, car il se serait plutôt attendu à des bâtiments abandonnés et autres ateliers de carrosserie. Il y avait là deux magasins, une boulangerie et une boutique d'animaux. Il regarda dans la vitrine, où un gros chat orange prenait un bain de soleil sur un sac d'aliments pour chien. Un chat, ce serait sympa, un animal, pour lui tenir compagnie. Le cafard que Mme Lam avait débusqué n'entrait pas réellement en ligne de compte. Ce luxe-là, ce serait pour un autre jour. John avait à peine de quoi se nourrir lui-même.

Sur Metropolitan Avenue, il prit à droite, marcha quelques blocs et se retrouva devant le bureau de poste d'East Atlanta. Il contempla l'édifice plat, d'allure institutionnelle. Le panneau planté devant indiquait le même code postal que celui figurant sur le rapport de solvabilité : 30316.

L'endroit était bourré de monde, rempli de voitures qui occupaient tout le parking en façade et sur le côté du bâtiment, et empiétaient jusque sur la rue, malgré les panneaux d'interdiction. L'allée d'accès à la maison victorienne bleu pâle, voisine du bureau de poste, était barrée par un gros véhicule utilitaire.

La pluie s'était remise à tomber, une légère bruine qui obscurcissait le ciel. Il continua dans Metropolitan sur environ cinquante mètres, avant de faire demi-tour et de revenir sur ses pas. Il regarda des gens entrer et sortir du bureau de poste, en se demandant pourquoi diable il était venu ici.

Au bout d'une demi-heure passée à faire les cent pas dans la rue, il comprit qu'en fait, rien ne lui interdisait d'entrer dans le bâtiment. Son bureau de poste, dans son coin, était lugubre et sentait la graisse de bacon cuite – sans trop de raison apparente, d'ailleurs. C'était là qu'il acquittait ses mandats postaux pour le paiement de son loyer et le règlement de sa caution de liberté conditionnelle, parce que ce n'était qu'à dix minutes à pied de là où il habitait. Il y avait pas mal d'immigrés dans le quartier, et parfois des gens apportaient des poulets et d'autres petits animaux à expédier Dieu seul savait où. Plus d'une fois, en attendant dans la queue, il avait entendu un coq chanter.

Le bureau d'East Atlanta était bien éclairé, propre, et il semblait dégager une bonne ambiance. Juste en face de la porte d'entrée, il y avait des rangées de boîtes aux lettres, les petites en haut, les grandes en bas. Sur sa gauche, c'était le bureau d'accueil, où deux femmes orientaient les clients avec toute la célérité possible. Une file de gens sortait du hall et se prolongeait jusqu'au distributeur automatique de timbres, près de l'entrée. Il sortit une enveloppe blanche de sa poche de derrière et prit place dans la file, en tâchant de se comporter comme s'il était ici à sa place. La file avançait lentement, et il attendit d'être arrivé juste devant les portes vitrées ouvrant sur le bureau d'accueil pour se retourner vers les boîtes aux lettres.

La boîte 850 se trouvait dans la première rangée, à peu près à hauteur de ses yeux. Un autocollant orange était apposé sur la boîte voisine. Les mots inscrits dessus étaient trop décolorés pour être encore lisibles.

« Je vous souhaite une bonne journée », fit l'une des deux dames, derrière le bureau, en s'adressant à une cliente qui se dirigea vers la sortie en le frôlant. Il recula vivement pour s'écarter de son chemin, en marmonnant quelques mots d'excuses, car un reste de pluie gouttait de ses cheveux. Quand il releva les yeux, il vit quelqu'un s'approcher des boîtes.

Il retint son souffle, se cramponna à l'enveloppe qu'il avait en main. Une femme, noire et maigre, enfonça sa clef dans la serrure de la boîte 850. Elle riait au téléphone, elle fit une remarque désobligeante au sujet d'un membre de la famille, et ressortit la clef d'un coup sec. « Et merde, ma fille, je viens de foutre ma clef dans la mauvaise boîte. »

Elle inséra la clef dans la boîte située au-dessous de la n° 850 et cala le portable dans le creux de son épaule tout en continuant de parler.

« Monsieur ? » l'interpella la femme, juste derrière lui.

La file avait bougé, mais pas John. Il sourit.

« Désolé. Oublié mon portefeuille. » Et il sortit de la queue.

Quelle stupide perte de temps. Il était hors de question qu'il reste planté devant cette boîte toute la journée, et les chances de voir celui qui lui avait emprunté son nom se montrer étaient des plus minces. Il aurait plus de veine en s'achetant un billet de loterie.

Il poussa la porte, jeta l'enveloppe vierge dans la poubelle. Le ciel avait de nouveau crevé, pour déverser un déluge froid. Il frissonna. Cent dollars. Un bon manteau d'hiver lui coûterait au moins cent dollars. Où se procurerait-il une telle somme? Combien de temps lui faudrait-il pour économiser de quoi s'acheter ce foutu manteau?

A l'arrêt de bus, la tête rentrée dans les épaules, il se maudit, lui et la pluie. Il allait devoir se mettre en quête d'un nouveau boulot. Peut-être un boulot en intérieur, avec des horaires réguliers et qui ne soit pas tributaire de la météo. Un boulot où son casier judiciaire ne dérangerait personne, un casier d'après lequel vous seriez le genre d'homme à faire piquer comme un chien enragé, seul moyen de protéger le reste du monde contre le mal qui sommeillait en vous.

Ses choix se limitaient aux boulots les plus dangereux. La moitié des gars, en prison, s'étaient retrouvés là parce qu'ils avaient cambriolé une épicerie de quartier ou un petit restaurant familial. La quasi-totalité des types, dans le couloir de la mort, avaient débuté par un cambriolage du Quickie Mart local, et terminé leur carrière criminelle en logeant une balle dans le crâne d'un employé payé une misère, pour lui dérober les soixante dollars de son tiroir-caisse. Avant que Mme Lam ne le place au Gorilla, il était à bout, au bord de s'attaquer aux épiceries de quartier. Il se savait incapable de continuer de travailler à la station de lavage, pas tout l'hiver. Il lui fallait un moyen de trouver de l'argent, et vite.

Le bus arriva enfin, il avait du retard, et le chauffeur était irrité. John monta les marches en dégoulinant de partout, et s'avança vers le fond, ses baskets à trente dollars pratiquement désintégrées par la pluie. Il était un peu de la même humeur que tout le monde autour de lui. Il se laissa choir dans un siège vacant, à l'arrière, souhaitant plus ou moins que l'éclair qui zigzaguait là-haut dans le ciel traverse la vitre et vienne le frapper en pleine tête. Il finirait avec des lésions cérébrales, comme un légume baveur qui occuperait un lit d'hôpital, quelque part. Il commençait à voir pourquoi tant de types retournaient en prison. Il avait trente-cinq ans. Il n'avait jamais conduit une voiture, n'était jamais vraiment sorti avec une fille, n'avait jamais réellement vécu. A quoi bon, songea-t-il, l'air sombre, en regardant fixement un type se dépatouiller pour à la fois fermer son parapluie et monter dans sa voiture.

Quand le bus redémarra, il se leva à moitié de son siège, observa la scène par la fenêtre, sans quitter l'homme des yeux. Combien d'années s'étaient écoulées ? Son cerveau se refusait à faire le compte, mais c'était lui, il le savait. John vit l'homme renoncer, avec son parapluie, et le balancer sur le parking de la poste, avant de claquer sa portière, et il en resta éberlué.

Oui. C'était lui. C'était lui, sûr et certain.

Tout comme il tombait un million de gouttes du ciel, il existait une chance sur un million pour que John se rende au bureau de poste le bon jour, à la bonne heure.

Une chance sur un million, mais il avait tapé juste.

Il avait trouvé l'autre John Shelley.

Chapitre douze

JOHN ÉTAIT INCAPABLE de se remémorer son arrestation – non parce qu'il aurait été sous le choc, mais parce qu'il était à demi conscient. Woody était passé ce matin-là, et lui avait refilé du Valium. Il en avait pris assez pour tranquilliser un cheval.

Apparemment, les flics se seraient présentés à son domicile avec un mandat d'arrêt. Son père les avait conduits à sa chambre et ils l'avaient trouvé, endormi comme une masse, sur son lit. Il se souvenait d'avoir recouvré ses esprits, le visage en feu, là où il avait reçu la gifle de son père. Les flics l'avaient traîné hors de la maison, les menottes lui cisaillaient la peau des poignets. Et il s'était encore évanoui, sur la pelouse.

A son réveil, à l'hôpital, il avait dans la bouche le goût familier du charbon actif. Sauf que cette fois, quand il avait essayé de lever la main pour s'essuyer la figure, il y avait eu un raclement métallique contre la rambarde. Il avait posé le regard sur son poignet, les yeux embués, et s'était aperçu qu'il était menotté au lit.

Un flic était assis près de la porte, il lisait un journal. Il lui avait jeté un regard mauvais.

« T'es réveillé ?

— Ouais. » Et il s'était rendormi.

Quand il avait repris conscience, sa mère était dans la chambre. Bon Dieu, elle avait une mine épouvantable. Il se demanda combien de temps il avait dormi, parce qu'à voir Emily, on aurait cru que vingt années s'étaient écoulées depuis qu'il était monté dans sa chambre, qu'il avait mis Heart sur la chaîne stéréo, en baissant le son, et avalé une poignée de ces petites pilules blanches que son cousin lui avait données.

« Mon bébé, avait-elle fait, en lui passant la main sur l'avant-bras. Est-ce que ça va ? »

Il avait la langue molle, reculée dans le fond de la bouche. Sa poitrine lui faisait un mal de chien, comme si on lui avait défoncé le sternum à la masse. Comment s'était-il débrouillé pour respirer, pendant tout ce temps ?

« Ce n'est pas grave, tu verras, lui assura-t-elle. Tout ça n'est qu'une erreur. »

Ce n'était pas vraiment une erreur – du moins, pas de l'avis de la police. Le procureur de district était arrivé à peu près une heure plus tard, avec Paul Finney derrière lui, qui lançait à John des regards pleins de fureur, comme s'il allait bondir sur le lit et l'étrangler dans l'instant. Le flic avait dû s'en apercevoir, lui aussi, parce qu'il restait tout près de M. Finney, pour s'assurer que cela ne dégénérait pas.

Le procureur s'était chargé des présentations.

« Je suis Lyle Anders. Voici le chef de la police, Harold Waller. » Le flic, à côté de M. Finney, tenait une feuille de papier. Il s'était éclairci la gorge, les yeux baissés sur sa feuille, comme s'il lisait le texte d'une scène.

John avait eu un regard vers sa mère.

« Tout ira bien, mon bébé, lui avait-elle promis.

— Jonathan Winston Shelley, avait commencé Waller, je vous arrête pour le viol et le meurtre de Mary Alice Finney. »

John avait eu dans les oreilles cette même sensation d'engourdissement que s'il était sous l'eau. Les lèvres de Waller remuaient, il prononçait des mots, c'était sûr et certain, mais il était incapable de les comprendre.

Lyle Anders avait fini par se pencher sur le lit, pour le secouer un peu, d'un claquement de doigts, juste sous son nez.

« Tu comprends ce qui se passe, là, fiston ?

— Non. Je n'ai pas...

— Ne dis rien », lui avait ordonné sa mère, et ses doigts étaient venus se poser sur sa bouche, pour qu'il se taise. Emily Shelley, l'animatrice de l'association des parents d'élèves, la marraine des Scouts, l'experte en brownies, l'as des déguisements pour Halloween, s'était redressée, et elle s'était tournée vers les trois hommes présents dans la chambre. « Ce sera tout ? »

L'air menaçant, ils se dressaient devant sa mère, si petite. Surtout Paul Finney. Il était déjà grand, mais sa fureur le rendait encore plus imposant.

« Il faut qu'il fasse une déposition, lui avait signifié Anders.

— Non, avait-elle rétorqué, cette femme qui était sa mère. En l'occurrence, il n'en fera aucune.

— Ce serait dans son intérêt.

— Mon fils a subi une épreuve épouvantable. Il a besoin de repos. »

Anders voulait s'adresser directement à John et, malgré Emily qui lui barrait le passage, il avait quand même fait une tentative.

« Fiston, il faut que tu surmontes tout ça et que tu nous racontes ce qui est arrivé. Je suis certain qu'il y a une raison pour que...

— Il n'a rien à vous déclarer », avait insisté Emily, d'une voix ferme. John ne l'avait entendue parler de la sorte qu'une seule fois. Joyce avait dix ans, et elle avait voulu grimper à la balustrade de la terrasse, tout en haut de la maison.

Emily les avait tancés du regard, l'un après l'autre, droit dans les yeux.

« Je vous en prie, allez-vous-en. »

C'est alors que Paul Finney s'était précipité vers John, mais le flic l'avait arrêté.

« Espèce de fils de pute, lui avait-il craché. Après ce que tu as fait, tu vas griller ! »

M. Finney avait été champion universitaire de lutte grécoromaine. Anders et Waller avaient dû y aller à pleines mains pour l'empêcher d'approcher de John. En fin de compte, ils avaient été obligés de le soulever, et de le sortir de la pièce. La porte s'était refermée sur ses hurlements.

« Pour ça, tu vas payer, espèce d'enflure ! »

Quand Emily s'était retournée vers John, elle avait la lèvre inférieure tremblante. Bizarrement, en la voyant ainsi bouleversée, il avait cru que c'était à cause du langage de M. Finney.

« Où est papa ? » lui avait-il demandé. Richard, c'était lui qui prenait les choses en charge, lui qui remettait de l'ordre. « Maman ? Où est-il ? »

La gorge contractée, sa mère lui avait tendu la main, elle avait pris la sienne.

« Ecoute-moi, lui avait-elle dit, sur un ton pressant. D'une minute à l'autre, ils vont revenir, t'emmener en prison. Nous n'avons que quelques secondes.

— Maman...

— Ne parle pas. » Elle avait serré sa main dans la sienne, plus fort. « Ecoute. »

Il avait hoché la tête.

« Ne dis rien à la police. Ne leur dis même pas ton nom. Ne leur dis pas où tu étais cette nuit-là, ne leur dis pas non plus ce que tu as eu pour le dîner.

— Maman...

— Chut, Jonathan, lui avait-elle ordonné, les doigts posés tout contre ses lèvres. En prison, n'adresse la parole à personne. Personne n'est ton ami, là-bas. C'est chacun pour soi, et tu devras en faire autant. Ne dis rien au téléphone parce qu'ils mettent les conversations sur écoute. Il y a des mouchards partout. »

Mouchards. Il s'était arrêté sur ce mot. Où sa mère l'avait-elle entendu ? Comment savait-elle tout cela ? Elle qui refusait même de regarder *Kojak*, parce qu'elle trouvait cela trop violent.

« Je veux que tu me le promettes, John, avait-elle insisté. Promets-moi que tu ne parleras à personne, pas avant que ta tante Lydia n'intervienne. »

Tante Lydia. La femme de Barry. Elle était avocate.

« John ? avait-elle insisté. Tu me promets ? Pas un mot ? Tu ne parles même pas de la météo. Tu m'as comprise ? C'est la chose la plus importante que j'aie jamais eue à te dire, et tu dois m'obéir. Ne parle à personne. Tu m'entends ? »

Il avait fondu en larmes, parce qu'elle était en larmes.

« Oui, maman. »

La porte s'était rouverte, Waller était de retour. Il avait brièvement contemplé la scène, la mère et l'enfant, et John l'avait vu se radoucir quelque peu. Il avait prévenu Emily : « Madame Shelley, vous allez devoir sortir, maintenant », et c'était presque formulé avec gentillesse.

Sa main s'était resserrée autour de celle de John. Elle avait baissé les yeux sur lui, ses yeux dégoulinants de larmes. Pour une raison obscure, il s'était attendu à ce qu'elle lui dise qu'elle l'aimait. Au lieu de quoi, ses lèvres avaient articulé un dernier mot, en silence. « *Personne.* »

Ne parle à personne.

Anders avait laissé Emily s'en aller, avant de plonger la main dans sa poche et d'en retirer la clef des menottes. Le moment de douceur s'était effacé aussi vite qu'il était venu.

« Toi, écoute-moi, espèce de petite vermine. Tu vas descendre de ce lit, tu vas enfiler tes vêtements et mettre les mains dans le dos. Si tu me crées une milliseconde le moindre souci, je te tombe dessus et crois-moi, tu t'en souviendras. Tu as pigé, sale petit assassin ?

— Oui, avait fait John, le souffle coupé par la peur. Oui, monsieur. »

Chapitre treize

15 octobre 2005

La prison littorale d'Etat était située près de Savannah, dans une petite ville du nom de Garden City, Géorgie. Ces noms paraissaient superbes, sur le papier, ils évoquaient ces pittoresques petites localités du bord de mer que l'on peut trouver en carte postale. Celui qui avait sélectionné ce site pour y implanter des services pénitentiaires avait dû follement s'amuser à cette idée.

La Littorale était un établissement de sécurité maximale, qui n'avait que quelques années d'existence à l'arrivée de John et qui, alors qu'il purgeait sa dixième année d'emprisonnement, avait subi une refonte pour recevoir un afflux de criminels violents. Aujourd'hui, la prison était composée de sept unités d'habitation, comprenant douze cellules à deux places et vingt-quatre cellules à quatre places. Elle comptait aussi quarante-quatre cellules d'isolement, trente cellules disciplinaires et quinze de détention préventive. Le bâtiment L abritait plus de deux cents hommes, le bâtiment N deux cents autres, et les unités O et Q étaient réparties en dortoirs ouverts, avec des châlits disposés de la même manière que dans les baraquements militaires. Au total, c'étaient environ six cents hommes qui avaient élu là domicile.

John n'aurait pas cru qu'il retournerait jamais à la Prison Littorale de son plein gré, et pourtant, à six heures ce matin, il avait quitté le travail pour embarquer à bord d'un bus Greyhound. Le billet lui avait coûté le reste de l'argent de la télévision, mais l'essentiel n'était pas là. Dans le bus, il essaya de dormir, la tête appuyée contre la fenêtre, mais il ne pouvait pas s'empêcher de repenser à cette première fois qu'il avait effectué ce trajet, menotté et enchaîné. Il était incapable de retourner là-dedans. Il était incapable de mourir en prison.

Il avait apporté un livre – *Tess d'Urberville* –, et il se força à le lire, tout au long des cinq heures ou presque du voyage. Il était sans arrêt obligé de revenir quelques pages en arrière, distrait dans ses pensées par chaque kilomètre qui défilait. Comment sa mère avait-elle pu prendre cette route, toutes les deux semaines, qu'il pleuve ou qu'il vente? Pas étonnant qu'elle ait eu l'air épuisée, quand elle arrivait là-bas. Pas étonnant qu'elle eut l'air si défaite, la première fois qu'elle avait été autorisée à venir le voir. Et pourtant, elle avait continué, pendant vingt ans et, durant tout ce temps, elle n'avait manqué que trois visites.

Tess avait à peine révélé sa noble ascendance à Angel, quand le Greyhound s'immobilisa devant la prison d'Etat. Il se servit de son billet comme marque-page, puis il glissa l'ouvrage dans le sac d'épicerie qu'il avait apporté avec lui.

A l'accueil des visiteurs, il se sentit saisi d'une honte brûlante quand on le fouilla et le questionna – non parce qu'il aurait été au-dessus de tout ça, mais parce qu'il découvrait enfin par quoi sa mère était passée chaque fois qu'elle était venue le voir. Pendant qu'on fouillait son sac, que l'on ouvrait sa cartouche de cigarettes, que l'on vérifiait le livre page par page, il fit le calcul. Elle avait accompli ce trajet plus de cinq cents fois. Comment Emily avait-elle pu endurer cela? Comment avait-il pu infliger pareille humiliation à sa mère? Pas étonnant que Joyce ait été si furibonde. John ne s'était jamais autant haï qu'à ce moment-là.

Il s'assit sur l'une des chaises en plastique, en attendant l'appel de son nom. Son genou se remit à gigoter, mais à part lui, tout le monde, dans la salle, avait l'air d'un calme parfait. Il s'agissait surtout de femmes avec leurs enfants. Ils étaient venus voir papa. Près de John, un gamin tenait un crayon de couleur, il dessinait un avion. Un autre pleurait parce qu'on ne l'avait pas autorisé à entrer avec son nounours. Quelque chose d'inhabituel était apparu sous les rayons X, et la mère avait refusé de les laisser inspecter la peluche.

« Shelley? », appela une femme en uniforme. Aucun des surveillants ne l'avait reconnu, mais considérant la masse de prisonniers et de visiteurs qu'ils recevaient chaque semaine, cela n'avait rien de surprenant.

« Shelley? », répéta-t-elle encore.

John se leva, cramponné à son sac, qu'il serrait contre sa poitrine.

« Table trois », annonça-t-elle, avec un signe de tête dans sa direction.

Il posa son sac sur le tapis roulant, c'était la troisième fois qu'on lui contrôlait son bagage, il franchit le portique de métal du détecteur à rayons X, et pénétra dans la salle des visites. Il s'arrêta au bout du tapis, considéra la pièce, tâchant de la voir comme sa mère l'avait vue. Toute la salle de sept mètres par dix était occupée par des tables en métal, style pique-nique, boulonnées au sol. Des hommes étaient assis d'un côté, et leur épouse, leur petite amie ou la putain qu'ils payaient pour qu'elle vienne les voir était assise de l'autre. Des gosses couraient en tous sens, dans les rires et les cris et, tous les trois mètres à peu près, il y avait un garde posté en faction, dos au mur. Partout, il y avait des caméras, et leur objectif enchaînait les va-et-vient désapprobateurs, au ralenti.

Ben Carver était assis à l'une des tables, la n° 3. Il était vêtu de sa tenue habituelle, chemise blanche, pantalon blanc et chaussettes blanches. Il était chaussé d'une paire de pantoufles blanches assorties en cuir verni, que sa mère lui avait expédiées, mais Ben les portait rarement en dehors de sa cellule, parce qu'il n'avait pas envie de les salir.

En prison, tout le monde endossait un personnage, une autre personnalité qu'on adoptait pour s'aider à survivre. Les voyous devenaient plus méchants, les Aryens plus cruels, les gays plus gays et les toqués carrément cinglés. Ben appartenait à cette dernière catégorie, et il travaillait son sujet comme un maître comédien. A vrai dire, vu le bonhomme, John trouvait qu'il n'avait pas trop à forcer son talent. Le temps que le GBI l'attrape, il avait déjà tué six hommes, dans la périphérie d'Atlanta. Son truc particulier à lui, c'était de leur sectionner le téton droit, en guise de souvenir. Lors de son arrestation, à la poste centrale d'Atlanta, où Ben travaillait depuis dix-huit ans au tri du courrier, l'un des flics avait fait de l'excès de zèle et l'avait plaqué au sol. Un morceau de tissu humain – identifié par la suite comme le téton droit de sa dernière victime – avait volé de la bouche de Carver. Il le suçait comme il aurait sucé un Lifesaver à la menthe.

Dans la presse, ce détail sanglant, associé à son nom de famille si bien trouvé, Carver, « le découpeur », avait fait sensation. Au contraire de John, il avait eu les honneurs des journaux nationaux, et il y avait même gagné son sobriquet : le Découpeur d'Atlanta. Ben n'avait jamais été particulièrement enchanté de ce surnom, mais enfin, il était aussi en rogne contre Wayne Williams, l'homme condamné dans l'affaire dite des « meurtres d'enfants d'Atlanta », parce qu'il l'avait chassé des pages de Une, quelques semaines à peine après son arrestation.

« Mon cher garçon », s'écria Ben, en souriant de son mince sourire, et il toisa John du regard. Ses lèvres étaient humides, avec une tache noire au milieu, là où il avait en général une cigarette. Ses dents étaient marquées de la même manière, la nicotine dessinant une sorte de petit cœur de cible en plein centre. L'une des premières choses que Ben avait confiées à John, c'était qu'il faisait une sorte de fixation orale : « Les cigarettes, ça vaut mieux que ton téton droit, mon cher garçon. » Après ça, John ne s'était plus jamais plaint qu'il fume.

« Donc », ajouta Carver.

John resta debout devant la table, pas trop certain de vouloir s'asseoir.

« Tu as bonne mine, lui dit-il.

— Bien sûr que j'ai bonne mine. » Il s'amusa à se pomponner les cheveux, qui étaient quasi inexistants, en lançant un clin d'œil à quelqu'un, derrière John.

Ben avait beau être en quartier de détention préventive, cette aile-là ne comportant pas de véritable salle spécialement aménagée pour recevoir les visiteurs, lors des rares occasions où quelqu'un venait le voir, il était contraint de prendre place avec le reste de la population carcérale. Pour n'importe quel prisonnier de l'unité psychiatrique de Niveau III, le moment de la visite était aussi celui de sa plus grande vulnérabilité. Il était forcé de miser sur le fait que ses codétenus soient trop distraits par la présence de leur pute, trop respectueux de leur épouse ou de leur petite amie, pour songer à sortir un surin et à lui ouvrir le ventre.

« Il fallait que je te voie, lui annonça John.

— Tss-tss », fit Ben, avec un air de réprimande, et John essaya de ne pas penser à ce que ce type aurait dans la bouche, à cette minute, si les flics ne l'avaient jamais chopé. « Je ne t'avais pas conseillé de ne plus remettre les pieds dans c't'enfer?

— Ça fait du bien de te revoir », lui avoua John, et c'était la vérité. Depuis sa sortie, il n'avait plus croisé un seul visage accueillant.

« Alors, fit Carver, en se léchant déjà les babines, qu'est-ce que tu m'as apporté ? »

John sortit la cartouche de Camel sans filtre de son sac.

« Oh, tu n'aurais pas dû ! » Ben berça la cartouche contre sa poitrine. « Mon cœur, je t'en prie, assieds-toi. Tu sais que je n'aime pas trop que tu tournicotes, même si ça me donne une vue merveilleuse sur ton bel attirail. »

Il s'assit, gêné par le langage de Ben. Il avait oublié comment l'autre s'exprimait avec lui, cette façon qu'il avait de vous donner l'impression d'être dégoûtant rien qu'en vous demandant l'heure. John dut se rappeler que cela faisait partie du numéro de Ben, que c'était le moyen pour lui de traverser la journée sans se trancher la gorge.

« C'est aujourd'hui l'émission spéciale d'Oprah, son hit-parade annuel de ses cinquante objets préférés. »

Oprah, la seule émission sur laquelle tout le bloc était capable de tomber d'accord.

« Je suis sûr que ça va être super », fit John. Il n'ajouta rien, car un surveillant passait par là, et il s'attarda quelques minutes près de leur table, avant de poursuivre sa ronde.

« Bon, reprit Carver, tu sais que je suis incapable de me priver longtemps de nicotine. Qu'est-ce que tu désires ? »

John se pencha vers lui, en gardant les mains bien à plat sur la table, pour que le gardien puisse constater qu'il n'enfreignait les règles en rien : « J'ai un problème.

— Je m'en serais douté. »

Le gardien s'était éloigné. John résista à l'envie pressante de regarder par-dessus son épaule. Ben balisait le terrain derrière lui, tandis que John ouvrait l'œil sur tout ce qui bougeait dans le dos de Carver.

« Mon chéri, lui dit Ben, gardons à l'esprit que les murs ont des oreilles. »

Ou les tables, plutôt. John ne savait pas trop si c'était vrai ou non, mais tout le monde dans la prison croyait la salle des visites truffée de micros – sous les tables, et au-dessus de leurs têtes, à l'intérieur des tubes au néon. Les caméras étaient assez repérables, elles balayaient le local, elles zoomaient sur les visiteurs suspects. Même un prêtre, on ne pouvait pas s'y fier, ici.

A voix basse, il lui raconta la télévision, le rapport de solvabilité, le bureau de poste. Il lui raconta, pour l'homme au parapluie, en veillant bien à ne pas lui révéler son nom, parce qu'on ne savait jamais, s'il y avait du vrai dans toutes ces rumeurs.

« Je vois », lâcha Ben, quand il eut terminé.

John se redressa un peu sur sa chaise.

« Qu'est-ce que je dois faire ? »

Ben joignit ses lèvres pleines, et il posa le doigt là où la chair était brûlée d'un point noir.

« La question, mon joli, n'est pas du genre facile.

— Il est en train de m'entuber, souligna-t-il. Non ? ajouta-t-il, parce qu'il n'en était pas si sûr.

— Oh, et comment ! acquiesça l'autre. Aucun autre motif ne saurait expliquer ce type de comportement. Aucun autre motif.

— Il se sert de moi comme d'une couverture.

— Il est train de t'embarquer dans un coup tordu, mon joli. »

John secoua la tête, et se pencha de nouveau vers lui.

« Ça n'a aucun sens. Ça a commencé il y a six ans. Il y a six ans, j'étais ici. C'est un alibi en béton.

— C'est vrai, c'est vrai, admit Carver, en se tapotant de nouveau la lèvre de l'index. Il savait que tu allais sortir d'ici? »

John haussa les épaules.

« Il a pu l'apprendre.

— Mais est-ce qu'il était au courant? insista l'autre. Je dois dire, mon chéri, que même moi, ça m'a surpris, quand tu t'es exprimé avec tant d'éloquence devant la commission de probation, pour ta liberté conditionnelle. Quel beau parleur... »

John opina. Il s'était surpris lui-même.

« On va raisonner avec des “si”, suggéra Ben. Et si ton ami était parti du principe que tu allais pourrir ici, dans notre petite Maison des Fèces.

— D'accord.

— Et si, à son grand étonnement, il avait découvert que notre petit garçon chéri était sorti?

— Ouais?

— Et s'il s'était senti menacé par ton retour? » Ben se pencha plus près. « Il mijote quelque chose, c'est évident.

— Oui, acquiesça John.

— Et il n'a pas envie que tu viennes te mêler de ses petits à-côtés, juste?

— Exact.

— Alors, qu'est-ce qu'il fait? »

Les deux hommes se turent, ils tâchaient de réfléchir à l'étape suivante.

« Je n'en sais rien, admit John, contrarié. Il faut que je le trouve, lui.

— Tu as essayé par tous les circuits les plus évidents?

— Ouais. » Il avait consulté l'annuaire du téléphone, mais le type n'y figurait pas. Il avait même essayé l'ordinateur de la bibliothèque, et il s'était senti comme un idiot, à suivre les instructions imprimées pour lancer une recherche par Internet. Rien. « J'ai besoin de savoir ce qu'il prépare. »

Ben tripota la cartouche de cigarettes, il gratta l'arête de l'emballage. John allait manquer de temps, il le savait.

« Bien entendu, pour t'obtenir l'adresse actuelle de ce mec, je pourrais me servir des contacts de ma vie antérieure.

— Tu as encore du monde ? » John n'en revenait pas que Ben évoque le fait ici, dans un endroit où il risquait d'être écouté. A l'époque du procès Carver, des « sources proches de l'enquête » avaient prétendu qu'il avait utilisé le service de courrier inter-entreprises de la poste pour expédier quelques-uns de ses souvenirs à des camarades fétichistes.

Ben se fendit d'un grand sourire.

« Qu'il pleuve, qu'il grêle ou qu'il neige... mais il va quand même falloir que tu me fournisses quelques informations indispensables. »

Le nom. Il avait besoin du nom. John jeta un coup d'œil circulaire, ouvrit la bouche, mais...

« Chut, chut », le prévint l'autre.

Un surveillant passait à leur hauteur, juste en face de leur table. Les deux hommes retombèrent dans le silence, et John contempla fixement ses mains, s'interrogeant sur la logique qu'il y avait à venir ici. A qui d'autre pourrait-il parler ? Il ne pouvait pas mêler Joyce à tout ceci. Les seules personnes qu'il connaissait étaient des criminels condamnés et des tapineuses.

Le surveillant continua sa ronde et Ben tira une drôle de tête. A bien des égards, cet homme avait été un père, pour John. Comment en était-on arrivé là ? Comment quelqu'un d'aussi mauvais, d'aussi absolument dépourvu de qualités susceptibles de racheter ses défauts, pouvait-il être son ami ?

Il n'y avait aucune explication à cela, si ce n'est que Ben les considérait comme étant du même acabit, John et lui.

« Je vais te dire, fit Ben. J'ai une voiture.

— Quoi ?

— Elle est dans la baraque de ma mère. Je vais l'appeler, dès aujourd'hui, et la prévenir qu'un ami viendra me l'emprunter. »

A ce jeu, Ben était plus culotté que lui. John y allait étape par étape, sans anticiper les choses jusqu'à leur terme. Et donc, s'il trouvait l'adresse du type ? Il n'allait tout de même pas pouvoir le suivre partout en bus MARTA.

« Elle marche encore ? s'enquit-il.

— Ma mère la conduisait jusqu'à l'église tous les dimanches, mais maintenant, c'est son chevalier servant, M. Propson, un gentleman, qui l'emmène. Beulah Carver. J'ose affirmer qu'il y en a pas deux comme elle dans l'annuaire. Elle te donnera la clef, mais tu ne lui raconteras pas d'où tu me connais.

— Tu es en prison depuis presque trente ans. Tu ne crois pas qu'elle va piger?

— J'ai conservé des tétons de mecs dans son frigo pendant trois ans, et je lui racontais que c'étaient des traitements phyto contre l'alopécie. Qu'est-ce que tu crois? »

John ne put que s'incliner.

« OK. » Les yeux de Ben filèrent derrière lui, quelque part au-dessus de son épaule, et il lui parla, très vite, abandonnant son numéro l'espace d'un instant. « Il faut le suivre, fit-il. Suivre ce gaillard et découvrir ce qu'il fabrique, repérer où il va. Rien n'arrive sans raison. Rien. » Il se leva, car un autre surveillant s'approchait. « Et maintenant, file, mon joli, et merci pour ce charmant cadeau. Il tapota la cartouche de Camel. »

A son tour, John se leva.

« Ben...

— Vas-y », insista l'autre, en lui étreignant les épaules, en le serrant contre lui, très fort.

Les gardiens convergèrent sur eux en masse – le contact physique était strictement interdit –, mais Ben tint bon, et ses lèvres mouillées effleurèrent la peau de John, juste au-dessous de l'oreille. Quand ils lui firent lâcher prise, il rigolait comme une hyène, mais il eut la présence d'esprit de se cramponner à la cartouche.

« Au revoir, mon gentil garçon! » s'exclama Carver, tandis qu'ils le traînaient vers la porte.

John lui répondit de la main, et il résista à l'envie pressante d'essuyer la salive de Ben, jusqu'à ce qu'il soit hors de sa vue.

Au bout d'environ cinq années de détention, John avait demandé à Ben pourquoi ce type, qui était son aîné, ne lui faisait jamais d'avances, ne tentait jamais rien avec lui. John avait déjà grandi, à l'époque. Ainsi que sa mère l'avait toujours prédit, il avait fini par avoir une carrure proportionnée à ses mains et à ses pieds. Les poids, au gymnase, l'avaient étoffé, et il avait assez de poils sur le corps pour réchauffer un ours polaire.

Ben lui avait répondu avec un haussement d'épaules.

« Dans le travail, je couche jamais.

— Non, avait protesté John, et il n'en démordait pas, il refusait de le laisser s'en tirer par un sarcasme, une réponse qui n'en était pas une. Dis-moi. Je veux savoir. »

Ben était occupé à remplir une grille de mots croisés et au début ça l'avait agacé, mais ensuite, voyant que John était sérieux, il avait mis sa feuille de côté.

« Ce serait pas amusant, lui avait enfin avoué Carver. Ce qui me plaît, c'est le numéro de séduc, mon garçon. Moi, je suis un acteur sur scène, et toi... » Il lui lâcha son sourire mouillé. « Toi, tu es un péquenaud. »

Enfin, pour cette fois-ci, le péquenaud ne s'en était pas trop mal sorti. Profitant des quelques secondes où le visage de Ben était venu se plaquer contre le sien, il avait été en mesure de lui souffler tout ce qu'il avait besoin de savoir.

Chapitre quatorze

APRÈS LE RETOUR du jury et l'énoncé de la sentence, John avait été reconduit dans sa cellule de la prison du comté. Ils lui avaient laissé les menottes, mais lui avaient retiré sa ceinture et les lacets de ses souliers, qu'il n'aille pas commettre de bêtise. Une précaution bien inutile. Il était trop abasourdi pour faire un geste, et à plus forte raison pour imaginer un moyen de se suicider, dans sa minuscule cellule d'un mètre cinquante sur deux mètres quarante.

La perpétuité, assortie d'une peine de sûreté de vingt-deux ans. Avant d'être éligible pour une demande de liberté conditionnelle, il aurait trente ans. Il serait un vieil homme.

« C'est bien », avait dit sa mère, les larmes aux yeux. Elle n'avait pas beaucoup pleuré, après son arrestation, mais maintenant elle laissait couler ses larmes. « C'est bien, mon bébé. »

Elle voulait dire que c'était bien car il avait évité la peine de mort. Un adolescent de quatorze ans, dans le Massachusetts, venait d'accéder aux gros titres de la presse nationale pour avoir frappé à mort un autre jeune de quatorze ans à coups de batte de base-ball. Au Texas, un autre, âgé de vingt-huit ans, avait récemment été exécuté pour un crime commis à l'âge de dix-sept ans. Les délinquants juvéniles n'avaient plus rien d'une nouveauté. A l'heure qu'il était, John aurait pu être en route pour le couloir de la mort, au lieu de se retrouver confronté à la perspective d'une vie entière derrière les barreaux.

« Nous pouvons faire appel. Ce ne sera pas long, avait soutenu sa mère. Nous allons faire appel. »

Derrière elle, sa tante Lydia paraissait dubitative. Plus tard, il apprendrait qu'à part un juré, père de trois garçons, dont un du même âge que John, tout le monde avait voté en faveur de la mort. Le reste des membres du jury avait jeté un œil à John, puis aux agrandissements du corps mutilé de Mary Alice, et ils n'avaient eu qu'une envie, qu'il meure à son tour.

En cellule de détention provisoire, il n'avait pas cessé de revenir, encore et encore, sur tout ce qui s'était raconté à son sujet dans le courant du procès. Le psychologue assermenté de l'Etat lui avait semblé assez gentil, lors de leur entretien, quelques mois auparavant, mais au moment du procès, il avait déclaré devant le tribunal au grand complet que John était à l'évidence un psychopathe délirant, un tueur de sang-froid qui ne manifestait aucun remords. Ensuite, durant la phase de condamnation, il y avait eu les gamins du lycée venus expliquer à la barre quelle fille bien était Mary Alice, et quel horrible individu avait toujours été John Shelley. Le directeur, Binder, l'entraîneur, McCollough... tous, ils avaient parlé de lui comme s'il s'agissait de Charles Manson.

Qui était cet individu dont ils parlaient ? John ne le reconnaissait pas. La moitié de ces gamins ne lui avaient même pas adressé deux mots au cours de ces trois dernières années, mais maintenant ils se comportaient comme s'ils savaient tout de lui. Il y avait eu cette rupture, quand ils étaient passés de l'école élémentaire au premier cycle du secondaire, et toute la petite clique qui avait la cote avait délaissé John. S'il n'y avait eu le sport, il serait devenu une espèce de demeuré qu'on aurait planté là, en le laissant se dépatouiller. Quand il s'était fait virer de l'équipe de football, aucun d'eux n'osait même croiser son regard dans le couloir. Et maintenant, selon ces « amis », John était une sorte de... monstre.

Il avait observé fixement le sol en béton de sa cellule, suivi les fissures qui se propageaient, comme un chiromancien s'efforçant de lire dans son avenir. Quand il avait relevé les yeux, Paul Finney se tenait là, debout, de l'autre côté des barreaux.

Le père de Mary Alice souriait.

« Amuse-toi, maintenant, espèce de petite merde, avait-il lancé à John. Parce qu'à partir de maintenant, ça ne risque pas de s'arranger. »

John n'avait pas répondu. Que lui aurait-il dit ?

M. Finney s'était penché plus près, les mains agrippées aux barreaux.

« Pense à ce que tu lui as infligé, lui avait-il chuchoté. Pense à elle, et gare à ton cul, quand tu te baisseras dans la douche. »

John n'avait pas compris l'allusion. Il avait seize ans. Même si M. Finney lui avait explicité la chose avec force détails, il aurait sans doute secoué la tête, il n'y aurait pas cru, il aurait répondu que non, ce n'était pas possible.

Mais si, c'était possible.

Ils l'avaient gardé dans la prison du comté pour la soirée, et toutes les demi-heures des gardiens déambulaient à pas lents devant sa cellule, qu'il n'aille pas entortiller ses draps pour s'en faire un nœud coulant. La Prison Littorale de l'Etat était proche de l'océan Atlantique, à plusieurs centaines de kilomètres de là, dans une ville dont John n'avait jamais entendu parler. Concernant les visiteurs, la politique de la prison était stricte. Avant qu'on n'autorise sa mère à venir le voir, il allait devoir attendre un mois. Ils présentaient cela comme une période d'acclimatation, le temps de permettre au prisonnier de s'habituer à son environnement et de s'assurer qu'il mérite le privilège de recevoir un invité. La plus longue période qu'il ait vécue sans voir sa famille, c'était une semaine fériée qu'il avait passée à Gatlinburg, dans le Tennessee.

Ils l'avaient réveillé à l'aube pour prendre de l'avance sur la circulation de l'heure de pointe, et il s'était avancé en traînant les semelles vers le bus de transfert de la prison, les pieds enchaînés, les mains entravées par des bracelets. Il avait les poignets si minces qu'ils avaient dû emprunter des menottes de plus petite taille à la prison des femmes. Il avait toujours été maigre comme un clou, et ses côtes étaient clairement visibles, sous le sweat-shirt orange trop ample qu'il portait.

Il y avait d'autres hommes dans ce bus et, quand John était

monté, il y avait eu des sifflets et des huées. Il avait souri, il avait pris cela comme une sorte de rite de passage.

« Sois fort, lui avait dit sa mère, en s'inspirant encore de *Kojak* pour jouer les dures. Ne te laisse pas entamer par eux et ne te fie à personne, pour rien. »

L'un des surveillants avait frappé de sa matraque sur la cage séparant le poste du conducteur des prisonniers. Et puis il lui avait pointé un siège juste derrière le chauffeur.

« Assis », avait-il ordonné à John.

Le bus n'était pas climatisé, et le trajet avait été cahoteux. Tout du long, les chaînes de John bringuebalaient avec un fracas métallique, comme celles du fantôme de Jacob Marley chez Dickens. Il jouait à des jeux dans sa tête, des jeux auxquels ils aimaient se livrer, Joyce et lui, quand ils partaient en vacances, en famille, en Floride. Combien de plaques immatriculées à l'extérieur d'Atlanta allaient-ils croiser? Combien de vaches y avait-il de ce côté de la route? Combien de l'autre côté?

Quand le convoi avait atteint la périphérie de Savannah, sa vessie était si pleine qu'il en avait les yeux mouillés de douleur. D'instinct, il avait compris que ce voyage s'effectuerait d'une traite, et il avait gardé les jambes serrées l'une contre l'autre, jusqu'à ce que le bus franchisse le premier portail de la prison, puis le deuxième, et le troisième.

Il s'était levé, la douleur dans sa vessie était cuisante, mais il était content d'avoir des chaînes aux chevilles, car cela lui fournissait une excuse pour maintenir les jambes jointes. Le gardien avait ouvert la marche vers le premier bâtiment, John en premier, le reste des prisonniers derrière lui, qui le dominaient de leur présence imposante. L'un des hommes était venu buter dans les talons de John, qui avait accéléré le pas, la vessie hurlant dans ses entrailles.

On les avait tous conduits vers des toilettes, avec une rangée d'urinoirs. Lentement, on avait libéré chaque homme de ses menottes, de ses chaînes. Mal à l'aise, il avait attendu qu'un autre y aille avant lui. Lorsqu'il avait descendu la main vers la braguette de sa combinaison de détenu, il avait senti les regards posés sur lui. Son uniforme était celui d'un homme adulte, donc l'entrejambe devait se trouver quelque part à hauteur de ses genoux. A bout de nerfs, il avait d'abord été incapable de se relâcher, mais il avait fini par libérer un mince jet d'urine.

« Ça ressemble à une petite saucisse de Vienne », avait commenté l'homme derrière lui. Il avait les yeux rivés sur le pénis de John. Il avait relevé le nez vers lui, et l'autre l'avait gratifié d'un sourire qui révélait une rangée de dents plantées de travers. « Rien qu'à mater, ça me donne faim. »

Le visage de John avait viré à l'écarlate. A cause de son âge, pendant son procès, à la prison du comté, on l'avait maintenu à l'isolement. Les gardiens l'avaient quand même fouillé plein de fois, mais jamais comme ceci. De sa vie entière, il ne s'était jamais trouvé nu devant une bande d'inconnus. En manipulant les boutons de sa combinaison, il s'était senti les mains engourdies, et il avait essayé de ne pas baisser les yeux sur ses voisins, mais évidemment, il était forcé de voir tout quand même. Ils étaient immenses – tous autant qu'ils étaient. Leurs corps étaient des corps d'hommes adultes, avec du poil jaillissant de partout. John avait la puberté tardive. Il se rasait une fois par semaine, à la rigueur, et encore, c'était plus parce qu'il prenait ses désirs pour des réalités que par véritable nécessité. Comparé à eux, il avait l'air d'une fille, d'une fillette effarouchée.

Everett avait entamé l'énoncé des articles du règlement, en dressant la liste de ce qu'ils avaient ou non le droit de faire. Pendant cette harangue, un autre surveillant marchait derrière les détenus, muni d'une lampe-torche, forçant chacun de ces hommes à se pencher en avant et à s'écarter l'anus, pour inspection. Un autre surveillant avait enfilé une paire de gants et leur avait fourré les doigts dans la bouche, en quête de contrebande ou d'armes. Un troisième s'était armé d'un tuyau d'arrosage et les avait lavés de la tête aux pieds, avant de leur vaporiser une poudre pour éliminer les poux éventuels.

Chacun s'était vu remettre un pantalon blanc et un tee-shirt blanc. John avait hérité d'une chemise de très petite taille, mais son pantalon était assez grand pour habiller un éléphant. En marchant, il était obligé de le maintenir à la taille, en portant son oreiller et ses draps de l'autre main, avec le maigre nécessaire de toilette qui leur avait été attribué posé dessus, en équilibre.

Il se déplaçait comme dans un brouillard, en regardant droit devant lui, et en tâchant de ne pas vomir.

« Shelley », s'était écrié Everett. Il tenait sa matraque plaquée contre la paroi extérieure d'une porte de cellule ouverte. « Là-dedans. »

Il était entré dans la cellule. Elle empestait l'urine et la merde, à cause du seau de toilette en acier, dans le coin. L'évier fixé contre le mur avait été blanc, à un certain stade de son existence, mais avec la rouille et la crasse, il avait viré au gris sale. Il y avait un bureau, sur la gauche, deux couchettes superposées, sur la droite. Rien qu'en se tenant au milieu de la cellule et en tendant les bras, on pouvait toucher les murs de part et d'autre. Un type qui paraissait avoir vingt-cinq ans était allongé sur la couchette du haut, et il s'était retourné pour regarder John, avec le sourire.

« Toi, c'est en bas », lui avait-il indiqué.

Il y avait encore eu d'autres sifflements admiratifs, comme si on sifflait une fille, mais Everett était déjà passé à la cellule suivante, qu'il attribuait à un autre prisonnier.

« Zebra, avait fait le type, et John avait deviné qu'il s'agissait de son nom.

— John.

— Tu as quel âge ?

— Seize ans. »

Zebra lui avait souri. Il avait les dents noires et blanches, rayées comme un zèbre.

« Ça te plaît ? lui avait-il demandé, en désignant sa dentition. On peut te bricoler les tiennes pareil. T'as envie ? »

John avait secoué la tête.

« Ma mère me tuerait. »

Zebra avait éclaté de rire. Un bruit saisissant, dans cette construction de béton. « Va faire ton lit, Johnny. Ça te plaît qu'on t'appelle Johnny ? C'est comme ça qu'elle t'appelle, ta maman ?

— Pas vraiment », avait-il répondu.

Pas depuis qu'il n'était plus un bébé, en tout cas.

« Tu vas être bien, ici, Johnny », lui avait promis l'autre, et sa main était venue ébouriffer les cheveux de John, si brutalement qu'il avait dû se pencher de côté.

Zebra avait ri sous cape.

« Je vais prendre soin de toi, garçon. »

Et il avait tenu parole.

Après l'extinction des feux, tous les soirs, réglé comme une horloge, Zebra descendait sur la couchette du bas, enfonçait le visage de John dans l'oreiller, et le violait avec une telle bestialité que le lendemain, quand il s'asseyait sur le seau des toilettes, il lui sortait du sang. Ses pleurs n'arrêtaient pas Zebra. S'il criait, il le défonçait encore plus fort. A la fin de la première semaine, John pouvait à peine se tenir debout.

Zebra était un prédateur. Dans la prison, tout le monde le savait, du directeur aux gardiens, et jusqu'aux types qui ramassaient les ordures. Cette première semaine, il avait gardé John pour lui, mais ensuite il s'était mis à l'échanger avec d'autres hommes contre des cigarettes et de la contrebande. Trois semaines plus tard, John était à l'hôpital de la prison, le trou du cul déchiqueté, les yeux fermés, gonflés à force d'avoir pleuré.

Ce fut la première des deux visites que Richard Shelley avait rendue à son fils.

C'était le garde nommé Everett, que John n'avait pas revu depuis sa première journée de détention, qui l'avait conduit jusqu'à l'hôpital.

« Le voici, avait dit Everett à Richard, en reculant contre le mur, pour laisser un peu de place à son père. Vous avez dix minutes. »

Richard était resté debout au pied du lit de John. Il s'était contenté de le fixer, un long moment, sans prononcer un mot.

John avait soutenu son regard, se sentant à la fois soulagé et honteux. Il avait envie de tendre la main à son papa, de lui dire qu'il l'aimait et qu'il était désolé de tout ce qu'il avait fait, et que Richard avait raison, il n'était bon à rien. Il ne méritait rien de ce que son père avait à lui offrir, mais il en avait envie, il en avait besoin, si fort qu'il se sentait le cœur en feu.

Richard avait pris la parole, non sans mal.

« Tu souffres ? »

Il n'avait pu que hocher la tête.

« Bon, avait lâché son père, comme si une certaine justice était rendue. Maintenant, tu sais ce qu'a pu éprouver Mary Alice. »

Chapitre quinze

25 octobre 2005

JOHN N'AVAIT aucune envie de repenser à sa première nuit en prison, mais elle n'arrêtait pas de lui revenir en tête, comme un cauchemar éveillé. Quelqu'un marchait derrière lui, au travail, et il sursautait. Un grand bruit, dans la rue, et il en avait le cœur qui remontait au fond de la gorge. Il se penchait pour prendre une éponge dans le seau, faire un peu briller les roues d'un camion ou d'une berline, et il en avait la cervelle inondée.

Après que Zebra l'avait refilé à droite à gauche, John avait passé un mois entier dans l'aile de l'hôpital de la Littorale, pour réapprendre à chier. Quand il en était ressorti, il s'était aperçu qu'on l'avait transféré en quartier de détention préventive, avec tous les délinquants sexuels graves. Peut-être avaient-ils calculé qu'avec lui, Ben Carver s'en donnerait à cœur joie, en achevant la besogne entamé par Zebra, mais le vieux avait jeté un regard sur ce garçon maigrichon de seize ans, avant de clamer sa déception. « Une brunette ! J'avais demandé une blonde ! »

John ignorait qui était responsable de son transfert en préventive, mais de toute manière, même s'il l'avait appris, il n'aurait pas su comment le remercier. Il pensait parfois que c'était Everett, le gardien, mais ensuite, il lui arrivait d'être allongé sur sa couchette, la nuit, et de laisser son esprit jouer jusqu'au bout avec cette histoire fantasmatique, où son père volait à son secours. Richard qui entrait en trombe dans le bureau du directeur. Richard qui écrivait une lettre furibonde au sénateur de son Etat. Richard qui exigeait un traitement équitable pour son fils.

John riait encore de ces rêves bien sots de garçonnet, lorsqu'il pointa à la sortie de sa journée à la station de lavage. Il inséra sa carte, et attendit le chuintement métallique et sonore de la machine. Depuis plusieurs semaines, le temps était au beau, et les clients qui avaient profité des vacances pour sortir faire les courses apportaient leurs voitures à laver. John n'avait pas eu le temps d'aller chercher la voiture à la maison de la mère de Ben avant l'après-midi de la veille. A la mort de Mary Alice, il préparait son permis spécial d'apprenti conducteur, mais c'était il y a longtemps, et rien qu'à la perspective de se retrouver au volant, il avait sué comme une putain à la messe du dimanche. S'il se faisait arrêter en voiture, Martha Lam le renverrait en prison aussi sec. Certes, même s'il ne se servait pas de cette voiture, c'était quand même là-bas qu'il risquait de finir.

Au téléphone, la vieille mère de Ben s'était montrée ouverte et amicale : « Ravie de bavarder avec un ami de Ben. » Quand il lui avait posé la question, elle lui avait certifié que l'assurance du véhicule était payée. Mme Carver lui avait également expliqué que M. Propson la conduisait à une fête paroissiale à Warm Springs, dimanche, mais pourrait-il avoir l'amabilité de penser à rapporter le véhicule avec un plein d'essence. John avait acquiescé à tout, mais elle l'avait retenu au bout du fil encore un quart d'heure, pour lui parler de sa sciatique. Les grands-parents de John, des deux côtés, étaient morts pendant qu'il était en prison, et aucun d'eux ne s'était donné la peine de venir lui rendre visite. Il avait écouté attentivement les malheurs de Beulah Carver, en prenant soin de ponctuer par les bonnes onomatopées au bon moment, jusqu'à ce que le pédophile de l'autre bout du couloir lui lance un regard furieux et exige de pouvoir se servir du téléphone.

John avait trouvé la Ford Fairlane bleu nuit garée sous l'auvent, comme promis. La clef était glissée dans le pare-soleil, avec la vignette et la carte d'assurance. En cet instant, ce qui lui importait le plus, c'était qu'elle ait démarré à la première tentative. Il avait mis la voiture en prise et roulé jusqu'à la chaussée, le pied hésitant entre l'accélérateur et le frein, et il s'était exercé dans la rue étroite qui passait devant la maison de Mme Carver, qu'il avait prise dans un sens, puis dans l'autre. Dieu soit loué, ce n'était pas une transmission mécanique, sans quoi il aurait laissé la Ford là où il l'avait trouvée. Il avait consacré le plus clair de son après-midi à comprendre comment conduire cet engin et, quand il s'était engagé sur la nationale à deux voies, ses mains lui faisaient mal, à force de s'être cramponné au volant.

Il en était capable, se répétait-il sans arrêt, les dents serrées, en roulant sur l'autoroute I-20 en direction d'Atlanta. Il suffisait de donner l'impression d'être à son affaire. Pas trop lent, pas trop rapide, en toute confiance, le bras accoudé à la fenêtre. Les flics ne recherchaient rien d'autre : le type à l'air coupable. Là, leur petit radar de flic se déclenchait, et ils vous sentaient émettre de l'indécision, c'était comme une impulsion électrique.

En montant dans la Fairlane, vers minuit, la veille, il s'était dit qu'il allait prendre le temps de s'exercer encore un peu. Comme la voiture avait fini stationnée en face du magasin de vins et spiritueux de Cheshire Bridge Road, il n'avait pu s'illusionner longtemps. Il avait attendu une demi-heure, mais à l'évidence, ce soir, Robin ne bossait pas. En roulant vers chez lui, il s'était dit que s'il possédait une queue, il l'aurait entre les jambes.

Comme l'essence était un autre luxe qu'il ne pouvait guère se permettre, il quitta la station de lavage à pied, remonta Piedmont, traversa au carrefour de Cheshire Bridge. Au début, il s'inventa qu'il était parti se balader, mais ensuite il jugea cette forme de dérobade somme toute aussi stupide que ce qu'il avait prévu de faire plus tard dans la soirée. Ben avait fini par prendre contact avec lui. John avait reçu deux cartes postales dans sa boîte, cette semaine – le premier courrier qu'il ait jamais reçu à l'asile de nuit. La première portait un tampon de l'Alabama et reprenait une liste de numéros : 185430032. La seconde venait de Floride, et portait ces mots : *En route pour Piney Grove. On se revoit à notre retour !!!*

Il détestait les rébus, mais il en savait assez pour retourner à la bibliothèque se rasseoir devant l'annuaire des rues. Au bout de deux heures, le regard perdu dans le vague, vers la fenêtre, il avait compris. 30032, c'était le code postal d'Avondale Estates. 1854 Piney Grove Circle longeait Memorial Drive, à la limite de Decatur.

« Hé, bébé ! »

Les putes étaient de sortie, devant le marchand d'alcools, y compris la vieille que John avait secourue à la station de lavage. Il faudrait sans doute qu'il retienne son nom, mais il savait que s'il l'apprenait, ça le rendrait triste. Lui attribuer un nom, cela signifiait qu'elle possédait une famille quelque part. A un certain stade, elle avait été gosse, elle était allée à l'école, elle avait eu des espoirs et des rêves. Et maintenant... rien.

« T'as envie d'un rancard ? » lui lança l'une des femmes.

Il secoua la tête, gardant ses distances.

« Je cherche Robin.

— Elle est au cinéma », lui répondit la tapineuse, avec un geste sec du menton, en direction du boulevard. « Ils passent *Star Wars*. Elle se figure que la dernière fois que tous ces gars là-bas dans la queue ont eu une chatte sous le nez, c'était le jour de leur naissance, quand ils en sont sortis. »

La plaisanterie fit rire les autres filles de bon cœur.

« Merci », leur lança John, avec un salut de la main au passage, avant qu'elles ne puissent lui déballer le reste de leur marchandise.

Le cinéma était assez loin de la boutique aux alcools, mais il avait du temps. Il se laissa aller, concentra son attention sur l'air qu'il respirait, et même sur les gaz des autres voitures. En prison, on ne pouvait pas. Il fallait se trouver d'autres moyens d'attraper le cancer du poumon.

Quand il atteignit le cinéma, il en avait mal aux jarrets. *Star Wars*. Il l'avait vu quand il était gamin, probablement six ou sept fois. Tous les week-ends, sa mère le conduisait en voiture au cinéma, avec ses amis, elle les déposait et elle revenait les chercher quelques heures plus tard. C'était avant les drogues, avant que John ne devienne branché. Il avait adoré ce film, il avait savouré cette évasion.

En prison, c'était Ben le responsable de tout ce qu'ils faisaient, et même en entrant dans l'âge adulte, John avait conservé cette relation telle quelle, car c'était commode. Le mauvais côté, c'était que toutes ses connaissances en matière de culture étaient celles d'un homme de trente ans son aîné. Il n'avait pas vu beaucoup de films ou d'émissions de télévision appartenant à ces deux dernières décennies. Dans son aile du bâtiment, personne ne se rendait dans le hall principal, le soir de la projection de cinéma, parce qu'ils n'étaient pas assez stupides pour se mêler au reste de la population carcérale. Doris Day, Frank Sinatra, Dean Martin – voilà les chanteurs que l'on entendait sans arrêt dans le petit transistor qu'Emily avait apporté à John, pour son premier Noël sous les verrous. Gamin, la musique était si importante à ses yeux, la musique, la bande sonore de son existence désaffectée. Et maintenant, il aurait été incapable de nommer une chanson à succès du moment, même si on lui avait braqué un pistolet sur la tempe.

John s'était déjà persuadé que Robin ne serait pas au cinéma, et il fut donc stupéfait quand il lui rentra presque dedans en tournant au coin de l'avenue.

« Qu'est-ce que tu fabriques ici ? lui demanda-t-elle, l'air d'abord ravi, trouva-t-il, et puis plus tendu.

— Les filles m'ont dit que vous étiez ici. » Il vit une file de jeunes messieurs serpenter autour du bâtiment. « Soirée chargée ?

— Nan. » Elle expédia la question d'un revers de main. « Les pauvres enfoirés, ils veulent d'abord voir le film. Je crois que je vais revenir plus tard.

— Il dure combien de temps, le film ?

— Oh, flûte, j'en sais rien, moi. » Elle repartit en direction du magasin de vins et spiritueux, et il la suivit. Elle se retourna, étonnée. « Qu'est-ce que tu fabriques ?

— Je pensais vous raccompagner.

— Ecoute voir. On n'est pas dans *Pretty Woman*. Et toi, t'es pas Richard Gere, ça, c'est clair », ajouta-t-elle.

Il ne comprenait rien à ce qu'elle lui racontait. Le seul film avec Richard Gere qu'ils aient vu, en prison, c'était *Sommersby*, et encore, uniquement parce qu'il y avait un personnage de gamin.

Elle mit les choses au net.

« On va pas tomber amoureux, on va pas se marier et on va pas faire de bébés, d'accord ? »

Il n'y avait pas pensé, mais peut-être avait-il eu cette intention, quelque part, en effet.

« Je voulais juste vous signaler que je ne vous reverrai plus, lui annonça-t-il.

— Tu ne m'as vue qu'une seule fois, pauvre cloche.

— Je sais », dit-il. Elle se remit en route, et il la suivit. « Je vous en prie, arrêtez-vous. Ecoutez-moi. »

Elle croisa les bras.

« Très bien. Vas-y.

— J'ai juste... » Bon Dieu, maintenant qu'elle l'écoutait, il ne savait plus quoi lui dire. « J'ai repensé à vous, lui avoua-t-il. Pas sur un plan sexuel. » Son visage devait exprimer le contraire, car elle leva les yeux au ciel. « D'accord, peut-être aussi sur ce plan-là, admit-il.

— A moins que tu ne sois ici pour me payer ta petite giclée de bonheur ado, va falloir que je retourne au taf.

— Ce n'est pas ça, se défendit-il. Je vous en prie. »

Elle se remit en route et John vint se poster devant elle, en avançant à reculons, parce qu'il savait qu'elle ne s'arrêterait pas.

« Je suis mêlé dans une histoire, lui confia-t-il.

— Les bras m'en tombent.

— J'ai fait de la prison.

— Et c'est censé m'étonner ?

— Je vous en prie », implora-t-il. Il cessa de marcher et elle l'imita. « Je n'ai aucune envie d'être embarqué dans cette histoire, mais je suis dedans. Il faut que je me défende. Je n'ai pas envie de retourner en prison.

— Quelqu'un te fait du chantage ? »

Il réfléchit à la question.

« Ça se pourrait, dit-il. Je ne sais pas.

— Va trouver les flics. »

Il savait qu'elle ne parlait pas sérieusement.

« Je voulais juste vous voir, pour vous signaler que je ne pourrais plus vous revoir. Après ce soir, je veux dire. » Il marqua un temps de silence, il essaya de raisonner. « Je n'ai pas envie que vous soyez embringuée là-dedans, voilà ce que je voulais vous dire. Ce type, il est mauvais. Il est vraiment mauvais, et je n'ai pas envie qu'on vous fasse du mal.

— Là, tu me fous la frousse », lâcha Robin, sur un ton d'un tel ennui qu'il contredisait cet aveu. « Qui est-ce qui chercherait à me faire du mal ?

— Personne, s'écria-t-il. Il ne sait même pas que vous existez. » Il se frotta le visage des deux mains, en laissant échapper une sorte de gémissement. « Pour vous, tout ça ne signifie rien, souffla-t-il. Je suis désolé de vous avoir embêté avec cette salade. Je voulais juste vous revoir, une dernière fois.

— Pourquoi ?

— A cause de ce que vous m'avez raconté, à propos de votre premier baiser. Je voulais juste... » Il essaya de sourire. « Au lycée, j'étais un vrai paumé. Les filles n'en avaient franchement rien à fiche de moi.

— J'ai une info pour toi, jeunot. Elles ont franchement pas changé. »

Les mots étaient tranchants, mais au ton de sa voix il comprit qu'elle le taquinait.

« Je suis allé en prison vraiment jeune. J'y suis resté vingt ans.

— Et je suis censée me sentir désolée pour toi ? »

Il secoua la tête. Il avait depuis longtemps cessé d'attendre des gens qu'ils se sentent désolés pour lui.

« Je veux vous remercier de m'avoir raconté cette histoire au sujet de Stewie et tout. J'y ai beaucoup repensé, et c'est vraiment une jolie histoire. »

Elle se mordilla la lèvre inférieure, ses yeux cherchant les siens.

« Très bien. Voilà, tu me l'as dit.

— Et je... » Sa voix resta en suspens. Tous ces mots, il se les était répétés des centaines de fois, au travail, mais là, maintenant, rien ne lui venait.

« Tu quoi ? le relança-t-elle. Tu veux me baiser ?

— Ouais. Il ne pouvait pas mentir. Ouais, j'ai vraiment envie.

— Eh ben, merde, tu aurais pu m'éviter de perdre mon temps, bordel, en commençant par ça. » Elle repartit en direction du boulevard. « C'est dix pour la chambre, trente pour un moit' – moit'. Rien par l'entrée des artistes, et pas de coups, sinon, ta queue de merde, je te l'arrache. »

Elle s'était déjà éloignée d'une bonne dizaine de pas, avant de s'apercevoir qu'il ne la suivait pas.

« Qu'est-ce qui te prend, bordel ?

— Merci, répéta-t-il. Au revoir. »

Chapitre seize

« REGARDE-MOI », lui avait dit sa mère, en se penchant au-dessus de la table, dans la salle des visites. C'était la première fois qu'il la revoyait depuis son arrivée à la Littorale, et ils n'avaient parlé ni l'un ni l'autre de Zebra, de l'hôpital ou du fait que, pour lui causer, John était obligé de s'asseoir sur un coussin gonflable.

« Tu ne vas pas perdre ton temps ici, lui avait-elle affirmé. Tu vas faire quelque chose de ta vie. »

Il était assis là, en pleurs, de grosses larmes qui roulaient sur ses joues, et la poitrine secouée de sanglots, qu'il s'efforçait de refouler.

« Tu n'es plus un petit garçon, John. Tu es un homme, tu es fort. Tu vas survivre à tout ça. Tu finiras bien par sortir. »

Emily plaçait encore certains espoirs dans la procédure d'appel. Elle croyait dans le système judiciaire, elle ne pensait pas que les pères fondateurs de l'Amérique aient prévu cette sorte de traitement pour un garçon de seize ans.

« Je t'ai trouvé ça », avait-elle repris, en désignant les manuels qu'elle avait apportés avec elle. Maths et sciences, ses deux matières préférées, quand le lycée lui plaisait encore vraiment.

« Tu peux toujours décrocher ton diplôme d'études secondaires, en candidat libre. »

Il la dévisageait, le regard vide. Il portait une couche pour adulte, parce qu'il fallait absorber le pus qui lui suintait du cul, et sa mère s'inquiétait de son diplôme de fin d'études.

« Tu en auras besoin pour t'inscrire à la faculté, quand tu seras sorti d'ici. »

L'éducation. Emily avait toujours souligné que l'éducation était la seule chose susceptible de réellement vous enrichir l'existence. Aussi loin qu'il se souvienne, sa mère avait toujours eu un livre en cours, un article qu'elle découpait dans le journal ou un magazine, qu'elle trouvait intéressant et qu'elle avait envie de garder en mémoire.

« Est-ce que tu m'écoutes, Jonathan ? »

Il ne parvenait même pas à hocher la tête.

« Tu vas obtenir ton diplôme, et ensuite tu entreras à l'université, d'accord ? » Elle avait saisi ses mains dans les siennes. Il avait encore les poignets couverts de bleus, c'était par là que les hommes l'avaient maintenu en place. L'un des surveillants s'était avancé, mais sans les séparer.

« Ici, tu ne vas pas capituler », lui avait-elle dit, sans relâcher sa poigne, comme si elle avait pu faire pénétrer de force une part de sa solidité en lui, le soulager de sa souffrance pour l'endosser à sa place. Elle avait toujours affirmé qu'elle préférerait souffrir plutôt que de voir ses enfants avoir de la peine et, pour la première fois, John constatait que c'était la vérité. Si cela avait été en son pouvoir, Emily aurait échangé sa place avec lui, tout de suite. Et il l'aurait laissée faire.

« Tu m'as comprise, Jonathan ? Ici, tu ne vas pas capituler. »

Il n'avait plus adressé la parole à personne depuis quatre semaines et demie. Le goût de sa propre merde et du foutre d'autres hommes lui restait encore coincé dans le fond de la gorge, aussi épais que de la mélasse. Il craignait d'ouvrir la bouche, il craignait que sa mère ne sente cette odeur sur lui et ne sache ce qu'il avait fait.

« Dis-moi, John, avait-elle continué. Dis-moi que tu vas y arriver, pour moi. »

Ses lèvres restaient collées, gercées, sanglantes. Il avait gardé les dents serrées, les yeux fixés sur ses mains.

« Oui. »

Deux semaines plus tard, elle lui avait demandé s'il avait étudié. Il lui avait menti, lui avait répondu que oui. John était en cellule avec Ben, à ce moment-là, il ne dormait pas, la nuit, parce qu'il n'avait qu'une terreur, qu'en réalité le vieil homme n'attende son heure, qu'il se prête à une espèce de jeu, en guettant le moment idéal pour passer à l'acte.

« Mon chou, lui avait finalement déclaré Carver. Si tu te figures que tu es mon type, tu te flattes. »

A bien y repenser, John était pourtant son type : jeune, brun, mince, hétéro. Quoi qu'il en soit, Ben n'avait jamais franchi cette limite, et John ne l'avait réellement vu en colère qu'à deux reprises. La toute dernière, c'était quand il avait vu les avions s'écraser sur le Pentagone et les tours du World Trade. Pendant plusieurs jours, Ben était trop furibond pour parler. Et la première fois qu'il avait manifesté sa colère, cela remontait à des années auparavant, quand il avait chopé John avec de la drogue.

« Tu ne vas pas tomber là-dedans, mon garçon, l'avait-il prévenu, la main agrippée au poignet de John, si fort qu'il avait senti ses os sur le point de se briser. Tu m'entends ? »

John l'avait regardé dans les yeux, il savait que le dernier homme à avoir vu Ben Carver dans une colère pareille avait fini nu, sur le ventre, flottant dans une mare, devant une église abandonnée.

« Je les lâche sur toi, fiston. Comme une meute de chacals. Tu m'as compris ? »

L'aile de détention préventive comptait dix cellules, avec deux hommes dans chaque. Six d'entre eux étaient des pédophiles. Deux aimaient les filles, quatre autres chassaient les jeunes garçons. La nuit, John les entendait se branler, chuchoter son nom et décharger en gémissant.

« Oui, monsieur, lui avait répondu John. Je promets. »

Le reste des délinquants de l'aile de préventive était comme Ben. Dehors, ils choisissaient leurs proies parmi les adultes, donc, au milieu d'eux, John se sentait assez en sécurité. Mais le sexe, c'était le sexe et, à l'intérieur, les petits culs bien frais, vous vous les procuriez là où vous le pouviez. Par la suite, il avait découvert, par l'intermédiaire de Ben, que tous, à des périodes distinctes, lui avaient proposé divers trafics, pour essayer le nouveau garçon. L'étiquette de la prison stipulait qu'en tant que compagnons de cellule, la préséance revenait à Ben. A mesure que le temps passait, et Ben ne réclamant pas son dû, certains des gars avaient fini par s'énerver, mais tous, jusqu'au dernier, depuis les violeurs de bébé jusqu'aux tueurs d'enfants, tous, ils avaient peur de lui. Ils le considéraient comme une enflure, comme un malade.

Ces premières années de détention, John avait barré chaque jour de son calendrier d'un grand X, en décomptant ceux qui le séparaient de sa mise en liberté. Tante Lydia travaillait sur son affaire, elle s'efforçait de trouver tous les angles exploitables pour obtenir qu'il sorte. Les appels étaient tous rejetés, les uns après les autres. Par la suite, tante Lydia était arrivée un jour avec Emily, et elles lui avaient toutes deux annoncé que la Cour suprême de Géorgie avait refusé de statuer sur sa demande. Lydia avait été son grand défenseur, la seule autre personne, en dehors de sa mère, qui ait insisté pour porter l'affaire devant un tribunal, en refusant l'accord proposé par le ministère public.

L'expression de son visage était suffisamment éloquente. C'était le terminus. Il ne leur restait plus aucune autre option.

L'accord avancé par le procureur proposait quinze ans, sans liberté conditionnelle. Lydia lui avait déconseillé d'accepter, elle lui avait promis de lutter pour son innocence, elle y croyait jusque dans la moelle de ses os. Et maintenant, il avait devant lui vingt-deux années de peine de sûreté.

Tante Lydia était secouée de sanglots. C'était John qui avait fini par la consoler, tâchant de la réconforter par ses paroles, de l'absoudre de la culpabilité qu'elle éprouvait de n'avoir pu le sauver.

« C'est bon, lui avait-il dit. Tu as fait de ton mieux. Je te remercie d'avoir fait de ton mieux. »

A son retour en cellule, il s'était plongé dans la lecture du dernier numéro de *Popular Mechanics*. Il n'avait pas pleuré. A quoi cela servirait-il? Etaler ses émotions, pour qu'un de ces violeurs tueurs d'enfants, dans la cellule voisine, prenne son pied avec sa douleur? Non. A cette époque-là, John s'était déjà endurci. Ben lui avait montré les ficelles, comment se débrouiller en prison sans se prendre un coup de couteau ou se faire frapper à mort. Il ne frayait avec personne, ne regardait jamais personne dans les yeux et, en dehors de Carver, adressait rarement la parole à qui que ce soit d'autre.

En prison, il s'était aperçu qu'il était intelligent. Il n'était pas arrivé à ce constat par vanité. C'était plus une sorte d'épitaphe, d'oraison funèbre de la personne qu'il aurait pu être. Il comprenait les formules complexes, les équations mathématiques. Il aimait étudier. Parfois, il sentait presque son cerveau croître à l'intérieur de sa tête et, quand il résolvait un problème, intégrait un diagramme particulièrement difficile, le sentiment lui venait d'avoir remporté un marathon.

Et ensuite, la dépression finissait par s'installer. Son père ne s'était pas trompé. Ses professeurs ne s'étaient pas trompés. Son pasteur avait raison. Il aurait dû s'appliquer. Il aurait dû – il aurait pu – faire travailler sa cervelle et tirer quelque chose de son existence. Et maintenant, il avait quoi ? Qui se souciait de savoir si vous étiez le condamné pour meurtre le plus intelligent de la prison ?

Certaines nuits, John restait allongé, tout éveillé, sur sa couchette, et il pensait à son père, au dégoût de Richard cette unique fois où il était venu voir son fils en prison. Depuis son incarcération, John apprenait d'autres choses de la vie. Si mauvais que soit Richard, il n'avait jamais infligé à John le genre de souffrance qu'avaient subie certains de ses camarades codétenus. Son père avait pu manquer d'égards, mais il n'était pas cruel. Il ne l'avait jamais torturé. Il ne l'avait jamais frappé au point de le laisser avec un poumon effondré. Il n'avait jamais braqué un pistolet sur la tête de son fils en lui demandant de choisir entre se faire sucer par un vieux salaud pour que papa-gâteau puisse avoir son sachet de poudre, ou prendre une balle dans la cervelle.

Les années avaient passé, et John constata qu'il s'était adapté. Il réussissait à encaisser la prison. Il avait devant lui de longues journées qui traîneraient à n'en plus finir, mais il avait appris la patience, il avait acquis la capacité nécessaire pour encaisser une lourde peine en sécurité maximale. Pour lui, la possibilité d'une conditionnelle s'était présentée au bout de dix années derrière les barreaux, et ensuite, c'était tous les deux ans. Il était à une semaine de sa sixième audience devant la commission de probation, et à un an et demi du terme de ses vingt-deux ans, quand Richard était venu rendre visite à son fils pour la seconde et dernière fois.

John avait espéré voir Emily, en salle des visites, et il était resté le regard rivé sur le portique du détecteur, qu'il s'attendait à la voir franchir, quand Richard avait envahi tout son champ de vision.

« Papa ? »

A ce mot, Richard avait eu une moue de dégoût.

John l'avait à peine reconnu. Les cheveux de son père s'étaient transformés en tignasse blanche, encore épaisse et drue, en contraste saisissant avec son visage bien hâlé. Comme toujours, il était en forme, le corps entretenu. Son père considérait l'obésité comme un signe de paresse, et il était déjà un obsédé de la santé, longtemps avant que cela ne devienne une obsession du pays tout entier.

Emily avait divorcé de Richard un an après la condamnation de John, mais ils avaient cessé de vivre sous le même toit dès le jour de son arrestation. Richard n'avait pas assisté au procès, n'avait pas versé un cent pour la défense de son fils, avait refusé de témoigner en sa faveur.

« Tu es finalement arrivé à tes fins, lui avait-il lâché, sans s'asseoir à la table, mais dominant son fils de toute sa stature, ruisselant de désapprobation et de dégoût comme une averse d'été. Ta mère a un cancer du sein au stade terminal. Tu as fini par la tuer, elle aussi. »

Une semaine plus tard, John comparaissait devant la commission de probation, il avait regardé chacun de ses membres droit dans les yeux, chacun à son tour, pour leur déclarer qu'il avait enfin compris : il ne devait rendre personne responsable de son incarcération, personne d'autre que lui-même. Il avait haï Mary Alice Finney. Il était jaloux de son succès, de ses amis, de son prestige. Il était toxicomane, mais ce n'était pas une excuse.

La coke avait eu pour effet de réduire ses inhibitions et sa faculté de jugement entre le bien et le mal. Il l'avait suivie jusque chez elle, la nuit de la fête. Il était entré dans sa chambre par effraction, et il l'avait violée, avec brutalité. Après sa descente de coke, il s'était rendu compte de son geste et il l'avait tuée, de sang-froid, en mutilant son corps pour que ça ait l'air du crime d'un inconnu, d'un psychotique.

Son dossier était impeccable, remarquable. Il avait été un détenu modèle, avec seulement deux infractions, remontant toutes deux à plus d'une décennie. Il avait assisté à tous les cours que proposait l'établissement : Impact sur les victimes, Violence familiale, Réflexions sur la justice réparatrice, Groupe de parole sur la dépression, Syndrome de stress post-traumatique, Questions de vie, Talents de communication, Gestion de la colère, Groupe de discussion et Maîtrise de l'angoisse. Il avait achevé son diplôme de fin d'études, complété par une licence et il était en train de terminer un diplôme de deuxième cycle quand un amendement à la Loi criminelle de 1994 avait interdit l'octroi de bourses fédérales aux prisonniers. John s'était porté volontaire à l'hôpital de la prison, où il avait enseigné la réanimation cardiopulmonaire et l'hygiène de base aux autres détenus. Il avait suivi des sessions de formation sur le tas, en horticulture et en préparation culinaire. Une lettre écrite de sa main et jointe à son dossier stipulait que sa mère était malade, et qu'il voulait juste rentrer chez lui, être là pour elle comme elle avait été là pour lui, durant toutes ces années.

La notification officielle lui accordant sa liberté conditionnelle arriva le 22 juillet 2005.

Emily était morte deux jours plus tôt.

Chapitre dix-sept

6 janvier 2006

COUSIN WOODY. Le cousin branché, le cousin qui a la cote. Il possédait un banc de musculation dans son garage, et il passait le plus clair de ses journées en séances de musculation et à fumer de la dope. Il avait la poitrine musculeuse, des abdos en tablettes de chocolat, séparés par un sillage velu menant tout droit à ses parties intimes. Les filles lui grimpaient dessus comme de la vigne de kudzu sur un sapin. Il roulait en Mustang coupé deux-portes gris métallisé, toute neuve. Il avait enrôlé quelques gosses du collège du coin pour vendre un peu de sa came et, du coup, il avait toujours en poche un argent qui lui brûlait les doigts. Depuis son veuvage, sa mère progressait à toute vitesse dans sa carrière juridique, elle restait tout le temps travailler tard le soir à son cabinet, elle laissait toujours son fils seul. M. « Viens à l'étage », M. « Tu veux un pétard ? », M. « Tu te la sniffes dans le nez ».

Cousin Woody, le cousin cool.

John suivait Woody depuis presque deux mois, maintenant, en garant la Fairlane à la station des bus MARTA d'Inman Park, parce que l'essence était trop chère pour qu'il se serve de la voiture à d'autres fins que sa nouvelle activité. C'était ainsi qu'il considérait la chose : une activité. Il était le président-directeur général de Défense de Renvoyer John en Prison S.A. Le trouduc de directeur financier, le vice-président, la secrétaire, le tout réuni en un seul.

Depuis le début qu'il le tenait à l'œil, Woody lui avait facilité la tâche. Il avait toujours eu ses petites habitudes, et sa vie adulte ne se révélait pas différente. John aurait pu régler sa montre en se basant sur ce type. Tous les jours, il partait travailler, ensuite, il rentrait directement chez lui, il embrassait sa bonne femme si elle était là, il bordait le gosse, et puis il se plantait devant la télévision pour le restant de la soirée. C'est ce qu'il fit tous les soirs de la première semaine, et John commençait à croire qu'il perdait son temps quand arriva le dimanche. Le gosse n'était pas là – la femme ne l'avait pas ramené de l'église, et il en avait déduit qu'on l'avait confié à un membre de la famille. La femme était partie vers six heures, habillée pour le travail, laissant son mari seul dans la maison.

Après son départ, Woody attendit environ une demi-heure, puis il était monté dans sa voiture et il était parti. Des semaines s'étaient écoulées, suivant le même programme, et puis un mois, et puis un autre. Tous les dimanches soir, Woody se retrouvait dans cette voiture, réglé comme une pendule.

Avec le temps, John était devenu plutôt adroit, il savait garder ses distances, s'assurer que Woody ne repérait pas la Fairlane qui lui filait tranquillement le train. Cela étant, Woody ne regardait pas autre chose que les dames alignées en rang d'oignons dans les rues du centre d'Atlanta. Il s'arrêtait, il faisait signe à l'une d'elles d'approcher, elle montait, et il l'emmenait dans une ruelle, ou alors il se garait dans une rue déserte. John voyait la tête de la dame plonger et disparaître quelques minutes, et puis soudain la tête ressurgissait pour de bon, la dame ressortait, Woody reprenait le volant et, une heure plus tard, il était de retour devant sa télé.

Et puis, un soir, il changea de scénario. A la sortie de sa rue, il prit sur la gauche au lieu de la droite, en direction de la Route 78. John fut forcé de rester plus en retrait que d'habitude, car il n'y avait pas beaucoup de circulation. Il dut donner un brusque coup de volant pour s'engager dans une bretelle de sortie et suivre Woody sur une route sinueuse, une vingtaine de minutes, avant de passer devant un panneau avec la mention : BIENVENUE À SNELLVILLE... OÙ PERSONNE N'EST PERSONNE !

John se gara dans une rue résidentielle, et il continua à pied, pour mettre ses pas dans ceux de Woody. Dehors, il faisait froid, on était la première semaine de décembre, mais John transpirait méchamment, parce qu'il était pile au beau milieu d'un quartier avec plein de gosses endormis, là, dans toutes ces maisons autour de lui. Il était tellement prisonnier de sa propre peur qu'il perdit sa cible de vue. Il scruta du regard ces rues sans personne, il alla au fin fond de toutes les impasses, et il finit tellement déboussolé qu'il fut même incapable de retrouver la Fairlane.

Là, il en vint à s'inquiéter pour sa sécurité. Il se cacha dans la pénombre, se tendait au moindre bruit, certain qu'un flic allait s'arrêter à sa hauteur, consulter son casier au central et se demander ce qui attirait un pédophile dans ce coin perdu.

Subitement, il vit un homme au loin qui marchait avec une fillette à ses côtés. Ils montèrent dans une voiture, la voiture de Woody, qui démarra. Cinq minutes plus tard, John retrouva la Fairlane, en se maudissant sur tout le chemin du retour à Atlanta. Les deux semaines suivantes, il éplucha les journaux, à la recherche d'infos sur ce qui aurait pu se produire à Snellville – un enlèvement d'enfant, un meurtre. Il ne trouva rien, mais il savait que ce n'était plus qu'une question de temps.

La vérité était simple : Woody avait une bonne raison d'utiliser l'identité de John. Il essayait de brouiller les pistes. John avait vécu suffisamment de temps entouré de criminels pour savoir quand il en voyait un en action. Woody mijotait quelque chose, et d'ici à ce que John se ramasse le colis sur les épaules, ce n'était plus qu'une question de temps.

Il décida, ici, maintenant, qu'avant de retourner en prison, il se tuerait, ou qu'il trouverait quelqu'un d'autre pour s'en charger à sa place. Il avait déjà perdu vingt ans de sa vie à pourrir au milieu de pédophiles et de monstres. Il ne retournerait pas vers tout ça. Il n'infligerait pas de nouveau à Joyce pareille douleur, pareille humiliation. A l'intérieur de ces murs, il était devenu fort, il s'était forgé une volonté en acier trempé, mais l'extérieur l'avait radouci, et il savait qu'il ne supporterait plus de perdre le petit fragment d'existence qu'il s'était préservé. Avant d'en arriver là, il se logerait une balle dans la cervelle.

C'est à peu près vers cette période qu'il vit sa sœur. Juste avant Noël, Joyce l'avait appelé à l'asile de nuit et il était si surpris d'entendre sa voix qu'il crut que quelqu'un lui montait un canular. Sauf que, qui irait lui monter un canular? Il ne connaissait personne, il n'avait pas d'amis, à l'extérieur.

Ils se retrouvèrent dans un café chic, juste derrière Monroe Drive. Il portait une chemise neuve et son seul bon pantalon, le chinos que sa sœur lui avait expédié pour qu'il ait quelque chose à se mettre en sortant de la Littorale. La coutume voulait que l'on restitue juste au détenu les vêtements dans lesquels il était arrivé, mais par rapport au gamin maigrichon qui avait effectué le trajet jusqu'à Savannah, il avait grandi de plusieurs tailles.

La veille au soir, il avait quitté le travail tôt, afin d'avoir le temps de se rendre dans la boutique de cadeaux du bout de la rue. Il avait consacré une heure à choisir une carte de Noël pour Joyce, à hésiter entre les pas chères et les vraiment jolies. Au Gorilla, à cause de la météo, l'activité était plutôt sporadique. Art débauchait des gars en veux-tu en voilà. Dans les périodes où il était en fonds, John avait économisé autant d'argent qu'il avait pu, mais il avait finalement été obligé de s'acheter un manteau d'hiver. Il avait eu beau se promettre de ne plus jamais porter de vêtements d'occasion, il n'avait pas eu d'autre choix que d'entrer dans un Goodwill Store. Le seul manteau qu'il avait pu trouver et qui lui aille plus ou moins était déchiré au col, et il cocottait tellement qu'il n'était pas parvenu à se débarrasser de l'odeur, même en le portant à laver au Laundromat. Enfin, il était chaud, et c'était tout ce qui comptait.

John arriva au café avec cinq minutes de retard, et prit son mal en patience, pas trop tranquille à l'idée de devoir payer trois dollars pour une tasse de café, rien que pour avoir le droit de s'asseoir à l'une de ces tables, quand Joyce entra précipitamment. Elle avait l'air soucieux, ses lunettes de soleil perchées sur la tête, et ses longs cheveux bruns qui lui balayaient les épaules.

« Désolée, j'ai été retardée », s'excusa-t-elle, en tirant une chaise et en s'asseyant en face de lui. Elle laissa une quinzaine de centimètres entre elle et la table, et encore davantage d'espace entre son frère et elle.

« Tu veux un café ? » Il allait se lever pour aller lui en chercher un, mais elle l'arrêta, d'un geste sec de la tête.

« Je dois retrouver des amis dans dix minutes. » Elle n'avait même pas ôté son manteau. « Je ne sais pas pourquoi je t'ai appelé.

— Ça m'a fait plaisir. »

Elle regarda par les fenêtres. Il y avait une salle de cinéma, de l'autre côté de la rue, et elle observait les gens qui faisaient la queue.

John sortit la carte de Noël de sa poche, content d'avoir choisi la plus chère. Trois dollars soixante-huit, mais il y avait des paillettes sur le recto, et l'intérieur se repliait, de sorte qu'en l'ouvrant, on faisait jaillir un flocon de neige. Petite, Joyce adorait les livres animés. Il se remémorait encore ses fous rires devant un de ces volumes, avec les animaux de la ferme qui bondissaient des pages.

Il lui tendit la carte.

« Je t'ai pris ça. »

Sa sœur ne bougea pas, donc il la posa sur la table, et la fit glisser vers elle. Il avait passé la quasi-totalité de la soirée à essayer différentes formules sur une feuille de bloc-notes, car il ne voulait pas lui offrir une carte avec des mots raturés ou pire, lui écrire une stupidité qui gâcherait son cadeau et le forcerait à ressortir en acheter une autre. Au bout du compte, il l'avait juste signée, avec ce mot, « Bises, John », dans la mesure où il ne voyait rien d'autre à ajouter.

« T'étais occupée à quoi ? » lui demanda-t-il.

Elle revint à lui, comme si elle avait oublié qu'il était là.

« A travailler.

— Ouais. » Il opina. « Moi, aussi. » Il avait envie de tourner la chose à la plaisanterie. « C'est pas pareil que ce que tu fais, mais il faut bien que quelqu'un s'occupe de les laver, ces bagnoles. »

A l'évidence, elle ne trouvait pas ça drôle.

Les yeux fixés sur sa tasse, il la fit tourner entre ses mains. C'était Joyce qui l'avait appelé, qui l'avait invité à se rendre dans cet endroit où il n'avait même pas les moyens de se payer un sandwich, et pourtant, c'était lui qui se sentait dans la peau du méchant.

Ce qu'il était peut-être.

Il se jeta à l'eau.

« Tu te souviens de Woody ?

— Qui ?

— Le cousin Woody. Le fils de Lydia. »

Elle haussa les épaules.

« Ouais, dit-elle enfin.

— Tu sais ce qu'il fricote ?

— Aux dernières nouvelles, il s'était enrôlé dans l'armée, ou quelque chose dans ce genre. » Elle le fusilla du regard. « Tu ne vas pas réessayer de le contacter, non ?

— Non. »

Elle se pencha en avant, avec une expression d'insistance.

« Il ne faut pas, John. Il a toujours été une source d'ennuis, et je suis convaincue que ça n'a pas changé.

— Je ne vais pas le contacter, promit-il.

— Tu finirais en prison. »

Est-ce que ça la toucherait ? Il se le demandait. Ne vaudrait-il pas mieux pour elle qu'il retourne à la Littorale, au lieu de vivre ici, juste sous son nez ? Sa sœur était le seul être vivant, dans le monde entier, à conserver le souvenir du John qu'il avait été. Elle était comme un écrin précieux qui renfermait tous ses souvenirs d'enfance, sauf qu'à la minute où la police l'avait traîné par la porte de la maison, elle avait jeté la clef.

Joyce se redressa contre le dossier de sa chaise. Elle consulta sa montre.

« Il faut vraiment que j'y aille.

— Ouais, dit-il. Tes amis t'attendent. »

Elle croisa son regard, pour la première fois depuis qu'elle était entrée. Elle vit qu'il avait compris. Qu'elle lui mentait.

Elle se passa le bout de la langue sur les lèvres.

« Je suis allée voir maman, le week-end dernier. »

John cligna les yeux, pour refouler des larmes subites. Dans sa tête, il vit le cimetière, se représenta sa sœur debout devant la tombe de sa mère. Les bus n'allaient pas jusque là-bas, et un taxi coûterait soixante dollars. Il ne savait même pas à quoi ressemblait la pierre tombale de sa mère, sur quelle inscription Joyce s'était décidée.

« C'est pour ça que je t'ai appelé, avoua-t-elle. Elle aurait souhaité que je te voie. » Elle haussa les épaules. « Pour Noël. »

Il se mordit la lèvre, s'il ouvrait la bouche, il allait se mettre à pleurer.

« Elle a toujours cru en toi, continua Joyce. Elle n'a jamais cru une seconde que tu étais coupable. »

A force de contenir ses émotions, il en avait mal dans la poitrine.

« Tu as tout gâché, lui dit-elle encore, presque incrédule. Tu as gâché nos vies, mais elle ne voulait pas perdre espoir en toi. »

Les gens les regardaient, mais il s'en moquait. Il s'était excusé auprès d'elle, pendant des années – dans des lettres, de vive voix. Etre désolé, pour Joyce, cela ne signifiait rien.

« Tu me détestes, je ne peux pas te le reprocher, lui répondit-il, en essuyant une larme du dos de la main. C'est ton droit le plus strict.

— J'aimerais pouvoir te détester, chuchota-t-elle. J'aimerais que ce soit si simple.

— Moi, je te détesterais, si tu avais fait...

— Fait quoi ? » Elle s'accouda de nouveau au-dessus de la table, avec un accent de désespoir dans la voix. « Fait quoi, John ? J'ai lu ce que tu as déclaré devant la commission de probation. Je sais ce que tu leur as raconté. Dis-le-moi. » Elle frappa du plat de la main sur la table. « Dis-moi ce qui s'est passé. »

Il sortit une serviette en papier du distributeur et se moucha.

Elle n'allait pas s'en tenir là.

« Chaque fois que tu as comparu devant cette commission, chaque fois que tu leur as parlé, tu as soutenu que tu n'étais pas coupable, que tu refusais d'avouer rien que pour avoir le droit de sortir. »

Il prit une autre serviette, pour avoir de quoi s'occuper les mains.

« Qu'est-ce qui a changé, John ? C'était maman ? Tu ne voulais pas la décevoir ? C'est pour ça, John ? Maintenant que maman est partie, tu as enfin pu leur dire la vérité ?

— Quand je leur ai raconté ça, elle n'était pas partie.

— Elle était à deux doigts de mourir, siffla Joyce. Elle était dans ce lit d'hôpital, à deux doigts de mourir, et elle ne pensait qu'à une seule chose, toi. "Veille sur Johnny", elle n'arrêtait pas de me le répéter. "Ne le laisse pas là-dedans tout seul. Il n'a que nous." »

John s'entendit sangloter, une espèce de bêlement de phoque qui fit écho dans le restaurant.

« Dis-moi, John. Dis-moi la vérité. » Sa voix s'était apaisée. Comme leur père, elle n'appréciait pas trop de montrer ses sentiments. Plus elle était bouleversée, plus elle avait tendance à baisser le ton.

« Joyce... »

Elle posa sa main sur la sienne. Elle ne l'avait encore jamais touché, et rien qu'à ce contact du bout des doigts, il sentit le désespoir de sa sœur le toucher au vif, courir sous sa peau.

« Maintenant, cela m'est égal », reprit-elle, et cela ressemblait plus à une supplique. « Si tu as commis cet acte, ça m'est égal, Johnny. Vraiment. Je veux juste savoir, pour moi, pour ma propre santé mentale. Je t'en prie... dis-moi la vérité. »

Ses mains étaient belles, si délicates, avec de si longs doigts. Pareilles à celles d'Emily.

« John, je t'en prie.

— Je t'aime, Joyce. » Il plongea la main dans sa poche arrière et en sortit un bout de papier plié en deux. « Il est en train de se passer quelque chose. Quelque chose de mal, que je ne crois pas pouvoir empêcher. »

Elle retira sa main, se cala contre le dossier de sa chaise.

« Qu'est-ce que tu racontes, John ? Dans quoi tu es allé te fourrer ?

— Prends ceci, fit-il, en posant le rapport de solvabilité sur la carte de Noël. Prends juste ça, et sache que, quoi qu'il arrive, je t'aime. »

Il n'était pas venu avec la Fairlane, mais il n'avait pas envie qu'elle le voie attendre le bus devant l'entrée de la galerie marchande, donc il remonta la rue au petit trot, en direction de Virginia-Highland, et c'est là qu'il attrapa le MARTA. Il n'avait pas envie de rentrer chez lui, il était incapable de faire face à ce taudis infesté de cafards ou à ses congénères, ces violeurs, dans le couloir, donc il se rendit à la gare des autobus d'Inman Park et c'est là qu'il récupéra la Ford.

Normalement, en dehors des soirées du week-end, il ne suivait pas Woody. Ses deux premières semaines de reconnaissance lui avaient démontré que le gaillard restait la plupart du temps enfermé chez lui, à moins que sa femme ne le prie de sortir la poubelle. Néanmoins, John s'était dit que le cousin était peut-être plus futé qu'il n'y paraissait. Il possédait peut-être une autre voiture quelque part. Cette idée n'était pas si tirée par les cheveux, étant donné le bureau de poste et les cartes de crédit. Il n'était pas impossible que John Shelley se soit acheté une voiture, au cours des six dernières années.

Avec Noël qui approchait, le quartier de Woody s'était paré de ses plus beaux atours, des éclairages et des décorations multicolores. Les rues étaient jalonnées de luminaires confectionnés à partir de vieux pots à lait. Pas plus tard que la semaine précédente, John avait vu une vieille dame qui promenait son chien circuler dans le coin et les allumer tous un par un.

Il était agréable, ce quartier.

Il rangea sa voiture entre un 4 × 4 et un break garés sur le parking de l'église, jeta un rapide coup d'œil à l'écriteau, devant l'entrée, pour savoir à quelle heure se terminaient les services religieux. Le dimanche, la femme de Woody emmenait toujours le gosse à l'église, et puis elle passait presque tout le reste de sa journée avec une femme qui devait être sa mère.

Depuis l'église, il prit à pied, par une rue de traverse qui courait parallèlement à la maison de Woody, en sifflotant comme un type qui se fait juste une petite balade. Il calcula la distance de tête, en coupant à travers un champ, jusqu'à ce qu'il aperçoive ce qui devait être l'arrière de la maison du cousin. Il n'y avait pas beaucoup d'arbres où se mettre à couvert, et il se sentait exposé. N'importe qui, en sortant de chez soi par la porte de derrière, aurait pu le voir. Il était sur le point de faire demi-tour quand ce fut justement ce qui se produisit. Une femme qui sortait, et qui resta sur le pas de la porte ouverte. Il se figea, parce qu'elle était en plein dans sa ligne de mire, mais elle ne regardait pas vers l'endroit où il se trouvait. Elle s'était tournée face à la maison de Woody, juste la porte à côté, et elle venait de lever la main en visière, ce fut comme un salut militaire, pour se protéger les yeux du soleil.

John se jeta à plat ventre. Le jardin de la fille était envahi de mauvaises herbes, mais n'importe qui, en regardant dans cette direction, aurait pu le voir couché là. Heureusement, ce qu'elle suivait du regard était plus intéressant. John vit Woody traverser son jardin, enjamber d'un bond une clôture grillagée abattue par la chute d'un arbre. Il alla droit vers la fille, sans même lancer un regard du côté de John, la souleva dans ses bras et l'embrassa.

Il la regarda enrouler ses jambes maigres autour de lui, leurs lèvres soudées, tandis que Woody la portait à l'intérieur de la maison et repoussait la porte, qui claqua derrière lui.

Chapitre dix-huit

15 juin 1985

JOHN ATTENDIT toute la soirée que Mary Alice fasse son apparition à la fête, en fumant assez d'herbe pour en avoir les poumons endoloris. Woody n'arrêtait pas de chercher son regard, le pouce brandi, comme s'il voulait lui remonter le moral. John se serait volontiers botté les fesses pour avoir raconté à son cousin qu'il avait invité une fille à la soirée. C'était déjà assez pénible que Mary Alice ne soit pas là, mais passer pour un idiot en face de Woody, cela rendait les choses un million de fois pires.

Il avait déjà renoncé à tout espoir quand, vers minuit, elle franchit la porte d'entrée. La première chose qu'il remarqua, ce fut combien elle paraissait détonner dans son jean Jordache repassé de frais et sa chemise blanche à col montant. Elle était magnifique, mais tous les autres étaient en noir, sous différentes formes : jeans crasseux, tee-shirts heavy metal tachés, cheveux gras.

Elle était sur le point de tourner aussitôt les talons et de repartir, quand il la saisit par le bras.

« Hé ! » Elle eut l'air étonnée, prise de vertige et sur ses gardes, le tout mêlé.

« Tu es jolie, lui dit-il, en élevant la voix, à cause d'un morceau de Poison qui beuglait dans la chaîne stéréo.

— Je ferais mieux de partir, dit-elle, mais sans joindre le geste à la parole.

— Viens boire un verre. »

Il vit bien qu'elle réfléchissait, se demandant ce qu'il voulait dire par boire un verre, et si elle pouvait se fier à lui.

« Woody a des boissons sans alcool, à la cuisine », précisa-t-il, songeant qu'il n'avait jamais employé ces mots-là de sa vie. *Boissons sans alcool.* « Allons-y. »

Elle hésitait encore, mais quand John s'écarta pour la suivre dans la cuisine, lui barrant ainsi la sortie, elle finit par céder.

Ils dépassèrent l'escalier, et il entr'aperçut Woody. Son cousin était penché à la balustrade, les pupilles dilatées, le visage traversé d'un sourire indolent. L'une des filles de la seule famille noire du quartier était collée à lui comme du Velcro, les bras noués autour de son cou, une jambe reptilienne enroulée autour de la sienne. Ils s'embrassèrent longuement, un baiser profond, sous les yeux de John. Elle était superbe, avec sa peau crémeuse et sombre, et ses cheveux nattés à l'exotique. On pouvait faire confiance à Woody pour se taper la plus belle nana de la soirée.

Woody leva le pouce dans sa direction, mais cette fois il ne souriait plus.

La cuisine était très enfumée et Mary Alice toussa, en agitant la main devant son visage. Dans un coin, un couple s'envoyait en l'air, et John resta en arrêt, à les dévisager, parce que le gars avait la main plaquée en plein sur l'entrejambe du jean de la fille.

« Super soirée », lâcha un autre type, en bousculant John, et il lui renversa un peu du contenu de son verre sur la main. L'autre s'excusa, en lui passant le gobelet encore à moitié rempli, en signe d'apaisement. John avait déjà ingurgité plus que sa dose d'alcool, ce soir-là, mais il en avala une grande gorgée et il sentit le breuvage lui brûler le gosier.

Quand il se retourna vers Mary Alice, elle sortait déjà par la porte de derrière.

« Hé », s'écria-t-il, et il se lança à sa poursuite.

Elle se tenait près d'un grand chêne, les yeux levés vers les étoiles. Ses cheveux étaient en désordre et elle avait l'air sur les nerfs. Il pourrait peut-être lui prendre la main. Il pourrait peut-être l'embrasser.

Elle rit, sans raison.

« Je n'arrivais plus à respirer, là-dedans.

— Désolé. »

Elle vit le gobelet qu'il avait en main.

« Donne-moi ça.

— Je ne sais pas ce que c'est, fit-il. Tu n'as pas intérêt.

— Tu n'es pas mon père », protesta-t-elle, en le lui retirant. Elle but une solide gorgée de ce liquide sombre, sans le quitter des yeux. « Drôle de goût, on dirait du Coca, avec autre chose. »

Il espérait de tout cœur qu'il n'y ait rien d'autre. Woody avait dix-neuf ans, et tous ses potes en avaient deux ou trois de plus. Certains d'entre eux en étaient aux drogues dures, des trucs dont John ne voulait même pas connaître l'existence. Impossible de trop savoir ce qui circulait, par ici.

« Désolé pour tout ça. Je ne pensais pas que ce serait le délire à ce point. »

Elle prit encore une lampée de ce liquide et le gratifia d'un sourire un peu sucré. Mon Dieu, elle était si jolie. Il l'avait détestée depuis si longtemps qu'il avait oublié à quel point elle était superbe.

Elle leva encore le gobelet et il l'arrêta.

« Tu vas te rendre malade. »

En réalité, il se dit que même si elle dégobillait, il l'embrasserait quand même.

« Tu es défoncé ?

— Non. » Il mentait. Il était si nerveux qu'il aurait fumé les poils du cul d'une chèvre, s'il avait cru que cela l'aiderait à se calmer.

Elle avala encore une gorgée et il n'essaya plus de l'en empêcher.

« J'ai envie de me défoncer. »

Si elle lui avait confié qu'elle avait envie de voler jusqu'à la lune, il n'en aurait pas été aussi choqué.

« Mary Alice, allez. Du calme avec cette came. Tu ne veux pas te rendre malade, quand même.

— Si c'est bon pour toi, c'est bon pour moi », décréta-t-elle, en vidant le gobelet. Elle le retourna à l'envers, pour lui montrer qu'il était vide. « J'en veux un autre.

— Restons ici un petit moment.

— Pourquoi ? » Elle eut l'air étonné. Elle tanguait un peu, et il lui tendit le bras, pour l'aider à rester d'aplomb. « Je croyais que tu me détestais. »

Il put sentir son parfum, et la laque, dans ses cheveux. Sa peau paraissait si chaude, sous sa main. Il aurait été capable de juste la prendre ainsi, l'attirer dans ses bras et la tenir contre lui, toute la nuit.

« Je ne te déteste pas.

— Tu racontes sans arrêt des méchancetés sur moi.

— Pas du tout », se défendit-il, avec une telle conviction qu'il y crut presque lui-même.

Elle s'écarta de lui.

« Mes parents croient que je suis à la maison.

— Les miens aussi.

— Ils t'ont exclu, au lycée?

— Non.

— Ils devraient, fit-elle. Mon père estime que tu es un paumé total.

— Ouais, dit-il, regrettant qu'elle ait fini le verre. Mon père aussi.

— Il est parti de la maison. Ce soir, lui annonça-t-elle.

— Ton papa?

— Il a bouclé ses bagages et il est parti, pendant que j'étais au centre commercial. Ma mère m'a raconté qu'il allait s'installer avec cette femme, là, celle de son bureau. » Elle eut un léger hoquet. « Elle n'arrêtait pas de pleurer. »

Mary Alice se mit aussi à pleurer, mais il était bien incapable de trouver comment la réconforter.

« Je suis désolé, s'excusa-t-il enfin.

— J'ai appelé au numéro qu'il a laissé, lui avoua-t-elle. C'est une fille qui m'a répondu. »

La langue de John restait pétrifiée dans sa bouche. Que fallait-il dire?

« Il m'a promis qu'il me verrait les week-ends. Il m'a expliqué que Mindy m'emmènerait faire des courses.

— Je suis désolé, répéta John.

— Pourquoi tu traînes avec ce connard ? lui lança Mary Alice.

— Qui ? » Il se retourna, suivit son regard, jusqu'à Woody. Son cousin tomba presque de l'escalier qui donnait sur l'arrière de la maison, et s'approcha d'eux. Sa maladresse le fit rire, alors John rit, lui aussi.

« Rince-toi un coup », lui proposa son cousin, et il lui tendit un autre verre.

John en but une gorgée, avec des gestes au ralenti, parce qu'il avait déjà la tête qui tournait.

« Salut, fillette, fit Woody, et il s'appuya sur John tout en dévisageant Mary Alice. Qu'est-ce qui t'a retenue tout ce temps ? Je commençais à croire que mon cousin t'avait inventée. »

John allait entamer les présentations, mais quelque chose l'en empêcha. Il n'aimait pas le regard que Woody posait sur elle, cet œil lubrique qui ne se cachait pas. Ce type avait déjà Alicia, là-bas, dans la maison, prête à lui faire tout ce qu'il voulait, et maintenant il s'attaquait à Mary Alice. Ce n'était pas juste.

« On était sur le point de s'en aller, dit John, en prenant Mary Alice par la main, comme si elle lui appartenait.

— Si tôt ? » s'étonna l'autre, et il se rendit compte qu'il leur barrait le passage. « Revenez donc à l'intérieur avec le vieux cousin Woody. J'ai quelque chose pour vous.

— Je ne pense pas. » John jeta le gobelet vide dans le jardin. « Il faudrait que je la ramène chez elle. Sa mère va la chercher.

— Juste un petit joint, insista le cousin. Enfin, juste un de plus, devrais-je dire. » Il ponctua d'un clin d'œil, pour Mary Alice. « Un autre petit verre, mon cœur ? Tu crois que tu tiendras le coup ? Ça pourrait aider ces jolis yeux bleus à sécher leurs larmes ? »

Mary Alice avait l'air bizarre. Elle lui souriait, elle en était presque à flirter.

« Je ne pleurais pas.

— Bien sûr, ma poupée.

— Woody... commença John, mais son cousin lui posa la

main sur la bouche, pour l'arrêter, tout en s'adressant à Mary Alice. Celui-ci, il aime trop parler. »

Elle rit, ce qui provoqua la colère de John. Elle riait avec Woody. Elle riait de lui.

« Alors, ce petit verre ? Tu crois que tu tiendras le choc, fillette ? »

Les lèvres de Mary Alice s'entrouvrirent sur ce demi-sourire si sexy.

« Je peux.

— Mary Alice », fit John.

Woody avait retiré sa main et son bras était venu envelopper les épaules de la jeune fille. Les yeux baissés sur son chemisier, il s'en pourléchait déjà les babines. « Toi, cousin, tu la fermes », lâcha-t-il à John.

Mary Alice éclata de rire.

« Ouais, John, ferme-la. »

Woody l'attira plus près de lui, et elle renversa la tête en arrière. En gardant les yeux rivés sur John, il écrasa sa bouche grande ouverte sur les lèvres de Mary Alice.

Elle lui rendit son baiser, et John eut l'impression qu'on lui arrachait le cœur de la poitrine. Il resta là, impuissant, devant le spectacle de cette main de Woody qui plongeait dans le chemisier de Mary Alice et se refermait sur son sein, comme s'il avait l'habitude de la tripoter comme ça tous les jours de la semaine. Sa bouche s'ouvrit encore plus grand, elle engloutit celle de Mary Alice. Brusquement, elle s'écarta, elle venait de reprendre ses esprits. Avec une seconde de retard.

« Arrête ! » hurla-t-elle, en titubant vers John.

Ce dernier la reçut dans ses bras, la retint contre lui. Là où Woody avait plongé la main, le bouton était arraché.

« Tu es dégoûtant », lança-t-elle au cousin, en tenant fermés les pans de son chemisier, et elle en avait les larmes aux yeux.

L'autre était tout sourire.

« Allons, bébé. Faut pas être comme ça.

— J'y crois pas, s'écria-t-elle. Ta langue, elle est dégoûtante. »

Son sourire se fit plus sinistre.

« Fais gaffe, maintenant. »

Elle se blottit encore plus contre John, en pleurant.

« Je t'en prie, ramène-moi à la maison. »

Il s'éloignait déjà avec elle, sans quitter le cousin du regard, n'appréciant pas trop la manière dont il les dévisageait.

« Reviens par ici, ordonna-t-il, en tendant le bras pour la rattraper.

— Laisse-la tranquille ! » beugla John, les poings serrés. Woody pesait à peu près vingt-cinq kilos de plus que lui, mais s'il touchait encore ne serait-ce qu'à un cheveu de la tête de Mary Alice, il se croyait fermement capable de lui botter le cul, et il n'hésiterait pas.

« Ouah. » Woody leva les mains en l'air, et recula d'un pas. « Je savais pas que tu avais déjà une option sur elle, petit bonhomme. Vas-y. Ramène-la chez sa maman.

— Tu ne t'approches pas d'elle, le prévint John. Je suis sérieux.

— Sans rancune », fit le cousin, mais il reluquait encore Mary Alice, comme si on venait de lui dérober sa proie. « Que le meilleur gagne.

— Ça, c'est clair.

— Tiens, ajouta encore Woody, en plongeant la main dans sa poche-poitrine. Cadeau d'adieu. Il lança un sachet de poudre à John. Sans rancune, pas vrai, cousin ? »

Chapitre dix-neuf

6 février 2006

JOHN ÉTAIT TOMBÉ sur l'article par accident. Il passait l'aspirateur dans la partie utilitaire d'une Subaru Forrester tout éclaboussée de boue. Il ramassa un tas de journaux à jeter à la poubelle et la pile lui échappa des mains comme un jeu de cartes qui s'éparpille sur une table. Il se pencha pour rassembler les pages et tomba sur deux mots qu'il n'avait encore jamais remarqués : Edition Locale.

Le propriétaire de la Subaru était de Clayton County, mais John comprit que s'il existait un cahier spécial pour une ville, il devait y en avoir aussi un pour les autres.

Il avait raconté à Art qu'il souffrait de maux d'estomac, histoire de pouvoir s'en aller tôt et de se rendre directement dans le centre-ville, au bâtiment principal de la Bibliothèque publique du comté de Fulton. L'accès aux archives en ligne du département des périodiques nécessitait une carte de crédit, par conséquent il déposa plutôt une demande de microfiche pour les éditions locales de Gwinnett County en remontant sur les trois derniers mois. Deux heures plus tard, il avait trouvé ce qu'il cherchait. L'article datait du 4 décembre 2005.

UNE JEUNE FILLE DE SNELLVILLE ENLEVÉE DANS SON QUARTIER

Il ne contenait pas beaucoup plus de détails. Aucun nom n'était mentionné, seulement l'âge – quatorze ans – et le fait qu'elle était sortie à pied de la maison de ses parents pour se rendre chez une tante, à l'autre bout de la rue. A l'évidence, la famille refusait de parler à la presse, et il n'y avait aucune indication de suspects ou de pistes que la police serait susceptible de suivre. John passa en revue les numéros des semaines suivantes, et ne trouva qu'un seul autre article. Celui-ci ajoutait un détail : la jeune fille avait été retrouvée dès le lendemain, cachée dans un fossé.

Dès l'instant où il trouva cet article, il eut le cœur au bord des lèvres. Lentement, il mettait les pièces du puzzle en place. Le petit jeu de Ben – « Et si ? » – lui revenait sans cesse en tête. Et si Woody s'était servi de l'identité de John pour effacer ses propres traces, depuis ces six dernières années ? Et si Woody était parti du principe que John ne sortirait jamais de prison ? Et s'il avait découvert que John circulait dans le monde des hommes libres ? Et s'il avait décidé de traiter la question ?

La voiture derrière lui le klaxonna et il accéléra, prit la première rue de traverse qu'il trouva et s'arrêta derrière un camion tire-câbles. Son cœur cognait si fort qu'il en avait des vertiges. Un renvoi de vomissures lui remonta dans la gorge, menaçant de jaillir dans un flot brûlant de terreur panique.

Il posa la tête contre le volant, se repassant la soirée de la veille. Dimanche. Dimanche de Super Bowl. C'étaient ces enfoirés de Falcons qui jouaient ce soir-là, et il n'avait aucune envie de regarder le match à la télé, il n'avait pas envie de l'entendre à la radio. Il voulait voir ce que fabriquait Woody, il voulait le surveiller, comme s'il avait les moyens d'empêcher ce qui s'était déjà produit de se reproduire. Encore et encore.

Sa bonne femme était partie travailler, et Woody avait attendu une trentaine de minutes avant de sortir de chez lui. Il avait traversé Atlanta, en empruntant son itinéraire habituel, mais cette fois il était entré dans la cité, le Grady Homes. John l'avait suivi, tellement tendu qu'il en avait oublié de tenir ses distances, croyant même en une ou deux occasions que Woody l'avait repéré, qu'il s'était fait prendre.

Un type blanc, au volant d'une Ford Fairlane, au milieu de la cité, un dimanche en fin d'après-midi, c'était trop voyant, mais John l'avait quand même suivi. Quand l'autre s'était arrêté devant une rangée de putes, John l'avait dépassé, pensant qu'il aurait meilleur jeu à tenir juste son cousin à l'œil dans le rétroviseur. Cependant, rien ne marchait jamais comme prévu et, quand Woody s'était éloigné avec la pute en voiture, vers le fond de la cité, John était descendu de la sienne et les avait suivis à pied.

En cet instant, il fut pris de sueurs froides en repensant à ce qui s'était passé ensuite, à ce qu'il avait vu. Il les entendait encore, ces cris perçants, cette lutte primitive pour la vie.

Il sortit de voiture, avec un signe de tête au mec dans le camion tire-câbles. Décontracté. Cool. Il était tout à fait à sa place.

Il fourra les mains dans ses poches et s'engagea dans la rue bordée d'arbres, la rue de son cousin, en s'efforçant de dégager l'impression d'un type normal qui musarde, alors que déjà, le seul fait d'avoir les mains dans les poches le mettait mal à l'aise. En prison, les poches, ce n'était pas permis.

Le lundi matin, la femme, dont il avait deviné qu'il s'agissait de la grand-mère, conduisait le gosse à l'école. Ensuite, elle faisait des courses, et prenait quelquefois un café avec ses amies. Elle restait éloignée de la maison au moins une heure. Il ne lui en faudrait pas davantage.

Il emprunta le même chemin, derrière les maisons, la tête haute, en sifflotant, l'air aussi détaché qu'insouciant. Sa progression de jardin en jardin fut laborieuse. Il surveillait quand même du côté des pavillons, l'œil aux aguets, se figurant bien que, dans un quartier ouvrier comme celui-ci, presque tout le monde devait être au travail ou trop occupé pour s'attarder à toutes ces fenêtres donnant sur l'arrière.

La clôture grillagée était toujours par terre. Il l'enjamba, et se dirigea droit vers la porte de derrière, en enfilant des gants en latex qu'il avait volés aux types de la boutique d'accessoires. Woody n'avait pas de chien, mais la découpe d'un portillon pour chien était nettement visible dans le panneau du bas de la porte donnant sur le jardin. John était trop grand pour s'y glisser, mais il enfila le bras à l'intérieur, cherchant la serrure à l'aveuglette.

Ses doigts effleurèrent le bouton de porte et il fit tourner le loquet.

Il se redressa à reculons, regarda autour de lui pour s'assurer que personne ne l'épiait, puis il ouvrit la porte. Il se raidit, il attendait le déclenchement d'une alarme. Il n'avait rien d'un cambrioleur expérimenté, mais il imaginait bien que Woody était trop fier pour dépenser de l'argent dans un système d'alarme.

Il était flic, bordel de Dieu.

Il évita la cuisine et passa tout droit dans la salle de séjour. Il se rendit au bureau, dans l'angle, en ignorant le téléviseur grand écran, tous ces appareils numériques disséminés un peu partout dans la maison, qui lui hurlaient à la figure que Woody gagnait bien sa vie, qu'il avait de quoi s'acheter une paire de chaussures chère ou un bon repas chaque fois qu'il en avait envie. Bon sang, il avait de quoi s'en permettre des choses, hein ? Deux identités, pour commencer. Qu'est-ce qu'il mijotait d'autre ?

Son cousin était trop malin pour rien laisser traîner aux endroits les plus évidents qui soit de nature à l'incriminer. Le chéquier du compte joint qu'il partageait avec son épouse était là, au grand jour, et les factures soigneusement empilées dans la corbeille des courriers entrants. Ils devaient pas mal d'argent, mais ils gagnaient ce qui paraissait à John une petite fortune. Des milliers de dollars par mois, qui entraient et sortaient, une voiture toute neuve pour sa femme, une école coûteuse pour le gamin. C'était presque trop, ça le dépassait.

Dans le garage, il y avait tous les outils imaginables, et pourtant, d'après ce que John avait pu observer, Woody consacrait l'essentiel de son temps à ne pas décoller du canapé. Il y avait un jeune qui venait à l'occasion tondre le jardin, alors quel besoin Woody avait-il de posséder un énorme motoculteur doté d'un porte-gobelet, c'était un mystère. Ce qui le mit le plus en colère, c'était la table de billard au milieu du garage. La pensée de son cousin avec son gamin, et pourquoi pas quelques voisins ou des collègues du boulot, à boire des bières et à jouer au billard, cela le rendait encore plus furieux que tout le reste.

Il explora les tiroirs de l'établi, en prenant soin de ne rien déplacer. Sous le plateau de triage de la boîte à outils, il découvrit une pile de magazines porno, tous les gros titres promettant de « la baise limite légal » et des « clichés d'éjac à gogo ». Il feuilleta les pages une par une, en quête d'indices, en essayant de ne pas s'arrêter sur les très jeunes filles – des enfants, pour certaines d'entre elles – ouvertes, étalées aux yeux de tout le monde. Peut-être quelque chose en lui s'était-il éteint, en prison, mais quand il vit ces regards sans âme, une seule idée lui vint en tête, Joyce, à cet âge-là, si mal dans sa peau, et si vulnérable. Il remit les magazines sous le plateau de triage, il aurait préféré ne rien voir de tout cela.

Ensuite, c'était la chambre de Woody, une immense chambre de maître, avec un grand lit double où ce connard devait faire l'amour à sa femme, toutes les nuits. La salle de bains était gigantesque, plus grande que la chambre de John dans son taudis. Même la piaule du gosse était grande, avec un lit en forme de voiture de course, et un coffre débordant de jouets, calé sous la fenêtre. Il se sentait bizarre, d'être dans la chambre de cet enfant. Le petit lit laisserait bientôt place à un autre, de taille supérieure. Le gamin aurait grandi, il souhaiterait avoir davantage son intimité. Il irait à l'école, rencontrerait une fille, l'emmènerait au bal du lycée. C'était tout simplement trop déprimant d'être là, et il se replia dans le couloir.

Il retourna dans la chambre principale, certain d'avoir manqué quelque chose. Il tâcha de réfléchir comme sa contrôleuse judiciaire, Mme Lam, en quête de contrebande. Il vérifia sous le matelas, tâta les oreillers, à la recherche de grosseurs plus fermes. Il inspecta les chaussures dans la penderie et les chemises dans le tiroir.

Des chemises. Rien que des étiquettes de créateurs. Des cotons doux, un peu de soie. Les sous-vêtements de Woody, du Calvin Klein, et ses pyjamas Nautica.

« Nom de Dieu, marmonna-t-il, tellement gagné par sa haine de Woody qu'il en était incapable de respirer. Réfléchis, se dit-il, comme si cela devait suffire à provoquer les choses. Réfléchis. »

Deux flacons d'eau de toilette pour homme étaient posés sur la coiffeuse. Il ne s'intéressa pas à la marque, mais à ce qu'il vit posé devant les flacons, un grand couteau à lame pliante. Woody avait tout le temps le même sur lui, quand ils étaient adolescents. Il prétendait que c'était parce qu'il avait eu affaire à de sales enfoirés, dans ses trafics de drogue, et John l'avait cru, s'imaginant des moments de blocage et de tension et des transactions risquées, et son cousin brandissant sa lame à dents-de-scie bien aiguisée.

Woody portait un couteau sur lui. Comment avait-il pu oublier ça ?

« Qui êtes-vous ? »

Il pivota sur lui-même, abasourdi de découvrir la voisine de la maison d'à côté, là, sur le seuil de la chambre. Elle était vêtue d'une chemise de nuit en soie blanche, et d'un peignoir. Sa tenue pendouillait sur ce corps d'enfant comme un sac mouillé sur une fourche. Elle avait une voix de petite fille, haut perchée, presque une voix de crécelle.

« Qu'est-ce que vous faites ici ? lui demanda-t-elle, mais il voyait bien qu'elle avait peur.

— Je pourrais vous poser la même question », répliqua-t-il, en tâchant de prendre le ton autoritaire auquel recourent les adultes pour s'adresser aux enfants. Il fit glisser le couteau dans le creux de sa paume.

« Ce n'est pas votre maison.

— Ce n'est pas la vôtre non plus, releva-t-il. Vous habitez la porte à côté.

— Comment le savez-vous ?

— Woody me l'a dit. »

Elle baissa les yeux, un rapide regard sur ses mains, les gants en latex, le couteau.

« Qui est Woody ? »

La question le désarçonna, et elle dut percevoir son hésitation, car elle se précipita dans le couloir.

« Hé ! s'écria-t-il, en la pourchassant dans le salon, la cuisine. Attendez ! », beugla-t-il, mais elle avait déjà filé par la porte ouverte et dans le jardin.

Elle atteignit la clôture, risqua un regard par-dessus son épaule. Il se souvint qu'il tenait toujours en main le couteau de Woody, comprit l'effet que cela devait faire à cette jeune fille, et s'immobilisa. Elle hésitait, mais son corps, lui, restait en mouvement. Il continuait d'avancer.

Il la regarda tomber, au ralenti. Son pied nu s'était pris dans la clôture éventrée, sa tête heurta la terre. Il attendit. Elle ne se relevait pas. Il attendit encore un peu plus. Elle ne bougeait toujours pas.

Lentement, il sortit dans le jardin, avec le contact de l'herbe molle sous ses pieds. Il se souvenait de ce qu'il avait éprouvé en sortant de la Littorale, en marchant sur l'herbe, pour la première fois depuis vingt ans. Ses pieds étaient habitués à la densité du béton ou à l'argile rouge de Géorgie, durcie comme de la brique, sous les pas des milliers d'hommes qui l'arpentaient tous les jours. L'herbe, dans le cimetière, lui parut si tendre. Comme s'il marchait sur des nuages, en suivant le cercueil de sa mère vers la tombe.

Vingt années, et il avait oublié la sensation de l'herbe. Vingt années de solitude, d'isolement. Vingt années d'Emily subissant la déchéance bimensuelle de ces visites à son fils. Vingt années de Joyce dévorée de l'intérieur par la conscience de cette espèce de monstre qu'était devenu son frère.

Vingt années de Woody, qui mène sa petite existence à l'extérieur, se dégote un bon boulot, se marie, fait un enfant, se crée une vie.

Il s'approcha de la clôture à pas comptés. Il s'aperçut qu'il tenait encore dans sa main la lame pliante de Woody, et il posa l'arme par terre, à côté de lui, avant de s'agenouiller près de la fille. Il avait appris à prendre le pouls, à l'hôpital de la prison. Elle n'avait plus de pouls. Même sans cette preuve, il voyait bien, à son crâne fracturé, qu'elle était probablement morte à la seconde où sa tête s'était écrasée contre un gros caillou, juste audelà de la clôture. Son sang maculait le quartz, avec de longues mèches de cheveux blonds collées dans la flaque.

Il s'assit sur ses talons, il revint en pensée à la dernière fois qu'il avait vu Alice. Ses yeux. Il n'oublierait jamais ses yeux, qui fixaient le néant. Et son corps, lui, racontait la réalité de l'histoire. Elle avait enduré des choses terribles, des choses indicibles. En pensée, il se rappelait les agrandissements vus à son procès, ces photographies montrant le corps violé de Mary Alice Finney, les membres écartés, étalée au vu et au su de tout le monde. Il se souvenait de sa tante allant et venant devant le jury et, sur le moment, il avait considéré que ces déambulations n'étaient pas bénéfiques, parce qu'elles ne faisaient qu'attirer leur attention sur les photos, exposées juste derrière elle.

« C'est bon », avait-il dit à Lydia quand elle était venue à la Littorale pour lui expliquer qu'il avait épuisé toutes ses voies de recours, qu'il allait très probablement mourir en prison. « Je sais que tu as fait tout ton possible. »

Elle lui avait conseillé de ne pas parler de drogue à la police, de ne pas mentionner Woody, parce que mêler son fils à tout ça ne ferait qu'ouvrir la porte sur les antécédents de John, sur sa consommation de stupéfiants, et on ne voulait pas de ça, n'est-ce pas ? Si Woody était appelé à témoigner, il dirait la vérité.

On ne voulait pas que Woody dise la vérité, n'est-ce pas?

Ce soir-là, à cette soirée, Woody lui avait dit « Sans rancune », en lui lançant ce sachet. Etait-ce à cet instant qu'il avait décidé de faire du mal à Mary Alice?

Sans rancune. John ne sentait plus rien, aucune rancune, rien – rien qu'une rage qui brûlait en lui comme s'il avait avalé de l'essence avant de craquer une allumette.

Il avait les yeux baissés sur la fille. C'était une enfant, mais c'était aussi une messagère.

Le ventre pétrifié, il lui introduisit ses doigts gantés dans la bouche, pinça la langue entre le pouce et l'index.

C'était Woody qui avait chargé la barque de John. John allait lui charger la sienne. En prison, la chose la plus importante qu'il ait apprise, c'était que vous ne touchiez jamais à la propriété d'un homme, à moins que vous ne soyez prêt à y laisser la vie.

« Woody », c'était comme ça qu'il l'appelait, mais c'était un nom de petit garçon, et Woody n'était plus un petit garçon. Comme John, c'était un homme. Il fallait donc l'appeler par son nom d'homme.

Michael Ormewood.

John ramassa le couteau.

Chapitre vingt

15 juin 1985

« TU AS BESOIN de marcher, pour te sortir tout ça de la tête, dit-il à Mary Alice. Tu ne peux pas rentrer chez toi dans cet état.

— Tu as déjà embrassé une fille? »

Il rougit, et elle rit.

« Mark Reed, lui fit-elle. Il s'imagine qu'il est mon boy-friend parce qu'il m'a embrassée, après le match. »

Il garda le silence, prononçant une prière de mort muette pour Mark Reed, quarterback de l'équipe de foot, conducteur d'une Corvette rouge, et fier possesseur d'une forte pilosité, que ce connard aimait exhiber dans les vestiaires, comme s'il paradait dans un numéro de Chippendale.

« Tu ne m'as pas répondu », insista Mary Alice, et John repensa au sachet de poudre blanche de Woody, dans sa poche.

Elle lut dans ses pensées.

« Laisse-moi essayer.

— Pas question.

— J'ai envie.

— Non, pas question.

— Allez. » Elle glissa les doigts dans la poche de John et sa main l'effleura. Il aspira une grande goulée d'air, si fort qu'il fut surpris de ne pas sentir ses poumons exploser.

Mary Alice tenait le sachet levé à la lumière du réverbère.

« Pourquoi c'est si bon ? »

Il était incapable de répondre. Pour le moment, d'autres questions plus pressantes requéraient son attention.

Elle ouvrit le sachet.

Il reprit ses esprits.

« Ne fais pas ça.

— Pourquoi pas ? Tu le fais bien, toi.

— Je suis un paumé, lui rappela-t-il. Ce n'est pas ce que tu m'as dit ? »

Il y eut un bruit derrière eux, et ils se retournèrent. Tous les deux.

« Un chat, décréta-t-elle. Viens. »

Elle lui avait pris la main et John la laissa le conduire au bout de la rue, vers sa maison. Elle lui fit traverser le jardin, et il garda le silence. Il savait que sa chambre était au rez-de-chaussée, mais il ne s'attendait pas à ce qu'elle ouvre la fenêtre et l'enjambe.

« Qu'est-ce que tu fabriques ?

— Chut. »

Une branche craqua derrière lui. Il se retourna, mais ne vit que des ombres.

« Viens », lui dit-elle.

Il grimpa, s'immobilisa, à califourchon sur le rebord, chuchota.

« Si ta mère me trouve ici, elle va me tuer.

— Je m'en fiche », lui chuchota-t-elle, et elle alluma une lampe Hello Kitty, qui projetait un maigre halo de lumière.

« Tu dors avec une veilleuse ? »

Elle lui flanqua une petite tape espiègle sur l'épaule.

« Entre, c'est tout. »

Il se reçut en douceur. Le lit de Mary Alice était calé tout contre la fenêtre. Ils se retrouvèrent tous deux assis dessus. Le lit de Mary Alice. Il sentit son érection le reprendre, une érection vengeresse.

Il ignorait si elle s'en était aperçue, car elle ne dit rien.

« Montre-moi comment on fait, lui demanda-t-elle, en lui tendant le sachet de coke.

— Je ne veux pas te montrer.

— Je sais que tu as envie. »

Il avait envie, en effet. Mon Dieu, oui. N'importe quoi, qui lui permette de surmonter sa propre sottise et de l'embrasser.

« Montre-moi », répéta-t-elle.

Il dénoua le sachet et préleva un peu de poudre avec son doigt.

« Tu la renifles, expliqua-t-il. Comme ça. »

La poudre atteignit le fond de sa gorge, et il toussa, il en eut presque un haut-le-cœur. Le goût était amer, métallique. Il aurait voulu avoir assez de salive pour avaler, il essaya, mais il avait la bouche trop sèche. Son cœur fit un truc bizarre, comme une espèce de flottement, et puis ce fut comme si on lui enfonçait un poignard en plein dedans.

Mary Alice avait l'air effrayé.

« Est-ce que tu... »

La coke lui monta au cerveau. Deux secondes, maxi, et il était tellement pété qu'il ne pouvait plus garder les yeux ouverts. Il voyait des étoiles – de vraies étoiles – et il bascula en avant, en plein sur Mary Alice. Elle lui prit le visage à deux mains, l'aida à garder son équilibre, il releva le menton, et ses lèvres se joignirent aux siennes.

Ensuite, tout ce qu'il se rappelait, c'était de s'être réveillé avec la pire migraine qu'il ait jamais eue de sa vie. La poitrine traversée de douleurs lancinantes, il avait froid, et pourtant il avait le corps couvert de sueur. Il se retourna sur lui-même, et sa peau collait aux draps. Il se dit que sa mère allait le tuer pour avoir trempé son lit, quand il sentit un corps tout près de lui.

Mary Alice était complètement nue. Elle avait le cou tordu d'un côté, la bouche ouverte et remplie de sang. Il vit ces hématomes qu'elle avait aux jambes, et à d'autres endroits. Des touffes de toison pubienne étaient arrachées. Elles avait des marques de morsures partout, sur ses petits seins.

John était trop flippé pour faire le moindre bruit. Il s'écarta du corps, le souffle court, la vessie compressée, mourant d'envie de se soulager. La fenêtre ouverte se trouvait juste derrière lui. Il tendit la main, ses doigts glissèrent contre le cadre. Du sang. Il avait du sang plein la main. Il était resté couché là toute la nuit, ses vêtements en étaient imbibés, comme une éponge.

Il entendit un bruit, un « oh-oh-oh », mais ça venait de lui. Le visage de Mary Alice. Il ne parvenait plus à détacher les yeux de son visage. Tout ce sang. Sa vessie se relâcha, un liquide chaud lui inonda la jambe.

Il fallait qu'il sorte d'ici. Il fallait qu'il s'en aille.

Il se plaqua contre le mur, s'aidant de ses jambes pour se hisser par-dessus le rebord de fenêtre. Il retomba de l'autre côté, dans le jardin, sur le dos, et une toux sèche lui chassa l'air des poumons.

Il regarda le ciel, là-haut. Ce n'était pas encore le matin, le soleil changeait les arbres en ombres grises sur fond noir. Ses jambes tremblaient, mais il réussit à se lever, son pantalon collé aux cuisses, sa chemise ensanglantée qui lui faisait comme une seconde peau, dans le dos. Là où il était resté toute la nuit couché, contre Mary Alice.

Il courut, son cœur lui cognait dans la gorge.

Il fallait qu'il se sorte d'ici.

Il fallait qu'il rentre chez lui.

DECATUR CITY OBSERVER

18 JUIN 1995

MEURTRE FINNEY : DIX ANS APRÈS

Dix années se sont écoulées depuis que la jeune Mary Alice Finney, quinze ans, a été découverte violée, assassinée, dans la maison de ses parents, à Decatur, et pourtant, ce crime qui a secoué cette petite banlieue résidentielle d'Atlanta reste encore très présent dans les esprits des riverains établis là de longue date. « Ce drame a tout changé, souligne Elizabeth Reed, dont le fils fréquentait la jeune Finney à l'époque de sa mort. Nous étions une petite communauté très ouverte, et depuis, la nuit, nous fermons nos portes à clef. »

De prime abord, la police était restée déconcertée devant le meurtre de cette jeune fille, pom-pom girl et déléguée de sa classe au lycée de Decatur. « C'était une jeune fille normale, qui menait une vie normale, c'est tout », rappelle Mme Reed. Ce 16 juin 1985, tout a changé, lorsque les voisins ont été tirés de leur sommeil par les hurlements d'une femme. Sally Finney était allée réveiller sa fille, pour l'accompagner à l'église. Au lieu de quoi, elle a découvert un vrai carnage.

« La scène du crime a été difficile à traiter, reconnaît le chef de la police de l'époque, Harold Waller, aujourd'hui à la retraite. Il y avait du sang partout. Nous n'avions jamais rien vu de pareil. Nous pensions être confrontés à l'œuvre d'un psychopathe... et c'était bien de cela qu'il s'agissait, de toute évidence. »

Les experts psychiatres du tribunal ont confirmé cette hypothèse de Waller, celle d'un tueur de sang-froid, en soulignant que la fureur du jeune homme, alimentée par la drogue, révélait une psychose profonde. Même si le tueur n'a reconnu s'être drogué que « pour s'amuser », ses amis ont levé le voile sur une face bien plus noire du personnage. Dans son témoignage, l'entraîneur de l'équipe de football, Vic McCollough, a fait part du tempérament violent de Shelley sur le terrain, en précisant qu'il avait finalement été obligé de l'exclure de l'équipe. L'un de ses amis proches qui, à l'époque, a demandé que son nom ne soit pas divulgué, a déclaré que Shelley avait développé une fixation sur Mary Alice Finney et donnait l'impression de nourrir une « haine brûlante » envers cette élève régulièrement inscrite au tableau d'honneur de son établissement.

Au-delà du viol, perpétré avec brutalité, le corps présentait plusieurs blessures profondes sur les seins et les cuisses. Et le tueur adolescent a souillé encore un peu plus sa victime, en urinant sur elle. Ce ne devait toutefois pas être la découverte la plus épouvantable. Lors de son témoignage devant la cour, Harry Waller a révélé que la langue de la jeune Mary Alice avait été sectionnée au moyen d'un couteau à dents-de-scie.

Dans le quartier, rares ont été ceux qui ont été surpris par l'arrestation de Jonathan Shelley, un garçon qui a toujours vécu là. Selon la police, le jeune de quinze ans avait déjà des antécédents d'usage de stupéfiants et de quelques vols mineurs. Le directeur du lycée, Don Binder, a pu attester lors du procès que Finney était un revendeur de drogues bien connu dans l'enceinte de l'établissement, qui avait de « graves problèmes ». Sur la scène du crime, on avait retrouvé un mélange de cocaïne et d'héroïne, ce qui s'appelle un « speedball », dans le langage de la rue. Les empreintes digitales ensanglantées de Shelley étaient présentes sur le sachet, ainsi qu'à plusieurs emplacements déterminants, dans la chambre de la jeune fille.

« Nous ne manquions pas de preuves matérielles, explique encore le chef Waller. Ses empreintes pleines de sang étaient partout. » Durant les débats, la Défense avait relevé la présence de plusieurs empreintes non identifiées sur la scène du crime, mais elle était restée dans l'incapacité d'apporter la moindre justification sur la pièce à conviction la plus accablante : le couteau de cuisine à dents-de-scie, retrouvé plus tard dans l'armoire de la chambre du garçon. Cette arme, appartenant à un jeu d'ustensiles de la cuisine des Shelley, avait été nettoyée avec soin, mais des traces de sang humain furent retrouvées incrustées dans le manche en bois. Emily Shelley, la mère du garçon, avait déclaré sous serment qu'elle s'était elle-même coupée en se servant de ce couteau, prétendant que ce sang était donc le sien. Lors du contre-interrogatoire, elle avait été incapable d'expliquer comment ou pourquoi le couteau s'était retrouvé dans le fond de l'armoire de son fils.

« Je n'ai jamais cru un instant à l'innocence de John Shelley, déclara le sénateur Paul Finney (Républicain-circonscription de Fulton). Il a fait ce choix, il a nourri cette colère aveugle et, avec la drogue qui a encore ajouté à la confusion mentale, ma fille a payé le prix fort. » Sally Finney n'a jamais officiellement évoqué la perte de Mary Alice, sa fille unique. Les voisins disent qu'elle a refusé de revenir habiter dans sa maison de St. Patrick Drive et qu'elle a entamé une procédure de divorce, dans le cours même du procès. « Toute cette violence a suffi à déchirer ma famille », avait déclaré Paul Finney, à l'époque. Le sénateur, deux fois divorcé, est un défenseur bien connu des droits des victimes, et il a cosigné ou soutenu plusieurs textes de lois adoptés par l'Etat de Géorgie, visant à durcir les règles d'attribution de la liberté conditionnelle pour les criminels violents.

Une initiative bienvenue, la première audience de probation de John Shelley s'étant tenue vendredi dernier. Debout face à la commission, le jeune homme a lu une déclaration préparée à l'avance. « Je n'ai pas commis ce crime, a-t-il déclaré devant la salle bondée. Je n'admettrai jamais un acte que je n'ai pas commis. »

Pour Paul Finney, le père toujours endeuillé, « John Shelley est là où il mérite d'être ».

Troisième partie

Chapitre vingt et un

6 février 2006. 20 h 2

WILL TRENT brossait son chien, quand la sonnette retentit à la porte. Betty se mit à aboyer, avec une telle force que son petit corps faillit riper de la table. Il fit taire l'animal, ce qui lui valut un regard intrigué. Il n'avait jamais dit non à sa chienne.

Il s'écoula une pleine minute. Will et Betty attendirent, dans l'espoir que celui ou celle qui se trouvait derrière la porte s'en irait, mais la sonnette retentit à nouveau, puis il y eut encore trois coups, en succession rapide.

Cette fois, l'animal aboya pour de bon. Will soupira, posa la brosse et rabaissa les manches de sa chemise. Il souleva la chienne dans le creux de sa main. On sonna de nouveau – six fois de suite – alors qu'il se dirigeait vers la porte d'entrée.

« Enfin merde, pourquoi tu as mis autant de temps ? »

Il regarda dans la rue, pour vérifier si elle était seule.

« J'ai eu les témoins de Jéhovah sur le dos, ces derniers jours.

— Ça pourrait être un bon moyen de rencontrer des femmes, ça. » Angie fronça le nez. « Mon Dieu, qu'il est vilain, ce chien. »

Will suivit Angie à l'intérieur de la maison, en tenant Betty serrée contre sa poitrine, froissé de l'affront qui lui était fait, même si l'animal, lui, n'en avait rien perçu. Angie était encore habillée en tenue de travail.

« Tu as l'air d'une prostituée, remarqua-t-il.

— Tu as l'air d'un cadavre dans son cercueil. »

Il lissa sa cravate du plat de la main.

« Ce costume ne te plaît pas ?

— Qu'est-ce que tu as fait de ce jean que je t'ai acheté ? » Elle s'affala sur le canapé et laissa échapper un soupir de soulagement, sans attendre sa réponse. « Ces godasses de merde », se plaignit-elle, en extrayant ses pieds de ses hauts talons de quinze centimètres, qu'elle laissa rouler sur le tapis. Elle détacha ses longs cheveux bruns, les secoua, et ils lui retombèrent sur les épaules. « J'en ai ma claque, de ce boulot à la con. »

Will posa Betty par terre. Le chihuahua partit en direction de la cuisine, au rythme du cliquetis de ses griffes sur le parquet. Il l'entendit boire un peu d'eau, puis croquer ce qui restait de son dîner. Cette chienne était un compagnon importun et, avec un peu de chance, temporaire. Deux semaines plus tôt, en rentrant de son jogging matinal, Will avait vu sa vieille voisine que l'on embarquait dans une ambulance. Cette femme souffrait d'une sorte de défaut d'élocution et, à en juger par le timbre de la voix, de tabagisme, à raison de cinq paquets de cigarettes par jour.

« Gardez Betty ! lui avait-elle crié depuis l'autre bout de la pelouse, devant la maison, et il avait cru comprendre *Cardez Betty* !

— Qu'est-ce que je dois en faire ? » lui avait-il lancé, quelque peu horrifié à cette perspective. La vieille s'était contentée de lui lancer un regard courroucé, alors il avait pointé le doigt sur le minuscule chihuahua, en arrêt sous la véranda. « La chienne. Qu'est-ce que je fais de votre chienne ?

— Brossez-la ! » avait glapi la femme d'une voix de crécelle, et les portières de l'ambulance s'étaient refermées sur elle avec un claquement sec.

Il ignorait le nom de sa voisine. Mis à part sa passion pour l'émission *Le Juste Prix*, qu'elle écoutait avec le son réglé à fond, il en savait très peu sur elle. Il n'avait aucune idée de l'endroit où l'ambulance l'avait emmenée, il ignorait si elle avait une famille ou, d'ailleurs, si elle allait revenir un jour. Et s'il connaissait le nom du chien, c'était uniquement à cause de cette habitude de la vieille femme de lui hurler dessus.

« Betty ! Il l'avait souvent entendue crier en plein milieu de la nuit, d'une voix de baryton plus grave que celle d'un homme. Betty, je t'ai dit de ne pas faire ça ! »

Les bras croisés, Angie dévisageait Will, depuis son canapé.

« Tu te rends compte que tu as l'air absolument ridicule, à te balader partout avec ce toutou. »

Will s'assit en face d'elle, s'appuya contre le dossier de sa chaise. Il attrapa la télécommande de la chaîne stéréo et arrêta le livre audio qu'il était en train d'écouter. Deux très longues années s'étaient écoulées depuis la dernière fois qu'il avait adressé la parole à Angie Polaski, et voilà qu'elle était de retour dans son salon, comme s'ils n'avaient pas sauté une seule journée. Elle avait toujours été comme ça, toujours, depuis leur enfance. Faites semblant de n'être jamais surpris de rien, et vous ne serez jamais surpris.

« Je dois te remercier d'être venue à mon secours, avec ce distributeur automatique, ce matin », lui dit-il, en laissant de côté le fait qu'il avait quasiment eu une attaque en la voyant dans ce couloir, au City Hall East, le jour même.

« Bon, mais qu'est-ce que tu fabriques avec Michael Ormewood ? » Et là encore, elle ne lui laissa pas le temps de l'éclairer. « Seigneur, j'ai du mal à y croire, pour sa voisine. C'est carrément bizarre, non ? »

Il préférait essayer d'aborder un seul sujet à la fois.

« Il a sorti un dossier qui m'intéressait. Comment le connais-tu ?

— Il a travaillé aux Mœurs, lui répondit-elle. Tu as quelque chose à grignoter ? »

Will se leva pour aller inspecter le contenu du frigo, avec Betty sur les talons. Il prenait l'essentiel de ses repas dehors, mais la chienne aimait le fromage, et il lui en gardait toujours un bout à portée de main.

Angie l'avait suivi dans la cuisine.

« Quand est-ce qu'Ormewood a été transféré à la brigade des Homicides ?

— Il y a environ six mois. »

Six mois plus tôt, Will habitait dans le nord de la Géorgie, en exil, contraint d'effectuer des descentes de police dans des élevages de poulets transformés en laboratoires de fabrication de méthamphétamines, le temps que son patron décide quoi faire de lui.

« Les Mœurs ont été sa première grosse nomination, quand il a décroché son insigne en plaqué or, lui expliqua-t-elle. Il a travaillé là dix ans, à peu près. »

Will en conclut qu'elle essayait de lui transmettre un message.

« Pourquoi est-il parti ?

— A cause de moi. » Elle écarta une chaise de la table et s'assit. « Je l'ai prié de s'en aller, sinon je lui collais un rapport.

— Pour ?

— Il se tapait certaines des filles. »

Will reposa le fromage sur le comptoir.

« C'est intéressant.

— Moi, j'ai trouvé ça carrément dégueulasse, mais bon, chacun voit midi à sa porte. »

Will rumina là-dessus un petit moment, sa vision de Michael Ormewood se trouvant une fois encore modifiée. Cet homme était décidément difficile à saisir.

« Et il a continué pendant les dix ans où il a travaillé aux Mœurs ?

— Je n'ai opéré dans son équipe que quelques mois. Si je devais émettre un avis sur la question, je dirais que oui.

— C'est courant ? » s'enquit-il.

Elle haussa les épaules.

« Ça peut arriver, surtout avec les types mariés. Une chatte gratos, qui dirait non ? »

Will se retourna pour sortir une assiette du placard, et Angie ne put déchiffrer l'expression de son visage, mais elle le connaissait depuis qu'elle avait huit ans, et cela suffit à la faire rire.

« Tu es tellement prude, William.

— Il n'y a pas grand-chose de changé, en deux ans. »

Elle ne mordit pas à l'hameçon. Deux ans et une poignée de mois, pour être plus exact. Ils se trouvaient dans cette même cuisine, Angie lui hurlait dessus, Will avait les yeux baissés sur ses souliers, il attendait qu'elle cesse. Elle avait bien fini par cesser, sauf que ce fut après être sortie en claquant la porte.

Il détailla le fromage en petits cubes, tâchant d'ignorer le regard impatient de Betty.

« Quel genre de commentaires as-tu entendu circuler, après ce qui s'est produit cet après-midi ?

— Pour la voisine de Michael ? interpréta-t-elle. Pas grand-chose. Juste que c'est sans doute lié à l'affaire Monroe.

— La voisine a eu la langue sectionnée. Langue qu'ils n'ont pas encore retrouvée.

— Pourquoi quelqu'un irait-il s'en prendre à la voisine de Michael ?

— C'est la question que je me pose.

— Tu crois que c'est un hasard ? »

Il s'adossa contre le plan de travail et la regarda.

« Me paraît peu vraisemblable. Ormewood a-t-il des ennemis ?

— Je ne suis pas sa meilleure amie, mais d'après ce que je peux en dire, les gars l'apprécient. Il traîne pas mal avec ce trou-du-cul de Leo Donnelly, mais bon, il en faut pour tous les goûts...

— As-tu entendu parler d'autres affaires où il aurait pu se mettre quelqu'un à dos ?

— Tu veux dire casser les couilles à quelqu'un ? » Elle haussa encore une fois les épaules, une nouvelle manie qu'il ne lui connaissait pas, à l'époque où il la fréquentait. « Rien de frappant. Tu crois réellement que c'est lié au meurtre Monroe ?

— Le rapport du coroner sur la fille sera prêt demain. D'après ce que j'ai pu constater, il a relevé quelques différences. » Trent marqua un silence, le temps de se remémorer la scène. Elle avait le bout du pied éraflé. « Manifestement, elle avait trébuché sur la clôture. Elle avait une blessure, là. » Il se toucha la tempe. « Elle a heurté un caillou dans sa chute, un choc assez violent, à en juger par l'aspect de la blessure. Et par la quantité de sang. » Il observa encore une pause. « Il n'y avait pas assez de sang. Avec Monroe, la bouche s'est plutôt vite remplie, suffisamment pour l'étouffer. Cette gamine-ci était sur le ventre, bien entendu, mais il n'y avait pas tant de sang que ça, sur le sol. Si je devais jouer aux devinettes, je dirais que son cœur a cessé de battre avant qu'on ne lui tranche la langue.

— A-t-elle été violée ?

— Elle présentait des hématomes sur les cuisses, mais nous n'aurons pas de certitude avant qu'ils ne l'allongent sur la table d'autopsie.

— C'est Peter Hanson qui gère ça ?

— Oui. Le meurtre s'est produit dans le comté de DeKalb, mais je leur ai demandé de bien vouloir le laisser s'occuper du corps, juste par souci de continuité. C'est Hanson qui s'est chargé d'Aleesha Monroe, ce matin, précisa-t-il. Le type m'a l'air bien. » Will songea à une question soulevée par le légiste, lors de l'autopsie. « Est-ce que les préservatifs avec spermicide et lubrifiant coûtent beaucoup plus cher que les autres ? »

Elle le dévisagea.

« J'ai l'air d'une experte ? »

Il savait qu'elle en était sans doute une, mais il n'avait pas envie de se lancer dans cette discussion-là pour le moment.

« Le tueur de Monroe s'est servi d'un préservatif avec spermicide et lubrifiant. J'étais juste curieux de savoir s'ils coûtaient plus cher. »

Angie en tira la conclusion qui s'imposait.

« Il n'avait pas envie de laisser de traces d'ADN.

— Ormewood pense que ça signifie qu'il n'avait pas l'intention de la tuer.

— C'est des conneries, riposta-t-elle. Les clients n'apportent pas leurs capotes avec eux. Ils ne s'inquiètent pas particulièrement pour les filles qu'ils tronchent. Tu sais comment ils appellent toute cette peau qui vient en supplément, autour du vagin ? Ils appellent ça une femme. S'il y en a un qui doit être au courant, c'est bien Michael Ormewood.

— Alors ça me ramène à ma question initiale. Est-ce que ces préservatifs-là coûtent plus cher ? »

Angie l'étudia du regard, l'espace de quelques secondes. Elle savait qu'il n'avait jamais acheté un préservatif de sa vie.

« Les filles sont comme tout le monde, elles considèrent que ce qui se vend un peu plus cher doit aussi être de meilleure qualité. Si elles pensent que ça arrêtera l'hépatite C, elles dépenseront les trente ou quarante cents de plus.

— Elles ne se soucient pas du sida?

— Le sida, en général, tu peux le cacher. Avec l'hépatite, tu jaunis. Leesha faisait partie des plus futées. Elle prenait toutes les précautions possibles. »

Angie s'observa les mains, comme si elle examinait son vernis à ongles. Elle se laissait rarement entamer par son métier – sans quoi, elle finirait sans doute alcoolique et dans la rue –, mais Will vit bien que, dans ce cas précis, elle luttait. Elle avait beau détester travailler aux Mœurs, elle se sentait une sorte d'affinité avec les filles. Elles partageaient des origines similaires, un passé de maltraitance et d'abandon. Elle aurait aussi facilement pu devenir l'une d'elles.

« Je l'aimais bien, lui avoua-t-elle enfin. Monroe. L'an dernier, on l'avait bouclée à peu près six fois d'affilée. Elle était mignonne. Elle est entrée dans le métier pour les raisons habituelles, et après, elle ne voyait plus trop comment en sortir. J'ai essayé de lui faire suivre un traitement, mais tu sais ce que c'est. Tu ne peux pas pousser la personne, à moins qu'elle ne le veuille vraiment. »

Il tâcha de trouver une gentillesse à lui dire à propos de cette prostituée morte, sachant que cela réconforterait Angie, dans une certaine mesure. Il se décida.

« Elle était jolie.

— Ouais, jolie. » Angie se leva et s'approcha de Will. Il resta parfaitement immobile, s'attendant bêtement à un geste de sa part, mais elle se contenta de prendre quelques cubes de fromage avant de se rasseoir. « Ce matin, j'ai questionné Michael à son sujet. Il ne se souvenait même pas d'elle.

— Monroe faisait-elle partie des prostituées dont il a abusé?

— Aucune idée », admit-elle. C'était surtout une rumeur qui courait parmi les filles. “Il y a un flic, s'il peut tirer un coup, en échange, il te file un bifton.” Ce genre de truc. Je n'y croyais pas vraiment, mais l'une d'entre elles m'a donné son nom. Ormewood, c'est pas franchement un nom courant, hein? Je l'ai interrogé à ce sujet, et il n'a pas nié. Alors je lui ai répondu “Ecoute voir, soit tu demandes ta mutation, soit ça remonte jusqu'à l'inspecteur-chef.” Il a pris la première porte. »

Will se retourna de nouveau, bras croisés.

« C’est quel genre de type?

— Comme flic, il est bon. » Elle attrapa un morceau de fromage. « Si tant est que cela signifie encore quelque chose. » Elle mâcha, en réfléchissant visiblement à la question qu’il venait de lui poser. « La vérité, c’est que je ne l’ai jamais aimé. Il était toujours à me renifler autour, à me proposer de me montrer les ficelles du métier. Je lui ai conseillé d’aller se faire foutre.

— A ta manière habituelle de jeune fille bien élevée. » Il lança un peu de fromage à Betty.

« Tu ne devrais pas lui donner à manger comme ça, le prévint-elle. Elle va faire une obstruction et après, tu vas t’en repentir.

— De la modération en toute chose.

— Quand cette petite pétasse va se mettre à lâcher des gaz sur l’air de “Copacabana”, ne viens pas me voir en pleurnichant. »

Will balança encore un cube de fromage au chihuahua, alors qu’en général, il la limitait à un morceau par soir.

« Raconte-m’en un peu plus sur Ormewood. »

Angie haussa les épaules.

« Avant qu’il ne disparaisse de ma vue, je ne m’étais pas réellement rendu compte à quel point il m’agaçait. Toujours à se comporter comme s’il était le premier du campus, tu vois? C’est un ancien soldat...

— Il m’a dit ça.

— Ouais, il aime bien s’arranger pour que les gens soient au courant de cette partie de sa vie. » Elle posa sur Betty un regard soupçonneux, comme si la chienne s’était déjà mise à fermenter. « Même après sa mutation, il remontait sans arrêt faire un tour aux Mœurs, comme s’il avait besoin de revenir toutes les semaines frimer devant ses copains d’avant. Quoi qu’il en soit, une fois par semaine, il fourrait son nez là-haut, à nous raconter les grosses enquêtes qu’il s’était ramassées, comme si rien que d’intégrer les Homicides, il avait la queue plus grosse.

— Il jouit d’un taux d’élucidation assez élevé.

— Meilleur que le tien?

— Crois-tu qu’il continuait de venir fouiner chez vous parce qu’il craignait que tu ne changes d’avis concernant ses menues activités parascolaires?

— Je pense surtout qu'il n'arrivait pas à encaisser que j'aie eu le dessus par rapport à lui. » Elle lui sourit, avec ce petit sourire qui voulait dire qu'elle allait s'amuser à le houspiller un peu. « Allons, mon bébé. N'est-ce pas que tu as un taux d'élucidation plus gros que le sien ?

— Parlons plutôt d'Ormewood. »

Elle fit mine de bouder, mais fut incapable de s'y tenir longtemps.

« Je viens de te le dire... Michael apprécie d'être aux commandes.

— Moi, il m'a paru correct.

— Les hommes, ils ne voient pas ça, mais c'est là, juste audessous de la surface. Fais-moi confiance, demande à n'importe quelle femme, et au bout de dix minutes en sa présence, elle te le confirmera. C'est un flippé dominateur.

— Soit. » Ce trait de caractère n'était pas rare, chez un policier, et Will y cédait souvent lui-même. « J'ai en effet noté qu'il avait assez l'esprit de compétition.

— C'est un euphémisme, s'amusa-t-elle. Il a accepté sa mutation, mais il n'a pas pu encaisser le fait que je lui aie damé le pion. Il venait tout le temps me tourner autour, à la fin de mon service, juste après que j'ai fini de saisir mes formulaires DD-5 de suivis de plainte.

— Il les a consultés, tes DD-5 ?

— S'il avait osé, je lui aurais arraché le dard. » D'une pichenette, elle goba un autre cube de fromage. « Mais à mon avis, si j'avais eu le malheur de le laisser deux secondes seul, il aurait mis mon bureau sens dessus dessous.

— Il a mauvais caractère ?

— Pas plus que nous tous. »

Will se demanda ce qu'elle entendait par là, mais n'insista pas.

« L'impression que ça donne, c'est qu'il voulait s'assurer que tu n'allais pas le faire boucler.

— Possible. » Elle mâcha encore un peu, en gardant ses pensées pour elle.

Will l'étudia un moment, tâchant de deviner ce qu'elle cachait. Avec Angie, on pouvait être sûr qu'elle conservait toujours quelque chose en réserve. Même après toutes ces années, il ne savait pas trop si elle le faisait exprès ou s'il s'agissait juste d'un mécanisme de protection. Il y avait le mensonge, et ensuite, il y avait ce qu'il considérait comme relevant de l'instinct de survie. Il était la dernière personne sur cette Terre à pouvoir la prendre en faute là-dessus.

« Ormewood semblait très bouleversé, au sujet de sa voisine, cet après-midi.

— Il apprécie vraiment les gosses, lui confirma-t-elle. Son fils a un problème mental, mais je l'ai rencontré une fois, et il est supermignon. La femme est assez froide, mais je le serais aussi, si je devais me taper ce connard toutes les nuits. Je les ai rencontrés à un dîner organisé pour le départ en retraite de son équipier. Ken Wozniak, un Noir, mais polonais. J'avais pensé y aller pour soutenir le collègue.

— Sympa de ta part.

— Je doute qu'il soit encore longtemps de ce monde. Il a eu une espèce d'attaque, en plein milieu de la salle de la brigade. Il a la moitié du corps foutue.

— Il a de la famille ?

— Nan. »

Ils demeurèrent tous les deux silencieux un petit moment.

Angie ouvrit la bouche pour dire un mot, puis se ravisa. Il s'abstint de la bousculer et, en effet, elle finit par lui confier ce qu'elle avait en tête.

« Le truc, avec Michael, c'est qu'il n'est pas lui-même.

— Ce qui signifie ?

— Il essaie tout le temps de s'intégrer, mais ça ne marche jamais. »

Will estimait que l'on aurait pu en dire autant de lui.

« C'est une mauvaise chose, ça ? »

Elle s'accorda quelques secondes, le temps de réfléchir, avant de s'expliquer.

« Comme avec Wozniak. Nous n'étions pas proches, mais je le croisais. Un grand type, une panse qui va jusque-là. » Elle plaça la main une quinzaine de centimètres devant son estomac. « Mais c'est un véritable homme à femmes, d'accord ? Toujours un commentaire à la bouche sur ma tenue. “Est-ce que j’aurai droit en plus à une portion de frites, avec une aussi jolie greluche ?”, et ce genre de conneries, mais c’est un type âgé, un vrai nounours, alors au lieu de te foutre les boules, tu trouves ça plutôt rigolo et même un peu flatteur.

— D’accord », fit-il, sans vraiment comprendre où se situait la ligne de partage, mais sachant que le plus important, c’était que le bonhomme ne l’ait pas franchie.

Elle poursuivit.

« Ken avait ce genre de formules à l’emporte-pièce. Du genre, il tend sa carte à un brave citoyen et il lui fait : “De quoi vous torcher le cul”, c’est un peu désarmant, le citoyen se marre, mais il conserve la carte, tu vois ? Comme flic, il est peut-être bizarroïde, mais les gens savent que le type est cool.

— Compris », acquiesça-t-il. Les flics avaient recours à toutes sortes de trucs pour entretenir le lien avec les témoins potentiels. Chacun puisait dans sa propre panoplie, mais une fois sur le terrain, s’ils voulaient arriver à un quelconque résultat, ils étaient tous obligés de miser sur le même style d’habiletés.

« Donc, Ken est à l’hôpital. Sur le carreau. Je veux dire, faut le dire franchement, le mec ne va pas s’en sortir.

— C’est triste.

— Ouais. » Elle eut un geste de la main, comme pour dissiper le poids de ces derniers mots. « Le fait est que, deux semaines plus tard, je suis sur mon boulevard, avec les filles, et voilà Michael qui débarque. Les filles savent que c’est un flic parce que... enfin, bon, zut, quoi, c’est un flic. Elles savent les renifler, d’accord ? » Angie se redressa contre le dossier de sa chaise, et Trent vit que la seule évocation de ce souvenir la mettait en colère. « Donc Michael va et vient devant nous, il se pavane, la queue en avant, il me lance un de ses clins d’œil à la con, comme s’il y avait de quoi trouver ça marrant, comme si c’était pas débile, comme s’il risquait pas de foutre en l’air ma couverture, merde, et il demande aux filles si elles ont pas vu ce type dans les parages, il les prévient que c’est un sale enculé et qu’elles ont intérêt à garder leurs distances. Ensuite, il leur tend sa carte et qu’est-ce qu’il leur sort, en prime... ? »

Il devina.

« “De quoi vous torcher le cul” ?

— Exact. C’est toujours sa façon de se comporter, il se donne sans arrêt beaucoup de mal pour jouer les mecs cool, pour s’intégrer, mais le fait est là, il ne sait pas trop comment s’y prendre, alors il est forcé de singer les autres.

— Comme les types qui rabâchent les répliques des flics dans les films. »

Elle imita Austin Powers à la perfection.

« *Ouais, bébé.* »

Will réfléchit un instant, songea au bref laps de temps qu’il avait passé avec Michael Ormewood avant qu’ils ne découvrent cette fille morte dans le jardin de l’inspecteur. Manifestement, Angie s’était beaucoup penchée sur la personnalité du bonhomme, mais il avait un peu de mal à avaler sa conclusion. « Là-dessus, je ne te suis pas.

— Non, fit-elle. Mais tu trouves quand même qu’il y a quelque chose qui cloche, chez lui. Ton radar personnel s’est allumé. »

Les paroles d’Angie touchaient au cœur même du lien qui les unissait. Vingt-cinq ans plus tôt, ils s’étaient rencontrés dans un foyer pour enfants. Will avait huit ans, Angie onze. Ils avaient déjà consacré une vie entière à affûter leurs instincts. Ils avaient tous deux appris, à leurs dépens, à écouter leurs impressions viscérales, quand elles leur soufflaient qu’il ne suffisait pas qu’un type porte un chapeau blanc pour se ranger forcément dans le camp des bons garçons.

« Ouais, admit-il. Je ne l’ai pas senti. J’ai supposé que c’était parce qu’il était irrité contre moi. Personne n’apprécie d’être forcé de jouer carte sur table avec un nouveau venu.

— Il n’y a pas que ça, insista-t-elle. Et tu le sais aussi bien que moi.

— Peut-être. » Il attrapa Betty pour la gratter un peu derrière les oreilles.

Angie se leva.

« J’aurais besoin que tu cherches un nom pour moi.

— Quel nom ? »

Elle regagna le salon pour aller prendre son sac. Il la suivit, en tenant Betty contre sa poitrine. Le petit corps de la chienne était si fragile qu'il avait parfois l'impression d'avoir un oiseau dans la main.

« Tiens. » Elle lui tendit un Post-it, barré en son milieu par le nom soigneusement inscrit en lettres capitales. « Il m'a confié qu'il était mêlé à une sale histoire. Ça m'avait l'air d'un sale truc, mais j'ai eu un sentiment de... » Elle n'acheva pas sa phrase, l'air désabusé. Je pense qu'il a des ennuis.

Il ne prit pas le Post-it. Il préféra plaisanter.

« Depuis quand tu sauves les gens, toi ?

— Tu veux m'aider là-dessus, ou tu vas rester planté là le cul serré, à peloter ton petit toutou ?

— J'ai pas droit aux deux ? »

Ses lèvres esquissèrent une ébauche de sourire.

« Sa fiche de liberté conditionnelle ne reprenait que les faits saillants, et le dossier complet est trop ancien pour être informatisé. Tu crois que tu pourrais exercer un peu tes talents d'agent du GBI et m'en sortir une copie des archives ? »

Il comprit que c'était la véritable raison de sa venue ce soir, et s'efforça de ne pas laisser transparaître sa déception. Il attrapa le Post-it, jeta un coup d'œil aux mots notés dessus, réduits à une tache floue, en travers de ce bout de papier. Il n'avait jamais été capable de lire les lettres correctement, surtout quand il était en colère ou en proie à la frustration.

« Will ? »

Il voulut la prévenir.

« Pour voir si c'est archivé, cela risque de demander un petit moment.

— Pas d'urgence, fit-elle. Je ne le reverrai sans doute jamais, ce type. »

Il se sentit soulagé, ce qui devait signifier qu'avant cela, il s'était senti jaloux.

Elle ouvrait déjà la porte pour s'en aller.

« C'est avec deux “e”. Tu arrives à me lire ?

— Quoi ? »

Elle eut l'air agacé, comme s'il n'avait pas écouté.

« Le nom, Will. Sur le Post-it. C'est Shelley, avec deux “e”. »

Chapitre vingt-deux

ANGIE HABITAIT à moins d'une dizaine de kilomètres de chez Will Trent. Elle roula avec l'autoradio en bruit de fond, laissa son esprit vagabonder en empruntant ces rues familières. Il avait toujours la même allure, un peu plus mince, à la rigueur, et Dieu seul savait ce qu'il avait fait à ses cheveux. Elle les lui avait toujours coupés et, à son avis, il devait posséder un rasoir électrique, pour s'éviter d'aller chez le coiffeur qui risquerait de voir sa cicatrice sur l'arrière du crâne et de lui demander qui avait essayé de le tuer.

Elle savait que Will avait vécu ces deux dernières années dans les montagnes du nord de la Géorgie. Il n'était sans doute pas beaucoup sorti, pendant qu'il était là-haut. Il avait toujours laissé sa dyslexie imposer des limites à son existence. Il n'aimait pas se rendre dans des restaurants qu'il ne connaissait pas, car il ne comprenait pas le menu. Dans les épiceries, il s'achetait sa nourriture en se basant sur les couleurs des étiquettes qui lui étaient familières, ou en se fiant aux photos clairement identifiables, sur les emballages. Il préférerait se laisser mourir de faim plutôt que de se renseigner. Elle se souvenait distinctement de la première fois qu'il était sorti faire les courses tout seul. Il était rentré avec une boîte de Crisco, de la matière grasse végétale, se figurant que le poulet rôti sur l'étiquette en désignait le contenu.

Elle s'engagea dans son allée, en tâchant de calculer combien de fois elle avait quitté Will Trent. Elle les décompta en se basant sur le nombre de messieurs pour lesquels elle l'avait quitté. Le premier s'appelait George, cela remontait au milieu des années quatre-vingt. C'était un fou du punk rock, un toxicomane honteux, qui cachait sa dépendance à l'héroïne. En numéro deux et en numéro huit, il y avait eu les deux Roger, deux hommes différents, mais affligés des mêmes défauts de caractère. Comme Will n'avait pas manqué de le relever, Angie n'était attirée que par des types susceptibles de lui faire du mal.

Le numéro six s'appelait Mark. C'était un vrai gagnant, celui-là. Il avait fallu à Angie cinq mois avant de s'apercevoir qu'il la menait à la ruine, en puisant dans ses cartes de crédit. Quand elle avait appelé l'un de ses potes à la répression des fraudes et l'avait fait arrêter, cet imbécile en était resté tellement abasourdi qu'elle en riait encore quand elle repensait à ce visage, à cette expression de stupidité. Paul, Nick, Danny, Julian, Darren... il y avait eu Horatio, même s'il n'avait duré qu'une semaine. Au bout du compte, aucun d'eux ne durait jamais, et elle finissait toujours par se retrouver sur le pas de la porte de Will, à lui gâcher de nouveau l'existence, jusqu'à ce qu'elle se trouve un autre homme susceptible de l'éloigner de lui.

Elle gara sa voiture dans l'allée. Le moteur continua de cogner après qu'elle eut retiré la clef, et elle pensa pour la millionième fois qu'elle devrait porter la pauvre chignole à réviser. La voiture avait autant de pertes qu'une vieille dame, et le silencieux du pot d'échappement pendait par un fil, mais elle était incapable de se résoudre à laisser un étranger travailler sur ce moteur que Will avait remis en état de ses propres mains. Il lui fallait environ six heures pour lire le journal du matin, mais il était capable de démonter un moteur et de le remonter les yeux bandés. Qu'il s'agisse d'une montre-gousset ou d'un piano, il savait réparer à peu près tout ce qui comportait des parties mobiles. Il posait grosso modo le même regard sur ses enquêtes – comment s'assemblaient les pièces, pour qu'un crime fonctionne –, et il était l'un des meilleurs agents dont disposait le Bureau. Si seulement il pouvait appliquer cet esprit si acéré à sa propre existence.

Elle se dirigea vers la porte de derrière, les éclairages de sécurité s'allumèrent et elle inséra la clef dans la serrure. Rob. Comment avait-elle pu oublier Rob, avec ses cheveux couleur carotte, son sourire délicieux et sa manie du jeu ? Cela faisait onze messieurs, onze fois qu'elle avait quitté Will, et onze fois qu'il l'avait récupérée.

Punaise, et cela n'incluait même pas les femmes.

Angie alluma les lumières de la cuisine et appuya sur les touches du bloc de commande de l'alarme. Will l'aimait d'amour. Elle en était certaine. Même quand ils se disputaient, ils veillaient à ne pas aller trop loin, de ne rien dire qui les affecte en profondeur, de ne pas se blesser, et de rendre la rupture définitive. Ils savaient tout l'un de l'autre – ou du moins tout ce qui importait. Si quelqu'un lui demandait, en lui braquant un pistolet à la tête, de lui expliquer pourquoi Trent et elle finissaient toujours par se remettre ensemble, elle serait morte sans connaître la réponse. Et Will, n'étant pas porté à l'introspection, subirait sans doute le même sort.

Elle sortit une bouteille d'eau du réfrigérateur et se rendit vers le fond de la maison, en s'efforçant de ne plus penser à Will, sans succès. En commençant de se déshabiller, elle vérifia les éventuels messages sur son répondeur. Quelque part, elle s'était plus ou moins attendue à un appel de lui, mais au fond, elle savait qu'il n'en ferait rien. L'appeler, ce serait céder à une impulsion, et Will Trent n'était pas un impulsif. Il aimait la routine. La spontanéité, c'était réservé aux autres. Dans les films.

Angie ouvrit le jet de la douche, dévisagea son reflet dans le miroir tout en achevant de retirer ses vêtements. Elle ne pouvait regarder son propre corps sans songer à celui de Will. Elle avait subi sa part de sévices sexuels, des mains de divers parents adoptifs et autres beaux-pères, mais toutes ses cicatrices étaient intérieures. A l'inverse de lui, elle n'avait pas de balafre qui lui sillonnait le visage, pas de brûlures de cigarettes, pas d'estafilade, aux endroits de son corps où des petites brutes alcoolisées avaient décidé de se défouler de leur colère sur un enfant sans défense. Elle n'avait pas de cicatrice à lèvres dentelées qui lui entaillait la jambe, là où une fracture ouverte avait nécessité six opérations. Elle n'avait pas non plus cette ligne encore rosâtre qui lui sillonnait l'avant-bras, là où une lame de rasoir avait ouvert la peau, vidant ses chairs de son sang et lui coûtant presque la vie.

La première fois qu'ils s'étaient rencontrés, c'était au Foyer pour Enfants d'Atlanta, qui n'était en somme qu'un orphelinat. L'Etat essayait de placer les gamins auprès de familles adoptives, mais ils en revenaient le plus souvent avec de nouveaux bleus, et de nouvelles histoires à raconter. Une Mme Flannery dirigeait ce foyer, et elle avait trois assistantes qui s'occupaient de la centaine d'enfants qui vivaient là en permanence. A rebours des images à la Dickens que cela évoquait, le personnel était aussi dévoué que possible, eu égard à ses responsabilités, et en sachant que ces gens étaient en sous-effectif et sous-payés. A sa connaissance, là-bas, personne ne s'était jamais livré à aucun mauvais traitement et, pour une bonne part, ses souvenirs d'enfance les plus heureux provenaient de cette période passée sous la garde de Mme Flannery. Non que cette femme ait été particulièrement maternelle ou aimante, mais elle veillait à ce que les lits aient des draps propres, à ce que les gosses aient des assiettes pleines à leur table et des vêtements sur le dos. Pour la plupart des gamins du Foyer d'Atlanta, c'était la seule stabilité qu'aucun d'eux ait jamais connue.

Angie racontait toujours aux gens que ses parents étaient morts quand elle était petite, mais la vérité, c'était qu'elle n'avait aucune idée de qui était son père, et sa mère, Deidre Polaski, se trouvait dans une maison de santé, réduite à l'état de légume. Le speed était la drogue préférée de Deidre, et une overdose avait fini par la plonger dans un coma irréversible. Angie avait onze ans quand elle avait découvert sa mère dans la salle de bains, affaissée sur la lunette des toilettes, l'aiguille encore plantée dans le bras. Elle était restée deux jours auprès d'elle, sans manger, presque sans dormir. Quelque part autour de minuit, le deuxième jour, l'un des fournisseurs de sa mère était venu faire un saut. Avant d'appeler une ambulance pour qu'on l'emmène, il avait violé Angie.

Elle entra dans la douche, laissa l'eau cascader sur elle et la laver de la crasse de sa journée.

Rusty.

C'était son nom.

« Si tu le dis à quelqu'un, je te tue », l'avait-il prévenue, la main serrée autour de sa gorge, si fort qu'elle arrivait à peine à respirer. Il avait encore le pantalon baissé sur les genoux, et elle se souvenait d'avoir contemplé son pénis flasque, les poils noirs et frisés qui lui tapissaient les cuisses. « Je te retrouve, et je te tue. »

Il n'était pas le premier. A cette époque, elle était déjà expérimentée sur le plan sexuel, grâce à la file sans fin des boyfriends de sa mère. Certains étaient gentils, mais d'autres se révélaient de vraies brutes cruelles et menaçantes, qui n'avaient bourré la mère de dope que pour mieux atteindre la fille. En toute honnêteté, au moment où Angie avait rejoint Mme Flannery et le foyer pour enfants, elle n'avait pu que se sentir soulagée.

L'histoire de Will n'était pas exactement identique à la sienne, mais elle en était assez proche. Son corps tenait lieu de carte de la douleur, qu'il s'agisse de ces longues et fines cicatrices dans son dos, là où la peau avait été fendillée par le fouet, ou de ce carré de chair rugueuse, sur sa cuisse, un greffon que l'on avait pratiqué pour refermer des brûlures provoquées par des appareils électriques. Il avait eu la main droite écrasée, deux fois, la jambe gauche fracturée en trois endroits. Un jour, on l'avait frappé au visage, si fort, une volée de coups de poing si drue que sa lèvre supérieure s'était ouverte comme une banane que l'on pèle. Chaque fois qu'Angie l'embrassait, elle sentait cette cicatrice contre ses lèvres, et cela lui rappelait par quoi il était passé.

C'était l'intérêt, chez les enfants plus grands de l'orphelinat : ils partageaient tous une histoire similaire. C'étaient tous des enfants non désirés. Ils avaient tous subi des traumatismes. Les plus jeunes ne restaient jamais longtemps, mais à partir de six ou sept ans, vous n'aviez pratiquement plus aucun espoir de faire partie d'une famille. Pour la quasi-totalité d'entre eux, c'était une bonne chose. Ils avaient vu à quoi ça ressemblait, les familles, et ils préféraient tous l'autre solution. Enfin, presque tous.

Will n'avait jamais renoncé, lui. Le jour des visites, il se campait devant le miroir, il se peignait soigneusement, lissait son épi, tâchait de se donner l'allure du genre d'enfant que l'on aimerait ramener avec soi à la maison. Elle avait envie de lui flanquer un coup de pied dans les dents, histoire de le secouer un bon coup et de lui expliquer que personne ne l'adopterait jamais, que personne ne voudrait de lui. Une fois, elle avait vraiment failli, mais il y avait eu quelque chose dans son expression, une sorte d'optimisme mêlé de l'attente de l'échec, qui l'en avait empêchée. Au lieu de lui ficher un coup de poing, elle l'avait ramené devant le miroir et l'avait aidé à se peigner.

Elle coupa le jet de la douche et s'enveloppa dans une serviette. Elle sourit, se laissa aller au souvenir de la première fois qu'elle avait vu Will dans la salle commune. Il avait huit ans, les cheveux blonds et bouclés, et une petite bouche à l'arc de Cupidon bien dessiné. Il avait tout le temps le nez fourré dans un livre. Au début, elle l'avait pris pour un crétin, mais ensuite elle avait compris qu'il fixait les mots du regard, tâchant d'en extraire le sens. L'ironie, c'était qu'il aimait les mots, qu'il adorait les livres et les histoires, et tout ce qui serait en mesure de l'abstraire de son environnement. Un jour, dans un rare moment de franchise, il lui avait confié qu'être dans une bibliothèque, c'était pour lui comme de s'asseoir à une table où seraient servis tous ses mets favoris, sans pouvoir en goûter aucun. Et rien qu'à cause de cela, il s'en voulait.

Aujourd'hui encore, il refusait de considérer sa dyslexie comme autre chose qu'un échec très personnel. Elle avait eu beau le secouer, et même le supplier, il refusait de se faire aider. A l'époque où elle l'avait rencontré, il avait appris toutes sortes de trucs pour dissimuler son problème, et elle doutait que ses professeurs l'aient jamais considéré autrement que comme un sujet lent. Dans son métier, il n'en allait pas autrement. Il recourait à des dossiers de couleurs pour repérer les dossiers d'enquêtes à l'œil, et à différentes qualités de papier pour les identifier en fonction de leur texture.

Au lycée, c'était elle qui rédigeait ses dissertations trimestrielles, notant sous la dictée des sujets qu'elle n'avait aucun désir de comprendre, elle qui était forcée d'entendre tourner son magnétophone, soir après soir, quand il écoutait des livres, mémorisant des passages entiers, qu'il ait de quoi intervenir en classe le lendemain. Une fois parvenu au niveau du diplôme de fin d'études secondaires, il avait travaillé dix fois plus dur que tous les autres et pourtant, il n'avait été reçu que de justesse. Ensuite, il était entré à l'université.

Angie n'avait jamais compris pourquoi il attachait tant de prix à tout cela. Avec sa taille et sa belle allure, une fois parvenu à l'âge adulte, il aurait dû devenir le genre de bourreau des cœurs avec qui elle passait son temps à prendre la fuite. Mais non, lui, c'était un silencieux, un timide, le genre d'homme qui tomberait amoureux de la première fille qui se laisserait baiser. Ce n'était pas qu'il soit amoureux d'Angie. Bien sûr, il l'aimait, mais être amoureux et aimer, c'était deux choses différentes. Il avait envie d'elle à cause de son côté habituel, de la même manière qu'il préférait se rendre dans les mêmes restaurants et faire ses achats dans les mêmes épiceries. Elle représentait le contraire de l'inconnu, un pari sans risque. Leur relation s'apparentait davantage à celle d'un frère et d'une sœur surprotecteurs, à qui il arriverait aussi de faire l'amour ensemble.

Non que le sexe ait jamais été une affaire facile, entre eux deux. Dieu savait que Will était bien équipé – avant qu'elle ne prenne la pilule, le diaphragme qu'elle employait avait la taille d'une assiette –, mais il y avait une grande différence entre tenir un marteau et savoir viser et atteindre la tête du clou à tous les coups. Avec les années, par rapport à cette première fois si gauche et maladroite dans le petit bureau du concierge, au premier étage du foyer, ils n'avaient pas cessé de régresser, si bien que maintenant, quand ils faisaient l'amour, au lieu de deux adultes se livrant aux plaisirs du sexe, ils ressemblaient à deux gosses empotés qui se touchaient en catimini dans le dos de leurs parents. Ils éteignaient toujours la lumière, et ils gardaient presque tous leurs vêtements sur eux, comme si le sexe était entre eux un secret honteux. Le costume trois-pièces que Will portait cet après-midi n'aurait pas dû la surprendre le moins du monde. Plus il pouvait s'empiler de vêtements sur le corps, plus il était content.

C'était un peu énorme, un véritable canular, car elle le savait, sous ces vêtements, il avait un corps magnifique. Elle sentait les muscles de son dos, quand il se raidissait, elle lui enveloppait le galbe des fesses à deux mains, et elle calait ses deux pieds contre ses chevilles puissantes, quand elle s'avançait à sa rencontre.

Pourtant, il avait honte de son corps, comme si c'était de lui que ces cicatrices disaient du mal, et non des individus qui les lui avaient infligées. En douze ans au moins, elle ne l'avait jamais vu complètement dévêtu. C'était l'objet de leur dernière dispute. Ils étaient dans la cuisine, tout comme ce soir. Il était adossé au plan de travail, et elle assise à la table, et elle lui hurlait dessus.

« Est-ce que tu te rends compte, lui avait-elle lancé, que je ne sais absolument pas de quoi tu as l'air ? »

Il avait voulu jouer les garçons perplexes.

« Tu me vois tous les jours. »

Elle avait tapé du poing sur la table, et il avait sursauté. Il détestait les bruits violents, il les percevait comme le signal qu'on allait lui faire du mal, alors qu'il était plus que capable de se défendre.

Dans le silence qui s'était ensuivi, le tic-tac de la pendule du salon était audible. Finalement, il avait hoché la tête et il avait fait « OK », en déboutonnant sa chemise. Il portait un maillot de corps, naturellement, qu'il commença à retirer, mais elle s'était avancée vers lui, elle avait posé les mains sur les siennes.

C'était elle. C'était elle qui se sentait incapable de le regarder, incapable de supporter les vestiges de ce qu'il avait traversé. Les cicatrices de Will ne lui appartenaient pas, ils étaient des souvenirs de leur enfance, les symboles des hommes qui lui avaient infligé toutes sortes de sévices sexuels, de sa mère qui avait préféré une aiguille à sa propre fille. Angie ne voyait aucun inconvénient à se tortiller nue sur la banquette arrière d'une voiture avec un inconnu, mais elle ne pouvait se résoudre à regarder le corps de l'homme qu'elle aimait.

« Non, lui avait-elle dit. Ça, je ne peux plus.
— Qui est l'autre type ? », lui avait-il demandé. Il y avait toujours un autre type.

Le lendemain, elle avait appelé le chef de Will Trent, Amanda Wagner, et conseillé à cette femme de jeter un œil sur le magnétophone à cassettes qu'il gardait toujours dans sa poche, afin de pouvoir enregistrer toutes leurs conversations.

« Et moi qui croyais que vous étiez son amie », lui avait répondu Amanda. Angie lui avait inventé une réponse assez empruntée, mais au fond de son cœur, elle savait que c'était la meilleure décision possible, le meilleur des choix, pour Will. Le seul moyen qu'il aurait de se créer une vraie vie, une forme quelconque de bonheur, ce serait de se la créer tout seul. Pourtant, à la seconde où Angie avait reposé le combiné, elle avait fondu en larmes. Il était peut-être très bien, dans son enclave montagneuse, mais il lui avait manqué terriblement. La vérité, c'était qu'elle s'était languie de lui, comme une idiote de collégienne.

Et ensuite cette garce de Wagner l'avait de nouveau transféré à Atlanta. Il était trop bon dans son métier pour qu'on le gâche là-haut sur les collines, soutenait Amanda. En outre, elle appréciait trop Will pour le maintenir à l'écart. Et, pour sa part, il avait trouvé en Amanda Wagner ce qui, à ses yeux, se rapprochait le plus d'une mère. Ils faisaient semblant de se haïr, comme deux matous qui se mesurent avant le combat, mais Angie savait qu'à leur manière, celle d'un couple invivable, Amanda et lui formaient une équipe. Elle en avait reconnu les signes.

Cela étant, et c'était tout à son honneur, Amanda Wagner avait passé à Angie un coup de téléphone pour la tenir informée de ce transfert, par simple courtoisie.

« Votre boy-friend est de retour. »

Angie avait mis son style bêcheuse en pilote automatique, et elle avait complété d'elle-même l'emprunt à cette vieille chanson du trio des Angels.

« *My boy-friend is back. Hey-la, hey-la.* »

Elle avait beau savoir depuis des semaines que le nouveau

bureau de Will se situerait dans le bâtiment, et s'être préparée à tomber sur lui, quand il était sorti de l'ascenseur, ce matin, elle en était restée soufflée. Le voir avec ce connard de Michael Ormewood, c'était comme un coup de poing dans le ventre. Après ça, elle avait consacré le plus clair de sa journée à chercher un prétexte pour descendre le retrouver. Elle savait qu'il rentrerait directement chez lui, après le bureau. Il ne sortait jamais et, autant qu'elle sache, mis à part une branlette exécutée de la main d'une autre petite roulure, dans leur foyer pour enfants, il n'avait jamais été avec aucune autre femme qu'elle.

A mesure que la journée avançait, l'envie de le revoir lui avait presque donné la nausée. Après avoir arrêté trois clients qui avaient eu le malheur de la choisir, elle, « Robin », dans la file des tapineuses devant le marchand de vins et spiritueux, elle avait piqué un bloc de Post-it roses à la tapette qui travaillait juste en face d'elle, sachant que chez Will, un fond de couleur vive faciliterait plus ou moins la lecture. En lettres capitales tracées avec soin, elle lui avait écrit le nom de John Shelley, et puis elle avait pris sa voiture, et elle avait roulé droit jusque chez lui, avant de s'accorder le temps de trop réfléchir. Pour elle, il avait un visage trop lisible et, au vu de son expression, elle avait exactement compris ce qu'il pensait quand elle lui avait tendu ce mot : *donc c'est lui, le type, le prochain pour qui tu vas me quitter.*

Elle essuya la buée du miroir de la salle de bains, saisit son reflet et n'aima pas ce qu'elle vit. John disait qu'elle était jolie, mais il ne regardait que la surface. Au-dessous, elle n'était qu'une mégère, une misérable vieille sorcière qui n'apportait que le malheur à tous ceux qu'elle rencontrait.

Will s'inquiétait au sujet de John Shelley, mais il n'aurait pas pu se tromper davantage, même en faisant de gros efforts. Avant qu'il ne découvre la vérité, ce n'était qu'une question de temps. Il était à peine capable de lire un livre, mais il était capable de lire les signes assez clairement. L'un des plus grands regrets de la vie d'Angie, ce n'était pas les onze hommes ou sa mère comateuse, ou même l'enfer auquel elle soumettait régulièrement Will Trent. Son plus grand regret, c'était d'avoir couché avec cet enfoiré de Michael Ormewood.

Chapitre vingt-trois

7 février 2006. 7 h 36

WILL CONSULTA son téléphone portable, les chiffres digitaux lui indiquèrent l'heure. Il considérait toujours les retards comme une grossièreté. Par ce retard, l'autre vous signifiait que son temps était plus précieux que le vôtre. Amanda Wagner en avait totalement conscience. De sa vie, elle n'avait jamais été à l'heure à un seul rendez-vous.

« Je vous sers quelque chose ? », s'enquit Caroline. La secrétaire d'Amanda était une jolie jeune femme, ultra-efficace et apparemment insensible à la langue acérée de sa patronne. D'après ce qu'il croyait savoir, Caroline était la seule femme qui ait jamais pu continuer de travailler avec Amanda Wagner au-delà de la première heure.

« Ça ira très bien, merci, lui répondit-il, mais... » Caroline attendit qu'il ait sorti le Post-it rose de sa poche. « Pourriez-vous me retrouver le dossier de cet homme ? Sans vous faire repérer par la défense antiaérienne, si vous n'y voyez pas d'inconvénient. »

Elle comprit aussitôt : il souhaitait qu'elle opère à l'insu d'Amanda. A cette perspective, les yeux de Caroline s'allumèrent.

« Pour quand vous le faut-il ?

— Au plus tôt, de préférence. »

Elle le salua, à la militaire, et retourna dans son bureau. Il contempla le corridor, désert. Il avait envie de rappeler Caroline, de lui dire de laisser tomber. Angie avait raison, à propos de ses intuitions viscérales, et même s'il n'avait jamais rencontré Jonathan Shelley de sa vie, la seule vision du nom écrit de cet homme avait suffi à déclencher le signal d'alarme. Peut-être Will était-il jaloux. Ou juste fatigué. Angie avait encore raison, cette fois sur les risques que l'on courait à donner trop de fromage à un chien. Il avait compris, à ses dépens, qu'il était quasi impossible de trouver le sommeil en compagnie d'un chihuahua pris de flatulences, surtout s'il partageait votre oreiller.

Il s'était assis dans l'un des deux fauteuils disposés face au bureau d'Amanda. Comme son occupante habituelle, ce bureau était austère. Des piles de papiers étaient classées avec soin dans les corbeilles de courrier entrant et sortant. Des messages téléphoniques étaient collés au sous-main, convenablement alignés.

Les murs de la pièce étaient agrémentés de coupures de presse encadrées, relatant les exploits d'Amanda : le maire d'Atlanta lui décernant une médaille. Bill Clinton lui serrant la main. Un quelconque chef de la police, dans le sud de la Géorgie, à qui elle avait sauvé la vie, lors d'une prise d'otages. Diverses plaques pour services rendus, ainsi qu'une étagère consacrée à ses trophées remportés au tir.

Au bout de vingt ans au GBI, à opérer au sein d'une unité tactique de négociation de crise, Amanda Wagner avait eu envie de changement. Les huiles lui avaient donné le choix de sa nouvelle affectation. Fidèle à son personnage, elle s'était mis en tête de secouer le cocotier et, en l'espace d'un an, elle dirigeait une nouvelle division de son cru, cette unité d'intervention criminelle. L'Unité spéciale d'intervention criminelle. Le SCAT. Jamais acronyme n'aurait mieux pu traduire l'énergie propre à ce groupe qu'elle avait constitué.

Pour l'essentiel, les dix hommes qu'Amanda avait choisi de faire travailler sous ses ordres étaient tous à l'image de Will : de jeunes agents, dans le métier depuis un bail, et qui avaient démontré leur difficulté à frayer avec les autres. Leurs supérieurs les avaient notés comme difficiles, sans qu'ils aient jamais commis aucun écart qui soit de nature à mériter un avertissement formel, et à plus forte raison un limogeage. D'ailleurs, c'étaient de bons flics, le genre d'hommes qui, une fois devenus adultes, s'attachaient à réparer les torts qu'ils n'avaient pas su s'éviter, enfants. Amanda savait si bien flairer les individus brisés que c'en était troublant, ceux qui conservaient dans leur passé une faille qui les transformait en une proie facile pour son pseudo-maternage. Will s'imaginait sans peine Amanda soumettant sa liste de recrues potentielles soigneusement concoctée à Susan Richardson, sa supérieure au quartier général. Susan avait dû poser sur cette liste le même regard que sur un chat qui vous rapportait un oiseau crevé. « Oui, bien, merci. Je vous prie de bien vouloir m'excuser, si cela me donne des haut-le-cœur. »

Il changea de position dans son fauteuil, consulta de nouveau son téléphone, pour avoir l'heure. Il portait une montre au poignet, mais ce n'était qu'un artifice, pour l'aider à distinguer sa gauche de sa droite. En grandissant, il avait appris toutes sortes de trucs visant à masquer son handicap. Angie l'embêtait tout le temps avec ça, en soutenant qu'il ne fallait pas avoir honte. Il n'avait pas honte. Seulement, il n'avait pas envie qu'une chose de plus vienne le différencier de tout le monde. Il n'avait franchement aucune envie de fournir des munitions supplémentaires à Amanda Wagner. Depuis tout ce temps qu'il la connaissait, elle avait toujours cherché à s'insinuer dans sa tête, et lui livrer cet élément d'information bien précis revenait à tendre le cou aux crocs d'un loup affamé.

Il regarda par la fenêtre, suivit le vol des oiseaux qui planaient dans le vent. Pendant qu'on le jetait dans la fosse aux accros de la méthamphétamine, là-haut, dans les montagnes, Amanda avait cessé de travailler à l'intérieur du complexe Marietta. Elle avait déménagé au City Hall East voilà un peu plus d'un an, et son bureau d'angle lui offrait une vue panoramique sur le centre d'Atlanta. Elle était installée juste à côté de l'ascenseur, ce qui lui permettait de surveiller tout ce qui se mijotait à l'intérieur du bâtiment. Pour sa part, Caroline se trouvait dans un bureau qui tenait lieu de réception, mais Amanda ne fermait jamais la porte de communication. A cette minute, il pouvait entendre la secrétaire taper sur son ordinateur. Si elle avait un minimum d'exigence personnelle, c'était son propre curriculum vitae qu'elle devait être en train de saisir.

« Bonjour, Will. » Amanda s'était approchée de lui en catimini, tandis qu'il regardait par la fenêtre. Elle le salua d'une légère pression de la main sur l'épaule, en passant derrière lui.

« Madame Amanda Wagner.

— Désolée, je suis en retard », lui fit-elle en s'asseyant à son bureau, de la même manière automatique et creuse qu'ont les gens de vous dire « excusez-moi » quand ils vous rentrent dedans.

Il la regarda passer en revue ses messages téléphoniques, ce qui lui permit de contempler sa chevelure poivre et sel, coiffée avec soin. Amanda devait avoir le milieu de la cinquantaine, petite, à peine un mètre soixante, et encore, dans les bons jours. Mais le personnage en imposait, et elle avait cette façon de marcher avec un air fanfaron qui n'aurait rien eu à envier à un toréador. Elle portait une simple bague montée d'un diamant à l'annulaire, et pourtant, il savait qu'elle n'était pas mariée, en tout cas pas pour le moment. Elle n'avait pas d'enfants, à moins qu'elle ne les ait dévorés quand ils étaient petits. Elle était extrêmement secrète sur sa vie personnelle – un luxe qu'elle refusait aux autres. Will pensait aux heures qu'elle passait en dehors du travail comme il avait longtemps pensé à ses professeurs, retournant le soir en rampant dans leur grotte, sous les bâtiments de l'école, et qui s'endormaient en rêvant aux tortures qu'ils infligeraient à leurs élèves le lendemain. Il s'imaginait Amanda s'apprêtant à partir travailler, le matin : elle devait se raser le torse, ranger sa queue, et enfiler ses sabots fendus dans de délicats escarpins de taille 39.

« Je vais devoir vous appeler Monsieur le docteur en crimino, j'imagine, désormais ? » lâcha-t-elle, sans lever le nez de ses messages.

Dans son exil montagnard, il s'était affairé, sachant sans l'ombre d'un doute qu'Amanda Wagner finirait par le sortir de ce bureau local d'Epworth pour le reprendre sous sa coupe. L'université par correspondance de Floride lui permettait d'accomplir le travail en ligne à son rythme, et l'administration d'Etat reconnaissait ce diplôme de criminologie – en dépit de son pedigree douteux, la Floride figurant en tête du hit-parade de la criminalité américaine.

Il lui répondit la vérité.

« J'ai fait en sorte de grimper d'un échelon, histoire de rendre l'indice de mon traitement inaccessible à votre enveloppe budgétaire.

— Non, sans blague », ironisa-t-elle, en sortant un stylo à plume en or pour annoter l'un de ses messages.

Il baissa brièvement les yeux sur sa cicatrice, sur cette main qu'Amanda avait transpercée d'un coup de pistolet à clous.

« Joli stylo », remarqua-t-il.

Elle haussa le sourcil, et se cala contre le dossier de son fauteuil. Il s'écoula presque une pleine minute avant qu'elle ne lui pose une question.

« Two Egg, en Floride, ça se trouve où, au juste? »

Il réprima un sourire. S'il avait choisi cette université par correspondance, c'était justement pour son nom ridicule.

« Je crois que c'est tout près de la très pittoresque Withlacoochee River, madame. »

Elle ne croyait manifestement pas un traître mot de ce qu'il racontait.

« Mais oui, bien entendu. »

Il garda le silence, il se sentait comme le homard dans un aquarium, que l'acheteur évalue d'un regard.

Elle referma le capuchon de son stylo plume en or et le plaça perpendiculairement au sous-main.

« Vous n'enregistrez pas, non?

— Pas aujourd'hui, madame. » Il avait déjà assez de mal à déchiffrer les documents dactylographiés, mais en plus son écriture manuscrite était le genre de griffonnage penché vers la gauche digne des murs d'un jardin d'enfants. Amanda Wagner avait une manie : elle distribuait de longues listes de tâches à accomplir. Le seul moyen qu'il avait de suivre le rythme, c'était de l'enregistrer, pour ensuite prendre le temps de retranscrire ses instructions en les saisissant sur son ordinateur. Deux ans auparavant, elle l'avait pris la main dans le sac, lors d'une réunion.

Elle n'avait guère apprécié d'être enregistrée sans son autorisation et, comme de juste, elle avait supposé qu'il poursuivait de noirs desseins. Il aurait préféré finir pendu haut et court plutôt que de lui avouer ses difficultés en matière de lecture et, même s'il avait cédé, elle l'aurait transféré au Pôle Nord sans lui laisser le temps d'enfiler ses bottes de neige.

« Très bien, fit-elle. Parlez-moi de votre affaire. »

Il lui exposa le peu dont il disposait. Il avait étudié les dossiers d'enquêtes qu'il avait trouvés concernant ces trois filles, en précisant que, selon lui, seules deux de ces affaires étaient liées. Il lui expliqua qu'il avait lu certains éléments sur Aleesha Monroe, la prostituée assassinée, dans le rapport quotidien du GBI qui reprenait les crimes commis sur le territoire de l'Etat. Dans le respect des procédures, il avait demandé à l'inspecteur-chef Ted Greer de pouvoir être tenu informé de l'enquête et d'être affecté auprès de Michael Ormewood, l'inspecteur en charge de l'affaire. Quand il en arriva à la partie concernant la voisine d'Ormewood retrouvée morte, elle l'interrompit.

« Avait-elle la langue arrachée à coups de dents?

— Je ne suis pas certain qu'on la lui ait sectionnée, lui répondit-il. Si j'avais su que vous seriez en retard, ce matin, j'aurais pu prendre le temps, le cas échéant, de discuter de cet aspect avec le coroner, afin de réunir davantage d'informations en vue de notre entretien.

— Ne pleurnichez pas, monsieur le docteur en crimino. Cela ne vous sied guère. » Elle conservait un ton posé, conciliant, mais il sentit bien, à son sourire, qu'il venait de perdre un point sur sa fiche de notation. D'ailleurs, qu'il condescende même à ce petit jeu signifiait qu'il avait déjà perdu.

Elle en revint à l'enquête.

« Lors des crimes précédents, la langue des victimes n'avait pas disparu?

— Non, madame, lui confirma-t-il. La langue de la première jeune fille n'avait pas été complètement sectionnée. Quant à la deuxième, lorsqu'ils l'ont retrouvée, elle la tenait dans sa main, mais il était trop tard pour tenter quoi que ce soit. Et la langue d'Aleesha Monroe était restée sur les marches. Elle l'avait crachée, sans nul doute. En revanche, celle de Cynthia Barrett n'a pas été retrouvée sur la scène du crime.

— Avez-vous fouillé la maison de Mlle Barrett ?

— Le police de DeKalb s'en est chargée, lui précisa-t-il. D'après ce que j'ai cru comprendre, ils n'ont rien découvert qui sorte de l'ordinaire.

— D'après ce que vous avez cru comprendre ? répéta-t-elle après lui.

— Je n'avais pas trop envie de leur marcher sur les pieds.

— Sage précaution, je n'en doute pas », admit-elle. Le comté de DeKalb était encore étroitement contrôlé par une poignée de responsables locaux qui n'appréciaient guère que l'Etat central – ou qui que ce soit d'autre, d'ailleurs – vienne se mêler de leurs affaires. Six ans plus tôt, le shérif élu de DeKalb, Derwin Brown, avait été assassiné dans l'allée du garage, devant sa maison alors qu'il sortait les cadeaux de Noël de sa voiture. Il était à trois jours de sa prestation de serment, et Sidney Dorsey, le shérif sortant, n'avait pas bien pris sa défaite dans ce scrutin.

Elle tira un dossier du tiroir supérieur de son bureau et l'ouvrit à la première page.

« Que pensez-vous de ce Michael Timothy Ormewood ?

— Je ne me suis pas encore formé d'opinion très arrêtée », lui avoua-t-il, songeant que si elle avait sorti le dossier personnel d'Ormewood, c'était qu'elle en savait déjà plus que lui.

Elle lut à voix haute, en suivant le texte avec le doigt.

« Soldat dans l'armée. Seize ans au département de la police d'Atlanta. Il a tracé son chemin, de la patrouille à pied jusqu'à l'insigne doré. Accusé en quatre-vingt-dix-huit d'usage excessif de la force. » Elle eut un geste sec du poing fermé, comme pour rejeter ce motif de plainte. « Il a gravi la hiérarchie assez vite. Brigade des Stups... pas longtemps, il s'y est sans doute ennuyé... les Mœurs, et maintenant la brigade des Homicides. Aucune formation universitaire. Elle leva les yeux vers Will. Vous éviterez de le prendre de haut, avec votre diplôme fantaisie de la maison Two Egg, monsieur le docteur en crimino.

— Oui, madame. »

Elle tourna la page.

« Une citation, pour avoir sauvé la vie à un citoyen. Même vous, vous en avez une. Ils les distribuent comme des bonbons. » Elle referma le dossier. « Pas de quoi crier au loup. Un garçon couleur gris muraille et qui ne fait pas de vagues. » C'était sa formule pour désigner les flics qui accomplissaient leur travail en attendant leur retraite. Ce n'était donc pas un compliment.

« Rien d'autre ? » s'enquit-il, sachant fort bien que la réponse serait positive.

Elle sourit.

« J'ai passé un coup de fil à l'un de mes amis qui porte l'uniforme. » Amanda avait toujours des amis partout. Considérant sa personnalité, il s'interrogeait sur la nature de ces relations et si, par ami, elle ne désignait pas tous les individus qu'elle tenait par les couilles. Quand il était basé au Koweït, Ormewood travaillait aux subsistances. Jamais grimpé au-delà du grade de simple soldat.

Will n'en fut que modérément surpris.

« Ah, vraiment ?

— Il a été libéré de ses obligations militaires, et le département de la police d'Atlanta n'aurait rien su de plus... enfin, ils n'ont pas cherché plus loin. Mon type me signale qu'il a été blessé dès sa deuxième semaine en poste outre-mer, et que l'on n'a jamais su qui lui avait tiré dessus.

— Il se serait infligé cette blessure lui-même ? »

Elle haussa les épaules.

« Vous ne vous seriez pas tiré dans la jambe, vous, pour sortir de ce trou à rats ? »

Il se serait tiré dans la jambe rien que pour se sortir du bureau d'Amanda.

« Donc. » Elle joignit les paumes tout en se renfonçant dans son siège. « Plan d'action ?

— Il faut que je parle à Ormewood. Il est impossible que cela se soit produit dans son jardin par hasard.

— Pensez-vous qu'il ait pu s'approcher d'un peu trop près de l'auteur du meurtre Monroe ?

— Quand nous sommes arrivés sur les lieux, le corps de Cynthia Barrett était encore tiède, un cadavre vieux d'une heure, certainement pas davantage. Je suis resté avec l'inspecteur toute la matinée, et je n'ai pas constaté que nous aurions progressé à pas de géant vers la résolution de l'affaire, et encore moins que nous aurions poussé je ne sais qui à bout, au point que ce quidam saute dans sa voiture pour se rendre chez lui et mutile sa voisine d'à côté. »

D'un signe de tête, elle l'invita à poursuivre.

« Nous avons parlé au souteneur de Monroe. Il ne m'a pas fait l'effet d'un type susceptible de s'amputer d'une bonne source de revenus, mais évidemment je vais revenir vers lui dès aujourd'hui.

— Ensuite ?

— Ensuite, comme je vous l'ai dit, je vais aborder tout ceci avec Ormewood, lui demander s'il a vu ou fait quoi que ce soit sortant de l'ordinaire, la nuit du meurtre Monroe.

— Est-il de service, aujourd'hui, ou a-t-il pris une journée de congé à titre exceptionnel ?

— Je n'en ai aucune idée, lui répondit-il. Où qu'il soit, je le trouverai. »

Elle prit l'un de ses messages en main.

« Un certain Leo Donnelly a essayé de se procurer votre dossier personnel.

— Cela ne m'étonne guère.

— J'ai verrouillé, le rassura-t-elle. Personne n'a besoin d'aller renifler votre linge sale.

— Personne, sauf vous, rectifia-t-il. Il se leva, tout en consultant sa montre. Ce sera tout, madame Wagner ? »

Elle eut un geste des deux mains, un geste d'ouverture.

« Mais certainement, monsieur Trent, docteur en criminologie. Allez de l'avant, et soyez conquérant. »

Chapitre vingt-quatre

8 h 56

JOHN AVAIT ÉTÉ FORCÉ de se débarrasser de ses chaussures. Il n'était pas certain d'avoir laissé des empreintes sur les lieux, mais il n'allait courir aucun risque. Dès son retour à l'asile de nuit, il avait pris soin de découper ses semelles avec un couteau de cuisine, d'en abîmer le motif gaufré. Ne voulant rien laisser au hasard, il était monté dans le bus, il avait acheté un billet en le payant en espèces, pour que sa TransCarte ne conserve aucune trace de son passage, et il avait remonté tout Cobb Parkway, jusqu'au Marietta. Là, il avait marché une heure, déambulé en traînant bien les pieds sur l'asphalte chaud, pour érafler un peu plus ses semelles.

Au Target, il s'acheta une nouvelle paire de baskets – vingt-six dollars, il avait à peine les moyens de se le permettre –, puis il balança ses anciennes chaussures dans une benne derrière un restaurant chinois à l'air louche. Aux effluves en provenance de la cuisine, il s'était senti l'estomac saisi de gargouillements. Vingt-six dollars. Il aurait pu s'acheter un bon repas, une jeune fille lui aurait servi un plat, rempli son verre de thé glacé, parlé de cette météo de folie.

Tout le thé du monde ne valait pas la peine qu'il prenne le risque de retourner en prison.

Putain de Dieu, il était dans une foutue panade. Rien qu'à repenser au contact de la langue de cette fille, quand il la lui avait pincée entre le pouce et l'index, il en eut un frisson. Même à travers le gant en latex, d'avoir été dans sa bouche, il en avait senti la texture, la chaleur. Il porta la main à ses lèvres, pour s'empêcher de vomir. Elle était innocente, juste une petite jeune fille qui s'était montrée trop curieuse, et trop facilement influençable.

La seule consolation de John, c'était de penser à la tête de Michael Ormewood, lorsqu'il était entré dans son garage, pour y chercher les magazines porno qu'il rangeait dans sa boîte à outils, et qu'il avait trouvé son fidèle couteau posé à côté de la langue de sa victime adolescente.

« Shelley ! » beugla Art. John se releva en sursaut. Il était agenouillé contre une berline, occupé à récurer des boyaux d'insectes sur un pare-chocs.

« Chef?

— Un visiteur. » D'un coup sec, son patron lui désigna le fond du bâtiment. « Vu que tu vas prendre une pause, t'oublieras pas de pointer. »

John resta figé sur place. Un visiteur. Personne ne lui rendait visite. Il ne connaissait personne.

« Salut-salut ! grommela Ray-Ray. Depuis l'incident avec la pute, ils avaient réussi à respecter une paix précaire.

— Ouais ?

— C'est une fille. »

Pas un flic, c'était ce qu'il voulait dire.

Une fille, songea John, qui gambergeait déjà. La seule fille qu'il connaissait, c'était Robin.

« Merci », mec, fit-il à Ray-Ray, en rentrant sa chemise dans son pantalon, et il se dirigea vers le fond de la station de lavage. Quand il inséra sa carte, il entr'aperçut son reflet, dans le miroir, au-dessus de la pointeuse. En dépit de l'air frisquet, il avait les cheveux collés au crâne par la transpiration. Bon Dieu, et en plus, il devait sentir.

Il ouvrit la porte de derrière, en se passant les doigts dans les cheveux. Sa première pensée fut que la fille qui se trouvait là n'était pas Robin, et ensuite que la fille en question n'était pas vraiment une fille. C'était une femme. C'était Joyce.

Il se sentait plus nerveux que si c'était carrément la prostituée qui était venue le voir, et honteux des vêtements miteux qu'il portait. Joyce était habillée d'une jolie veste de tailleur, avec des mocassins assortis, qu'elle n'avait sûrement pas achetés dans une boutique à prix cassés. Le soleil mettait en valeur les reflets auburn de ses cheveux, et il se demandait si elle avait fait des mèches ou s'ils avaient toujours été ainsi. Il se souvenait de la manière dont son visage se chiffonnait quand elle était en colère contre lui, le sourire qui se dessinait sur sa bouche quand elle lui infligeait une brûlure indienne, et son ricanement méprisant quand elle lui fichait une claque pour lui avoir tiré les nattes. Pourtant, il ne se souvenait pas de la couleur de ses cheveux, quand ils étaient enfants.

Elle l'accueillit par une question.

« Dans quoi tu t'es fourré, John ?

— Depuis quand tu t'es mise à fumer ? »

Elle tira une longue bouffée de sa cigarette et l'envoya rouler par terre. Il la regarda y aller avec le bout de sa chaussure, écraser le mégot, regrettant sans doute que ce ne soit pas plutôt la tête de son frère.

Elle laissa échapper un filet de fumée.

« Réponds à ma question. »

Il regarda derrière lui, par-dessus son épaule, et pourtant, il savait qu'ils étaient seuls.

« Tu ne devrais pas venir ici, Joyce.

— Pourquoi ne réponds-tu pas à ma question ?

— Parce que je ne veux pas que tu sois impliquée.

— Tu ne veux pas que je sois impliquée ? répéta-t-elle, incrédule. Ça concerne ma vie, John. Que ça te plaise ou non, tu es mon frère. »

Il sentait sa colère irradier, comme une vague de chaleur issue de son corps. Quelque part en lui-même, ça ne lui aurait pas déplu qu'elle arme son bras et qu'elle cogne, qu'elle le frappe jusqu'à le réduire à une pâtée sanglante, à s'en briser les poings, jusqu'à ce que sa rage s'éteigne.

« Comment pouvais-tu avoir des cartes de crédit alors que tu étais en prison ?

— Je ne sais pas.

— C'est autorisé ?

— Je... » Il n'y avait même pas réfléchi, et pourtant, c'était une bonne question. « Je suppose. On n'a pas le droit d'avoir du cash, mais... » Il essaya d'y réfléchir plus à fond. Si on vous attrapait avec du cash en prison, vous pouviez recevoir un avertissement ou même aboutir en cellule d'isolement. Tout ce que vous achetiez à la cantine était débité de votre compte, et vous n'étiez pas autorisé à commander quoi que ce soit par correspondance. « Je ne sais pas.

— Tu réalises que si Paul Finney découvre quoi que ce soit, il te poursuivra au civil jusqu'au dernier cent.

— Il n'aurait rien à en tirer », se défendit-il. Le testament de sa mère avait tout laissé à Joyce, justement pour cette raison. En vertu de la loi sur le dédommagement des victimes, si John avait conservé plus de deux pennies qui se seraient battus en duel, la famille de Mary Alice aurait été fondée à les réclamer. M. Paul Finney était comme un requin décrivant des cercles, à l'affût de la première goutte du sang de John.

« Tu es propriétaire d'une maison dans le Tennessee. »

Il ne put que rester le regard dans le vide.

De la poche de son manteau, elle sortit une feuille pliée en deux.

« Vingt-neuf Elton Road, à Ducktown, Tennessee. »

Il prit le feuillet, une photocopie d'un original. En tête figuraient ces mots, qui barraient tout le haut de la page : "Titre officiel de propriété." Et son nom était inscrit au-dessus de l'adresse, en sa qualité de propriétaire. « Je ne comprends pas.

— Tu possèdes cette maison, c'est clair, net et sans restriction, lui expliqua-t-elle. Tu l'as payée en cinq ans. »

De toute sa vie, il n'avait jamais été propriétaire de rien, excepté une bicyclette, et Richard la lui avait supprimée dès son arrestation.

« Combien ça m'a coûté ?

— Trente-deux mille dollars. »

A l'annonce de ce montant, John s'étrangla.

« Où est-ce que je serais allé chercher une somme pareille ?

— Comment le saurais-je, moi ? » Elle hurla, si fort qu'il recula.

« Joyce... »

Elle lui pointa un doigt sous le nez.

« Je vais te reposer la question encore une fois, une seule, et je te jure devant Dieu, John, je te le jure sur la tombe de maman, si tu me mens, je te raye de ma vie, si vite que tu n'auras pas le temps de comprendre ce qui t'arrive.

— Tu t'exprimes comme papa.

— C'est ça. »

Elle s'éloignait déjà vers la sortie.

« Attends, fit-il, et elle s'arrêta, mais sans se retourner. Joyce... quelqu'un m'a volé mon identité. »

Il vit les épaules de sa sœur s'affaisser. Quand elle tourna le regard vers lui, enfin, il put lire toutes les horreurs dans lesquelles il avait trempé, gravées dans chacune des rides de son visage. Elle s'était calmée, maintenant, sa colère était retombée.

« Pourquoi quelqu'un irait-il te voler ton identité ?

— Pour se couvrir. Pour brouiller les pistes.

— Pour quelle raison ? Et pourquoi toi ?

— Parce qu'il ne pensait pas que je sortirais. Il a cru que je passerais le reste de ma vie en prison, qu'il pourrait se servir de mon identité pour éviter de se faire prendre.

— Qui a pensé tout ça ? Qui t'embarque dans tout ça ? »

John sentit le nom fiché dans sa gorge comme un éclat de verre.

« Le même qui a fait tout ce mal à Mary Alice. »

Le nom de la jeune fille fit tressaillir Joyce, c'était visible. Ils se turent tous les deux, sans rien d'autre que le bruissement de l'eau dans la station de lavage et le vrombissement des aspirateurs pour rompre ce silence.

John voulut combler un peu l'espace qui s'était creusé entre eux.

« L'individu qui m'a piégé pour le meurtre de Mary Alice essaie de retenter le coup. »

Elle avait les larmes aux yeux.

« Ce n'est pas moi, Joyce. Je ne lui ai fait aucun mal. »

Sa sœur luttait pour contenir ses émotions, elle avait le menton tremblant.

« Ce n'était pas moi. »

Elle déglutit, la gorge contractée.

« OK, dit-elle. OK. » Elle renifla, respira un bon coup. « Il faut que je retourne travailler.

— Joyce...

— Fais attention à toi, John.

— Joyce, s'il te plaît...

— Au revoir. »

Chapitre vingt-cinq

9 h 30

WILL TRENT OBSERVAIT les mains de Pete Hanson. Avec des gestes adroits, le médecin légiste recousait l'abdomen et la poitrine de Cynthia Barrett. L'épiderme se tendait, par à-coups. Le docteur enfilait son aiguille suivant un motif en coutures de balle de base-ball, le long de l'incision en Y qu'il avait pratiquée au début de l'autopsie. Durant l'opération, Will s'était concentré sur les parties du corps plutôt que sur l'ensemble, mais il n'y avait à présent aucun moyen d'esquiver le fait que Cynthia Barrett était un être humain, à peine plus qu'une enfant. Avec sa silhouette mince et ses traits délicats, elle avait presque un air féerique.

« C'est une triste histoire, fit Pete, comme s'il pouvait lire dans les pensées de Trent.

— Oui. » Dès l'instant où il était entré dans la morgue, il n'avait pas desserré les dents. Durant sa carrière au service de la loi, il avait vu toutes sortes de lésions infligées à toutes sortes de gens, mais quand il se trouvait que la victime était un enfant, il ressentait toujours un choc. Il repensait toujours à Angie, aux traitements horribles qu'on lui avait fait subir quand elle n'était encore qu'une fillette. Il en avait mal au ventre.

Les portes s'ouvrirent et Michael Ormewood entra. Il avait des cernes noirs sous les yeux, et encore un petit bout de mouchoir en papier resté collé à son menton. Apparemment, il avait dû se couper en se rasant.

« Désolé, je suis en retard », s'excusa-t-il.

Will consulta sa montre. C'était un mouvement réflexe, mais quand il releva les yeux, il perçut l'irritation de l'inspecteur.

« Ça ira », fit-il, comprenant, mais trop tard, qu'il venait d'avoir la réflexion qu'il ne fallait pas. Il essaya tout de suite autre chose. « Le docteur Hanson terminait à peine. Vous n'avez rien manqué. »

L'autre garda le silence, et ce fut Pete qui prit la parole, rompant ainsi la tension.

« Je suis vraiment désolé pour vous, inspecteur. »

Après un laps de temps de quelques secondes, Michael hocha la tête. Il s'essuya la bouche, se retira le petit carré de Kleenex du menton en le roulant sous ses doigts. Il eut l'air surpris par ce morceau de papier ensanglanté, là, entre ses doigts, et le jeta dans la poubelle.

« C'était un peu difficile, à la maison.

— Je peux imaginer. Pete le conforta d'une petite tape sur l'épaule. Mes condoléances.

— Oui, renchérit Will, sans trop savoir quoi ajouter d'autre.

— C'était juste une voisine, mais enfin... » Le sourire sur le visage de Michael paraissait forcé, comme s'il avait du mal à contenir ses émotions. « Quand il arrive un sale coup à une gamine innocente comme elle, ça vous mine. » Will vit son regard se poser sur le corps, remarqua un éclair de désespoir dans les yeux de cet homme. Il le vit tendre la main, comme pour toucher les cheveux blonds, puis la retirer. Il se souvint de l'avoir vu agir de la même manière la veille, quand il avait découvert le cadavre pour la première fois. C'était comme si Cynthia était son enfant, au lieu d'être une voisine. « Pauvre bébé, chuchota-t-il.

— Oui, acquiesça Pete.

— Je suis désolé, les gars », s'excusa Ormewood. Il s'éclaircit la gorge, plusieurs fois de suite, il eut l'air de se reprendre. « Qu'est-ce que tu nous as dégoté, Pete ?

— J'étais sur le point de faire un rapport sommaire à l'agent Trent. »

Hanson commença par rabattre le drap qui recouvrait la partie inférieure du corps.

Michael Ormewood ne put dissimuler un tressaillement.

« Tu n'as qu'à t'en tenir aux grandes lignes, d'accord ? »

Pete remonta le drap, s'arrêta juste au-dessous du cou de la jeune fille.

« Je crois, leur expliqua-t-il, qu'elle a trébuché et qu'elle s'est cogné la tête. La force de la chute lui a fracassé le crâne au-dessus du lobe temporal. Son cou s'est tordu sous l'impact, avec rupture nette de la moelle épinière à hauteur de la deuxième cervicale. La mort a été instantanée. Un malheureux accident, sauf pour la langue manquante.

— Est-ce qu'on l'a retrouvée ? s'enquit Michael Ormewood.

— Non, lui répondit Will, avant de se tourner vers Hanson. Pourriez-vous passer en revue les différences entre les deux décès ?

— Naturellement, lui répondit le médecin. A l'inverse de votre prostituée, la langue de cette jeune fille n'a pas été arrachée d'un coup de dents, mais coupée. On a très vraisemblablement utilisé un couteau à dents-de-scie. Cela aurait échappé au commun des mortels, mais je suis persuadé de cette différence.

— Comment pouvez-vous en être sûr ?

— La coupure n'est pas nette, comme avec votre arracheur de langues. » Il fit claquer ses dents d'un coup sec, à titre de démonstration, et l'écho du claquement se répercuta dans la salle carrelée. « Qui plus est, je me serais attendu à un contour en forme de croissant, car la disposition des dents à l'intérieur de la bouche n'est pas rectiligne, mais incurvée. Si vous regardez... » Il était sur le point d'ouvrir la bouche de la jeune fille, mais il parut changer d'avis. « On relève plusieurs marques, des amorces d'entailles, car celui qui a découpé la langue a manifestement eu du mal à trouver une prise. La langue a glissé, et la lame s'est accrochée. Toutefois, votre type était déterminé. Il a mené sa tâche à bien au bout de la troisième ou de la quatrième tentative.

— La langue était glissante ? s'enquit Will. De sang ? De salive ?

— Il devait rester peu de sang, car au moment où est survenue cette mutilation, elle était déjà morte. A mon avis, il a eu du mal à trouver une prise à cause de la petite taille de la langue. Qui plus est, cet homme d'âge adulte a dû rencontrer quelques difficultés pour lui introduire la main dans la bouche. C'est très étroit. »

Michael opinait, mais il n'avait pas l'air d'écouter Pete. Ses yeux restaient rivés sur la jeune fille et une larme, une seule, roula sur sa joue. Il détourna la tête une seconde, essuya cette larme du dos de la main, en faisant semblant de se frotter le nez.

Hanson émit encore un avis.

« Bien entendu, que la langue soit manquante, en soi, c'est intéressant. Dans les autres meurtres, on l'a toujours laissée auprès de la victime. Peut-être votre meurtrier s'est-il finalement décidé à entamer une collection de souvenirs ?

— C'est courant, chez les tueurs en série », leur rappela Trent, tâchant de provoquer une réaction de la part d'Ormewood. Il était peut-être revenu travailler trop tôt. Angie avait précisé qu'il aimait les enfants. Peut-être, comme pour Will, avait-il plus de mal à supporter la chose en raison de l'âge de la fille. Et puis Cynthia Barrett était sa voisine, donc il l'avait sans doute vue grandir. Ce genre d'histoire serait déjà dure pour n'importe qui, même sans un détour par la morgue, même sans voir la jeune fille ouverte en deux.

Ormewood se racla encore la gorge, deux fois, avant de poser une question.

« A-t-elle été violée ? »

Pete Hanson se montra évasif. Will attendait de voir comment il allait lui répondre, et en quoi cette réponse affecterait son interlocuteur.

« Il y a manifestement des signes de tentatives de pénétration de force, mais il est difficile de dire s'il s'est agi d'un rapport consenti ou non. » Il haussa les épaules. « Evidemment, s'il y avait eu viol, ce serait post mortem, et dans ce cas il y aurait un traumatisme vaginal, car la capacité réflexe aurait disparu. »

Le visage de Michael se crispa sur un sourire pincé, le genre de sourire qui vous échappe quand vous êtes tout sauf ravi.

« Vous disiez qu'elle avait eu des expériences sexuelles, lui rappela Will. Nous pourrions essayer de trouver si elle avait un garçon dans sa vie.

— J'ai posé la question à Gina, hier soir, précisa Michael. Gina, c'est mon épouse. » Will opina, et l'inspecteur continua. « Cynthia ne sortait avec personne. C'était vraiment une brave gamine. Phil n'a jamais eu d'ennui, avec elle, pas un seul instant. »

Trent savait que le père était un représentant de commerce qui, au moment du meurtre de sa fille, se trouvait à l'autre bout du pays.

« Quand sera-t-il de retour ?

— Cet après-midi au plus tard, lui répondit l'inspecteur. J'aimerais bien me tirer assez tôt, que je puisse aller voir comment il va. » Il se tourna vers Trent. « S'il a quoi que ce soit d'utile à déclarer, je vous tiendrai informé. »

Il hocha la tête, il avait compris le message : Michael parlerait au père seul à seul. Quelque part, il était heureux de se voir épargner cette tâche.

Michael Ormewood s'adressa à Pete.

« Tu as effectué un prélèvement ADN ?

— Un petit.

— Je vais te le monter là-haut.

— Merci », fit Hanson, et il se dirigea vers le plan de travail, près de la porte. Il tendit à l'inspecteur un sachet en papier scellé contenant le kit de viol de Cynthia Barrett.

Will Trent questionna Michael.

« Pensez-vous qu'il y ait un lien entre ces affaires et celles dont je vous ai montré les dossiers hier ? »

Le regard de son interlocuteur repartit vers le visage de Cynthia.

« Aucun doute là-dessus, lui répondit-il. A l'évidence, il se livre à une escalade. »

Il insista.

« Depuis le meurtre Monroe, auriez-vous croisé un suspect qui vous paraîtrait cadrer ? »

L'inspecteur secoua la tête.

« C'est tout ce qui m'est venu en tête, à propos de la nuit dernière. Je ne vois personne qui aurait pu commettre ça. » Il se tut une longue seconde, avant d'émettre une suggestion. « J'imagine que c'est quelqu'un qui surveillait la scène du crime Monroe, quand je me suis pointé sur place. Après, je suis rentré directement chez moi. Il m'a sans doute suivi. Bon Dieu ! » Il porta la main à son front. « Il aurait pu s'en prendre à Tim. Ma femme... » Il laissa retomber sa main. « J'ai fait quitter la maison à ma famille. Avec ce maniaque en circulation, ils ne sont pas en sécurité.

— C'est sans doute la meilleure solution, acquiesça Pete Hanson. » Il posa la main sur le bras d'Ormewood. « Je suis tellement désolé, inspecteur. Je suis tellement désolé que ça vous soit arrivé, à vous. »

L'inspecteur opina, et Will vit qu'il avait de nouveau les larmes aux yeux.

« C'était une gosse très bien, parvint à ajouter Michael. Personne ne mérite ce genre de destin, mais Cynthia... » Il secoua encore la tête. « Il faut qu'on attrape ce type. Tant que le bourreau n'aura pas planté son aiguille dans le bras de cet enfoiré, je ne me sentirai pas en sécurité. » Il regarda Will droit dans les yeux. « Je ne me sentirai pas en sécurité. »

Will s'appuya contre la voiture de l'inspecteur, en attendant que ce dernier le rejoigne. Il ouvrit le clapet de son portable et fixa l'écran, avec l'envie d'appeler Angie. Il y avait autre chose, qu'elle gardait pour elle. Il la connaissait depuis assez longtemps pour savoir quand elle lui cachait quelque chose. A tout hasard, il pourrait la sonner et lui demander si d'autres éléments ne lui seraient pas revenus en tête, concernant Ormewood. Angie avait travaillé avec ce flic. Elle devait en savoir davantage qu'elle n'en disait.

« Merde », chuchota-t-il, en refermant le téléphone d'un coup sec. Quel idiot. Elle avait sûrement couché avec ce type. Il était pile son genre : un trou-du-cul, marié, pas libre, qui avait forcément dû se servir d'elle, avant d'aller voir ailleurs.

Il inspira à fond et laissa échapper un long soupir, avec le sentiment d'être submergé par sa propre stupidité. Il s'était soucié de John Shelley, alors que le dernier pauvre connard à être entré dans sa vie s'appelait Michael Ormewood. Il se demandait si elle le fréquentait encore. Ils se tenaient assez près l'un de l'autre, dans ce couloir, quand il était tombé sur eux, la veille. Et pourtant, hier soir, quand Will l'avait questionnée à son sujet, Angie avait réagi brutalement. Si elle couchait encore avec lui, il était convaincu qu'elle aurait profité de ce moment pour le lui avouer. Ou peut-être pas. Deux années s'étaient écoulées. C'était la plus longue période qu'ils aient vécue sans s'adresser la parole. Les choses avaient pu changer.

Non, rien ne changeait, jamais.

« Merde », répéta-t-il. Il plaqua les mains sur le toit de la voiture et appuya le front contre. Que pouvait-il faire? Aller se confronter à elle? Exiger qu'elle lui raconte ce qu'elle avait fabriqué, ces deux dernières années?

Au moment où la porte s'ouvrait à grand bruit, il laissa retomber les bras et se retourna. Ormewood traversait le parking, une main dans la poche, l'air content. Il s'était sans doute permis un détour par le bureau d'Angie, en montant remettre le kit de viol au labo. Tant qu'il y était, il avait même pu s'offrir un petit coup vite fait dans la réserve aux fournitures. Will voyait assez la scène d'ici.

« Désolé que ça ait pris autant de temps, dit-il en déverrouillant les portières. Il fallait que je voie un type au sujet d'un chien.

— D'accord », marmonna Trent, en se glissant dans le siège côté passager. Il regarda par la fenêtre, en attendant que l'inspecteur monte à son tour et démarre. S'il contractait la mâchoire un poil plus fort, ses molaires allaient sauter.

Pour effectuer sa marche arrière et sortir de la place de parking, l'autre posa le bras sur le dossier de Will. Il enclencha le levier de la boîte automatique en position de conduite et se dirigea vers la sortie du garage, en saluant le gardien au passage.

« Quelle journée de merde, soupira-t-il, en chaussant une paire de lunettes de soleil. Vous avez des gosses?

— Non », répondit-il, songeant que c'était la deuxième fois

qu'il lui posait cette question. Et si Angie lui avait confié qu'il ne souhaitait pas avoir d'enfants ? Il fut traversé par une image, Ormewood et elle, vautrés sur le lit, dans la béatitude d'après l'amour, et se livrant au petit jeu des confidences et des secrets. Angie ferait-elle une chose pareille ? Le trahirait-elle de la sorte ?

« Je n'ose imaginer ce que Phil doit avoir en tête à cette minute, reprit l'inspecteur. Si jamais il arrivait quoi que ce soit à Tim, j'aurais le sentiment qu'on m'arrache le cœur. Il fait partie de moi, vous comprenez ?

— Je vois ça.

— Et pas d'épouse non plus ? s'enquit-il. Vous êtes marié ? »

Will se tourna vers lui, tâchant de saisir où il voulait en venir avec ces questions.

« Non, lui dit-il.

— Vous fréquentez quelqu'un ? »

Trent se cabra, mais il fit l'effort de se maîtriser.

« Non.

— Gina, poursuivit l'autre, sans plus lui prêter attention. Elle travaille au Piedmont, aux urgences. Qu'est-ce qu'on raconte toujours, à propos des flics ? Qu'ils épousent soit des infirmières, soit des putes ? »

Considérant que l'inspecteur avait quitté sa dernière affectation en butte à de si noirs soupçons, il jugeait assez périlleux de sa part de plaisanter sur le thème des prostituées.

« Cette Polaski... » commença Will. Il essaya de penser à ce qu'un trou-du-cul irait dire d'une femme. « Elle est plutôt séduisante. »

Voilà tout ce qu'il avait trouvé.

L'autre parut étonné, comme s'il n'avait pas envisagé que Trent puisse posséder un pénis.

« Ouais, lui conseilla-t-il. Ecoutez... d'homme à homme... celle-là, je l'approcherais pas trop.

— Pourquoi ça ?

— Elle a un sale caractère. Vous voyez ce que je veux dire ? Elle a l'air vraiment mignonne, mais à l'intérieur, c'est une casse-couilles de première classe. »

Will s'accouda à la portière, regarda fixement par la vitre.

Donc il avait couché avec elle.
L'autre changea de sujet.
« Je suis désolé d'avoir un peu chié dans mon froc hier, quand j'ai vu Cynthia, par terre. Je suis aux Homicides depuis un bail, maintenant, mais vous ne vous attendez jamais à ce qu'un truc pareil vous tombe dessus, pas en connaissant la personne comme je la connaissais. »
Will comptait les poteaux téléphoniques, il vit défiler les panneaux d'affichage et les plaques de rues dans un flou de lettres et, à cette vitesse, il était impossible de rien y comprendre.
« Ouais.
— Il faut que je vous dise, je ne serai plus jamais capable d'endosser ce style de mission de la même manière qu'avant. Aller annoncer la nouvelle aux gens, je veux dire. Quand vous connaissiez la personne concernée, quand vous étiez en rapport avec la victime et avec un de ses parents, au total, ça place l'ensemble sous un autre éclairage.
— J'imagine.
— Vous avez eu l'occasion de consulter le dossier Monroe?
— Je l'ai parcouru », fit Will. Il mentait. Il se servit de ce qu'Angie lui avait raconté au sujet de la prostituée. « Vous l'avez arrêtée à quelques reprises, quand vous étiez aux Mœurs. »
L'inspecteur sembla enfin percevoir l'atmosphère de tension qui régnait dans l'air.
« Ouais, admit-il. Polaski m'a raconté ça, hier. J'avais complètement oublié. Ces coups de filet. Vous avez déjà travaillé aux Mœurs ? » Will réussit à secouer la tête. « Vous pouviez en ramasser une centaine, dans la semaine. En fait, ça revient à se mordre la queue. Sans mauvais jeu de mots. Vous les bouclez et, une heure plus tard, elles sont ressorties dans la rue.
— Vous n'aviez jamais eu affaire à son souteneur, précédemment? Baby G? »
Il haussa les épaules.
« Pas que je me souvienne. Ces types-là, ils grandissent tellement vite. Vous avez d'abord un petit gamin qui sèche les cours et, le coup d'après, il se trimbale avec un neuf-millimètres et il

donne dans un peu tout, depuis le trafic de chattes jusqu'à la méthamphét. » Ormewood haussa encore les épaules. C'était peut-être à son contact qu'Angie avait attrapé ce tic. « Il se peut que Baby G m'ait déjà croisé, mais si c'est le cas, il ne s'en est pas vanté. Vous croyez qu'il a un rapport avec ces meurtres ? Je n'ai jamais vérifié son alibi, pour dimanche soir.

— Il était avec nous, quand Cynthia a été tuée, lui rappela-t-il.

— Je suis certain qu'il dispose de tout un tas de soldats qui se chargent du sale boulot à sa place. »

Will opina.

« Il faut que je jette un œil dans mes dossiers, aux Mœurs. » Je vais les rapporter chez moi ce soir.

Trent se sentit obligé de lui proposer de l'aide.

« Je peux vous donner un coup de main, si vous voulez ?

— Non. » Le ton était soudain plus sec, puis se radoucit aussitôt, et l'explication suivit. « Vous savez ce que c'est. Dans les rapports, on ne consigne que la moitié des informations. Le reste, vous le gardez dans votre tête, qu'ils ne puissent pas vous piéger quand vous témoignez à la barre, à vous sortir que vous avez écrit une chose alors que vous en pensiez une autre.

— Exact. » Il eut encore un regard vers l'inspecteur, à la dérobée. Il n'était pas aussi grand que lui, mais il avait cette belle gueule de brun et la solide carrure qui avaient toujours attiré Angie. A l'évidence, il ne s'imposait pas autant d'exercice physique que lui, mais il n'était pas non plus décati. Au lycée, l'autre devait même jouer au foot, pourquoi pas. Will Trent avait adoré le foot, mais il avait trop honte pour intégrer une quelconque équipe de sport, ce qui aurait exigé de lui qu'il se déshabille dans les vestiaires. Ormewood était sans doute une espèce de star, le capitaine de l'équipe, celui que tous les autres mecs admiraient.

Il respira encore une fois à fond, et souffla, lentement.

C'était vraiment génial. Il suffisait d'une pensée vagabonde, Angie couchant avec ce type, et le voilà subitement qui revivait ses rêves ratés de sport au lycée. Il savait qu'Angie n'irait jamais raconter grand-chose à aucun homme. Son jeu, à elle, c'était de multiplier les nouvelles conquêtes et, à ce jeu-là, elle était obligée de chaque fois se réinventer. Leur révéler la vérité sur son passé, cela lui gâcherait tout son plaisir. Si elle avait envie d'être avec quelqu'un pour de bon, quelqu'un qui la connaissait de fond en comble, c'était avec lui qu'elle resterait.

L'inspecteur tapota sur le volant.

« Greer m'a dit que je pouvais prendre un peu de temps pour moi. Je ne sais pas. Rester assis sans rien faire, ça ne me réussit jamais trop. Si je loupais quelque chose et que ce type ôte encore la vie à quelqu'un, je ne me le pardonnerais jamais. Si ça se trouve, il est déjà en train de se chercher une autre victime.

— Ouais », opina Trent, s'apercevant que, absorbé par sa quête toute personnelle de l'émasculation, il n'avait pas remarqué que l'autre lui adressait la parole en égal, davantage qu'en adversaire.

Ils traversèrent le Homes, passèrent devant les mêmes ados à moto que Will avait déjà repérés la veille.

« Il faudrait qu'on les chope, fit Ormewood. Ils devraient être en classe.

— Pourquoi Cynthia n'était-elle pas en classe ? lui demanda-t-il.

— J'sais pas. Peut-être qu'elle se sentait souffrante.

— Elle manquait souvent ?

— Quel rapport avec le reste ?

— Son père était presque tout le temps en déplacement. Elle était souvent seule, sans surveillance parentale.

— Gina et moi, on faisait toujours de notre mieux pour veiller sur elle. »

Il avait pris les propos de Will comme une forme de condamnation.

« Est-ce que votre belle-mère la voyait fréquemment, chez vous, dans la journée ?

— Il faudrait poser la question à Barbara, lui suggéra-t-il, en se garant sur le parking devant le bâtiment numéro neuf.

— Ça vous ennuie si je la lui pose ?

— Barbara et moi, on est assez proches, et elle ne m'a jamais rien évoqué à propos de Cynthia à la maison. Je vais lui demander, d'accord ? Mais à mon avis, c'est une impasse. Cynthia était une gosse saine. Elle avait de supernotes au lycée, ne s'est jamais créé d'ennuis. Phil répétait toujours que c'était un ange.

— Vous avez l'air d'en savoir pas mal sur elle. »

Michael considéra ses mains, sur le volant. Quand il reprit la parole, Will eut l'impression qu'il se confiait.

« Nous avons tâché de veiller sur elle. Phil n'était jamais là. Sa femme s'est tirée avec un paumé, il y a environ six ans, sans le moindre regret. Il a fait de son mieux, mais j'sais pas... » Il se tourna vers lui. « Quand vous avez un gamin, vous faites votre maximum, mais ce n'est jamais assez... il faut toujours que ce soit encore mieux. Vous changez de priorités, vous ne roulez plus dans une voiture neuve tous les deux ans, vous ne portez plus des costumes chers et vous ne sortez plus sans arrêt au restau et au cinéma. Vous vous sacrifiez.

— Phil n'en faisait pas autant ?

— Je crois en avoir assez dit, lui répondit-il, en retirant la clef du démarreur. Il lui arrive assez de choses en ce moment sans que ses amis le débinent dans son dos. » Michael ouvrit sa portière. « La BMW n'est pas là », remarqua-t-il, signifiant par là que le mac n'était sans doute pas chez lui.

Trent le suivit jusqu'à l'appartement de la grand-mère, qui se trouvait au rez-de-chaussée. Ils frappèrent plusieurs coups, mais ils avaient beau entendre une télévision beugler à l'intérieur et la vieille femme rigoler avec le public du plateau, dans l'émission, personne ne répondit.

« L'appartement de Monroe, c'est au dernier étage ? s'enquit-il.

— Ouais. Si j'étais vous, je ne prendrais pas l'ascenseur. »

Il le suivit dans l'escalier. Si l'on exceptait l'appartement de la grand-mère, l'immeuble était au calme. Les gens étaient à leur travail, ou ils dormaient pour se remettre de la nuit précédente, et le seul bruit qu'on entendait était celui de leurs pas à tous les deux, de leurs semelles raclant les marches.

Une fois arrivé presque en haut, Will ralentit le pas, et s'immobilisa là où l'on avait trouvé le corps d'Aleesha Monroe. Du sang tachait encore les marches, alors qu'à l'évidence, quelqu'un avait essayé de nettoyer les traces.

« Elle est morte ici », lui expliqua l'inspecteur, en s'arrêtant sur le palier pour reprendre son souffle.

Trent s'agenouilla pour examiner le motif de cette empreinte de main, ce fantôme sanglant qui avait grimpé les marches. Les photos de la scène du crime étaient assez mauvaises, mais se retrouver à cet endroit, là où cette femme était morte, c'était un peu sinistre.

« Je ne crois pas qu'il ait eu l'intention de la tuer », lâcha Ormewood.

Will releva les yeux, songeant que ce type avait déjà émis cette hypothèse à deux reprises.

« Pourquoi cela ?

— Elle a roulé sur le dos. Il désigna les contours de l'emplacement où gisait Monroe, ce dimanche soir. Le sang a dû s'accumuler et elle est morte étouffée. Il attendit une seconde, les yeux baissés sur les marches ensanglantées. C'est triste, mais ça arrive. »

Trent ne croyait pas avoir jamais eu à traiter une affaire similaire, mais il opina, comme s'il était fréquent que des victimes meurent de cette manière, et par accident, qui plus est.

« Qu'est-ce qui s'est passé, à votre avis ? »

L'inspecteur leva la tête vers le haut des marches, plissa les yeux, comme s'il pouvait voir la scène se dérouler devant lui.

« Je pense qu'ils étaient dans l'appartement, quand une dispute a éclaté. Le client est parti, et peut-être qu'elle ne voulait pas. Ils se sont bagarrés, ici. » Il désigna les marches. « Ensuite, ça a mal tourné.

— Mais avant, quand le flic est arrivé, la porte était fermée à clef ou pas ?

— Non, pas fermée. »

Trent fit défiler la scène dans sa tête, estimant le scénario de son collègue aussi vraisemblable qu'un autre.

« Vous avez la clef ?

— Ouaip. » Il sortit un sachet en plastique de sa poche. Il le déroula et lui montra une clef, attachée à une plaquette rouge. C'était dans son sac à main.

« Vous avez trouvé autre chose ?

— Du maquillage, quelques dollars, et des peluches.

— Allons-y », fit Will, en continuant dans l'escalier. Quand ils arrivèrent tout près du dernier palier, il sentit se hérisser les poils de sa nuque. Il n'avait jamais été de ceux qui croyaient aux fantômes et aux farfadets, mais il était indéniable qu'une scène de crime dégageait une certaine atmosphère, une énergie qui vous signalait qu'une mort violente était survenue là.

« Et nous y voilà », fit Ormewood, en cisaillant avec la clef le ruban jaune de la police interdisant l'accès au périmètre. Il déverrouilla la porte. « Après vous. »

Aleesha Monroe n'était manifestement pas riche, mais à en juger par l'allure de son appartement, elle avait pris grand soin de ses quelques rares jolis objets. Hormis la petite salle de bains, l'appartement ne comptait que deux autres pièces, une chambre et un espace salon-cuisine. Ce qui le frappa, ce fut la propreté surprenante des lieux. Pas d'assiettes sales en train de macérer dans l'évier, et rien de cette puanteur qui flottait dans le couloir ne semblait filtrer à travers ces murs.

Il questionna l'inspecteur.

« C'était comme cela, quand vous êtes entré ?

— Ouaip. »

L'équipe de Michael Ormewood avait déjà retourné les lieux sens dessus dessous, deux nuits plus tôt. Sa posture, dos à la porte, appuyé contre le montant, indiquait clairement qu'il considérait cette visite comme une perte de temps.

Trent ignora ce message et arpenta la pièce à pas mesurés, en quête d'un détail inhabituel. La cuisine était un simple coin kitchenette avec un unique placard et seulement deux tiroirs de rangement. L'un servait aux couverts, l'autre contenait les articles de ménage habituels, le style qui trouvait toujours le chemin du tiroir aux cochonneries : deux stylos, une collection de tickets de caisse et un anneau de clefs qui avaient probablement survécu aux portes qu'elles ouvraient.

Il s'arrêta devant une plante, près de la fenêtre. La terre était sèche comme de l'os, la plante était morte. La table en verre, à côté du canapé, étincelait de propreté, et la table basse assortie était tout aussi immaculée. Il y avait une pile de magazines bien rangés à côté d'un cendrier, qui avait été nettoyé, c'était visible. Il ne semblait pas y avoir un grain de poussière sur le sol et rien n'indiquait qu'une toxico avait vécu là. Il était déjà entré dans quantité de domiciles de junkies, et il savait comment ils vivaient. L'héroïne, surtout, c'était spécialement méchant. Les défoncés à l'héro étaient pareils à des animaux malades qui auraient cessé de s'épouiller, ce qui se reflétait dans leur environnement.

Il avait repéré les signes évocateurs de poudre à empreintes noire sur les montants et les rebords des fenêtres, mais il posa néanmoins la question.

« Vous avez relevé beaucoup d'empreintes digitales ?

— A peu près soixante mille, lui répondit-il.

— Et aucune sur les tables en verre ? »

L'autre se pencha dans le couloir, comme s'il avait entendu un bruit.

« Ses clients, elle devait les faire monter ici. Il y avait assez d'ADN sur les draps pour cloner un village entier. »

Trent entra dans la chambre, gardant en tête de revenir sur la question. Il visita les tiroirs, remarquant qu'on avait sommairement fouillé les vêtements de la prostituée. La penderie était bourrée de tenues, avec un vieil aspirateur Hoover calé entre des boîtes à chaussures. Le sac de l'aspirateur était vide. Les techniciens de la scène du crime l'avaient retiré, en prévision d'un examen plus approfondi. Ils avaient sans doute aussi retiré les draps de lit. Le matelas de Monroe était à nu, avec une tache de sang qui s'épanouissait en plein milieu.

Ormewood se tenait au centre de la chambre. A l'évidence, il croyait pouvoir devancer la question suivante.

« Sang menstruel, d'après Pete Hanson. Elle devait avoir ses ragnagnas. »

Will garda le silence, en continuant son inspection de la pièce, sans cesser de penser à ces tables en verre toutes propres. Il entendait l'inspecteur déambuler dans la pièce voisine avec impatience. Il suivit les traces noires de cette poudre, là où les techniciens de la scène du crime avaient recherché des empreintes, sur toutes les surfaces habituelles : le rebord de la table de nuit, les poignées de portes, la petite commode qui contenait surtout des tee-shirts et des jeans. Ils avaient dû examiner les tables de la pièce voisine. L'absence de poussière indiquait que le verre était exempt d'empreintes.

« Vous avez lu l'article dans le journal, ce matin? lui demanda Ormewood.

— Non », reconnut-il. Pour des raisons assez évidentes chez lui, la plupart des nouvelles lui venaient de la télévision.

« Le deuxième article à la Une était consacré à Monroe, après je ne sais trop quel scandale, à l'hôpital. »

Trent se mit à quatre pattes, inspecta sous le lit.

« Vous avez déjà rendu son nom public?

— On peut pas tant qu'on n'a pas trouvé un membre de la famille. On a aussi fait silence radio sur cette histoire de langue. »

Il se redressa, s'assit sur ses talons, en considérant la pièce autour de lui.

« Elle n'a jamais fourni le nom de ses parents, lors de ses arrestations?

— Juste celui de Baby G. »

Il ouvrit le tiroir de la table de nuit. Vide.

« Pas de carnet d'adresses.

— Elle n'avait pas le téléphone... pas de ligne fixe, pas de portable.

— C'est curieux.

— Tout coûte de l'argent. Soit vous en avez, soit vous n'en avez pas. » Il ne le quittait plus du regard. « Ça vous embête si je vous demande ce que vous pensez trouver?

— Je veux juste me faire une idée de l'atmosphère des lieux », lui répondit-il, alors qu'en réalité, ce qu'il avait déjà recueilli allait bien au-delà. Soit Aleesha Monroe était la Mme Propre des tapineuses, soit quelqu'un s'était donné beaucoup de peine pour récurer son logement.

Il se releva et retourna dans la pièce principale. Ormewood était de nouveau à la porte d'entrée, les bras croisés. Pourquoi n'avait-il pas remarqué que l'appartement avait été nettoyé? Même un détective en chambre, sans rien d'autre que des séries télé en guise de formation, aurait tiqué là-dessus.

« L'évier a été récuré. »

L'éponge était encore humide et, quand il l'approcha de son nez, il sentit la forte odeur de Javel.

« Vous reniflez ça, vous avez une raison ? » s'enquit l'inspecteur. Il l'observait avec attention, plus du tout appuyé avec nonchalance au montant de la porte.

Il lâcha l'éponge dans l'évier.

« Elle a de l'argent planqué, ici ? demanda-t-il, en esquivant à dessein la question qu'il venait de lui poser.

— Il est consigné dans le dossier technique. »

Will n'avait pas eu le temps d'éplucher le dossier de la scène du crime.

« Résumez-le-moi. »

A l'évidence, l'autre était irrité par cette requête, mais il s'y plia tout de même.

« Elle avait un peu de cash dans une chaussette, fourrée derrière le dossier du canapé. Là, il y avait à peu près huit dollars. Son nécessaire était dans une boîte en métal, sur le plan de travail, dans la cuisine. Seringues, papier alu, un briquet, l'ordinaire.

— Pas de drogue ?

— Des résidus dans le fond de la boîte, mais on n'a rien trouvé.

— Donc, elle était forcée de travailler.

— Ouais, confirma-t-il. Elle n'avait pas le choix. »

Will se tourna vers la salle d'eau. Le rideau de la douche était bleu foncé, impeccable, tout comme le tapis de bain et le couvercle des toilettes assorti. Il souleva le tapis, remarqua que le lino du sol avait été balayé.

Trente-deux minutes pour qu'une voiture de patrouille se pointe. Le tueur avait compté sur la lenteur du délai de réaction, il en avait profité pour nettoyer derrière lui. Il n'y avait aucun signe de panique, ici, aucune précipitation pour couvrir ses traces et filer. Le type savait ce qu'il faisait.

« Alors ? » lui lança-t-il. Il se tenait sur le seuil de la salle d'eau, il observait l'agent du GBI.

« Elle gardait un intérieur très propre », constata ce dernier, en ouvrant l'armoire à pharmacie. A part le paracétamol et le dentifrice habituels, son contenu correspondait à peu près à ses attentes. « Pas de préservatifs, ici.

— Je croyais qu'on avait établi que le meurtrier avait apporté les siens.

— Possible », admit-il, songeant que sur cette question, il se fiait davantage à Angie. Il s'arrêta devant la porte, car l'inspecteur lui barrait le passage. « Quelque chose qui ne va pas?

— Non. » Ormewood recula d'un pas. « J'ai juste l'impression que vous contrôlez mon travail.

— Je vous ai dit que non », lui assura-t-il, quoique, pour être honnête, il commençait à s'interroger sur les talents d'enquêteur de son collègue. Un aveugle aurait vu que cet appartement avait été récuré du sol au plafond. « Vous aviez déjà appelé le personnel de nettoyage?

— Quoi?

— J'ai vu que l'escalier avait été frotté. J'en ai déduit que vous aviez appelé une équipe pour nettoyer.

— C'est sans doute l'un des autres locataires, lui répliqua-t-il, en se rendant à la porte d'entrée. Le ruban n'avait pas été coupé et je n'ai appelé personne. Je peux poser la question à Leo.

— Ça ira. Simple curiosité de ma part. » Il tira sur la porte pour la refermer. Il tournait la clef dans la serrure quand un claquement violent retentit dans la cage d'escalier, suivi d'un cri d'enfant.

Il dépassa Michael dans la descente des marches, attrapa la rampe en effaçant le palier. Il entendit encore un cri, un deuxième môme qui hurlait « Au secours ! », juste au moment où il dévalait la dernière volée de marches et poussait la porte de l'immeuble.

« Au secours ! » Un petit garçon criait en courant à travers le parking, une jeune fille lancée à sa poursuite.

« Oh, merde... » éructa l'inspecteur. Il était essoufflé d'avoir couru. « Bon Dieu », lâcha-t-il, en se pliant en deux.

Le garçon fonça vers un petit terre-plein gazonné où se dressaient les boîtes aux lettres du bâtiment. Il en fit le tour, une fois, avant que l'adolescente ne le rattrape. Le temps que Trent arrive à leur hauteur, le garçon était à plat ventre, et elle s'était déjà assise sur lui à califourchon.

« Tu me rends ça ! exigea-t-elle, en décochant un violent coup de poing dans les reins de son prisonnier.

— Jazz ! cria le gamin.

— Du calme », fit Will. Allez. Il prit l'adolescente par le bras, sans forcer.

Elle se dégagea d'un geste sec.

« C'est pas tes oignons, abruti, lui lança-t-elle, en le rembarrant.

— Très bien, dit-il, en s'agenouillant pour s'adresser au garçon. Est-ce que ça va ? »

Le petit bonhomme roula sur le dos. Will devina qu'il en avait eu la respiration coupée. Il l'aida à s'asseoir, sachant que cela pouvait déjà améliorer les choses. Le gosse devait avoir neuf ou dix ans, mais les vêtements qu'il portait auraient mieux convenu à un homme adulte. Même ses chaussures étaient trop grandes pour ses pieds.

« Dites-moi ce qui s'est passé, là, demanda-t-il à la jeune fille.

— Il m'a pris mon... » Voyant l'inspecteur Ormewood s'approcher, elle s'interrompit, et resta bouchée bée, les yeux écarquillés de peur, en le dévisageant.

« Tout va bien », lui fit l'inspecteur, en écartant les bras, les mains grandes ouvertes. Pour ce qui était de Will, la jeune fille n'avait pas saisi, mais pour Michael, il aurait aussi bien pu porter une pancarte autour du cou avec la mention « flic ». Elle devait encore être dans les jupes de sa mère quand elle avait appris qu'on n'adressait pas la parole à la police.

Elle recula, tendit la main à son frère et, d'un coup sec, le tira en position debout.

« Eloignez-vous de nous. On n'a rien à vous dire. »

Michael désigna le garçon.

« C'est ton frère ? » Il sourit au gamin. « Comment tu t'appelles, mon pote ? J'ai un fils à peu près de ton âge.

— Ne lui parle pas, l'avertit sa sœur.

— On va pas vous embarquer », lui promit Trent. Elle devait avoir treize ou quatorze ans, mais vu sa manière de serrer ses petits poings, il se dit que si elle se mettait assez en colère pour le boxer, il n'avait aucune envie de rester assis là le derrière par terre.

« Nous nous occupons d'une sale histoire qui s'est produite ici, dimanche soir.

— Leesha », fit le garçon, juste avant que sa sœur ne lui plaque la main sur la bouche. Il se contorsionna avec impatience. A l'évidence, le petit bonhomme avait quelque chose à dire que sa sœur ne souhaitait pas qu'ils entendent.

« Comment t'appelles-tu ? s'enquit Ormewood.

— On n'a rien à dire, répéta la jeune fille. Dimanche soir, on n'a rien vu. On n'a rien vu. Hein, c'est vrai, Cedric?

— Tu disais... » Le garçon commença une phrase, mais sa sœur lui couvrit encore la bouche, avant qu'il puisse en sortir quelque chose.

Baissant la voix, Ormewood se tourna vers Trent.

« Vous voulez lequel des deux ?

— A vous de choisir.

— Vous êtes sûr ? »

Will confirma, d'un signe de tête.

« Très bien. » L'inspecteur haussa le ton. « Jeune fille, c'est la dernière fois que je vais te poser la question. Quel est ton nom ? »

Elle resta plantée là, avec un air de défi, mais elle obtempéra.

« Jasmine.

— C'est un joli nom, concéda-t-il. Comme cela ne suffisait pas à la radoucir, il reprit son ton autoritaire. Tu viens avec moi.

— De la merde, oui. »

Il échangea un regard avec son collègue du GBI.

« Tu en as une grande gueule, dis-moi, fillette.

— Je suis pas votre fillette !

— Mon cœur, tu veux vraiment rendre tout ça si pénible ? » Il posa les mains sur ses hanches. La posture aurait été presque féminine, n'était le fait que sa veste s'entrouvrit, révélant son neuf-millimètres dans le baudrier. Un geste typique de flic : commencez déjà par leur foutre la frousse, et ensuite, continuez, foutez-leur la frousse à répétition. Ça fonctionna. L'éclair de la peur scintilla dans ses yeux, et elle regarda par terre, sans envie de lutter davantage.

Michael glissa un clin d'œil à Will, comme pour lui dire « C'est de cette manière-là qu'il faut s'y prendre ». Il questionna Jasmine.

« Ta mère est chez elle ?

— Elle est au boulot.

— Qui vous surveille ? »

Elle grommela quelque chose.

« C'était quoi, ça ? »

Elle lança un coup d'œil à son frère.

« Je demandais à Cedric si ça allait.

— C'est ton frère ? » lui demanda-t-il.

Elle hésita, et puis elle hocha la tête.

« Cedric, il ira très bien, une fois qu'on aura compris, toi et moi, qui est censé vous surveiller et pourquoi vous n'êtes pas en classe. » Il posa la main sur l'épaule de la jeune fille et la reconduisit vers l'immeuble. « Tu ne devrais pas te trouver ici à courir dans tous les sens en criant comme ça. »

Elle marmonna encore quelque chose, à quoi Trent ne comprit rien. Michael rigola.

« Ça, on verra », lui répondit-il.

Trent les regarda entrer dans l'immeuble, puis il se retourna vers le garçon.

« Cedric ? vérifia-t-il. C'est ton nom, exact ? »

Le garçon opina.

« Viens avec moi. »

Il lui tendit la main, mais Cedric se renfrogna, l'air mauvais.

« Je suis pas un gamin, enfoiré. »

Will soupira. Il s'appuya contre les boîtes aux lettres, tâcha d'arrondir un peu les angles.

« J'ai juste besoin de te poser quelques questions. »

Cedric singeait sa sœur.

« J'ai rien à vous dire. » Il sortit la lèvre inférieure, en une moue exagérée, et croisa les bras, aussi minces que des allumettes, dans une parfaite imitation de gangster. Will en aurait ri, n'était le fait que ce gosse avait sans doute accès à plus d'armes que bien des flics.

« Hé, reprit-il, s'essayant à une autre tactique. Quand le chiffre zéro rencontre le chiffre huit, il lui dit quoi ? »

Cedric haussa les épaules avec dédain, mais il vit bien que sa curiosité était piquée.

« "Jolie ceinture." »

Les coins de la bouche du garçon esquissèrent un sourire, avant qu'il ne se reprenne.

« Ouais, c'est nul, mec.

— Je sais, admit Trent. C'est juste histoire de te convaincre de me causer.

— J'ai besoin de causer de rien, moi.

— Tu la connaissais, Aleesha ? »

De nouveau, un haussement de ses épaules osseuses, mais il n'était encore qu'un enfant, et ne possédait pas la faculté de cacher ses émotions.

« Aleesha, c'était une de tes amies ? devina Will. Peut-être qu'elle veillait sur toi ? »

Là encore, les épaules qui se contractent.

« J'ai posé des questions sur elle aux uns et aux autres, tu sais ? J'ai questionné des amis à elle. J'ai l'impression que c'était une dame vraiment sympa. »

Cedric planta le bout de son pied dans le sol en béton.

« Possible.

— Elle veillait sur toi ?

— Ma mamie m'a dit de pas m'approcher, à cause de ce qu'elle faisait, Leesha.

— Ouais, dit le policier. Je suis d'accord, Aleesha n'avait pas forcément un métier très bien. Mais avec toi, elle était gentille, non ? »

Cette fois, il hocha la tête.

« C'est dur, de perdre une amie.

— Mon cousin Ali, il est mort, l'année dernière. Il s'est fait tirer dessus. Dans son lit. »

Trent s'agenouilla devant le garçon.

« Tu as vu quelque chose, l'autre nuit, Cedric ? »

Il avait les yeux rouges de larmes, qu'à l'évidence il refusait de laisser couler.

« Tu peux me raconter, Cedric. Je ne vais te faire aucun mal. Je ne vais pas te créer d'embêtements au central. Tout ce qui m'intéresse, c'est de savoir qui a tué Aleesha, parce que c'était une dame bien. Tu sais qu'elle était bien, cette dame. Elle veillait sur vous et maintenant c'est ton tour, il faut que tu veilles sur elle.

— Je ne peux rien vous dire. »

Will le reprit sur sa formulation.

« Tu ne peux pas, ou tu ne veux pas ? » Il eut une idée. « Est-ce que quelqu'un t'a menacé ? Baby G, hein, non ? »

Cedric secoua la tête.

« J'essaie juste de trouver qui a fait du mal à ton amie. » Il ajouta encore une promesse. « Tu peux avoir confiance en moi. »

Le regard de l'enfant se durcit, et ce fut le retour de la mine de gangster.

« La confiance, c'est un mot que je connais pas. »

Trent n'avait pas grandi au Grady Homes, mais enfant, il s'était fié à plein d'adultes qui ne voulaient pas – ou ne pouvaient pas – l'aider. Il n'y avait aucun moyen de déterminer qui était bon ou méchant. Un insigne rutilant n'aidait pas nécessairement à indiquer la voie.

« Tu vois ça ? lui demanda-t-il, en posant le doigt sur le côté de son visage, en touchant la balafre qui serpentait jusque dans le creux de son cou. C'est ce que j'ai récolté, un jour, en dénonçant quelqu'un. Je n'étais pas beaucoup plus vieux que toi. »

Cedric pencha la tête, examina la cicatrice.

« Vous avez eu mal ?

— Au début, reconnut-il. Mais ensuite, je ne sentais plus rien, et quand je me suis réveillé, j'étais à l'hôpital.

— Vous étiez malade ?

— J'ai perdu beaucoup de sang.

— Vous alliez mourir ? »

Il aurait aimé, mais il avait raconté cette histoire à Cedric pour le sortir de sa coquille, pas pour confesser ses plus sombres secrets.

« Les docteurs ont pris soin de moi. »

Le garçon fixa la cicatrice un long moment, avant d'opiner, en signe d'approbation. Dans la rue, une expérience de quasi-mort, surtout si elle résultait d'une exposition au danger, c'était la médaille du mérite.

Trent plongea la main dans sa poche et en sortit une carte de visite.

« C'est mon numéro de téléphone portable, d'accord ? Si tu penses à quoi que ce soit, ou si tu as juste besoin de parler, tu m'appelles. Compris ? Et ce n'est pas forcé que ce soit au sujet d'Aleesha. »

Cedric lança encore un rapide coup d'œil à la balafre, puis referma la main sur la carte, pour le cas où quelqu'un regarderait.

« Je peux y aller, maintenant ?

— Ouais, fit-il. Mais tu m'appelles, d'accord ? Tu m'appelles, de jour comme de nuit.

— Compris. » Et Cedric détala vers la rue, en laissant sa main traîner tout le long de la rangée de boîtes aux lettres.

Il se releva, se retourna, et vit Michael Ormewood qui retraversait le parking, cette fois sans Jasmine. Alors qu'il approchait, il entrevit une griffure qui lui barrait la joue. Du sang lui gouttait sur le col.

Trent lança un regard vers l'immeuble, avant de revenir sur l'inspecteur.

« Ça va ?

— Elle m'a frappé. Qu'est-ce que vous dites de ça ? Elle a quoi, douze ans ? » Il secoua la tête, plus stupéfait qu'en colère. « Je la suivais dans l'escalier et, avant que je me sois rendu compte, elle s'est taillée. Je l'ai poursuivie, je l'ai attrapée par la jambe, et elle a pivoté sur elle-même et elle m'a balancé son poing dans la figure. » Il se flanqua une manchette, pour mimer la scène. Une bonne chose qu'elle m'ait cogné comme une gonzesse, hein ? » Will n'avait jamais compris cette formule. Les seuls coups de poing qu'il ait jamais reçus, c'était une femme qui les lui avait donnés, et Angie avait toujours su accompagner sa frappe.

Ormewood leva de nouveau le nez vers l'immeuble, l'œil immobile. Un rideau remua.

« C'est chez elle. Troisième étage.

— Sa mère est à la maison ?

— Merde », grogna-t-il, et sur un ton tel qu'il se demandait visiblement si l'agent du GBI était stupide à ce point. Il palpa l'entaille qu'il avait à la joue, et regarda le sang qu'il avait au bout des doigts. « J'ai dû prendre son ongle, j'imagine, ou je ne sais quoi. Ça vous paraît méchant ?

— Pas trop », lui assura-t-il, mais il mentait. Il sortit son mouchoir et le lui proposa. « Vous voulez qu'on aille la chercher, non ?

— Quoi ? Lui passer les menottes et avoir ma photo aux infos du soir pour avoir malmené une gamine ? Non merci. En plus, maintenant, elle ne nous dira rien, même si elle avait les cheveux qui flambent. »

Il s'assit au bord du trottoir avec un gémissement. Trent ne savait que faire, si ce n'est le rejoindre.

L'autre en rigolait encore.

« Bon Dieu, elle m'a bien eu. » Il inspecta les taches de sang qui mouchetaient le mouchoir. « J'aurais dû vous laisser gérer ça. Peut-être qu'avec un plus de laisser-faire, elle aurait mieux réagi. » Il se rendit compte de ce qu'il venait de dire. « Hé, ne le prenez pas mal...

— Ne vous inquiétez pas pour ça.

— Enfin », reprit-il, en repliant le mouchoir en deux, avant de l'appuyer contre la blessure. « Je ne savais pas qu'il y avait encore des gens qui se baladaient avec ça en poche.

— Une vieille habitude », admit Will. Mme Flannery obligeait tous les garçons du foyer à conserver un mouchoir dans leur poche. Il n'avait jamais remis cette pratique en question, supposant que c'était chose normale, chez les garçons.

« Et son frère, vous en avez tiré quelque chose ? s'enquit l'inspecteur.

— Cedric n'est pas causant.

— Vous croyez qu'il sait quelque chose ? »

En effet, il le croyait, mais sans trop comprendre pourquoi, il éprouva le besoin de lui faire croire le contraire.

« Non. Il ne sait rien.

— Vous êtes sûr ?

— Catégorique, insista-t-il. Avec sa grande gueule, il aurait parlé.

— Vous avez du pot qu'il ne vous ait pas flanqué un coup de pied dans les couilles ! » Il replia une fois encore le mouchoir et allait le lui rendre, avant de se raviser. « Désolé, s'excusa-t-il, et il le reprit. Je vais demander à ma femme de vous le laver.

— Ça ira. » Il reprit son carré de tissu. L'idée de l'épouse de l'inspecteur Ormewood s'occupant de sa lessive le mettait mal à l'aise.

« Ben, mon vieux », soupira l'inspecteur, en posant les coudes sur les genoux, et il laissa retomber sa tête. « Je dois dire, cette fille me rappelle beaucoup Cynthia. Elle a ce même feu dans les yeux, vous voyez ?

— Ah oui ? » s'étonna-t-il, songeant que l'autre lui peignait cette fois un portrait fort différent de sa voisine.

« Cynthia était une bonne gosse, ne vous méprenez pas sur mes propos. C'est juste qu'elle avait cette tendance à la rébellion. Vos parents sont divorcés ? »

La question le prit au dépourvu. Son visage dut trahir son trouble.

« Ça me regarde pas, exact ? » Il se massa la nuque, en levant une fois encore le nez vers l'immeuble. « J'avais à peu près son âge quand mon père est mort. C'est peut-être pour ça que je l'ai un peu prise sous mon aile. »

Will ne savait plus trop maintenant de laquelle des deux jeunes filles il voulait parler.

« Je me disais juste que cette tendance rebelle, ça vous prenait quand vous étiez ado, et si vos parents se séparent à cette période, ça s'aggrave. Vous finissez par pousser le bouchon, vous voyez ? Vous essayez de tester les limites, de voir jusqu'où vous pouvez aller, avant qu'on ne vous force à reculer. Ma mère, elle me rattrapait par le col... et là, je peux vous dire, moi, quand je cavalais, c'était Vil Coyote qu'elle rattrapait. Elle partait toujours à ma recherche, et elle y allait pas de main morte. Aujourd'hui, les gamins, leurs parents font plus ça. Ils ont pas envie de jouer le rôle du méchant.

— Cynthia, elle était un peu plus déchaînée que ne le croyait Phil ?

— Peut-être même un peu plus déchaînée que je ne l'ai cru moi-même, reconnut-il. Ou que je ne voulais bien le croire.

— Cela me paraît être une erreur commise en toute bonne foi. »

L'autre lui sourit.

« Il y avait cette fille que je connaissais, au lycée. Bon Dieu, elle était sublime. Elle refusait de m'adresser la parole. Mon cousin l'a alpaguée. Ce gamin, il avait la peau sur les os, il avait pas un poil nulle part, sauf sur le caillou. » Il lui lança un rapide coup d'œil. « Vous voyez quel genre je veux dire ? »

Il opina, parce que c'était ce que l'autre attendait de lui, à ce qu'il semblait.

« L'andouille totale, quoi, continua-t-il. Et le voilà avec cette fille superbe. Non seulement ça, mais en plus elle se laisse tripoter, il allait se la faire et elle dirait pas non. » Cette fois, son rire changea. « En général, c'était moi qui emballais, vous voyez ? Pas lui. » Il se tourna, face à Trent. « Je suis en train de me dire que je n'aurais pas dû lui courir après. »

Will était perdu.

« Après Jasmine ? »

Le regard de l'inspecteur revint vers l'immeuble.

« J'aurais dû juste la laisser filer, mais il y a eu cette fraction de seconde où... vous savez, quand votre cerveau se met à penser à un milliard de trucs à la fois ? Je n'arrêtais pas de penser à Cynthia en train de courir, et qui trébuche sur cette clôture. J'aurais dû la réparer l'an dernier, cette clôture, j'aurais dû réparer ce putain de grillage. » Il s'enfonça les poings dans les orbites. « Oh, bon Dieu. »

Trent était très perplexe. Une heure plus tôt, il avait envie de culbuter ce type par terre et de le rouer de coups, pour avoir couché avec Angie. Maintenant, il se sentait simplement navré pour lui.

L'autre continua.

« C'était à cela que je pensais quand Jasmine s'est enfuie... à Cynthia qui traverse notre jardin en courant. Et sans même réfléchir, je lui ai agrippé le pied, pour l'arrêter. Vous savez... qu'elle ne se blesse pas comme Cynthia. » Il se tourna vers Trent. « Je crois que j'ai besoin de prendre ce congé que m'a proposé Greer. Tout ceci m'atteint plus salement que je ne l'aurais cru. Ça vous ennuie ? »

Il fut surpris de la question, mais il acquiesça aussitôt.

« Ça ira très bien.

— Je suis désolé de vous laisser tomber comme ça. Je dois vous faire l'effet d'une vraie bonne femme. Bon sang, j'en ai même le comportement, en plus. Tout ce bavardage de dingue. Vous devez me prendre pour une espèce de psychopathe ou je ne sais quoi. » Il secoua encore la tête. « Un ou deux jours, c'est ça dont j'ai besoin, je crois. Juste un peu de temps, pour surmonter, prendre la mesure de ce qui s'est passé.

— C'est bon », fit-il, songeant qu'il était content de voir Michael en arriver à cette conclusion de lui-même. Il était clair maintenant qu'Ormewood avait lutté toute la matinée pour tenir le coup. « Faites ce que vous avez à faire.

— J'ai juste besoin d'être tenu au courant. J'ai besoin de savoir ce qui se passe. Cela vous ennuierait ? Je ne veux pas vous marcher sur les pieds, mon vieux. Seulement je peux pas rester dans mon coin, coupé de tout. Je sais que vous allez le choper, cette enflure, mais j'ai besoin de savoir ce qui se passe dans cette enquête. »

Trent n'était pas trop ravi de cette idée.

« Vous m'appelez quand vous voulez, lui proposa-t-il neanmoins.

— Merci », fit Ormewood. Trent perçut le soulagement dans la voix de son interlocuteur. Il lut de la gratitude dans son regard. « Merci. »

Chapitre vingt-six

19 h 22

JOHN ÉTAIT TELLEMENT ÉPUISÉ qu'il manqua presque son arrêt de bus. Il se leva de son siège en sursaut, et s'exclama « Attendez ! », alors que le chauffeur était sur le point de refermer la portière.

Il tomba quasiment sur le trottoir comme une souche, il sentait tous les muscles de son corps, comme si on les lui avait défoncés au marteau-piqueur. Art avait demandé un volontaire pour travailler tard, et il avait été trop heureux de lever la main, songeant qu'il aurait tout intérêt à s'occuper l'esprit avec autre chose que Joyce et la panade dans laquelle il s'était fourré. Il ne parvenait même plus à fermer les yeux sans repenser à cette petite blonde, dans le jardin, derrière chez Michael. La nuit dernière, il tremblait si fort qu'il s'était réveillé. Il avait le corps couvert de sueur et s'était mis à se lamenter comme un enfant, en se balançant, jusqu'à retomber enfin dans un sommeil troublé.

Cette mission en heures sup pour Art, c'était le genre de boulot merdique que vous n'exigeriez même pas de votre pire ennemi : siphonner un bouchon de crasse dans le réservoir principal du système de vidange. Ce réservoir était encastré dans le sol et conçu pour contenir grosso modo un million de litres de peluches de tapis de sol et de pépites de Cheerios, avec en prime une odeur de bonbon rance qui aurait mal viré –, tous ces débris qu'ils aspiraient dans les voitures avant de les expédier dans la cuve de recyclage. John était tout juste arrivé à entrer par le sas et, une fois à l'intérieur, il avait calculé, à vue de nez, que la citerne devait mesurer à peu près trois mètres de large par deux mètres cinquante de circonférence, et le tout lui évoquait un cercueil – un peu trop même à son goût.

Art lui avait donné une lampe-torche et une paire de gants en caoutchouc. La pile de la lampe avait duré environ une demi-heure. Avant qu'il ait pu découvrir la prise d'eau, les gants s'étaient déjà collés ensemble. Il avait donc dû enfiler sa main nue dans ce tuyau répugnant et en sortir une masse qui, au toucher, ressemblait à des cheveux. Il pensa aux pelures de peau et à la morve dont un corps ordinaire se délestait chaque jour, et il rendit son sandwich à la banane avant même d'avoir pu retourner à l'air libre.

« Tu es un sacré pistolet, toi », lui avait lancé Art. Le bonhomme avait contemplé le visage terreux de John, vu les vomissures sur sa chemise, et il lui avait fourré un billet de cinquante dans la main. Cinquante dollars pour moins de deux heures de travail. Si Art lui avait proposé de doubler la mise, il aurait volontiers replongé dans son vomi.

Il termina le trajet jusqu'à sa chambre de l'asile de nuit à pied, et l'air frais lui fit du bien. Il y avait toujours une odeur, dans la rue, quel que soit le temps, quelle que soit l'heure de la journée. John avait fini par associer cette odeur à la pauvreté. Ses poumons s'en imprégnaient sûrement, de ces substances carcinogènes qui s'accrochaient à l'intérieur comme les cheveux s'accrochaient au réservoir des aspirateurs.

« Salut, cow-boy. »

Il leva les yeux et découvrit Martha, assise sous la véranda, devant l'immeuble. Elle était en cuir noir de la tête aux pieds, et son maquillage était plus chargé que d'ordinaire. Il avait envie de poser à sa contrôleuse judiciaire une question cavalière, une insolence, du genre si son rancard du soir ne lui avait pas posé un lapin. Au lieu de quoi, il se contenta de la saluer.

« Bonjour, madame Lam. »

Elle se leva, écarta légèrement les bras du buste, en exécutant un petit tour sur elle-même.

« Pour ta petite inspection-surprise, j'ai choisi ma plus belle tenue. »

Il ne savait que répondre. « Vous avez l'air très jolie » lui semblait un peu de l'effronterie, une réflexion qui risquait d'être interprétée comme une tentative de flirt.

Il se décida pour un « Oui, madame », en ouvrant la porte et en s'effaçant pour la laisser entrer la première.

« J'ai ramené M. George à Bosticks, ce matin, lui annonça-t-elle.

— Qui ?

— Ton copain de l'étage. »

Il ignorait de qui elle parlait. Et puis il comprit.

« Ce n'est pas mon copain, insista-t-il, et elle lui lâcha un regard lui signifiant qu'il aurait intérêt à changer de ton. Je suis désolé, s'excusa-t-il. J'ai eu une longue journée. Je ne m'attendais pas à vous trouver ici.

— C'est pour cela qu'on parle de visites-surprises. »

Jusqu'à son palier, il y avait treize marches à monter, et il eut l'impression de quasiment devoir les gravir une à une en se traînant. La vérité, c'était qu'il n'avait plus vraiment dormi, depuis qu'il avait suivi Michael au Grady Homes, deux jours plus tôt, et découvert à quoi se livrait son cousin. Les cris de terreur de cette femme noire résonnaient encore dans sa tête. Cela lui rappelait ses propres cris, quand Zebra s'en était pris à lui, cette première nuit, à la Littorale. C'étaient presque exactement les mêmes.

Il déverrouilla le pêne dormant et poussa la porte. La première chose qu'il repéra, c'était la fenêtre, entrouverte d'une quinzaine de centimètres environ, et le bas du masquage en papier goudronné, déchiré. L'autre changement qu'il remarqua, ce fut l'odeur. Il lui fallut deux ou trois secondes pour s'apercevoir que ce relent émanait de son propre corps. C'était la peur.

« Tu as tout changé de place. Mme Lam accrocha l'anse de son sac au bouton de porte, afin d'avoir les mains libres. J'aime assez ce que tu en as fait. » Elle entama sa fouille par ses vêtements, mais lui, il ne détachait plus les yeux du lit, que l'on avait écarté du coin, en le plaçant de biais, au lieu de le laisser collé contre le mur, comme il l'avait toujours été.

Celui qui avait pénétré chez lui par effraction souhaitait que John soit informé de son passage.

Mme Lam soulevait la glacière, elle en contrôla le contenu.

« Ton analyse d'urine est revenue en règle. »

Il était incapable de répondre. La photographie de sa mère, elle était abîmée. Quelqu'un l'avait déchirée par le milieu, supprimant John de l'image.

« John ? »

Sa tête se tourna d'un coup sec, son regard se posa sur elle.

« Prélèvement vierge, fit-elle, puis elle désigna le lit.

— Tu veux me soulever ça ? »

Il se baissa pour soulever son matelas. Le bout de ses doigts entra en contact avec un matériau solide, un matériau froid.

Il se figea, une main sous le matelas, l'autre dessus.

« John ? répéta Mme Lam. Elle frappa dans ses mains, pour qu'il réagisse. Allons-y, mon petit cœur. Je n'ai pas toute la soirée devant moi. »

De la salive lui coulait de sa bouche ouverte. Sa poitrine se comprima. Il se mit à trembler.

« John ? Mme Lam était à sa hauteur, la main posée dans son dos. Allons, cow-boy. Qu'est-ce qui se passe ?

— Mal... malade », bredouilla-t-il, le corps tenaillé de tremblements. Il sentit ses intestins se relâcher, et il n'avait qu'une terreur, qu'ils se vident.

« Tu vas juste t'asseoir un petit peu, là », suggéra-t-elle, réconfortante, en le guidant pour qu'il s'asseye sur le lit. Elle lui tâta le front du dos de la main. « Tu m'as l'air vraiment fiévreux. Tu ne vas pas tomber malade, tu ne vas pas me faire ça, non, mon garçon ?

— Je suis... » Il était incapable de former une phrase. Je suis... Il regarda la fenêtre ouverte, cet espace d'une quinzaine de centimètres.

« Tu veux un peu d'eau ? »

Il hocha la tête, une suite de soubresauts rapides, saccadés.

« J'ai une petite bouteille dans mon sac. »

Elle lui tourna le dos pour aller décrocher son sac à main de la porte et, jouant son va-tout, dans un geste de désespoir, John sortit le couteau de sous le matelas et le lança vers cette ouverture d'une quinzaine de centimètres.

Mme Lam revint face à lui comme au ralenti. Il retint son souffle, et saisit une lueur métallique, à la lisière de son champ de vision, quand le couteau à lame pliante vola vers la fenêtre.

D'instinct, il toussa, se courba en deux, espérant étouffer le claquement du couteau quand l'arme heurterait la guillotine et retomberait dans la pièce.

« Tiens, voilà, dit-elle, en tournant le bouchon de la bouteille. Prends donc deux gorgées d'eau. »

Il suivit son conseil puis, en s'essuyant le front, il risqua un regard vers le sol, scruta le tapis sous la fenêtre. Rien. A cet emplacement, rien.

« C'est mieux, là, reprit-elle, en le tapotant dans le dos. C'était juste un mauvais moment à passer, hein ? »

Il opina, incapable de répondre.

« Bon, allons voir sous ce matelas, maintenant. » Il lui proposa de l'eau, mais elle secoua la tête. « Garde la bouteille. J'en ai plein d'autres dans ma voiture. »

Il se leva, les jambes encore tremblantes. Il regarda encore par la fenêtre, et l'emplacement vide, sur le tapis, juste au-dessous. Le couteau avait dû filer dehors. Il n'y avait pas d'autre explication.

Quand il eut calé le matelas contre le mur, Mme Lam réclama la suite.

« Le sommier, pareil. »

Cette fois, il n'y avait pas de cafard sous le lit, mais le tapis était encore incrusté de crasse. Il était si nerveux, à cause du couteau, qu'il aurait pu s'affaler par terre.

« Allons, remets-moi ça en place. » Elle feuilleta les livres posés sur la table, à côté de son lit. Si elle vit la photographie déchirée de sa mère, elle ne commenta pas. « Tu l'as terminé, ton livre ? *Tess d'Urberville ?*

— Heu, hésita-t-il, surpris par la question. Oui, madame.

— Dis-moi, John, qui s'est chargé de baptiser le bébé de Tess ? »

Il regarda fixement ses paupières, ses cils maquillés d'une main experte. Elle cligna les yeux.

« John ? »

C'était une question piège. Elle essayait de le piéger.

« Tess », souffla-t-il enfin et, même s'il savait qu'il ne se trompait pas, il était terrorisé à l'idée d'avoir tort. « Le prêtre avait refusé, donc elle l'a baptisé elle-même.

— Bon. » Elle sourit, puis elle balaya encore la pièce du regard. « Pas eu l'occasion de te trouver un autre endroit ? »

Elle lui avait déjà posé la question.

« Il faudrait que j'aille chercher ailleurs ? »

Elle se campa, les mains sur ses hanches étroites.

« Je ne sais pas, John. Je te sens à l'étroit, dans cette piaule.

— Eh bien, je...

— Il y a une maison, du côté de Dugale. Un M. Applebaum qui la gère. Ce soir, je vais lui passer un coup de fil, si tu veux.

— Ouais », lâcha-t-il. Elle n'avait encore jamais offert de l'aider, et qu'elle le lui propose, là, maintenant, ça l'inquiétait. « Merci, lui répondit-il quand même. Ce serait sympa.

— Tu déménages vraiment bientôt, tu m'entends ? Du genre demain. »

Il ne comprenait pas cette précipitation, mais il acquiesça.

« D'accord. »

Elle reprit le sac sur son épaule, plongea une main dedans, pour en sortir ses clefs.

« Et puis, John ?

— Oui, madame.

— Je ne sais pas ce que tu viens de balancer par la fenêtre, là, quand j'avais le dos tourné, hein ? » Elle releva les yeux de son sac, et lui lança un sourire de chatte. « Mais fais en sorte que ça ne te suive pas, dans ta nouvelle résidence. »

Il ouvrit la bouche, mais elle secoua la tête pour l'arrêter.

« Quand quelqu'un essaie de piéger l'un de mes accusés, je n'aime pas ça, lui expliqua-t-elle. Quand tu retourneras au trou... et fie-toi à moi, soixante-cinq pour cent de tes camarades de conditionnelle me permettent déjà d'affirmer que tu y retourneras, toi aussi... ce sera parce que tu auras merdé, toi, et personne d'autre, et pas à cause d'un connard, une espèce de shérif adjoint de feuilleton à la Barney Fife, de je ne sais quel flic d'Atlanta qui a la trique pour toi. »

Il avait le cœur dans la gorge. Michael l'avait appelée. Il avait trouvé ce que John lui avait déposé dans sa boîte à outils et il avait décidé de passer à l'action. La seule raison qui évitait à John de se retrouver tout de suite en prison, c'était que Mme Lam agissait selon les règles.

« Fais attention à toi, John. » Elle pointa ses clefs de voiture vers lui. « Et sache-le, mon chou. Moi aussi, je vais faire attention à toi, moi aussi. »

Chapitre vingt-sept

20 h 48

LES GRIFFES DE BETTY cliquetaient sur le trottoir où Will la sortait pour sa promenade du soir. Dès leur première journée ensemble, il avait essayé d'emmener la chienne courir mais il avait finalement dû la porter sur presque tout le parcours. Cela l'avait énervé, cette façon qu'elle avait eue de s'adapter à ses sautillements, à chaque foulée, la langue pendante, les pattes de derrière douillettement calées dans la paume de la main, son petit corps serré contre sa poitrine, et lui, tâchant d'ignorer les regards étranges que lui lançaient les passants.

Poncey-Highlands était ce style de quartier où l'on trouvait un peu de tout, un mélange d'artistes bouffant de la vache enragée et de gays avec en plus, à l'occasion, le sans-abri de service. De sa véranda, sur l'arrière de sa maison, il jouissait de la vue sur le Carter Center, qui abritait la bibliothèque de l'ancien président Jimmy Carter, et Piedmont Park était à quelques minutes de jogging de là. Les week-ends, l'avenue Ponce de Leon le menait directement à Stone Mountain Park, où il enfourchait son vélo pour sillonner les pistes cyclables, ou simplement s'asseoir dans l'herbe et profiter du lever de soleil, qui pointait au-dessus des plus grands blocs de granit nu d'Amérique du Nord.

Si belles qu'aient été les montagnes du nord de la Géorgie, l'aspect familier de son territoire d'origine, savoir d'instinct où se trouvaient les choses, les quartiers qui étaient sûrs, les restaurants à l'air louche vus de l'extérieur, mais qui offraient la meilleure nourriture et le service le plus soigné de toute la ville. Il adorait la diversité, le fait d'avoir, au bout de sa rue, une église Mennonite en face d'une communauté hippie aux couleurs de l'arc-en-ciel. Cette manie des sans-abri de fouiller dans vos ordures et de vous beugler dessus s'il n'y avait rien de valable à l'intérieur. Atlanta avait toujours été sa ville, et si Amanda Wagner savait combien il était heureux d'être de retour, elle l'aurait réexpédié là-haut, dans les collines, en moins de temps qu'il ne lui en fallait pour prononcer ces deux mots : « escalope panée. »

« Salut. » Un jogger qui avait envie de flirter au passage, son torse sculpté luisant dans le clair de lune du soir. Ayant vécu toute sa vie dans une ville qui abritait une forte communauté gay, Will avait appris à se sentir flatté par ces avances fortuites, et non à les prendre pour un défi à sa virilité. Naturellement, promener un chien de trois kilos au bout d'une laisse rose vif (c'était la seule qu'il ait pu trouver et qui soit assez longue), en soi, cela suffisait à attirer l'attention, quel que soit l'endroit où vous viviez.

Il sourit en pensant à l'allure ridicule qu'il devait avoir, mais son sourire fut éphémère, car son cerveau revint sur le sujet qui, presque toute la journée, n'avait cessé de le tourmenter dans ses réflexions.

Son enquête piétinait et, plus il y pensait, plus sa mauvaise impression initiale concernant Michael Ormewood s'accentuait. L'inspecteur se présentait à la rigueur comme un type correct quand vous l'aviez en face de vous, mais un examen plus attentif vous dévoilait certaines failles, la plus importante consistant à se servir de son statut pour forcer des femmes à entretenir des relations sexuelles avec lui. C'était le détail qu'il ne parvenait pas à s'effacer de l'esprit. Les prostituées ne faisaient pas le trottoir pour s'offrir un grand moment de sexe et une conversation stimulante. Elles se faisaient payer, et d'après lui, on pouvait interpréter cela comme une forme de consentement, mais quand Ormewood s'était prêté à ce petit jeu, il n'y avait eu aucun échange d'argent. Il s'était servi du pouvoir que lui conférait son insigne pour dominer les femmes. Dans l'esprit de Trent, cela s'apparentait à du viol.

Pourtant, il avait du mal à considérer le type avec lequel il venait de passer l'essentiel de ces deux derniers jours comme un violeur. Un père, un mari, apparemment un flic respecté, c'était certain. Mais un violeur? L'homme comportait véritablement deux facettes, et plus il y réfléchissait, moins il avait de certitudes sur l'une et l'autre.

En travaillant au sein du GBI, il consacrait le plus clair de son temps à la poursuite d'horribles criminels, mais son détour par les montagnes lui avait enseigné une chose, à savoir que les individus étaient rarement tout bons ou tout mauvais. A Blue Ridge, la pauvreté, les fermetures d'usines et une grève à la mine locale avaient pratiquement paralysé cette petite communauté de montagne, et la limite entre le bien et le mal en avait été brouillée. Il avait beaucoup appris, là-haut, et pas seulement sur la nature humaine, mais sur lui-même.

La Région Huit, au Bureau fédéral d'investigation de Géorgie, était le district le plus étendu de l'Etat, qui desservait quatorze comtés et s'étendait jusqu'aux frontières du Tennessee et de la Caroline du Nord. Les hommes qu'il avait rencontrés dans cette antenne de Géorgie du nord-ouest se révélaient assez insensibles aux autochtones, comme s'ils étaient au-dessus des citoyens qu'ils étaient censés servir. Le chef de Will, un certain Gomez, surnommé « Yip », pour d'obscures raisons qui lui avaient toujours échappé, lui avait conseillé en plaisantant, dès leur première rencontre, de renoncer à expérimenter les jolis petits lots du coin. « J'ai déjà essayé toutes les dames qui avaient encore leurs vraies dents, lui avait-il confié en rigolant. Rien que des rogatons, mon gaillard. Rien que des rogatons. »

Le visage de Will avait dû trahir ses doutes – Angie l'avait toujours prévenu, son excès d'œstrogène lui jouerait des tours –, car après cela, Yip lui avait réservé toutes les missions de merde du district. Il s'était trouvé totalement exclu de l'opération d'infiltration qui avait débouché sur le plus important coup de filet de l'histoire de cette antenne du Bureau. En collaborant avec la police locale, Yip avait contribué à démanteler une entreprise de combats de coqs qui étendait ses ramifications dans trois Etats et douze comtés. L'enquête avait mis en cause le maire d'une bourgade voisine, qui s'installait au premier rang, dans son La-Z-Boy, son fauteuil à dossier basculant, histoire de ne rien louper du spectacle. Même si le tuyau leur était parvenu par l'intermédiaire d'un groupe d'épouses en colère, qui en avaient marre de voir leurs maris dilapider toute leur paie dans des paris, cela ne retirait rien au caractère glorieux de cette infiltration. Cette nuit-là, Yip et les autres gars avaient fêté ça au Blue Havana, sur la route nationale 515, pendant que Will était resté consigné dans sa voiture, à planquer devant une ferme d'élevage de poulets transformée, selon leurs informations, en labo de fabrication de méthamphétamine. Ce n'était pas qu'il ait eu envie de boire avec ces hommes, mais le fait est qu'il n'avait pas été invité.

Il avait beau être tenu à l'écart des opérations les plus prestigieuses, il se plaisait à considérer le travail qu'il avait accompli dans ces montagnes comme important. La méthamphétamine était une sale drogue. Elle transformait les êtres en sous-hommes, elle les poussait à abandonner leurs gamins sur le bas-côté de la route, ou à ouvrir les cuisses à tout ce qui les ferait planer. Avant même d'arriver à Blue Ridge, Will avait vu quantité d'existences ruinées par la méthamphétamine. Il n'avait pas besoin d'un manuel scolaire pour lui donner l'envie de démanteler tous les labos de sa juridiction. C'était un travail dangereux. Les soi-disant chimistes qui géraient ce complexe jouaient avec leurs propres vies. Une seule étincelle suffirait à mettre le feu à l'ensemble des bâtiments. La poussière générée par le processus de fabrication avait de quoi vous obstruer les poumons avec autant d'efficacité que de la pâte à modeler. Avant que Will n'ait pu pénétrer dans les lieux et entamer sa récolte de pièces à conviction, il avait fallu réclamer l'intervention d'une unité de décontamination en substances dangereuses. A lui seul, le nettoyage de ces labos avait suffi à mettre en faillite les départements de la police locale et le bureau du shérif, et l'Etat n'était pas enclin à leur tendre une main secourable.

Il pensait parfois que, pour une certaine catégorie d'habitants de ces montagnes, la méthamphétamine, c'était le nouvel alcool de contrebande : s'ils se livraient au trafic de ce produit, c'était pour avoir de quoi vêtir et nourrir leurs enfants. Il avait du mal à rapprocher les junkies qu'on ramassait dans les rues d'Atlanta de ces gens ordinaires, qui confectionnaient de la méthamphétamine dans les collines. Il n'irait pas jusqu'à les considérer comme des anges. Certains d'entre eux étaient épouvantables, de pures ordures, prêtes à tout pour financer leur toxicomanie. D'autres n'étaient ni tout blancs, ni tout noirs. Il les croisait à l'épicerie, à la pizzéria du coin ou à la sortie de l'église, avec leurs gosses, le dimanche. En général, ils ne consommaient pas leur propre produit. Pour eux, c'était un métier, un moyen de gagner de l'argent – ils étaient même quelques-uns à ne pas en envisager d'autre. Il y avait des gens qui mouraient, des existences qui étaient gâchées, mais ce n'était pas leur problème.

Il ignorait comment ils parvenaient à séparer aussi nettement les choses, mais chez l'inspecteur Ormewood, il décelait cette même tendance. Ce policier accomplissait son travail – et plutôt bien, au dire de tous –, mais ensuite, il y avait cette autre partie de lui-même qui le poussait à faire du mal aux gens mêmes qu'il était censé aider.

Betty alla satisfaire quelques besoins sous un buisson et il se baissa, pour ramasser sa production dans un petit sac, qu'il jeta dans une poubelle sur le chemin de sa maison. Il se surprit à jeter un œil au passage par les fenêtres de sa voisine, en se demandant quand la vieille femme serait de retour. Comme si elle avait saisi ses pensées, Betty tira sur sa laisse, le traîna vers l'allée d'à côté.

« Voilà, voilà », s'écria-t-il, apaisant, en tournant la clef dans sa serrure. Il s'agenouilla pour détacher la laisse, et elle détala dans la pièce, sauta sur le canapé et se nicha sur les coussins. Tous les matins, avant de se rendre à son travail, il arrangeait ces coussins contre le dossier du canapé et, tous les soirs, Betty réussissait à les tasser pour se créer un lit. Il aurait pu appeler cela un trône, mais pour un homme d'âge adulte, et s'agissant d'une petite chienne, l'idée aurait été gênante.

Il se rendit dans sa chambre et retira sa veste. Il déboutonnait son gilet quand le téléphone sonna. Au début, il ne reconnut pas la voix haut perchée, à l'autre bout du fil.

« Moins vite, dit-il. Qui est là ?

— C'est Cedric, s'écria le garçon, en pleurant. Elle est partie. »

*

Cedric avait dû l'attendre, car dès que Will arrêta sa voiture sur le parking, la porte de l'immeuble s'ouvrit et le garçon sortit du bâtiment numéro neuf en courant.

« Il faut que vous fassiez quelque chose », exigea-t-il aussitôt. Il avait le visage bouffi de larmes. L'apprenti gangster de ce matin avait disparu. C'était devenu un petit gosse apeuré qui s'inquiétait pour sa sœur.

« Tout ira bien, lui assura-t-il, sachant que ces mots ne signifiaient rien, mais se sentant obligé de les prononcer.

— Venez. » Cedric lui prit la main et l'entraîna vers le bâtiment.

Il le suivit, monta les trois volées de marches derrière lui. Une fois arrivé sur le palier, il était sur le point de lui demander ce qu'il se passait, mais ensuite il avisa la vieille femme qui se tenait sur le pas de la porte.

Elle était en robe d'intérieur mauve passée, avec des chaussettes assorties, tire-bouchonnées sur ses épaisses chevilles. Une canne dans une main, un téléphone sans fil dans l'autre. Elle portait des lunettes à monture en plastique noir, et ses cheveux étaient dressés en désordre sur sa tête. Une ride sévère lui creusait le visage.

« Cedric, dit-elle, d'une voix grave qui résonna d'un bout à l'autre du couloir. Qu'est-ce que tu fabriques avec cet homme ?

— C't'un flic, mamie. Il va nous aider.

— "C'est un flic", corrigea la vieille femme, sur un ton d'institutrice. Ce dont je doute fortement, d'ailleurs. »

Will tenait toujours le garçon par la main, mais il se servit de l'autre pour trouver son insigne, au fond de sa poche. Il s'avança d'un pas pour le montrer à la femme.

« Cedric m'a signalé que votre petite-fille avait disparu. »

Elle examina l'insigne avec attention, ainsi que la plaque d'identité gravée au-dessous.

« Vous avez pas vraiment l'air d'un flic.

— Non, reconnut-il, en rangeant sa plaque dans sa poche. J'essaie de prendre ça comme un compliment.

— Cedric, s'écria la femme d'un ton sec. Va ranger ta chambre.

— Mais, mam... » Elle l'interrompit d'un regard perçant, qui le fit cavaler.

La vieille femme ouvrit la porte un peu plus grand, et il entrevit l'appartement, la réplique exacte de celui d'Aleesha Monroe. A l'évidence, le canapé y tenait lieu de lit : un oreiller, des draps et une couverture étaient pliés au pied avec soin. Deux fauteuils en confessionnal flanquaient le canapé, des housses masquant quelques défauts voyants. La cuisine était propre, mais encombrée, avec des assiettes qui séchaient sur un égouttoir. Plusieurs sous-vêtements étaient suspendus à un séchoir à linge, repoussé dans le coin. La porte de la salle de bains était ouverte, mais celle de la chambre était fermée, avec un grand poster de Bob l'Eponge scotché dessus.

« Je m'appelle Eleanor Allison, lui signala-t-elle, en se dirigeant clopin-clopant vers le fauteuil près de la fenêtre. Je suppose que vous souhaitez vous asseoir ? »

Il s'aperçut qu'il était resté planté debout, ahuri. Il y avait des livres partout – certains coincés dans des rayonnages à l'air peu solides, sur le point de basculer, et d'autres entassés un peu partout à même le sol, en piles bien alignées.

« Vous êtes surpris qu'une Noire sache lire ?

— Non, j'ai juste...

— Vous aimez lire, vous-même ?

— Oui », lui répondit-il, songeant que ce n'était là qu'un demi-mensonge. Pour trois livres audio qu'il écoutait, il se forçait à lire au moins un ouvrage complet. C'était une tâche pénible, qui lui prenait des semaines, mais il s'y contraignait, pour se prouver qu'il en était capable.

Eleanor l'observait et, tâchant d'y mettre du liant, il risqua une question.

« Vous êtes enseignante ?

— En histoire », lui répliqua-t-elle. Elle cala sa canne à côté de sa jambe et appuya le pied sur un petit tabouret, devant le fauteuil. Il constata que ses chevilles étaient bandées.

« De l'arthrite, lui expliqua-t-elle. J'en souffre depuis mes dix-huit ans.

— Je suis navré.

— Pas votre faute, hein ? » D'un geste de la main, elle l'invita à prendre place dans le fauteuil situé en face d'elle, mais il ne s'assit pas. « Dites-moi une chose, monsieur Trent. Depuis quand un agent spécial du Bureau fédéral d'investigation de Géorgie se met à faire tout un plat de la disparition d'une jeune adolescente noire ? »

Ses insinuations commençaient à l'agacer.

« Il n'y avait pas de petites Blanches portées disparues pour aujourd'hui, alors on a tiré à la courte paille. »

Elle lui décocha un regard assassin.

« Vous n'êtes pas drôle, jeune homme.

— Je ne suis pas une ordure raciste non plus. »

Elle resta les yeux rivés sur lui un petit moment, puis elle hocha la tête, comme si elle s'était constitué une idée du personnage.

« Asseyez-vous, bon sang de bois. »

Il finit par accéder à sa demande, et s'enfonça si bas dans le vieux fauteuil qu'il se retrouva quasiment les genoux à hauteur des oreilles.

Il essaya d'en venir au fait.

« Cedric m'a téléphoné.

— Et comment connaissez-vous mon petit-fils ?

— Je l'ai rencontré ce matin. J'étais par ici, avec un inspecteur du département de la police d'Atlanta, pour enquêter sur la mort de la jeune femme qui habitait au dernier étage.

— Une jeune femme ? répéta-t-elle après lui. Elle avait la quarantaine bien tapée. »

Il avait entendu Pete Hanson évoquer son âge, en effet, lors de l'autopsie, mais de l'entendre dans la bouche de cette vieille femme, voilà qui donnait plus de relief à cette information.

Aleesha Monroe avait donc au moins vingt-cinq ans de plus que les autres victimes. Qu'est-ce qui avait amené le tueur à rompre avec son groupe cible habituel ?

« Pourquoi diable le GBI se mêle-t-il de la mort d'une prostituée toxicomane ? lui demanda Eleanor.

— J'appartiens à une division qui se rapproche des forces de police locales lorsqu'un soutien leur est nécessaire.

— C'est une très jolie réponse, jeune homme, mais vous n'avez pas vraiment répondu à ma question.

— Vous avez raison, admit-il. Précisez-moi quand vous vous êtes aperçue de la disparition de Jasmine. »

Elle l'étudia de son regard inflexible, les lèvres froncées. Il s'obligea à détourner le sien, en se demandant comment elle se comportait, en classe, si elle était de celles qui laissaient les cancres s'installer tout au fond de la salle, ou si elle l'aurait tiré par l'oreille jusqu'au premier rang, en lui criant dessus parce qu'il ne connaissait pas la réponse à la question inscrite au tableau noir.

« Très bien, trancha-t-elle. Je pensais que Jasmine se trouvait dans sa chambre, occupée à faire ses devoirs. Quand je l'ai appelée pour le dîner, elle n'est pas venue. Je suis allée voir dans sa chambre, et elle n'y était pas.

— Quelle heure était-il ?

— Autour de dix-sept heures. »

Il consulta sa montre, mais la pendule digitale, sur la télévision, lui fournit l'heure exacte.

« Donc, à votre connaissance, cela ferait à peu près cinq heures qu'elle serait partie ?

— Allez-vous m'expliquer que je vais devoir encore attendre une journée, avant que cela ne mérite qu'on s'en préoccupe vraiment ?

— Madame Allison, je ne prendrais pas la peine de venir jusqu'ici en voiture rien que pour vous apporter ce style de réponse. Je me contenterais de vous téléphoner.

— Vous vous figurez que c'est encore une de ces petites Noires parties fuguer avec un homme, mais moi, je vous l'affirme, je connais cette jeune fille.

— Elle ne s'est pas rendue en classe, aujourd'hui », lui rappela-t-il.

La vieille femme baissa les yeux. Il vit que ses deux mains, sur ses genoux, s'étaient transformées en deux serres tordues par l'arthrite, réduites à l'état de moignons inutilisables. « Elle a été exclue pour avoir répondu à un professeur.

— Et Cedric aussi ?

— Cette conversation tourne à la confrontation », releva-t-elle. Mais elle continua quand même de lui parler. « Je ne me déplace pas très facilement, surtout depuis qu'on m'a supprimé mon médicament, mon Vioxx. Cedric a déjà vécu la moitié de sa vie avec une mère incarcérée. C'est une héroïnomane, tout comme Aleesha Monroe. La seule différence, c'est qu'elle s'est fait prendre, elle. »

Will se garda bien de l'interrompre.

« Et pourtant, Dieu sait si j'ai essayé de la rappeler à l'ordre, ma Glory. Je suis restée debout des nuits entières, je l'ai suivie, chaque fois qu'elle sortait de la maison. Cette enfant, j'étais si proche d'elle, j'étais sa deuxième peau. Je ne la lâchais pas une minute. Pour ça, elle m'a détestée. Elle me déteste encore, mais j'étais sa mère et je n'allais pas me comporter autrement. Pareil avec ces deux-là. » Non sans difficulté, elle leva une main, en désignant la porte close de la chambre. Will vit une ombre bouger au pied du panneau, et devina que Cedric écoutait la conversation.

Eleanor continua.

« Glory laissait pour ainsi dire ces deux-là cavaler en liberté. Elle se moquait de ce qu'ils pouvaient fabriquer, pourvu que ça ne lui attire pas d'ennuis et que ça ne l'empêche pas de se coller son aiguille dans les veines. » La vieille femme soupira, perdue dans ses souvenirs. « Jasmine a autant le diable au corps que ma Glory, et je n'arrive pas à suivre le rythme. Ce soir, là, tout à l'heure, il m'a fallu cinq minutes pour marcher jusqu'à cette porte, rien que pour aller voir de quoi Cedric vous causait. »

Will avait envie de lui répondre qu'il se sentait désolé pour elle, mais il savait qu'elle allait le rabrouer, lui rappeler que son état, la vie misérable qu'elle avait dû mener pour tâcher de se conduire à peu près comme il fallait, alors que les murs s'écroulaient tout autour d'elle, n'étaient pas sa faute à lui.

Eleanor poursuivit.

« Quand elle a perdu la garde, Cedric était encore bébé. » Eleanor réussit à se pencher vers lui. « C'est un petit garçon intelligent, monsieur Trent. Un garçon intelligent qui aura un avenir, si je réussis à le tenir à l'écart de tout ce gâchis, assez longtemps pour lui permettre de grandir. » Elle pinça les lèvres. « Il y a quelque chose qu'il ne me dit pas. Il adore sa sœur et elle l'adore... elle l'adore comme une mère, parce qu'elle était bien obligée, quand leur vraie mère était occupée à s'injecter cette saleté dans l'organisme. » Elle marqua un silence. « Je crois avoir davantage d'influence sur lui. Et il est indéniable que Jasmine l'aime. Elle n'a aucune envie de le voir mêlé à la vie d'ici, aux voyous et aux gangs, à tous ces truands. Elle en profite, elle, mais elle sait que son petit frère peut mieux faire.

— Est-ce que Jasmine avait déjà fugué ?

— Deux fois, mais toujours à cause d'une dispute entre nous. Hier, nous ne nous sommes pas disputées. Nous n'avions pas eu la moindre querelle de la semaine, pour changer. Jasmine n'était pas en colère contre moi, en tout cas pas plus en colère que n'importe quelle adolescente vis-à-vis de toute personne détenant une certaine autorité.

— Est-ce qu'elle a un petit ami ?

— Petit ? Il a quinze ans de plus qu'elle.

— Quel est son nom ?

— Luther Morrison. Il habite sur Basil Avenue, à environ cinq kilomètres d'ici, au Manderley Arms. Je lui ai déjà téléphoné. Il m'a certifié qu'elle n'était pas là-bas. Chaque fois qu'elle a fugué, c'est lui que j'ai appelé. Les deux fois, il m'a avoué qu'elle était là, avec lui. Luther fait semblant de croire que Jasmine a dix-sept ans, mais il connaît l'âge de cette gosse, aussi vrai que je suis assise ici devant vous, et il acceptera tout ce que je lui demande, rien que pour m'empêcher d'appeler les flics et qu'ils débarquent chez lui. »

Will se sentit obligé de lui poser la question.

« Et pourquoi ne l'avez-vous pas dénoncé à la police ? Elle a treize ans, il en a presque trente. C'est du détournement de mineure.

— Parce qu'avec la mère de Jasmine, j'ai appris que rien ne retiendra jamais une jeune fille qui a l'intention de se détruire. Si je pousse à l'arrestation de cet oiseau, elle ira trouver celui d'à côté, et il sera encore pire que ce Morrison. Si c'est possible.

— Mamie ? » fit Cedric. Il était encore dans sa chambre, et il pointait le nez par l'embrasure de la porte. « J'ai fini de ranger.

— Viens ici, mon bonhomme. » Elle tendit le bras vers lui, et il s'approcha. Elle s'adressa à Trent. « Dès que je me suis rendu compte que Jasmine avait disparu, j'ai appelé la police. Vous devinez leur réponse, j'en suis convaincue.

— Ils vous ont suggéré de patienter vingt-quatre heures. Et pourquoi pas même quarante-huit, si jamais ils étaient au courant de ses fugues précédentes.

— Exact. »

Will se tourna vers le jeune garçon.

« Tu m'as eu l'air assez bouleversé, quand tu m'as téléphoné. Peux-tu m'expliquer pourquoi ? »

Cedric regarda sa grand-mère, puis revint au policier. Il esquissa un haussement d'épaules.

La vieille femme changea de position, plongea la main dans la poche de sa robe d'intérieur.

« Raccompagne monsieur Trent et va voir dans la boîte si j'ai du courrier, veux-tu, mon bébé. Monsieur Trent ? » Will s'arracha à son fauteuil, non sans effort. « Merci de votre sollicitude.

— Je vous en prie, ne vous donnez pas cette peine, lui dit-il, voyant qu'elle essayait de se lever. Je vous tiendrai informée de ce que j'aurai appris. » Il tendit la main, pour la lui serrer, se souvenant au dernier moment que l'arthrite lui rendrait cette poignée de main trop douloureuse. Pourtant, elle la lui saisit avant qu'il n'ait pu l'en empêcher, et il fut surpris de l'intensité qu'elle y mettait.

« S'il vous plaît, l'implora-t-elle. S'il vous plaît, retrouvez-la, monsieur Trent.

— Oui, madame », promit-il, sachant qu'elle était fière et que, pour consentir à lui demander de l'aide, elle avait dû énormément prendre sur elle.

Il suivit le garçon dans la cage d'escalier, et dehors, sur le parking. Au-dessus de leurs têtes, les réverbères baignaient tout d'une lueur étrange, et il calcula que l'on était seulement quelques heures après celle de la mort d'Aleesha Monroe, en ce dimanche soir. Le petit se dirigea vers le carré de pelouse des boîtes aux lettres, là où Jasmine lui avait sauté dessus, ce matin.

Il regarda le garçon introduire sa clef dans la serrure, et attendit qu'il ait récupéré le courrier pour lui parler.

« C'est grave, Cedric.

— Je sais.

— Il faut que tu me dises ce que tu sais à propos de Jasmine. Pourquoi t'a-t-elle demandé de ne pas parler aux flics ?

— Elle trouve qu'ils sont tous méchants. »

C'était un sentiment partagé par à peu près tout le monde, dans le coin, et dans un rayon de presque dix kilomètres.

« Raconte-moi ce qui s'est passé, dimanche.

— Rien.

— Cette fois-ci, je ne marche pas, Cedric. Jasmine a disparu, et tu as entendu ta mamie, là-haut. Je sais que tu écoutais, derrière la porte. J'ai vu ton ombre, en dessous. »

Le petit bonhomme se passa la langue sur les lèvres, tout en triant le courrier.

Will s'agenouilla devant lui, posa les deux mains sur les épaules du garçon.

« Raconte-moi.

— Il y avait un homme, admit enfin le garçon, et sa grammaire était soudain bien meilleure, maintenant qu'il avait baissé la garde. Il a donné de l'argent à Jazz, pour qu'elle passe un coup de téléphone. C'est tout.

— Quel genre de coup de téléphone ?

— A la police. Pour prévenir qu'on faisait du mal à Leesha. »

Will regarda par-dessus l'épaule de Cedric, vers la cabine. Elle était sombre, la lampe du plafonnier était cassée.

« Il lui a demandé d'appeler depuis ce téléphone public ? »

Le petit hocha la tête.

« C'était débile. Elle aurait pu se servir de son portable. Tout le monde sait qu'on peut pas retrouver l'appel, quand ça vient d'un portable.

— Et il l'a payée ? devina Will.

— Vingt dollars, admit-il. Et ensuite, il lui a donné une pièce de dix cents, pour le coup de téléphone. »

Trent laissa retomber ses mains et s'assit sur ses talons.

« Combien ça coûte, un appel, avec ce téléphone, dans les cinquante cents ?

— Ouais, lui répondit-il. Jazz lui a signalé qu'avec dix cents, on s'achetait que dalle, alors après il s'est énervé et il lui a donné deux pièces de vingt-cinq. »

Il se demanda quelles seraient leurs chances de retrouver deux pièces d'un quart de dollar dans ce téléphone à pièces, et qui auraient conservé les empreintes digitales du meurtrier. Ensuite, il se demanda si c'était le meurtrier d'Aleesha qui avait payé la fille pour téléphoner. Pourquoi le tueur paierait-il quelqu'un pour informer la police de son propre crime ?

« Tu l'as reconnu, cet homme ? »

Le garçon se remit à trier le courrier entre ses mains.

« Si tu voyais une photo de lui, crois-tu que tu t'en souviendrais ?

— C'était un Blanc, fit Cedric. Je ne l'ai pas trop bien vu. J'étais par ici, moi. »

Will se retourna vers la cabine. Les sources de lumière, autour du parking et des boîtes aux lettres, étaient assez puissantes pour éblouir un adulte, mais aucune d'elles n'aurait éclairé l'intérieur.

« A ton avis, qu'est-ce qui s'est passé ? »

L'enfant ne répondit pas tout de suite. A la place, il se remit à tripoter ses enveloppes.

« Elle me prévenait toujours, souligna-t-il. Quand elle s'en allait avec Luther, elle me prévenait toujours, que je ne m'inquiète pas.

— Après l'appel de Jasmine, quelle direction a pris cet homme, lorsqu'il est reparti ? »

Il pointa le doigt vers le bout de la rue, vers la sortie de la cité.

« Il n'avait pas de voiture ?

— J'sais pas, admit le petit. Nous, on était ici, on allait chez Freddy, et ensuite il nous a crié après. Jazz m'a demandé de continuer, d'aller chez Freddy, mais moi, je suis resté sur place, pour être sûr que ça allait. »

Trent s'étonna de cette jeune fille s'approchant d'un étranger, dans l'obscurité. Peut-être s'engageait-elle sur la mauvaise pente plus vite que ne le supposait sa grand-mère.

« Où est-ce, chez Freddy ? »

Cedric désigna un autre immeuble, du côté opposé de la rue.

« Est-ce que Jasmine est venue avec toi, après ce coup de téléphone ?

— Après, ouais.

— Et l'homme, il s'est éloigné vers l'entrée de la rue, en direction de la route principale ? »

Le garçon hocha la tête, en se mâchonnant la lèvre inférieure, comme s'il avait encore quelque chose à ajouter. Will lui laissa le temps et, en fin de compte, il se jeta à l'eau.

« Jazz dit qu'elle a entendu crier dans l'escalier. Que Leesha hurlait.

— Qu'est-ce qu'elle hurlait ?

— Jazz n'en sait rien. Elle hurlait juste, comme si elle était blessée, mais ça lui était déjà arrivé, vous savez ? Leesha, elle faisait monter des hommes là-haut, parfois, et ils avaient l'air mauvais, mais elle disait qu'elle s'en moquait.

— Cedric, insista Trent, en le prenant de nouveau par les épaules. J'ai besoin que tu sois franc avec moi, maintenant. Est-ce que Jasmine a vu qui faisait du mal à Aleesha ? Est-ce que quelqu'un lui a parlé, lui a dit quelque chose ? »

Le garçon secoua la tête.

« Elle m'a juré qu'elle n'avait rien vu, rien entendu.

— Est-ce qu'elle t'a juré ça d'une manière telle qu'aujourd'hui, si tu prenais le temps d'y repenser un petit peu, tu pourrais penser qu'en réalité, elle voulait t'expliquer qu'elle aurait pu entendre quelque chose, mais que simplement elle n'irait le raconter à personne ?

— Non, insista Cedric. Elle m'l'aurait dit. »

Trent ignorait si c'était vrai ou non. Jasmine voulait protéger son frère. Elle ne lui aurait pas confié une information qui l'aurait mis en danger.

Le garçon fourra la main dans sa poche et en sortit un billet de vingt dollars.

« C'était ça que je voulais, avoua-t-il. Je lui ai fauché l'argent que l'autre lui avait donné pour passer ce coup de fil. C'était pour ça qu'elle me courait après. »

Il voulut lui remettre le billet.

« Tu me le gardes, cet argent », lui suggéra-t-il, sachant qu'il ne pourrait rien tirer de ce billet de banque. « Jasmine n'est pas partie parce que tu lui as pris cet argent, Cedric. Tu le sais, n'est-ce pas ? »

Le garçon haussa les épaules, et le courrier lui échappa des mains. Trent se baissa pour l'aider à le ramasser. A en juger par les couleurs des enveloppes, il en déduisit qu'il s'agissait surtout de factures, avec à peu près une dizaine de publicités dans le tas. Les mêmes offres à durée limitée l'attendaient probablement chez lui.

Il leva les yeux vers les boîtes.

« Cedric ?

— Ouais ?

— Est-ce qu'Aleesha avait une boîte, ici ?

— Ouais », lui répondit-il, en pointant l'une de celles de la rangée du haut.

Trent se leva, notant le numéro.

« On va te ramener chez toi, d'accord ?

— Je me débrouille.

— J'ai besoin de monter vérifier quelque chose dans l'appartement d'Aleesha. Laisse-moi te raccompagner là-haut. »

Le gamin était lent à monter les marches. Il se servit de sa clef pour ouvrir la porte de sa grand-mère, mais n'entra pas. Au lieu de quoi, il regarda Will continuer vers l'étage d'Aleesha Monroe. Ce dernier sentit le regard désapprobateur du garçon, ce regard brûlant, dans son dos : *Où vas-tu ? Tu as promis de m'aider.*

Depuis hier, le policier conservait encore la clef dans sa poche de gilet. Il l'inséra dans la serrure, la fit tourner, entendit le verrou s'engager. Il essaya le bouton, mais la porte ne s'ouvrit pas. Il était la première personne à l'admettre – au moins pour lui-même –, il avait du mal à distinguer sa gauche de sa droite, et Dieu sait si cela empirait quand il était fatigué, mais tout de même, il avait déjà eu affaire à un nombre suffisant de serrures pour savoir dans quel sens il fallait tourner une clef quand on voulait ouvrir une porte. Il réintroduisit la clef dans la serrure, essaya dans l'autre sens, et entendit à nouveau le cliquetis du verrou. Cette fois, la porte s'ouvrit.

L'appartement dégageait toujours cette même atmosphère, où l'on sentait qu'il était arrivé quelque chose de grave. Il se tenait sur le seuil, avec juste la lumière du couloir éclairant la pièce. Il vit une goutte de sang sur le sol et s'agenouilla à côté. Sans réfléchir, il tâta cette goutte du bout des doigts, pour vérifier si elle était sèche ou non.

Ses doigts en ressortirent propres, mais il n'avait pas remarqué cette goutte, lors de sa première visite dans cet endroit. Il alluma les lumières, repensant à la serrure. Ce matin, Jasmine et Cedric avaient provoqué leur raffut au moment où il refermait cette porte. Michael et lui avaient dévalé les marches à toute vitesse. Peut-être avait-il oublié de verrouiller complètement la porte.

Mais il se souvenait d'avoir fermé à clef, d'avoir entendu le pêne s'engager.

Il inspecta l'intérieur du logement, s'assura que rien ne manquait. A cause de son problème avec la lecture, il ne pensait pas posséder une mémoire photographique, mais il était tout de même capable de mémoriser des scènes. Il se rappelait où devaient aller les objets et, quand ils n'étaient pas à leur place, il savait s'en apercevoir.

Pourtant, quelque chose ne cadrait pas. La pièce dégageait une impression différente.

Le tiroir aux cochonneries avait gardé le même aspect, l'anneau de clefs toujours fourré dans un coin, sous deux ou trois tickets de caisse. Il passa le trousseau en revue, jusqu'à ce qu'il en trouve une plus petite, pareille à celle de Cedric. Tous les flics qui entraient dans cet immeuble étaient obligés de passer devant ces boîtes aux lettres. Will autant que les autres, et pourtant, il n'avait pas demandé si Monroe avait du courrier. Mais enfin, là encore, il n'était pas l'inspecteur chargé de l'enquête. Avec Michael en congé, l'inimitable Leo Donnelly était désormais en pointe.

Il s'assura de bien refermer la porte à clef, vérifia deux fois, avant de redescendre l'escalier. Comme tout le reste de la cité, les boîtes étaient bombées de graffitis, et il identifia celle d'Aleesha au dessin obscène et vertical qui la désignait. Il inséra la clef et la tourna dans la serrure, non sans difficulté. Il découvrit le problème lorsque la porte s'ouvrit. Le petit compartiment était plein de courrier. Il sortit les enveloppes par paquets, remarquant les couleurs et les logos tapageurs qui ornaient les enveloppes. Il y en avait une, blanche et vierge, au milieu du reste. Le coin inférieur droit était renflé, et il le palpa, devinant un objet en métal, à l'intérieur. D'après la forme, il crut comprendre qu'il s'agissait d'une croix. Quelqu'un avait rédigé l'adresse sur l'enveloppe, d'une écriture pleine de boucles, qu'il était incapable de déchiffrer.

Il regarda sa montre, la regarda réellement comme il ne l'avait jamais regardée, jusqu'à ce qu'il saisisse enfin l'heure qu'il était. Presque minuit. Angie allait sans doute bientôt rentrer du travail.

Il s'assit sous la véranda d'Angie, et la dureté du béton lui engourdit le derrière. Il n'avait aucune idée de l'endroit où elle se trouvait, et la batterie de son téléphone portable avait fini par tomber à plat, donc il n'était même pas sûr de l'heure.

Avant que ce téléphone ne le lâche, il avait su en faire bon usage, en appelant un contact de la police d'Atlanta, pour s'assurer que le rapport sur Jasmine Allison ne soit pas classé comme les milliers d'autres rapports concernant des personnes portées disparues, que la ville accumulait tous les ans. Pour ce qui était de Jasmine, ils avaient placé un message à toutes les patrouilles, et Luther Morrison s'était retrouvé avec un flic très fâché cognant à sa porte. L'agent de patrouille avait fouillé la maison et découvert une fille, une mineure, mais ce n'était pas celle qu'ils recherchaient.

S'agissant de la disparition de Jasmine, il avait un mauvais pressentiment. Selon son petit frère, elle avait vu quelque chose, parlé à quelqu'un qui serait lié au meurtre. Voilà qui la rendait très précieuse, ou la réduisait au contraire à quantité négligeable, selon l'interlocuteur à qui vous vous adressiez, mais en ce qui concernait la ville d'Atlanta, son mauvais pressentiment ne justifiait pas une chasse à l'homme en bonne et due forme.

De fil en aiguille, toutes ces réflexions l'avaient convaincu de s'arrêter là et de demander à Michael Ormewood de vérifier si la jeune fille ne lui aurait rien révélé, avant de s'enfuir dans l'escalier du bâtiment neuf. Il aurait pu être la dernière personne à l'avoir vue. Malheureusement, l'inspecteur n'était pas à son domicile, ou alors il ne décrochait pas son téléphone.

La Monte-Carlo SS noire d'Angie vint s'immobiliser dans son allée. A l'oreille, le moteur donnait l'impression de tourner sur un lit de gravier, et il ne put s'empêcher de grimacer de douleur en l'entendant cogner, après qu'elle eut coupé le contact. Il avait consacré un an à lui remettre cette voiture à neuf. Des soirées, des week-ends, des vacances entières. Il s'était assigné pour mission de lui restituer quelque chose de bien, de lui prouver qu'il était capable de façonner un objet de ses mains sans qu'un stupide manuel lui indique que le boulon A correspondait à l'écrou C. Les taches d'huile toutes fraîches, sur le sol de l'allée, lui faisaient l'effet d'une gifle en pleine figure.

Elle ouvrit sa portière.

« Qu'est-ce que tu fous ici, bordel ? »

Il ne put s'empêcher de remarquer qu'elle était en tenue de travail. Telle qu'elle était assise dans la voiture, sa jupe courte lui offrait, ainsi qu'à toute personne se trouvant de ce côté-ci de la rue, une vue directe et dégagée sur le haut de ses cuisses.

« Qu'est-ce que tu as fait à cette voiture ? lui demanda-t-il.

— Rien. J'ai roulé avec. » Elle sortit et claqua la portière, si fort que la Monte-Carlo en trembla.

« Il y a de l'huile dans ton allée.

— Non, sans blague.

— Tu ne l'as même pas portée à réviser ?

— Où est-ce que j'irais la donner ?

— Il y a des millions de garages, dans le quartier. Tu ne peux pas lancer un caillou en l'air sans qu'il retombe sur un garagiste.

— Si je devais lancer un caillou, ce serait sur ta tête, pauvre connard. » Elle l'écarta de sa porte d'entrée, pour ouvrir. « Je suis fatiguée, je suis en rogne, et je voudrais juste aller me coucher. » Elle lui lança un coup d'œil par-dessus son épaule, comme si elle s'attendait à s'entendre répondre qu'il allait se joindre à elle.

« Il faut que je te parle, lui dit-il.

— Will, pourquoi tu ne t'es pas servi de ta clef? » Elle n'avait pas besoin de se démancher le cou pour lever les yeux vers lui et, en effet, il s'aperçut qu'elle portait encore ses hauts talons. « Tu as encore ta clef. Pourquoi tu es resté dehors, dans le froid? »

Il sentit un relent d'alcool dans son haleine.

« Tu as bu? »

Elle soupira, lui renvoyant de nouveau une bouffée alcoolisée, du whisky, sans doute.

« Entre, fit-elle, en enfonçant la clef dans la serrure. Mes voisins ont déjà assez de quoi se rincer l'œil avec moi qui leur exhibe mon minou chaque fois que je sors de cette foutue bagnole. »

Il la suivit à l'intérieur et referma la porte derrière lui.

En deux détentes des chevilles, elle expédia ses talons aiguilles en direction du canapé et enfila une paire de tongs roses. Angie détestait se promener pieds nus.

« C'était pas la peine que tu te pointes ici. » Elle alluma la lumière dans le couloir, et se dirigea vers la chambre, tout en parlant et en se déshabillant. « J'ai jamais eu une journée aussi merdique de ma vie. Toutes les filles flippent à cause d'Aleesha et elles n'ont pas arrêté de chialer de la soirée, comme si ma journée n'avait pas été assez pénible. » Il entrevit son dos nu, sa chute de reins, qui disparaissait dans sa culotte rose, juste avant qu'elle ne claque la porte de la chambre. « A trois heures cet après-midi, j'ai reçu un coup de fil de l'inspecteur Canton, continua-t-elle, d'une voix étouffée par la porte close. Il m'a priée de venir tôt et de travailler toute l'après-midi avec cet enfoiré d'Ormewood pour retrouver de bêtes dossiers de l'époque où il était aux Mœurs. »

Il se souvint que Michael lui avait proposé de rouvrir ces dossiers, mais il était surpris qu'il ait donné suite, sachant l'état dans lequel il était la dernière fois qu'il l'avait vu.

« J'ai dû passer deux heures assise là-bas, dans cette espèce de jupe... » Il entendit quelque chose gifler le mur avec un bruit sourd et supposa que c'était ladite jupe... « et j'avais ce trou-du-cul sur le dos, qui plaisantait avec moi comme s'il était mon meilleur pote, punaise. »

En fait, Trent s'était bel et bien servi de sa clef une heure plus tôt, pour déposer le courrier d'Aleesha Monroe sur la table basse, et ne pas avoir à le garder avec lui toute la soirée. Il s'assit dans le canapé et le passa en revue, en rangeant les lettres en piles bien nettes, à l'intention d'Angie.

« Je te jure, Will, reprit-elle, en réapparaissant dans le couloir. Certains jours, je regarde ces filles, et je trouve qu'elles sont mieux traitées par leurs macs que je ne le suis par les enculés avec qui je suis forcée de travailler. »

Elle se rendit à la cuisine, ses pas rythmés par le claquement des tongs contre ses talons. Il entendit la porte du réfrigérateur s'ouvrir, puis de la glace heurter un verre. Elle déboucha une bouteille et se versa quelque chose, puis claqua la porte du frigo. Quelques secondes plus tard, elle s'asseyait dans le canapé à côté de lui, elle envoyait balader ses tongs et sifflait une bonne lampée de son verre.

Ce fut plus fort que lui. Il raidit l'échine comme une écolière d'institution catholique.

« Tu vas boire tout ça devant moi ? »

Elle lui repoussa la jambe de son pied nu.

« Juste ce qu'il faut pour que ça te donne l'air d'être beau garçon.

— Ne fais pas ça.

— Ne fais pas quoi ? » le taquina-t-elle, en le poussant de nouveau un petit coup.

Il se tourna vers elle, pour la regarder, et c'était très exactement ce qu'elle attendait. Angie était allongée sur le dos, dans le canapé, son pied toujours appuyé contre sa jambe. Elle avait enfilé un petit peignoir court et noir, et rien d'autre. La ceinture était nouée assez lâche autour de la taille et il entrevit une touffe de poils entre les plis.

Il sentit sa gorge se nouer. Il salivait tellement qu'il préféra serrer les lèvres, pour s'empêcher d'en baver d'admiration.

« J'imagine que tu as découvert que mon gars était un pédophile. »

Il se redressa si vite que le sang lui monta à la tête.

« Quoi ?

— Shelley, ajouta-t-elle, d'un ton neutre. Je suppose que tu as sorti son dossier ? »

Il porta la main à ses yeux, comme si se priver de sa faculté de la voir suffirait à modifier le sens des mots qu'elle venait de prononcer.

« C'est un pédophile ? »

Elle lui glissa un sourire amusé.

« Tu te rends compte que tu hurles ? »

Il baissa la voix.

« Tu m'as demandé de me renseigner sur un pédophile, pour toi ? » Il se rendit à la cheminée, avec l'envie de flanquer son poing dans la brique. « Qu'est-ce qui te prend, nom de Dieu ? C'est ce genre-là, que tu fréquentes, maintenant ? Bon sang, moi qui me faisais du souci au sujet d'Ormewood et toi, maintenant, tu...

— Qu'est-ce qu'il t'a raconté ? »

Elle venait de changer de ton, et l'air dans la pièce lui parut refroidir d'autant.

« Qui m'a raconté quoi ? »

Elle se rassit, croisa les jambes, se couvrit avec son peignoir.

« Tu sais très bien de qui je parle.

— Non, riposta-t-il. Je ne sais pas. »

Elle posa son verre sur la table, près du courrier.

« C'est quoi, toutes ces lettres ?

— Je sais que tu as couché avec lui.

— Un vrai gentleman, ce Michael Ormewood. Il t'a tout raconté en détail, hein ? » Elle lâcha un rire sec, tout en faisant défiler sous son pouce l'une des piles de courrier qu'il avait apportées. « Ce que ça devait être marrant, pour vous deux, d'échanger vos impressions. Pas étonnant que cet enfoiré ait eu l'air si content de lui, cet après-midi.

— Il ne m'a rien raconté, rectifia-t-il. Je suis parvenu à cette conclusion tout seul.

— On décernera donc une étoile d'or à l'inspecteur. » Elle leva son verre, comme pour porter un toast en son honneur, puis elle but une longue gorgée. Il la regarda, vit sa gorge se contracter, avaler, avaler jusqu'à ce que le verre soit vide.

Il lui tourna le dos, regarda le tableau au-dessus du manteau de la cheminée. C'était un triptyque, trois panneaux rattachés par des charnières, composant une image quand ils étaient déployés, et une autre quand ils étaient rabattus. Il avait toujours présumé qu'elle appréciait le caractère double de cette œuvre. Elle était à l'image d'Angie, une réalité à l'intérieur, une autre à l'extérieur. Tout comme Michael Ormewood, quand on y pensait. Quel parfait duo.

« Le courrier d'Aleesha, remarqua-t-elle enfin. Tu viens de le dénicher ? »

Il acquiesça.

« Pourquoi l'équipe de Michael ne l'a pas relevé plus tôt ? »

Il s'éclaircit la gorge.

« Je n'en sais rien.

— Pub, pub, facture, facture. » Il entendit les enveloppes claquer sur la table. Elle les parcourait une à une. « Et ça, c'est quoi ? »

Il ne répondit pas, mais il est vrai qu'elle ne lui posait pas réellement la question.

Il l'entendit ouvrir l'enveloppe, sortir la lettre.

« Jolie croix, observa-t-elle. Je me souviens d'avoir vu Aleesha la porter, à l'occasion. »

Il leva les yeux vers le tableau, regrettant que ce ne soit pas un miroir capable de lui refléter ce qu'il y avait en elle. Ce qu'il était peut-être. Deux images abstraites, l'une et l'autre dénuées de sens.

Il la sentit derrière lui, il sentit sa main se faufiler dans la poche de son veston. Elle en sortit son magnétophone numérique.

« C'est nouveau. » Elle se tenait si près de lui qu'il devinait la chaleur de son corps.

Il l'entendit manipuler l'appareil et se retourna.

« C'est le bouton orange. »

Elle lui tendit l'enregistreur. Il vit qu'elle avait déjà l'ongle sur le bouton. Il appuya doucement du pouce sur son index, et la machine s'enclencha.

« Merci. »

Will était incapable de la regarder. Il se détourna de nouveau, s'appuya contre le manteau de la cheminée. Elle retourna au canapé et s'assit. Il y eut le petit choc de la glace dans le verre. Elle avait sans doute oublié qu'il était vide.

« "Chère maman, lut-elle enfin. Je sais, tu penses que je t'écris pour te demander de l'argent, mais je souhaite juste te dire que je n'attends plus rien de toi. Tu m'en as toujours voulu d'être partie, mais c'est toi qui nous as quittés. C'est toi qui m'as transformée en paria. La Bible nous enseigne que les enfants sont punis pour les péchés de leurs parents. Je suis l'exclue, l'intouchable qui ne peut vivre qu'avec l'autre paria, à cause de tes péchés." » Angie commenta. « Quand elle signe, elle écrit son nom différemment. A-L-I-C-I-A, au lieu d'A-L-E-E-S-H-A. »

Il émit un borborygme de dégoût, venu du fond de la gorge. Elle devait savoir qu'elle aurait aussi bien pu lui épeler du chinois.

« Elle l'écrit correctement... dans l'orthographe la plus courante... quand elle signe. Elle a sans doute modifié son prénom quand elle s'est mise à faire le trottoir. » Angie ne cessa pas de parler, et il ne pouvait s'empêcher de l'écouter. « Le cachet de la poste indique qu'elle a été postée il y a deux semaines. Un tampon signale qu'ils ont retourné le courrier parce qu'il n'était pas assez affranchi. J'imagine que la croix a dû lui faire dépasser le poids limite, ou alors le pli s'est pris dans une de leurs machines. » Elle s'interrompit. « Tu vas parler avec la mère ? Ce code postal, ce n'est pas loin d'ici, à peu près une quinzaine de kilomètres. Je me demande si elle sait même que sa fille est morte. »

Il revint face à elle. Angie tenait l'enveloppe dans sa main, et la retourna, pour s'assurer qu'elle n'avait rien manqué au verso. Elle leva les yeux, s'aperçut qu'il la dévisageait.

« Will ? lui demanda-t-elle.

— Si je pouvais faire en sorte de ne t'avoir jamais rencontrée, rien qu'en claquant les doigts, lui souffla-t-il, je ne m'en priverais pas. »

Elle posa l'enveloppe.

« Moi aussi, j'aimerais.

— Qu'est-ce que tu fiches avec un type pareil?

— Il peut être charmant, quand il veut. »

Elle voulait parler de Michael.

« C'était avant ou après que tu ne découvres qu'il se servait des filles ?

— Avant, espèce de trou-du-cul. »

Il lui lança un regard acéré.

« Je ne pense pas que tu aies le droit de te mettre en colère contre moi, pas maintenant. »

Elle lui concéda la chose.

« Ouais, tu as raison.

— Alors, Shelley est un pédophile ? »

Elle sourit, comme si c'était drôle.

« Et un meurtrier.

— Tu prends cela à la plaisanterie ? »

Elle s'appuya des deux coudes sur ses genoux, et le gratifia de son sourire de fausse ingénue signifiant qu'elle était ouverte à tout.

« Ne te mets pas en colère contre moi, bébé.

— Ne mélange pas tout ceci avec le sexe.

— Pour moi, c'est le seul moyen de communiquer avec les autres », s'amusa-t-elle, répétant ce qu'une psychiatre lui avait révélé, un jour. Will ne savait pas de façon certaine si elle avait ou non couché avec cette femme, mais cette observation touchait juste.

« Angie, je t'en prie.

— Je t'ai dit que c'était la mauvaise nuit pour que tu restes ici. » Elle se leva et lui mit l'enveloppe dans la main. « Allez, Willy, souffla-t-elle, en le tirant vers la porte. Il faut que tu rentres chez toi. »

Chapitre vingt-huit

9 février 2006. 9 h 24

ANGIE SE SOUVENAIT de Gina Ormewood depuis la fête de départ en retraite de Ken. C'était une femme effacée, qui semblait avoir oublié qu'un maquillage chargé envenimait l'acné et qu'un coiffeur visagiste qui vous prenait moins de dix dollars ne vous rendait pas franchement service. Si Angie n'avait pas baisé le mari de la dame cette même nuit, elle n'aurait sans doute conservé aucun souvenir d'elle. En fait, elle savait que Gina travaillait au Piedmont Hospital, qui se situait sur le chemin du boulot d'Angie, une manière certes un peu tordue de présenter la chose – surtout si, par boulot, vous entendiez le bout de trottoir où elle tapinait, devant le marchand de vins et spiritueux, sur Cheshire Bridge Road.

Elle avait appelé l'hôpital pour s'assurer que Gina Ormewood serait là. Son service débutait dans vingt minutes, mais Angie n'avait rien de mieux à faire que patienter. A son arrivée, elle se félicita d'être venue tôt. La file des voitures remontait jusque dans la rue, et apparemment, même au niveau supérieur du parking, il n'y avait pas un emplacement de libre. Au bout d'un moment, elle renonça. Elle brandit son insigne au vigile d'une société de gardiennage posté devant les Urgences et se gara sur une place réservée aux handicapés.

Il y avait là une dizaine de personnes, debout autour de

l'entrée des Urgences, toutes avec la cigarette aux lèvres. Elle traversa le nuage de fumée en retenant son souffle. Elle détestait la cigarette, car cela lui rappelait toujours ces brûlures, sur le corps de Will. Quelqu'un s'était amusé pendant des heures à lui marquer les chairs autour des omoplates, en créant des motifs obscènes, le long des côtes.

A cette pensée, elle frissonna.

L'homme derrière le comptoir de l'accueil ne leva même pas un œil sur Angie, quand elle vint se placer devant lui.

« Inscrivez-vous, asseyez-vous. »

Elle lui glissa son insigne sous le nez, et il n'eut toujours pas la courtoisie de lui accorder le moindre regard.

« Si vous voulez consulter des dossiers, il faut vous adresser à l'administration de l'hôpital. »

Elle lut le nom de l'employé, sur son badge.

« Non, merci, pas de dossiers pour moi, Tank. Je suis ici pour Gina Ormewood. »

Là, il leva le nez.

« Vous voulez la voir pour quoi, Gina ?

— C'est au sujet de son mari.

— J'aimerais qu'il soit mort, ce salopard.

— Alors là, faites la queue. »

Cette réponse lui était venue dans un automatisme, mais il ne lui avait pas échappé que le type détestait Michael. Ça crevait les yeux.

Tank se leva, la toisa du regard. Angie était habillée pour aller bosser, autrement dit, elle avait l'allure d'une pute. Mais bon, elle n'en restait pas moins flic, et ce gaillard n'était pas un idiot.

« Quand Gina arrive-t-elle, à votre avis ? lui demanda-t-elle.

— Vous n'allez pas l'embêter. »

Ce n'était pas formulé comme une question.

« Je vais lui causer », lui assura-t-elle.

Il resta les yeux vissés aux siens, comme s'il était capable de dire, rien qu'en la regardant, si elle allait lui créer des ennuis ou pas. En travaillant dans un endroit comme celui-ci, il avait sans doute acquis un certain instinct.

« Accordez-lui encore dix minutes, fit-il. Elle arrive toujours tôt.

— Merci. » Elle laissa retomber son insigne dans son sac à main et alla occuper le seul siège disponible dans la salle d'attente bondée.

Il y avait un homme et une femme âgés, en face d'elle, qui, un jour, avaient sûrement eu l'âge d'Angie – à leur arrivée aux Urgences. La femme posa sur elle un œil dégoûté. Le regard de l'homme, en revanche, lui manifestait de l'intérêt. Bon Dieu, le type devait avoir quatre-vingts ans, et il se demandait sans doute déjà combien il avait d'argent liquide dans son portefeuille. Sa femme se moucha, dans un Kleenex assez usé. Elle paraissait sur le point de s'écrouler par terre. Angie écarta grand les jambes et l'homme blêmit. L'épouse semblait au bord de la crise cardiaque.

Avant qu'ils aient pu aller s'asseoir plus loin, Angie se leva et s'approcha du porte-revues. Bon Dieu, cet endroit était d'un déprimant. La salle d'attente était une vraie marmite de germes et de maladies. Quiconque se figurait que l'Amérique ne possédait pas de système de santé publique devrait se rendre deux heures au service des urgences de l'hôpital de son quartier. Il y avait bien quelqu'un qui payait pour que les non-assurés et les indigents puissent consulter un docteur, et il était bien évident que ce quelqu'un, ce n'étaient ni les non-assurés, ni les indigents. Bon Dieu, à l'heure actuelle, il valait mieux se passer d'assurance. Vous obteniez les mêmes soins de merde, mais ça vous coûtait moins cher.

En attendant que Gina Ormewood se pointe, elle parcourut un numéro de *Field & Stream*, puis un *Ladies Home Journal* de l'avant-dernier Noël. Hier, Michael était allé trop loin. Ils avaient épluché ses dossiers aux Mœurs, et il lui souriait comme un petit malin, et maintenant elle savait pourquoi. C'était une chose de la niquer, elle – d'accord, elle le méritait sûrement –, mais d'avoir mis Will dans un état pareil, c'était impardonnable. Michael avait dû dire quelque chose, laisser échapper un mot, et Will avait pigé qu'il l'avait sautée. Elle travaillait toute la journée avec des hommes, et en plus, elle en alpaguait, de ces baiseurs, alors elle savait comment fonctionnait leur petit mental. Chez eux, il ne se passait pas une seconde sans qu'ils pensent au sexe ou qu'ils en parlent, et le fait que Michael ait baisé Angie alimentait très bien la médisance. Il l'avait sûrement raconté à cette fiente de Leo Donnelly. Pas étonnant que Will se soit senti humilié.

Mon Dieu, il fallait qu'elle cesse d'écouter autant les bavardages des filles. Personne ne haïssait autant les hommes qu'une prostituée. Elles consacraient des heures à se raconter quelle vermine, quels voyous c'étaient, les hommes, avant d'être obligées de monter avec le premier connard qui leur sortait un petit billet vert sous le pif. Angie avait assez de problèmes avec les hommes sans se mettre en plus à penser à eux comme une pute.

Les portes s'ouvrirent et elle leva les yeux sur deux types qui firent leur entrée. Elle les replongea dans son magazine, sans vraiment voir cette recette de cake aux fruits sur papier glacé. A force de penser à Ormewood, au visage de Will, plein de désillusion, cette manière qu'il avait eue de la regarder, hier soir, quand elle l'avait gentiment poussé vers la porte, elle en avait mal au crâne. Quand Michael s'était mis à fanfaronner devant Trent, à lui raconter les détails intimes de sa conquête, il avait dû bouillir.

Elle tourna la page, passa à une autre recette. Si Michael devait flanquer la pagaille avec la seule personne à laquelle elle était attachée, alors elle allait lui rendre la pareille. Rien ne perturbait autant un homme qu'avoir des ennuis sous son propre toit.

« Robin ? »

Angie tourna la dernière page. Des pulls pour la mère et la fille. Superadorables, la vache.

« Robin ? C'est vous ? »

Merde. Elle leva les yeux. John Shelley se tenait debout devant elle. Il était à côté d'un Noir qui avait la main enveloppée dans un bandage ensanglanté.

« Vous vous inscrivez, je vous prie, fit Tank.

— J'arrive », lui dit John. Il conduisit le type noir à l'accueil.

A l'évidence, un saignement abondant vous permettait de remonter direct en tête de liste, car Tank emmena aussitôt le type dans le fond.

John dévisageait Angie.

« Qu'est-ce que tu fabriques ici ?

— Opération de maintenance de routine, fit-elle, en désignant la partie inférieure de son corps. Qu'est-ce qui se passe, avec ce gars-là ?

— Ray-Ray, lui précisa-t-il, le trou-du-cul qui voulait tirer un coup à crédit. Il s'est coupé la main sur une pièce en métal qui dépassait d'une voiture. Art m'a demandé de l'amener ici.

— Ça va aller ?

— Si Art ne le tue pas en premier », ironisa-t-il. Il semblait avoir du mal à trouver ses mots, il bredouillait. « Vous êtes bien, je trouve. »

Elle avait l'air d'une pute, mais un compliment, c'était toujours un compliment.

« Je croyais que tu devais éviter de t'approcher de moi.

— Oh. » Son visage s'affaissa et, le temps d'une fraction de seconde, elle se remémora Will – qui était incapable de lui dissimuler ses émotions, et portait parfois sa honte et sa déception en bandoulière.

« Viens par ici », fit-elle. Et, en le prenant par le bras, elle le conduisit dehors, dans le couloir. Ils restèrent juste devant la porte d'entrée des urgences. Elle pouvait entrevoir les fumeurs, derrière.

« Est-ce que ça va ? » lui demanda-t-elle.

Il souriait, maintenant, presque rempli d'espoir.

« Ouais. Et vous, alors ?

— Non, non, insista-t-elle. La dernière fois que je t'ai vu, tu avais des ennuis. »

Il hocha la tête, regarda le bout de ses chaussures. Pourquoi se retrouvait-elle toujours à adresser la parole à des hommes qui regardaient le bout de leurs souliers ?

« Ça fait du bien de vous revoir, lui avoua-t-il. Je sais, je vous avais prévenue que je garderais mes distances, mais c'est vraiment sympa de vous revoir.

— Tu me connais à peine. »

De nouveau, il sourit. Mince, il avait un sourire tellement charmant.

« Je connais au moins Stewie. »

Il ne connaissait que des mensonges, songea-t-elle. Les premiers d'une longue série à venir, si elle avait retenu les leçons de sa propre histoire.

« Vous êtes vraiment bien.

— Tu l'as déjà dit. »

Il rigola.

« J'essaie de trouver autre chose à dire. » Il rit encore, pas si mal à l'aise que cela, tant elle lui plaisait, tant cela lui plaisait d'être en sa compagnie. Il baissa de nouveau les yeux sur ses chaussures, et elle s'aperçut qu'il avait les plus jolis cils qu'elle ait jamais vus chez un homme. Ils étaient doux, d'un brun délicat. John était un grand gaillard, presque aussi grand que Will, la poitrine plus large, et avec sacrément plus de confiance en lui. Malgré le temps froid, il avait le visage bronzé, avec des reflets dorés dans les cheveux, à force de travailler à l'extérieur toute la journée.

« Toi aussi, tu es bien », lui avoua-t-elle.

Il sourit, et elle eut de nouveau le sentiment qu'il n'avait envie de rien d'autre que de rester là, debout, devant elle, et de passer toute la journée à lui parler.

Quels mensonges allait-elle pouvoir lui raconter ? Combien de temps avant qu'elle ne finisse par l'embarquer dans un placard à balai ou un cabinet de toilettes, et qu'elle le saute, avant de le détester, parce qu'il l'avait baisée ? Et combien de temps avant qu'elle ne lui gâche l'existence, aussi ?

« Tu t'es retrouvé au trou pourquoi, John ? »

Son sourire retomba. Ses épaules retombèrent, elles aussi.

Angie avait déjà lu son dossier de conditionnelle, mais cela ne la renseignait que sur les chefs d'accusation, pas sur les détails du crime.

« Dis-moi ce que tu as fait.

— Vous n'avez pas besoin de savoir.

— Hier soir, j'ai eu un vendeur de revêtements extérieurs en aluminium qui voulait que je lui suce les orteils et que je l'appelle papa, lui raconta-t-elle. Tu crois que tu vas arriver à me sortir quelque chose qui me choque ?

— J'ai commis des erreurs.

— Nous en commettons tous, des erreurs. »

Il secoua la tête.

« Je n'ai pas envie de parler de ça.

— Tu y es resté longtemps, au trou ? essaya-t-elle. Tu as tué quelqu'un ? »

Il se passa la langue sur les lèvres, l'air nerveux. Il ressemblait tellement à Will qu'ils auraient pu être frères. Sachant quelle salope il avait eue en guise de mère, peut-être qu'ils étaient vraiment frères.

« Il va falloir que je retourne avec Ray-Ray, histoire d'être sûr qu'il n'aille pas bavarder et se fourrer encore dans les emmerdes. »

Angie regarda par les portes vitrées. Gina Ormewood se tenait là, avec le groupe des fumeurs, et sa blouse bleue d'infirmière offrait un contraste des plus nets avec la cigarette sur laquelle elle tirait.

« C'était vraiment bien de vous revoir.

— Prends soin de toi. »

Il s'éloigna de quelques pas, puis il s'immobilisa.

« Quand ce sera terminé », dit-il, en ouvrant grand les mains devant lui, comme s'il brandissait un objet tangible, entre eux deux. « Quand ce qui se passe en ce moment sera terminé, dit-il, toujours aussi obscur, peut-être qu'on pourrait sortir dîner, ou autre chose ? Voir un film ?

— John, fit-elle. Crois-tu vraiment que ça pourrait arriver ? »

Il secoua la tête, mais lui répondit quand même.

« Je vais l'espérer, que ça arrive, Robin. C'est ce qui me permet de tenir le coup. Aller voir un film avec vous, ça va m'occuper l'esprit, acheter du pop-corn, et vous tenir la main, pourquoi pas, pendant les parties du film qui font peur.

— Ça coûterait moins cher si tu me donnais juste l'argent qu'il faut pour que je te tienne les parties du corps qui font peur, plutôt. »

Il prit sa main dans la sienne. Il déposa ses lèvres sur le dos de cette main, l'embrassa avec douceur, et elle resta stupéfaite.

« Réfléchissez à un film que vous auriez envie de voir, lui suggéra-t-il. Quelque chose qui fasse vraiment peur. »

Et il tourna les talons.

Elle s'adossa contre le mur. Elle relâcha un filet d'air. C'était encore un de ces hommes parfaitement adorables, qu'elle était en train de détruire. Enfin, oui, c'était un pédophile et un meurtrier parfaitement adorable, mais avant de critiquer, elle ferait aussi bien de balayer devant sa porte et tout et tout.

Gina Ormewood franchit les portes coulissantes. Dès qu'elle vit Angie, la surprise fut telle qu'elle eut un regard en deux temps, mais elle continua en direction des urgences.

« Hé, s'écria Angie. Attendez. »

Gina s'arrêta, mais sans se retourner.

« Je voudrais qu'on me laisse tranquille, c'est tout », lâcha-t-elle.

Angie contourna la jeune femme, pour mieux la voir. Gina avait la lèvre fendue. Son œil gauche était décoré d'un bleu qui faisait peine à voir. Pas étonnant que le type de l'accueil déteste autant Michael.

« Qu'est-ce qui vous est arrivé ? s'enquit-elle.

— Je suis tombée », lui répondit l'autre. Elle voulut s'éloigner, mais Angie lui barra le passage.

« Est-ce qu'il vous a frappée ?

— A votre avis ?

— Mon Dieu. »

Gina plissa les paupières, et elle finit par reconnaître Angie.

« Vous avez baisé mon mari, vous.

— Ouais, enfin. » Elle se garda bien de mentir. « Si ça peut vous consoler, j'ai connu beaucoup mieux. »

Gina partit dans un rire, mais elle grimaça. Sa lèvre se rouvrait. Elle mit la main à sa bouche et observa ce sang, sur ses doigts. « Bon Dieu », gémit-elle. « Entrons ici. »

Elle poussa une porte qui donnait accès aux toilettes pour dames, et Angie la suivit. Gina était menue, elle devait mesurer à peine un mètre soixante, dans ses baskets, et peser dans les cinquante kilos. Michael en pesait au moins quarante de plus qu'elle. C'était comme de flanquer des coups de pied dans un chiot.

« Quand je l'ai rencontré, j'avais quinze ans », lui confia-t-elle. Elle était penchée au-dessus du lavabo, elle inspectait sa lèvre fendue, dans le miroir. « Il s'intéressait à ma cousine. Elle avait un an de moins que moi. Je m'imaginais que je la protégeais. »

Angie veilla surtout à la laisser parler.

« Il était tellement gentil, continua Gina. Je recevais ces lettres de lui, quand il se trouvait dans le Golfe, il me racontait combien il m'aimait, et qu'il voulait prendre soin de moi. » Ses yeux croisèrent ceux d'Angie, dans le miroir. « Et maintenant, c'est comme ça qu'il prend soin de moi. »

Angie fouilla dans son sac à main.

« Ils sont tous gentils, au début.

— Vous êtes sûre de vos sources, là ?

— J'ai même eu droit au tee-shirt taché de sang. »

Gina prit un essuie-main en papier au distributeur et le mouilla sous le robinet.

« Après la naissance de Tim, les choses ont changé. Il a commencé à se mettre en colère pour tout. Il ne voulait plus me toucher. Il me laissait à la maison, la nuit. Il était tout le temps sorti, des heures et des heures de suite. » Elle tamponna sa lèvre sanglante avec l'essuie-main. « Parfois, il partait tout le week-end. Je vérifiais son compteur, et il avait roulé huit cents, parfois mille kilomètres. »

Angie trouva ce qu'elle cherchait dans son sac.

« Où est-ce qu'il allait ?

— A force de prendre des coups de poing dans la figure, vous arrêtez de poser des questions.

— Tournez-vous », lui dit-elle. Elle humecta l'éponge d'un peu de fond de teint et la lui tapota délicatement autour de son œil au beurre noir. « C'est un peu de Clinique, lui expliqua-t-elle. Si le résultat vous paraît un peu plus clair que votre nuance habituelle, vous l'estompez avec le doigt, cela aidera à atténuer l'hématome.

— Il vous a frappée, vous aussi ?

— Non », la rassura-t-elle, en se concentrant sur le masquage du bleu. A la vérité, elle était trop ivre pour se souvenir au juste de ce que Michael lui avait fait. Tout ce qu'elle savait, c'était qu'à son réveil le lendemain matin, sur la banquette arrière de sa voiture, elle avait une profonde marque de morsure sur le sein, et une douleur entre les jambes qui avait mis deux semaines à s'effacer.

Ce n'était certes pas la première fois qu'il lui arrivait un sale truc de ce genre, mais avec un type dans son boulot, c'était de l'inédit.

« Il m'a raconté qu'il était avec Ken, reprit Gina.

— Wozniak? s'étonna Angie. L'équipier d'Ormewood aux Homicides. Qu'est-ce qu'il fabriquait avec Ken?

— Il m'a dit qu'ils étaient allés pêcher dans les montagnes, ensemble. »

Angie serra les lèvres, s'abstint de commenter. Elle ne parvenait pas à se représenter Ken à la pêche et, même si elle avait pu se l'imaginer avec une canne – ou autre chose – en main, Ken n'était pas exactement le genre de Michael.

La voix de Gina se mua en un quasi-chuchotement.

« Et avec vous, il était brutal? »

Angie opina. Elle prit le menton de la jeune femme et le lui releva dans la lumière, afin de contempler son œuvre.

« C'est un salopard, continua-t-elle, toujours en chuchotant. Moi, tout ce que je veux, c'est m'en aller. »

Angie ajouta encore un peu de fond de teint.

« Vous l'avez quitté?

— Il y a deux jours.

— Où est-ce que vous êtes, maintenant?

— Chez ma mère, lui répondit-elle. Il m'a prévenue qu'il viendrait me chercher. »

Angie examina de nouveau le menton.

« Parfait. Vous avez déposé une plainte? »

Elle éclata de rire.

« Vous êtes flic. Vous savez que ça ne servirait à rien.

— C'est des conneries, lui répliqua-t-elle. Vous allez à la police du comté de DeKalb, vous déposez une plainte. Ils en ont rien à foutre que ce soit un flic. Dans votre état, il leur suffira de jeter un œil sur vous, et ils vont le boucler.

— Et ensuite, quoi ? demanda la jeune femme. Quand il sort, il arrive quoi ?

— Vous faites prononcer contre lui une ordonnance d'éloignement.

— Regardez mon visage, fit Gina. Pensez-vous qu'une interdiction de s'approcher l'arrêtera ? »

Elle n'avait pas tort. Angie se souvint du temps où elle portait l'uniforme, elle se remémora très nettement la fois où elle avait arraché le papier d'une ordonnance d'éloignement tout taché de sang, de la main d'une femme qui s'était fait frapper à mort par son mari. Il s'était servi d'un marteau. Sous les yeux des enfants.

Gina se lava les mains à l'évier.

« Pourquoi êtes-vous ici ?

— Je souhaitais que vous lui transmettiez un message. »

Elle ferma le robinet et attrapa une serviette pour se sécher les mains.

« Vous croyez qu'il va m'écouter ?

— Non », admit Angie. Elle sortit une de ses cartes de visite de son sac à main. Je voudrais vous donner mon numéro de téléphone. S'il vous fait quoi que ce soit, vous m'appelez.

La jeune femme refusa de prendre la carte.

« Il fera ce qu'il voudra. Ce n'est pas un coup de fil qui me sauvera. » Elle se regarda dans le miroir, se lissa les cheveux. « Merci pour le maquillage. Clinique ? » Angie opina. « Je vais aller m'en acheter, à l'heure du déjeuner. Si Michael découvre que je vous ai parlé, il va sans doute m'en falloir.

— Je ne lui dirai rien. »

Elle s'adossa contre la porte, s'y appuya pour l'ouvrir.

« Il l'apprendra, lui assura-t-elle. Il apprend toujours tout. »

Angie resta quelques minutes devant les lavabos, tâchant de reprendre contenance. Elle avait envie de parler avec Will, mais que pourrait-elle lui raconter ? Je suis allée à l'hôpital houspiller un peu la femme de Michael ? Il lui démonte la tête et, ah, au fait, il a été si brutal avec moi, cette seule et unique nuit que nous avons passée ensemble, que je n'ai pas pu pisser droit pendant un mois ? Tout comme ses autres émotions, Will Trent avait appris à maîtriser son tempérament sanguin. Mais enfin, elle savait que c'était toujours là, présent, juste sous la surface, en attente d'une étincelle. Si elle lui racontait ce qui s'était réellement passé avec Michael Ormewood, il le tuerait.

Une jeune fille entra dans les toilettes, vit Angie et ressortit tout de suite. Bon, voilà de quoi vous regonfler le moral à bloc. Elle se tourna vers son reflet, ce maquillage chargé, la jupe en vinyle blanc au ras de la touffe et le haut rose dos nu hyper sexy, qui cachait à peine les seins. Pas étonnant que les gens aient peur d'elle.

Elle sortit dans le couloir, lança de nouveau un coup d'œil vers les portes de la salle des urgences. Tank tenait les deux mains de Gina dans les siennes, et il lui parlait. Elle ne pouvait entendre ce qu'il disait, mais elle devinait. Subitement, Gina fondit en larmes, et l'autre la prit dans ses bras. Elle les observa un moment, elle se sentait comme une intruse, mais elle était incapable de détacher les yeux de cette scène.

Un psychothérapeute lui avait expliqué qu'elle recherchait des hommes qui la maltraiteraient parce qu'elle n'avait jamais rien connu d'autre. Ce même psychothérapeute lui avait aussi laissé entendre que la raison pour laquelle Angie n'arrêtait pas de faire souffrir Will, c'était sa volonté de le mettre en colère, de le mener au point où il finirait par lâcher, par la frapper. Et c'était à partir de là qu'elle parvenait à s'ouvrir à lui. Et c'était à partir de là qu'elle réussissait à réellement l'aimer.

Naturellement, elle avait menti à sa psychothérapeute, au sujet de ses liaisons, et à propos de Will Trent. Elle n'allait pas confesser la vérité à une complète étrangère. Punaise, elle en avait déjà raconté tant, des mensonges, maintenant, qu'elle ne serait pas fichue de reconnaître la vérité, même si elle lui plantait ses crocs dans le derrière.

Chapitre vingt-neuf

11 h 31

WILL ÉTAIT ASSIS à son bureau, il écoutait l'enregistrement que lui avait fait Angie de la lettre écrite par Monroe à sa mère. Il l'avait déjà entendu un assez grand nombre de fois pour le connaître par cœur, mais il avait envie d'entendre sa voix, d'en saisir les inflexions. De temps à autre, il posait les yeux sur la lettre, tout en écoutant les mots, et il essayait de suivre. Angie détestait lire à voix haute et cela se sentait, à son ton. Il se dit que s'il savait s'y prendre aussi bien qu'elle, il lirait à voix haute tout le temps.

Il retira le casque de ses oreilles et revint au schéma qu'il s'était tracé mentalement. Il voyait les choses par images, comme le story-board d'un film. Le visage de Jasmine Allison lui vint à l'esprit. Elle était toujours portée disparue. Le département de la police d'Atlanta la recherchait, mais ils ne prenaient pas l'affaire au sérieux, pas autant qu'il l'aurait jugé nécessaire, cela, il en avait la conviction. Et même s'ils prenaient cette disparition au sérieux, où porteraient leurs recherches ? Pour une fillette, il y avait un million de planques possibles – et encore, si elle ne respirait déjà plus, vous pouviez multiplier ce chiffre par deux.

La mère d'Aleesha Monroe n'était pas chez elle. Il avait appelé à plusieurs reprises, ce matin, jusqu'à ce que la femme de ménage décroche et lui réponde qu'on n'attendait pas Mme Monroe avant midi. Il avait passé un coup de fil à la police de DeKalb, et il avait su qu'il n'y avait rien de nouveau dans l'enquête Cynthia Barrett. Il avait même renvoyé une équipe de la police scientifique au Grady Homes, afin que l'on passe la cabine téléphonique au peigne fin. Ils n'avaient récupéré que sept pièces de vingt-cinq cents dans le taxiphone, et aucune ne conservait d'empreintes digitales utilisables.

Pas de pistes, pas d'indices à suivre. Tout ce dont il disposait, c'était cette lettre et le mince espoir que Miriam Monroe, la mère, sache quelque chose.

Leo Donnelly frappa à la porte de son bureau, en ouvrant.

« Salut, mon vieux. »

Will glissa le magnétophone et le casque dans son tiroir.

« Qu'est-ce qu'il y a ?

— Vous avez une minute ?

— Bien sûr. »

Leo ferma la porte et s'assit sur la chaise placée à côté du bureau. Il considéra la pièce autour de lui, visiblement tendu.

« Chouette endroit que vous avez là. »

Trent lança un rapide coup d'œil circulaire, en se demandant si ce n'était pas du sarcasme, de la part de l'inspecteur. L'endroit était si petit qu'il avait dû repousser le bureau contre le mur, pour ne pas être obligé de grimper dessus quand il voulait sortir de la pièce.

Leo se frotta les paumes sur son pantalon bon marché, tout en regardant fixement par la fenêtre. Le bonhomme semblait en état de choc.

« Qu'est-ce qu'il y a ? répéta Trent.

— Je viens de parler avec Greer. C'est mon chef, d'accord ?

— Ouais. » Will avait fait la connaissance de l'inspecteur-chef lundi, quand il avait demandé l'autorisation d'intervenir dans l'affaire Monroe.

Dans le ton de voix de Donnelly, l'incrédulité restait perceptible.

« Il vient de recevoir une visite de politesse de la police de DeKalb. Gina a déposé une demande d'ordonnance d'éloignement contre Mike.

— Gina Ormewood ? » Il se redressa dans son fauteuil. « Quel motif a-t-elle invoqué ?

— Sa gueule cassée. » Leo appuya le coude sur le bureau et pencha la tête dans sa main. « Greer n'a pas vu les photos ni rien, mais le flic qui a enregistré sa déposition a expliqué qu'elle était pas mal amochée, en effet. »

L'inspecteur était visiblement ébranlé. Will avait deviné qu'en dehors de Michael, Leo ne comptait pas beaucoup d'amis, dans la brigade. Et même s'il était proche de certains autres policiers dans le service, on ne mouchardait pas ses amis. Cela n'expliquait toujours pas pourquoi il venait le trouver, lui.

Donnelly se frotta le menton avec le pouce.

« Mon vieux, il avait l'habitude de lever la main sur ma mère. Quand j'étais gosse, je le regardais faire.

— Je suis désolé de l'apprendre.

— Je croyais le connaître, ce type », reprit-il, et il voulait parler d'Ormewood. « Là, on est carrément hors jeu, vous voyez ? Au début, je me suis dit que cette pouffiasse inventait tout, mais ensuite j'ai appelé Michael et... » Sa voix resta en suspens. « Il a voulu prendre ça à la rigolade, tout ça, c'était un énorme malentendu, elle allait la retirer, sa demande d'éloignement, elle avait juste inventé tout ce machin pour se venger, parce qu'il travaillait trop. » La bouche de Leo se tordit, comme si cette explication lui paraissait bancale. Ce type était flic depuis bien plus longtemps que Trent, et il avait sans doute entendu la même excuse dans la bouche de plus d'un mari violent.

Il continua.

« Alors je l'ai un peu poussé dans ses retranchements, je lui ai demandé ce qui se passait. Gina, c'est une fille bien, vous savez ? L'esprit aussi agile qu'une anguille. Je ne la vois pas coller les noix de Michael dans une plainte aux Mœurs juste histoire de s'en payer une tranche. » Il jeta un coup d'œil à Will, avant de revenir à la fenêtre. « Michael m'a conseillé de me mêler de mes oignons. Bordel. »

A l'évidence, Donnelly avait reçu cela comme un aveu de culpabilité. Will en déduisit qu'Ormewood ne décrochait son téléphone que si le numéro affiché à l'écran était celui d'un correspondant à qui il avait envie de parler.

« En tout cas... » Il se tourna vers Trent, et il se cogna les genoux dans le panneau du bureau. Il lâcha encore deux ou trois jurons, avant de reprendre. « Je me suis dit que j'allais faire un saut jusqu'ici, vous mettre à jour sur l'enquête Monroe.

— Du neuf?

— Son souteneur, il a été abattu, ce matin.

— Baby G?

— Deux dans les boyaux, une dans la tête. D'ici à ce qu'il clamse, les docteurs disent que c'est juste une question de temps. Aucune activité cérébrale.

— Ils ont chopé le tueur?

— Deux de ses cousins, tous les deux âgés de quinze ans. La grand-mère de Monsieur G a vu tout le truc depuis sa fenêtre. » Donnelly eut l'ébauche d'un haussement d'épaules. « C'est pas qu'elle raconte des conneries, hein. Les deux ont avoué, d'ailleurs, alors on n'a même pas vraiment besoin d'elle. Enfin, on aurait pu s'attendre à ce qu'elle soit un peu plus bouleversée par la mort de son petit-fils. »

Will pensa à Cedric.

« Il y a eu d'autres blessés?

— Non, c'était une histoire de gang. Ils ont raconté que l'autre jour, Baby G s'est payé leur tête, qu'il leur a manqué de respect. » Donnelly se pétrit de nouveau le menton. « Merde, depuis quand on vous doit le respect sans que vous ayez rien fait pour le mériter!

— Vous êtes sûr que ce n'est pas lié à Monroe?

— Pas à ce qu'il semble, fit l'autre. Ils partagent un avocat, un commis d'office à la con, un type de Buckhead qui prend son pied à défendre les pauvres. D'ici dix ans, au max, ils seront tous les deux sortis.

— Possible », concéda Will, songeant qu'il avait plus que certainement raison. « Vous avez reçu ce mémo que j'ai fait circuler au sujet de Jasmine Allison?

— La petite Noire portée disparue? » Il confirma. « Collez-lui une perruque blonde, et elle aura peut-être sa binette dans les journaux. »

Il ne réagit pas à cette réflexion cynique. Il venait de penser à autre chose.

« Pourriez-vous me sortir la liste des délinquants sexuels récemment remis en liberté ?

— Du récent comment ? »

Quatre mois auparavant, la jeune Julie Cooper, âgée de quinze ans, avait été violée avec brutalité, la langue tranchée en deux d'un coup de dents. Il était impossible de dire depuis combien de temps son agresseur avait pu opérer sans laisser d'échos sur leurs écrans radar.

« Revenez sur au moins huit mois en arrière, lui demanda-t-il enfin.

— Juste Atlanta ou toute l'agglo ?

— Toute l'agglo », fit Will, sachant qu'il venait de lui tripler l'ampleur de la besogne.

« Ce n'est pas une liste qu'ils tiennent particulièrement à jour, le prévint l'inspecteur. Je vais devoir procéder à des recoupements, biffer ceux qui sont déjà rentrés au bercail, qui ont déménagé, que sais-je.

— Je vous en saurais vraiment gré. » Il éprouva le besoin d'ajouter encore un mot. « Je sais, autant rechercher une aiguille dans une botte de foin, mais nous n'avons pas grand-chose d'autre à nous mettre sous la dent.

— Là, je vous suis à fond, mon vieux. » Donnelly se leva. « De tout collationner, ça ne devrait pas prendre plus d'une journée, grosso modo. Vous voulez que je vous dépose mes trouvailles sur votre bureau ?

— Ce serait parfait.

— Je vais déjà me charger de la première moitié, ajouta-t-il. Là-dessus, on fait équipe, d'accord ?

— D'accord », répéta Trent, même s'il ne comptait pas précisément Donnelly parmi ses alliés.

L'inspecteur fermait la porte derrière lui, et il sortit son portable. Il composa le numéro d'Angie, écouta la succession des tonalités, attendit qu'elle réponde.

Elle avait dû reconnaître son numéro en le voyant s'afficher à l'écran.

« Qu'est-ce qui se passe ?

— Pourquoi la femme de Michael irait-elle demander une mesure d'éloignement contre lui ? »

Elle souffla lentement, prit son temps pour répondre.

« Parce qu'il la frappe. »

Il eut la sensation qu'on venait de le frapper lui-même.

« Tu es là ? » s'enquit-elle.

Il crut qu'il n'arriverait pas à prononcer les mots qui suivirent.

« Est-ce qu'il t'a frappée, Angie ?

— Non, Will. Il ne m'a jamais frappée.

— Est-ce que tu me mens, Angie ? »

Elle eut un rire étrange, ce rire rebelle qui lui échappait quand elle avait besoin de prendre ses distances.

« Pourquoi te mentirais-je, mon bébé ?

— Le mac d'Aleesha s'est fait descendre, ce matin.

— Là, c'est pas moi.

— Tu ne peux pas rester sérieuse une minute ?

— Qu'est-ce que tu veux que je te dise, Will ?

— Il y a une jeune fille portée disparue, lui annonça-t-il. Elle s'appelle Jasmine Allison. Elle habite trois étages plus bas que l'appartement d'Aleesha. Dimanche soir, quelqu'un lui a filé vingt dollars pour passer un coup de fil à la police et signaler qu'Aleesha se faisait agresser. Et maintenant, elle a disparu. »

Angie changea de ton.

« Quand l'a-t-on vue pour la dernière fois ?

— Hier après-midi.

— Tu as des pistes ?

— Aucune.

— Quel âge a-t-elle ?

— Quatorze ans. »

Angie soupira doucement.

« Il y a quelqu'un pour prendre ça un peu au sérieux, dans la maison ?

— Ouais, sûr, ils se mettent en quatre pour filer un coup de main au GBI. »

Elle tâcha de prendre leur défense.

« Ils ont pas mal de boulot sur les bras.
— Je ne dis pas le contraire.
— Ça lui était déjà arrivé de fuguer?
— Deux fois.
— Si je travaillais sur des personnes portées disparues, ce n'est pas le dossier que je placerais en haut de ma pile. Des filles qui fuguent, ça n'arrête pas. Nous le savons, toi et moi. Ils ont sans doute des enquêtes plus chaudes bouillantes que ça pour le moment.
— Elle n'a pas un entourage si pénible que ça, chez elle.
— Les gens ont d'autres raisons de fuguer. » Angie était bien placée pour le savoir. Elle avait fugué tant de fois qu'il était incapable de les compter.

Il consulta la copie qu'il avait faite de la lettre d'Aleesha à sa mère. Elle s'était servie d'un crayon, sur une feuille de papier ligné, donc la reproduction n'était pas si bonne. Il essaya de distinguer certains mots, mais ses yeux ne réussissaient pas à y voir net. Aleesha avait probablement fugué, elle aussi.

« Je vais parler à quelques personnes que je connais dans la maison, proposa-t-elle, voir si je peux leur mettre un peu la pression. Ils risquent de mieux le prendre venant de moi que de la part d'un trouduc du GBI.
— Merci. »

Il referma son téléphone et consulta l'écran.

Il était temps de rendre visite à la mère d'Aleesha Monroe.

Il conduisait rarement sa voiture dans le cadre du travail, sauf s'il avait l'assurance d'être seul, ce jour-là. La plupart du temps, il venait en moto, comme ça, son équipier du jour était obligé de prendre sa voiture. Sauf s'il se rendait dans l'un de ses repaires habituels – l'épicerie, le restaurant cubain du coin, le cinéma –, le coller au volant d'une voiture, c'était une invitation à se perdre. Il savait lire les panneaux indicateurs, mais c'était toujours aux dépens des autres véhicules, derrière lui. Quant aux cartes, avec leurs caractères minuscules disséminés sur le papier, elles auraient aussi bien pu être rédigées en swahili. Et puis, quand il était agacé, ce qui avait tendance à lui arriver, dès que les klaxons se mettaient à beugler, il oubliait vite comment distinguer sa gauche de sa droite.

Le trajet jusqu'au domicile de Miriam Monroe fut donc un exercice de patience. Il avançait à petite allure sur DeKalb Avenue, en ignorant les regards furibonds et les gueulantes. Les Monroe habitaient à Decatur, près de l'Agnes Scott College, un petit quartier plutôt chérot, avec de vieilles maisons victoriennes et le genre de baraques dont la majorité des gens ne pouvaient que rêver. Heureusement, le quartier n'était pas grand et, au prix de quelques tâtonnements, il finirait par la trouver cette adresse – avant le coucher du soleil.

Il suivit l'embranchement qui franchissait la voie ferrée et il allait s'engager dans College Avenue quand il enfonça la pédale de frein d'un coup sec. Une vieille femme maigrichonne, en Cadillac bleu poudre, passa à toute vitesse sous son nez, en agitant le poing en l'air, mais il préféra considérer que ce n'était pas lui qui était visé.

Il avait réussi à s'extraire Angie de la tête, au prix de gros efforts. Il avait besoin de reprendre l'enquête depuis le début, de voir s'il n'avait rien loupé. Il devait subsister un détail quelque part, un indice, qui lui échappaient.

Le 32 Paisley Avenue était une vieille demeure majestueuse, avec une véranda sur trois côtés et un énorme saule pleureur qui déployait le grand drapé de ses rideaux de branches au milieu du jardin. La maison était en brique sablée pour sa partie basse, et en bardeaux peints pour sa partie haute. Le toit en tuiles était recouvert d'aiguilles de pin, et il s'imagina qu'avec tous ces arbres dans le jardin, les Monroe devaient être constamment en train de batailler, rien que pour maintenir les gouttières dégagées.

Il se gara dans la rue et s'y reprit à deux fois pour vérifier la boîte aux lettres, en déchiffrant le nom MONROE en grosses lettres noires. Tout de même, il prit la peine de confronter le numéro de la rue à l'adresse inscrite sur l'enveloppe.

La sonnette était un modèle à l'ancienne, une véritable clochette, montée au centre de la lourde porte d'entrée. Il secoua la pièce métallique en forme de nœud papillon et put entendre la sonnerie stridente retentir à l'intérieur.

Des pas claquèrent sur un carrelage. Ceux d'une femme, et d'un chien.

« Oui, bonjour ? »

Il supposa qu'un œil méfiant était venu se coller contre le judas. On se trouvait dans un joli quartier, mais encore assez proche d'Atlanta pour rendre les riverains prudents, dès qu'il s'agissait d'ouvrir sa porte à un étranger.

« Je suis l'agent Will Trent, du Bureau fédéral d'investigation de Géorgie, lui annonça-t-il, en levant sa pièce d'identité. Je cherche Miriam Monroe. »

Il y eut une hésitation, un soupir peut-être, puis le verrou pivota et la porte s'ouvrit.

Miriam Monroe ressemblait beaucoup à sa fille. Tout au moins, sa fille aurait eu cette allure, si elle avait vécu une autre vie. Aleesha avait l'air de souffrir de malnutrition, elle était presque squelettique, alors que sa mère était une femme robuste, aux longs cheveux bouclés, et qui donnait l'impression d'être quelqu'un d'accueillant, d'ouvert aux autres. Ses joues avaient de l'éclat, on percevait une étincelle dans les yeux, et elle avait beau fixer Will du regard, avec sa bouche pincée, l'air sur ses gardes en attendant qu'il prenne la parole, il comprit aussitôt qu'elle était le genre de femmes à toujours rechercher le côté positif de l'existence.

Il baissa les yeux sur le caniche noir posté à ses pieds, puis les releva sur la maîtresse de maison.

« Je suis venu vous voir au sujet de votre fille. »

Elle porta la main à sa poitrine, se rattrapa à la porte, pour ne pas perdre l'équilibre.

« Ashley... ?

— Non », la rassura-t-il, en lui tendant le bras, pour la soutenir. Il n'avait pas envisagé une seconde qu'elle ait pu avoir plus d'une fille. « Aleesha, lui dit-il. Je suis venu au sujet d'Aleesha. »

Elle cligna les yeux, plusieurs fois de suite, elle semblait perdue.

« Quoi ? »

Will éprouvait lui-même un sentiment de confusion. Avait-il mal lu, sur la boîte aux lettres ? Etait-il dans la mauvaise rue ?

« Vous êtes bien Miriam Monroe ? »

Elle hocha la tête. Le chien aboya, flairant les ennuis.

« Je suis navré, s'excusa Will auprès de son interlocutrice. On m'avait indiqué que votre fille s'appelait Aleesha.

— J'avais une fille, en effet », admit-elle. Sa voix était lointaine, comme si elle avait perdu son enfant depuis très longtemps et, à en juger par les mots qu'elle prononça ensuite, ce devait être la teneur exacte de ce qu'elle ressentait. « Aleesha nous a quittés quand elle était toute jeune adolescente, monsieur l'inspecteur. Nous ne l'avons plus revue depuis près de vingt ans. »

Will ne savait trop quoi lui répondre.

« Puis-je entrer ? »

Elle sourit, s'écarta de la porte, en repoussant doucement le chien de son pied.

« J'en oublie les bonnes manières.

— Ne vous inquiétez pas, lui dit-il, songeant, malgré le nombre de fois où il avait eu à se charger de cette mission, qu'il ne saurait jamais prédire comment un parent réagirait à la nouvelle de la perte de son enfant.

— Voulez-vous que nous nous installions dans la salle de séjour ? » lui suggéra-t-elle.

Il tâcha de ne pas rester ébahi devant le vestibule, le plus vaste qu'il ait jamais vu dans une maison particulière. Un escalier immense montait en spirale vers l'étage supérieur, et un lustre digne d'une salle d'opéra trônait au-dessus de sa tête.

« Nous l'avons trouvé à Bologne, lui expliqua Miriam Monroe, en le conduisant vers la pièce attenante. Mon mari, Tobias, est un collectionneur amateur.

— Oh », fit-il, comme si cela tombait sous le sens. Il songea à tous ces intérieurs où il s'était rendu en visite ces derniers jours, au deux-pièces miteux d'Aleesha, à l'appartement exigu où Eleanor Allison élevait ses petits-enfants. Ici, c'était un véritable manoir. Depuis les épais tapis qui habillaient le parquet jusqu'aux objets multicolores d'art populaire africain accrochés aux murs, c'était le genre d'endroit où vous habitiez quand l'argent n'était pas un souci.

Elle s'assit dans un fauteuil d'allure confortable, et le chien s'installa à ses pieds.

« Aimeriez-vous une citronnade ?

— Non, merci », lui répondit-il, en prenant place dans le canapé. Les coussins étaient fermes, et il en déduisit que les Monroe n'occupaient pas cette pièce très souvent. Il se demanda si le piano à queue, logé sous la verrière du bow-window, n'était là que pour la galerie. Il se demandait aussi ce qui lui prenait. Il avait appris, depuis longtemps déjà, que pour annoncer à un parent la nouvelle de la mort de son enfant, il faut procéder vite. Faire traîner rendra l'information encore plus pénible, lorsqu'elle viendra enfin. Will n'était pas le meilleur ami de Mme Monroe. Son boulot consistait juste à lui apprendre la vérité, et à repartir.

Alors, qu'est-ce qui l'en empêchait ?

Cela tenait peut-être à la tonalité apaisante de la voix de cette femme, à sa présence réconfortante. Dans un dictionnaire, son visage aurait pu illustrer le mot « mère ». Quand il était gosse, il s'était imaginé que les gamins noirs étaient plus aimés que les blancs pour la simple raison que, sur la centaine de pensionnaires du Foyer pour Enfants d'Atlanta, il n'y avait que deux Afro-Américains. C'était drôle, comme vous vous mettiez des stéréotypes dans le crâne, étant petit.

« En quoi puis-je vous aider ? » lui demanda-t-elle, l'arrachant à ses pensées. Elle avait une voix très étudiée, et elle réussit à jeter un œil sur sa montre sans paraître impatiente pour autant.

« Je suis désolé de vous avoir effrayée. Je pensais que la femme que j'ai eue tout à l'heure au téléphone vous aurait prévenue de mon appel.

— Elle m'a informée de cet appel, mais je ne m'attendais pas à ce qu'un policier se présente devant ma porte.

— Je suis navré », répéta Will, en sortant un carnet à spirale et un stylo. Ils ne lui servaient qu'à faire un peu d'effet, surtout pour que ses interlocuteurs comprennent qu'il leur prêtait une oreille attentive. En tirant son stylo de sa poche-poitrine, il en avait profité pour enfoncer la touche de son enregistreur.

« Vous n'avez pas l'air étonnée de me voir ici, au sujet d'Aleesha.

— En effet, non, probablement pas. Aleesha s'est choisi une vie que son père et moi n'approuvions pas. Vous n'êtes pas le premier officier de police judiciaire à frapper à notre porte, ce qui ne vous surprendra pas non plus. » Elle sourit, mais son attitude avait déjà quelque chose de plus réservé. « Si vous aviez cru que nous pourrions vous mener jusqu'à elle, je suis désolée de vous le dire, mais cela nous est impossible. »

En dépit, ou à cause, du sang-froid de cette femme, il comprit que, décidément, ce ne serait pas facile.

« Où est votre époux, en ce moment?

— Il donne une conférence, à New York. Il est spécialisé dans les questions de santé touchant les femmes. »

Il griffonna quelques mots dans son carnet.

« Je vois.

— Vous concevez l'ironie. Un homme qui a consacré son existence à venir en aide aux femmes, et dont la fille est une prostituée et une toxicomane.

— Oui, admit-il. Je conçois. »

Elle se redressa contre le dossier de son fauteuil, apparemment satisfaite d'avoir pu au moins régler cet aspect des choses.

« Nous avons tout tenté, pour soutenir notre fille.

— J'en suis convaincu.

— L'êtes-vous vraiment? » releva-t-elle, comme si elle voulait le désarçonner. « Nous avons dépensé des milliers de dollars en traitements, en thérapie familiale, en thérapie individuelle. Tout ce qui, pensions-nous, risquait de l'aider, nous l'avons fait. » Elle entrecroisa les mains sur ses genoux, un geste empreint d'une certaine fermeté. « La vérité toute simple, c'est qu'Aleesha ne voulait pas de notre aide. Elle s'est mise à fuguer alors qu'elle n'avait pas treize ans. »

Will lui répéta une réflexion d'Angie, au sujet de cette fille.

« Vous ne pouvez pas aider une personne qui refuse qu'on l'aide.

— C'est vrai, acquiesça la mère. Avez-vous des enfants?

— Non, madame. Je n'ai pas d'enfants.

— C'est le plus merveilleux bienfait que Dieu nous ait accordé, cette faculté de mettre un enfant au monde. » Elle ouvrit les mains devant elle, et berça un nouveau-né imaginaire. « Vous le tenez dans vos bras, en ce tout premier jour, et il est plus précieux que de l'or. Après cela, chaque fois que vous respirez, c'est pour votre enfant. Comprenez-vous ce que je suis en train de vous dire là ? »

Il opina, et il se sentait le cœur aussi vide que l'étaient les bras de cette femme. Il s'imaginait bien que même si sa propre mère l'avait tenu dans ses bras, elle n'avait eu aucune difficulté à le tendre tout de suite après à quelqu'un d'autre.

Miriam poursuivit.

« Aleesha s'est mise à fréquenter ce garçon. » Will vit ses cils se mouiller de larmes. « J'ai grandi dans la pauvreté, tout comme le docteur Monroe. Pourtant, nous connaissions tous deux la valeur d'une bonne éducation, et nous avons travaillé dur afin de tirer profit d'opportunités pour lesquelles d'autres êtres avant nous s'étaient battus, ou étaient même morts. »

Il essaya de la complimenter.

« A l'évidence, vous y êtes parvenus. »

Elle lui lança un bref regard signifiant qu'ils savaient l'un et l'autre que les biens matériels ne sauraient guère être une mesure de la réussite.

« Nous pensions qu'élever nos enfants, ici, dans ce quartier, cela les protégerait. Decatur a toujours été une petite oasis.

— La drogue trouve le moyen de s'introduire dans tous les milieux.

— C'est vrai, je le crains, concéda-t-elle. Nous souhaitions tellement de choses, pour elle, qu'elle aille tellement plus loin. Vous existez à travers vos enfants. Vous éprouvez de la peine pour eux, vous souffrez pour eux, vous respirez même pour eux, quand vous le pouvez. » Miriam Monroe poussa encore un peu plus loin la confidence. « Elle est partie avec cet homme qu'elle a rencontré dans ce dispensaire de psychothérapie. Quelques semaines plus tard, elle a été arrêtée pour une histoire de drogue. Elle est allée en prison, et l'homme a disparu, il s'est sans doute trouvé une autre fille tout aussi sotte. »

Dès son entrée au GBI, Will avait été sidéré de découvrir le nombre de femmes finissant derrière les barreaux à cause de leur petit ami qui les avait envoyées dealer, en prétextant que les flics se montreraient plus coulants avec le beau sexe. Les prisons étaient remplies de jeunes filles qui s'étaient cru amoureuses.

Miriam interrompit le fil de ses pensées.

« La toxicomanie est une maladie mortelle. Le docteur Monroe et moi, nous ne l'avons compris que très progressivement. C'est un cancer, qui ronge les familles, qui les dévore vivantes. » Elle se leva et traversa la pièce, jusqu'au piano de concert. « Vous atteignez un stade où vous regardez autour de vous et vous vous demandez "quel est l'effet de tout ceci sur le reste de ma famille ? quel mal suis-je en train d'infliger à mes autres enfants, à force de concentrer toute mon énergie sur le sauvetage du seul de mes enfants qui ne veut pas être sauvé ?" »

Des photographies encadrées étaient alignées sur le piano, et elle lui désigna chacune d'elles, l'une après l'autre.

« Aleesha était la dernière de nos filles. Nous en avions conclu qu'elle devait avoir le syndrome de l'enfant du milieu, tant elle nous donnait de fil à retordre. » Elle passa à un autre cadre, un autre enfant. « Ashley est l'aînée. Elle est gynécologue, comme son père. » Elle lui désigna encore une autre photographie. « Clinton est orthopédiste. Gerald est psychiatre. Harley est pianiste classique. Mason... » Elle prit dans sa main un petit cadre en forme de cœur et elle rit. « Il est toiletteur pour chiens, Dieu le bénisse. » Ce cadre-ci, elle le reposa avec un luxe de précautions, et il se demanda si Mason n'était pas le préféré de sa mère.

Six enfants. Une maison confortable. Quantité de vêtements, de la nourriture en abondance, et des parents qui prenaient soin de vous. Quel effet cela faisait-il de grandir dans une famille pareille ? Pourquoi Aleesha avait-elle tourné le dos à tout cela ?

Naturellement, Will naviguait dans les forces de police depuis trop longtemps pour se fier aux apparences. Il savait d'expérience que les toxicos n'étaient déjà pas, de prime abord, les gens les plus heureux qui soient sur Terre. S'ils se tournaient vers la drogue, ils avaient une raison, qu'il s'agisse d'un désir de s'inventer une place dans le monde, ou du besoin de se déphaser. Ce père absent pouvait fort bien être une espèce de sadique. Rien n'interdisait de penser que ses frères, pour leurs premières escapades sexuelles, ne se seraient pas contentés d'aller chercher leur bonheur au bout du couloir. La sœur aînée était peut-être une surdouée qui faisait tellement d'ombre autour d'elle que rien ne poussait à proximité.

Mais il n'était pas ici pour agiter les secrets de la famille Monroe. Il était ici pour annoncer à cette femme que sa fille, perdue depuis longtemps déjà, était finalement perdue pour l'éternité.

« Vous n'avez pas revu votre fille, au cours de ces vingt années ?

— Vingt ans, oui, au moins.

— Pas de coups de téléphone ? Pas de cartes ou de lettres ? »

Miriam se souvint.

« Il y a quelques années, nous avons reçu un coup de fil. Elle était en prison. Elle voulait de l'argent. »

Michael lui avait indiqué qu'après son arrestation, Aleesha avait mentionné Baby G pour seul contact, mais si elle avait téléphoné alors qu'elle était sous les verrous, ou si elle avait reçu une visite, dans le cas où on l'aurait maintenue en détention plus d'une journée, le fonctionnaire de permanence aurait dû en prendre note.

« C'est vous qui lui avez parlé ?

— Oui, lui répondit-elle. La conversation n'a pas duré plus d'une minute. J'ai indiqué à ma fille que je ne lui donnerais aucun argent et elle m'a raccroché au nez. C'est la dernière fois que je l'ai entendue. Je ne sais même pas où elle vit, maintenant.

— Avez-vous la moindre idée de qui elle fréquentait ? De qui étaient ses amis ? »

Elle secoua la tête.

« Je suis désolée, monsieur l'inspecteur. Je vous ai prévenu, si vous voulez la retrouver, je ne saurais vous être d'une grande aide. » Elle baissa les yeux, considéra sa main, qui était restée posée sur le piano. « Pouvez-vous me dire ce qu'elle a fait ? Elle n'a pas... » Elle releva brièvement les yeux vers lui, puis les baissa de nouveau. « Elle n'a fait de mal à personne, n'est-ce pas ? »

Will sentit sa gorge se nouer.

« Est-ce que vos autres enfants habitent près d'ici ?

— Pas assez près à mon goût, lui avoua-t-elle, et un sourire flotta sur ses lèvres. Mason habite juste un peu plus loin dans la rue, mais ce n'est jamais assez près, quand vous êtes une grand-mère avec trois petits-enfants à gâter.

— Vous devriez peut-être lui passer un coup de fil. »

Son sourire s'étiola.

« Quel besoin aurais-je de l'appeler ?

— Madame Monroe, j'aimerais sincèrement que vous appeliez votre fils, ou quelqu'un d'autre, qui puisse venir auprès de vous. »

Elle s'affaissa contre le piano, à peu près comme elle l'avait fait à sa porte d'entrée. Will se leva, et le chien lâcha un grognement sourd.

Il vit la gorge de Miriam se contracter.

« Je suppose que vous allez m'annoncer qu'elle a fini par prendre une dose trop forte.

— Non, madame. » Là encore, il lui désigna le canapé. « Voudriez-vous vous asseoir ?

— Je ne vais pas m'évanouir », lui assura-t-elle, et pourtant, son teint couleur chocolat était nettement plus pâle. « Dites-moi ce qui est arrivé à ma fille. »

Will aurait dû se contenter de lui annoncer la nouvelle et de la laisser à son chagrin, mais il en était incapable. Et, à sa grande surprise, quand il reprit la parole, il eut le sentiment de la supplier.

« Madame Monroe, je vous en prie, asseyez-vous. »

Elle le laissa la reconduire au canapé, et s'asseoir auprès d'elle. Il aurait dû lui prendre la main, avoir un geste de consolation, mais il ne se sentait pas lui-même assez armé pour lui apporter du réconfort. Il savait bien que retarder l'inévitable de la sorte était l'une des attitudes les plus égoïstes qu'il ait jamais eues de sa vie.

« Aleesha a été assassinée dimanche soir, dans la cage d'escalier de son immeuble. »

Miriam ouvrit la bouche. Elle en resta le souffle coupé.

« Assassinée ?

— Quelqu'un l'a tuée, lui précisa-t-il. Je pense qu'elle devait connaître son agresseur. A mon avis, elle l'a suivi dans l'escalier et il l'a blessée... » Il bredouilla. « Il l'a mortellement blessée.

— "Mortellement blessée", répéta Miriam après lui. Qu'est-ce que cela signifie ? A-t-elle souffert ? »

Il était censé mentir – cela ne faisait de mal à personne de jurer à une mère que son enfant était morte vite –, mais il en fut incapable.

« Je crois qu'il n'y a aucun moyen de savoir si elle avait conscience de ce qui lui arrivait. J'espère qu'elle n'a pas... » Il se reprit. « J'espère qu'elle avait assez de drogue dans l'organisme pour ne pas comprendre ce qui se passait. »

Subitement, elle reprit son souffle, la voix entrecoupée.

« J'ai vu ça dans le journal. Une femme, qui a été assassinée au Grady Homes. Ils n'ont pas mentionné son nom, mais... je n'aurais jamais cru, j'ai juste supposé...

— Je suis navré », dit encore Will à cette pauvre femme, songeant qu'il avait prononcé cette petite phrase plus souvent, ces quelques derniers jours, que dans tout le reste de son existence. Il sortit la photocopie de la lettre d'Aleesha. « Nous avons trouvé ceci dans sa boîte aux lettres. Elle lui a été retournée à cause d'un affranchissement insuffisant. »

La mère attrapa la lettre comme si c'était une bouée de sauvetage. Elle fixa les yeux sur ces quelques mots, et ses joues se mouillèrent de larmes. Elle avait dû déjà la lire une dizaine de fois avant de murmurer :

« Le paria.

— Pouvez-vous m'éclairer ? A quoi faisait-elle allusion ? »

Miriam tint la lettre posée sur ses genoux, ses mains tremblaient.

« Il y avait cette maison, de l'autre côté de la rue... trois portes plus loin, mais entre eux et nous, il y avait un monde. » Son regard se perdit au-delà de la fenêtre, comme si elle pouvait revoir cet endroit. « Nous étions la seule famille noire du quartier, à l'époque. Tobias et moi, nous nous moquions en riant des gens et de leurs réflexions. Ils se plaignaient, "Et voilà ce que devient ce quartier...", alors qu'ils avaient déjà le diable à leur porte.

— Est-ce que cette famille vit toujours là ? »

Elle secoua la tête.

« Ce sont à peu près dix familles différentes qui ont transité par cette maison, depuis que les Carson ont déménagé. Elle a été agrandie, transformée en une espèce de palais, mais à l'époque, ce n'était jamais qu'une petite maison, où se sont mijotés toutes sortes de mauvais coups. Tous les quartiers ont la leur, une sale baraque, avec un sale gamin, n'est-ce pas ?

— En effet, madame. »

Elle se tourna de nouveau vers la fenêtre.

« Des fêtes tous les week-ends. Des voitures qui foncent d'un bout à l'autre de la rue. Ce garçon, pour tous ceux qui entraient en contact avec lui, c'était du poison. Nous l'appelions le paria de Paisley Street. »

Will songea à la lettre, à cette manière qu'avait Aleesha de se présenter elle aussi comme une paria.

Miriam continua.

« Sa mère n'était jamais à la maison. C'était une avocate, si incroyable que cela puisse vous paraître. » Elle se tourna de nouveau vers Will. « Je peux toujours en vouloir à cette femme, j'imagine, mais le fait est là. Elle se révélait tout aussi incapable de se faire obéir de son enfant que nous l'étions nous-mêmes.

— Aleesha s'est enfuie avec ce garçon ?

— Non. Elle s'est enfuie avec un homme de trente-neuf ans, un certain Marcus Keith. C'était l'un de ses conseillers psychologiques, dans le cadre de son programme de traitement. Plus tard, nous avons découvert qu'il avait déjà été emprisonné pour abus sexuels sur une jeune mineure. » Elle lâcha un rire froid. « A ce compte-là, ils n'ont plus aussi qu'à installer une porte à tambour dans toutes les prisons d'Amérique. »

Il tâcha de poursuivre avec tout le tact possible.

« Dans la lettre, elle semble vous tenir rigueur de quelque chose. »

Miriam eut un sourire pincé.

« Aleesha avait onze ans lorsque j'ai quitté ma famille. J'avais rencontré un homme. Telle mère, telle fille, j'imagine. » Elle leva la lettre en l'air. « Ou plutôt, "les enfants sont punis pour les péchés de leurs parents...", comme le disait ma fille avec tant d'éloquence.

— Manifestement, vous êtes revenue.

— Tobias et moi, nous avons surmonté cette épreuve, mais pendant une bonne période la situation est restée assez chaotique. Aleesha est un peu passée aux oubliettes, et ensuite elle s'est entichée de ce garçon, qui habitait un peu plus loin dans la rue. » Elle porta la main à son cou, en sortit une petite croix suspendue à une chaîne en or.

Will plongea la main dans sa poche et en sortit la croix que contenait la lettre d'Aleesha.

« Nous avons également trouvé ceci. »

Miriam regarda la croix, mais sans la prendre.

« Tous mes enfants en ont une. »

Il n'avait aucune envie de lui apprendre qu'Aleesha avait eu l'intention de la lui renvoyer. La lettre était déjà assez pénible en soi. Et pourtant, il fallait qu'il lui pose la question.

« Cette croix possède-t-elle une signification particulière ?

— Tobias les avait achetées lors de mon retour à la maison. Nous nous étions tous réunis autour de la table et il nous avait fait passer ces croix, chacun à notre tour. Elles signifiaient notre unité, notre foi dans la possibilité de redevenir une famille. »

Will prit la croix dans sa main et referma les doigts dessus.

« Elle aurait voulu qu'elle vous revienne, j'en suis convaincu. »

Il la laissa seule dans le salon, gagna le bout du corridor, passa devant les œuvres d'art, tout ce que Miriam et Tobias Monroe avaient accumulé, avec les années, et qui leur avait permis de transformer cette maison en leur foyer. Il y avait là une console, près de la porte, et Will y déposait l'une de ses cartes de visite quand il entendit Mme Monroe parler, dans la pièce voisine. La voix était assourdie par la distance et le chagrin. A l'évidence, elle était au téléphone.

« C'est maman, annonça-t-elle à l'un de ses nombreux enfants. J'ai besoin de toi. »

Chapitre trente

21 h 16

A L'HEURE OÙ ELLE acheva son service, Angie était morte de fatigue. Grâce à son rude labeur, à cet instant, un tandem de vendeurs de bouteilles de propane, un chauffeur de camion et le père chômeur de trois enfants couchaient en cellule, et tâchaient d'imaginer comment ils allaient pouvoir expliquer à leurs épouses respectives qu'on les avait arrêtés pour avoir sollicité les services d'une prostituée. Si leurs explications étaient du même tonneau que celles qu'ils lui avaient débitées – *Ma femme ne me comprend pas... Sur la route je me sens seul... mes gosses me détestent* –, c'était une longue nuit dans une cellule glaciale qui les attendait.

A l'échelle de l'univers, elle se figurait bien que son action quotidienne était une entreprise inutile. Les clients n'arrêtaient pas de rappliquer, les filles n'arrêtaient pas de faire le trottoir. Personne ne se penchait sur la racine du problème. Ces six dernières années, Angie s'était attachée à connaître ces femmes. Elles partageaient toutes la même histoire de sévices sexuels et de délaissement. Elles avaient toutes fui quelque chose. Il ne fallait pas être professeur d'économie à Harvard pour comprendre qu'il coûterait beaucoup moins cher de dépenser de l'argent à aider des gosses à se protéger quand ils étaient jeunes, au lieu de les coller en prison quand ils étaient plus âgés. Mais enfin, c'était ça, l'Amérique. On dépensait des millions de dollars à sortir des gosses du fonds du puits où ils étaient tombés, mais il ne fallait surtout pas prévoir, en amont, de dépenser une centaine de dollars pour boucher le puits, afin d'éviter, pour commencer, que les gosses ne tombent dedans.

Jasmine Allison faisait sans doute partie de ces gamines que l'on ne retrouverait jamais. Elle finirait dans la rue sous un nouveau nom, avec une nouvelle dégaine et de nouvelles dépendances à des substances inédites, qu'un maquereau saurait exploiter pour se faire obéir d'elle. Angie voyait bien à la manière dont Will lui parlait de cette fille qu'il était inquiet. Il avait de bonnes raisons, si l'on considérait que Jasmine s'était fait payer pour passer ce coup de téléphone, la nuit du meurtre d'Aleesha. Angie savait aussi qu'un million d'autres raisons avaient pu chasser cette fille de chez elle. Pourtant, elle avait appelé deux ou trois types dans la maison, pour les prier de se pencher sur l'affaire.

Elle consulta les indications griffonnées sur la page qu'elle avait arrachée de l'annuaire. Ken Wozniak était installé dans une maison de repos médicalisée sur Lawrenceville Highway. L'infirmière-chef qui lui avait fourni ces indications avait paru emballée à l'idée que cet homme reçoive de la visite. Angie ne l'avait croisé qu'en deux occasions. Elle doutait même qu'il se souvienne d'elle.

Les visites s'achevaient à vingt-deux heures. A en juger par le parking désert, Ken n'était pas le seul à ne pas recevoir beaucoup de visiteurs. Le hall d'accueil était spartiate, mais propre, avec le carrelage blanc et les néons habituels. Quelques fleurs artificielles décoraient une table, dans le petit espace d'attente, et elle entendit une fontaine d'eau fraîche gargouiller en passant devant pour se rendre au comptoir d'accueil du réceptionniste.

L'homme toisa Angie de la tête aux pieds, bascula en arrière dans son siège, avec un sourire entendu, en s'attardant sur le moindre centimètre carré de sa tenue de putain, avec le genre de ricanement destiné à lui signifier qu'il savait exactement à qui il avait affaire, et combien elle devait prendre. Il croisa les doigts dans la nuque, faisant remonter sa chemise si haut que cela permit à Angie de découvrir le ventre velu et gonflé du bonhomme.

Il s'en pourléchait déjà les babines.

« C'est combien ? » lui demanda-t-il.

Elle plongea la main dans son sac et lui exhiba son insigne.

Le type tomba littéralement de sa chaise. Il se releva, non sans mal, en grommelant.

« Je voulais juste...

— Je suis ici pour voir Ken Wozniak.

— Oh, bon Dieu. » Il réussit tant bien que mal à remettre sa chaise d'aplomb, mais sa voix tremblait. « Ce boulot, j'en ai besoin, moi. »

Elle se demanda s'il n'en avait pas surtout besoin pour carotter les vieilles dames pendant qu'elles étaient endormies dans leur lit.

« Prends-toi un tranquillisant, gros naze. Je ne suis pas venue ici pour te boucler.

— Je voulais juste...

— Wozniak, répéta-t-elle. Où est-il ? »

Il tapa quelques lettres sur le clavier de son ordinateur, ses mains tremblaient.

« Au bout du hall et sur la gauche. Chambre 310. Bon Dieu, madame, je suis désolé, hein, c'est d'accord ? Ça ne m'était encore jamais arrivé.

— Ouais, c'est sûr. A moi non plus. »

Les talons aiguilles d'Angie claquèrent sur le carrelage du hall. Elle revoyait encore le ricanement de ce crétin de réceptionniste, quand elle avait franchi la porte d'entrée. Ce regard entendu, comme si elle n'était qu'un trou qu'il allait baiser. Quand elle arriva devant la chambre 310, elle avait l'impression de mesurer soixante centimètres.

« Bonjour ? », s'écria-t-elle, en frappant à la porte. Elle entendit une espèce d'aimable grognement, à moitié couvert par les beuglements de la télévision, et qu'elle prit comme une invitation à entrer.

« Anng... », balbutia Ken en la voyant, la bouche relevée d'un côté, lorsqu'il essaya de sourire. Il avait perdu à peu près trente kilos, à force de rester assis dans son fauteuil roulant, et elle se demanda comment il réussissait à se réveiller tous les matins en sachant que c'était l'existence à laquelle il allait devoir s'attendre, désormais.

« Vous vous souvenez de moi ? » s'enquit-elle.

Il partit d'un rire grave, un rire sage, comme pour dire : « Comment pourrais-je oublier ? ».

Elle approcha une chaise et s'assit en face de lui. Ken tripatouilla avec maladresse la télécommande posée sur ses genoux, pour tâcher de couper le son de la télévision. Elle détestait les maisons de repos presque autant qu'elle haïssait les hôpitaux, et voilà qu'elle rendait visite aux deux dans la même journée. La puanteur chimique des produits désinfectants, les draps blancs et les néons tremblotants, tout cela lui rappelait la première fois qu'elle avait vu sa mère, après l'overdose. Deidre gisait dans un lit, le corps complètement immobile, la bouche béante, mâchoire pendante, comme si elle était surprise de se retrouver là. Coma irréversible. Angie n'était qu'une gamine, mais avec tous les épisodes d'*Hôpital Central* et *Des Jours et des Vies* qu'elle avait vus à la télé, elle savait très exactement ce que cela signifiait : tu es baisée, mon bébé.

« Voihà », fit Ken. Il était enfin parvenu à couper le son.

Elle s'efforça de prendre un ton joyeux.

« Comment ça va ? »

Une épaule se souleva. Il avait sûrement connu de meilleurs moments.

« Question stupide, hein ? »

Il s'autorisa un sourire, avec la moitié de visage qu'il maîtrisait encore.

« Vous n'arrivez pas bien à parler ?

— Pas tehible, admit-il.

— Je suis venue ici au sujet de Michael Ormewood. »

Il tourna le regard vers la télévision silencieuse, pendant deux minutes. Finalement, il souffla un bon coup.

Angie ne tourna pas autour du pot.

« Je sais que c'est un enfoiré, donc ce n'est pas la peine de me l'expliquer. »

Ken opina.

« Vous saviez qu'il battait sa femme ? »

Une lueur d'horreur vacilla dans les prunelles de l'autre.

« J'imagine que non, continua-t-elle. Je l'ai vue, ce matin. On aurait cru qu'il y était allé à coups de batte de base-ball. »

Sa mâchoire se contracta, et sa main valide se serra au creux de ses cuisses. Il restait toujours un flic, même s'il était sans doute incapable de se rendre aux toilettes sans que quelqu'un lui essuie le derrière.

Elle se pencha en avant, les coudes posés sur les genoux.

« Je sais que vous ne l'aimez pas. Pourquoi ? Qu'est-ce qu'il y a chez lui qui vous déplaît ? »

En guise de réponse, il relâcha bruyamment un gros paquet d'air.

Elle secoua la tête.

« Je ne vous suis pas. »

Il souffla encore un coup.

« Oh, dit-elle, saisissant enfin. Du vent. Il brasse du vent. »

Ken hocha la tête, il s'anima, et elle eut la pénible impression de jouer aux ambassadeurs.

Pourtant, il n'était pas question de s'arrêter, plus maintenant.

« Quand Michael travaillait aux Mœurs, poursuivit-elle, il profitait des filles. »

L'autre haussa les épaules.

« Ce haussement d'épaules, c'est pour me dire “vous vous attendiez à quoi”, ou “ça ne me surprend pas” ? »

Il considéra sa main, posée sur ses genoux, l'index et le majeur se dressèrent en l'air, avec lenteur, pour lui indiquer la deuxième hypothèse. *Je ne suis pas surpris.*

« Je l'ai prié de quitter la brigade, sinon je sortais un rapport sur son compte, et il est parti.

— Et... je... hai.... » Sa bouche se referma. Il essayait de parler, et elle vit bien que cela le mettait hors de lui. « Et... je... hai... hécupéhé...

— Ouais », acquiesça-t-elle. Michael avait été nommé équipier de Ken. « C'est vous qui l'avez récupéré. »

Ils demeurèrent tous deux assis là, la bouche de Ken remuait, mais sans qu'aucun bruit en sorte. Elle s'efforçait de conserver un visage neutre, de ne pas laisser percevoir à quel point c'était dur, de le voir dans cet état.

« Vous », dit-il enfin, assez distinctement cette fois pour que n'importe qui puisse comprendre.

« "Vous" quoi ? »

Il se contenta de la fixer, et elle s'aperçut qu'il plongeait le regard droit vers le bas de sa chemise. Elle se redressa en riant.

« Bon sang, Wozniak. Espèce de vieux dragueur.

— Nan. » Il la détrompa, d'un signe de la main. « Nan... ha. » Il regarda autour de lui dans la chambre, comme s'il avait besoin d'un accessoire. Finalement, il revint sur ses mains. Elle le regarda se forcer à pointer son index en l'air, avant de tracer un cercle du pouce et de l'index gauches. Il fit coulisser cet anneau sur son doigt.

Elle croisa les bras.

« Qu'est-ce qui vous prend?

— Nan, insista-t-il. *Non.*

— Ouais, rétorqua-t-elle, cassante, en reproduisant ce geste de la baise avec ses mains. J'ai pigé, Ken. Je saisis exactement ce que vous voulez dire et, je dois l'avouer, je suis impressionnée que vous ayez encore la trique, mais il n'est pas question de ça, jamais de la vie.

— Vous ! » beugla-t-il en retour, pointant un doigt furibond vers elle. « Ma-el. » Et il recommença ce signe, avec les doigts.

« Oooh. » Son exclamation s'étira en longueur, son explication avait eu du mal à rentrer, mais ça y était. *Vous et Michael.*

« Vous étiez au courant ? »

Il haussa les sourcils. *Qui ne l'est pas ?*

« Ouais, admit-elle. Je l'ai baisé.

— Il... mha... dit.

— M'étonne pas. »

Bon Dieu, ils étaient tous au courant.

« Heh, fit-il encore. *Hé !* »

Elle leva les yeux. Il tendit la main, en même temps qu'il haussait une épaule, comme pour lui demander ce qu'il y avait d'autre.

« L'une de mes filles, elle a été tuée. »

Il désigna la télévision.

« Home. »

Manifestement, il avait vu le reportage aux infos.

« Ouais, elle habitait au Grady Homes, lui confirma-t-elle. Elle a eu la langue arrachée, d'un coup de dents. Elle est morte étouffée dans son propre sang.

— Ma-el ? »

L'espace d'une seconde, elle crut qu'il lui demandait si Michael avait tué Aleesha. Et puis elle comprit ce qu'il lui demandait.

« J'ignore si Aleesha faisait partie des filles qui ont couché avec lui pour s'en sortir après s'être fait ramasser dans la rue, reconnut-elle. J'ai cessé de travailler au Homes à peu près au moment où il a commencé de faire équipe avec vous. Ma couverture avait sauté.

— Qui ? »

Elle rit, se moquant d'elle-même. Elle n'avait jamais réfléchi à la question, juste supposé que lever un client, vous éclipser et ne pas revenir avec lui, c'était un manège que vous pouviez vous permettre un nombre limité de fois, avant que les gens ne finissent par saisir que vous étiez flic.

« Il se peut que Michael m'ait vendue. Il a pu miser sur le fait que ça me mettrait dans la panade, mais en réalité, on m'a juste changée de trottoir. De nouvelles filles. De nouveaux clients. » Elle songea à un client en particulier. A John. « Michael est venu me trouver dans ma nouvelle rue, il y a quelques mois, lui raconta-t-elle. J'ai cru qu'il voulait encore jouer les enculés, mais il nous a juste prévenues de nous méfier de ce type tout juste remis en liberté conditionnelle, que c'était un sale enfoiré. »

Ken eut un petit rire étranglé. A l'évidence, il avait eu le privilège d'entendre Ormewood déblatérer à ce sujet.

« Ouais, après, j'y ai plus repensé, avoua-t-elle. Et puis je suis tombée sur ce gars contre lequel il nous avait mises en garde. Il s'appelle John Shelley. »

Ken haussa les épaules. *Jamais entendu parler de lui.*

« Peu importe, reprit-elle, sachant qu'elle tournait en rond. Le lendemain de la mort d'Aleesha Monroe, la voisine de Michael a été retrouvée morte dans son jardin.

— Heun ?

— Ouais », fit-elle. Elle lui révéla ce qu'il n'aurait pas appris par les infos. Elle n'aurait elle-même jamais eu connaissance de ces détails, s'il n'y avait eu Will. « Sa voisine a eu la langue sectionnée. Celle de Monroe a été arrachée avec les dents, mais enfin... »

Ken resta planté là. Angie n'était pas fière. Ce vieux briscard de Ken était déjà assez perturbé comme ça sans qu'elle s'épanche devant lui.

« Je ne devrais pas vous casser les pieds avec ces salades.

— 'cor... » Il eut un geste circulaire de la main. Il avait envie d'en entendre davantage.

« La voisine de Michael avait tout juste quinze ans. » Angie s'interrompit. Gina Ormewood n'avait-elle pas dit qu'elle avait aussi quinze ans, lorsque Michael l'avait rencontrée ?

Elle questionna Ken.

« C'était quand, la guerre du Golfe ? En 90 ? 91 ? »

Ken leva un doigt.

« Quel âge a-t-il, Ormewood ? Il a quarante ans, d'accord ? Ils ont organisé une espèce de fête, pour lui, l'an dernier. Je me souviens, il y avait des ballons noirs un peu partout. »

Wozniak hocha la tête.

Angie était nulle en maths. Will lui aurait calculé tout ça de tête, mais elle avait besoin de noter. Elle dénicha un bout de papier dans son sac et griffonna les chiffres avec le crayon de son eye-liner, tout en marmonnant.

« Michael Ormewood est né en 1966, ôté de 2006. » Elle vérifia les chiffres, pour être certaine d'avoir tout bien posé. Lentement, elle releva les yeux vers Ken. « Quand il l'a rencontrée, Gina avait quinze ans. Elle m'a expliqué qu'au début, il s'intéressait à sa cousine, qui était un an plus jeune qu'elle. »

Elle tendit le papier à Wozniak, pour qu'il y jette un œil.

« Il avait vingt-cinq ans. Qu'est-ce qu'un homme de vingt-cinq ans fabriquait avec une fille de quinze ? »

Il émit un bruit assez suggestif, dont la signification était claire et nette.

« Dites-moi quelque chose, reprit-elle. Vous êtes déjà allé pêcher avec Michael, dans les montagnes ? »

L'expression de son visage était aussi limpide que s'il lui avait répondu en prononçant les mots. *Mais non, bon sang.*

Angie passa devant sa maison sans s'arrêter, car elle essayait encore de saisir la portée de tout ce qui lui était venu en tête, pendant qu'elle parlait à Ken. Le fait que Michael Ormewood ait poursuivi de ses assiduités et épousé une adolescente voilà presque quinze ans ne constituait pas exactement la preuve qu'il soit impliqué dans une histoire aujourd'hui, mais la coïncidence n'en subsistait pas moins, et elle était flic depuis trop longtemps pour croire aux coïncidences.

Elle élabora un scénario dans sa tête, tout en exécutant un demi-tour à l'extrémité de sa rue, pour repasser devant chez elle et se diriger vers Piedmont. Au feu, elle prit à gauche, puis encore à gauche pour continuer sur Ponce de Leon, tout en menant les hypothèses au bout de leur logique. Michael se servait encore des filles, il usait de sa position hiérarchique pour s'offrir des coups gratuits. Baby G avait compris la manœuvre. Peut-être qu'Aleesha Monroe faisait partie des filles dont Ormewood se servait, et Monsieur G n'avait pas apprécié cette ponction sur son revenu. Il avait tué Monroe, puis il avait tué la voisine d'Ormewood, en guise de leçon.

Mais pourquoi Baby G serait-il allé tuer cette Cynthia Barrett ? Même si Michael avait un faible pour les adolescentes, cela ne signifiait pas non plus qu'il baisait sa voisine. Et d'ailleurs, ce genre d'accès de lubricité n'était pas rare, chez les hommes de la quarantaine. Il suffisait de feuilleter un magazine de mode ou d'aller au cinéma du quartier pour trouver des images de filles en tenue légère, qui s'accrochent au cou de messieurs suffisamment âgés pour être leur papa. Merde, vous ne pouviez pas traverser la galerie marchande du coin sans croiser une bande de nanas de vingt ans avec leur tee-shirt ressemblant à un soutien-gorge et des jeans taille basse au ras de la touffe. Et en général leurs mères se baladaient dans la même tenue.

Angie passa devant City Hall East, avant de prendre à droite dans Poncey-Highlands. Elle ralentit, s'assura que la moto de Will était bien là, devant, avant de se garer dans la rue.

Elle descendit de voiture, sans se laisser le temps de changer d'avis. Elle tapa d'abord du poing contre sa porte, avant de sonner deux fois, pour la forme.

Il ne se dépêcha pas de venir lui ouvrir. Elle vit qu'il avait rabaissé ses manches, mais sans les reboutonner. Il portait encore son gilet et il tenait toujours ce stupide petit toutou lové dans sa main gauche, comme un sachet de bonbons.

« Pourquoi tu mets toujours autant de temps pour ouvrir cette putain de porte ?

— Qu'est-ce qui ne va pas ? »

Elle laissa tomber son sac près de la porte et entra en lui passant devant. Un livre audio défilait en bruit de fond, et une montre-gousset était étalée sur sa table de travail, là où il l'avait démontée, pour la réparer. Elle observa les ressorts et les rouages minuscules qu'il avait piqués dans une plaque de liège, et les divers outils dont il se servait pour remettre en état le mécanisme du remontoir. Elle avait toujours été sidérée de constater qu'il était capable de comprendre le fonctionnement d'une montre en dix secondes, mais qu'il lui fallait une demi-heure pour déchiffrer une page de livre.

Il posa la chienne par terre. L'animal entra au petit trot dans la cuisine. Angie l'entendit boire un peu d'eau.

« Qu'est-ce qui ne va pas ? répéta Will, en baissant le son de la chaîne stéréo.

— Il faut que tu causes au mac d'Aleesha.

— Baby G ? lui répondit-il. Il est mort.

— Quoi ?

— Il est mort cet après-midi. Ses cousins en ont eu marre de se faire rembarrer.

— Tu vas trop vite pour moi, là », lui dit-elle, et pourtant, c'était elle dont le cœur battait à toute vitesse. « Raconte-moi ce qui s'est passé. »

Il plissa les yeux, mais lui raconta tout de même.

« Le jour où Michael et moi sommes allés discuter avec

Baby G, il y avait deux gamins assis sur le capot de sa BMW. Baby G nous a expliqué que c'étaient ses cousins. »

Angie s'assit dans le canapé.

« OK.

— Il les a pourchassés avec sa batte de base-ball. A mon avis, ils n'ont pas dû apprécier. Ils lui ont tendu une embuscade, ils lui ont tiré trois balles.

— Assieds-toi », lui demanda-t-elle. Elle détestait qu'il rôde comme ça au-dessus d'elle. « Tu es sûr de ce qui s'est passé ? Que ce sont les cousins qui l'ont abattu ?

— Aussi sûr qu'on puisse l'être quand on a affaire à ces voyous. » Will s'assit à côté d'elle. « J'ai échangé quelques mots avec l'inspecteur qui s'est chargé de leur arrestation, cet après-midi. Les gamins seront probablement jugés selon la même procédure que des adultes. L'un des deux a déjà cassé du sucre sur la tête de l'autre. Il a un casier, une arrestation pour une saisie de drogue, une agression. Il en serait à son troisième coup. Il essaie de causer, pour s'éviter la perpétuité.

— Tu es certain qu'ils ne sont pas impliqués dans l'affaire ?

— Ni l'un ni l'autre ne connaissaient Aleesha. »

Angie hocha la tête, pour lui faire comprendre qu'elle l'avait bien entendu. Elle était trop sous le choc pour parler. Ce que Baby G savait de Michael Ormewood, il l'emporterait dans sa tombe.

« Tu as une sale mine, remarqua-t-il.

— Je te remercie.

— Je suis sérieux, insista-t-il. Qu'est-ce qui t'arrive ?

— J'ai eu une dure journée », lui expliqua-t-elle, et soudain, elle se sentit submergée, rattrapée par tout ceci. « J'ai dû me rendre à l'hôpital. »

Il se redressa, lui prit la main.

« Et ça va ?

— Pas pour moi. » Elle lui mentit, car c'était plus facile que d'avoir à affronter la colère de Will s'il découvrait qu'elle était allée au Piedmont ce matin dans le but d'instiller la peur du Seigneur Jésus-Christ dans le cœur de Gina Ormewood. « J'ai conduit l'une des filles. Ce n'était rien de bien méchant. Des trucs féminins. »

Il hocha la tête, et elle comprit qu'il ne la harcèlerait pas davantage.

Mon Dieu, quel gâchis. Elle avait des choses à lui confier, mais elle ignorait par où commencer. Que pouvait-elle lui dire? Que le soir de la petite fête, pour le départ de Ken, Michael s'était montré brusque avec elle? Que Michael était le genre de type avec qui vous n'aviez pas le droit de changer d'avis? Qu'avec lui, une fois que c'était parti, il n'était plus question de s'arrêter en route?

Elle se souvenait encore de la douleur, le lendemain, de ces hématomes aux cuisses, de cette sensation de déchirure, tout au fond d'elle. Merde, elle était pétée d'alcool, mais les marques sur sa peau étaient assez éloquentes.

« Est-ce que ça va? » Il lui recoiffa une mèche derrière l'oreille. Ce geste délicat, c'était une nouveauté. Jamais il ne la touchait de la sorte, ou alors c'était qu'elle ne le laissait jamais faire.

« Se retrouver là-bas, c'était dur », sans lui préciser au juste ce qu'était ce « là-bas ». « Je n'ai pas cessé de penser à ma mère. »

Will lui caressa les cheveux, et elle eut envie de fermer les yeux, de poser la tête sur son épaule. Elle l'avait emmené voir sa mère, à deux reprises. Pour Angie, il était plus facile de se rendre sur la tombe de sa mère, que de voir Deidre allongée dans ce lit d'hôpital, sans savoir si quelque part, derrière ces yeux clos, elle n'appelait pas au secours. Pourquoi Angie aimait-elle l'être qu'elle devrait haïr le plus au monde?

« Viens ici », lui dit-il, en l'attirant contre lui, et il l'entoura de ses bras. Il se renversa en arrière dans le canapé, en l'entraînant avec elle. « Reste juste comme ça, un petit moment. »

Elle avait envie de pleurer, mais elle ne pouvait se laisser aller à craquer devant lui. Elle enfouit son visage dans son épaule, sentit l'odeur du détergent qu'il utilisait et de la sauce de soja qui avait goutté sur sa cravate. Si elle pouvait rester ainsi, si elle pouvait juste se laisser enlacer, alors peut-être les choses s'arrangeraient-elles. Peut-être finiraient-ils par se compléter.

Elle tourna le visage vers lui et l'embrassa dans le cou. Sa peau réagit et, au moment où il déglutit, elle lui déposa un baiser sur la pomme d'Adam.

« Nous ne sommes pas obligés de... », souffla-t-il.

Elle referma sa main autour de son cou et amena ses lèvres vers les siennes. Will était réticent, mais elle sut éveiller la passion en lui, jouant de ses dents et de sa langue, jusqu'à ce qu'il se mette à l'embrasser pour de bon. Ses bras se raidirent, il la souleva doucement et la coucha sur le canapé. Il retint le poids de son corps sur son coude gauche, et sa main vint lui effleurer le visage, lorsqu'il l'embrassa dans le cou.

La manchette de sa chemise était remontée, et Angie vit cette vilaine cicatrice rose, à l'intérieur du poignet. C'était elle qui l'avait conduit à l'hôpital, cette nuit-là, et elle était restée à son chevet, en attendant qu'il se réveille et découvre que c'était raté, qu'il était toujours en vie.

D'une main timide, elle lui tâta le poignet, et son doigt suivit le même tracé que la lame de rasoir, quand elle avait incisé la peau.

Il retira son bras d'un geste brusque, et la dévisagea, tétanisé.

« Je suis désolée », s'excusa-t-elle.

Il essaya de se redresser, mais elle l'empoigna par le gilet, et le ramena vers elle.

« J'ai dit que j'étais désolée.

— Angie... » Il essaya encore de se retirer, mais elle refusa de le laisser faire. Ils se battirent, mais contre elle, Will n'employait jamais toute sa force. Elle réussit à le ramener, planta ses lèvres dans les siennes, se cambra pour se lover contre lui, et il cessa de résister. Elle l'embrassa, d'un baiser plus profond, plus brutal que d'habitude, et elle eut la surprise de sentir qu'il lui rendait ce baiser avec la même intensité.

Elle sentit le rythme de sa respiration s'accélérer, son esprit se brouiller. Le poids de Will sur elle suffisait à lui faire monter les larmes aux yeux, et elle glissa la main vers sa ceinture, elle avait besoin que tout cela aille vite, avant de s'égarer tout à fait.

« Oh, et merde », marmonna-t-elle, et elle lui ouvrit son gilet d'un coup, tira sa chemise de son pantalon, puis son maillot de corps, qu'il y ait assez de place pour sa main.

Il lui avait remonté sa chemise, et sa bouche trouva son sein.

Quand elle referma sa main sur lui, il perdit la cadence. Elle reprit l'initiative, en se servant de sa main libre pour faire glisser sa culotte. Elle le guida en elle avant qu'il ait pu l'en empêcher.

Elle s'empala sur lui, il en eut le souffle coupé, elle l'enveloppait étroitement, elle voulait le faire jouir.

« Non », chuchota-t-il, et il lutta pour ralentir le rythme. Il avait les yeux fermés, les paupières serrées et, à force de se retenir, il tremblait. Elle lui enfouit la langue dans l'oreille, lui mordit le lobe, fit tout ce qui était en son pouvoir pour l'amener à se lâcher. Enfin, il céda avec un gémissement sonore, tout frémissant de jouissance.

« Oh, nom de Dieu, souffla-t-il. Angie... »

Elle le laissa l'embrasser encore un peu, mais l'arrêta quand sa bouche descendit sur elle.

« Non, lui ordonna-t-elle, en le ramenant à hauteur de son visage. Il faut que j'y aille. »

Il était en nage, le souffle rauque, il lui embrassait les seins.

« Laisse-moi te goûter. »

Au feulement cru de sa voix, elle eut tout le corps parcouru de picotements. Elle se mordit la lèvre inférieure, tâchant de ne pas penser, alors que sa bouche lui effleurait déjà le ventre, au plaisir si sa bouche descendait plus bas.

« Non », réussit-elle à lui souffler, en le ramenant doucement à elle. « Je dois y aller.

— Reste avec moi. »

En un sens, le ton suppliant de sa voix facilitait son départ.

« J'ai du travail, demain.

— Moi aussi. »

Elle le repoussa, avec plus de fermeté, cette fois.

« Will. »

Il roula à l'écart et retomba contre le dossier du canapé avec encore un gémissement, mais très loin cette fois d'une expression de plaisir.

Elle se leva en renfilant son slip. Sa chemise était encore de travers et elle la rajusta tout en se penchant.

Il referma la main sur sa jambe.

« Pourquoi fais-tu ça ? »

Elle s'éloigna, se mit hors d'atteinte, trouva son sac à main sur la table, près de la porte d'entrée.

« Pourquoi tu me laisses faire ? »

Chapitre trente et un

9 février 2006. 9 h 58

APPAREMMENT, Martha Lam lui avait passé non pas un, mais plusieurs coups de téléphone. John avait perçu le remboursement complet du loyer payé à l'asile de nuit et la chambre, chez M. Applebaum, était presque trente dollars moins cher par mois. Ajoutés aux cinquante qu'il avait empochés pour avoir rampé à l'intérieur de la citerne de vidange, ce mois-ci, il aurait carrément de quoi manger.

« Bordel », pesta Ray-Ray. Il avait les yeux vissés sur une femme qui venait de se garer, avec sa Toyota Camry remplie de gosses braillards. « Elle est moche, ça, elle y peut rien, mais au moins, qu'elle reste chez elle, quoi ! »

John le regarda de travers.

« Quand est-ce que t'as appris à prononcer des phrases entières, toi ?

— Et encore, t'as pas tout vu », lui rétorqua Ray-Ray.

Il laissa John au séchoir soufflant, et il alla donner un coup de main au lavage d'une des voitures. La trêve précaire qu'il avait conclue avec Ray-Ray s'était cristallisée chez ce dernier en une espèce d'amitié, depuis qu'il l'avait conduit à l'hôpital. John ne savait pas trop ce qui avait amené cette transformation, au juste, mais il n'allait pas s'en plaindre. Il y avait assez de gens comme ça, pour le moment, qui en avaient après lui. Tout ce qui permettrait que Ray-Ray lui fiche la paix lui convenait très bien.

La visite à l'hôpital s'était révélée une bonne chose pour John aussi. Rien que de penser à Robin dans la salle d'attente, il sentait encore son cœur faire des bonds dans sa poitrine. Elle était vêtue de sa tenue de travail, mais il ne pouvait s'empêcher de voir au-delà, sa peau si douce, ses lèvres charnues. Cette manière qu'elle avait de se tenir le poids du corps sur une jambe, avec ce déhanchement. Qu'est-ce que ce serait de laisser glisser la main sur cette hanche, de l'attirer près de lui ? C'était le style de pensées qui avaient de quoi interdire à un homme de dormir, la nuit.

Robin n'était pas la seule raison qui l'avait incité à venir travailler tôt, ce matin, à se pointer avant même l'arrivée de son patron. Son déménagement s'était limité à pas grand-chose. Il avait entassé ses vêtements dans la glacière, et s'en était servi comme d'une valise pour parcourir à pied les six blocs qui le séparaient de la maison de M. Applebaum. Une fois installé, il était retourné à Ashby Street et il avait déterré le couteau, là où il l'avait enfoui, sous un arbre, en sécurité. Sur tout le trajet en bus, il avait transpiré, terrorisé à l'idée de se faire prendre avec une arme sur lui. A la station de lavage, il l'avait jeté dans le réservoir de vidange et il était allé s'asseoir sur le mur de soutènement, à l'ombre du magnolia, jusqu'à ce qu'Art arrive dans sa Cadillac et lui demande : « Qu'est-ce qui te prend, Shelley ? Tu cherches une promotion ? », en verrouillant sa portière.

John tâchait de penser avec logique, d'anticiper sur la suite, mais plus il essayait de se concentrer, plus il se sentait envahi d'une colère incendiaire. Michael avait caché ce couteau sous son matelas, à l'asile de nuit, tout comme il avait planqué le couteau de cuisine, la soi-disant arme du meurtre, dans l'armoire de John, tant d'années auparavant. Qu'est-ce que ce type avait contre lui, bon sang ? Qu'est-ce qu'il avait pu lui faire pour s'attirer tout ça sur la tête ? Et pas seulement sur sa tête, mais sur celle de sa famille tout entière.

C'était une chose de piéger John, à l'époque, mais de continuer, de se servir de son identité pendant qu'il était sous les verrous... c'était une espèce d'obsession de malade. Michael le haïssait. On ne s'accrochait pas au nom d'un autre pendant toutes ces années, à moins de vraiment haïr le mec. Et ce connard s'était manifestement servi de sa position dans la police pour atteindre Mme Lam, pour la pousser à renvoyer John à la Littorale, avec les pédophiles et les violeurs. Cela ne lui suffisait pas d'avoir fomenté ce coup monté. Il voulait que John souffre.

Avec les années, il s'était adapté à la perte de liberté, en se laissant aller à croire, à un certain niveau, que sa place était auprès d'hommes comme Ben Carver. Il avait été un mauvais garçon, un mauvais fils. Richard Shelley aurait pu en attester. Même sans le témoignage condamnateur de son père, face au meurtre de Mary Alice, et devant le tribunal de sa propre conscience, il n'était pas tout à fait exempt de reproches. Il l'avait invitée à la soirée. Il était défoncé. Il lui avait donné cette boisson alcoolisée. Il l'avait raccompagnée chez elle, il s'était faufilé dans sa chambre. Il avait sniffé le speedball qui l'avait laissé sur le cul. Il avait créé les conditions pour que cela se produise.

Mais savoir que c'était Michael, son cousin Woody, qui avait massacré Mary Alice, cela le mettait en rage. Il était incapable de colère pour lui-même, mais pour Mary Alice, il était furibond, que Michael ne se soit pas contenté de violer la jeune fille, de la tuer, mais qu'il lui ait aussi ravagé le corps, comme une bête enragée.

Les photographies de la scène du crime que l'on avait produites devant le tribunal étaient atroces, mais John avait été présent sur les lieux, il avait vu ce corps de ses propres yeux. Les marques de morsures sur les seins. Les hématomes noirs et les profondes lacérations à l'intérieur des cuisses. Ses yeux, restés ouverts, qui fixaient la porte comme si elle pensait que sa mère allait la franchir d'un instant à l'autre et la réveiller pour l'emmener à l'église. Sa bouche, d'où débordait son propre sang, et ses cheveux, qui en étaient tout collés à l'oreiller.

Le salopard, l'ordure. Bordel de Dieu, cet enfoiré était un vrai malade.

Et puis ça ne s'était pas arrêté avec Mary Alice. Michael était encore là, il continuait d'agir comme ça le chantait, sous le nom de John. Et il était flic. Un flic ! Il pouvait le coincer à tout moment. En cet instant, il était sans doute posé sur son cul, encore à réfléchir à un autre moyen de lui coller l'un de ses crimes sur le dos. La seule pensée d'hier soir, le bout de ses doigts effleurant ce couteau à lame pliante, d'avoir failli se faire surprendre avec une arme entre les mains, lui provoqua des sueurs froides. Michael pouvait tout se permettre. Il pouvait l'arrêter, là, tout de suite, et il serait incapable de rien tenter pour se défendre.

Et peut-être qu'il le méritait. Après ce qu'il avait infligé à la voisine de Michael, il méritait peut-être d'être renvoyé en prison, avec tous ces autres malades. Il avait mutilé une enfant. Il s'était servi de ses mains pour souiller cette fille. Il ne lui semblait pas juste qu'il s'en tire à si bon compte.

Telles que les choses se présentaient, il ne s'en tirerait sans doute plus à si bon compte.

La sécheuse soufflante s'éteignit, et il s'attaqua au pliage des essuie-tout, pour les empiler dans un bidon de soixante litres, qui servait normalement de poubelle, et qu'ils roulaient avec eux quand ils s'affairaient autour des voitures, ce qui leur facilitait la tâche. Il avait besoin de reparler à Ben. John avait grandi en prison, mais il réfléchissait en prisonnier, pas en criminel. Il avait besoin de quelqu'un qui lui conseille quoi faire.

« Vous êtes John ? »

La femme qui se trouvait devant lui était mince, elle devait mesurer autour d'un mètre soixante-dix ou douze. Ses cheveux noirs étaient coupés très courts, effilés, à la Mia Farrow, et elle portait une veste cintrée sur un jean moulant.

« Je peux vous aider ? » s'enquit-il, cherchant ce renflement révélateur sous la veste. A ses yeux, elle n'avait pas l'air d'un flic, la veste était trop élégante, mais enfin, il n'avait jamais été très fort pour repérer les méchants.

« Vous êtes John Shelley ? » lui demanda-t-elle.

Il jeta un bref coup d'œil par-dessus son épaule. Ray-Ray avait une sucette à la bouche, mais John sentit bien à ses yeux qu'il n'avait rien manqué de la scène.

« Je vous connais ? fit-il.

— Vous avez déménagé, lui dit-elle. Je croyais que vous habitiez sur Ashby Street. »

Il essaya de sourire, alors qu'en réalité, il n'avait qu'une envie, lâcher ses essuie-tout et déguerpir en courant.

« Que se passe-t-il ? »

Elle avait les mains sur les hanches, et il pensa à Mme Lam. Il ne pouvait s'en empêcher. Son regard fila tout droit sur le capuchon en métal vissé à la citerne de vidange.

« Je m'appelle Kathy Keenan. Une amie de votre sœur. »

Il lâcha les essuie-tout.

« Est-ce que Joyce...

— Elle va bien, le rassura-t-elle. Il faudrait juste que vous lui parliez.

— Je... » Il baissa les yeux sur le tas d'essuie-tout, puis les releva sur la jeune femme. Il ne savait pas qui elle était ou pourquoi elle était ici, mais si elle s'imaginait pouvoir pousser Joyce à faire ce qu'elle n'avait pas envie de faire, elle était folle.

Il s'agenouilla pour ramasser le paquet d'essuie-tout.

« Elle n'a aucune envie de me parler.

— Je sais qu'elle n'en a pas envie, admit Kathy. Mais elle le doit.

— Qui êtes-vous ?

— Je vous l'ai dit. Je suis une de ses amies.

— Si vous vous figurez que ça va marcher, c'est que vous ne devez pas très bien la connaître.

— Depuis ces douze dernières années, je partage son lit, John. Je crois la connaître mieux que personne au monde. »

Donc, Joyce était gay. Il se demandait ce que Richard en pensait. Un enfant condamné pour viol et pour meurtre, et l'autre gouine – et donc sans doute à peu près aussi louche à ses yeux qu'un billet de trois dollars et demi. Il ne put réprimer un sourire, devant l'ampleur probable de la déception de leur père.

Kathy lui avait posé la question.

« Ça vous embête que votre sœur soit lesbienne ?

— Je ne crois pas vraiment avoir voix au chapitre », avait-il reconnu, sans cesser de penser, bon Dieu, Richard a dû être furibard, quand il a appris. Sa petite Joyce, si parfaite, qui jouait dans le camp d'en face.

Kathy roulait en Porsche noire, le genre de bolide qu'il ne voyait qu'avec ses mains, et avec ses genoux, quand il en nettoyait la crasse. Elle l'avait conduit directement à l'autre bout de Piedmont Road, avant de prendre à droite dans Sidney Marcus pour finir par se garer en face d'un petit immeuble sur Lenox Road, non loin de la sortie de l'autoroute. La plaque, en façade, portait les noms de Keener, Rose et Shelley, en lettrage doré fantaisie. La voiture garée derrière eux, une BMW gris anthracite, occupait un emplacement réservé à Joyce Shelley.

Joyce travaillait à moins de trois kilomètres du Gorilla Car Wash. Elle aurait même pu passer devant son frère tous les jours, sur son chemin.

« Elle termine un acte de vente, lui expliqua Kathy. Elle ne sera pas très longue. »

Quand il se déplia au ras du sol pour s'extraire de la voiture surbaissée, ses genoux claquèrent. Il avait quarante ans, et son âge se rappelait régulièrement à son souvenir. Pour une raison qu'il s'expliquait mal, il se sentait encore comme s'il en avait quinze, comme si la Littorale et le reste étaient arrivés à un autre John, comme si seul son mental s'était retrouvé là-bas, tandis que son corps restait à l'extérieur, sans vieillir, en attendant son retour pour le réclamer.

« Nous allons l'attendre dans son bureau », suggéra Kathy, en le conduisant dans le bâtiment. John passa devant le bureau de la réceptionniste, qui ne le quitta pas des yeux, et il s'imaginait sans peine qu'à part le concierge, elle n'avait guère l'habitude de voir des personnages dans son genre fouler ces corridors immaculés.

« Par ici, dans le fond. » Kathy avait attrapé quelques notes dans un casier à son nom, et elle les lut tout en empruntant le couloir avec lui.

La pièce de travail de Joyce était plaisante, exactement ce qu'il aurait imaginé s'il s'était laissé aller à songer à sa sœur et à imaginer l'existence qu'elle menait, en dehors de lui. Le tapis persan qui recouvrait le sol était dans les tons bleu foncé et bordeaux, et les rideaux d'un lin léger qui laissait filtrer la lumière. Le coloris des murs était d'une sorte de beige chocolat. Les couleurs étaient plutôt masculines, mais il subsistait un aspect vraiment très féminin dans la manière qu'avait eue Joyce de les décliner. A moins qu'un décorateur ne se soit chargé de son intérieur professionnel, un coco chérot qui créchait du côté de Buckhead, et qui trouvait le moyen de se faire payer pour dépenser l'argent des riches. Il y avait là deux peintures d'allure orientale qui n'étaient pas trop du goût de John, mais les photos, sur la crédence, sous les fenêtres, lui serrèrent le cœur, au point qu'il en eut mal à la poitrine.

Une très jeune Joyce et un très jeune John, sur le parcours en rondins de Six Flags. John bébé sur les genoux de Richard, qui lui donnait le biberon. Joyce à dix ans, sur la plage, dans son maillot de bain deux-pièces, une glace à l'eau dans chaque main. Il y avait aussi d'autres photographies plus récentes. Kathy et Joyce au zoo. Kathy sur un cheval, avec un panorama de montagnes derrière elle. Deux labradors qui se roulaient dans l'herbe.

La photo qui l'arrêta fut celle de sa mère. Emily avec un foulard noué autour de la tête, les yeux enfoncés, les joues creusées. Elle souriait, quand même. Sa mère avait toujours eu le plus beau sourire qui soit. John avait traversé tant de nuits en pensant à ce sourire, qu'elle vous offrait facilement, et à cette gentillesse sincère qui en émanait. A cette vision de sa mère, les larmes lui vinrent. De savoir qu'il ne la reverrait plus, il ressentait une douleur physique.

« Emily était une personne merveilleuse », lui dit Kathy.

Il fit un effort pour remettre le cadre à sa place. Il s'essuya les yeux, du dos de la main.

« Vous l'avez connue ?

— Oui, fit-elle. Votre mère était très proche de Joyce. Quand elle est tombée malade, nous l'avons tous ressenti très durement.

— Je ne... » John ne savait comment s'exprimer. « Je ne me souviens pas de vous avoir vue, à son enterrement.

— J'étais là », lui répondit-elle, et il perçut de la tension dans son regard. « Votre père n'acceptait pas vraiment la relation que Joyce avait avec moi.

— Non, acquiesça-t-il. Il ne risquait pas. » Richard avait toujours été certain de connaître la différence entre le juste et l'injuste, le bien et le mal. Quiconque franchissait cette limite se retrouvait exclu de sa vie avec autant de facilité qu'une tumeur cancéreuse en salle d'opération.

Il éprouva le besoin de lui répondre.

« Cela me désole pour vous. Mon père a toujours aimé Joyce. »

Kathy lui adressa un regard circonspect.

« Vous essayez de le défendre ?

— Je crois que cela m'aide d'essayer de comprendre sa vision de la réalité, pourquoi il pense comme il pense. »

Elle traversa la pièce et ouvrit une porte. Il crut d'abord qu'elle donnait sur les lavabos, mais il s'aperçut qu'il s'agissait d'un espace de rangement de plain-pied, tapissé de trois meubles de classement. Des cahiers à spirale, probablement une cinquantaine en tout, étaient rangés l'un sur l'autre, en piles bien nettes.

« Ce sont tous vos comptes rendus d'audiences préliminaires, jusqu'au refus de changement de juridiction, jusqu'au dernier appel. » Elle lui avait désigné les différents tiroirs tout en lui annonçant leur contenu. « Et ceci, ce sont vos dossiers médicaux. » Elle posa la main sur le tiroir du haut, le plus proche de John. « Votre première overdose, aux urgences, votre admission, après votre arrestation, et... » Elle s'était interrompue, la bouche ouverte. Mais elle ne l'avait pas quitté de l'œil. « Des informations transmises par l'infirmerie de la Prison Littorale. »

John avala sa salive. Zebra. Elles étaient au courant pour Zebra.

« Là, ce sont essentiellement les rapports de la commission de probation, reprit-elle, en ouvrant un tiroir qui contenait six ou sept épais dossiers suspendus. Joyce a reçu copie du dernier voilà environ un mois.

— Pourquoi ? souffla-t-il, songeant à ces volumes de fichiers que Joyce conservait depuis plus de vingt ans. Quel besoin avait-elle de garder tout ça ?

— Cela appartenait à votre mère, lui apprit-elle. Ces cahiers. » Elle en sortit un de la pile. « Ce sont ses notes. Elle connaissait votre affaire de fond en comble. »

John ouvrit le cahier, son regard s'arrêta sur l'écriture déliée de sa mère, sans vraiment la voir. Du temps où Emily était jeune fille, la calligraphie, cela comptait. Son écriture était magnifique, elle coulait dans la page comme une guirlande de fleurs aux contours parfaits.

Les mots, en revanche, n'étaient pas aussi beaux.

Speedball = héroïne + cocaïne + ??? Pourquoi cette bradycardie ? Pourquoi cette apnée ? Il tourna la page. *Des marques de morsures autour des seins correspondent-elles à l'implantation de la dentition ?* Et puis encore *Pas de sperme récupéré. Où est le préservatif ???*

« Jusqu'à la fin, elle a essayé d'obtenir les preuves matérielles détenues par le comté.

— Pourquoi ?

— Elle voulait faire procéder à un test ADN sur le couteau, afin de prouver que c'était son sang, mais l'échantillon était si petit qu'ils ont dû se limiter à une analyse mitochondriale. » Il secoua la tête, perplexe, et elle s'expliqua. « L'ADN mitochondrial vient de la mère, donc même si c'était le sang d'Emily, il n'y avait aucun moyen d'exclure qu'il s'agisse aussi du vôtre. Ou de celui de Joyce, en l'occurrence, mais cela n'aurait éclairé l'affaire en rien.

— "Marques de morsures" ? lut-il.

— Elle pensait être en mesure de démontrer que l'implantation de votre arc dentaire ne correspondait pas avec l'alignement des marques, mais il existait un jugement, un jugement de la Cour suprême, dans lequel des éléments de preuves liés à des marques de dents ont été déclarés irrecevables. Enfin, elle estimait que cela pourrait contribuer à éclairer le... le sectionnement.

— Quoi ?

— L'expert odontologue nommé par l'Etat n'a jamais été appelé à la barre. Environ trois ans avant de mourir, Emily a déposé une demande pour récupérer toutes les pièces à conviction, tous les dossiers. Elle était déterminée à reprendre l'ensemble depuis le début, voir si elle n'avait rien manqué. Elle a trouvé un rapport dans lequel l'expert dentaire de l'Etat avait déclaré que, selon lui, la langue avait été... avait été arrachée avec les dents, et pas tranchée avec un couteau.

— Arrachée avec les dents ? » répéta-t-il après elle. L'image éclair de Cynthia Barrett lui traversa l'esprit, cette langue toute glissante, répugnante, quand il l'avait attrapée entre le pouce et l'index. Trancher ça au couteau, c'était déjà assez dur, mais mordre dedans ? Quelle espèce de monstre irait arracher la langue d'une fille à coups de dents ?

« John ? »

Il se racla la gorge, se força à répondre.

« Le couteau était leur pièce à conviction essentielle. L'un de leurs experts a déclaré qu'il avait servi à couper la langue de Mary Alice Finney. Et que cela prouvait la préméditation.

— Exact. Emily comptait déposer un recours pour vice de procédure. Ils prétendaient avoir remis à Lydia le rapport du médecin sur la morsure, lors de la communication des pièces, avant le procès, mais Emily n'en avait trouvé aucune trace nulle part. Cela aurait pu fournir matière à un appel. »

Il parcourut les pages, regarda les dates.

« Maman a travaillé là-dessus alors qu'elle était déjà malade.

— Elle était incapable de s'arrêter, lui confirma Kathy. Elle voulait vous sortir de là. »

Il n'en revenait pas, toute cette masse de notes qu'elle avait prises. Des pages et des pages remplies de détails horribles dont sa mère n'aurait jamais dû avoir connaissance. Pour la deuxième fois de la journée, il pleurait devant l'amante de sa sœur.

« Pourquoi ? demanda-t-il. Pourquoi a-t-elle fait ça ? On avait épuisé toutes les voies de recours.

— Il subsistait une chance, une chance infime, lui répondit-elle. Elle n'avait pas envie de renoncer.

— Elle était déjà trop souffrante », dit-il, en se reportant à la fin du cahier, remarquant que la dernière entrée était datée d'une semaine avant son entrée à l'hôpital, pour la dernière et ultime fois. « Elle n'aurait pas dû faire tout ça. Elle aurait dû s'occuper de reprendre des forces, d'aller mieux.

— Emily savait qu'elle n'irait pas mieux, lui confia-t-elle. Elle a consacré les derniers jours de son existence à faire exactement ce qu'elle voulait faire. »

Il pleurait pour de bon, maintenant – de grosses larmes, en

repensant à sa mère absorbée dans toutes ces informations, tous les soirs, essayant de trouver quelque chose, n'importe quoi, qui permettrait à son fils de sortir de là.

« Elle ne m'en a jamais rien dit, fit-il. Elle ne m'a jamais expliqué qu'elle se consacrait à tout cela.

— Elle n'avait pas envie de vous bercer de faux espoirs », lui assura Joyce.

Tout à coup, il se retourna, se demandant depuis combien de temps sa sœur était là, debout, derrière lui.

« Kathy, dit-elle, qu'est-ce qui se passe, ici ? »

Mais Joyce ne semblait pas en colère.

« Je me mêle de ce qui ne me regarde pas », lui répondit Kathy, en souriant comme on sourit lorsqu'on a fait quelque chose de mal, mais en sachant que l'on vous pardonnera. « Je vais vous laisser, vous deux », ajouta-t-elle. Elle eut un petit geste au passage, en serrant la main de Joyce dans la sienne, puis elle tira la porte derrière elle.

John tenait encore le cahier en main, le travail de toute une vie, la vie d'Emily.

« Tu as un joli bureau. Et Kathy...

— Qu'est-ce que tu penses de ça ? lâcha-t-elle avec ironie. Une authentique homo dans le clan Shelley.

— Je parie que papa était fier. »

Elle s'étrangla de rire.

« Ouais. Si enchanté qu'il en a modifié son testament. »

John contracta la mâchoire. Il ignorait de quelle manière il était censé réagir.

« Maman m'a forcée à lui promettre de ne jamais jeter ces cahiers, ces dossiers », lui avoua sa sœur, en lui désignant le placard de la main. « J'en ai eu envie. J'avais envie de tout balancer dans le jardin et d'allumer un grand bûcher. J'ai failli. » Elle lâcha un rire froid, une sorte de jappement de rire, comme si elle était surprise de ne pas avoir mis le feu à l'ensemble. « J'aurais dû. J'aurais dû au moins les remiser dans un espace de stockage ou les enterrer quelque part. » Elle laissa échapper un lourd soupir. « Mais je me suis retenue.

— Pourquoi ?

— A cause d'elle. Tous ces dossiers, tous ces cahiers. Savais-tu qu'elle n'allait jamais nulle part sans en avoir un sur elle? Evidemment que non, ajouta-t-elle, caustique. Elle n'entrait jamais avec ça sur elle, quand elle te rendait visite, mais elle travaillait dessus, elle y pensait, sur tout le trajet de l'aller et tout le trajet du retour. Parfois, elle m'appelait au beau milieu de la nuit et me demandait de compulser un obscur texte de loi qu'elle avait dégoté, un élément susceptible, d'après elle, de fournir matière à négociation pour l'ouverture d'un nouveau procès. » Joyce se tourna vers les meubles de classement, les cahiers. « Ce sont autant de minuscules morceaux de son cœur, de son âme, et si je les jetais, maintenant, alors ce serait elle que je jetterais aussi. »

La main de John épousa la couverture du cahier. Sa mère lui avait donné la vie, elle avait dédié tous les instants de toutes ses journées à le sortir de la prison Littorale.

Tout cela à cause de Michael Ormewood.

Après avoir achevé Mary Alice, Michael aurait aussi bien pu tuer Emily. Il aurait dû plonger la main dans la poitrine de Joyce et lui broyer le cœur, le priver de vie. Oh, bon Dieu, John avait envie de le tuer. Il avait envie de le frapper jusqu'à ce qu'il en perde connaissance, puis de lui serrer les mains autour du cou et de guetter son regard, quand il comprendrait qu'il allait mourir. John relâcherait les mains, il le conduirait à la lisière, et puis il le ramènerait en arrière, rien que pour voir sa peur, sa terreur absolue, lorsque Michael s'apercevrait de sa totale impuissance. Ensuite, John le laisserait. Il le laisserait seul au milieu de nulle part, il le laisserait mourir. Seul.

« John? » C'était Joyce. Elle avait toujours été intuitive, quand quelque chose le tracassait, elle l'avait toujours su.

Il rouvrit le cahier, parcourut l'écriture de sa mère.

« Qu'est-ce que c'est, là? » Il ne saisissait pas. « Bradycardie. Qu'est-ce que cela signifie? »

Joyce entra dans le placard et ouvrit l'un des tiroirs de dossiers suspendus.

« Quand ils t'ont arrêté, lui rappela-t-elle, tu étais trop faible pour tenir debout.

— Ouais. » En effet, il était terrorisé.

« Ils t'ont conduit à l'hôpital. Maman insistait pour leur expliquer que quelque chose n'allait pas chez toi. » Joyce passa les fichiers en revue. « Elle les a obligés à pratiquer un électrocardiogramme, un électroencéphalogramme, une analyse de sang, une résonance magnétique nucléaire.

John conservait le vague souvenir de tous ces examens.

« Pourquoi ?

— Parce qu'elle savait que quelque chose n'allait pas. » Joyce trouva enfin ce qu'elle cherchait. « Tiens, là. »

Il prit le rapport médical, lut les mots, avec attention, pendant que sa sœur patientait. Pour lui, les résultats chiffrés des examens pratiqués ne revêtaient aucun sens, mais il avait travaillé à l'infirmerie de la prison. Il savait quelle partie consulter. Il lut à voix haute les notes manuscrites du praticien, sous l'encadré intitulé « Conclusions ».

« "Cœur au-dessous des soixante pulsations au repos, respiration ataxique et état général indiquant un état de toxicité narcotique." » Il tourna le regard vers sa sœur. « J'ai pris de la drogue, Joyce. Je n'ai jamais prétendu le contraire.

— Non. Elle secoua la tête. Lis la suite. »

Il lut, pour lui tout seul, cette fois. Le médecin avait stipulé que les symptômes de John ne corroboraient pas l'overdose de cocaïne et d'héroïne. Il soupçonnait l'absorption d'une autre drogue. Les examens sanguins complémentaires étaient restés peu concluants, mais on recommandait de soumettre à analyse la substance poudreuse découverte sur les lieux du crime.

La substance poudreuse. Michael lui avait offert ce sachet. John n'avait jamais pris d'héroïne de sa vie. Il avait supposé que ce bon vieux Woody voulait lui faire une faveur, alors qu'en réalité il cherchait à le sonner. Et pas seulement à le sonner. Il se pouvait qu'il y ait eu autre chose dans ce sachet, à part la cocaïne et l'héroïne. John savait, grâce à des conversations de prisonniers, que les labos ne trouvaient que ce qu'ils recherchaient, et rien d'autre. Michael avait pu corser son speedball avec autre chose d'encore plus puissant, une substance qui achèverait le travail au cas où cette mixture plutôt volatile ne suffirait pas.

« Quoi ? » lui fit Joyce.

Le visage de John dut refléter sa surprise. Pendant tout ce temps, il était resté concentré sur Mary Alice. Michael avait-il eu l'intention de tuer John aussi ? Avait-il cru se faciliter la tâche, dans le traitement qu'il comptait infliger à Mary Alice, et déposer le fardeau de cette responsabilité au pied de la tombe de John ?

Deux jours après la découverte du corps de Mary Alice, Michael et sa mère étaient venus lui rendre visite. John était cloué au lit, dans sa chambre, la tête à l'envers, et il se dissimulait derrière l'histoire de mauvais rhume qu'il avait racontée à sa mère, alors qu'en fait, chaque fois qu'il pensait au corps de Mary Alice gisant à côté de lui entre ces draps, c'était à peine s'il parvenait à respirer.

Michael avait été identique à lui-même, du moins pour autant qu'il s'en souvienne. Son cousin était resté avec lui dans sa chambre, à parler – de quoi ? –, il était incapable de se le rappeler, maintenant. De stupidités, il en était convaincu. Et John s'était endormi. Etait-ce à ce moment-là que Michael avait caché le couteau dans son armoire ? Michael avait-il profité de cet instant pour concocter son plan ? Ou quelqu'un d'autre avait-il tout manigancé depuis le début, envoyé Michael à l'étage avec le couteau, en lui suggérant de le glisser dans son armoire pour qu'un élément tangible le relie à la chambre de Mary Alice ?

« Johnny ? » insista sa sœur. Elle ne l'avait plus jamais appelé ainsi, pas depuis l'époque où ils étaient gosses. Qu'est-ce qu'il y a ?

Il referma le dossier.

« Qu'est-ce que tu gardes comme souvenir de tante Lydia ?

— Elle était ton avocate. Après ce qui t'est arrivé, ajouta-t-elle, Lydia a abandonné le droit criminel pour le droit des affaires. Elle disait qu'elle n'avait plus le cœur à ça. Elle ne s'est jamais pardonné de n'avoir pas pu t'aider.

— Tu parles. »

Joyce fut manifestement interloquée de cette haine perceptible dans sa voix.

« Je suis sérieuse, John. Elle est venue voir maman à l'hôpital.

— Quand était-ce ?

— Je crois que c'était la veille de son décès. Ils venaient de l'intuber, qu'elle parvienne à respirer. » Joyce marqua un silence, le temps de se ressaisir. « Elle n'a pas beaucoup souffert. Ils l'avaient placée sous perfusion de morphine. Je ne suis même pas certaine qu'elle ait su que Kathy et moi étions là, et à plus forte raison Lydia.

— Qu'est-ce que lui a dit Lydia?

— Je n'en ai aucune idée. Nous les avons laissées seules. Elle avait l'air vraiment mal, souligna Joyce. Tante Lydia, j'entends. Elle n'avait plus revu maman depuis des années, mais elle ne pouvait se retenir de pleurer. Je ne les avais jamais crues si proches, mais peut-être que pendant le procès... je ne sais pas. J'étais si bouleversée, à cette période, que je ne prêtais pas beaucoup attention aux autres.

— Tu n'as rien entendu?

— Non. C'est-à-dire, si, juste à la fin. J'étais revenue trop tôt, j'imagine. Lydia tenait la main de maman. Nous l'avions prévenue, les médecins estimaient qu'elle n'en avait plus pour longtemps, une journée peut-être, au plus. » Elle se tut, repensant sans doute à la scène. « Maman avait les yeux fermés... je ne crois même pas qu'elle ait eu conscience de la présence de Lydia. » Joyce inclina la tête. « Mais Lydia sanglotait. Elle sanglotait, vraiment, John, comme si elle avait le cœur brisé. Elle tremblait, et elle n'arrêtait pas de répéter "je suis désolée, Emily, je suis tellement désolée" ». Joyce termina là son récit. « Elle ne s'est jamais pardonnée. Elle ne s'est jamais remise d'avoir perdu, dans ton affaire. »

Exact, songea-t-il. Tante Lydia s'en était sans nul doute remise, maintenant, et haut la main. Rien de tel que de se décharger de ses péchés auprès de quelqu'un qui ne survivra pas pour les divulguer.

« Comment était maman, après le départ de Lydia?

— Toujours dans les vapes. Elle dormait tout le temps. Elle avait des difficultés à garder les yeux ouverts.

— Est-ce qu'elle a dit quelque chose?

— Elle en était incapable, John. Elle avait ce tube jusque dans le fond de la gorge. »

Il hocha la tête. Tout cela était plus clair, désormais. La première initiative de Lydia, dans son rôle d'avocate, avait été d'asseoir John et de l'inviter à tout lui raconter sur cette nuit, tout ce qui s'était produit. John était terrorisé. Il lui avait raconté la vérité vraie, absolue, et tant pis pour tous les codes de l'honneur qu'on était censé respecter, ne pas dénoncer les autres gamins et autre. Il lui avait raconté le sachet que lui avait balancé Michael, ce qu'il avait pris pour de la coke, et comment il avait raccompagné Mary Alice chez elle, et la fenêtre enjambée, pour accéder à sa chambre. Il lui avait raconté le baiser, et cette explosion dans son cerveau, comme si une fusée avait éclaté sous son crâne. Il lui avait raconté son réveil, le lendemain matin, allongé dans une mare de sang, le sang de Mary Alice.

Quand il eut terminé son récit, tante Lydia avait les larmes aux yeux. Elle lui avait pris la main – elle la lui avait agrippée, plutôt –, si fort qu'il en avait eu mal.

« Ne t'inquiète pas, John, lui avait-elle assuré. Je vais m'occuper de tout. »

Et elle ne s'en était pas privée. La salope s'était occupée de tout, en effet.

Joyce le regardait toujours, elle attendait. Il vit bien qu'elle était fatiguée, épuisée, même. Le maquillage ne suffisait pas à masquer ces cernes sombres qu'elle avait sous les yeux. Elle se tenait les épaules voûtées, en signe de défaite. Pourtant, il ne put s'empêcher de remarquer qu'elle était restée là, debout, dans son bureau, pendant à peu près une demi-heure, à lui parler sans une seule fois lui hurler dessus ou l'accuser de rien.

« Est-ce qu'ils ont effectué des analyses sur ces drogues ? Sur cette poudre blanche ?

— Bien sûr. Lydia a envoyé les échantillons à un labo privé. Pendant une semaine, maman était sur des charbons ardents. Pourtant, ils n'en ont rien tiré qui soit sorti de l'ordinaire. C'était de la cocaïne et de l'héroïne. »

Il se sentit la mâchoire transpercée d'une douleur cuisante.

« Johnny », répéta sa sœur, d'une voix lasse. Si lasse. « Dis-moi. »

Il referma le cahier de sa mère, le dernier cahier qu'elle ait utilisé dans son affaire, le dernier objet qu'elle ait jamais tenu en main et qui l'ait rattachée à son fils.

« Rappelle Kathy, lui demanda-t-il. Je pense qu'il faut qu'elle entende ça, elle aussi. »

Chapitre trente-deux

21 h 22

WILL ÉTAIT ASSIS dans son bureau, et il résistait à son envie de se tourner les pouces. Il avait rendu visite à Luther Morrison, celui qui, avec Jasmine Allison... celui qui quoi ? Comment définir un homme de trente ans qui couche avec une adolescente de quatorze ? Un foutu salopard, malade dans sa tête, voilà, il s'était décidé sur ce style de qualificatifs, et il avait dû puiser dans tout ce qu'il possédait d'empire sur lui-même pour ne pas flanquer son poing dans la gueule de cet animal.

Après cette agréable visite, il était rentré au City Hall East et il avait tenu Amanda Wagner informée du déroulement de l'enquête. Elle ne lui avait ouvert aucune perspective ébouriffante, mais elle ne l'avait pas non plus mis à l'index pour n'avoir pas grand-chose à lui mettre sous la dent. Amanda pouvait se montrer exigeante, mais elle savait reconnaître une affaire difficile quand elle en croisait une.

L'unique conseil qu'elle lui avait donné, c'était de ne pas tant se focaliser sur la jeune fille disparue. L'enquête de Will concernait le meurtre d'Aleesha Monroe et ses liens éventuels avec ceux des autres filles, pas une fugueuse nommée Jasmine Allison. Il se fondait sur le récit d'un garçon de dix ans et son mauvais pressentiment, rien de plus, et si Amanda respectait ses intuitions viscérales, elle n'était pas d'humeur à investir du temps et des ressources sur la base des unes ou des autres. Elle lui résuma sa position avec son pragmatisme habituel, si réconfortant : cette fille avait des antécédents de fugueuse. Elle sortait avec un homme qui avait le double de son âge. Sa mère croupissait en prison, son père était Dieu sait où et sa grand-mère était à peu près incapable de quitter son fauteuil sans assistance.

Pour que cette histoire ait de quoi surprendre, il faudrait au contraire qu'elle n'ait pas fugué.

Dans l'enquête Cynthia Barrett, les flics de DeKalb n'avaient pas avancé d'un iota, et ils n'allaient pas échanger leurs points de vue avec Trent. L'ADN récolté sur le prélèvement vaginal qu'avait effectué Pete Hanson était trop contaminé pour analyse. Les résultats de la toxicologie n'étaient pas encore revenus, mais il ne comptait pas trop sur une révélation miraculeuse.

Quant à Aleesha Monroe, les experts de la police scientifique n'avaient rien relevé d'étonnant concernant son appartement, par rapport à ce qu'il avait lui-même constaté : l'endroit était d'une remarquable propreté. Il avait même renvoyé les techniciens sur les lieux pour que soit analysée la tache de sang qu'il avait trouvée sur le seuil, le soir où l'on avait signalé la disparition de Jasmine. L'échantillon n'étant pas assez conséquent, ils n'avaient rien pu déterminer, si ce n'est qu'il s'agissait de sang humain.

La seule piste qui lui restait désormais, c'était la pile de papiers que Leo Donnelly avait laissée sur son bureau. Il avait compté le nombre de pages, qu'il sache un peu ce qui l'attendait. Environ soixante casiers judiciaires, de deux ou trois pages chacun, détaillant tous des crimes horribles commis dans l'agglomération par des délinquants sexuels récemment remis en liberté.

Sa situation n'était pas si désespérée que ça.

Il ouvrit le dossier rose fluo posé sur son bureau et trouva un DVD enregistrable glissé dans le rabat. Il l'inséra dans la trappe de l'ordinateur et cliqua sur LECTURE.

L'écran afficha l'image de deux femmes et un homme assis à une table avec une adolescente. L'homme prit la parole le premier, en se présentant comme l'inspecteur Dave Sanders des services de police de Tucker, avant de prononcer les noms des deux femmes et de continuer. « Nous recueillons la déposition de Julie Renee Cooper. Dossier numéro seize-quarante-trois-sept. Nous sommes aujourd'hui le 9 décembre 2005. »

Julie Cooper se pencha vers le micro. La caméra était réglée en plan large et il voyait les pieds de la jeune fille se balancer au ras du sol.

« Je suis allée au cinéma », commença-t-elle, et ses propos étaient à peine intelligibles. Will savait qu'au moment où l'on avait réalisé cet enregistrement, sa langue sectionnée venait d'être tout récemment recousue. « Ensuite, il y avait un homme, dans la ruelle. » Il avait consulté la déposition de cette jeune fille un tel nombre de fois qu'il aurait presque pu réciter son histoire avec elle. Il savait quand elle s'interrompait pour pleurer, en posant la tête sur la table, et le moment où elle était si bouleversée qu'il avait fallu interrompre l'enregistrement.

Son ravisseur l'avait traînée dans la ruelle. Julie était trop terrorisée pour crier. Il portait une cagoule noire, percée de trous pour la bouche et les yeux. Elle avait senti le goût du sang quand il avait collé ses lèvres contre les siennes, introduit sa langue de force. Quand elle avait essayé de détourner la tête, il lui avait flanqué un coup de poing à la figure.

« Embrasse-moi. » Il lui avait répété ces mots-là. « Embrasse-moi. »

Will sursauta. La sonnerie de son téléphone. Il décrocha le combiné.

« Will Trent. »

Il y eut un temps de silence à l'autre bout de la ligne, pas un mot.

« Allô ? » insista-t-il encore, en baissant le volume des haut-parleurs de l'ordinateur.

« Salut, mon vieux », s'écria Michael Ormewood. Je pensais pas vous trouver ici aussi tard.

Il se renfonça dans le dossier de son fauteuil, en se demandant pourquoi il l'appelait, s'il ne pensait pas le trouver.

« Pourquoi n'avez-vous pas essayé mon portable ?

— Pas pu trouver le numéro », expliqua-t-il, et Will ne voyait pas trop comment ce serait possible. Sur tous les messages qu'il lui avait laissés depuis lundi soir, il lui avait redonné tous ses numéros. De prime abord, Will souhaitait juste lui parler de Jasmine. Maintenant, il avait envie de savoir pourquoi Michael avait évité ses appels.

« Tout va bien ? lui demanda ce dernier.

— Ouais. Merci. » Il entendit le cliquetis d'un briquet. Michael inspira, avant de reprendre. « J'me suis rendu un petit peu utile dans la maison. Liquidé quelques petits travaux ménagers. Gina me tannait depuis un moment pour que je m'en occupe.

— Bon. » Et puis Will se tut, sachant que l'autre remplirait le silence.

« J'ai parlé à Barbara, continua l'inspecteur, comme vous vouliez. Ma belle-mère. Elle affirme qu'elle n'a jamais vu Cynthia sécher les cours. Peut-être que cette gosse ne se sentait pas bien, ce jour-là ?

— Ça se tient », concéda-t-il. Il n'avait pas l'habitude de bavarder avec des individus comme Ormewood, sauf quand il les interrogeait, et il dut se dominer, pour ne pas laisser transpirer sa haine. C'était cela – de la haine. Ce type frappe sa femme. A son avis, il devait violer des prostituées. Dieu seul savait ce qu'il avait fait subir à Angie.

« Comment va la famille ? » s'enquit-il.

Michael hésita.

« Quoi ?

— L'autre jour, vous disiez que vous ne vous sentiez pas en sécurité. Je me demandais juste s'ils allaient bien, tous.

— Ouais, lui répondit-il. Je les ai déposés chez ma belle-mère, comme je vous expliquais. » Il gloussa. « Je vais vous dire, Tim, elle le gâte de trop. Quand il va revenir à la maison, il va falloir fortement le recadrer. »

Will songea à Miriam Monroe, à l'énorme différence entre sa manière aimante de parler de ses enfants, et le ton qu'employait Ormewood pour évoquer son fils. Il lui manifestait un intérêt de pure forme, prononçant les mots qu'un bon père se devait de prononcer. Cet homme frappait sa femme. Est-ce qu'il faisait aussi du mal à son fils attardé mental ?

« Vous êtes toujours là, vieux ?

— Oui.

— Je disais donc, à DeKalb, ils m'ont battu froid. » Il s'interrompit, sans doute pour laisser à Will le temps de réagir. Comme rien ne venait, il continua. « Vous avez eu des nouvelles, de leur côté ? »

Il était en train de le sonder au sujet de l'ordonnance d'éloignement. Will lui opposa une non-réponse.

« Ils n'ont pas précisément la réputation d'étaler leur jeu sous le nez de tout le monde.

— Juste, juste », acquiesça l'autre. Il relâcha un filet de fumée. « Phil a vraiment craqué. J'ai essayé de voir s'il savait quelque chose, mais ce gars-là est anéanti, vous savez?

— Au moins, vous aurez essayé, je vous en suis très reconnaissant. » Trent décida de prendre un risque. « L'inspecteur Polaski m'a indiqué qu'elle vous avait aidé à consulter certains de vos dossiers, aux Mœurs. »

L'autre garda le silence un tout petit peu trop longtemps.

« Exact, elle m'a aidé. Supergonzesse. Vous vous êtes entendu, avec elle ?

— Vous avez retrouvé quelque chose, dans ces dossiers ? »

Michael se tut, souffla encore une bouffée de fumée.

« Rien. J'ai eu quelques occasions de la boucler, comme vous disait Polaski.

— Aleesha ?

— Ouais. Deux fois, peut-être trois. J'ai noté les dates. Vous voulez que je vous les sorte ? Elle s'est retrouvée prise dans ces coups de filet que j'organisais, comme je vous ai raconté. Vingt, trente filles d'un coup. Ça ne me surprend pas, que je me sois pas souvenu d'elle.

— Et du côté de Baby G ?

— Sur lui, rien. Il était assez nouveau, au Grady Homes. J'ai pu le croiser avant, mais il n'y a rien là-dessus dans mes dossiers et, ce qui est sûr, c'est que je n'en ai aucun souvenir. On devrait peut-être lui retomber dessus ? Le ramener au poste et voir ce qu'il sait, non ? »

Wil se demanda s'il savait que le mac était mort.

« Bon, continua l'inspecteur. Comment ça se passe ? Rien sur Aleesha ?

— Rien de consistant. Parlez-moi de Jasmine.

— C'est une des filles, ça ?

— C'est la gamine qui vous a arraché un peu de peau du visage.

— Oh, celle-là. » Son rire paraissait forcé. « Ouais. Un petit démon.

— Elle ne vous a rien dit, avant de filer dans l'escalier ?

— Rien que j'aurais envie de répéter devant ma femme.

— Votre femme est à côté de vous ? »

Il eut encore ce rire.

« Où est-ce qu'elle serait d'autre ? »

Il y eut une longue plage de silence. Moins d'une minute auparavant, il lui avait expliqué que sa famille était partie s'installer chez sa belle-mère. Pourquoi mentait-il ?

« Bon, enfin, reprit-il. La fille... c'est comment son nom ? Elle n'a rien dit. Vous pensez qu'elle a vu quelque chose, la nuit où Aleesha a été tuée ?

— Je l'ignore. »

Etait-il gêné ? Etait-ce pour cela qu'il mentait ?

« Si vous deviez l'interroger, mon vieux, moi, je la ramènerais au poste. J'aurais pas la prétention de vous expliquer comment exercer votre métier, rien de ce genre, non, mais personne n'a envie de se retrouver avec une plainte d'une morveuse de black sur le dos. J'ai eu du bol de m'en tirer avec une gifle.

— Je me le tiendrai pour dit. » Il se demanda si Ormewood était déjà au courant de la disparition de Jasmine. S'il mentait sur un sujet, il n'aurait aucun problème pour mentir sur un autre. « J'ai réfléchi, Michael, c'est curieux qu'Aleesha présente un tel écart d'âge avec les autres victimes.

— Comment ça ?

— C'est une femme, une adulte. Les autres, c'étaient des filles, des adolescentes. Ensuite, il y a la langue. Celle de votre voisine a été découpée au couteau, le reste des filles ont eu la leur mordue.

— Ouais, concéda l'autre, sur un ton mesuré. Quand on y pense, oui, c'est un peu curieux. »

Will regardait toujours Julie Cooper, qui continuait sa déposition à l'écran de l'ordinateur. Elle était sur le point de demander aux inspecteurs d'éteindre la caméra une minute, le temps de reprendre le dessus. Comment une jeune fille survivait-elle à ce genre de chose ? Comment réussissait-elle à retourner au lycée, à faire ses devoirs, comme n'importe quelle autre adolescente, avec la conscience de ce qu'elle avait enduré toujours tapie quelque part au fond de son esprit ?

« Il rendait peut-être visite aux putes pour se défouler un peu, entre deux filles qu'il suivait, ce désaxé », suggéra Ormewood. Il marqua un temps. « Je me souviens, quand je bossais aux Mœurs, ces filles, elles cherchaient des crosses avec leurs clients. Certaines fois, elles se mêlaient d'augmenter leur tarif. D'autres fois, elles mégotaient sur certains gestes, certaines positions, bref, tout ça pour convaincre le type de revenir les voir, et là, elles changeaient les règles, elles refusaient de lui faire tel ou tel truc, sinon il fallait qu'il leur verse plus. »

Will n'avait pas envisagé cet aspect, mais c'était une voie intéressante, à suivre, en effet. Néanmoins, cela n'expliquait pas Cynthia Barrett.

« Vous êtes sûr de n'avoir cassé les couilles à personne, Michael ? Cassé les couilles à quelqu'un, au point de lui donner l'envie de tuer Cynthia, en habillant son crime comme une copie conforme des autres, et le tout juste derrière chez vous. »

L'autre éclata de rire.

« Vous parlez sérieusement ?

— A vous de me répondre.

— Ce serait totalement dingue, mon vieux.

— Comment ça ?

— Il faudrait que le type en sache un paquet sur l'enquête, releva-t-il. Sur cette histoire de langue sectionnée, chez Monroe, nous n'avons pas communiqué d'informations à la presse. Les seuls à être au courant, c'étaient les flics. » Michael masqua le combiné, mais Trent l'entendit quand même. « Ouais, bébé, j'arrive tout de suite. » Il revint en ligne avec Will. « Ecoutez, Gina a besoin d'un coup de main avec Tim. Je peux vous rappeler d'ici dix minutes ?

— Non, fit Trent. Je n'ai besoin de rien d'autre.

— Sinon, vous me sonnez. »

Will raccrocha. Il se cala dans son fauteuil, le regard dans le vague, vers la fenêtre, vers l'extérieur. Dehors, c'était l'obscurité, depuis un bon moment, mais les réverbères projetaient leur lumière électrique, surnaturelle, sur les voies de la gare de triage voisine de l'immeuble. Il avait fini par s'habituer à cette vue déprimante.

L'ordinateur émit un coup de sifflet de train à vapeur. Il ferma le programme de lecture de DVD et ouvrit sa boîte de courrier électronique. Cet ordinateur, propriété de l'Etat, n'était pas très sophistiqué – le dictionnaire était extrêmement limité et le vérificateur d'orthographe reconnaissait à peine la moitié des mots qu'un officier de police judiciaire moyen utilisait au quotidien. Même s'il en formulait la demande, il savait qu'on ne le laisserait ajouter aucun logiciel extérieur dans le disque dur, donc il devait s'en contenter. Pourtant, comme dans tous les ordinateurs, il y avait une option Lecture.

Il fit défiler quelques spams avant de trouver un nouvel e-mail émanant de Pete Hanson. Il mit le texte en surbrillance, cliqua sur la barre de menu, puis sélectionna « parole ». Une voix guindée lui lut le message de Pete. Le rapport de toxicologie pour Cynthia Barrett était revenu. Son dernier repas s'était composé d'œufs et de toasts. Elle présentait un niveau élevé de nicotine dans l'organisme. Ils avaient aussi détecté des traces d'alcool et de cocaïne dans le sang.

Encore une impasse.

Il sortit sa photocopie de la lettre d'Aleesha Monroe à sa mère et l'étala sur le bureau, en lissant les plis, pour bien l'aplatir. Son écriture pleine de boucles était un véritable cauchemar, mais il avait déjà mémorisé cette lettre, donc il lui était plus facile de la lire que s'il l'abordait en partant de zéro. Cette fois, il la repassa ligne à ligne, en confrontant chaque phrase à ses souvenirs. Mis à part la tendance de Monroe à mettre des majuscules partout où ça lui convenait, il n'y décela rien de neuf.

Il replia la missive et la rangea dans sa poche. Il consulta les formulaires de libération conditionnelle que Leo avait sélectionnés. Une photographie était agrafée au coin de chaque profil de personnalité, tous les détenus regardaient l'objectif en tenant levé un petit écriteau noir qui indiquait l'essentiel : nom, crime, date de condamnation, date de mise en liberté conditionnelle.

Sans enthousiasme, il fit coulisser le tiroir du haut. Il y trouva le dégrafeur, et détacha la photo du premier profil de délinquant. La porte de son bureau était fermée, les lumières dans le couloir étaient éteintes. Pourtant, ce fut à voix basse, un chuchotement, pas plus, qu'il prononça le premier nom.

Au bout d'une heure environ, il avait à peine entamé la pile. Sa tête cognait et il avala une poignée d'aspirines, à sec, sans eau, songeant qu'il préférerait mourir d'un empoisonnement à l'aspirine plutôt que de cette migraine qui lui martelait le crâne, juste derrière les yeux. Leo Donnelly avait gardé l'autre moitié de la pile pour lui. Il avait certainement terminé la lecture de son paquet en moins d'une heure, lui.

Il se leva et enfila sa veste, songeant que c'était sans doute une corvée inutile. S'il figurait dans cette base de données un criminel qui avait pour habitude d'arracher la langue des filles à coups de dents, il l'aurait repéré dès sa première lecture du dossier Monroe, et il aurait effectué une recherche par mots-clefs dans l'ordinateur. Les dossiers de Leo sur ces délinquants sexuels provenaient de plusieurs districts différents, et parfois même, pour certains d'entre eux, de plusieurs Etats, donc le descriptif des crimes ne possédait aucune uniformité. Certains des fonctionnaires de police chargés de ces arrestations n'avaient guère consigné que le délit et l'âge de la victime, d'autres entraient dans les détails les plus crus, en décrivant par le menu les actes de prédateurs du condamné. A moins que l'une de ces photos ne montre un type debout avec une langue sectionnée dans la main, autant rechercher une aiguille dans une botte de foin.

Il rassembla tout de même la liasse de chemises, avant de descendre au garage en empruntant l'ascenseur. Sur le chemin du retour chez lui, les dossiers étant posés sur le siège passager, il ne put se retenir d'y jeter un œil de temps en temps, comme s'il ne parvenait pas tout à fait à comprendre leur raison d'être, là, à côté de lui. Il se gara dans l'allée, derrière sa moto, accueilli par les aboiements de Betty, avant même d'avoir posé le pied sur la première marche de la véranda. Dès qu'il ouvrit la porte, la petite chienne se précipita sur lui. Il attrapa sa laisse en vitesse et se préparait à la lui enfiler autour du cou, mais elle fit ses besoins dans la pelouse, devant la maison, et retourna aussitôt après à l'intérieur, sans même lui laisser le temps de redescendre les marches.

Il se retourna, et la découvrit trônant en sécurité sur son piédestal de coussins.

« Bien le bonsoir à toi aussi », lui lança-t-il, en refermant la porte. Il immobilisa le panneau avant que la serrure ne soit engagée et ressortit chercher les dossiers dans la voiture. Il les lâcha sur son bureau, avec un regard vers le répondeur. Le témoin lumineux était fixe, mais il décrocha le combiné, juste pour s'assurer que la ligne fonctionnait bien.

La tonalité lui retentit dans l'oreille.

Le dîner fut identique au petit déjeuner, un bol de céréales qu'il avala debout devant l'évier. Il n'avait qu'une seule envie, s'allonger sur le canapé et s'endormir en regardant la télévision. Pourtant, les dossiers l'en empêchaient. Un homme sachant lire correctement aurait achevé ces résumés depuis des heures déjà. Un flic qui accomplissait correctement son boulot les aurait parcourus sur son heure de déjeuner, en sachant qu'il perdait sans doute son temps, mais aussi que le travail de police bien fait exigeait néanmoins d'aller jusqu'au bout de toutes les pistes dont vous disposiez.

Il était hors de question de laisser la besogne à moitié inachevée.

Il retira sa veste et l'arrangea sur le dossier de son fauteuil pivotant. Cela ne devrait pas lui prendre trop de temps, trois heures à peu près, au maximum. Il n'allait pas baisser les bras sous le seul prétexte que c'était difficile, et il n'avait certes pas l'intention de se pointer au bureau demain matin avec la conscience de n'avoir pas terminé sa tâche. Il aurait dû venir plus tôt et s'attaquer à ces rapports de front. Il y avait certains dossiers sur lesquels il ne pouvait se pencher au bureau sans vendre la mèche.

Le dégrafeur était resté dans la poche de sa veste, et il le posa à côté de la pile des dossiers, sur son bureau. Il sortit deux règles du tiroir et régla l'abat-jour de sa lampe pour que l'ampoule soit orientée face au mur, et ne projette plus qu'une mince lame de lumière sur sa surface de travail.

« Parfait, mon beau », grommela-t-il, en considérant le cliché agrafé en haut du fichier suivant. Le type conservait un total de trois dents, et le genre de cheveux gras et filasse qu'on ne voyait que dans les villages pour mobile home bas de gamme.

Il détacha le cliché et le mit de côté. Il plaça les deux règles en haut de la page, et isola la première ligne de texte. Du bout de ses deux index, il masqua les mots, afin de pouvoir les examiner un par un. Il avait tendance à partir en lecture rétrograde, et séparer les mots avec les doigts empêchaient ses yeux de s'égarer, de lancer des regards furtifs là où il ne fallait pas. Bizarrement, les mots les plus longs étaient aussi les plus commodes. En revanche, il voyait toujours les plus simples, comme « très » se transformer en « peu », ce qui, quand il arrivait au bout de la phrase, la rendait absolument incompréhensible.

Il prit les trois mots du haut de la page, en lisant le nom à voix haute, pour mieux le comprendre. « Carter, Isaiah Henry. » Pourtant, même ainsi, cela ne lui venait pas facilement. Il commença par lire Cash, puis Ford, sans doute à cause du sens commun de ce nom propre, « un carter ». Isaiah, c'était facile. Henry, c'était une autre affaire.

Bon Dieu, ce qu'il était stupide.

Il leva les yeux devant lui, sur l'écran vide, cligna des paupières pour s'éclaircir la vue. Il alluma l'ordinateur, histoire de gagner du temps, pendant que son esprit l'accablait de ses sarcasmes habituels, lui soufflant qu'il était sans doute un attardé mental, qu'il avait peut-être au cerveau un souci que personne ne s'était donné la peine de solutionner. Dieu sait s'il en avait reçu, des coups à la tête, assez pour que le choc lui déplace quelque chose. Mais en fin de compte, peu importaient les causes éventuelles de son problème, car tout cela ne changeait rien au fait qu'il y avait des gosses de cours élémentaire deuxième année capables de lire mieux que lui. Et encore, il pensait là aux plus bêtes, ceux qui allaient s'asseoir au fond de la classe.

Le système entama sa procédure de démarrage, le ventilateur vrombissait comme l'hélice d'un modèle réduit d'avion. Il cliqua pour ouvrir son logiciel de courrier et fixa du regard la fenêtre à l'écran, deux minutes, avant de supprimer une offre d'extension de garantie pour un appareil qu'il ne possédait même pas. Il n'y avait rien d'autre pour venir le perturber.

Il revint à sa pile de délinquants sexuels, et il essaya de prendre cela comme un jeu. La photographie était celle d'un type, la soixantaine. Ses cheveux blancs étaient séparés par une raie tracée avec soin et ses yeux d'un bleu profond rendaient son visage ordinaire plus digne d'intérêt. Coiffez-le d'un chapeau et il pourrait se changer en voyageur de commerce. Donnez-lui une Bible et il pourrait devenir le diacre de l'église du quartier.

Lentement, il fit coulisser les règles vers le bas de la page, en lisant ligne à ligne. Représentant en produits alimentaires de son métier, le type était un violeur qui aimait torturer ses victimes. Il avait été condamné à douze ans, mais libéré au bout de sept pour bonne conduite. Qu'est-ce que recouvrait cette notion de « bonne conduite », chez un homme qui avait arraché les ongles des mains à une étudiante de vingt-deux ans, il ne voyait pas trop.

Ensuite, il y eut une autre photo dégrafée, une autre feuille de papier placée sous les deux règles. Il s'y astreignit pendant des heures, à lire tous ces détails épouvantables sur ces prédateurs sexuels qui avaient purgé leur peine et obtenu leur mise en liberté conditionnelle pour bonne conduite. Aucun d'eux n'avait accompli la sentence initiale jusqu'au bout, et tous, sauf une petite poignée, avaient l'air de types à qui vous auriez volontiers souri, si vous les aviez croisés dans la rue. Le temps s'écoulait, mais il ne releva pas le nez avant d'être arrivé aux derniers trois casiers judiciaires de la pile.

Il s'étira en arrière, sentit sa colonne vertébrale rentrer dans le rebord de son siège. Ses genoux heurtèrent le bureau, et l'image à l'écran de l'ordinateur vacilla.

Il était plus de minuit. Il pouvait aussi s'accorder une pause et relever ses mails avant de déchiffrer les éléments touchant à ces trois derniers criminels.

Il y avait un nouveau mail d'Amanda Wagner dans sa boîte de courrier entrant, mais il n'avait aucune envie de le lire. Il y vit aussi deux demandes émanant de Caroline, la secrétaire d'Amanda, au sujet d'éléments de preuves dans une enquête. Il ouvrit son programme de reconnaissance vocale et se servit du micro pour dicter une réponse, puis procéda à une vérification d'orthographe avant de confier le soin à l'ordinateur de lui relire l'enregistrement. Une fois assuré que les termes employés se tenaient, il mit le texte en surbrillance et le colla dans le corps du mail, puis effectua une seconde vérification orthographique avant de l'envoyer.

Pendant qu'il préparait ce courrier, un conseil sur un achat de titre boursier à ne pas louper était arrivé dans sa boîte, et Will cliqua dessus pour le mettre à la corbeille. Ensuite, il ouvrit l'icône de la corbeille et supprima toutes les conneries qu'il y avait transférées.

Il se dit que si l'on décernait une médaille olympique du temps perdu, il serait au moins assez qualifié pour occuper le banc des remplaçants. Dans ce registre, il avait sûrement encore de la marge. Il ouvrit son dossier de spams, mit le tout en surbrillance et fit glisser le curseur sur « Supprimer ». Un message surgit à l'écran et, à en juger par son aspect, il en déduisit qu'on lui demandait s'il était sûr de vouloir procéder à cette suppression. Il cliqua sur le bouton bleu de confirmation, puis regarda la liste se vider de tous les mails indésirables.

Il fit défiler la fenêtre vers ses courriers non lus, songeant qu'il serait bien inspiré de prendre un moment pour vérifier ce qu'Amanda avait à lui dire. Un nouvel e-mail de Caroline était arrivé. Elle voulait sans doute plaisanter, sur le fait qu'ils soient tous deux encore si tard au travail, mais au point où il en était, rien que pour retarder la lecture de ces casiers judiciaires, il aurait volontiers ouvert une offre de Viagra en phytothérapie.

Le message de Caroline comportait un fichier Jpeg en document joint, et il cliqua sur Téléchargement avant de mettre en surbrillance le texte du mail, afin de le recopier dans son programme de reconnaissance vocale. Dans le canapé, Betty remua, lâcha un aboiement étouffé, et il se retourna pour s'assurer qu'elle allait bien. La petite chienne était sur le dos, ses pattes maigres fouettaient l'air, elle rêvait de... de tout ce dont pouvaient rêver les petite chiennes. De fromage?

Il revint face à l'écran, et dès qu'il vit ce qui s'affichait, le sourire qui lui fendait la figure retomba. Le téléchargement de la photo était terminé. Le garçon devait avoir seize ans, les cheveux longs, jusque dans le cou, un demi-sourire à la bouche, qui vous venait machinalement, à force d'avoir eu un objectif braqué sur vous à toutes les vacances, à toutes les sorties en famille. Il tenait un écriteau devant sa poitrine étroite, la peau, au bout des doigts, était irrégulière, à cause des ongles rongés jusqu'au sang. Will ne lut pas l'écriteau. Il savait qu'il indiquait un nom, une date de condamnation, un chef d'inculpation. C'étaient les yeux qui trahissaient l'identité du garçon. Beaucoup de changements pouvaient intervenir entre quinze et trente-cinq ans, mais les yeux demeuraient immuables : le contour en amande, les variations de couleurs dans l'iris, les longs, très longs cils, presque ceux d'une fille.

La photo du casier judiciaire qu'il était sur le point de consulter était restée près de son coude. Il la tint en l'air, face à lui, jugeant qu'aucune méprise n'était possible : le garçon à l'écran avait grandi, pour devenir le criminel de la photo.

Il exécuta un copier-coller du mail de Caroline dans le programme de reconnaissance vocale. Il monta le son des haut-parleurs, puis cliqua sur la barre de menu et défila jusqu'à la fonction « parole ». Les mots étaient lents, métalliques. Leur contenu lui suffit. Il eut l'impression de recevoir un coup de poing dans le bas-ventre.

Le programme arriva au bout du message. Il n'avait pas besoin de l'entendre une seconde fois.

Il attrapa ses clefs de voiture.

Le supérieur d'Angie avait signalé à Trent qu'elle se trouvait devant le magasin de vins et spiritueux, sur Cheshire Bridge Road. Il n'eut guère de difficulté à trouver l'endroit, mais Angie n'était pas parmi les prostituées appuyées contre le mur de l'immeuble.

« Je cherche quelqu'un, fit-il.

— Moi aussi, mon beau.

— Non », reprit-il. Il savait qu'Angie n'opérait pas ici sous son vrai nom, mais elle ne lui avait jamais communiqué le pseudonyme qu'elle s'était choisi. « Elle mesure à peu près un mètre soixante-dix. Cheveux châtains, yeux marron. La peau mate.

— Ça me ressemble, mon cœur ». Cette remarque venait d'une petite blonde platine avec un espace si prononcé entre deux dents de devant qu'elle zézayait.

Une autre intervint à son tour.

« Tu cherches Robin, mon chéri ?

— Je ne sais pas », admit-il, en se tournant vers cette deuxième femme, plus âgée. Elle avait un œil au beurre noir, que n'arrangeait guère le maquillage qu'elle s'était plâtré dessus.

« Je m'appelle Lola. » Elle se décolla du mur. « T'es son frangin ?

— Oui, réussit-il à répondre, sans prendre la peine de s'expliquer. J'ai besoin de lui parler.

— Donnes-y une minute, mon chou, lui suggéra-t-elle, sur un ton apaisant. Elle est retournée au taf, se taper un rancard, il y a dix minutes. Elle devrait pas tarder, maintenant.

— Merci », dit-il. S'étant aperçu du froid qu'il faisait, il plongea les mains dans ses poches. Il était si pressé de partir de chez lui qu'il n'avait même pas emporté son manteau.

Derrière lui, une portière claqua. Une femme descendit d'une voiture et, sous les yeux de Will, elle plongea la main entre ses cuisses, s'essuya et secoua la main. Elle le vit, lança de nouveau un regard aux autres filles, un point d'interrogation dans les yeux.

Lola l'éclaira.

« C'est le frère de Robin. »

La femme passa devant lui de sa démarche flâneuse de tapineuse, en le toisant des pieds à la tête.

« Si j'avais eu un frère comme ça, moi, j'aurais jamais quitté la maison. »

Will consulta sa montre. Il se mit à arpenter le trottoir, pour relâcher la tension qui lui nouait en boule tous les muscles du corps, mais à chaque seconde qui passait, avec Angie qui ne pointait pas son nez, cela ne faisait qu'empirer.

C'était tout le temps comme ça, avec elle. Elle se fourrait toujours dans les ennuis, et se moquait bien que Will pâtisse des conséquences. Depuis tout le temps qu'il la connaissait, Angie poussait les gens aussi loin qu'elle le pouvait, en sondant constamment leurs limites. Un jour, ce petit jeu finirait par la tuer, et cette fois-là, ce serait lui qui se retrouverait assis dans un canapé, avec un autre flic qui viendrait s'asseoir à côté de lui et qui tiendrait le rôle du pauvre corniaud obligé de lui tenir la main et de lui annoncer qu'on l'avait retrouvée étranglée, frappée, violée, assassinée.

Jusque-là, les filles s'étaient échangé toutes sortes de médisances vachardes, mais il remarqua qu'elles s'étaient tues. Il entendit un bruissement depuis les sous-bois et Angie en sortit, lampe-torche à la main.

Elle lui lança un regard, puis aux filles, et revint sur lui. Elle avait la bouche crispée, les yeux flamboyants de fureur. Elle tourna les talons, repartit vers les sous-bois et Will la suivit.

« Arrête, s'écria-t-il, en essayant de la rattraper. Tu veux bien t'arrêter ? »

Elle refusait de l'écouter. Tout ce qu'il pouvait faire, c'était de suivre le faisceau de la lampe.

Au bout d'une petite dizaine de mètres sous le couvert, elle se retourna vers lui.

« Qu'est-ce que tu fous ici, bordel ? »

Le ton de la voix avait le tranchant du couteau.

« Je suis juste ton frère, qui te rend visite. »

Angie regarda derrière lui, par-dessus son épaule, et il l'imita. Il distingua clairement les filles là-bas, devant le magasin d'alcools. Elles ne prenaient pas du tout la peine de dissimuler leur intérêt pour la scène.

Elle chuchota d'une voix rauque, tâchant de ne pas hausser le ton.

« C'est vraiment pas l'endroit pour ça, merde, Will. Lola subodore déjà quelque chose. »

Il lui brandit le fichier de John Shelley sous le nez. Quand elle vit le cliché, elle dut y regarder à deux fois, et il aurait juré que son regard se radoucit.

« Lis, lui ordonna-t-il. Lis-le-moi, pour que je sache que tu as bien tout pigé. »

Elle braqua sa lampe sur la première page. Il vit ses yeux se déplacer, lire les mots. Elle quitta le papier du regard, releva le visage.

« Will », fit-elle, comme s'il n'était pas raisonnable.

« Lis. »

Elle se cala la lampe sous l'aisselle, orienta le faisceau sur le premier feuillet, puis tourna le deuxième, le troisième.

Enfin, elle releva les yeux.

« Donc ? »

Il avait envie de la secouer.

« Tu as lu ce que ça raconte ? »

Prenant son temps, elle revint à la première page et lut à voix haute, l'air de s'ennuyer.

« "Jonathan Wilson Shelley, un mètre quatre-vingt-trois, quatre-vingt-dix-sept kilos, cheveux bruns, yeux marron. Délit précédent : vol à l'étalage. Mise sous écrou le 10 mai 1986, Prison Littorale de l'Etat de Géorgie, sécurité maximale, aile des délinquants spéciaux, âge seize ans. Mise en liberté conditionnelle 22 juillet 2005, âge trente-cinq ans. Inscrit au registre des délinquants sexuels et des pédophiles." » Elle releva la tête, et répéta. « Donc ?

— Lis la dernière page », lui conseilla-t-il, en désignant la partie du document qu'il avait imprimée à partir du mail de Caroline. Le casier judiciaire de Shelley était succinct, il ne reprenait ses crimes que dans les grandes lignes, mais les dossiers que Caroline avait trouvés remplissaient tous les blancs, avec des détails horribles. « Lis », exigea-t-il.

Elle n'en avait pas envie. Il le vit bien, à son regard glacial et furieux.

« Tu veux que je le lise pour toi ? proposa-t-il.

— Je n'ai qu'une heure de pause, moi, pour le dîner. »

Il lui arracha les pages des mains, essaya de trouver le bon paragraphe. Il était si en colère que l'ordre des mots n'arrêtait pas de s'inverser dans la page, leurs contours se fondaient les uns dans les autres. Il essaya.

« "Ça..." » Il se sentit transpercé par une douleur en lame de couteau, juste devant la tempe. « Dieu de merde, il en connaissait au moins deux, de ces mots-là. "Jonathan Shelley." » Il déploya un gros effort pour en déchiffrer un autre. « "Morgue. Non, il... mort. Il a tué..." »

Angie posa sa main sur la sienne. Elle voulut lui reprendre le rapport, mais il refusait de le lâcher.

« Allons », dit-elle, en lui retirant gentiment les pages, essayant la manière douce, pour qu'il desserre les doigts.

Il resta les yeux rivés au sol, les poings fermés. Bon Dieu. Pas étonnant qu'elle ne puisse supporter de vivre avec lui.

Elle lui parla, d'une voix feutrée.

« Je suis navrée. »

Il avait envie de se laisser sombrer dans la terre, et de se retrouver ailleurs, comme par l'opération du Saint-Esprit.

« Je suis navrée.

— Je l'avais déjà lu, avant.

— Je sais que tu l'as lu, lui dit-elle, en lui reprenant la main. Regarde-moi, Will. Je suis navrée. »

Il était incapable de la regarder.

« Tu veux que je te le lise à haute voix ?

— Je me moque de ce que tu fais ou non.

— Will. »

Il savait qu'il avait l'air mauvais, mais il ne pouvait se retenir.

« Vraiment, je m'en moque. »

La lampe-torche était tombée par terre, et elle tendit le bras pour la ramasser, sans le lâcher. Elle éclaira les pages et lut.

« "Le 15 juin 1985, Shelley a commis une agression sexuelle sur la personne de Mary Alice Finney, une jeune fille blanche âgée de quinze ans, avant de lui sectionner la langue avec un couteau à dents-de-scie, provoquant la mort. En outre, Shelley a laissé sur les chairs de la victime plusieurs marques profondes de morsure et lui a uriné dessus. Les empreintes digitales sanglantes de Shelley ont été relevées sur la scène du crime et sur le corps. L'arme du meurtre a été retrouvée dans l'armoire de la chambre de Shelley. Toxicomanies connues : héroïne, cocaïne."

— Angie. »

Voilà tout ce qu'il put dire.

Elle garda le silence, laissa deux voitures passer, avant de reprendre.

« Tu te souviens, je t'ai signalé que Michael Ormewood était passé ici, un soir ? »

D'entendre le nom d'Ormewood, ça l'écœurait. S'il pouvait ne plus jamais entendre le nom de ce type, Will Trent serait un homme heureux.

« Il nous a conseillé de nous méfier d'un délinquant sexuel récemment libéré, un nommé John Shelley. Il nous a prévenues, c'était un vrai sale type, et il fallait nous tenir à l'écart. » Elle baissa les yeux sur la fiche. « Michael a fréquenté le lycée de Decatur. Il a dû grandir dans le quartier.

— Tu as eu l'occasion de le questionner sur les années de son enfance, quand tu le suçais ?

— Tu veux que je te suce, Will ? C'est ça qui te tracasse ? »

D'une tape sur la main, il la repoussa.

« Arrête ça.

— J'ai lu son dossier personnel, reprit-elle.

— Tu t'intéresses vraiment à lui, tu dois avoir une raison. En quoi est-il différent ? Qu'est-ce qui le rend si particulier ?

— Tu n'écoutes pas ce que je suis en train de te dire. » Elle s'adressait à lui comme à un enfant, et il n'appréciait guère. « Michael a fréquenté le lycée de Decatur, donc il devait habiter dans le quartier. Il avait quelques années de plus que John, mais il a dû entendre parler de ce crime. Il devait être au courant de ce détail concernant la langue. Pourquoi ne te l'a-t-il pas mentionné ? Pourquoi ne t'a-t-il pas dit "Hé, ça me rappelle une histoire qui s'est produite il y a de ça une vingtaine d'années, pas loin de ma rue." ? »

Will était trop à cran pour même envisager la question.

Elle poursuivit.

« John m'a révélé que quelqu'un le soumettait à un chantage. »

Il éclata de rire.

« Tu penses que Michael Ormewood sait qu'il y a un type en circulation qui viole et qui tue des femmes, qui leur retire la langue, mais au lieu d'arrêter le coupable, il le fait chanter? Dans quel but? Qu'est-ce que pourrait posséder un John Shelley qui éveillerait la convoitise d'un Michael Ormewood?

— Comment expliques-tu que Michael me conseille de me méfier d'un John Shelley? Comment expliques-tu qu'il n'évoque rien d'une histoire similaire, concernant une jeune fille, et dans le quartier où il a grandi? »

Will tenta de lui faire entendre raison.

« Et toi, comment justifies-tu les autres filles?

— Quelles autres filles?

— L'an dernier, deux jeunes filles ont subi des agressions sexuelles de la part d'un homme masqué d'une cagoule. Elles ont eu toutes les deux la langue arrachée d'un coup de dents. »

Angie resta les lèvres entrouvertes, sous le coup de la surprise.

« John Shelley est sorti depuis sept mois, poursuivit-il. Ces deux jeunes filles vivaient à trente, quarante minutes d'ici. » Elle restait silencieuse, donc il continua. « Julie Cooper avait quinze ans. L'autre en avait quatorze. Qu'est-ce que ces crimes ont en commun? Quel est le lien?

— Tu sais que les criminels ont tous une manière de procéder, lui rappela-t-elle. Pourquoi s'en écarterait-il? Pourquoi découperait-il certaines langues au couteau, pour en arracher d'autres à coups de dents? Pourquoi passerait-il de très jeunes filles à une femme d'âge adulte? »

La réponse de Michael à cette question lui revint en mémoire, mais il s'abstint de partager ce souvenir avec elle.

« Pourquoi ne m'as-tu pas parlé de ces autres affaires plus tôt? s'insurgea-t-elle.

— Quand, Angie? Au dîner? Peut-être la fois où on se tenait par la main, pour la balade dans le parc qu'on n'a jamais faite?

— Tu aurais pu m'en parler.

— Pourquoi? s'écria-t-il. Qui pouvait savoir que tu finirais par baiser à droite à gauche avec un pédophile coupable de meurtre? »

Elle releva brusquement la tête.
« Je n'ai pas couché avec lui.
— Pas encore. »
Elle lâcha un profond soupir.
« Voici un élément indiscutable : Shelley a violé et tué une fille de quinze ans. Il lui a découpé la langue.
— Il n'est pas... » Elle revint sur la photo de Shelley. « Quoi qu'il ait commis, il n'a plus rien à voir avec l'individu qu'il était.
— Julie Cooper avait quinze ans, lui répéta Trent. Il l'a violée dans une ruelle, derrière une salle de cinéma. Il lui a tranché la langue d'un coup de mâchoire. »
Angie secoua la tête.
« Anna Linder avait quatorze ans. Ils l'ont retrouvée dans Stone Mountain Park, le lendemain. Elle tenait sa langue dans sa main, comme un enfant qui cherche à se rassurer en serrant contre lui son doudou. Ils ont dû la lui reprendre, en l'obligeant à rouvrir les doigts. »
Angie ne réagissait toujours pas.
« Cynthia Barrett, Angie. Cynthia Barrett avait quinze ans.
— C'était la voisine de Michael. »
Il haussa les épaules.
« Et alors ?
— Dis-moi un truc : comment se connaissent-ils ? Comment Michael savait-il qu'il fallait me prévenir, et d'une ? » Elle désigna le magasin de vins et spiritueux, d'un geste de la main plein de colère. « Tu n'étais pas là quand il est venu. Il y a quelque chose entre eux. Michael déteste ce type.
— Qu'est-ce que j'ai manqué d'autre, là ? lui répliqua-t-il. Parce que moi, il me semble que tu es tellement en pétard contre Michael Ormewood que tu n'y vois plus clair. Pourquoi ça, Angie ? Pourquoi tu ne peux pas te sortir cet enfoiré de la tête ? »
Il perçut la fureur de son regard, il savait qu'Angie se remémorait le million de fois où il lui avait posé cette même question.
Quand elle lui répondit, ce fut d'une voix au calme surnaturel.
« As-tu demandé à Michael quel âge avait sa femme quand il

l'a rencontrée ? » Elle ne lui laissa pas le soin de répondre. « Elle avait quinze ans, Will. Il en avait vingt-cinq.

— Est-ce qu'il l'a violée, est-ce qu'il lui a arraché la langue avec les dents ? Parce que sinon, je ne vois pas ce que ça vient faire là-dedans.

— Moi, je te le dis, John n'a pas commis ces actes.

— Je lui poserai la question moi-même, parce que je vais le coffrer.

— Non. » Elle lui empoigna le bras, comme si elle avait pu l'arrêter, physiquement l'en empêcher. « Je vais m'en charger. »

Il la dévisagea, interdit.

« Tu te fous de ma gueule.

— A la seconde où tu vas lui passer les menottes, il va totalement se fermer.

— Tu n'en sais rien.

— C'est un taulard. Bien sûr qu'il va se fermer, comme une huître. Il ne lâchera même pas un pet, jusqu'à ce que son avocat se montre, et ensuite l'avocat te conseillera d'aller te faire foutre.

— Tu n'as pas la maîtrise de cette affaire.

— Quelles charges comptes-tu invoquer contre lui ? Traverser la chaussée en dehors des clous ? » Elle haussa le sourcil, comme si elle attendait une réponse de sa part. « Tu peux le boucler pour l'interroger, mais qu'est-ce que tu obtiendras ? Tu peux fouiller sa piaule, mais qu'est-ce que tu raconteras au juge, quand tu vas lui demander un mandat ? "Il a déjà commis le même acte il y a vingt ans, Monsieur le président, alors peut-être que, probablement que, possiblement, il aurait pu recommencer encore à l'heure d'aujourd'hui, Votre Honneur. » Elle croisa les bras. « En l'état actuel de mes connaissances, et à moins que tu ne sois le président des Etats-Unis, pour jeter un type en prison, il te faut un bout de preuve, il me semble. »

Trent ne répondit rien, car il savait qu'elle avait raison.

« Est-ce que tu as les empreintes digitales de John quelque part ? Des témoins ? Quelqu'un qui aurait vu quelque chose ? »

Jasmine, songea-t-il. Peut-être a-t-elle vu quelque chose. Si c'est le cas, à l'heure qu'il était, elle gisait probablement au fond d'un lac.

Angie lui résuma la situation.

« Aucune pièce à conviction soumise à expertise médico-légale, aucun témoin, pas d'arguments. Tu as raison, Will. Allons-y, allons l'arrêter, là, tout de suite, hein, pourquoi pas ?

— Il est peut-être en train de traquer sa prochaine victime, en ce moment même », hasarda-t-il, sans ajouter qu'Angie pourrait fort bien être la prochaine femme sur laquelle il jetterait son dévolu.

« Si tu l'arrêtes maintenant, dans vingt-quatre heures, tu vas devoir le mettre dehors, et ensuite, si c'est bien Shelley l'auteur de toutes ces agressions, il sera informé que tu en as après lui, et il ira s'enterrer si profond que tu ne le retrouveras jamais.

— Que suggères-tu que je décide ? Attendre qu'il viole sa prochaine victime ? Sa prochaine victime, Angie, il la tient peut-être déjà, souligna-t-il. Et s'il tient Jasmine ? Suis-je censé rester là à me tourner les pouces, pendant qu'elle compte le nombre de minutes qu'il lui reste à vivre ?

— Moi, il me parlera. Il ne sait pas que je suis flic.

— Qu'est-ce qu'il y a, avec ce type, Angie ? Pourquoi refuses-tu de le voir tel qu'il est ?

— Ce n'est peut-être pas une si mauvaise chose, que je ne juge pas les messieurs sur la base de leurs actes passés.

— Tu cherches à te montrer blessante ?

— Laisse-moi lui parler, plaida-t-elle. Tu peux surveiller l'endroit où il loge, jusqu'à demain, t'assurer qu'il ne sorte pas. De cette manière, s'il détient cette jeune ado, il ne la touchera pas sans que tu en sois informé. Je vais me rendre à cette station de lavage, demain matin, il va s'asseoir avec moi dans un coin, et on va causer, lui et moi.

— Tu crois qu'il va se confier à toi ?

— S'il est innocent... » Elle hocha la tête. « Ouais. Je peux obtenir qu'il parle.

— Et s'il ne parle pas ?

— Eh bien, tu seras là. » Elle n'hésita pas à le provoquer. « Tu vas me protéger, n'est-ce pas, Willy ?

— Il n'y a pas de quoi rire.

— Je sais. » Elle regarda de nouveau par-dessus l'épaule de

Trent, pour surveiller les filles. « Il faut que je retourne bosser.

— Je n'aime pas ça, avoua-t-il. Je n'aime pas du tout ça et je n'ai pas envie de tremper là-dedans.

— Ça, c'est pas une nouveauté, ni pour toi, ni pour moi, hein ? » Elle lui posa la main contre sa joue, et ses lèvres vinrent effleurer les siennes. « File, Will.

— Je n'ai pas envie de te quitter.

— Tu n'as pas le choix. »

Chapitre trente-trois

10 février 2006. 7 h 22

JOHN ÉTAIT ASSIS sur un tabouret, au comptoir de l'Empire Dinner. Il avait franchi la porte avec une faim de loup mais, sans qu'il comprenne trop pourquoi, une fois servi, il fut incapable d'avaler plus de quelques bouchées. Ses nerfs enserraient son estomac dans leur poigne mortelle. Sa vie allait enfin commencer.

Il avait passé la quasi-totalité de la soirée avec Kathy et Joyce, à essayer d'élaborer un plan d'action. Kathy voulait aller trouver la police, mais s'il y avait un point sur lequel les enfants Shelley s'accordaient sans peine, c'était que l'on ne pouvait se fier à la police. Michael ne parlerait jamais. Il était trop futé pour s'exposer ouvertement. Le rapport de solvabilité de John contenait de quoi soulever quelques questions, en effet, mais les réponses n'en risquaient pas moins de se retourner contre lui, et il se retrouverait avec quelques banderilles plantées dans le postérieur. Au bout du compte, ils avaient décidé que Joyce se servirait de ses contacts au département des archives du comté pour se procurer l'adresse actuelle de tante Lydia. A sa mort, oncle Barry n'était marié avec elle que depuis quelques années, et ils n'avaient rien pu dénicher sous le nom de la famille Carson. Pour remonter jusqu'à elle, il devait bien exister une piste quelque part. Une fois qu'ils l'auraient exhumée, les enfants

Shelley confronteraient Lydia à son rôle dans le coup monté contre John. A l'évidence, elle avait déjà confessé ses péchés en une occasion auparavant. Ils ne lui accorderaient pas un instant de répit, tant qu'elle ne les aurait pas avoués de nouveau – cette fois dans le cadre d'une déposition.

Pour ce qui était des aveux de John, il n'avait pas raconté à sa sœur et à son amante tout ce qui s'était passé. Il s'était montré aussi honnête que possible, jusqu'à un certain point. Il ne leur avait rien dit de la voisine de Michael. La pensée de l'acte qu'il avait commis, les profondeurs où il avait sombré, tout cela le rendait malade. Pendant tout ce temps, il avait considéré que c'était Michael, la brute bestiale, mais en cet instant où l'opportunité s'était présentée à lui, il avait agi avec autant de sadisme, avec autant d'esprit de vengeance que son cousin. Etait-ce pour cela qu'Emily s'était battue ? Etait-ce le motif qui avait poussé sa mère, heure après heure, à noircir les pages de ses cahiers, pour que son petit Johnny réussisse à sortir de prison et vienne mutiler une jeune fille de quinze ans ? Pour la première fois de son existence, il était content que sa mère soit partie, content de ne plus jamais avoir à regarder ces yeux magnifiques en sachant qu'elle les poserait sur un être capable de telles atrocités.

« Un petit pour terminer ? » lui demanda la serveuse, et elle lui remplissait déjà son mug de café.

« Merci », marmonna-t-il.

La porte s'ouvrit, il leva brièvement le nez vers le miroir, derrière le comptoir, et aperçut Robin, debout, les mains sur les hanches, qui cherchait une table du regard. Le restaurant était assez animé, donc elle ne remarqua pas qu'il la dévisageait.

John réprima une forte envie de se retourner. Il avait envie de l'inviter à s'approcher, de lui désigner le tabouret vide à côté du sien et de l'écouter parler. Il se passait trop de choses, maintenant, songea-t-il. Il avait du sang sur les mains, de la culpabilité dans le cœur. Il baissa les yeux sur son mug, plongea le regard dans ce liquide trouble, souhaitant pouvoir y lire son avenir. Y aurait-il jamais une femme dans sa vie ? Trouverait-il un jour quelqu'un qui, sachant ce qui lui était arrivé, ce qu'il avait fait, ne s'enfuirait pas en criant ?

« Salut, toi ! » Robin se glissa sur le tabouret voisin du sien. Elle était habillée différemment. Ses cheveux étaient noués en queue-de-cheval, et elle portait un jean et un tee-shirt, au lieu de son accoutrement ordinaire de tapineuse.

« Salut, fit-il en retour. Fini votre service ?

— Ouais », lui dit-elle, en retournant sa tasse de café vide, avec un signe vers la serveuse.

Il y avait autre chose de changé, chez elle, mais il était incapable de saisir au juste ce que c'était. Cela n'avait rien à voir avec sa façon de s'habiller ou avec l'absence des cinq cents grammes de maquillage dont elle se tartinait la figure, d'ordinaire. S'il l'avait connue mieux que ça, il aurait pu la trouver nerveuse.

« Ça ne t'arrive jamais de penser que tu détestes ton boulot, point barre ? Que tu devrais peut-être te tirer très loin de chez toi, sans jamais regarder en arrière ? »

Il sourit. Il avait envisagé, oui, de se tirer très loin, tout le temps qu'il avait vécu à la Littorale.

« Ça va ? »

Elle eut un signe de tête, et puis elle lui adressa un petit sourire narquois.

« Tu me suis partout ? D'abord l'hôpital, et maintenant, ici. »

Il regarda autour de lui.

« C'est vous la proprio du bistro, ou quoi ?

— C'est mon endroit préféré, pour déjeuner.

— Désolé, s'excusa-t-il. Ça m'a paru bien, alors j'étais entré m'asseoir un petit moment. »

Il avait de l'argent dans la poche, pour la première fois depuis une éternité, et il avait eu envie de se gâter un peu.

« Je t'ai menti, lui avoua-t-elle.

— A quel sujet ?

— De mon premier baiser. Ce n'était pas avec le meilleur ami de mon petit frère. »

Il tâcha de prendre ça à la plaisanterie, même si, au fond, il se sentait blessé.

« Je vous en prie, ne me dites pas que c'était avec votre petit frère. »

Elle sourit, versa un peu de lait dans son café.

« Mes parents se défonçaient au speed, lui raconta-t-elle. Du moins, ma maman, et le type qu'elle se sautait. » Robin prit une cuiller et remua son café. « C'est l'Etat qui m'a éloignée d'elle, quand j'étais gamine. »

John ne savait que dire. Il finit par se décider.

« Ça m'attriste, d'entendre ça.

— Ouais, soupira-t-elle. Pendant un temps, j'ai été placée dans plusieurs familles d'accueil successives. J'ai fait la connaissance de pas mal de papas adoptifs, qui étaient vraiment contents d'avoir une petite fille sous leur toit. »

Il resta silencieux, la regarda remuer son café. Elle avait les mains les plus petites qui soient. Pourquoi les mains des femmes étaient-elles si attirantes, tellement plus que celles des hommes ?

« Et toi, alors ? lui lança-t-elle. Tu viens d'un foyer désuni, toi aussi ? »

Elle avait prononcé cette formule avec un brin de sarcasme. Il avait croisé quantité de criminels qui prétendaient avoir été les victimes des circonstances, issus d'une famille à problèmes qui les avait poussés à embrasser une existence criminelle. A les entendre, on aurait cru qu'ils n'avaient eu aucun choix, dans l'histoire.

« Non, lui répondit-il. Je viens d'un foyer parfaitement normal. Une maman merveilleuse, une maman-gâteau, une maman-chef scoute. Un père un peu distant, mais il était à la maison tous les soirs, et il s'intéressait à ce que je faisais. » Il repensa à Joyce. A cette minute, elle était sans doute au téléphone, en train de déployer ses talents. Il ignorait si tante Lydia agirait ou non comme il le fallait, mais pour sa part, savoir que Joyce croyait en lui, et pour la première fois depuis vingt ans, cela devrait lui permettre de vivre en paix pour le restant de ses jours, pensait-il.

Robin tapota sa cuiller contre le mug, deux petits coups, puis elle la posa sur le comptoir.

« Donc, qu'est-ce qui t'est arrivé, John ? Comment as-tu fini en prison ? »

Il haussa les épaules.

« Les mauvaises fréquentations. »

Elle rit, mais elle ne trouvait manifestement pas ça drôle.

« Tu étais innocent, j'imagine ? »

Elle lui avait posé la question, il y a deux jours, à l'hôpital, et il lui avait fourni une réponse bateau.

« En prison, tout le monde est innocent. »

Robin se tut, le regard perdu dans le miroir, derrière le comptoir.

« Alors, reprit-il, préférant changer de sujet. Votre premier baiser, c'était qui ?

— Mon vrai premier baiser ? fit-elle. Le premier type que j'ai embrassé et que j'avais vraiment envie d'embrasser ? » Elle eut l'air d'y réfléchir. « Je l'ai rencontré au foyer pour enfants, lui avoua-t-elle enfin. Nous sommes restés ensemble pendant vingt-cinq ans. »

John souffla sur son café, but une gorgée.

« Un sacré bail.

— Ouais, enfin. » Elle reprit sa cuiller. « Je l'ai pas mal trompé, en baisant à droite à gauche. »

Il manqua s'étouffer avec son café.

Elle sourit, mais c'était plus un sourire qu'elle s'adressait à elle-même.

« Nous avons rompu, il y a deux ans.

— Pourquoi ?

— Parce que, quand tu connais quelqu'un depuis si longtemps, quand tu grandis avec quelqu'un comme ça, tu finis par être trop... » Elle chercha le mot. Enfin, elle se décida. « ... à vif. Trop vulnérable. Je sais tout de lui et il sait tout de moi. Tu ne peux pas réellement aimer quelqu'un, dans ces conditions. Je veux dire, bien sûr, tu peux aimer la personne... C'est un peu comme s'il faisait partie de moi, partie de mon cœur. Mais avec lui, tu ne peux jamais être comme tu en as envie. Tu ne peux pas l'aimer comme un amant. » Elle haussa les épaules. « Si je tenais vraiment à lui, je le quitterais pour de bon, qu'il puisse continuer de vivre sa vie. »

Il ne savait pas trop de quelle manière réagir.

« Il est fou, de vous laisser partir.

— Oh, l'histoire ne s'arrête pas à ma version, admit-elle. Je suis une vraie garce, au cas où tu n'aurais pas remarqué. Et toi, alors ?

— Moi ? lâcha-t-il, interloqué.

— Tu as une fille dans ta vie ? »

Il rigola.

« Vous vous moquez de moi, là ? Je me suis retrouvé en prison à seize ans. La seule femme que j'aie jamais fréquentée, de toute mon existence, c'était ma mère.

— Et... » Sa voix resta un instant en suspens. « Tu étais gamin, d'accord ? Quand tu t'es retrouvé en taule ? »

John sentit sa mâchoire se contracter. Il opina, sans la regarder, en tâchant de ne pas laisser resurgir dans son cerveau l'image de Zebra, de ces dents en noir et blanc, de ces mains refermées sur sa nuque, comme deux serres.

Si elle le vit acquiescer, elle ne formula pas de commentaire. Au lieu de quoi, elle souffla sur son café, avant de finalement en boire une gorgée.

« Zut, il est froid. »

Il fit signe à la serveuse.

« Alors, comment ça se passe, là, vous deux ? s'exclama la jeune femme.

— Bien, merci », lui répondit John, en lui laissant remplir sa tasse de café. Il n'avait pas l'habitude d'absorber autant de caféine dans la matinée, et ses mains étaient moites de transpiration. Ou alors c'était juste de la nervosité, à cause de la présence de Robin. Elle lui parlait comme s'ils se connaissaient. Il ne se rappelait pas avoir jamais eu une conversation pareille, à aucun moment de sa vie.

« Si vous avez b'soin de quoi que ce soit, vous m'prévenez, hein. »

Robin attendit que la serveuse se soit éloignée, pour lui poser une question.

« Alors, John, qu'est-ce que tu as fait, depuis que tu es sorti ?

— J'ai renoué avec ma famille », lui répondit-il. Il ne put s'empêcher d'ajouter un mot. « J'ai recherché mon cousin. Il y a des choses dont il faut qu'on parle. »

Elle regarda par-dessus l'épaule de John, un homme assis

seul, dans le box d'angle. A son tour, John scruta le reflet du type dans le miroir, en se demandant si ce n'était pas l'un de ses clients. L'homme portait un costume trois-pièces. C'était sans doute un avocat ou un médecin, avec une famille, chez lui, qui l'attendait.

« John ? » Son regard revint vers Robin. La question qu'elle lui posa le surprit. « Tu as quel genre d'ennui ?

— Aucun genre.

— Tu disais que quelqu'un te faisait chanter. »

Il hocha la tête.

« Oui, j'ai dit ça.

— Qui ? »

Il posa les mains de part et d'autre de sa tasse. Il avait envie de lui répondre, de lui raconter tout ce qui s'était passé, mais Robin avait assez de sa propre vie sans qu'il y ajoute encore un fardeau. Qui plus est, il ne partageait pas l'optimisme de Joyce au sujet de tante Lydia et sur la possibilité qu'elle agisse comme il convenait. Michael n'avait pas cessé d'être son fils, même si c'était un meurtrier sadique. Il n'y avait aucun moyen de prévoir de quoi il était capable. S'il arrivait du mal à Robin à cause de lui, John ne pourrait plus supporter de vivre.

« Je ne peux pas vous mêler à tout ça », lui répondit-il enfin.

Elle lui posa la main sur la cuisse.

« Et si j'ai envie de m'impliquer, moi ? » Sa main s'aventura plus haut, et il en eut le souffle coupé. « Je sais que tu es un type bien. »

Il ouvrit la bouche, en quête d'un peu d'air.

« Vous ne devriez peut-être pas...

— Je sais que tu n'as personne avec qui parler, poursuivit-elle, sa main fermement posée sur sa jambe. A moi, tu peux me parler. Je veux juste que tu le saches. »

Il secoua la tête, en chuchotant.

« Robin... »

Sa main lui massa la cuisse.

« Ça remonte à longtemps, hein ? »

Jamais, songea-t-il. Ça remonte à jamais.

« Tu veux qu'on aille parler quelque part ?

— Je ne... » Il était incapable de penser. « Je n'ai pas du tout d'argent pour... »

Elle s'approcha de lui.

« Je t'ai dit. J'ai fini mon service. »

Si sa main s'égarait à peine plus haut, il allait devoir demander une serviette à la serveuse. Il ferma les yeux, serra les paupières, tâchant de puiser un peu de force en lui.

Il posa sa main sur la sienne.

« Je peux pas.

— Tu n'as pas envie de moi ?

— Il n'y a aucun homme au monde qui n'aurait pas envie de vous », souffla-t-il, songeant que jamais on n'avait prononcé de paroles plus sincères. « Je tiens à vous, Robin. Je sais que c'est stupide. Je sais que je ne vous connais même pas. Mais je ne peux pas vous impliquer dans mes problèmes, d'accord ? Il y a déjà trop de gens qui en ont souffert. Si quelque chose vous arrivait, si vous étiez blessée, vous aussi... » Il secoua la tête. Il était incapable d'y penser. « Quand ce sera terminé, ajouta-t-il. Quand ce sera terminé, je viendrai vous trouver. »

Robin avait retiré sa main. Elle porta sa tasse à sa bouche et répéta sa question.

« Qui te fait chanter, John ? »

Son ton avait changé. Il ne pouvait pas mettre le doigt sur ce changement, mais cela lui rappela les gardiens, à la prison, leur façon de vous poser une question en sachant qu'il fallait leur répondre, sans quoi ils vous foutaient au mitard.

« Ça sera bientôt réglé, lui assura-t-il.

— Comment ça ?

— Je m'en occupe, c'est tout, lui répéta-t-il. Je ne peux rien ajouter d'autre pour le moment.

— Tu ne vas rien me dire, à moi ?

— Nan, lâcha-t-il.

— Tu es sûr, John ? »

Elle était si sérieuse. Il lui sourit, un sourire en point d'interrogation.

« Parlons d'autre chose, suggéra-t-il.

— J'ai besoin que tu me racontes, insista-t-elle. J'ai besoin de savoir ce qui se prépare.

— Qu'est-ce que c'est que cette histoire?

— Cette histoire, John, c'est ta vie. Tu ne peux pas être un peu franc du collier, avec moi? »

Il sentit se hérisser les poils de sa nuque.

« Là, ça va dans une direction qui ne me plaît pas. »

Robin posa sa tasse. Elle se leva, son visage se durcit.

« J'aurai essayé de t'aider. Souviens-t'en.

— Allez, dit-il, ne sachant pas ce qu'il avait fait de mal. Robin... »

Il sentit une main sur son épaule et, quand il leva les yeux, vit l'homme en costume trois-pièces debout derrière lui.

« Qu'est-ce qui se passe? » s'étonna-t-il.

L'homme regarda Robin, et John l'imita.

« Je suis navrée », John, dit-elle, et elle avait l'air de le penser, mais il ignorait pourquoi. Elle plongea la main dans son sac et en sortit son portefeuille. Stupidement, il crut qu'elle allait payer la note. Il ouvrit la bouche pour lui demander de ne pas se soucier de ce détail, mais à cet instant il entrevit le scintillement doré, quand elle ouvrit l'étui de son insigne.

« Je suis flic, lui précisa-t-elle, comme s'il n'avait pu le constater par lui-même.

— Robin...

— En fait, c'est Angie. » L'homme derrière John raffermit son poigne sur son épaule. « Sortons régler ça dehors.

— Non... » Il sentit son corps se mettre à trembler, ses muscles se liquéfier.

« Dehors », ordonna-t-elle, et sa main s'introduisit de force sous son aisselle, l'obligeant à se maintenir debout.

Il marcha comme un invalide, en s'appuyant contre elle, tandis que l'homme ouvrait la porte. Les flics de Decatur avaient eu les mêmes gestes avec lui, en le tirant hors de sa chambre. Ils l'avaient descendu en bas des marches, traîné dans le jardin devant la maison et menotté sous les regards de tout le quartier. Quelqu'un avait crié et, en regardant derrière lui, il avait compris que c'était sa mère. Emily était tombée à genoux.

Richard n'avait même pas essayé de la soutenir, et elle sanglotait.

Sur le parking, à l'extérieur du restaurant, le soleil était brutal, et il cligna les yeux. Il s'aperçut qu'il était haletant. En prison. Ils l'emmenaient en prison. Ils allaient lui retirer ses vêtements, le fouiller au corps, prendre ses empreintes digitales, le jeter dans une cellule avec une bande d'autres types qui n'attendaient que le retour de John, pour lui montrer au fond ce qu'ils pensaient d'un taulard violeur d'enfants qui n'avait pas réussi à tenir le coup, dehors.

« Will. » Elle parlait à l'homme, derrière John. « Non. »

John vit les menottes argentées que l'homme tenait en main.

« Je vous en prie... », les implora-t-il, dans un souffle. Il n'arrivait pas à respirer. Ses genoux se dérobèrent sous lui. La dernière vision qu'il eut, ce fut Robin s'avançant vers lui pour amortir sa chute.

Chapitre trente-quatre

8 h 55

ANGIE SE SENTAIT SALE. Même après une douche bouillante, elle avait la sensation qu'elle ne se débarrasserait jamais de cette saleté en elle.

L'expression du visage de John, sa peur, ce sentiment de trahison, lui avaient entaillé le cœur comme un morceau de métal à l'arête déchiquetée. Will avait porté John jusque dans la voiture, il l'avait aidé à s'asseoir sur la banquette arrière, comme un enfant que l'on installe avant de sortir faire un petit saut dans un magasin. Angie était restée là, pensive. Voici les deux hommes dont j'ai le plus gâché l'existence.

Et elle était partie, avant que Will n'ait pu la retenir.

Qu'est-ce qui, chez John Shelley, lui inspirait cette envie de le sauver? Peut-être sa totale solitude en ce monde. Peut-être parce qu'il portait sa solitude comme une cotte de maille, que seule Angie était en mesure de voir. Il était semblable à Will. Exactement identique à Will.

Elle avait eu beau nettoyer sa maison de fond en comble quelques jours auparavant, elle enfila ses gants et se remit à la besogne. Dans la salle de bains, elle utilisa presque trois litres de Javel, en récurant les rainures blanches et luisantes des enduits de jointoiement à la brosse à dents. C'était Will qui lui avait posé ce carrelage, en optant pour un motif en diagonale, car il savait que cela agrandirait la pièce. Il avait peint les murs d'un jaune crème, en complétant par des finitions blanc cassé, et Angie l'avait asticoté sur ses talents de décorateur.

Elle devrait l'appeler. Il s'était contenté d'accomplir son travail. C'était un bon flic, mais c'était aussi un type bien, et il n'était pas juste de sa part de le punir, lui, si John Shelley avait trempé dans une sale histoire. Dès qu'elle aurait fini de nettoyer la maison, elle lui téléphonerait sur son portable, qu'il comprenne bien que c'était cette situation qui lui faisait horreur, et pas lui.

Ensuite, elle s'attaqua à la cuisine, sortit les casseroles et les poêles, lava l'intérieur de tous les placards. Elle n'arrêtait pas de revenir sur cette scène de la veille, en repensant de quelle manière elle aurait pu alléger les choses.

« Merde. »

Il lui fallait du revêtement vinyle autocollant. C'était idiot de nettoyer ces placards, qui devaient être remplis d'un tas de saletés, sous la feuille de protection en plastique. Elle souleva le coin du vinyle poisseux, dans le bas du coffrage, sous l'évier, et le déchira en deux. Le fond était propre, mais trop tard, elle venait déjà d'abîmer le revêtement. Elle se releva, pour aller en chercher un rouleau de rechange, mais elle se souvint, avant même d'être arrivé dans le cellier, qu'elle était à court.

« Merde », pesta-t-elle encore, en retirant ses gants de ménage d'un coup sec. Elle les jeta dans l'évier, et fouilla pour trouver ses clefs, en lâchant une bordée de jurons supplémentaires.

Dix minutes plus tard, elle était dans sa voiture, en route non pas pour le petit supermarché du coin, mais tout droit vers l'avenue Ponce de Leon, en direction de Stone Mountain. Elle savait où habitait Michael. Après la fois où ils avaient baisé ou, pour être plus exacte, après qu'il l'avait baisée, il l'avait un peu obsédée. Elle était passée deux fois en voiture devant chez lui, elle avait vu sa femme et son gamin dans l'allée, elle l'avait aperçu, lui, occupé à laver sa voiture. Ce besoin obsessionnel n'avait pas duré longtemps – une semaine peut-être –, et puis elle s'était rendu compte qu'elle se comportait comme quelqu'un de dérangé. Ce n'était pas contre lui qu'elle était furieuse, mais contre elle-même, pour s'être encore embringuée dans une triste situation.

Les Ormewood habitaient une maison de style ranch, dans l'esprit des autres habitations du quartier. Elle se gara dans l'allée restée inoccupée. Si tel ou tel de leur voisin jugea que sa Monte-Carlo SS noire n'avait pas sa place ici, il ne sortit pas en courant pour autant. Quand elle descendit de voiture, elle avait la peau parcourue de fourmillements.

Elle était vêtue de son accoutrement ordinaire : en quittant la maison, elle avait sauté dans un jean coupé, enfilé une vieille chemise de Will et des tongs roses. Elle s'approcha du garage, chacun de ses pas ponctué par le claquement mat des tongs contre sa plante de pied. Le vent soufflait, et elle croisa les bras très bas autour de la taille pour se protéger du froid. Dressée sur la pointe des pieds, elle scruta l'intérieur.

Les vitres avaient été noircies avec de la peinture.

Une voiture passa, elle la suivit des yeux et s'assura qu'elle ne ralentissait pas, puis se dirigea vers la porte d'entrée de la maison. Elle sonna, attendit, se délectant à l'avance de la surprise de Michael, quand il lui ouvrirait et la verrait devant lui. Elle allait lui annoncer l'arrestation de John, et ensuite elle lui demanderait comment il avait connu ce John Shelley, pourquoi il les avait averties, les filles et elle, de se méfier d'un meurtrier libéré de fraîche date.

Elle frappa, puis elle sonna de nouveau.

Rien.

Elle essaya la poignée, mais c'était fermé à clef. En évitant de regarder par-dessus son épaule ou le moindre geste susceptible de lui donner l'allure d'une cambrioleuse, elle contourna la maison pour accéder au jardin, l'air décontracté, sans presser le pas, en jetant un œil par les fenêtres, comme une amie venue juste faire un saut pour vous rendre une petite visite. En guise d'accessoire, elle aurait apprécié d'avoir son téléphone portable, mais elle l'avait laissé chez elle, en charge.

Il y avait une découpe dans la porte de derrière, un portillon pour chien. La porte paraissait ancienne et elle en déduisit qu'elle devait avoir l'âge de la maison. Michael détestait les chiens. C'était un souvenir de la première descente de police qu'ils avaient effectuée ensemble. L'une des filles avait un clebs qui n'arrêtait pas d'aboyer et, quand l'animal lui avait bondi dessus, il avait dégainé son arme. La prostituée avait ricané, et Angie aussi. Et d'ailleurs, cette prostituée était aussi la fille qui lui avait confié que l'inspecteur se tapait des coups gratuits.

Elle se mit à genoux et se présenta les épaules de travers, pour tenter de franchir le portillon. Ses hanches généreuses de dame en âge de procréer – merci, chère maman – résistèrent un peu, mais elle réussit à franchir l'obstacle. Elle se faufila à l'intérieur en rampant, se releva, tendit l'oreille, vérifia qu'il n'y avait personne dans la maison. Pour la première fois depuis qu'elle avait quitté son domicile, elle se demanda ce qu'elle fabriquait là. Pourquoi s'introduire par effraction chez son collègue? Qu'espérait-elle trouver?

Will avait peut-être raison. Michael était un pauvre connard, sans aucun doute, il frappait sa femme, et il avait sûrement violé Angie, cette nuit-là, alors qu'elle était trop ivre pour se rendre compte de rien, mais cela ne signifiait pas non plus qu'il soit mêlé à tout ceci. Alors pourquoi se retrouvait-elle ici?

« Merde », siffla-t-elle, et elle fit demi-tour, toujours en rampant, pour ressortir par où elle était entrée. Elle s'arrêta, à moitié accroupie, car elle venait d'entendre un bruit. Un geignement? Etait-ce bien cela qu'elle venait d'entendre? Michael avait-il un chien, maintenant?

Elle se figea, écouta. Le bruit ne se répéta pas, et elle se demanda, le temps d'une fraction de seconde, si elle ne perdait pas la tête. Le fait d'être entrée dans la maison d'un homme sans y avoir été invitée suffisait à instiller en elle le doute quant à sa santé mentale.

Il n'empêche, elle se releva. Après tout, autant achever le travail entamé. Elle laissa ses tongs près de la porte. Elle avait horreur de marcher pieds nus, mais elle n'avait pas envie que ce claquement de semelles l'accompagne partout dans la maison.

Arrivée à mi-distance de la cuisine, elle s'immobilisa, au bruit d'une voiture. Elle écouta, totalement concentrée sur ce ronflement de moteur. Une portière s'ouvrit, se referma en claquant, mais c'était sur le trottoir d'en face. Elle entendit quelqu'un lancer un bonjour, une conversation s'engagea, et elle put desserrer les fesses. Dieu de Dieu, il ne manquerait plus qu'Ormewood débarque chez lui et la surprenne en train de fouiner dans sa maison.

Elle s'était attendue à un salon de ce style : un canapé trop rembourré, et une télévision grand écran. Elle risqua un coup d'œil dans le couloir, mais elle n'avait aucune envie de visiter les chambres. Elle n'avait aucune envie de voir l'endroit où Michael baisait sa femme, de savoir que c'était sans doute là qu'il frappait Gina.

L'avait-il frappée, elle ? Elle l'ignorait. Le lendemain, elle avait les bras couverts de bleus, les parties intimes en feu, à cause de la douleur. Dans la voiture, elle avait tourné de l'œil, et il lui avait fait ce qui le chantait. L'enfoiré, le crétin. Il n'avait pas pigé, rien qu'à la regarder, qu'elle serait capable de lui faire à peu près n'importe quoi ? Il n'avait franchement pas besoin d'attendre qu'elle tombe dans les vapes.

Il y avait une porte, dans le fond du salon. Une serrure à moraillon la maintenait fermée. Elle essaya de se repérer, de calculer si le garage ne serait pas de l'autre côté de cette porte. Pourquoi une serrure aussi imposante sur une porte de garage, alors que n'importe qui pouvait entrer dans la maison en passant par le portillon du chien ? Et pourquoi les vitres de ce garage étaient-elles opaques ?

Angie se rendit à cette porte, plaqua l'oreille contre le métal frais. Quand elle pesa dessus, en faisant levier, le gond de la serrure grinça. Elle posa la main sur la poignée et ouvrit la porte. La pièce était plongée dans le noir absolu, et elle s'avança à tâtons, une main sur le mur, pour trouver l'interrupteur. Les ampoules au néon clignotèrent à plusieurs reprises et, dans cette lumière stroboscopique, elle découvrit un établi, une tondeuse à gazon et une table de billard.

Les lumières cessèrent enfin de clignoter. Une jeune fille nue était ligotée à la table. Elle était bâillonnée, le visage ensanglanté. En voyant Angie, elle écarquilla les yeux, si grands ouverts que le blanc formait un cercle complet autour des iris.

Hormis la poitrine qui se soulevait et s'abaissait à une cadence rapide, elle ne bougeait pas.

Angie en eut le souffle coupé. Elle sentit une douleur aiguë, fulgurante à l'arrière du crâne, puis ce fut une explosion aveuglante, et elle s'effondra au sol. Elle entendit le sanglot de la jeune fille, un homme rire, et puis plus rien, rien du tout.

Chapitre trente-cinq

10 h 13

WILL SE RENVERSA contre le dossier de son fauteuil, en contemplant la vue lugubre qu'offrait son bureau. Il décrocha son téléphone et réessaya le portable d'Angie, attendit que la communication bascule sur la boîte vocale, avant de couper l'appel. Il avait tenté de lui téléphoner depuis une heure, d'abord sur la ligne de son domicile, puis sur son portable. Elle lui avait indiqué qu'elle rentrait directement chez elle, et ne pas répondre quand il tentait de la joindre, cela ne lui ressemblait guère. Même si elle était furieuse contre lui, elle aurait décroché, ne serait-ce que pour l'injurier et le prier de cesser de l'importuner avec ses coups de fil.

Elle avait eu raison, sur un plan au moins. Depuis la minute où Trent l'avait embarqué à bord de son véhicule, John Shelley n'avait plus prononcé un mot.

Leo Donnelly frappa à la porte de son bureau, qu'il poussa avant qu'on l'ait invité à entrer.

« L'avocate est ici.

— Merci.

— Elle s'est présentée comme une amie de sa sœur. »

Il se leva, enfila sa veste.

« Vous ne l'avez pas crue ? »

Leo lui tendit une carte de visite.

« C'est une juriste spécialisée dans l'immobilier. » Il baissa la voix. « Une gouine qui m'a l'air assez chaude. »

Will ignorait ce que l'autre espérait comme réponse de sa part. Il resta les yeux fixés sur la carte, le temps qui convenait, avant de la glisser dans la poche de son gilet.

Leo l'accompagna dans le couloir, en marchant à sa hauteur.

« Moi, j'dois avouer que celle-là, pour notre camp, c'est une sacrée perte. Vous voyez ce que je veux dire ? »

Il ne souhaitait pas du tout se lancer dans cette conversation, aussi lui posa-t-il une question.

« Vous avez déjà entendu Michael Ormewood mentionner John Shelley ?

— Le suspect ? » Leo fit la moue, réfléchit une seconde. « Nan.

— Il y a une femme inspecteur, elle travaille aux Mœurs... Angie Polaski. »

D'un coup, la bouche de Leo se fendit d'un sourire éloquent.

« Ouais, elle, je la connais. »

Trent ouvrit la porte qui donnait sur l'escalier. Donnelly ne semblait pas trop ravi qu'ils ne prennent pas l'ascenseur pour descendre les deux étages conduisant aux salles d'interrogatoire. En revanche, le bonhomme avait l'air de s'estimer heureux que Trent ne lui efface pas ce grand sourire d'un coup de poing.

« L'inspecteur Polaski, expliqua-t-il à Donnelly, m'a rapporté que voici quelques mois, Ormewood les avait averties, les filles et elles, de se méfier d'un ex-taulard, un nommé John Shelley. »

A leur arrivée sur le palier, le sourire de Leo avait nettement pâli.

« Mike le connaissait d'avant, ce type ?

— A ce qu'il semble. »

Donnelly continua de descendre les marches, ses doigts suivant la main courante. Au palier suivant, il s'arrêta, et Will se retourna.

« Ecoutez », fit Leo. Il lança un regard furtif par-dessus la rampe, en baissant la voix. « Cette nana, Polaski... Mike, il l'a un peu sautée, hein, il y a de ça un moment. C'est un homme marié, vous savez, sa femme, il l'aime vraiment, mais quand il peut se faire astiquer un coup, il va pas dire non, surtout par un spécimen comme elle. Vous voyez ce que je veux dire?

— Que s'est-il passé?

— Polaski, elle a pas pigé les règles du jeu. Elle cherchait un truc un peu plus durable. Mike a essayé de la larguer en douceur, mais elle, depuis ce temps-là, elle a plus arrêté de mouiller pour lui, quoi. »

L'idée que quelqu'un s'imagine Angie en quête d'une relation stable et suivie, Trent faillit en rire. Il continua de descendre.

« Vous pensez qu'elle a tout inventé, cette histoire de Shelley? s'enquit-il.

— Je pense qu'il n'y a rien de plus à craindre qu'une femme blessée, vous voyez?

— Ouais, acquiesça-t-il. Mais pourquoi irait-elle inventer un truc pareil? »

Il fallut quelques secondes à Donnelly pour réfléchir à une réponse. Finalement, il haussa les épaules.

« Les femmes, vous savez...

— Vous ne m'aviez pas expliqué, l'autre jour, que Gina avait déposé une demande de mesure d'éloignement contre Michael, parce qu'il l'avait frappée?

— Eh ben... » Une fois encore, l'autre s'arrêta. « Ouais. Et alors? »

Will ne s'arrêta pas, lui.

« Ça, vous n'aviez pas l'air de penser qu'elle l'avait inventé.

— Non », admit l'autre. Il se massa le menton avec le pouce, un tic révélateur que Trent avait saisi dès les premières minutes de sa première rencontre avec ce collègue. Il espérait pour lui qu'il ne jouait jamais au poker. « Voilà, ce qu'il y a, finit par lui confier Donnelly, c'est que Mike m'a appelé hier soir, il voulait savoir comment l'enquête avançait.

— Il m'a appelé, moi aussi.

— Et qu'est-ce que vous lui avez répondu? »

Trent ouvrit la porte du deuxième étage.

« Probablement la même chose que vous. Nous n'avions rien qui nous permette d'avancer.

— Ouais, mais ensuite, j'ai évoqué le fait que vous m'aviez

prié de ressortir la liste des délinquants sexuels. Là, il s'est échauffé, ça le titillait. Il trouvait ça supergénial. » Leo lui lâcha un demi-sourire, un peu contrit. « Je pense pas en rajouter si je vous dis que cette idée d'éplucher ces casiers judiciaires, c'était vraiment le coup de patte de dernière minute comme il y en a pas deux. »

Will opina. Shelley figurait dans ce groupe de délinquants sexuels inscrits au registre, mais son dossier de conditionnelle ne reprenait pas les informations détaillées que Caroline lui avait extraites. Si Angie ne lui avait pas demandé de jeter un œil sur ce type, Shelley serait encore dehors à arpenter les rues, sans aucun doute.

Naturellement, c'était Michael Ormewood qui avait été le premier à parler de Shelley à Angie.

Leo ayant l'enjambée plus courte que la sienne, ils avançaient dans le couloir, et il déployait de gros efforts pour rester à sa hauteur.

« Le fait est que Mike est dans le métier depuis presque aussi longtemps que moi. Il connaît les risques, lui aussi. Et il sait qu'une pute camée à l'héro qui habite dans une cité, elle aura pas un intérieur briqué nickel. »

Trent s'immobilisa, en se disant qu'il avait peut-être sous-estimé l'inspecteur Donnelly.

Qui continua.

« Je vous parie mon œil gauche que l'endroit a été récuré à fond avant qu'on n'arrive sur place.

— Vous avez mentionné le fait à Michael ?

— Il m'a engueulé, reconnut l'inspecteur. En général, Mike est plutôt un type décontracté, hein ? Mais là, quand je lui ai soutenu que l'endroit avait été décrassé, il s'est vraiment foutu en rogne. Il voulait même pas le notifier dans son rapport.

— Il souhaitait peut-être juste se montrer prudent ?

— La prudence, c'est quand vous évitez de mentionner que votre nom figure dans le petit carnet noir de la garce en question, mais pas quand vous oubliez de vous apercevoir que quelqu'un a frotté les lieux avec cinq litres de Javel. »

Will fourra ses mains dans ses poches.

« Qu'est-ce que vous faites, là, tout de suite ? »

Leo haussa les épaules.

« J'ai deux trois autres affaires sur lesquelles je dois bosser un peu. Pourquoi ?

— Ça vous embêterait, un petit crochet par chez Michael ?

— Pour quoi faire ?

— Lui rendre visite. Histoire d'être sûr que tout va bien chez lui.

— J'dois dire, commença Leo, vu sa façon de se comporter, moi, là, je me dis que, de toute manière, j'en ai rien à battre de savoir si ce gars-là va bien ou pas.

— Juste histoire de jeter un œil sur lui », insista Trent, en posant la main sur l'épaule de Donnelly. « Je voudrais savoir où il est. »

Leo leva les yeux quelques secondes, le regard vissé sur lui, et puis il hocha la tête.

« Mais c'est sûr, lâcha-t-il enfin. OK. »

Trent posa la main sur le bouton de porte de la salle d'interrogatoire, mais sans l'ouvrir. Il ferma les yeux, tâchant de se recentrer. Pendant qu'il serait dans cette salle, il ne pourrait penser ni à Angie, ni à Ormewood, ni à Jasmine, à rien de ce qui risquerait de venir le troubler. La cible, c'était John, et il visait un coup direct, rien d'autre. Il ne saurait se satisfaire à moins.

Il frappa à la porte, une seule fois, et entra dans la pièce sans attendre d'y avoir été convié. John Shelley était assis à la table. Son avocate, à ses côtés, était penchée vers lui, elle tenait ses deux mains dans les siennes.

Il pénétra dans la pièce. Ils se séparèrent aussitôt.

« Je m'excuse de vous interrompre », leur dit-il.

La femme se leva. Elle parla d'une voix forte, indignée. Elle avait beau être juriste dans l'immobilier, elle n'en demeurait pas moins avocate.

« Mon client serait-il en état d'arrestation ?

— Je suis l'agent spécial Will Trent, lui répondit-il. Et vous êtes ?

— Katherine Keenan. Pouvez-vous m'expliquer pourquoi mon client est ici ?

— Je crois que vous êtes spécialisée dans l'immobilier, reprit-il. Représentez-vous M. Shelley dans le cadre de l'acquisition d'un bien ? »

Les yeux de Kathy se réduisirent à deux fentes.

« Est-il ou non en état d'arrestation ? »

Il allait s'asseoir, mais s'immobilisa.

« Puis-je ?

— Inspecteur, je me moque de savoir si vous vous asseyez, si vous restez debout ou si vous entrez en lévitation. Cessez simplement de me prendre pour une idiote, et répondez à ma question. »

John baissa les yeux sur la table, mais Will eut le temps d'entrevoir son sourire.

« Très bien. » Il s'assit en face d'eux, en s'adressant à l'avocate. « Mais si cela ne vous ennuie pas, ce sera "Agent spécial Trent". Les inspecteurs travaillent dans les services de la police. Moi, je suis employé par l'Etat. Le Bureau fédéral d'investigation de Géorgie. Vous avez peut-être eu l'occasion de nous apercevoir, aux informations ? »

La pertinence de cette distinction échappait visiblement à Kathy Keenan, mais John, lui, semblait comprendre ce que recouvrait cette différence. La présence de l'Etat signifiait que la pression montait. Soit les locaux s'avéraient incapables de gérer l'enquête, soit le crime impliquait plusieurs juridictions.

« Je ne répondrai à aucune question », prévint John.

Will lui répliqua.

« C'est parfait, monsieur Shelley. Je n'ai aucune question à vous soumettre. Si j'en avais, je pourrais vous demander par exemple : "Où étiez-vous dans la soirée du 3 décembre de l'année dernière ?" Ou alors je pourrais avoir envie de savoir ce qu'il en était du 13 octobre. » Si ces dates évoquaient quoi que ce soit à John, il n'en laissait rien paraître. Will poursuivit. « Ensuite, ma curiosité pourrait se porter sur dimanche dernier. » Là, il y eut une réaction. Trent poussa un peu son avantage. « Vous devez vous souvenir de cette journée, à cause du Super Bowl. Et le lendemain, le 6. C'était un lundi. Le cas échéant, je finirais par m'intéresser à l'endroit où vous vous trouviez lundi dernier.

— Il n'est tenu de répondre à aucune de vos questions », objecta Keenan.

Trent s'adressa directement à John.

« Il faut vous fier à moi. »

John le dévisagea, comme il aurait pu fixer un pan de mur vide et nu.

Will se redressa dans son siège et leur énonça la liste, pour leur édification à tous les deux.

« J'ai une prostituée morte, une adolescente morte, et deux très jeunes filles, vers le nord, par rapport à l'endroit où nous sommes, qui s'efforcent de comprendre de quelle manière elles vont bien pouvoir vivre le reste de leur existence, après avoir eu la langue arrachée à coups de dents. »

Tout en prononçant ces mots, il observait l'avocate. Elle n'était pas aussi rodée que John, elle n'était pas aussi habile à dissimuler ses émotions.

Il poursuivit.

« J'ai aussi une fillette portée disparue. Elle s'appelle Jasmine. Elle a quatorze ans. Elle habite au Grady Homes, avec son petit frère, Cedric. Dimanche dernier, un homme blanc aux cheveux châtains lui a versé vingt dollars pour passer un coup de téléphone. »

John joignit les mains sur la table, avec force.

« Le détail amusant, c'est que cet homme lui a donné une pièce de dix cents, pour ce coup de téléphone. » Trent marqua une pause. « Je crois que les taxiphones ne coûtent plus dix cents depuis au moins 1985. »

John croisait et décroisait les doigts.

Trent s'adressa à l'avocate.

« Maître Keenan, voici la question qui va suivre : comment John Shelley connaît-il Michael Ormewood ? »

A ce nom, elle resta le souffle coupé, littéralement.

« Kathy », fit John, pour la mettre en garde.

Will expliqua la situation.

« Lundi dernier, une jeune fille de quinze ans est morte. Quelqu'un lui a découpé la langue au couteau. Je ne peux pas m'empêcher de penser, monsieur Shelley, qu'il y a vingt ans, vous avez tranché la langue d'une autre jeune fille. Au couteau. »

C'était plus que Kathy Keenan n'en pouvait supporter.

« Elle n'a pas eu la langue coupée au couteau !

— Kathy, fit John. Attends dehors.

— John...

— S'il te plaît, insista-t-il. Tu attends dehors, c'est tout. Essaie de trouver Joyce. »

Manifestement, elle n'avait aucune envie de partir.

« S'il te plaît, répéta-t-il.

— Très bien, lui dit-elle. Mais je vais patienter là, juste derrière cette porte.

— En fait, intervint Trent, en se levant, vous n'êtes pas autorisée à rester dans le couloir, madame Keenan. Bureaux du gouvernement, menaces terroristes, vous savez ce que c'est. » Il lui ouvrit. « Il y a une pièce réservée aux avocats, un étage plus bas, juste à côté du distributeur automatique. De là, rien ne vous empêche de passer quelques appels, et même de grignoter un morceau. »

Elle quitta la pièce, en le foudroyant du regard. En revanche, son départ accrut la tension plus qu'il ne l'allégea.

Trent prit son temps pour refermer, avant de se rasseoir. Il croisa les bras, attendant que John Shelley s'exprime. Il s'écoula au moins cinq minutes de silence. Il patienta encore un peu, puis décida de céder.

« Comment connaissez-vous Michael ? »

John avait toujours les poings serrés sur la table, les doigts noués.

« Qu'est-ce qu'il est allé raconter, celui-là ?

— Ce n'est pas lui que j'interroge, c'est vous. »

John dévisagea Will, il mit toute sa colère dans ce regard.

« Joyce, c'est votre sœur ?

— Laissez-la en dehors de tout ça.

— Cela devait être dur, toutes ces années. Vous, en prison, comme ça, et elle, à l'extérieur.

— Elle sait que je n'ai rien fait.

— Ce qui a dû rendre les choses encore plus dures.

— Arrêtez avec vos salades psychologiques, n'essayez pas ça avec moi.

— J'étais juste curieux de l'effet que cela pouvait avoir eu sur vous.

— L'effet que cela pouvait avoir sur moi ? » répéta John, et sa colère commençait à filtrer. « L'effet que cela pouvait me faire de précipiter ma famille dans la ruine, d'envoyer ma mère dans la tombe, trop tôt, bien trop tôt ? L'effet que cela pouvait faire d'être traité comme un paria de merde par son propre père ? Qu'est-ce que tu crois, mon pote ? Qu'est-ce que tu crois, bordel ? »

Les mots de John restèrent suspendus en l'air, sa voix résonna aux oreilles de Trent. Qu'en pensait-il, Will ? Il en pensait que les pièces du puzzle finissaient par trouver leur place.

« Je voudrais que vous me rendiez un petit service », lui répondit-il.

Les épaules de John se contractèrent mollement, le geste évasif de celui qui ne s'engage pas.

Will avait conservé une copie de la lettre d'Aleesha Monroe dans sa poche, une sorte de talisman, destiné à l'aider dans cette enquête. Il déplia le feuillet, le fit glisser en travers de la table, vers John.

« Pouvez-vous me lire ceci ? A voix haute, je vous prie. »

Shelley lui lâcha un regard étrange, mais la curiosité l'emporta. Il se pencha au-dessus de la table, sans toucher la feuille, qu'il lut d'abord pour lui seul.

Il releva les yeux vers Will, il était troublé.

« Vous voulez que je lise cette lettre à voix haute ?

— Si vous n'y voyez pas d'inconvénient. »

John s'éclaircit la gorge. A l'évidence, il ne comprenait pas ce qui se tramait, mais lorsqu'il entama la lecture, Trent perçut cela comme une marque de confiance.

« "Chère maman", commença-t-il, mais Will l'interrompit.

— Pardon. A partir de la troisième ligne, précisa-t-il. Si vous pouviez commencer par là. »

John réagit encore par un regard signifiant qu'il ne se prêterait pas à ce petit jeu indéfiniment. « La Bible nous enseigne que les enfants sont punis pour les péchés de leurs parents. Je suis l'exclue, l'intouchable qui ne peut vivre qu'avec l'autre Paria, à cause de tes péchés. » Il s'interrompit, en fixant ces mots du regard, comme s'il avait conscience de manquer quelque chose qui se trouvait là, juste sous son nez. « Qui est Alicia? s'enquit-il.

— Aleesha Monroe », lui répondit l'agent Trent, et l'expression du visage de John lui révéla tout ce qu'il avait besoin de savoir. « J'ai parlé à sa mère, hier matin. J'ai dû lui annoncer la mort de sa fille. »

John déglutit de manière ostensible.

« La mort?

— Aleesha Monroe a été violée. Frappée. On lui a arraché la langue d'un coup de dents.

— C'était... » John chuchotait, plus en s'adressant à lui-même qu'autre chose. Il prit la lettre, les yeux rivés sur les mots d'Aleesha à sa mère.

« Elle a écrit le mot paria, deux fois », reprit Will, sachant que c'était maintenant sa seule chance d'amener John à lui accorder sa confiance. « La première fois, elle l'écrit avec un p minuscule. La deuxième, avec une majuscule. Paria, et non parias. Elle désignait un individu, et pas un groupe. »

Les yeux de John balayèrent la page, et Trent comprit quelle ligne il relisait. *L'intouchable qui ne peut vivre qu'avec l'autre Paria.*

Il se pencha en avant, au-dessus de la table, il voulait s'assurer de bien retenir toute l'attention de Shelley.

« Qui est ce Paria, John? »

L'autre ne quittait toujours pas la lettre des yeux.

« Je n'en sais rien.

— Il s'agit de quelqu'un qu'Aleesha connaissait, à l'époque. Quelqu'un avec qui elle est forcée de vivre, maintenant. » Le téléphone de Will sonna, dans sa poche, mais il n'en tint pas compte. « J'ai besoin que vous me disiez qui est ce Paria, John. J'ai besoin de l'entendre de votre bouche. »

John connaissait la réponse, il avait fini par comprendre. Will le voyait dans son regard.

« Votre téléphone, il sonne. »

Ce fut tout ce qu'il parvint à lui dire.

« Ne vous souciez pas de mon téléphone, répondit Trent. Qui est ce Paria ? »

Il secoua la tête, mais Will sentait le personnage au bord de l'extrême limite.

« Dites-moi de quoi elle veut parler. »

Le téléphone ne cessait pas de sonner. Trent n'esquissa pas un geste pour l'éteindre. Il vit John qui commençait à reprendre du champ, la sonnerie opérant comme une sorte de sonnette d'alarme, rappelant au taulard de se la boucler.

« John », insista-t-il.

Shelley se leva, il roula la page en boule et la lui jeta au visage, en hurlant.

« J'ai dit que j'en savais rien ! »

Will se rassit dans sa chaise, maudissant Angie d'avoir choisi cet instant pour répondre à son précédent appel. Il fit basculer le capot de son portable.

« Quoi ? demanda-t-il.

— Trent. C'était Leo Donnelly. Je suis chez Mike.

— Ne quittez pas », dit-il, puis il plaqua l'appareil contre sa poitrine, et s'adressa à John. « Je vais vous laisser, je dois prendre cet appel, j'en ai pour une minute, d'accord ? »

John secoua la tête.

« M'est égal. »

Trent sortit de la pièce, porta le combiné à son oreille en refermant la porte.

« Qu'y a-t-il, Leo?

— Je suis allé à la maison de Mike, comme vous m'avez demandé. »

Will conservait en lui une lueur de colère, John avait été sur le point de craquer. Si ce stupide téléphone n'avait pas sonné, à l'heure qu'il était, il serait en train de lui dérouler toute l'histoire.

« Je frappe à sa porte, je sais que Mike est chez lui, parce que je vois sa voiture dans la rue. »

Il s'adossa contre le mur, il sentait sa nuit sans sommeil le rattraper.

« Et puis ?

— Pas de réponse, mais ensuite une patrouille de la police de DeKalb se parque devant, avec Gina qui s'arrête juste derrière. Gina, c'est la bourgeoise à Mike, d'accord ? Elle les a appelés pour avoir leur protection, le temps qu'elle récupère une partie de ses affaires dans la maison.

— OK.

— Elle recule dans l'allée, et moi, je peux quand même pas me baisser sous un fourré, alors je vais vers elle, je lui demande comment ça va. Elle me regarde comme si j'étais une crotte dans son bol de céréales, j'imagine qu'elle me prend pour un pote de Mike. »

Will songeait à John, resté assis dans la salle d'interrogatoire.

« Est-ce que tout ça nous mène quelque part ?

— Vous trouvez que je vous pompe le dard, jeune homme ? J'ai quand même au moins dix ans de plus que vous.

— C'est vrai », concéda-t-il, en s'adossant de nouveau contre le mur, non sans se demander combien de temps tout cela allait prendre. « Allez-y.

— Donc, reprit Leo. Chez DeKalb, ils sont pas trop heureux de me voir, vous pigez ? Apparemment, Mike, concernant sa voisine qui est morte, il s'est défilé. Veut pas leur causer, veut pas faire de déposition, et il veut pas qu'ils viennent jeter un œil dans sa baraque. »

Cette fois, il retint l'attention de Will Trent, une attention sans mélange.

« A mon humble avis, ils ont sauté sur l'occase de la visite de Gina pour aller quand même fouiner sur place.

— Et puis ?

— Et puis une fois qu'elle a compris que Mike est dans la maison, elle refuse de les laisser entrer. » Leo ajouta un commentaire approbateur de son cru. « P'têt bien qu'elle peut pas l'encadrer, mais bon, Gina Ormewood, ça reste une femme de flic. Elle sait qu'il faut laisser personne fourrer votre nez chez vous, sauf s'il y a un papier qui vient du juge.

— Quelque chose m'échappe, là, mais quoi ?

— Enfin, laissez-moi terminer, s'insurgea Donnelly. Ce flic,

Barkley, le voilà qui devient assez fumasse, il se retrouve à faire le pied de grue, la queue entre les jambes. Donc, il s'en prend à moi, il m'ordonne de dégager, on est dans une propriété privée, là. » Will entendit le cliquetis d'un briquet qui s'ouvrit, et Leo s'alluma une cigarette. « Moi, je m'exécute, mollo mollo, je ressors dans la rue. On est dans un pays libre, pas vrai ? Il est pas propriétaire de la rue, c'te Barkley. »

Il s'imaginait la scène d'ici. Jamais vous n'ordonniez à un flic de déguerpir, surtout si vous ne vouliez pas le retrouver pendu comme une chaîne à votre cou pendant tout le reste de votre vie biologique.

Donnelly continua.

« Alors moi je traîne autour de la bagnole de Mike, et je m'interroge, n'est-ce pas. Pourquoi elle est garée de l'autre côté de la rue, et pas dans son allée ? Et à ce moment, la voisine arrive dans la sienne, de caisse, avec ses courses. Une vraie garce, celle-là, quelle fouineuse, mais bon, je lui demande où est Michael, et elle me répond... » Leo prit le temps de tirer une taffe de sa cigarette. « Elle me certifie que Mike était là, il y a environ une heure. Elle récupérait son courrier quand il s'est arrêté devant chez lui. Il l'a même questionnée au sujet de cette voiture, qui était garée dans son allée. »

Will s'écarta du mur.

« Quelle voiture ?

— Une bagnole, dans son allée, lui précisa l'inspecteur. Mike voulait savoir depuis combien de temps elle était parquée là. Elle lui dit cinq, allez, peut-être dix minutes, et puis il s'éloigne, il la remercie même pas.

— Et ensuite ?

— La voisine est entrée chez elle, elle a récupéré sa liste de courses et elle est ressortie. » Leo tira encore une bouffée. « Sauf qu'elle remarque maintenant que la voiture dans l'allée est garée dans l'autre sens. Cette fois, il y est allé en marche arrière, il s'est mis à cul contre la porte du garage. Et elle le voit, Mike, il est là, debout, derrière sa caisse, et il referme la porte du garage.

— Merde.

— Il lui adresse un petit signe de la main, il ferme le coffre, il monte, il démarre et il dégage.

— A-t-elle précisé de quel type de voiture il s'agissait?

— Noire. Les modèles, elle y connaît rien. »

Le cœur de Will Trent avait cessé de battre.

« Leo, ce flic, Barkley, il est toujours sur place?

— Ouais.

— La voiture de Gina est toujours garée à reculons dans l'allée ?

— Ouais.

— J'ai besoin que vous alliez dans l'allée regarder sous la voiture, vers l'arrière. Dites-moi s'il y a encore une tache d'huile toute fraîche, sur le béton.

— Vous voulez que je me fasse arracher la queue d'un coup de pétard ?

— Il faut que vous alliez voir », insista Trent, la gorge douloureuse, rien qu'à cause des efforts qu'il déployait pour parler. « Dites-moi s'il y a des taches d'huile encore fraîches.

— Bon Dieu de bon Dieu, marmonna Leo. Will l'entendit souffler un filet de fumée. Très bien, quittez pas. »

Will plaqua son oreille tout contre le récepteur, se représentant Donnelly traversant la rue pour pénétrer dans l'allée de Michael Ormewood. Il y eut une voix d'homme, probablement le flic, le dénommé Barkley, puis quelques gémissements, lorsque Leo s'aplatit non sans mal au ras du sol. Encore des beuglements de la part du flic local, et Donnelly qui lui rétorque en beuglant à son tour. Et il fut enfin de retour en ligne. Ouais, il y a de l'huile encore toute fraîche. Ça peut pas venir de la caisse de Gina, parce qu'elle, dans l'allée, elle y est allée à reculons...

Il referma son téléphone d'un coup sec, le fourra dans sa poche et ouvrit violemment la porte de la salle d'interrogatoire.

John le vit, il recula.

« Qu'est-ce que... »

Il lui tordit le bras dans le dos et lui flanqua la figure contre le mur. Il colla sa bouche à deux centimètres de l'oreille de Shelley, pour être sûr que cet enfoiré entende bien chaque mot.

« Dis-moi où il est. »

John cria de douleur, se dressa sur la pointe des pieds.

« Dis-moi où il est, répéta Trent, en lui tirant le bras plus haut, sentant l'épaule sur le point de se démettre.

— Je ne...

— Il tient Angie, espèce de connard ! » Il lui tordit le bras encore plus méchamment. « Dis-moi où il est !

— Tennessee, chuchota Shelley. Il a une maison dans le Tennessee. »

Il le lâcha et Shelley s'effondra par terre.

« Où, dans le Tennessee ? »

John secoua la tête, il essaya de se relever.

« Emmenez-moi avec vous. »

Il essaya de s'arracher du sol, en grimaçant, à cause de la douleur dans l'épaule.

« Je vais te le demander encore une fois, une seule. »

Comme il ne répondait pas, Trent s'avança d'un pas.

« Très bien ! cria John, en levant le seul bras qu'il pouvait encore bouger. Vingt-neuf Elton Road. Ducktown. Tennessee. »

Chapitre trente-six

A UN MOMENT ou un autre, Angie avait vomi, mais elle avait dû presque tout garder dans la bouche, à cause du bâillon. A en juger par l'odeur âcre, dans le coffre, elle avait dû réussir à s'uriner dessus, en plus. Elle avait la tête qui cognait, et son corps était si endolori qu'elle était incapable de bouger sans gémir de douleur. Elle avait les mains et les pieds ligotés dans le dos. Même si elle avait été capable de bouger, elle n'aurait eu nulle part où aller, aucun moyen de s'en tirer. Elle était réduite à l'impuissance totale.

Elle tâcha de se concentrer sur sa respiration, de ne pas perdre le sens de l'orientation, pour s'éviter le retour de la nausée. Ce n'était pas sa première commotion, et pas la pire non plus, mais dans l'obscurité du coffre, il était encore plus difficile de ne pas céder à la panique et, chaque fois que la voiture s'arrêtait à un feu ou à un stop, elle ne parvenait pas à apaiser la terreur qui brûlait au fond de sa poitrine comme un acide.

La voiture ralentit de nouveau, et elle se raidit de tout son corps en entendant le craquement d'un chemin de gravier sous les pneus. Ils avaient quitté la chaussée asphaltée. Elle n'avait aucune idée du temps qu'elle avait passé dans ce coffre. Elle n'avait pas vu qui l'avait frappée derrière la tête, mais elle savait que c'était Michael Ormewood. Son rire retentissait encore à ses oreilles. C'était ce même rire qu'il avait eu le soir de la fête en l'honneur de Ken, quand il l'avait poussée sur la banquette arrière de sa voiture.

La fille.

Il y avait une fille ligotée à la table de billard. Son petit corps était criblé d'hématomes et de taches de sang. Jasmine. Ce devait être Jasmine.

Le véhicule finit par s'immobiliser. Elle compta les secondes. A douze, une portière s'ouvrit. Elle sentit que le véhicule s'allégeait d'un poids, du côté du siège avant. La portière claqua. Des pas craquèrent sur le gravier. L'autre portière s'ouvrit, côté passager, puis se referma brutalement, comme si on l'avait rabattue d'un coup de pied.

Vingt secondes. Cinquante. Cent. Angie avait abandonné le décompte, lorsqu'elle entendit la clef racler dans la serrure du coffre.

La lumière du soleil l'aveugla. Elle serra les paupières, fort, pour se protéger de la douleur. Cet air frais, c'était divin, et elle ouvrit grand la bouche autour de son bâillon, dilata les narines, elle voulait à tout prix respirer cet air.

Une ombre lui barra le soleil. Lentement, elle rouvrit les yeux. Michael lui souriait, de toute sa hauteur, et la griffure aux bords irréguliers que Jasmine lui avait faite à la joue, trois jours plus tôt, donnait l'impression d'une peinture de guerre.

« La sieste a été bonne? »

Elle tirailla sur ses liens.

« Du calme », la prévint-il.

Angie aboya un « va te faire foutre », par-dessus son bâillon.

Il dégaina un long couteau de chasse de son fourreau.

« Ne tente rien », lui conseilla-t-il, en tranchant les cordes dans son dos.

Elle s'étira les jambes autant qu'elle put, avec un gémissement de soulagement. Elle avait encore les mains ligotées dans le dos, mais au moins elle pouvait remuer.

« Sors de là. »

Elle se redressa, s'assit, non sans mal. Il rentra le couteau dans son fourreau et sortit son arme de service. Il la lui braqua à la tête et elle cessa de bouger.

« Lentement, ordonna-t-il. Ne t'imagine pas une minute que je ne t'abattrai pas. »

Elle s'appuya des deux paumes à plat sur le plancher du coffre, et la corde lui entamait la peau des poignets. Après plusieurs tentatives, elle réussit à se hisser en position debout. Elle balança les jambes par-dessus le rebord du coffre ouvert. En gémissant, elle s'obligea à en sortir, tituba lorsque ses pieds atteignirent le sol, mais elle réussit tant bien que mal à conserver son équilibre.

Elle se tint bien droite, regarda autour d'elle, tâchant de se repérer.

« C'était très impressionnant, ironisa-t-il. J'avais oublié combien tu étais souple. »

Elle avait envie de lui arracher les yeux de ses mains nues.

« Regarde autour de toi », ajouta-t-il. Elle ne vit que des collines onduleuses et des montagnes couronnées de neige surplombant un refuge d'allure rustique. « Tu peux crier tout ce que tu veux, personne ne t'entendra. »

Il tira sur son bâillon et elle avala une grande goulée d'air. Elle sentit que son nez était cassé et, quand elle cracha par terre, c'était un caillot de sang, mêlé à des fragments d'aliments de son petit déjeuner.

Elle cria comme une furie.

Michael resta planté là devant elle qui se pliait en deux sous l'effort, les poumons cognant dans sa poitrine. Elle beugla jusqu'à ce qu'il ne lui reste plus une goutte d'air dans les bronches, rien dans la tête, sauf la stridence de ses propres cris.

« C'est fini ? » demanda-t-il.

Elle se précipita sur lui et il releva le genou, le lui planta en plein dans la poitrine. Elle s'effondra par terre, et le gravier lui perça douloureusement les jambes.

Il lui pointa son Glock sur le côté de la tête, et vint coller son visage à quelques centimètres du sien.

« Souviens-toi de ça, Angie : ici, tu joues remplaçante. »

Jasmine.

« Où est-elle ? »

Il souleva Angie d'un coup sec, en l'empoignant par les cheveux, et la traîna en direction du bungalow. Elle se débattit pour lui résister, tira sur ses cordes quand elle buta contre les marches de l'escalier.

« Laisse-moi partir ! cria-t-elle. Laisse-moi partir, enculé ! »

Il ouvrit la porte d'entrée et la poussa à l'intérieur.

« Entre là-dedans. »

Il la saisit par le bras et la jeta dans la salle de bains.

Elle s'écroula dans la baignoire, sa tête heurtant sèchement la cloison en plastique. Michael tenait encore son pistolet en main. De l'autre, il alluma la douche. Angie essaya de se remettre debout, mais ses jambes dérapèrent sous elle, et l'eau froide lui tambourina la face.

« Retire ton short », lui ordonna Michael. Il envoya gicler une noix de shampooing sur elle, tandis qu'elle se démenait pour se relever. « Retire-le. »

Même si elle en avait eu envie, avec les mains nouées dans le dos, elle ne pouvait lui obéir. Michael parut s'en rendre compte. Il tendit la main et arracha le premier bouton de son jean coupé, puis baissa la fermeture Éclair.

« La culotte, aussi, vociféra-t-il. Tout de suite. »

Elle avait les doigts engourdis, la circulation bloquée. Pourtant, elle parvint à glisser les deux pouces dans la taille de son short et à le baisser. Elle l'écarta d'un coup de pied.

« Qu'est-ce que tu as fait de cette petite ? lui lança-t-elle, en faisant glisser son slip. Qu'est-ce que tu as fait de Jasmine ?

— Ne t'inquiète pas. » Il sourit, comme s'il goûtait une bonne plaisanterie réservée aux seuls initiés. « Elle ne parlera pas. »

Angie lui bondit de nouveau dessus, lui fonça tête baissée dans le bas-ventre. Il retomba dans le couloir et le pistolet ripa sur le sol humide. D'un geste rapide, il l'attrapa et la balança à l'autre bout de la pièce. Elle se reçut mal, tendit le bras derrière elle pour amortir sa chute. Tout le poids de son corps lui retomba sur le poignet, elle se tordit la main droite, elle entendit un craquement et, à la seconde, un éclair de douleur lui enflammait le bras.

« Debout ! » ordonna-t-il.

Sa main l'élançait, des aiguilles lui couraient tout le long, jusqu'à l'épaule. Elle roula sur le côté, en sanglots. Oh, nom de Dieu, elle venait de se fracturer le poignet. Qu'est-ce qu'elle allait faire? Comment allait-elle se sortir d'ici?

Elle entendit du bruit en provenance de la pièce voisine. Michael avait disparu. Où était la jeune fille? Que fabriquait-il avec Jasmine?

Elle plaqua le visage au sol, se força à se mettre à genoux, puis à se lever. Elle s'appuya contre le mur, elle fut prise de vertige, sa vue se brouilla. Elle reprit haleine, se ressaisit, puis s'écarta du mur. Son slip mouillé était resté entortillé autour de sa cheville, et elle l'envoya balader d'une détente du pied, en claudiquant vers la pièce qui donnait sur l'extérieur.

Il était assis dans le canapé, une jambe croisée sur l'autre, et son pied se balançait. Le Glock était posé sur le coussin, à côté de lui. Il savait qu'elle ne pourrait arriver à temps pour l'atteindre.

« Assieds-toi », lui lança-t-il, en désignant le rocking-chair près de la cheminée. Avec précaution, elle s'assit sur le rebord du siège, en essayant de ne pas se renverser en arrière.

« Qu'est-ce que tu fabriquais chez moi? »

Angie regarda dans la pièce, autour d'elle, qui devait mesurer à peu près trois mètres cinquante sur sept, une salle de séjour, avec une petite cuisine dans le fond. Elle se souvint des montagnes, dehors, de l'austère isolement de cet endroit. Il avait raison : personne ne l'entendrait crier.

« Qu'est-ce que tu as l'intention de faire? » lui demanda-t-elle.

Il eut ce même petit sourire narquois, ce sourire qu'elle lui avait vu le soir de la fête, pour le départ de Ken, et qu'elle avait pris pour de la drague.

« A ton avis, je vais m'amuser à quoi? »

Elle ne pouvait empêcher sa lèvre inférieure de trembler. Sa main s'engourdissait, des élancements sourds lui enserraient le poignet dans un anneau de douleur. La corde était mouillée, plus épaisse, plus lourde, imbibée d'eau, à cause de la douche. Sa peau lui donnait l'impression d'avoir été brûlée, râpée.

Elle baissa les yeux sur le pistolet, là, sur le canapé.

« Pas de bêtise. »

Elle se racla la gorge, elle avait l'impression d'avoir avalé du coton.

« John m'a tout raconté », lui annonça-t-elle, sans trop savoir jusqu'où elle pourrait le pousser, avant qu'il ne décide de la briser. Personne ne savait où elle était. Will était sûrement encore occupé à interroger John Shelley, à essayer d'obtenir la vérité. Si John avait appris quoi que ce soit, en prison, il tenait sa langue. Il faudrait des heures, des jours peut-être, avant que Will ne songe même à se lancer à sa recherche et, quand il s'y mettrait, il n'aurait aucun moyen de connaître l'existence de ce minuscule bungalow perdu dans les collines.

« Qu'est-ce qu'il t'a raconté, John ?

— Pour Mary Alice, lui rétorqua-t-elle, en priant pour avoir retenu correctement le nom de la jeune fille. Il m'a dit ce qui s'est passé, en réalité. »

Il rit, mais sans sourire.

« John ne sait pas ce qui s'est passé. En réalité.

— Il a compris.

— John est trop stupide pour comprendre quoi que ce soit.

— Je l'ai répété à tout le monde.

— Ne me mens pas, siffla-t-il, menaçant. Pour le moment, je suis gentil, mais nous savons de quoi je suis capable, toi et moi.

— Will. Je l'ai dit à Will. »

Il avait peur de Will Trent. Elle le vit à ses yeux.

« Trent ?

— C'est mon homme. »

Michael ne la quitta pas des yeux, tâchant à l'évidence de décider si elle disait ou non la vérité. Il finit par secouer la tête.

« Hé-hé. »

Il ne la croyait pas.

« C'est vrai, insista-t-elle. Je le connais depuis toujours. »

Il laissa son regard errer sur son corps. Elle était nue, à partir de la taille, campée sur ses jambes, pour ne pas tomber.

« N'oublie pas que tu peux mourir de quantité de manières différentes.

— La cicatrice au visage de Will, essaya-t-elle encore. Elle part de la mâchoire, et elle descend dans le cou. »

Il haussa les épaules.

« N'importe qui peut la voir.

— Sa main, poursuivit-elle. Il a eu la main transpercée, à cause d'un pistolet à clou. Je l'ai conduit à l'hôpital. »

Ses yeux s'enflammèrent de colère. Il se leva du canapé, avec lenteur, et s'approcha de l'endroit où elle était assise. Il plaça les mains de part et d'autre d'elle, s'arc-bouta sur les accoudoirs du rocking-chair, et elle voulut reculer dans le fond du siège. Il la questionna, d'une voix grondante et sourde.

« Qu'est-ce que tu lui as raconté ? »

La peur se noua autour de sa gorge comme une courroie.

« Tout... » Elle perçut la terreur dans sa voix, elle savait qu'il entendrait cette terreur, lui aussi, mais ses lèvres ne s'arrêtaient plus de remuer, les mots ne cessaient plus de sortir. « John m'a tout raconté... et moi j'ai tout raconté... j'ai tout raconté à Will... »

Il agrippa les accoudoirs avec une telle violence que le fauteuil semblait vibrer de toute part.

« Raconté quoi ?

— Que tu connaissais Aleesha.

— Merde ! » Il s'écarta du fauteuil, et ce fut si brusque qu'il faillit basculer en arrière. Les jambes d'Angie battirent l'air, et elle se rattrapa pour ne pas tomber. Bordel de Dieu ! Il leva le pied, pour en flanquer un coup dans la table basse, mais se retint, à la dernière seconde. Lentement, son pied se reposa au sol, mais il gardait les poings serrés, le long du corps, et il tremblait de rage.

Elle resta les yeux rivés dans le dos de Michael, le souffle coupé, de terreur. Prudemment, elle stabilisa le rocking-chair, s'assit plus au bord du siège, tout doucement, petit à petit. Lorsqu'elle déplaça le poids de son corps, le plancher grinça.

Il se retourna et la gifla du dos de la main, si fort qu'il la projeta au sol.

Elle resta couchée là. Elle était incapable de bouger. Sa tête résonnait encore sous le choc.

« Debout. »

Il n'eut pas à la menacer. Elle essaya de se redresser, mais n'y parvint pas. Elle plaqua son visage au sol et ferma les yeux, en attendant le châtiment.

Rien ne vint.

« Mon père m'a laissé, quand j'avais dix ans. »

Elle rouvrit les yeux. Elle avait dû s'évanouir, manquer quelque chose. Michael était à l'évier de la cuisine. Il sortait une boîte en métal d'un des placards.

« Tu sais quel effet ça peut avoir, ça ? »

Angie ne répondit pas. Elle le regarda ouvrir la boîte, en vérifier le contenu.

« John a cru qu'il avait eu la vie dure. Il ne savait pas ce que c'était, la vie dure. » Il agita en l'air un sachet de poudre blanche. Soudain, Michael était redevenu ce type, ce personnage en apparence normale qu'il projetait autour de lui, pour que personne ne découvre quel monstre il était.

« C'est de la bonne came. Tu en veux ? »

Elle essaya de secouer la tête.

« Tu ne voulais pas non plus de ce dernier verre. Il sourit, comme si c'était drôle. Tu te souviens, Angie... la grande soirée de Ken ? Je t'ai servi un verre. »

Elle ne s'en souvenait pas, mais elle hocha quand même la tête.

« Des neurolep, bébé. » Il s'assit sur le canapé, posa la boîte en métal sur la table basse, entre eux deux. « Tu as avalé une bonne poignée de neurolep. »

Du rohypnol. Il l'avait droguée.

Son expression le fit rigoler. Il sortit de la boîte une lame de rasoir et un petit miroir, et tapota sur le sachet, pour verser quelques cristaux dessus. Elle le regarda réduire la coke en poudre, en une série de menus coups de lame saccadés.

« T'as jamais eu de gosse ? » lui demanda-t-il, sans la regarder. « Je parie que tu as bien dû te taper soixante avortements. » Il continua de hacher les cristaux, avec un sérieux de professionnel. « Mon fils, il a des problèmes. Tu le sais, ça. »

Angie força son corps à changer de position. Quand elle réussit à s'asseoir, la douleur l'empêcha de respirer. Au moins, elle y était quand même arrivée. Au moins, elle ne gisait plus sur le plancher, impuissante.

« Il est attardé mental », continua-t-il, en séparant la poudre en quatre lignes. Il lâcha un « aah » comblé. « Ça, c'est de la bonne poudre. Tu es certaine que tu n'en veux pas? »

Elle secoua de nouveau la tête.

« Tu aimes pas perdre la maîtrise de toi-même? C'est ce que tu m'as raconté, à la soirée de Ken, quand je t'ai tendu ce verre. » Il eut un petit gloussement. « T'as quand même tout bu, non? Tu aurais pu le poser, sans le boire, mais tu as tout gobé, comme un bon gros poisson. » Il lui tendit le miroir. « T'es sûre?

— Tu m'as cassé le nez.

— Tu sais pas ce que tu perds. »

Il reposa le miroir sur la table.

« Laisse-moi partir, c'est tout. » Elle tremblait si fort qu'elle arrivait à peine à parler. « Je ne dirai rien à personne.

— Tu ne crois pas sincèrement que tu vas sortir d'ici.

— Où est Jasmine?

— Tu le sauras bien assez tôt. » Il s'affala en arrière dans le canapé, l'étudia du regard. « Tu ne veux pas savoir, pour John?

— Quoi, pour John?

— La moitié des mecs de cette prison lui ont labouré le cul. Je parie qu'il a le sida. »

Angie respira à fond, plusieurs fois de suite, elle toussa sous l'effort. A chaque battement de cœur, son poignet l'élançait. La corde qui séchait, à la chaleur de la cabane, se resserrait sur sa peau.

« Bon, Tim, donc. » Il laissa échapper un lourd soupir. « On a eu le diagnostic il y a six ans. »

Elle essaya de faire jouer la corde autour de ses poignets, en tirant doucement dessus, pour voir s'il y avait un peu de mou.

« Une nouvelle pénible... j'imagine.

— Ça se ramène toujours à une question d'argent, hein? » Il désigna le miroir, sur la table, les lignes de coke. « C'est comme ça que j'ai payé le tout. Je filais un petit snif aux filles, que ce soit elles qui raquent pour que mon fiston puisse apprendre à lacer ses putains de souliers. L'assurance versée par l'Etat couvre pas la moitié de tout le merdier dont il a besoin. Je suis censé décider quoi, moi, laisser mon gosse dépérir dans une espèce de foyer? »

Angie ne répondit pas. Son cerveau décryptait ses propos, tâchant d'en extraire tout le sens. Avait-il vendu de la dope aux filles, en échange d'un coup de sexe quand l'envie le prenait? Il avait été intégré aux Mœurs pendant au moins dix ans. Son fils ne pouvait en avoir plus de huit. Tim n'avait rien à voir là-dedans.

« Ensuite, j'avais tout ce cash, et nulle part où le mettre au chaud. Je peux pas le déposer sur mon compte, parce que l'Oncle Sam finirait par devenir curieux. Je peux pas le laisser traîner, parce que Gina risquerait de poser des questions. » Il pointa le doigt sur Angie. « Ensuite, j'ai réfléchi, pourquoi ne pas ouvrir un compte pour mon vieux cousin Johnny? J'avais déjà son numéro de Sécurité sociale, grâce à tout ce fatras du tribunal que ma mère s'était gardé. »

Son cousin. Angie ignorait si Michael voulait dire par là qu'ils étaient parents, ou si c'était une manière argotique de s'exprimer.

« J'avais pas trop à me soucier qu'il sorte. »

Elle sentit ses yeux qui voulaient se fermer, et elle lutta pour rester éveillée.

« Où elles sont passées, tes questions, Angie? » La coke le rendait plus alerte, plus loquace. « Allez, fillette. Pose-les-moi, tes questions. »

Le cerveau d'Angie tournait à toute vitesse. Elle n'avait qu'une chose en tête.

« Tu connaissais Aleesha Monroe.

— Ouais, ça remontait à loin, nous deux. »

Elle lui avait menti, tout à l'heure, et elle s'attendait à ce qu'il s'en aperçoive, mais il était trop absorbé par sa propre histoire pour songer à démonter la sienne.

« Mon premier jour en uniforme, je reçois un appel pour aller au Grady Homes... Je me suis retrouvé bloqué dans cette saleté d'ascenseur. Le temps qu'on me sorte de là, tous les vioques s'éclataient la panse de rigolade, et il y avait Leesha, qui rigolait avec eux. Enfin, elle a rigolé jusqu'à ce qu'elle me connaisse un peu mieux. » Il agita le doigt. « Personne ne rit de Michael Ormewood, Angie. Personne ne rit de lui, et s'il y a un truc sûr et certain, c'est que personne ne l'envoie balader, non plus. »

Elle sentit un peu de sang suinter dans le fond de sa gorge. Le goût de ce sang lui donna un haut-le-cœur.

« Elle était putain au lycée et quinze ans plus tard elle était restée putain. Cette salope, rien que pour un peu de poudre dans une cuiller, elle aurait sucé un cabot. » Il eut de nouveau ce sourire, ce sourire du type qui maîtrise. « Ce qu'elles pigent pas, c'est qu'il faut garder le contrôle. En prendre quand on en veut, pas quand on en a besoin. » Ormewood voulait parler de la coke. « Faut pas la fumer, faut pas se la shooter, faut pas être trop gourmand. »

S'il se figurait pouvoir maîtriser la dépendance, il était plus stupide qu'elle ne l'avait pensé.

« Pourquoi as-tu assassiné Aleesha?

— Elle m'a tapé sur le système. Elle voulait changer les règles.

— Tu ne voulais plus la payer. » Elle avait fréquenté assez de prostituées pour comprendre d'ici le tableau. « Et Jasmine, elle te tapait sur le système, elle aussi?

— Jasmine... » Il sourit. « Je me demande ce que penserait ton boy-friend, s'il découvrait que je l'ai bouclée dans l'appart d'Aleesha, le jour où je l'ai ramené au poste en voiture? » Il l'observa attentivement, l'air de se repaître de sa réaction. « Tu te souviens, quand on a passé mes rapports des Mœurs en revue? Tu portais cette petite jupe étroite qui te remontait jusqu'à la fente, et tu m'exhibais tes seins chaque fois que tu te penchais? Pendant tout ce temps, Angie, elle était dans mon coffre, Jasmine. Pendant tout ce temps où tu te frottais contre moi, elle était dans le coffre de ma bagnole, elle se pissait dessus, rien que de penser à ce qui l'attendait. »

Angie entrouvrit les lèvres, laissa dégouliner un peu de sang. L'une de ses molaires l'élançait. Elle était probablement cassée.

Il avait cessé de parler, et elle se demanda si l'effet de la coke ne commençait pas à s'estomper. Elle était incapable d'évaluer combien de temps s'était écoulé depuis qu'il avait sniffé sa ligne. Peut-être faisait-il partie de ces gens qui déclenchaient une réaction inverse aux stimulants. Et peut-être savait-il conserver une telle maîtrise de lui-même que cela importait peu.

Il resta silencieux un si long moment qu'elle sentit ses yeux se fermer, son corps se relâcher pour sombrer dans une sorte de sommeil. Il reprit la parole, et elle se réveilla en sursaut.

« Ils se comportent tous comme s'ils étaient vachement costauds, mais il suffit d'un pétard, d'un snif, et ils sont accros. Ils n'arrêtent plus d'en redemander, ils te supplient à genoux. Tous. Surtout John. »

Elle dut se racler plusieurs fois la gorge, avant de pouvoir le questionner.

« C'est pour ça que tu l'as piégé ?

— L'idée est venue de maman, mais il n'a eu que ce qu'il méritait. Ils ont tous eu ce qu'ils méritaient. » Il baissa brièvement les yeux sur elle. « Tout comme toi. »

Elle sentit ses yeux qui avaient encore envie de se fermer, ses muscles qui se détendaient. Elle résista, se mordit la lèvre jusqu'à sentir encore un peu plus le goût du sang, usant de sa douleur pour se maintenir éveillée.

« Une fois que tu y prends goût, reprit Ormewood, d'une voix feutrée, l'air pensif, tu ne peux plus t'en passer. Tu as besoin de cette peur, de les voir accourir, te supplier, de voir la panique dans leur regard. »

Elle essaya encore la corde. Les os de son poignet fracturé coulissèrent l'un contre l'autre, avec un craquement qui se répercuta dans son crâne.

« J'ai procuré des cartes de crédit à ce cher Johnny, continua-t-il. Je me suis acheté cet endroit. » Il désigna la cabane. « Tu me crois stupide, mais je ne suis pas stupide. » Il se tapota la tempe. « Je pense, vu ? C'est quoi, la première chose que tu vérifies, quand tu veux relier un suspect à la scène du crime ? Tu consultes ses reçus de cartes de crédit : les factures d'essence, les factures d'hôtel, tout ce merdier. Si tu réussis à situer le suspect à proximité de la scène, le bon jour, à la bonne heure, bingo, tu le tiens ! » Il secoua la tête. « Ils trouveront rien sur Michael Ormewood, ça, c'est sûr. Ni en Alabama, ni dans le Tennessee, et encore moins à Atlanta. Je suis juste un père de famille, qui prend soin de son attardé de fils, qui prend soin de sa femme, tous les soirs chez lui, devant sa télé.

— Tu leur as vendu de la drogue », rétorqua-t-elle, en repensant à toutes ces filles qu'elle avait connues dans la rue, toutes ces toxicos qui auraient tenté n'importe quoi pour satisfaire leur dépendance. Un flic les avait fournies. Un flic avait exploité leur besoin et assouvi les siens. Combien en avait-il violées ? Combien en avait-il tuées ?

« Je devrais être fumasse contre toi, mais non. » Il se massa la mâchoire, sans la quitter des yeux. « Les crétins laissent leurs émotions prendre le dessus. C'est là qu'ils commettent des erreurs. Moi, ici, je suis dans la maîtrise, Angie. C'est moi qui vais décider de quelle manière tu vas mourir. »

Il se leva du canapé et elle s'arc-bouta, s'attendant encore à souffrir, mais il se rendit à la cheminée, posa les mains sur le manteau. Elle se souvenait d'avoir été avec Will, trois soirs plus tôt. C'était chez elle. Il s'était approché de la cheminée, et elle avait contemplé son dos, ses larges épaules, et elle n'avait eu envie de rien d'autre que de l'envelopper de ses bras. Elle ne vivrait plus jamais ce moment-là avec lui. Il ne saurait plus jamais ce qu'elle éprouvait.

« Tu ne sais pas ce que c'est que d'avoir ce rêve dans la tête, que tu vas mener une existence parfaite, une famille parfaite, et ensuite, il te tombe un truc comme Tim, et là, bordel, tu te sens comme un raté. »

Elle inspira tout l'air qu'elle put, en tâchant de garder les idées claires.

« Comment tu as commencé ?

— Pour Mary Alice, tu es au courant.

— Et les autres ? »

Il devait y en avoir d'autres.

« Tu veux remonter jusqu'à quand ? 85 ? 95 ? L'an dernier ? » Ce sourire fut de retour sur son visage. « Bon sang, je n'arrive même pas à me souvenir dans quels Etats elles habitaient. Ton boy-friend, là, il joue à ces conneries du profilage, exact ? Il raconterait, je suppose, que dès la sortie de Johnny, j'ai provoqué l'escalade. J'y suis allé sans prendre de gants, parce que je le savais, une fois que la pression allait monter, il me suffirait de pointer le doigt sur lui.

— Ce n'étaient que des gamines.

— Crois-moi, elles étaient bien plus expérimentées qu'elles ne le laissaient paraître. Vraiment mûres, pour leur âge. » Il secoua la tête, comme s'il n'en revenait toujours pas de l'ironie de la chose. « Vous n'êtes là que pour allumer la queue des mecs, toutes autant que vous êtes. »

Comme issue de nulle part, elle sentit la honte monter en elle. Combien de mecs de sa mère en avaient dit autant d'elle, Angie? Combien de fois avait-elle accepté leurs animaux en peluche, leurs bons repas ou leurs jolis vêtements, pour ensuite s'entendre expliquer qu'elle allait devoir payer tout ça de sa bouche?

Il continua.

« La plupart de ces filles se sont fait ramoner tellement souvent qu'elles sentent plus rien, sauf si tu les défonces bien profond. » Il revint sur elle, il la jaugeait du regard. « Tu étais exactement comme Mary Alice. Tu le savais, non? Tu m'allumes, je t'embrasse, tu laisses faire, je te tripote un peu, et ensuite tu me repousses comme si j'étais pas assez bien pour toi. » Il s'étrangla de dégoût. « Tu joues les innocentes, mais après, quand je te rentre dedans, j'ai l'impression d'avoir la queue prise dans un tuyau d'aspirateur. »

Elle avait les yeux aimantés par le pistolet, sur le canapé.

« Les putes, pour ça, elles sont bonnes. Tu peux leur faire n'importe quoi, d'accord? Je veux dire, c'est pour ça que tu les paies. » Il s'était tourné dos à elle, les mains appuyées sur le manteau de la cheminée. Angie avait les yeux rivés sur le Glock, espérant que cette arme ne soit pas une espèce de mirage, un tour que lui jouait son esprit. « Tout ce que je voulais, moi, c'était me défouler un peu avec Aleesha, avant le match. Et ensuite, la voilà qui joue les bêcheuses, elle me chasse de son appart, elle m'expédie dans l'escalier comme si j'étais une espèce de voyou. Avec moi, ce genre de conneries, ça marche pas. Elle a pas arrêté de me chercher, de me chercher, alors j'ai fini par lui donner une leçon. Michael Ormewood, c'est pas le client qui paie. Jamais. »

Elle colla son visage à plat sur le sol, supportant tout cela grâce à sa seule force de volonté.

« Ouais, à force de la laisser faire, elle a fini par me foutre en pétard. » Angie entendit le bruit de ses pas, elle le sentait, là, debout, à quelques centimètres de son visage. « Mais quand une pute clamse, personne n'en a rien à foutre, hein ? Personne ne s'en soucie. »

Elle ferma les yeux, serra très fort les paupières. Elle l'avait laissé pénétrer dans sa tête, prendre le pouvoir, exactement ce qu'il souhaitait.

« Tout ce que John avait à faire, c'était leur raconter », lui répondit Angie. Elle tenta sa chance. « Tu es son cousin.

— Oh, mon cœur, ironisa-t-il, avec un petit claquement de langue moqueur. Tu crois réellement que John aurait eu la moindre chance d'ouvrir le bec, devant un tribunal ? » Il secoua la tête. « Pendant tout ce temps, j'ai joué avec lui, en tirant les ficelles qu'il fallait, quand ça me chantait. » Il rit tout seul. « Bien sûr, quand j'ai ouvert ma boîte à outils, quand j'ai vu ce qu'il avait mis dedans, j'en aurais presque chié dans mon froc, mais c'est rien comparé au choc que je lui ai préparé. J'allais m'amuser un peu avec cette fillette, et ensuite j'aurais déposé le paquet devant la porte de Johnny... ou, plus précisément, devant ce trou à rats où il vit.

— Ça n'aurait pas marché », soutint-elle, sachant au contraire qu'il y aurait eu de fortes chances pour que ça ait marché.

« "Un flic héroïque prend un tueur en série sur le fait." Mon ADN partout dans la pièce, d'avoir tenu la pauvre petite chose morte dans mes bras. Les flics qui défoncent la porte, Johnny mort, et moi qui chiale de chagrin. Rien que pour l'avoir abattu, ce bâtard, j'aurais reçu une putain de promotion. Tu sais combien ça coûte, de coller un type dans le couloir de la mort ? J'aurais permis à la ville d'économiser vingt millions de dollars, à l'aise.

— Ils auraient tout découvert.

— Grâce à qui ? A tous ses potes ? A sa famille si aimante ? A sa mère si dévouée, qui est morte ?

— Des gens se seraient souvenus de toi.

— Personne ne se souvient de moi, personne, lui rétorqua-t-il sèchement, et elle vit bien qu'elle avait touché une corde sensible. John, c'était toujours lui qui occupait le premier rang. Moi, j'étais dans l'ombre... toujours dans l'ombre. Personne me remarquait jamais, et tu sais quoi ? Maintenant, la seule chose qu'ils retiendront de lui, c'est que leur précieux Johnny était un tueur.

— Mais John n'est pas un tueur. Hein ? »

Comme il ne répondait rien, elle leva les yeux.

Michael se tenait devant une porte fermée, qui devait ouvrir sur un placard, supposa-t-elle. Il tendit le bras vers le haut, sa main chercha à tâtons sur le rebord du meuble, et en redescendit une clef.

Elle vit la serrure à pêne dormant. Son cœur s'arrêta de battre.

« Que fais-tu ?

— Assez parlé », décréta-t-il, en introduisant la clef dans la serrure.

Elle s'obligea à se redresser, les jambes tremblantes. Elle recula, s'éloigna de lui, en direction du canapé.

Il lut dans ses pensées. Il récupéra le pistolet.

« Bouge ! » De la gueule du canon, il l'incita à se diriger vers le placard. « Allez ! »

Elle s'avança à petits pas, l'intérieur du placard entra dans son champ de vision. Ce n'était pas du tout un placard. C'était un escalier, qui descendait dans une cave.

« Tu as tout fait foirer, se plaignit-il. Cette petite fille et moi, on allait vraiment s'en payer une bonne tranche. »

Les marches se rapprochaient. S'il l'enfermait dans cette cave, elle était morte, elle le savait.

« Bouge. »

Elle cessa d'avancer, et il la bouscula par-derrière.

« Ne fais pas ça. »

Elle sentait son haleine chaude contre son oreille.

« Je vais te baiser, Angie. Je vais te baiser par tous les trous possibles. » De nouveau, il la força à marcher vers la cave. « Tu vas t'asseoir là-dedans et tu vas m'attendre. Pense un peu à ce que je te réserve.

— Non ! »

Elle planta ses pieds nus sur le plancher, recula en s'appuyant contre lui, dérapa sur le bois. Elle essaya de se dégager, mais il l'empoigna par la taille, la souleva et, en deux enjambées, il effaça la distance qui les séparait de l'escalier. Elle cria. « Non ! » Elle s'arc-bouta des deux pieds contre les montants, en se débattant de toutes ses forces.

Arrête ça ! » beugla-t-il.

Les jambes d'Angie fouettèrent l'air, et il la jeta dans l'escalier. Elle dévala les marches, en tanguant d'un mur à l'autre. Elle se reçut lourdement, tout en bas, en pleurant de douleur.

L'éclairage du plafond s'alluma, une seule ampoule dispensant sa lumière dans ce qui devait être un ancien silo à racines. Jasmine était là, dans un coin, recroquevillée en boule, sans vie. Angie essaya de s'approcher de la jeune adolescente, mais quelque chose la retint. Elle baissa les yeux, entrevit l'éclat de verre où s'était empalé son avant-bras. D'autres éclats de verre saillaient comme des dents de requin, là où des tessons de bouteilles avaient été cimentés sur la dernière marche.

Elle voulut bouger, et le verre fit un bruit de succion.

« Pense un peu, lui lança Michael depuis la porte ouverte, là-haut. Pense un peu à ce qui va t'arriver. »

La lumière s'éteignit. La porte se referma. La serrure s'engagea. A fond.

Elle allait mourir.

Chapitre trente-sept

WILL AVAIT son téléphone portable collé à l'oreille, tout en conduisant, et il priait pour qu'Amanda soit à son bureau. Il avait emmené John avec lui, car il avait besoin d'entendre son histoire, il voulait savoir à quel genre d'animal il aurait affaire, une fois arrivé dans le Tennessee. Pour sa part, John était plus que disposé à lui rendre ce service. L'ex-taulard avait cessé de se montrer récalcitrant et, à force de l'entendre échafauder ses théories, Trent en avait le tournis.

Caroline répondit enfin au bout du fil.

« Bureau d'Amanda Wagner.

— J'ai besoin d'Amanda, tout de suite. C'est urgent. »

Elle le mit en attente. Il garda les yeux fixés sur la route, roulant à vive allure, cinquante kilomètres à l'heure au-dessus de la vitesse autorisée, sur l'Interstate 75, dans la voie réservée aux véhicules en covoiturage, toujours plus dégagée.

« Will ? fit Amanda. Que se passe-t-il ?

— Je suis en route pour le Tennessee.

— Je ne me souviens pas d'avoir signé votre demande de congé.

— Je pense que notre tueur s'appelle Michael Ormewood.

— Très bien, acquiesça-t-elle, de sa voix traînante. Résumez-moi la situation, voulez-vous, Will ? »

Il lui raconta l'histoire de John, la manière dont Michael avait tenté d'instrumentaliser sa contrôleuse judiciaire, l'information que sa sœur, Joyce, lui avait fournie concernant cette cabane dans le Tennessee. Il termina par les taches d'huile dans l'allée du garage de Michael, et les informations que la voisine avait rapportées à Leo Donnelly.

« Vous avez vérifié au domicile de Polaski ?

— J'ai envoyé une patrouille devant chez elle. Elle n'y est pas. Sa voiture n'est plus dans l'allée. »

Amanda garda le silence. Trent avait eu l'occasion de lui présenter Angie, un jour – il n'avait guère eu le choix. C'était Angie qui l'avait conduit à l'hôpital, après qu'Amanda lui avait tiré dans la main avec ce pistolet à clous. Chose inconcevable, les deux femmes s'étaient bien entendues.

Elle finit par lui répondre.

« Donc, vous êtes en train de m'expliquer que, sur la base de quelques coups de téléphone restés sans réponse, et de quelques taches dans une allée de garage, vous conduisez un criminel déjà condamné dans cet Etat au-delà des limites de la Géorgie, parce qu'un fonctionnaire de la police d'Atlanta aurait pu, le cas échéant, enlever une collègue inspecteur en plein jour ?

— Il faut fouiller son domicile.

— C'est ce pavillon situé sous la juridiction du comté de DeKalb ? Comment dois-je m'y prendre pour me procurer ce mandat de perquisition, monsieur Trent ? Que proposez-vous ? Ce n'est pas que vos mystérieuses taches d'huile dans cette allée de garage ne soient pas incontestables, mais je doute qu'il y ait un seul juge au monde susceptible de cautionner ça de sa signature.

— Amanda », insista-t-il, en tâchant de maîtriser son ton de voix. « Vous êtes une personne sacrément épouvantable, mais dans toutes les affaires sur lesquelles j'ai travaillé, je me suis donné à fond. Alors ne me jouez pas ce tour-là, pas maintenant.

— Eh bien, Will, lui répliqua-t-elle, vous êtes pour votre part un dyslexique hyperfonctionnel dont le niveau de lecture s'est arrêté au cours élémentaire première année, mais je ne vous jetterai pas la pierre. »

Il se sentit aussitôt la bouche très sèche. Quand avait-elle découvert la chose ?

Elle poursuivit.

« Je ne compte pas beaucoup d'amis, dans le Tennessee, Will. Je ne peux pas les contacter pour les prier de vous aider sur la base d'un mauvais pressentiment qui vous ronge les tripes, rien de plus, et nous savons l'un comme l'autre que Yip Gomez préférerait ravaler sa propre merde que de vous donner un coup de main. » Yip était l'ancien patron de Trent, dans cette antenne du bureau du Nord-Ouest. « C'est d'ailleurs pourquoi je me tue sans arrêt à vous le répéter, ajouta-t-elle, ne passez pas votre temps à griller vos vaisseaux avec tout le monde. »

Comme si c'était l'heure de lui faire la leçon.

« Je ne comprends pas ce que vous voulez que je vous réponde, lui répliqua-t-il. Vous avez raison. Tout ceci pourrait n'être que du vent. Il se peut que j'arrive sur place et que ce ne soit qu'une perte de temps, mais je ne peux pas rester les bras croisés sans rien faire, Amanda.

— Vous avez lancé un message à toutes les patrouilles, concernant le véhicule de Polaski ?

— Oui. »

Elle observa quelques secondes de silence.

« Dites-moi, lui demanda-t-elle enfin, cet inspecteur Donnelly, c'est la dernière personne à avoir quitté le domicile d'Ormewood ?

— Oui.

— Eh bien, voyez donc un peu ce que je reçois à l'instant », s'exclama-t-elle, et sa voix partit dans l'aigu, sur un ton de surprise feinte. « Caroline vient à peine de me remettre un message. Il s'agit d'un appel anonyme. Un citoyen inquiet a remarqué que la porte de derrière, chez l'inspecteur Ormewood, avait été forcée. A mon avis, il va falloir que j'aille m'en assurer par moi-même, vous ne croyez pas ? »

Il se sentit envahi d'une bouffée de soulagement. Elle allait le soutenir. Il pouvait presque l'entendre réfléchir à l'autre bout du fil.

« Merci, souffla-t-il. Merci.

— Dès que j'arrive sur place, je vous tiens au courant. »

Il mit un terme à la communication. Il garda le téléphone en main, prit la sortie menant à la route 575, avec un brusque coup de volant qui força John Shelley à se rattraper à la portière, comme s'il craignait qu'ils ne partent en tonneau. Trent était si pressé qu'il n'avait même pas réfléchi à un moyen de localiser cette cabane, jusqu'à ce que John suggère qu'on se procure une carte. Les cinq minutes du détour par une station-service lui avaient paru durer une éternité. Si ce que la voisine avait raconté à Donnelly était exact, Ormewood disposait d'à peu près une heure d'avance sur eux. Cela étant, l'autre devait conduire en respectant les limitations de vitesse, pour ne pas se faire repérer par un radar. De son côté, Will n'avait pas cette prudence.

« Qu'est-ce qu'elle vous a dit? s'enquit John.

— Vous auriez pu empêcher tout cela, lui rétorqua-t-il. Vous auriez pu faire obstacle à toute cette histoire, et depuis quatre jours.

— Je ne vois pas de quoi vous voulez parler.

— Michael était avec moi, quand Cynthia Barrett est morte. »

John baissa les yeux sur la carte, qu'il tenait déployée sur ses genoux.

« J'ai entendu dire qu'elle avait couru dans le jardin et qu'elle avait trébuché. Sa tête a heurté un caillou, et elle est morte.

— Et ensuite, elle s'est tranché la langue toute seule? »

John n'avait aucune réponse à lui proposer.

« Vous auriez dû tenter quelque chose, dès ce moment-là.

— Tenter quoi? lui lança Shelley. Aller vous trouver? Même encore maintenant, vous n'y croyez pas, à mon histoire. Qu'est-ce que j'étais censé faire? Dénoncer un flic? Qui irait croire un ex-taulard qui bosse dans une station de lavage de bagnoles? »

Will garda les mains serrées sur le volant. C'était Shelley qui avait attiré le danger sur Angie. A l'heure qu'il était, elle serait en sûreté, s'il n'y avait eu l'arrogance et la stupidité de ce type.

« Vous l'avez appâté. Vous saviez exactement ce que vous fabriquiez. »

D'un coup sec, John rabattit la carte le long d'un pli, pour en réduire le format, tout en tâchant de se défendre.

« Dites-moi un peu ce que j'aurais dû faire, je grimpe tout de suite dans ma machine à remonter le temps et j'agis en conséquence. Moi, quand même, je vais vous dire, ne nous arrêtons pas à ces quatre jours. Remontons vingt ans en arrière. Rendez-moi ma jeunesse. Rendez-moi ma mère et mes grands-parents, et ma famille. Oh, et puis tenez, ajoutez-moi une femme et deux gosses, tant que vous y serez.

— Dans ce jardin, elle fuyait bien quelque chose. »

Shelley continuait de tripoter sa carte, mais quand il lui répondit, Will perçut toute l'angoisse qu'il y avait dans sa voix.

« Vous vous figurez que je ne le sais pas ? »

Trent revint à la route, regarda les panneaux défiler dans un brouillard, les bornes kilométriques avec leurs chiffres en gros caractères surgir le long du paysage. Il n'avait pas réfléchi à la situation à fond. Il n'avait pas songé qu'il risquait de mettre John en danger.

« Vous faire franchir les limites de l'Etat, ça vous place en infraction, par rapport à votre liberté conditionnelle.

— Je sais.

— On pourrait vous arrêter. Une fois dans le Tennessee, je ne peux plus rien pour vous.

— A Atlanta non plus, vous ne pouvez rien pour moi. »

Trent se mordilla la lèvre, l'œil rivé sur l'asphalte noir, sur les autres véhicules, sur la route. Il les avait enchaînés, les allers-retours entre Atlanta et ces montagnes, ces deux dernières années, donc il savait exactement où se trouvaient tous les tronçons piégés où l'on avait placé des radars. Il ralentit dans la traversée d'Ellijay, en ne reprenant de la vitesse qu'après avoir franchi Miciak Creek. Il passa sans forcer l'allure devant le nouveau Wal Mart et l'ancien, puis devant une succession de marchés aux puces en plein air, et deux marchands de vins et spiritueux. Arrivé dans la petite bourgade de Blue Ridge, il tourna sur la gauche. Il fila sur Coote Mason Highway, et il dépassait tout juste la pommeraie quand son téléphone sonna.

Il en fit basculer le clapet en le maintenant contre sa jambe.

« Amanda ? »

La voix était sombre.

« Nous avons trouvé du sang, dans le garage. Deux groupes sanguins différents, en deux lots distincts.

— Angie ?

— Elle n'est pas là, Will. »

Il ouvrit la bouche, mais les mots lui manquaient.

« Voici comment nous allons procéder, reprit-elle. J'ai appelé Bob Burg, au Tee Bees, le Bureau fédéral d'investigation du Tennessee. Au moment où je vous parle, il est en train de réunir une équipe. Ils sont à environ quarante minutes de la cabane.

— Je suis plus près.

— Je m'en doutais, fit-elle. Laissez-moi dire un mot au pédophile. Je possède toutes les indications pour vous guider jusqu'à Elton Road. »

Chapitre trente-huit

QUAND ELLE AVAIT retiré le bras du tesson de verre cimenté dans la marche du bas, Angie s'était presque évanouie. Non pas tant de douleur, mais à cause de la sensation du verre s'extrayant de sa chair. Cela ne saignait pas beaucoup et, comparé aux élancements dans son poignet, la blessure était supportable. Elle avait eu de la chance. Son poignet droit était sans doute fracturé et, par une sorte de miracle, lorsqu'elle était tombée au bas des marches, elle s'était reçue sur son épaule droite. Comme Will, elle était gauchère.

« Jasmine ? chuchota-t-elle, sa voix se répercutant dans la cave, où il faisait aussi noir que dans un four. Jasmine ? »

Il n'y eut pas de réponse.

Angie s'appuya de son épaule valide contre le mur et se leva. Elle s'accorda un moment de répit, le temps de reprendre son souffle, puis fit glisser ses pieds nus sur le sol de terre, en prenant ses précautions. Elle cherchait la jeune fille.

« Jasmine ? répéta-t-elle. Son pied venait de doucement buter contre son corps. Est-ce que ça va ? »

Soit l'adolescente était trop terrifiée pour répondre, soit elle était morte.

Elle s'agenouilla, vint placer sa tête là où elle croyait trouver la bouche et le nez de Jasmine, et guetta des signes de vie.

Rien.

Elle se retourna, tâtonna à l'aveuglette, du bout des doigts. Sa main avança sur le corps de Jasmine, elle sentit le contact poisseux du sang, avant d'aboutir enfin à la poitrine qui se soulevait, retombait, une respiration laborieuse, courte, à peine perceptible. Angie ne touchait jamais beaucoup sa mère, mais lors des rares occasions où elle avait rendu visite à Deidre dans sa maison médicalisée, c'était l'impression qu'elle en avait retirée : un poids mort, rien qu'une coquille, avec l'apparence d'un corps.

« Jasmine ? » chuchota-t-elle encore.

Elle lui effleura le visage, les cheveux, mais l'adolescente ne bougeait pas. Soudain, les doigts d'Angie glissèrent sous le cuir chevelu, et elle eut aussitôt un mouvement de recul.

« Oh, mon Dieu ! » Elle se plia en deux, tâchant de se retenir de vomir encore. Elle venait de sentir le crâne, l'os éclaté, et la matière molle, humide, la matière grise, sous l'os.

Il fallait qu'elles sortent d'ici. Il fallait aller chercher de l'aide.

Elle se redressa. Elle arpenta la cave. Trois mètres de large, à peine plus, et peut-être quatre mètres de profondeur. Avant l'extinction de l'ampoule électrique, elle avait entrevu des étagères en bois brut, encastrées dans les murs. Avec les mains liées derrière le dos, il lui était difficile de vérifier les planches du haut. Au niveau des rayonnages du bas, ses doigts ne sentirent rien que des espaces vides, qu'elle tâta, pour trouver ce qui serait susceptible de lui servir d'arme.

La cave était vide. Même le sol de terre durcie avait été balayé.

Elle n'avait peut-être pas le poignet complètement fracturé. Elle parvenait encore à remuer les doigts, même si elle les sentait enflés et brûlants, comme si l'infection se ménageait déjà un passage dans son système sanguin. Elle s'habituait à la douleur, qui était presque bienvenue, car cela lui détournait l'esprit de ce martèlement, dans son crâne, et de ce remue-ménage, dans son ventre. L'obscurité l'y aidait aussi. Ses yeux n'avaient rien d'autre sur quoi se concentrer, rien d'autre pour la désarçonner.

Il était en haut. Elle le croyait en train de préparer un repas, son déjeuner ou son dîner. Elle ignorait quelle heure du jour on était, ou depuis combien de temps elle était arrivée dans ce putain de trou perdu.

Tous les bruits qu'il faisait – une chaise qui se déplaça sur le sol, le grincement des solives quand il déambulait – intensifiaient encore sa fureur. Elle bouillait de rage. Il avait réussi à l'entamer. Il s'était introduit dans son esprit et il lui donnait le sentiment d'être une merde inutile. Il lui était rentré plus d'hommes dans le corps qu'elle ne pouvait les compter, mais aucun d'eux ne lui avait envahi la tête comme lui.

Dès qu'il serait de retour, là, en bas, elle le tuerait. Elle le tuerait, ou alors elle le forcerait à la tuer. C'étaient les deux seules options possibles.

Elle se ressaisit, se laissa glisser le long du mur, jusqu'à se retrouver à genoux. Deux pas vers l'escalier, les éclats de verre brisés, logés dans le bois de la dernière marche. Elle se retourna, chercha à tâtons, plaça la grosse corde sur les tessons les plus saillants, en veillant à ne pas couper ses doigts déjà écorchés. Elle respirait, dents serrées, elle scia la corde sur le verre, en s'efforçant de ne pas penser à la douleur.

Jasmine était entravée par les menottes de Michael. Mais pour Angie, il s'était contenté de cette corde.

« Espèce de connard », souffla-t-elle, comme un mantra qu'elle se répétait. Michael Ormewood ne commettait pas d'erreurs. Il conservait toujours la maîtrise de la situation, il dominait toujours son sujet. Toujours, sauf que le verre, ça pouvait trancher une corde.

« Pauvre connard. »

Du sang lui ruissela sur les mains, imbiba la corde qui lui entravait les poignets. Elle interrompit ses mouvements de scie, voulut reprendre son souffle, procéder avec plus de lenteur. La première fois qu'elle avait essayé de couper ce chanvre, elle avait failli tomber dans les pommes, mais à chaque nouvelle tentative elle affinait sa technique, elle en apprenait davantage sur les nœuds qu'il avait confectionnés, sur la manière dont cette corde lui enserrait les poignets. Elle sentait qu'elle était descendue un peu plus bas, qu'elle frottait contre une autre partie de sa peau, la râpait à vif. Son sang agissait comme un lubrifiant.

Elle allait sortir d'ici. Elle se scierait la main entière s'il le fallait.

« Oh ! »

La corde ripa sur le tesson, ses mains glissèrent, les bords tranchants comme des lames de rasoir lui entaillèrent les doigts. Elle resta haletante.

Elle retint son souffle, tendit l'oreille, aux aguets. Nom de Dieu, elle ne s'était jamais autant fait mal de sa vie. Elle ne tenait plus le coup, elle ne pouvait supporter cette sensation de la chair tranchée jusqu'à l'os. Elle se pencha en avant, son front vint toucher le sol, elle pleurait.

« Will », murmura-t-elle. Elle était incapable de prier Dieu, pas après tout ce qu'elle avait fait, donc elle implora Will. « Je vais me sortir d'ici, lui promit-elle. Je vais me sortir de tout ça et... » Elle ne prononça pas les mots, mais elle les connaissait par cœur. Elle quitterait Will pour de bon. Elle le laisserait s'échapper, enfin.

Au-dessus de sa tête, des bruits de pas, sur le sol. Elle se cabra, ses mains cherchèrent maladroitement les tessons de verre. Elle s'attaqua de nouveau à la corde, avec frénésie. La peur l'anesthésiait contre la douleur.

« Angie ? » C'était lui, qui l'appelait. Il était derrière la porte fermée à clef. « Réponds-moi. Je sais que tu m'entends. »

Elle tira sur la corde, pour la tendre, banda ses épaules, elle cherchait à tout prix à se libérer.

« Va te faire foutre, enculé !

— Ecarte-toi de l'escalier, Angie. Je vais ouvrir la porte et j'ai mon pistolet braqué sur toi. »

Elle ne répondit pas, ne pouvait pas répondre. Plus vite, plus vite, elle sciait la corde, en va-et-vient sur le verre tranchant.

La clef griffa la serrure.

« Non », chuchota-t-elle, en se forçant à encore accélérer son geste. « Pas tout de suite, pas tout de suite.

— Ecarte-toi des marches, répéta-t-il. Je suis sérieux.

— Non ! » cria-t-elle, et elle s'écarta du tesson de bouteille, d'un bond, juste à la seconde où la porte s'ouvrait en grand.

La lumière l'éblouit. Elle regarda Jasmine, elle découvrit le visage de la jeune fille tourné vers elle, les yeux réduits à deux fentes qui ne voyaient rien. La bouche était béante. Son crâne baignait dans une flaque de sang.

« Ne tente rien », la prévint-il. Il se tenait au sommet des marches, avec son pistolet en main. Il était torse nu, un jean et des baskets, et rien d'autre.

« Va te faire foutre », lui lança-t-elle. Elle avait senti la corde céder, mais pas assez. Le sang lui trempait les mains comme de l'eau. Elle était encore prise au piège, toujours impuissante.

Il fourra son arme dans son pantalon, puis il plongea la main dans la poche de derrière.

« Va-t'en ! » lui jeta-t-elle.

Il enfila sa cagoule noire, avec des trous découpés exprès pour la bouche et les yeux.

« Va-t'en ! » hurla-t-elle encore, en reculant vers le mur, tâchant tant bien que mal de se relever.

Il sortit l'arme et s'engagea dans l'escalier. Lentement, une marche à la fois.

Elle tira sur la corde, ses épaules se tétanisèrent, au seuil de la rupture. Elle l'avait déjà sentie céder. Elle l'avait sentie céder.

Il continua sa descente d'un pas régulier. La cagoule était troublante, plus terrifiante que tous les mots qu'il aurait pu prononcer. Le pistolet restait braqué sur sa poitrine, et elle vit le couteau, dans son fourreau, au côté.

Sa gorge se serra. Elle parvenait à peine à parler.

« Non... »

Il descendit la dernière marche et s'immobilisa. Ses yeux étaient sombres, presque noirs. Ils se retrouvèrent tous les deux face à face, dans cette cave silencieuse, hormis les halètements d'Angie.

Il parla d'une voix si feutrée qu'elle réussit tout juste à l'entendre.

« Michael va te faire du mal.

— Je vais te tuer, lui souffla-t-elle. Si tu me touches, je te tue.

— Allonge-toi. »

Elle lui lança un coup de pied.

« Espèce de malade. Enculé. »

Il insista, d'une voix douce.

« Allonge-toi par terre.

— Va te faire foutre ! »

Il leva son arme et la lui abattit sur le crâne.

Elle s'effondra au sol. Incapable de garder la tête levée, l'espace d'un instant, elle oublia où elle était.

Il lui prit le menton dans la main, avec des mots toujours aussi doux. Le ton qu'il aurait employé avec un enfant qui s'est mal conduit.

« Tu ne vas pas t'évanouir dans mes pattes, chuchota-t-il. Tu m'entends ? »

Elle vit Jasmine gisant derrière lui, son corps avachi. Qu'est-ce qu'il lui avait fait ? Qu'avait subi cette enfant, avant que son corps ne finisse simplement par lâcher prise ?

« Regarde-moi », ordonna-t-il, en douceur, comme s'il s'agissait là d'une forme de séduction. « Ne t'arrête pas de me regarder, Angie. Regarde Michael. »

Sa tête roula sur le côté. Elle était incapable d'y voir net.

« Allons, chérie, on ne s'évanouit pas... » Il lui reprit le menton dans le creux de la main, lui inclina le visage. « Ça va ? »

Elle opina, surtout pour se prouver à elle-même qu'elle conservait encore pour partie la maîtrise de son corps.

« C'est bien », dit-il, et il se voulait apaisant. Il posa le pistolet sur l'une des planches, au-dessus de sa tête, en hauteur, hors de portée. Il sortit le couteau de son fourreau et s'agenouilla, en lui maintenant la lame devant la figure, qu'elle puisse la voir.

« Non... », supplia-t-elle.

Il se servit du couteau pour découper sa chemise – la chemise de Will –, et la lui descendre sur les épaules. Elle essaya de suivre ses gestes, de voir sa main, ses doigts qui retraçaient le contour de ses seins, mais elle n'avait que des perceptions, la sensation de ce qu'il lui faisait.

« Non, implora-t-elle. Arrête.

— Allonge-toi, souffla-t-il, cajoleur. Allonge-toi, et je serai tendre avec toi. »

Elle renversa la tête en arrière, elle voulait le voir en face. Qui était derrière ce masque ? Etait-ce John ? Avait-elle amené son esprit à croire que c'était Michael, alors qu'en réalité, c'était John ?

« Angie ? » Il était si calme. Comme Will. Il savait que c'était le meilleur moyen de la mettre en colère. Elle partirait dans une crise de rage et lui, il se bornerait à rester planté là, en attendant qu'elle ait terminé, le regard baissé sur le sol. Avec patience. Oh, Seigneur Dieu, Will. Comment vivrait-elle avec tout ceci ? Comment vivrait-il, comment se supporterait-il, en sachant qu'il avait échoué à arrêter ce salopard ?

« An-gie, chantonna-t-il. Regarde-moi. »

Elle connaissait cette voix, elle connaissait ce corps.

« An-gie... »

Elle ferma les yeux, les paupières serrées, elle entrevit le bras de Will, la vilaine cicatrice, là où le rasoir lui avait entaillé la chair.

« D'accord, soupira-t-elle. D'accord. »

Elle se laissa tomber par terre, son épaule indemne heurta le sol de terre, dure et compacte. Il l'aida à se coucher à plat sur le dos, tira sur sa chemise qui s'était entortillée autour de ses bras. Tout le poids de son corps reposait sur ses mains, et elle avait le bassin cambré, comme exhibé sous le regard d'Ormewood.

« C'est bien », murmura-t-il, en se plaçant à califourchon au-dessus de ses jambes. Il descendit le long de son abdomen, il en suivit les courbes à la pointe de son couteau, en s'arrêtant juste avant sa chatte, et elle aperçut sa langue, qui pointait entre ses lèvres.

Où était le pistolet ? Où avait-il mis le pistolet ?

« Regarde-moi. » Il se pencha au-dessus de son corps, lui appuya la lame dans le cou.

L'étagère. Il l'avait posé sur l'étagère.

« Regarde-moi. »

Elle le regarda.

« Embrasse-moi. »

Trop haute. La planche était trop haute.

« Embrasse-moi », répéta-t-il.

Elle trembla de tout son corps, mais elle se redressa, en tirant sur la corde aussi fort que possible, et elle amena sa bouche contre la sienne. Il essayait encore de jouer les tendres garçons, en posant ses lèvres en douceur sur les siennes. Elle sentait le goût de son propre sang, elle sentait son cœur cogner dans sa poitrine, quand il se colla contre elle. Il darda la langue, la força dans sa bouche, elle fut prise d'un haut-le-cœur, d'instinct, elle essaya de le repousser, mais il raidit la lame plus méchamment contre sa gorge, et Angie n'eut pas d'autre choix que de le laisser l'embrasser.

Il se redressa, avec un claquement de lèvres gourmand et satisfait.

« Si tu m'avais embrassé comme ça sur la banquette arrière de la voiture, tout se serait peut-être passé autrement. »

Elle leva les yeux vers lui. L'ampoule nue dessinait un halo de lumière crue derrière sa tête. Elle se tourna, elle vit Jasmine, elle vit le sang dans la bouche de l'adolescente, le regard mort de ces yeux-là.

« Angie », chuchota-t-il, en soulignant le contour de son visage du bout des doigts, avant de continuer sur son corps. Will l'avait touchée comme ça, c'était il y a longtemps. Pourquoi avait-il cessé de la toucher ? Quand avait-elle commencé de le repousser ?

Michael se pencha de nouveau sur elle, il l'écrasa contre le sol de toute sa masse.

« Je t'en prie... je t'en prie, non... »

Il l'embrassa, encore. Elle pesa de tout le poids de son corps dans sa main droite, en tirant aussi fort qu'elle le pouvait avec la gauche, pour distendre la corde. Sa peau commençait à se décoller de sa main, comme un gant qu'on retire, et les muscles de son ventre en frémirent, elle en eut la respiration bloquée. Il lui enfonça la langue plus loin dans le fond de la gorge, ses dents heurtèrent les siennes. Elle sentait les os brisés de son poignet droit grincer l'un contre l'autre. La douleur était si intolérable qu'elle finit par s'y abandonner, par se laisser envahir de part en part comme une marée rouge.

Il se redressa, s'assit sur ses talons, la contempla.

« Non... supplia-t-elle, dans un souffle. Oh, mon Dieu, non... » Elle était sur le point de s'évanouir. Elle ne pouvait se retenir. Ses paupières tremblotèrent. Sa vision se brouilla.

Elle le sentit se plaquer plus violemment contre elle, excité par sa douleur.

« Retire-la, gémit-elle, haletante. Retire la cagoule. »

Il secoua la tête.

« Laisse-moi te voir.

— Non.

— Will », chuchota-t-elle.

Où était Will ?

« Quoi ? »

Elle fit non de la tête, cligna les yeux, s'imposa de rester lucide.

« Oh, Will...

— Ce n'est pas Will », la corrigea-t-il, en se servant de sa main libre pour faire glisser la cagoule. Il la jeta sur le sol. « C'est Michael. C'est moi qui t'inflige tout ça.

— Will. »

Il lui tourna la tête, l'obligea à le regarder.

« Qui est-ce qui t'inflige tout ça, Angie ?

— Will...

— Regarde-moi, répéta-t-il, d'une voix sévère. Regarde-moi, Angie ! » Il déporta le poids de son corps, l'enfonça plus profondément dans la terre. Elle sentit de nouveau ses os se déplacer, et elle gémit.

« Au secours... murmura-t-elle, mais la voix lui manqua presque.

— C'est ça, siffla-t-il. Appelle au secours.

— Non... » Elle se tordit sous lui, en geignant. « Je t'en prie ne me fais pas de mal... s'il te plaît. »

Il lâcha le couteau et manipula les boutons de son jean. Il plongeait la main dans son pantalon quand elle se redressa, brusquement, et lui flanqua un coup de boule.

Le choc l'étourdit, et elle ramassa le couteau, dans sa main gauche, avant qu'il ait pu reprendre ses esprits. Cette fois, c'était elle qui s'asseyait sur lui à califourchon. C'était elle qui lui tenait le couteau à la gorge.

« Pauvre connard ! » lâcha-t-elle, dans une bouillie de mots, et du sang et de la salive giclèrent à la figure de son tourmenteur. « Les tessons de bouteille, en bas des marches. J'ai coupé la corde, sur le verre. »

Il ne parla pas, mais elle lut dans ses yeux. *Non.*

Le corps d'Angie tremblait de rage, et elle appuya la lame plus fort contre sa chair. Michael Ormewood ne broncha pas, ne lutta pas. Le violeur brutal, le meurtrier violent, abandonnait, là, comme ça.

Combien d'hommes, songea Angie. Combien de visages d'hommes lui étaient restés marqués dans la cervelle au fer rouge, leur bouche tordue par un sourire, quand ils la défonçaient, leurs grandes mains lui écrasant les poignets, avec une telle brutalité que le lendemain elle avait presque plus mal de ce côté-là qu'entre les cuisses ?

Même si Jasmine sortait d'ici vivante, elle garderait toujours cette face d'ordure dans la tête, elle sentirait toujours ses mains sur son corps, chaque fois qu'un autre homme la toucherait. Même si elle finissait par aimer cet autre homme. Même si elle finissait par avoir envie de cet autre homme plus que de tout homme au monde, lorsqu'elle fermerait les yeux, ce serait toujours le visage de Michael qu'elle reverrait.

Se faire violer, ce n'était pas ça, le plus dur. Survivre, c'était ça qui vous tuait.

« Angie ! »

Il y eut un fracas, en haut des marches, le craquement du bois qui éclate. La porte d'entrée qu'on venait d'enfoncer.

« Angie ! beugla Will. Où es-tu ? »

Elle approcha son visage tout près de celui de Michael, le contraignit à la regarder dans les yeux, quand elle chuchota ces mots.

« Embrasse toujours ça, pauvre crétin, espèce d'enculé. »

Et elle lui logea la lame sous les côtes.

La bouche d'Ormewood s'ouvrit, et celle d'Angie aussi. Elle laissa échapper un cri à glacer le sang, extirpa le couteau et replongea la lame jusqu'à la garde.

« Ici ! En bas ! Je suis ici ! » Elle retira la lame de la plaie et la planta encore, et encore, à fond, en criant, à s'en déchirer la gorge. « Will ! Ici, nous sommes en bas !

— Angie ! » La porte de la cave ploya sous le poids du corps de Trent.

« Will ! l'implora-t-elle, en tournant et retournant la lame dans les boyaux de Michael. Aide-moi ! »

Trois coups de feu firent sauter la serrure. Elle se servit du couteau comme d'un manche, pour déplacer le poids du corps de Michael, alors que des pas martelaient les marches.

Will empoigna Ormewood par-derrière et le balança contre le mur comme un sac d'ordures.

« Angie ! » Il respirait si fort qu'il arrivait tout juste à parler. « Est-ce que tu es blessée ? Est-ce que ça va ? » Il essaya de lui reprendre le couteau, mais sa main refusait de le lâcher. « Est-ce qu'il t'a fait du mal ? Bébé, je t'en prie, parle-moi.

— Will, chuchota-t-elle, et elle avait envie de toucher son visage, d'essuyer les larmes qui lui dégoulinaient des yeux.

— Ça va, lui dit-il, en la forçant doucement à rouvrir les doigts, pour qu'elle lâche le couteau. Ça va, maintenant. Je suis ici.

— Will...

— Tes mains, s'écria-t-il, horrifié. Qu'est-ce qu'il a fait à tes mains ? »

Quelqu'un entra dans la pièce, là-haut. Elle vit un homme dévaler l'escalier. John Shelley s'arrêta juste avant la marche du bas. Il regarda Michael, puis Jasmine, comme s'il n'arrivait pas à décider quoi faire.

« Angie. » Will la tenait dans ses bras, la berçait. Elle ne l'en empêcha pas, même si ça lui faisait mal partout. « Oh, Angie. »

John se rendit auprès de la jeune fille. Il lui prit le pouls, examina la blessure qu'elle avait à la tête.

Angie ne pouvait détacher son regard de Michael. Elle voulait qu'il la voie, elle voulait que l'image de son visage le hante.

Il gardait encore les yeux ouverts. Il cligna des paupières, une fois, deux fois. Du sang s'étalait en flaque sur le sol, devant lui, comme une rivière qui s'écoulait de son corps. Des bulles roses et translucides crevaient sur ses lèvres, à mesure que ses poumons se remplissaient. Il respirait encore, dans un sifflement râpeux, par tous les trous qu'Angie lui avait percés dans la poitrine.

Il savait ce qui était en train de lui arriver.

Il était terrorisé.

Will pressa ses lèvres contre le front d'Angie.

« Tu es sauvée, chuchota-t-il. Ça ira. »

Les paupières de Michael flottèrent. Un gargouillement emplit la cave, il étouffait dans son propre sang. Sa bouche s'ouvrit toute grande, béante, un mince filet traça une ligne pourpre le long de sa joue.

Angie fronça les lèvres et lui souffla un baiser d'adieu.

Chapitre trente-neuf

13 février 2006

« Vous. » Ce fut tout ce que dit Lydia Ormewood, lorsqu'elle ouvrit sa porte d'entrée et découvrit John et Joyce devant elle.

La mère de Michael avait plutôt bien vieilli, ou plus vraisemblablement, elle avait dépensé assez d'argent pour préserver les apparences. John avait beau savoir que cette femme allait sur la fin de la soixantaine, la peau du visage était douce et saine d'aspect. Même le cou et les mains, des signes qui d'ordinaire ne trompaient pas, restaient aussi lisses et jeunes que ceux de Joyce.

A l'évidence, pour elle, la vie s'était montrée fort clémente. Elle habitait à Vinings, l'un des quartiers les plus huppés de la périphérie résidentielle d'Atlanta, dans une maison toute neuve, sur trois niveaux. Partout, les murs blancs dominaient, des tapis blancs, jetés sur les planchers de chêne blanchis. Un piano à queue d'un blanc étincelant trônait dans le salon, et deux canapés en cuir noir étaient disposés l'un en face de l'autre, près d'une cheminée en marbre. Les fenêtres étaient habillées de rideaux en soie crème. Des œuvres d'art abstraites, aux couleurs primaires puissantes, étaient accrochées aux murs, rien que des pièces originales, très probablement. Lydia elle-même était monochrome. Elle était vêtue de noir, mais John ne savait pas si c'était sa tenue habituelle, ou si elle portait le deuil de son fils.

Dès l'arrestation de son frère par Will Trent, Joyce s'était rendue au palais de justice de DeKalb, elle avait consulté de vieilles archives, page après page, à la recherche de Lydia. Depuis, elle avait pris des jours de congé, pour creuser dans toutes les archives publiques auxquelles elle serait en mesure d'accéder. Lydia s'était remariée et avait divorcé à deux reprises, depuis la mort de son mari, Barry. Elle avait chaque fois changé de nom, mais Joyce avait finalement réussi à retrouver la trace de la mère de Michael par l'intermédiaire d'un contact qui travaillait dans un service de la Sécurité sociale. Lors de son décès, l'oncle Barry était pleinement couvert, sur le plan de ses droits à la retraite. Lydia s'était mise à récupérer ses chèques de versements de pension quatre ans plus tôt.

Trois jours plus tard, Joyce tenait en main l'adresse de cette femme.

Ils s'assirent autour de la cheminée, Joyce et John dans un de ces deux canapés inconfortables, Lydia dans l'autre. Leur tante se tenait le dos droit, les genoux joints, les jambes obliques, une pose photographique digne de la page de couverture de *Mademoiselle Bonnes Manières*. Elle considérait son neveu avec un dégoût non dissimulé.

Il n'ignorait pas qu'il avait une allure épouvantable. Mme Lam avait frappé à sa porte à cinq heures ce matin. Elle lui avait tendu le gobelet de prélèvement d'urine, et puis elle s'était mise à fouiller sa chambre, en quête de contrebande. A son retour des toilettes, il l'avait trouvée avec la photo de sa mère à la main. Il était resté planté là, avec sa pisse dans le gobelet, et il s'était senti lentement consumé de honte. C'était encore un degré supplémentaire de dégradation qu'il imposait à Emily. Quand cela s'achèverait-il ? Quand sa mère pourrait-elle reposer en paix ?

« Nous sommes ici au sujet de Michael, lui annonça Joyce.

— C'était mon fils », leur répondit Lydia, comme si c'était aussi simple.

A côté de lui, Joyce se raidit, mais John secoua la tête, pour l'inviter à un peu de patience. Il aimait sa sœur, mais elle vivait dans un monde où tout était noir ou blanc. Elle ne savait pas comment aborder les gris de la vie.

Il s'adressa à Lydia.

« La petite qu'il a kidnappée va s'en sortir.

— Bien », lâcha-t-elle, en expédiant le sujet d'un haussement d'épaules, qu'elle avait étroites. John attendit, mais elle ne lui posa pas la moindre question au sujet d'Angie Polaski. L'état de santé de l'autre victime de son fils ne semblait l'intéresser en rien. D'ailleurs, elle semblait se désintéresser de tout.

John se racla la gorge.

« Si tu pouvais juste...

— Il te haïssait, tu le sais. »

Il avait déjà compris la chose, mais il avait besoin de savoir.

« Pourquoi ?

— Je l'ignore », lui répondit-elle, en lissant sa jupe de la main. Elle portait une bague montée d'un gros diamant, le jonc en or de cette bague devait mesurer au moins deux centimètres de large. « Il paraissait totalement obsédé par toi. Il tenait un album. » Subitement, elle se leva. « Je vais le chercher. »

Elle quitta la pièce, ses pantoufles glissèrent en douceur sur le tapis blanc.

Joyce relâcha un filet d'air, entre ses dents serrées.

« Du calme, lui dit-il. Elle n'est pas obligée.

— Elle tient ta vie entre ses mains.

— Je sais », fit-il, mais il était habitué à ce que d'autres personnes contrôlent son existence, qu'il se soit agi de son père, de Michael, des surveillants de la prison ou de Martha Lam. John n'avait jamais connu un seul moment, au cours de sa vie d'adulte, où il n'avait pas essayé de donner satisfaction à quelqu'un, rien que pour réussir à survivre une journée de plus.

Joyce se remit à pleurer. Il avait oublié à quel point elle avait la larme facile.

« Je la déteste, John. Comment peux-tu supporter de te trouver dans la même pièce qu'elle ? »

Du revers de son doigt replié, il lui essuya ses larmes.

« Nous avons besoin d'elle, pour obtenir quelque chose. Lydia, elle, n'a besoin de rien, venant de nous. »

Leur tante fut de retour, elle tenait un grand album contre sa poitrine. Elle le posa sur l'ottomane basse en cuir, entre les canapés, et s'assit.

John vit une photo de lui collée sur la couverture du volume. Du moins crut-il que c'était sa photographie. Son visage avait été gratté au stylo.

« Mon Dieu », murmura Joyce, en tournant l'album vers elle. Elle l'ouvrit à la première page, puis à la deuxième, et John regardait par-dessus son épaule. Ils restèrent tous les deux sans voix, devant les photos de John depuis le collège – des photos de classe, des clichés d'équipes sportives, John qui courait dans son survêtement aux couleurs de l'établissement. Michael avait catalogué chaque moment de la vie adolescente de son cousin.

« C'était Barry, qui aggravait les choses », expliqua Lydia. Oncle Barry, son mari, le frère de leur mère. « Il parlait sans arrêt de toi, il te citait en exemple.

— En exemple de quoi ? s'étonna Joyce, visiblement épouvantée par cet album.

— Après le départ de son père, Michael s'est engagé sur la mauvaise pente. Il avait des problèmes scolaires. La drogue... enfin, je ne sais pas. Il y avait un garçon plus âgé, au lycée, qui l'a conduit à s'intéresser aux choses qu'il ne fallait pas. Michael n'aurait jamais rien commis de tel de son propre chef. »

Joyce ouvrit la bouche, mais John l'avertit de ne rien dire, en serrant sa main dans la sienne. Vous n'obteniez pas ce que vous souhaitiez de la part de quelqu'un comme Lydia Ormewood en lui ordonnant quoi faire. Vous l'abordiez avec obséquiosité, et vous attendiez. John avait dû se plier à cela toute sa vie. Il savait qu'un mot mal choisi suffisait à tout gâcher.

Lydia continua.

« Barry pensait que tu constituerais un bon modèle pour Michael. Tu réussissais toujours si bien, à l'école. » Elle soupira. « Michael était un bon garçon. Il a juste gravité autour du mauvais groupe. »

John hocha la tête, comme s'il comprenait. C'était peut-être d'ailleurs le cas, à un certain niveau. John s'était lui-même laissé embringuer par les fréquentations de son cousin. Et Aleesha

Monroe aussi. Elle traînait tout le temps autour de la maison de Michael, elle était même là, le soir de cette fête. Elle avait de bons parents, des frères et sœurs qui étaient toujours les premiers de leur classe. John aurait-il fini comme Aleesha, si Mary Alice n'était pas morte ? Sa vie aurait-elle été gâchée, comme la sienne, quelle qu'ait été la suite des événements ?

La poitrine de Lydia se souleva de nouveau, dans un soupir.

« Je lui ai fait intégrer l'armée, leur expliqua-t-elle. Après ton départ, je ne l'ai pas laissé se tourner les pouces. Il a combattu, à la guerre. Il a voulu aider ce peuple arabe à préserver sa sécurité et, pour sa peine, il a reçu une balle dans la jambe. »

Joyce était si tendue que John pouvait presque l'entendre bourdonner aussi fort qu'une corde à piano.

Lydia récupéra une plume de duvet sur sa jupe.

« Et ensuite il est rentré à Atlanta, il s'est installé, il a fondé une famille. » Elle leva les yeux vers Joyce. « Cette fille qu'il a épousée, il devait y avoir quelque chose qui n'allait pas, chez elle, c'est évident. Tim, ce n'était pas la faute de Michael. » Lydia s'exprimait avec plus de véhémence, et John regarda de nouveau dans la pièce, autour de lui, tâchant de voir s'il n'y aurait pas des photos de Michael ou de son fils. Le manteau de la cheminée était nu, excepté un vase de fleurs en soie. Sur l'austère table en métal, contre le mur du fond, il n'y avait rien d'autre qu'une pile de magazines alignés avec soin, et l'un de ces téléphones de princesse que Joyce avait dans sa chambre, quand ils étaient adolescents. Même l'épais cordon qui pendait de l'appareil traçait une ligne droite, verticale, comme s'il craignait de déplaire à Lydia, lui aussi.

Tout cet endroit évoquait une tombe.

« On lui a décerné une médaille, pour avoir sauvé la vie d'une femme, poursuivit Lydia, non sans fierté. Le saviez-vous ? »

La réponse de John lui resta dans la gorge.

« Non. Je ne le savais pas.

— Elle avait eu un accident de la circulation. Il l'a sortie de la voiture avant qu'elle n'explose. »

John ne savait que dire. Michael avait pu sauver une femme, mais il en avait anéanti d'autres, d'innombrables jeunes femmes, en vendant de la drogue aux filles qui faisaient le trottoir, en violant et en assassinant pour assouvir son plaisir de malade.

« Michael était bon, insista Lydia. Cette autre part de lui-même... » Elle eut un geste, du revers de la main, comme pour dissiper le mal que son fils avait provoqué. « ... ce n'était pas Michael. Mon Michael était un bon garçon. Il avait tant d'amis. »

Tant d'amis qu'il rendait accros aux drogues dures, songea John. Comme Aleesha.

« Et il promettait tant, poursuivit-elle.

— Tu n'as pas le droit ! » La voix de Joyce tremblait de colère. « Tu n'as pas le droit de rester assise là et de nous raconter quel ange était Michael. C'était une bête !

— Joyce », intervint John. Elle ignorait les règles, elle ne savait pas renoncer à toute maîtrise de soi. Personne ne lui avait jamais jeté ses selles à la figure, juste à cause d'un regard, le regard qu'il ne fallait pas. Elle n'avait jamais essayé de trouver le sommeil pendant qu'un type de soixante ans, dans la cellule voisine, vous chuchotait quel beau corps vous aviez, et vous racontait en détail ce qu'il voulait en faire.

Lydia haussa un sourcil finement épilé.

« Tu ferais mieux de te préoccuper de ton frère, ma jeune dame.

— Je te défends de parler de mon frère. »

Un éclair amusé alluma le regard de leur tante. John savait qu'ils avaient perdu. A cet instant précis, ils avaient tout perdu.

« Serais-tu en train de me menacer ? » leur demanda-t-elle.

Joyce jaillit du canapé, en hurlant.

« Tu savais que Michael avait tué Mary Alice !

— Je n'ai jamais rien su de tel.

— Comment oses-tu le défendre ? » John essaya de la rasseoir dans le canapé, mais Joyce lui repoussa la main d'une tape. « Comment oses-tu rester assise là...

— Tu n'as pas d'enfants, donc tu ne sais rien, lui rétorqua sèchement l'autre. Toi et ta... dame de compagnie. »

Joyce serra les poings.

« Non, lui répliqua-t-elle. Je n'ai pas d'enfants. Tu as raison.

Je n'ai pas élevé d'enfant. Je n'ai pas élevé un violeur et un meurtrier, non plus. »

Lydia réagit comme si elle avait reçu une gifle.

« Tu n'as aucun droit de me parler sur ce ton.

— L'as-tu dit à maman ? voulut savoir Joyce. Quand tu es allée à l'hôpital, c'est ce jour-là que tu lui as révélé ce qui s'était passé, que c'était ton fils qui avait assassiné Mary Alice, et pas le sien.

— Laissons les morts reposer en paix », suggéra Lydia.

John ignorait si elle parlait d'Emily ou de Michael. Pour sa part, il n'était pas certain que la mort de ce dernier lui ait apporté la moindre paix. Debout, là-bas, dans cette cave, il avait eu le désir, jusque dans ses moindres fibres, de tomber à genoux, et de faire à nouveau battre la vie dans la poitrine de Michael, de faire tout son possible pour le ramener à la vie, afin de pouvoir le tuer une seconde fois de ses propres mains.

Mais il n'en avait rien fait. Au lieu de quoi, John avait sauvé Jasmine. Elle avait cessé de respirer, et il avait respiré pour elle, en pratiquant sur elle une réanimation cardio-pulmonaire, pendant plus de quarante minutes, avant que l'ambulance n'arrive jusqu'à cette petite cabane de montagne que Michael avait achetée au nom de John. Ces mêmes mains qui avaient mutilé Cynthia Barrett avaient rendu la vie à une autre jeune fille. Il devait y avoir là une sorte de justice. Il devait y avoir là une forme de paix.

Il regarda sa sœur se rendre à l'autre bout de la pièce, mettre un peu de distance entre cette femme qui avait détruit sa famille et elle. Joyce cherchait juste à le défendre. Il ne l'ignorait pas. Il savait aussi qu'elle venait de gâcher la moindre possibilité qu'il aurait eu de laver son nom de tout soupçon.

Pourtant, il se devait d'essayer. John Shelley avait appris la patience à un degré que sa sœur n'avait jamais eu à connaître. Il avait aussi appris à parler aux gens qui détenaient un pouvoir.

« Ma sœur est bouleversée », expliqua-t-il à leur tante, une réflexion qui avait plus ou moins valeur d'excuse, et c'était ce qu'elle attendait, il le savait. « Pour elle, c'était difficile.

— Tu as obtenu ta liberté, releva Lydia. Je ne vois pas ce que vous attendez de moi. Je suis une femme d'un certain âge. Je souhaite qu'on me laisse tranquille, voilà tout.

— Ce n'est pas si simple.

— Tu es sorti, n'est-ce pas ? » Elle venait de dire cela comme si c'était une banalité, comme si John ne vivait pas en permanence avec le besoin de jeter un regard par-dessus son épaule, s'attendant sans cesse à ce qu'on lui remette ces menottes, à ce que ses gardiens le jettent en cellule avec Zebra. Quand Will Trent l'avait plaqué contre le mur, il avait failli en chier dans son froc. Il existait des prisons d'où vous ne sortiez jamais.

Il prit une profonde inspiration, s'imposa d'expliquer à cette ancienne avocate pénaliste le mode de fonctionnement du système judiciaire.

« Je suis inscrit au registre des délinquants sexuels. Comme pédophile. Je ne peux pas trouver de travail, je ne peux pas m'acheter de maison. Je n'aurai jamais plus de vie à moi.

— Et Michael, alors ? rétorqua-t-elle. Il n'a pas de vie à lui non plus. »

Joyce laissa échapper une exclamation de dégoût. Elle était debout près du piano, les bras croisés. Elle avait exactement la même allure que son père.

John se tourna de nouveau vers Lydia, et s'adressa à elle avec mesure, tâchant de l'amener à aborder la vérité.

« Michael a tué une femme, une nommée Aleesha Monroe.

— C'était une prostituée. »

Donc, elle avait regardé les infos.

« Il a enlevé un officier de police judiciaire, poursuivit-il. Elle a eu les os du poignet fracturés, une fracture si mauvaise qu'elle risque de rester handicapée de manière définitive. »

Cette fois, Lydia n'avait pas de réponse.

« Il a kidnappé une très jeune fille et il l'a violée, il l'a frappée, presque à mort.

— D'après ce que j'ai cru comprendre, lâcha-t-elle avec aigreur, cette très jeune fille était loin d'être inexpérimentée.

— Il lui a arraché la langue à coups de dents. »

Lydia lissa encore sa jupe, en gardant le silence.

« Michael lui a arraché la langue, comme il a arraché celle de Mary Alice. »

Si John n'avait pas eu déjà le regard posé sur sa tante, sa

réaction lui aurait échappé. L'espace d'un instant, il eut la conviction qu'elle était étonnée.

Il continua.

« Je suis au courant du rapport qu'a rédigé l'expert dentaire de l'Etat. »

Elle releva le menton, dans un geste de défi.

« Je ne vois pas du tout de quoi tu veux parler.

— Je crois que si.

— Je n'ai aucun souvenir d'un rapport. Et même si je m'en souvenais, ajouta-t-elle, je ne peux plus rien y faire, maintenant.

— Tu peux me restituer ma vie. Il suffirait, essaya-t-il de lui suggérer, que tu fasses une déclaration sous serment...

— Ne sois pas ridicule.

— C'est tout ce que je désire, Lydia. Que tu jures sous serment que c'était Michael qui a tué Mary Alice, et pas moi. Convaincs-les de me restituer un casier vierge et je vais juste...

— Jeune homme », l'interrompit-elle, d'un ton cassant. Il vit bien, à sa posture, que c'était terminé. Elle désigna la porte. « Je souhaite que vous sortiez de ma maison ta sœur et toi, tout de suite. »

John se leva, ce fut une réaction automatique, il était toujours prêt à exécuter les ordres. Joyce était encore à la hauteur du piano. Elle avait les yeux mouillés de larmes, des larmes de défaite. Elle s'était battue pour lui, si durement, et maintenant, elle venait de comprendre qu'elle ne pouvait plus rien tenter.

Il vit ses lèvres remuer. « Je suis désolée », lui disait-elle muettement.

Il considéra l'espace qui l'entourait, ce mausolée que Lydia avait bâti avec l'argent gagné en poursuivant des entreprises, des médecins, tous ceux qui avaient commis une erreur dont elle avait été susceptible de profiter. Elle avait consacré des heures, avec John, dans la prison du comté, à élaborer sa défense. Il y a vingt ans, elle lui avait conseillé de ne pas faire de déposition en son nom personnel. Elle avait organisé les analyses des laboratoires, les experts, les témoins de moralité. C'était Lydia qui avait effectué le déplacement jusqu'à la Littorale, ce jour-là, pour lui annoncer que tout était fini, qu'il ne restait plus aucune voie de recours juridique à explorer. Elle avait fondu en larmes, et il avait tenté de la réconforter.

Il se souvenait aussi d'un autre jour, à la Littorale, cette première visite de sa mère, après que Zebra l'avait déchiré en deux.

« Tu ne vas pas capituler, lui avait ordonné Emily, en agrippant les mains de son fils, sur la table, si fort qu'il avait fini par en avoir les doigts tout engourdis. Tu m'as comprise, Jonathan ? Tu ne vas pas capituler. »

Vous ne traversiez pas vingt années d'épreuves aussi rudes sans apprendre quelque chose. La prison, ce n'était rien d'autre qu'une énorme horloge qui n'arrêtait pas d'égrener le temps. Ce dont ils disposaient, tous, c'était de temps, et ils l'avaient passé à parler. C'était surtout des conneries – des plans d'évasion, des plans pour suriner l'enfoiré qui vous avait manqué de respect dans la file du réfectoire –, et pourtant, il y avait des limites, même dans les jacasseries à la con. Invariablement, chacun finissait par évoquer ce qui lui avait valu de se retrouver en taule. Tous autant qu'ils étaient, ils se prétendaient innocents : piégés par un flic véreux, baisés par le système. Tous, ils essayaient de trouver un biais, un moyen d'arracher ce sésame, la carte du sortez-moi-de-taule-gratos.

En 1977, la Cour suprême des Etats-Unis avait rendu un arrêt qui avait débouché sur la création de bibliothèques juridiques adéquates dans les prisons fédérales. Personne ne savait au juste ce que le terme « adéquates » voulait dire, mais la bibliothèque de la Littorale aurait pu rivaliser avec celle d'une faculté de droit, et tous les types de la taule avaient fini la tête enfouie dans des recueils de jurisprudence, à la recherche d'un passage obscur, d'un décret ésotérique, d'une faille qu'ils seraient susceptibles d'exploiter. La quasi-totalité des taulards en savaient davantage sur la loi que les avocats commis d'office par l'Etat pour les représenter – une bonne chose, car en règle générale, avec ces derniers, vous n'en aviez que pour votre argent, et guère plus.

John prit le vase de fleurs qui était posé sur le manteau de la cheminée.

Lydia se leva, l'échine aussi raide qu'une planche.

« Pose ça. »

Il soupesa le vase dans sa main. Du cristal plombé, aussi lourd que de la brique. Qui valait probablement son poids en or. C'était la seule chose qui comptait désormais, aux yeux de Lydia – l'argent : combien elle pourrait gagner, les sommes sur lesquelles elle pourrait mettre la main. Quatre mariages, un fils, un petit-fils, et tout ce qu'elle avait à montrer pour en témoigner, c'étaient ces petits objets froids, disséminés dans sa demeure immaculée.

« C'est un bel endroit, que tu as là, tante Lydia, lui dit-il.

— Tous les deux. Sortez de ma maison, tout de suite.

— Ta maison », répéta John, en sortant les fleurs du vase, et en les lâchant l'une après l'autre sur ce coûteux tapis blanc. « C'est une manière intéressante de formuler la chose.

— Je vais appeler la police !

— Mais avant, tu aurais intérêt à te baisser.

— Com... » Elle était âgée, mais quand elle vit John lever le vase en l'air, elle bougea, et vite. Il le lança bien au-dessus de sa tête, mais les éclats de cristal qui se fracassèrent contre le mur retombèrent en pluie sur le canapé où elle était assise.

Elle poussa un cri strident.

« Comment oses-tu ! »

Le vase devait sans doute valoir plus qu'il n'avait jamais gagné depuis sa sortie de taule, mais John n'en avait rien à battre, de l'argent. Il y avait un peu partout dans le monde entier des gens riches qui habitaient à l'intérieur de la prison dont ils étaient les propriétaires, pris au piège de leur propre rapacité, retranchés du monde qui les entourait. Tout ce qu'il voulait, pour le moment, c'était sa liberté, et il ferait ce qu'il faudrait pour la reprendre.

« A ton avis, combien vaut cette maison ? » demanda-t-il à sa sœur.

Joyce était restée figée sur place, bouche bée. Dans sa vie, les seuls conflits se limitaient en général à des négociations animées et des menaces à peine voilées, formulées autour d'une table de conférence en bois verni, ou devant un Martini, dans un club. Une menace voilée, à la Prison Littorale de Géorgie, ça ne comptait pas pour grand-chose.

Il lança des chiffres au hasard.

« Deux cent cinquante mille dollars ? Cinq cent mille ? »

Joyce secoua la tête, trop choquée pour répondre.

« Toi ! » s'exclama sa tante, d'une voix perçante, pleine de colère. « Tu as exactement une minute pour sortir de cette maison, avant que je n'appelle la police et que je n'exige qu'on t'arrête.

— Un million ? insista John. Allez, Joyce. Tu traites des cessions immobilières tous les jours. Tu sais combien ça coûte, une maison. »

Joyce secoua la tête, comme si elle était incapable de saisir la question. Mais ensuite, elle eut une réaction qui la surprit. Elle jeta un rapide coup d'œil dans la pièce, l'air nerveuse, considéra le plafond cathédrale haut de deux étages, les hautes fenêtres qui donnaient sur une pelouse élégamment manucurée, vers l'arrière. Quand elle revint à John, il vit bien qu'elle était encore perturbée. Mais elle se fiait à lui. Elle se fiait assez à lui pour lui répondre.

« Trois.

— Trois millions », répéta-t-il en écho, incrédule. Il s'était cru riche en vidant les trois mille huit cents dollars que Michael avait laissés sur le faux compte bancaire ouvert à son nom. « Divise-moi ça par vingt années, tu obtiens... quoi... environ cent cinquante mille dollars par an ? »

Joyce commençait lentement à comprendre.

« Ouais, Johnny. C'est à peu près cela.

— Ce qui me semble encore loin du compte, non ? »

Sa sœur eut une étincelle dans le regard.

« Loin du compte, oui.

— A ton avis, en banque, elle a combien ? » Il se tourna de nouveau vers Lydia. « C'est sans doute plutôt à toi que je devrais poser ces questions ?

— Tu devrais surtout franchir cette porte, si tu conservais un peu de jugeote.

— Tu roules dans quel genre de voiture ? Mercedes ? BMW ? » Il se sentait comme un avocat dans une série télé. Il aurait peut-être pu devenir avocat. Si Michael Ormewood n'était jamais entré dans sa vie, peut-être que John Shelley serait devenu docteur, ou avocat, ou professeur, ou... quoi ? Qu'est-ce qu'il aurait pu devenir ? Il ne le saurait jamais. Personne ne le saurait jamais.

« John ? » Joyce paraissait inquiète. Il était devenu trop silencieux.

Il posa encore une question à Lydia, mais d'une voix qui avait perdu de sa force.

« Et cette bague que tu as au doigt ? Combien elle vaut ?

— Sors de ma maison.

— Tu es avocate, lui rappela-t-il. Visiblement, tu as très bien gagné ta vie en attaquant des gens, en les dépouillant de tout ce qu'ils possédaient. » Il désigna la maison, et ses objets inutiles.

« Je veux que tu sortes d'ici, lui ordonna Lydia. Je veux te voir hors de chez moi, tout de suite.

— Je veux cette maison ! » lui rétorqua-t-il, en arpentant la pièce, et en se demandant ce qui allait la pousser à craquer. Il décrocha du mur une toile monochrome. « Je veux ceci », continua-t-il, en lâchant la toile sur le sol avant de continuer sa promenade. « Je veux ce piano. »

Il se rendit au côté de Joyce, en songeant qu'en dépit de tout, et quoi qu'il arrive, rien n'aurait davantage de prix à ses yeux que de savoir qu'elle le croyait. Michael avait essayé de le détruire, mais maintenant il avait disparu. Rien ne saurait modifier le passé. Dorénavant, il ne pourrait se concentrer que sur le futur.

Il questionna sa sœur.

« Combien de fois maman nous a-t-elle crié dessus pour que nous nous exercions à faire nos gammes ?

— Ça lui arrivait sans arrêt. »

John laissa sa main glisser sur les touches.

« Cela lui plairait », fit-il, en jouant quelques notes dont il conservait le souvenir, des notes vieilles d'un million d'années. « Elle lui plairait, cette idée que je me remette au piano.

— Oui », acquiesça-t-elle, et son visage s'éclaira d'un sourire triste. « Je pense qu'elle aimerait.

— Vous pouvez vous arrêter là », aboya Lydia.

John se fit menaçant.

« Je pense que tu aurais intérêt à surveiller ton langage, quand tu t'adresses à moi. »

Une main sur une hanche, elle lui tint tête.

« Tu n'as aucun motif fondé pour obtenir une condamnation pénale, tu en es loin. Même avec ces dernières... insinuations malveillantes... ces allégations que tu as formulées contre mon fils, tu ne détiens aucune preuve de rien.

— La charge de la preuve est moins exigeante que dans une procédure civile. Tu le sais.

— As-tu la moindre idée du nombre d'années durant lesquelles je peux obtenir le renvoi des dépositions et des audiences ? » Elle lâcha un grand sourire de saurien, qui démasqua ses dents d'une blancheur de nacre. Et puis elle prit une petite voix douce et frêle. « Je suis une vieille femme. Le choc a été terrible. J'ai eu mes bons jours et j'en ai eu de mauvais...

— Je peux réclamer le gel de tous tes avoirs, la prévint-il. Je suis sûr que tu en vivras une flopée, de mauvaises journées, quand tu habiteras dans un appartement d'une pièce en copropriété sur Buford Highway.

— Tu n'as aucun droit de me menacer.

— Et la presse, alors ? lui lança-t-il. Joyce t'a bien trouvée. Je suis certain que les journalistes sauront te trouver, eux aussi. Surtout si ma sœur leur file un petit coup de main.

— J'appelle la police, les avertit-elle, en marchant d'un pas raide vers le téléphone.

— Tout ce que je te demande, c'est une déclaration sous serment. Tu leur déclares juste que Michael m'a tendu un piège, qu'il a tué Mary Alice, et tu ne me reverras plus jamais.

— J'appelle la police tout de suite, pour vous expulser de chez moi.

— Est-ce que tu apprécierais que toute une troupe de journalistes campe sur le pas de ta porte ? Tu aimerais leur expliquer comment tu savais que ton fils était un tueur, et que tu n'as rien tenté pour l'arrêter ? »

Elle retira l'une de ses deux lourdes boucles d'oreilles en or et colla le combiné à son oreille.

« Je n'ai jamais rien su de tel.

— Michael m'a raconté une drôle d'histoire, dans cette cave, chère tante. » Les doigts de Lydia Ormewood restèrent en suspens au-dessus des touches, mais elle ne composa aucun numéro. « Il savait qu'il allait mourir. Il avait l'absolue certitude qu'il allait mourir, et il avait envie de me révéler quelque chose. »

Elle laissa échapper le combiné, qui glissa sur son épaule, et le cordon gifla la table en métal.

« Michael m'a avoué qu'il avait tué Mary Alice et que tu étais au courant de tout. Il m'a précisé que c'était ton idée de me choisir comme victime de ce coup monté. Il m'a expliqué que c'était toi qui avais tout planifié, depuis le début. » John lança un clin d'œil à sa tante. « Les confessions recueillies sur un lit de mort ne sont pas considérées comme de simples on-dit, si je ne me trompe. Pas si la personne sait de manière certaine qu'elle va mourir. »

Elle serra le combiné dans sa main osseuse.

« Personne ne te croira.

— Tu sais, ce flic qu'il a... celle qu'il a enlevée, qu'il a frappée presque à mort, qu'il était sur le point de violer, et de tuer ? » Il baissa la voix, comme s'il était sur le point de lui glisser une confidence. « Je crois qu'elle l'a entendu me raconter tout ça, elle aussi. »

La table heurta le mur. Elle venait de s'y affaisser. Ses yeux brûlaient d'indignation.

« A ton avis, poursuivit-il, qui le procureur va-t-il écouter, quand il voudra trancher, et savoir s'il doit ou non t'inculper d'obstruction à la justice, de séquestration abusive, de conspiration et de complicité après le fait ? »

Un bruit était audible dans le combiné, une voix enregistrée l'invitant, si elle souhaitait passer un appel, à raccrocher et à composer de nouveau son numéro.

« Le procureur va venir nous rendre visite, continua-t-il. Il va me demander, et il va demander à Joyce, si nous voulons intenter une action pénale contre toi, ou laisser tomber. » Le téléphone émit une forte tonalité occupée, qui se répercuta dans la pièce caverneuse. « Permets-moi de t'assurer d'une chose, que j'ai comprise, Lydia : Michael était un prédateur, mais toi, tu étais sa gardienne. C'est toi qui savais qui il était et qui l'as quand même laissé circuler en liberté.

— Non...

— Vas-y, fit-il, en la mettant au défi. Compose-le, ce numéro. Passe-le, cet appel ! »

Lydia le dévisagea, les narines dilatées, les yeux noyés de larmes de colère. Il pouvait presque la voir peser le pour et le contre, avec ce bel esprit juridique qui était le sien, considérant tous les aspects, mesurant tous les choix qui s'offraient à elle. Quelque part dans cette maison immaculée en forme de prison, on entendait le tic-tac d'une pendule. John compta en silence les tic-tac dans sa tête, attendant son heure.

« Très bien, fit-elle enfin. Très bien. »

Il comprenait ce que cela signifiait, mais il voulait l'entendre dire, il voulait être celui qui la contraindrait à le lui dire.

« Très bien quoi ? »

La main de sa tante tremblait si fort qu'elle ne put reposer le téléphone sur son support. Elle était incapable de regarder son neveu. Sa voix était étouffée par l'humiliation.

« Dites-moi ce que je dois faire. »

Chapitre quarante

18 février 2006

WILL ÉCOUTAIT LE *Devils & Dust* de Bruce Springsteen, en brossant le chien. Il ne savait pas au juste pourquoi sa voisine avait insisté sur le brossage. Betty avait le pelage court. Elle ne perdait pas beaucoup de poils. Il fallait en conclure que la raison première de cette corvée tenait au pur plaisir que la sensation de l'ustensile devait procurer à la petite chienne. Pourtant, la voisine ne lui avait jamais semblé porter un attachement particulier au bien-être de l'animal.

Ce n'est pas qu'il ait attribué à cette chose sur pattes une personnalité quelconque, mais elle appréciait un bon brossage, cela, au moins, n'était pas douteux.

La sonnette retentit à sa porte et il s'interrompit au beau milieu d'un coup de brosse. On sonna de nouveau, et puis on frappa, en succession rapide et saccadée.

Will soupira. Il posa l'instrument, abaissa les manches de sa chemise. Il souleva Betty dans le creux de sa main et se rendit à la porte.

« Enfin merde, pourquoi tu as mis autant de temps ?

— J'avais bien supposé que c'était toi. »

Angie fit la grimace, ce qui n'était pas une mince affaire, sachant que son visage était encore tuméfié. Elle avait des pansements papillon sur le front, et sa joue avait viré du noir au jaune.

Des sparadraps masquaient d'autres points de suture à tous les doigts. Elle avait une coque en plastique rose fluo sanglée autour du bras droit, et des écrous en acier dépassaient du poignet, là où on lui avait revissé les os, pour les maintenir.

Il regarda par-dessus l'épaule d'Angie et vit sa Monte-Carlo garée dans la rue.

« Tu es venue en voiture ?

— Boucle-moi.

— Pourquoi ? s'étonna-t-il. Il faudrait que je te boucle, pour t'empêcher de sortir de la ville faire une escapade ?

— Pas cette fois-ci.

— Tu ne me quittes pas pour John ? »

Elle éclata de rire.

« Il a déjà eu la moitié de sa vie foutue en l'air à cause d'un enfoiré. Je me suis dit que pour la deuxième moitié, j'allais lui ficher la paix.

— Tu n'as pas couché avec lui ?

— Bien sûr que j'ai couché avec lui. »

Will sentit sa poitrine s'affaisser, mais il ne pouvait prétendre être surpris.

« Tu veux entrer ?

— Restons ici, dehors », suggéra-t-elle, en se baissant, non sans difficulté, pour s'asseoir sous la véranda.

Il se joignit à elle, sans grand enthousiasme. Il garda la chienne contre sa poitrine, et Betty plongea la tête, en nichant son museau à l'intérieur de son gilet.

« On est samedi, lui rappela-t-elle. Pourquoi est-ce que tu portes ce costume ?

— Il m'avantage. »

Elle lui donna un petit coup d'épaule.

« Tu trouves ? » fit-elle, taquine.

Il essaya de prendre la chose à la plaisanterie.

« Tu sais, je ne porte jamais de sous-vêtement. »

Elle partit d'un bon gros rire paillard.

Il sourit, savourant cette décontraction, entre eux deux.

« Comment se fait-il que ce soit sexy quand c'est toi qui le dis, mais pas quand c'est moi ?

— Parce que le genre d'homme qui ne porte pas de slip traîne en général autour des terrains de jeux avec des bonbons plein les poches.

— J'ai des bonbons plein les poches, lui promit-il. Tu veux y rentrer ta main, pour voir ? »

Elle s'esclaffa de nouveau.

« Tout ça, c'est des mots, monsieur Trent. Rien que des mots.

— Ouais, admit-il. Tu as probablement raison. »

Leurs regards à tous les deux se perdirent vers la rue. Le bruit de la circulation sur Ponce de Leon était porté par la brise. Des klaxons de voiture, des gens qui hurlaient. Will entendit des carillons tinter au loin, et une bicyclette passa devant la maison.

« Je t'aime », fit Angie, très calmement.

Betty gigota. Il sentit sa poitrine palpiter.

« Je sais.

— Tu es ma vie. Tu as toujours été là.

— Je suis encore là. »

Elle lâcha un profond soupir.

« Je t'ai parlé, quand j'étais dans cette cave. Avant que tu n'arrives. » Elle marqua un temps de silence, et il savait qu'elle repensait à cet endroit épouvantable. « J'ai promis de te quitter, si jamais je sortais de là vivante.

— Je n'ai jamais attendu de toi que tu tiennes tes promesses. »

Elle fut de nouveau silencieuse. Un autre cycliste passa, et le chuintement métallique des roues crissait dans son sillage comme un champ entier de sauterelles. Will avait envie de lui glisser le bras autour des épaules, puis il se souvint de l'entaille du tesson de bouteille. A la place, il allait la prendre par la taille, quand elle se tourna vers lui.

« Je ne te suis vraiment pas bénéfique.

— Il y a un tas de choses qui ne me sont pas bénéfiques. » Il entama une liste d'exemples. « Le chocolat. Les édulcorants artificiels. Le tabagisme passif.

— La passion, continua-t-elle, en se martelant le cœur du poing. Je veux que tu vives une passion, Will. Je veux que tu saches ce que c'est de tomber amoureux de quelqu'un, de rester éveillé toute la nuit à croire que tu vas mourir si tu n'as pas ce quelqu'un avec toi.

— Je suis resté éveillé de nombreuses nuits à penser à toi. »

Ce fut tout ce qu'il pouvait lui répondre.

« A t'inquiéter pour moi, oui, rectifia-t-elle. Je ne suis pas une vieille paire de godasses que tu pourras porter pour le restant de tes jours uniquement parce qu'elles sont confortables. »

Il ne voyait pas ce qu'il y avait de mal à s'offrir un peu de confort, mais il tint sa langue.

« Où est-ce que je vais pouvoir trouver une femme qui ait aussi peu d'exigences que toi ? préféra-t-il lui demander.

— Amanda Wagner, elle n'est pas disponible ?

— Oh, gémit-il. Ça, c'est blessant.

— Tu le mérites, espèce d'analphabète de merde. »

Il rigola, et Betty s'agita.

« Seigneur Dieu, que cette bestiole est immonde. » Elle donna une petite tape sur la jambe de Will. « Aide-moi à me lever. »

Il faufila sa main sous son bras valide et l'aida à se remettre debout.

« Où vas-tu ?

— Consulter les petites annonces. » Elle indiqua son poignet fracturé, ses mains déchiquetées. « Je ne vais pas rester derrière un bureau pendant les vingt prochaines années, et même la situation de la municipalité d'Atlanta n'est pas assez désespérée pour qu'on me confie une arme. » Elle haussa les épaules. « En plus, ce serait sympa de trouver un boulot où je n'aie pas à m'habiller en pute. Sauf si l'envie m'en prenait.

— Tu n'as pas franchement besoin d'un boulot », lui laissa-t-il entendre.

Surprise, elle éclata d'un rire tonitruant.

« Espèce de crétin. Tu ne te figures pas vraiment que je vais rester à la maison cuisiner et faire le ménage pendant que tu vas travailler ?

— Il y a pire, comme existence.

— J'en doute.

— Pour Betty, une mère lui ferait du bien.

— Et un sac plastique sur la tête aussi.

— Je... »

Aussitôt, Angie se dressa sur la pointe des pieds et lui enfouit sa bouche dans le cou. Ses lèvres étaient douces, sur sa peau. Il sentit la chaleur de son souffle, et cette légère pression du bout des doigts contre ses épaules.

« Je t'aime », lui dit-elle.

Il la regarda s'éloigner dans son allée, avec sa coque rose qui saillait sur le côté. Elle se retourna, une fois, pour lui lancer un petit signe de la main, et puis elle monta dans sa voiture et démarra.

Elle était presque fière des coupures qui lui zébraient le visage et les mains. C'était comme si elle avait enfin trouvé le moyen de montrer au monde extérieur ce qu'elle avait éprouvé durant tout ce temps, à l'intérieur. Il ne l'avait pas questionnée sur ce qui s'était produit dans la cave, il n'avait pas eu envie d'examiner de trop près l'angle des blessures de Michael, ou de compter le nombre de coups de couteau qu'il avait reçus. Will n'avait eu qu'une envie, la serrer contre lui, la soulever dans ses bras, la porter en haut des marches et veiller sur sa sécurité, aussi longtemps qu'il le pourrait.

Et elle l'avait laissé faire. Pendant deux heures. Au moins.

Il ignorait au juste combien de temps il resta là, à contempler la rue déserte. Springsteen, le Boss, chantait « Leah », et Betty ronflait contre sa poitrine, quand une Chevy Nova marron clair s'arrêta dans l'allée de la voisine.

La portière claqua, et Betty se réveilla.

Will traversa son jardin, en direction de la femme, qui était en train d'enfoncer un piquet en bois dans le sol avec le talon de sa chaussure.

« Puis-je vous aider ? » s'enquit-il.

Elle sursauta, porta la main à sa gorge.

« Mon Dieu, vous m'avez fichu une frousse bleue.

— Je m'appelle Will Trent. » Il désigna sa maison. « J'habite la porte à côté de chez vous. »

Elle regardait le chien, avec un rictus de dégoût.

« Je croyais avoir entendu maman dire que cette chose était morte.

— Betty ?

— Oui, Betty. Nous l'avons installée dans une maison de repos. »

Will se sentit froncer les sourcils.

« Je vous demande pardon ?

— Betty, ma mère. » La femme s'impatientait. Elle n'avait manifestement aucune envie de rester ici et elle n'avait aucune, mais aucune envie de s'expliquer devant Will. « Elle habite dans une maison médicalisée, maintenant. Nous vendons la maison.

— Mais, commença-t-il. J'ai entendu son... » Il baissa les yeux sur la chienne. « La nuit, parfois, reprit-il. Elle... votre mère... il lui arrivait de hurler contre quelqu'un qu'elle appelait Betty.

— Elle se hurlait dessus, monsieur Trent. Vous n'aviez jamais remarqué que ma mère était dingo ? »

Il repensa à ces hurlements nocturnes, cette manie qu'elle avait, parfois, d'entonner des indicatifs d'émissions de télé, en arrosant les plantes sous sa véranda. Ces comportements ne lui avaient pas spécialement paru bizarres, surtout quand on considérait le caractère plutôt excentrique du quartier. Il était difficile de se distinguer, dans une rue où l'on avait six hippies qui vivaient dans une maison d'une chambre, peinte aux couleurs de l'arc-en-ciel, un mobile-home à l'abandon stationné en face d'une église Mennonite et un analphabète fonctionnel d'un mètre quatre-vingt-dix, qui promenait un chien format joujou au bout d'une laisse rose vif.

La femme était armée d'une agrafeuse, dont elle se servit pour fixer ce qui ressemblait à une affichette A VENDRE – DIRECT PROPRIÉTAIRE sur le piquet en bois.

« Là, fit-elle. Ça devrait aller. » Elle se retourna vers lui. « Quelqu'un va venir d'ici un jour ou deux pour vider la maison.

— Oh. »

Elle renfila sa chaussure, puis jeta l'agrafeuse dans la voiture.

« Attendez », lui dit-il encore.

Elle monta quand même dans sa voiture, baissa sa vitre tout en lançant son moteur.

« Qu'y a-t-il ?

— La chienne. » Et il leva Betty en l'air – si c'était bien Betty, son vrai nom. « Qu'est-ce que je dois en faire ?

— Je m'en moque, lui répliqua-t-elle, avec de nouveau ce rictus, en posant un regard sur la bête. Cette espèce de raton. Maman ne pouvait pas la supporter.

— Elle m'a prié de la toiletter », lui expliqua-t-il, comme si cela devait lui rafraîchir la mémoire.

« Ce qu'elle entendait par là, c'était sans doute que vous pouviez la balancer aux toilettes.

— Mais... »

La femme devint plus brutale.

« Oh, pour l'amour de Dieu, emmenez-la à la fourrière ! »

Elle lança un coup d'œil par-dessus son épaule, puis recula tout droit dans l'allée, en renversant presque un jogger qui surgit juste devant elle. Les deux hommes regardèrent la voiture sortir dans la rue en tanguant, avec un petit choc au passage dans la poubelle de Will.

Le jogger sourit à Trent.

« Rude journée ?

— Ouais. »

Will ne se montra pas aussi poli qu'il aurait dû, mais il avait de plus gros soucis sur les bras, pour l'instant.

Il baissa les yeux sur Betty. Elle pencha la tête contre sa poitrine, ses yeux d'insecte à moitié clos, l'air en extase, la langue pendante au coin de la gueule, le museau levé vers lui. Si cette chienne avait été un chat, elle aurait ronronné.

« Et merde », marmonna-t-il, en regagnant la maison.

Il se souvenait de ce que cette femme venait de lui dire, il entendait encore sa voix de crécelle lui vriller les oreilles. A l'intérieur, il déposa Betty et elle détala, sauta sur le canapé et s'installa sur son coussin habituel.

Il ferma la porte d'entrée, avec un gros soupir. Un homme qui a grandi dans un orphelinat est incapable de conduire un chien à la fourrière.

Même si c'est un chihuahua.

Un mot de l'auteur

Etre auteur m'a procuré le grand plaisir de voyager dans quelques-uns des plus beaux endroits du monde, mais il n'est pas une ville que j'aime autant qu'Atlanta, ma ville natale. J'ai toujours estimé qu'à la base, les romanciers étaient des menteurs professionnels, et je considère que les bons menteurs savent mêler les faits et la fiction, de manière à ce que leur histoire sonne vrai. Avec ce roman, j'ai essayé de saisir l'atmosphère de ma ville –, les coins que j'aime, ceux que je ne traverserais pas à pied après la tombée de la nuit, et tout ce que l'on peut trouver entre les deux. J'ai aussi pris de grandes libertés avec les rues, les bâtiments et les quartiers, donc si vous prévoyez de visiter notre belle cité, je ne saurais trop vous recommander d'acheter un plan des rues.

City Hall East a été, à une certaine époque, un grand magasin de la chaîne Sears et, si ce bâtiment abrite bien plusieurs administrations et services de la ville, il est sans rapport avec les activités que j'y décris. Au moment où j'ai écrit cette histoire, le Grady Homes était programmé pour la démolition. Comme dans la plupart des grandes métropoles, nous sommes en train, lentement mais sûrement, d'éradiquer tous les logements destinés aux populations à bas revenu ou vivant d'allocations. Les systèmes de Prêt sur salaire prélèvent bel et bien des taux d'intérêt échelonnés entre 300 et 500 %. Le loyer mensuel que je mentionne pour l'asile de nuit à l'Auberge des Pédos est le tarif en vigueur, tout comme le montant de l'amende prélevée par l'Etat dans le cadre de la liberté conditionnelle. Les forfaits d'autobus, les prix des vêtements et autres petits luxes du salarié à faible revenu ont tous été contrôlés à la source.

Fort heureusement, je n'ai jamais eu l'occasion de me rendre dans la Prison Littorale d'Etat, et l'essentiel des informations évoquées dans ces pages, concernant cet établissement, me viennent d'Internet (www.dcor.state.ga.us). Les détenus du couloir de la mort dont j'ai pu parler existent vraiment et, pour autant que je sache, je leur ai donné leur âge exact. Atlanta est constamment classée dans la liste des dix villes les plus violentes d'Amérique. En 2005, on a enregistré plus de mille viols dans la zone métropolitaine (www.ganet.org/gbi). Sur le plan national, ce sont approximativement 44 % des victimes de viol qui ont moins de dix-huit ans et 15 % qui ont moins de douze ans (www.ncvc.org). Aux Etats-Unis d'Amérique, on estime statistiquement qu'à chaque minute, 1,3 femme est victime de viol.

Il existe une station de lavage de voitures, sur Piedmont Road, avec un gorille qui agite le bras devant l'accès, mais les similitudes s'arrêtent là. L'équipe des Falcon n'a pas participé au Super Bowl cette année-là (2005). Ducktown est une vraie ville du Tennessee. L'ancien shérif du comté de DeKalb, Sidney Dorsey, a bien été condamné pour avoir combiné le meurtre de son successeur, Derwin Brown, qui l'avait battu dans ce scrutin. Le maire de Blue Ridge avait bien un fauteuil à dossier inclinable installé au premier rang des combats de coqs. Il aurait déclaré, dit-on, qu'il se sentait vieillir et qu'il pourrait bientôt « se retirer de la politique et des poulets ».

Oh, et puis, fiez-vous à moi, il ne faut vraiment pas donner de fromage à manger à un chien.

REMERCIEMENTS

Il y a deux ans, j'ai décidé que j'avais envie d'écrire un livre sortant de ma série qui se déroule dans le comté de Grant. C'était une idée risquée, et je savais que les uns et les autres me trouveraient franchement futée, ou franchement folle. Donc, mes premiers remerciements vont à Kate Elton, Kate Miciak et Victoria Sanders, pour ne m'avoir pas fait interner – pas encore – et m'avoir permis de sortir cette histoire.

Comme d'habitude, le docteur David Harper m'a obligeamment aidée à vérifier tous les aspects médicaux. Trish Hawkins a répondu à mes mille et une questions sur les incapacités d'apprentissage et Debbie Teague m'a fait part de son expérience personnelle de la dyslexie. JS m'a expliqué tout ce qu'était le rude combat d'un ancien condamné pour sa réinsertion et m'a permis de vérifier certains faits concernant la toxicomanie. Jeanene English m'a parlé de cette petite bête énigmatique, le chihuahua.

Chez Delacorte, je voudrais remercier : Irwyn Applebaum, Nita Taublib, Barb Burg, Susan Corcoran, Betsy Hulsebosch, Cynthia Lasky, Steve Maddock, Paolo Pepe, Sharon Propson, Sharon Swados, Don Weisberg, Caitlin Alexander, Kelly Chian, Loyale Coles et l'équipe commerciale de Random House. Lisa George, merci de m'avoir ouvert la porte de quelques amis si peu méfiants.

Chez Random House au Royaume-Uni : Mike Abbott, Ron Beard, Faye Brewster, Mike Broderick, Richard Gable, Georgina Hawtrey-Woore, Clare Lawler, Simon Littlewood, Dave Parrish, Gail Rebuck, Emma Rose, Claire Round, Susan Sandon, Trish Slattery et Rob Waddington.

Billie-Bennett-Ward, Rebecca Keiper, la vraie Martha Lam, Fidelis Morgan et Colleen Winters ont été des amis d'un grand soutien. Mon père a pris soin de moi, dans les montagnes, et DA n'a jamais cessé d'être là, quand je rentrais à la maison.

Dans la collection Grand Format

Cussler (Clive)	*Atlantide ■ Odyssée ■ Onde de choc ■ L'Or des Incas ■ Raz de marée ■ Walhalla*
Cussler (Clive), **Dirgo** (Craig)	*Bouddha ■ Chasseurs d'épaves ■ Chasseurs d'épaves, nouvelles aventures ■ Pierre sacrée*
Cussler (Clive), **Kemprecos** (Paul)	*A la recherche de la cité perdue ■ Glace de feu ■ Mort blanche ■ L'Or bleu ■ Serpent*
Cuthbert (Margaret)	*Extrêmes urgences*
Davies (Linda)	*Dans la fournaise ■ En ultime recours ■ Sauvage*
Evanovich (Janet)	*Deux fois n'est pas coutume*
Farrow (John)	*Le Lac de glace ■ La Ville de glace*
Genna (Giuseppe)	*La Peau du dragon*
Hartzmark (Gini)	*A l'article de la mort ■ Mauvaise passe*
Kemprecos (Paul)	*Blues à Cape Cod ■ Le Meurtre du Mayflower*
Larkin (Patrick), **Ludlum** (Robert)	*La Vendetta Lazare*
Ludlum (Robert)	*L'alerte Ambler ■ Le Code Altman ■ La Directive Janson ■ Le Pacte Cassandre ■ Le Protocole Sigma ■ La Trahison Prométhée ■ La Trahison Tristan*
Ludlum (Robert), **Lynds** (Gayle)	*Objectif Paris ■ Opération Hadès*
Lustbader (Eric Van)	*La Peur dans la peau*
Lynds (Gayle)	*Mascarade ■ La Spirale ■ Le Dernier maître-espion*
Martini (Steve)	*L'Accusation ■ L'Avocat ■ Irréfutable ■ Le Jury ■ La Liste ■ Pas de pitié pour le juge ■ Principal témoin ■ Réaction en chaîne ■ Trouble influence*
McCarry (Charles)	*Old Boys*
Miller (John Ramsey)	*La Dernière famille*
Moore Smith (Peter)	*Les Écorchés ■ Los Angeles*
Morrell (David)	*Accès interdit ■ Le Contrat Sienna ■ Démenti formel ■ Disparition fatale ■ Double image ■ In extremis ■ Le Protecteur ■ Le Sépulcre des Désirs terrestres*
O'Shaughnessy (Perri)	*Intentions de nuire ■ Intimes convictions ■ Le Prix de la rupture*
Palmer (Michael)	*De mort naturelle ■ Fatal ■ Entrave à la justice ■ Le Patient ■ Situation critique ■ Le Système ■ Traitement spécial ■ Un remède miracle*
Scottoline (Lisa)	*Dans l'ombre de Mary ■ Dernier recours ■ Erreur sur la personne ■ Justice expéditive ■ La Bluffeuse*
Sheldon (Sidney)	*Avez-vous peur du noir? ■ Crimes en direct ■ Matin, midi et soir ■ Racontez-moi vos rêves ■ Rien n'est éternel ■ Un plan infaillible*
Sinnett (Mark)	*La Frontière*
Slaughter (Karin)	*A froid ■ Au fil du rasoir ■ Indélébile ■ Mort aveugle ■ Sans foi ni loi*

Cet ouvrage a été imprimé par

FIRMIN DIDOT

GROUPE CPI

Mesnil-sur-l'Estrée

pour le compte des Éditions Grasset
en mars 2008

Imprimé en France

Dépôt légal : mars 2008
N° d'édition : 15256 – N° d'impression : 89552